UNE FEMME
INDOMPTABLE

PENNY VINCENZI

UNE FEMME
INDOMPTABLE

*Traduit de l'anglais
par Michèle et Jérôme Pernoud*

BELFOND

Titre original :
NO ANGEL
publié par Orion, an imprint of Orion Books Ltd, Londres

Pour Paul, avec tout mon amour.
Sans parler de mon immense reconnaissance
pour un conseil spécialement important qu'il m'a donné,
touchant à la structure du livre.

Je ne veux pas un ange : je la veux seulement, elle
(Poème anonyme de la Première Guerre mondiale)

1

Debout devant l'autel et souriant à son jeune époux, Celia se demandait si elle n'allait pas mettre à l'épreuve sa promesse de la chérir pour le meilleur et pour le pire bien plus vite qu'il ne s'y attendait. Elle avait vraiment l'impression qu'elle allait vomir à l'instant même, devant l'assistance, devant le pasteur, devant la chorale ; c'était l'une de ces scènes typiques dont les cauchemars sont remplis. Elle ferma un instant les yeux, prit une grande inspiration, avala sa salive ; puis, comme à travers une brume épaisse et nauséeuse, elle entendit le célébrant prononcer ces mots :

— Je vous déclare unis par les liens du mariage.

Maintenant qu'elle y était arrivée, qu'elle avait réussi ce mariage, réussi cette journée, maintenant qu'elle était unie à Oliver Lytton qu'elle aimait tant, et que personne n'y pouvait rien changer, elle se sentit délivrée. Elle vit les yeux d'Oliver se poser sur les siens, tendres, bien que légèrement inquiets, et elle réussit à lui sourire une fois de plus, avant de s'agenouiller, avec soulagement, pour recevoir la bénédiction divine.

Certes, être enceinte de presque trois mois n'était pas une situation idéale pour une jeune mariée, mais si elle ne l'avait pas été, son père ne lui aurait jamais permis d'épouser Oliver. La méthode avait été radicale mais efficace. Elle avait été amusante aussi. Celia avait adoré le processus pour y arriver...

La bénédiction était terminée, on les convia à se rendre à la sacristie pour y signer le registre. La main d'Oliver s'était glissée dans la sienne, elle se retourna pour regarder, par-dessus son épaule, le groupe qui leur emboîtait le pas. Il y avait là ses parents : son père avec un visage sévère, le vieil hypocrite ; pendant toute son enfance, elle avait vu de ravissantes femmes de chambre chassées de la maison les unes après les autres. Sa mère, sourire résolument affiché. Le père d'Oliver, vieil homme fragile qui s'appuyait d'un côté sur sa canne et, de l'autre, sur sa fille Margaret. Juste derrière venaient les deux frères d'Oliver : Robert, à l'allure plutôt rigide et solennelle, et Jack le cadet, incroyablement beau, qui scrutait l'assistance de ses magnifiques yeux bleus, à la recherche de visages agréables à contempler. Puis les invités : uniquement la famille et les amis intimes, ainsi que les gens du domaine et les villageois, qui n'auraient manqué son mariage pour rien au monde. Elle savait que ce point-là préoccupait sa mère, peut-être plus que n'importe quel autre : ce n'était pas un grand mariage comme celui de sa sœur Caroline, avec trois cents invités à St Margaret's Westminster, cependant, Celia ne s'en inquiétait pas le moins du monde : elle avait épousé Oliver, elle était arrivée à ses fins, un point c'est tout.

— Tu ne peux absolument pas l'épouser, avait dit sa mère. Il n'a pas d'argent, pas de situation, ton père ne voudra même pas en entendre parler.

Son père avait abondé dans le même sens.

— Ridicule ! Tu dois te marier dans ton milieu, avec quelqu'un qui pourra subvenir à tes besoins, te faire vivre dans des conditions décentes.

Elle avait répondu qu'elle voulait épouser Oliver, parce qu'elle l'aimait, qu'il avait un brillant avenir, et que son père possédait une maison d'édition prospère à Londres.

— Prospère ? Sornettes…, avait-il répondu. Si elle était si prospère, tu crois qu'il vivrait à Hampstead ? Dans un tel trou perdu ? Non, ma chérie, crois-moi, trouve quelqu'un de plus convenable à épouser. Voyons, ce type ne sait même pas monter à cheval !

Elle avait crié, tempêté, juré qu'elle n'épouserait personne d'autre ; ils avaient crié et tempêté à leur tour, lui affirmant qu'elle ignorait à quel point le mariage était une affaire sérieuse, pas un absurde enfantillage gouverné par ce sentiment indéfinissable et volatile appelé amour.

— Très surfait, l'amour, avait grommelé sa mère. Il ne dure jamais, Celia. Le mariage est avant tout un contrat, et il ne marche jamais aussi bien que lorsque les deux parties en sont conscientes.

Celia avait tout juste dix-huit ans quand elle avait rencontré Oliver Lytton : ses yeux étaient tombés sur lui, à l'autre bout de la salle, au cours d'un déjeuner à Londres, et elle en était aussitôt tombée amoureuse, avant même qu'ils aient échangé un seul mot. Elle s'en était sentie immédiatement transformée, comme si elle avait trouvé sa raison de vivre. Ce n'était pas seulement une attirance physique comme celle qu'elle avait déjà pu éprouver pour d'autres avant lui : elle était intimement bouleversée. Il était d'une beauté hors du commun, grand et plutôt sérieux d'allure, avec de magnifiques cheveux, des yeux bleus et un sourire qui irradiait tout son visage et toute sa personne, lui conférant une sorte d'intense *joie de vivre*[1].

1. En français dans le texte. *(N.d.T.)*

Il avait des manières délicieuses et était remarquablement intelligent. Il lui parla de sujets dont aucun garçon ne l'avait jamais entretenue à propos de littérature, de théâtre, de peinture. En outre – elle y était plus sensible encore qu'à tout le reste –, il s'adressait à elle comme s'il l'estimait aussi intelligente et cultivée que lui. Comme la plupart des filles de sa classe sociale et de sa génération, Celia avait été éduquée par des gouvernantes afin de la préparer à épouser quelqu'un de son milieu et à mener une vie exactement semblable à celle de sa mère : savoir élever une famille et tenir une maison. Dès l'instant où elle avait posé les yeux sur Oliver Lytton, elle avait su que ce n'était pas à ce destin-là qu'elle aspirait.

Elle était la plus jeune fille d'une fort ancienne et fort respectable famille. Les Beckenham remontaient au XVIe siècle ; ils possédaient, dans le Buckinghamshire, non loin de Beaconsfield, un magnifique domaine appelé Ashingham, abritant une majestueuse demeure du XVIIe siècle, ainsi qu'une somptueuse résidence londonienne à Mayfair, dans Clarges Street. Ils étaient extrêmement riches et passaient le plus clair de leur temps à la campagne. Lord Beckenham dirigeait la ferme familiale, chassait en hiver, pêchait en été. Lady Beckenham sortait beaucoup, aussi bien à Londres qu'à la campagne, montait à cheval, jouait aux cartes, régentait son personnel et – sans prendre grand plaisir à cette dernière tâche – veillait à l'entretien de sa coûteuse garde-robe. Pour les Beckenham, les livres et les tableaux étaient des objets utiles pour décorer les murs, mais qu'on appréciait bien plus pour leur valeur financière que pour leur contenu artistique. Pendant les repas, les discussions étaient entretenues plus par les commérages que par des sujets abstraits comme l'art, la littérature et la philosophie.

Quand leur fille leur annonça soudain être amoureuse d'un jeune homme pauvre et presque aussi exotique qu'un guerrier zoulou, ils en furent d'abord stupéfaits, puis sincèrement atterrés.

Celia avait songé, bien sûr, qu'elle pourrait épouser Oliver quand elle aurait atteint l'âge de vingt et un ans ; mais cela lui semblait incroyablement lointain. Alors, quand elle eut mal aux yeux d'avoir trop pleuré, elle trouva la solution. Une solution d'une simplicité biblique : elle allait tomber enceinte. Plus elle y pensait et plus cela lui semblait judicieux, d'autant qu'Oliver avait rejeté, gentiment mais fermement, la solution romanesque de l'enlèvement.

— Cela ferait souffrir beaucoup trop de gens, dans ma famille autant que dans la tienne. Je ne veux pas que nous bâtissions notre vie sur le malheur des autres.

La bonté d'âme d'Oliver l'empêcha longtemps d'accepter le plan de Celia. Il argua que la méthode était extrême et refusa de croire que les parents de Celia – ses aveugles, insensibles et hypocrites parents – méritaient une telle sanction. Cependant, comment auraient-ils pu se poser en modèles de vertu conjugale ? Son père séduisait les femmes de chambre, et sa mère avait un amant depuis plusieurs années. La sœur de Celia, Caroline, lui en avait parlé l'année précédente, pendant son bal de débutante à Ashingham. Les deux sœurs s'étaient retrouvées entre deux danses, et leurs regards avaient convergé vers leurs parents qui se parlaient avec chaleur et vivacité, de l'autre côté de la salle. Impulsivement, Celia s'était dit que c'était une grande chance qu'ils éprouvent toujours du plaisir à être ensemble, malgré les femmes de chambre, et Caroline avait répondu qu'une

13

grande part du mérite en revenait à George Paget. Pressée par sa sœur de s'expliquer, Caroline lui avait révélé que George était l'amant de leur mère depuis plus de dix ans. Mi-choquée, mi-fascinée, Celia l'avait suppliée de lui en dire plus, mais, pour toute réponse, Caroline s'était moquée d'elle, avant de se lancer sur la piste au bras du meilleur ami de son époux. Puis, le lendemain, prise de remords pour avoir brisé les illusions de sa cadette, elle l'avait rassurée.

— Maman saura toujours respecter les règles.

— Quelles règles ?

— Les règles de la bonne société. La discrétion, les convenances... Pour eux, le mariage est indissoluble. Ce qu'ils font, ce que toute la société fait, c'est juste rendre le mariage plus agréable, plus intéressant. Plus solide, finalement, je dirais.

— Est-ce que... est-ce que par hasard toi aussi, tu rendrais ton mariage plus agréable de cette façon-là ? lui avait demandé Celia.

Caroline avait ri et répondu que, pour le moment en tout cas, son mariage était suffisamment agréable en soi.

— Mais oui, je suppose que je pourrais le faire. Si Arthur devenait ennuyeux, ou s'il cherchait son plaisir ailleurs. N'aie pas l'air aussi choqué, Celia. J'ai entendu dire l'autre jour que Mrs Keppel, la maîtresse du roi, avait transformé l'adultère en une sorte d'art. Cela me semble une réussite unique en son genre.

Les paroles de sa sœur, qui se voulaient réconfortantes, n'avaient pas pu délivrer Celia de sa stupeur. Quand elle se marierait, ce serait par amour et pour la vie, elle le savait.

Oliver ne devait pas être en mesure de deviner son plan, ni les étapes de son exécution. Elle savait comment faire pour se retrouver enceinte : sa mère lui avait fourni des explications franches et précises sur le sujet quand Celia avait eu ses premières règles. Elle ne doutait pas de sa capacité à convaincre Oliver de lui faire l'amour ; en plus d'être un romantique échevelé, qui lui envoyait sans cesse des poèmes, des fleurs et des lettres d'amour inspirées, il était passionnément tendre avec elle : loin d'être chastes, ses baisers les excitaient au plus profond d'eux-mêmes, elle comme lui.

Celia jouissait de plus de liberté que beaucoup d'autres filles de son âge. Ayant éduqué six enfants, sa mère s'était quelque peu lassée de cette noble tâche, et elle laissait Celia gouverner elle-même ses propres affaires. Lorsque Oliver vint passer un week-end à Ashingham, ils purent se promener, seuls, dans le domaine pendant la journée, et, après dîner, s'asseoir, seuls, dans la bibliothèque, pour parler. La promenade et la discussion les conduisirent à échanger un grand nombre de baisers. Celia découvrit pourtant qu'elle ne pourrait pas s'en satisfaire et qu'il lui fallait plus… tout comme Oliver, à l'évidence.

Certes, il s'inquiéterait, pas seulement du danger qu'on les découvre, mais aussi du risque pour Celia de se retrouver enceinte. Elle le rassurerait sur ce point, lui affirmerait qu'à certaines périodes dans le mois, cela ne pouvait pas se produire, puis, une fois que ce serait arrivé, il n'y aurait plus lieu de s'alarmer, n'est-ce pas ?

Elle prétendit, chez ses parents, avoir compris qu'Oliver n'était pas l'homme idéal à ses yeux – sans y mettre trop d'empressement, afin de ne pas éveiller les soupçons –, et resta, pendant plusieurs semaines, cloîtrée à la maison, d'où elle lui écrivait secrètement tous les jours. Puis elle alla passer quelque temps à Londres avec Caroline et tout fut accompli avec une facilité presque déconcertante. À l'époque, Caroline était elle-même enceinte, et affreusement malade ; Celia lui faussait souvent compagnie, pendant deux ou trois heures, prétextant des courses à faire, des essayages de couturiers – en réalité, elle retrouvait son amant et partageait avec lui l'extase des étreintes clandestines.

Une stratégie mêlant chantage aux sentiments et détermination offensive eut très rapidement raison des sens d'Oliver. Elle le retrouvait, au début de l'après-midi, dans la grande maison de Hampstead, où il vivait avec son père. Ce dernier passait toutes ses journées dans sa maison d'édition, et Oliver pouvait sans difficulté prétendre qu'il déjeunait avec des auteurs, ou qu'il allait rendre visite à des artistes dans leurs ateliers. Ils montaient au premier étage, dans la chambre d'Oliver entièrement tapissée de livres, dotée d'immenses fenêtres donnant sur le parc, puis passaient l'heure qui suivait, ou à peu près, dans son lit – assez étroit, mais qui devint rapidement pour Celia une annexe terrestre du paradis. Oliver avait acquis un savoir incomplet entre les mains de deux danseuses de music-hall, mais ce fut suffisant pour le guider efficacement dans l'initiation de Celia. Dès la première fois, allongée sur ce lit, même toute raidie par la gêne et la douleur, elle n'en découvrit pas moins en elle, très vite, de nettes dispositions pour le plaisir sexuel.

— C'était merveilleux, tellement merveilleux, dit-elle en se renversant en arrière, inondée de sueur, et en souriant à Oliver. C'était comme… un grand chaos caché quelque part au fond de moi, et qui se serait remis d'un seul coup en place.

Il l'embrassa, surpris à la fois par son plaisir à elle et par sa propre capacité à le lui offrir ; puis ils restèrent allongés pendant une heure à se répéter combien ils s'aimaient, avant d'être obligés de se séparer pour retourner, lui dans les bureaux de Lytton's Publishing House à Paternoster Row, elle dans la maison de sa sœur à Kensington. Deux jours plus tard, ils eurent un nouveau rendez-vous d'amour, et encore un autre deux jours après.

Il fallut deux visites supplémentaires à Londres avant que, divine surprise, ses règles tardent à venir, puis, surprise plus divine encore, qu'elle commence à avoir des nausées.

Après cela, et malgré tout son bonheur, elle eut une période pénible à traverser. Elle fit preuve d'un beau courage pour affronter ses parents, mais ce furent surtout le choc et les états d'âme d'Oliver qui la touchèrent le plus durement. Sa première réaction fut presque plus violente que celle des parents de Celia. En effet, il dut affronter non seulement la réalité de la condition de la jeune fille, mais la révélation de son implacable volonté et aussi, il faut le dire, de sa ruse et de sa dissimulation. Après leur première étreinte, il avait voulu mettre des préservatifs, mais elle lui avait promis qu'elle utiliserait une poire à injection – alors qu'elle n'en possédait pas –, et il l'avait crue. Aujourd'hui, il avait bien du mal à lui pardonner sa conduite.

Et pourtant, malgré tout, malgré les disputes et les accès de fureur, les menaces de bannissement, ou encore celles d'une intervention chirurgicale – toutes menaces qu'elle savait nulles et sans fondement –, malgré le désarroi d'Oliver et les doutes qu'elle lisait dans ses yeux, malgré son propre malaise physique qui allait en s'accroissant, malgré tout cela, elle était heureuse. Toute sa vie, elle se souviendrait des après-midi passés dans l'étroit petit lit de la vaste chambre, remplie de livres du sol au plafond ; de ces instants où elle atteignait l'orgasme puis se retrouvait dans les bras d'Oliver, à l'écouter parler non seulement de l'amour qu'il lui portait, mais aussi de ses ambitions personnelles et de ses projets d'avenir au sein de la maison Lytton.

Comme un nouveau et merveilleux royaume, il lui dévoilait la vie d'un de ces lieux qui semblaient un peu magiques à Celia, où l'on créait les livres : d'abord les sujets, les histoires qu'on vous racontait et celles dont on entendait parler, les idées lancées en l'air et dont on débattait longuement. Puis il en venait au contenu des livres, comment on réalisait toutes ces pages enfermées à l'intérieur d'une couverture, les commandes passées aux auteurs, les instructions données aux illustrateurs… Elle avait ressenti pour ce nouvel univers une sympathie immédiate, mieux, une sorte d'affinité profonde. Ainsi, l'amour et le travail s'étaient trouvés réunis dans son cœur, et le resteraient jusqu'à la fin de ses jours.

Son père se comporta convenablement au mariage. Quand il rendait les armes, il le faisait sans arrière-pensée. Il fit préparer un somptueux lunch, prononça un magnifique discours et veilla à ce que le champagne coule à flots.

Lady Beckenham, quant à elle, n'eut pas l'élégance de son époux. Elle fut à peine courtoise avec les Lytton, arbora un visage de marbre pendant qu'elle écoutait les discours – particulièrement celui du frère aîné d'Oliver, Robert, récemment installé à New York où il faisait carrière à Wall Street ; elle susurra à l'oreille de Caroline qu'elle les considérait, lui et sa carrière, comme plutôt communs. Elle ignora tout à fait Jack, n'adressa au vieux Mr Edgar Lytton que quelques mots d'une sécheresse presque insultante, et quasi aucun à Oliver.

Toutefois, pour la plupart des invités, et assurément pour qui contempla par la suite les photographies de la cérémonie – Celia dans la ravissante robe de dentelle que son père n'avait pas eu le cœur de lui refuser, le diadème des Beckenham ornant ses chatoyants cheveux foncés, Oliver magnifiquement beau à son côté –, la journée avait l'air d'une réussite totale et sans nuages.

Le jeune couple fit un voyage de noces très bref, adapté à leurs modestes revenus ainsi qu'à l'état de fatigue de Celia. Ils partirent une semaine pour Bath, qui fut très bénéfique à la jeune femme : quand ils rentrèrent à Londres, elle avait perdu sa pâleur et retrouvé son énergie. Dans un nouvel accès de générosité, Lord Beckenham avait offert au jeune couple une maison en cadeau de mariage ; elle se trouvait dans Cheyne Walk – il avait insisté pour qu'elle ne soit pas à Hampstead –, grande, pleine de charme, mais avec un criant besoin de travaux.

Jusqu'à la naissance du bébé, au mois de mars suivant, les réparations et aménagements en tout genre accaparèrent Celia. Elle y prit beaucoup de plaisir et parvint à un résultat fort original et réussi. À une époque où les murs des pièces étaient passablement surchargés et les éclairages intérieurs plutôt faibles, la maison de Celia était au contraire brillante et lumineuse. Elle avait des murs peints en blanc, des rideaux aux éclatants tons bleu et or, des sols de bois clair, et plusieurs tableaux dans le nouveau style de l'époque, impressionniste, en lieu et place des portraits et paysages si lourds qui restaient de règle dans la bonne société.

Après avoir travaillé toute la journée à décorer la maison, elle attendait avec impatience le retour d'Oliver ; ils dînaient souvent dans le petit salon du premier étage, d'où l'on avait une jolie vue sur le fleuve, et elle le pressait pour qu'il lui raconte sa journée en détail.

Oliver pouvait à peine offrir à Celia les services d'une cuisinière bonne à tout faire, surmenée, et la perspective d'engager une nurse quand le bébé serait arrivé ; aussi préparait-elle et servait-elle elle-même très souvent le dîner, activité qui lui procurait un vif plaisir. Assez souvent aussi, elle insistait auprès d'Oliver pour qu'il convainque son père de partager leur repas. Elle adorait Edgar Lytton, qui avait les mêmes manières affables et courtoises que son fils, son charme, sa voix chaude et profonde. C'était aujourd'hui un vieil homme, de soixante-quinze ans. Il avait eu Oliver et Jack très tard, fruits d'un second mariage. Sa femme l'avait quitté un an seulement après la naissance de Jack. Pourtant il continuait à travailler toute la journée chez Lytton, aux côtés d'Oliver et de Margaret, qui intimidait beaucoup Celia ; il n'avait rien perdu du flair ni du sens des affaires qui avaient fait le succès de la maison, et affirmait qu'il souhaitait mourir à la tâche.

— J'espère qu'on me trouvera un jour dans mon bureau, complètement enfoui dans les livres, avait-il dit plus d'une fois à Celia. Elle l'embrassait alors affectueusement en lui répondant que rien n'arriverait de la sorte avant un long moment, elle l'escomptait bien.

Sur son insistance, il l'avait emmenée dans l'immeuble de Lytton ; là, il avait été surpris et charmé par le véritable intérêt qu'elle portait aux activités de la maison, ainsi qu'à la façon dont il avait lancé la société. Aujourd'hui, Lytton était en bonne voie pour rejoindre les grandes maisons d'édition londoniennes – Macmillan, Constable, Dent, John Murray –, mais les débuts avaient été fort modestes.

Edgar avait fait, en 1856, un mariage à la fois heureux et fortuné, avec une Miss Margaret Jackson dont le père, George, possédait un atelier de reliure qui

20

faisait aussi office d'imprimerie. Quand son jeune et ambitieux gendre proclama son désir d'imprimer une série d'ouvrages de poésie, en plus des brochures éducatives qu'il éditait déjà avec bonheur, George l'y encouragea. Avant que ce dernier meure en 1860, la maison d'édition Lytton-Jackson était lancée. Ses plus grands succès commerciaux reposaient sur une suggestion faite par Margaret : une série d'ouvrages publiés sous forme de feuilleton, à la manière de Charles Dickens. On confia à un brillant et jeune romancier le soin d'écrire cinquante-deux épisodes des chroniques de Heatherleigh, une petite ville du sud-ouest de l'Angleterre. Elles marchaient sur les brisées de ces chroniques du Barsetshire, d'Anthony Trollope, qui se vendaient alors comme des petits pains. L'idée éditoriale suivante fut une collection de manuels scolaires, puis une série de légendes grecques et romaines, imprimées et illustrées avec un goût exquis.

Margaret mourut en 1875, ayant donné naissance à Edgar Robert et à Petite Margaret. Solitaire et le cœur brisé, leur père fit un désastreux second mariage avec Henrietta James, une femme stupide et sans cervelle qui le quitta cinq ans plus tard pour s'enfuir avec un acteur, en laissant deux fils derrière elle, Oliver et Jack.

— Quelle triste histoire, avait commenté Celia quand Oliver la lui avait raconté. Mais je suis quand même si contente qu'il l'ait épousée, sinon je ne t'aurais pas aujourd'hui...

Petite Margaret, dès ses plus jeunes années, fit preuve d'un grand flair éditorial, et tout le monde s'accordait à dire qu'elle prendrait la suite de son père à la tête de l'entreprise. À une époque où les femmes n'avaient aucun droits, sinon ceux que leurs maris voulaient bien leur accorder, où bien peu d'entre elles poursuivaient des études au-delà de l'âge de quinze ans, elle était un cas à part. En effet, non seulement elle avait obtenu le droit d'entrer à l'université de Londres pour y étudier l'anglais – exploit presque inimaginable – mais aussi celui d'occuper un poste complexe et difficile, où elle travaillait sur un pied d'égalité avec des hommes, qui n'auraient jamais songé à le lui contester. Robert, lui, ne montra aucun intérêt pour l'édition, et devint banquier.

Oliver, comme Margaret, semblait avoir de l'encre d'imprimerie qui lui coulait dans les veines. À l'âge de vingt-deux ans, après avoir obtenu une mention très bien en anglais à Oxford, il s'installa dans ce qui faisait figure de bureau du directeur adjoint, comme héritier incontesté d'Edgar. Si PM, ainsi qu'on nommait Petite Margaret – surnom fort peu approprié pour une fille de plus d'un mètre quatre-vingts, avec une voix sonore et des manières qui en imposaient –, en conçut du ressentiment, elle ne le laissa jamais paraître ; en tout cas, elle recevait exactement le même salaire qu'Oliver, et son influence était aussi grande que la sienne.

Quant à Jack, rien ne semblait l'intéresser dans la vie à part les jolies filles. Son maître d'internat, à Wellington, lui avait suggéré d'embrasser une carrière militaire, ajoutant qu'il était, à défaut d'autre chose, brave et très populaire auprès de ses camarades.

Celia aimait beaucoup Jack ; ils avaient le même âge et, comme elle, il était le plus jeune de la famille.

— Tous les deux des enfants gâtés. Est-ce que ce n'est pas très bien comme cela ? lui avait-il dit une fois.

Il était charmant, amusant, irresponsable, toujours plein de joie et d'entrain. Oliver l'adorait, mais, en même temps, il s'inquiétait de sa tendance à laisser le hasard guider ses pas dans la vie.

Ces derniers temps pourtant, Jack s'était quelque peu racheté aux yeux des siens : il s'était décidé à entrer dans l'armée, avait été pris dans les rangs du 12ᵉ régiment des Lanciers du roi et semblait promis à une brillante carrière.

Celia avait tout de suite apprécié sa belle-sœur, dont la personnalité, toutefois, l'intimidait un peu. PM était d'une intelligence et d'une pénétration presque redoutables ; elle avait un aspect sévère, mais aussi un sens de l'humour assez pince-sans-rire, un esprit fort inventif et curieux. Elle vivait seule et gardait ses opinions pour elle. Et, si elle s'habillait de façon plutôt stricte et tirait ses cheveux en arrière, elle avait un style et même quelque chose qui ressemblait à du charme ; les hommes, souvent à leur propre étonnement, la trouvaient séduisante et même troublante, sexuellement parlant.

Elle se montrait charmante envers Celia – même si cela n'allait pas sans une note de sévérité –, lui demandant régulièrement son avis sur les derniers livres parus. Au tout début, alors que la jeune femme arrivait très impressionnée dans cette nouvelle famille, cela lui facilita beaucoup les choses de voir PM se comporter envers Oliver comme envers un frère cadet, sans façon.

— Ne sois pas ridicule, s'il te plaît, lui disait-elle souvent.

Parfois, elle captait le regard de Celia et lui faisait un clin d'œil ; Celia le sentait, PM était déjà pour elle une amie très précieuse.

Giles naquit en mars 1905. Au grand étonnement de Celia, sa mère – qui jusque-là avait refusé toute invitation à séjourner dans sa nouvelle maison – arriva deux jours avant la naissance, avec une grande valise et accompagnée d'une des femmes de chambre d'Ashingham. Elle ne se contenta pas de rester avec

Celia pendant le temps de l'accouchement, elle demeura un mois entier à son côté, lui apportant un réconfort et une aide inestimables. Si elle ne s'excusa ni même ne s'expliqua jamais pour sa conduite passée, Celia apprécia le geste à sa juste valeur et lui en fut très reconnaissante.

L'accouchement fut pour elle un grand traumatisme. Les premières contractions commencèrent un jour à l'aube, et elle ne fut délivrée de Giles que lorsqu'un crépuscule rouge vif éclaira le fleuve, le lendemain soir. Ce qui l'éprouva le plus, ce furent moins la douleur ou la fatigue que la brutalité de l'expérience. Allongée dans son lit après l'accouchement, avec Giles dans les bras – et si peu de forces qu'elle avait peur de le lâcher –, elle se demandait pourquoi elle ressentait si peu d'attirance pour lui. C'était un bébé laid, gros – quatre kilos –, qui, toute la nuit, n'arrêta pas de hurler. Celia trouvait qu'il aurait pu au moins la gratifier d'un sourire, ou d'un hochement de sa tête, étonnamment sombre et chevelue. Quand elle le dit à sa mère, Lady Beckenham pouffa et répondit qu'aucune créature sur terre n'était plus ingrate qu'un bébé.

Celia, qui avait lu quantité de livres modernes sur le sujet, avait décidé de l'allaiter, mais son fils était difficile à nourrir. Chaque fois qu'elle essayait d'insérer un mamelon, affreusement sensible et douloureux, dans sa bouche à demi fermée, elle trouvait l'exercice si désagréable qu'elle le tendit avec beaucoup de soulagement à la nurse au bout de deux jours. Comme cela, au moins, elle pourrait dormir un peu.

— Très judicieux, approuva Lady Beckenham. C'est vraiment tellement commun, l'allaitement. Tellement le genre de choses que font les roturiers.

Mais si Giles était quelque peu un sujet de déception pour Celia, pour son père, en revanche, c'était un bonheur de tous les instants. Oliver passait des heures à le porter dans ses bras, à le faire sauter sur ses genoux, à chercher sur son visage des ressemblances avec un membre ou l'autre de la famille, et même, parfois, à lui donner le biberon, à la plus grande indignation de la nurse.

L'arrivée de Giles fut l'occasion d'une trêve entre Oliver et Lady Beckenham ; elle était bavarde par nature, et guère disposée à rester silencieuse à ses côtés, à table, pendant que Celia était au lit. De plus, il réussit à trouver un sujet sur lequel il pouvait lui demander son avis. Lytton allait publier un livre sur les grandes demeures d'Angleterre. Comme sa belle-mère avait séjourné dans au moins la moitié d'entre elles, elle pouvait lui donner beaucoup de renseignements sur le sujet.

Elle offrit même, signe éloquent du réchauffement de son attitude envers Oliver, de lui présenter quelques-uns des propriétaires de ces grandes demeures.

« Je continue à penser qu'il fait un étrange mari pour Celia, écrivait-elle à Lord Beckenham, et que, pour un homme, il s'occupe beaucoup trop du bébé. Mais il faut reconnaître qu'il essaye de faire de son mieux pour tous les deux. Il a des dons pour la conversation et il peut être assez spirituel, même si ses opinions politiques m'inquiètent. Il dit qu'il éprouve de la sympathie envers les syndicats et leurs idées. Mais je suppose que c'est son milieu qui l'y pousse et qu'il n'en est pas complètement responsable. Il comprendra sûrement avec le temps. »

Giles fut baptisé dans la vieille église de Chelsea, avec au moins une partie de la splendeur que Lady Beckenham aurait voulu voir à la cérémonie du mariage. Il portait la robe de baptême de la famille Beckenham, une cascade de dentelle froufroutante vieille d'une centaine d'années ; il reçut de sa grand-mère maternelle la cuillère en argent et l'anneau de dentition familiaux, un gros chèque de son grand-père paternel, et il compta un comte et une comtesse parmi ses cinq parrains et marraines.

— Il est vraiment nécessaire d'en avoir autant ? avait demandé Oliver.

— Le bébé de Caroline en a quatre, et je ne vais pas être dépassée par elle au baptême *en plus* du mariage !

Oliver ne s'était pas risqué à lui faire la remarque que si leur mariage avait été une affaire aussi discrète, la faute lui en revenait entièrement. À vrai dire, son caractère avait un peu changé depuis la naissance de Giles, elle se montrait parfois acerbe et tranchante. Ce n'était pas sans rapport, il le craignait, avec l'arrivée de Lady Beckenham dans le foyer.

Le baptême de Giles fut une grande joie pour Edgar Lytton ; il porta le bébé la plupart du temps, et, sur toutes les photos officielles, il arborait un sourire radieux. Cela fut, comme il l'affirma dans la soirée à PM, l'un des jours les plus heureux de toute sa vie. Cette nuit-là, il fit une crise cardiaque, et mourut à l'aube. Oliver ne se pardonna jamais complètement de ne pas être resté boire un verre de brandy avec lui, après l'avoir raccompagné.

— Reste, lui avait dit Edgar, je n'ai pas envie que la journée se termine comme ça.

Mais Oliver avait répondu qu'il devait retourner auprès de Celia et du bébé. En fait, ce qu'il était vraiment impatient de retrouver, c'était une Celia nue dans son lit – elle lui avait murmuré qu'elle le serait avant qu'il quitte Cheyne Walk. Elle se sentait capable de reprendre leurs étreintes, et, à leur grand soulagement à tous les deux, ce fut aussi merveilleux qu'avant ; mais il fallut du temps à Oliver pour s'y livrer sans éprouver un sentiment de trahison et de culpabilité.

L'autre legs qu'Edgar fit à Oliver en disparaissant fut la direction de Lytton, et la propriété complète de la maison.

2

Celia saisit un chandelier d'argent et le jeta sur la porte de la nursery qu'Oliver venait de refermer doucement derrière lui.

— Il est borné ! dit-elle à Giles, assis placidement dans son lit d'enfant. Il est borné, coincé et vieux jeu...

Giles lui sourit. Elle le contempla pendant quelques secondes, puis lui sourit à son tour. Il arborait une étrange expression radieuse, qui transformait complètement son petit visage, d'habitude plutôt solennel. Il avait un an passé maintenant, et, s'il n'était pas beau à proprement parler, il était mignon, avec ses grands yeux sombres et ses cheveux bruns. Il était aussi extrêmement gentil.

Il accomplissait toutes les choses habituelles à cet âge : se tenir debout, ramper, tous les bons gestes décrits dans le guide, et aussi dire ma-ma, pa-pa et na-na, surnom qu'il donnait à Jenny. Ladite Jenny, dix-neuf ans à peine à son arrivée à la maison et sans expérience aucune, était vite devenue un modèle de nurse ; elle adorait Giles, sans se montrer sottement indulgente avec lui.

Après la mort d'Edgar, il y avait eu des discussions sur l'embauche de ce que Lady Beckenham appelait une vraie nurse, mais Celia avait résisté. Elle préférait avoir une *vraie* cuisinière, disait-elle, et une femme de chambre avec qui, surtout, elle s'entendait bien. Jenny était bien assez compétente, et pendant son difficile premier mois de maternité, Celia en était vite venue à la considérer davantage comme une amie intime que comme une employée. Quand elle le dit à sa mère, celle-ci répondit que Celia, elle l'espérait, n'était pas en train de commettre l'erreur si courante de nos jours de croire qu'on pouvait tisser des liens personnels avec les domestiques.

— Ils doivent rester à leur place, Celia. Au sens propre comme au sens figuré.

Celia ne répondit rien, mais continua à considérer Jenny comme une amie. Quand celle-ci lui demanda, pour son vingtième anniversaire, si l'on pouvait désormais l'appeler Nanny comme une vraie nurse, Celia en fut blessée.

— Votre nom est Jenny, c'est comme cela que je pense à vous. Pourquoi voulez-vous tout d'un coup qu'on vous appelle Nanny ?

— Ce sont les autres filles, Lady Celia. Les gouvernantes et les nurses en uniforme dans Kensington Gardens. Elles trouvent très bizarre que vous m'appeliez par mon nom. Avec Nanny, je me sentirais très fière.

L'altercation du matin avait été provoquée par le refus d'Oliver, pour la seconde fois, de lui laisser jouer un rôle chez Lytton, même subalterne. Celia s'ennuyait. La vie de famille et la maternité ne la satisfaisaient pas sur le plan intellectuel. Elle était intelligente, et elle le savait. De plus, elle se cultivait : durant les longues journées de sa grossesse, elle s'était plongée dans les œuvres de Charles Dickens, Anthony Trollope, Jane Austen, George Eliot ; elle avait aussi dévoré la presse quotidienne, le *Times* et le *Daily Telegraph*, et avait convaincu Oliver de s'abonner au

Spectator et à l'*Illustrated London News*. Parfois aussi, elle poussait l'audace jusqu'à acheter le *Daily Mirror* ; parmi d'autres penchants qu'elle partageait avec Oliver, il y avait une certaine fibre idéaliste et sociale. Tous les deux étaient d'accord pour qu'il vote travailliste aux prochaines élections.

Mais elle voulait faire davantage que diriger son foyer et élever son enfant. La vie que menait Oliver la fascinait ; elle aimait parler avec les écrivains, goûtait leur étrange mélange de doute et de confiance en eux-mêmes, ne se lassait jamais de les entendre raconter comment ils rédigeaient leurs livres et d'où ils tiraient leurs idées. Elle trouvait les illustrateurs tout aussi fascinants. Elle avait un sens esthétique très développé et souvent, plutôt que d'aller à un thé, un de plus, elle préférait flâner du côté du Victoria et Albert Museum ou de la Tate Gallery. Elle n'ignorait rien des artistes les plus modernes, tels qu'Augustus John ou, bientôt, Marcel Duchamp. Et elle aimait Lytton lui-même, le majestueux grand immeuble dans Paternoster Row, avec son magnifique hall d'entrée ouvrant sur une série de pièces poussiéreuses et désordonnées, où travaillaient Oliver, Margaret et les autres membres de l'équipe directoriale.

Edgar n'avait laissé à ses quatre enfants que quarante mille livres à se partager, mais la valeur de Lytton était considérable. Son patrimoine était constitué non seulement par les livres et les auteurs sous contrat, mais aussi par ce bel immeuble qu'Edgar avait judicieusement acheté, avec l'argent laissé par George Jackson pour lui et pour Margaret.

PM, elle aussi, approuvait l'évolution de la société vers plus de libéralisme. Leurs amis l'intriguaient également : ils n'étaient pas bohèmes à franchement parler, leurs vies et leurs affaires étaient un peu trop fondées sur le commerce pour cela, mais c'étaient des intellectuels, des esprits libres, aimant la conversation et les débats d'idées. Leurs attitudes comme leurs conceptions du monde auraient choqué les Beckenham.

— Je veux un travail, avait dit Celia à Oliver, je veux faire marcher ma tête. Tu devrais me laisser venir travailler chez Lytton.

La première fois qu'elle avait émis une telle suggestion, il avait presque paru choqué.

— Mais tu es ma femme ! avait-il répondu. Je veux que tu restes chez nous et que tu t'occupes de notre fils. Le monde de l'édition est rude et brutal...

Celia lui avait répondu qu'il ne paraissait ni rude ni brutal de son point de vue.

— Aucune femme ne travaille dans le secteur éditorial, et je pense que ça te serait utile. J'apprendrais vite et j'aimerais tellement travailler avec toi, mon chéri. Partager *toute* ta vie et pas seulement la partie domestique.

Il était désolé qu'elle n'apprécie pas sa vie de femme au foyer. Elle avait insisté sur le fait qu'il ne risquait rien à tenter l'expérience. Ils s'étaient assez vivement disputés et ne s'étaient réconciliés qu'au lit, comme toujours. Elle avait laissé la question de côté pendant quelque temps, puis était repartie à l'attaque ce matin-là, et la réponse d'Oliver avait été la même que la fois précédente.

— Ma chérie, je te l'ai déjà dit, tu es ma femme. Et la mère de mon fils. Je ne veux pas que tu travailles à l'extérieur.

— Mais pourquoi ?

— Parce que je veux que tu me soutiennes depuis la maison. C'est bien plus utile et plus précieux.

— Donc une épouse ne devrait jamais travailler. C'est ça que tu es en train de me dire ?

— Oui. Oui, c'est exactement ça, répondit-il d'une voix ferme. Et maintenant, je dois partir.

Plus tard dans la journée, PM entra dans le bureau d'Oliver.

— Il faut que je te parle, lui dit-elle.

— De quoi ?

— De Celia.

— Elle t'a parlé de…

— Oui, répondit PM d'une voix calme.

— Elle n'a pas à t'ennuyer avec ses lubies.

— Oliver, tu ressembles de plus en plus à Lord Beckenham, c'est inquiétant. Celia a tout à fait le droit de me téléphoner si elle en a envie. En plus, je ne sais pas de quoi tu parles. Elle m'a simplement appelée pour me dire qu'elle avait pensé aux lettres de la reine Victoria, que John Murray compte publier. Je lui ai répondu ce que j'en pensais, que c'était un superbe coup d'édition. Alors elle a suggéré qu'on commande à quelqu'un une biographie de la reine, qui sortirait en même temps. Elle disait qu'ainsi on pourrait bénéficier de toute la publicité faite par Murray. Je trouve cela perspicace au sens éditorial et au sens commercial. En tout cas, c'est une idée formidable, et je suis convaincue qu'on devrait y réfléchir. Et si Celia veut travailler ici, en ce qui me concerne, je l'y encouragerais franchement. Nous serions stupides de l'en empêcher, à mon avis. Tu devrais trouver quelqu'un qui pourrait écrire ce livre et lancer le projet sans attendre. Et j'espère que tu ne rejetteras pas cette idée à cause d'une conception dépassée et restrictive de l'épouse idéale… Tu me décevrais beaucoup, Oliver !

Quand Oliver rentra chez lui ce soir-là, Celia l'entendit qui la cherchait de pièce en pièce. Quand il ouvrit la porte de leur chambre, un mélange d'inquiétude et d'irritation se lisait sur son visage. Mais son expression changea quand il la vit assise dans le lit, nue, ses longs cheveux sombres ruisselant sur ses épaules et sur ses seins.

— Je suis désolée si je t'ai mis en colère, dit-elle en tendant la main vers lui. Je voulais juste t'être utile, vraiment. Je t'en prie, viens ici. Je ne peux pas supporter de me disputer avec toi.

Plus tard, quand ils se furent mis – tardivement – à table, il lui expliqua, non sans embarras, qu'il se trompait peut-être – PM l'en avait convaincu –, qu'il devrait songer à la laisser travailler chez Lytton.

Dans les années qui suivirent, quand Celia jetait un regard en arrière sur sa vie, elle se rappelait cette soirée comme le tournant décisif de leur relation. Plus encore, à certains égards, que le jour où elle lui avait annoncé qu'elle était enceinte. Elle avait triomphé de lui, comme elle avait triomphé de ses parents, avec le même mélange de sournoiserie et de détermination. Elle avait défini elle-même ce que serait sa vie.

On lui alloua une modeste pièce au deuxième étage, qu'elle transforma en son royaume personnel. Elle l'aménagea avec un grand bureau au dessus de cuir, sur lequel elle posa plusieurs photos de Giles dans des cadres d'argent, une ravissante lampe, et une machine à écrire portative. De chaque côté de la petite cheminée, elle disposa deux canapés de cuir capitonné.

— Pour pouvoir parler aux auteurs dans une ambiance détendue, expliqua-t-elle à Oliver.

Il lui répondit, d'un ton plutôt froid, qu'il se passerait un bon moment avant qu'elle ne parle aux auteurs.

— Tu dois commencer par apprendre les bases de l'édition, Celia. C'est indispensable.

Elle lui répondit docilement qu'elle comprenait, bien sûr, et elle s'attela avec patience et bonne humeur aux tâches les plus ennuyeuses qu'on lui confiait – et la plupart l'étaient vraiment. Elle soupçonna Oliver de la gâter tout spécialement en matières d'épreuves à relire et de manuscrits à expédier aux auteurs pour accord, davantage qu'il ne le faisait avec d'autres responsables éditoriaux, mais elle s'en moquait : elle était folle de sa nouvelle vie. Elle se réveillait le matin impatiente de partir pour le bureau, le quittait le soir de plus en plus tard, à contrecœur, oubliant souvent l'heure du coucher de Giles. Elle s'efforçait de le cacher à Oliver ; il avait accepté qu'elle rejoigne Lytton à la condition expresse que cela ne l'éloignerait pas de Giles. Jenny – à qui l'on avait accordé une augmentation et une superbe tenue de *vraie* nurse – était souvent obligée de couvrir sa maîtresse : si le sujet était évoqué en présence d'Oliver, elle affirmait toujours que Celia était rentrée à la maison plus tôt qu'en réalité.

Celia percevait un salaire, cent livres par an, qu'elle reversait en totalité à Jenny. Aussi bien Oliver que PM en étaient convenus dès le départ, il était essentiel que sa situation chez Lytton soit officielle, entérinée par un contrat. Le reste du personnel, qui ne l'avait pas vue arriver sans une certaine méfiance, l'accepta rapidement. Elle travaillait dur et sans jamais se plaindre, ne se prévalait d'aucun privilège, prenait rendez-vous pour voir Oliver ou PM comme n'importe qui d'autre, approuvait – publiquement du moins – tout ce que disait son mari, et faisait tant de bonnes suggestions qu'il était impossible de ne pas se féliciter de sa présence. Bien que Lytton fût une importante maison par la qualité de ses publications, elle restait petite par la taille, avec seulement deux directeurs éditoriaux et deux adjoints ; un cerveau de plus, surtout d'un tel niveau, était donc le bienvenu.

Il fallut du temps à Oliver pour se remettre de la présence de Celia chez Lytton ; il sentait qu'elle l'avait manipulé, une fois de plus, et ça le mettait en colère. D'un autre côté, elle avait vraiment de bonnes idées. Comme cette collection de livres médicaux, écrits dans un style simple, et destinés aux mères. Le succès fut tel que PM annonça à Oliver que les bénéfices annuels de Lytton allaient en être augmentés d'au moins cinq pour cent. Celia méritait une récompense.

— Fais-en une directrice éditoriale, Oliver. Tu ne le regretteras pas, j'en suis sûre.

Oliver rétorqua que d'autres avaient dû travailler pendant des années dans la société avant d'atteindre une telle position, qu'il n'en était donc pas question. PM céda, non sans lui dire qu'il était le premier perdant dans l'histoire. Mais quand on réédita la biographie de la reine Victoria pour la sixième fois, et que Celia suggéra de lui adjoindre un volume sur le prince Albert, pour les vendre en coffret à l'occasion des fêtes de Noël, elle se retrouva assise dans le bureau d'Oliver, un verre de madère à la main. Il lui demanda si elle s'estimait capable d'occuper un nouveau poste de directrice adjointe, avec un œil en particulier sur les biographies. Celia lui adressa un sourire gracieux, répondit qu'elle s'en sentait capable, promit de travailler très dur, et espéra qu'ils ne regretteraient pas leur décision.

Plus tard cette nuit-là, Oliver lui dit, non sans froideur, qu'il regretterait sa décision dans un cas et un seul : si Giles ne devait pas recevoir assez d'attention de sa mère.

Celia l'assura qu'elle accorderait à son fils toute l'attention et le temps dont il aurait besoin. Après quoi, elle manqua à sa promesse quotidiennement ou presque ; car elle prit pied dans son nouvel univers avec un enthousiasme et une passion qui la surprirent elle-même. Pour l'instant, Oliver ne s'en rendait pas compte et Giles était dans l'incapacité de se plaindre.

3

Quatre jours de retard maintenant. Ou bien était-ce cinq ? Oui, cinq. Cinq jours sans la chère et heureuse souffrance, sans le désagrément ni le travail supplémentaire aussi, mais quel soulagement ils apportaient avec eux ; cinq jours d'une terrible inquiétude qui ne cessait de grandir ; cinq jours à essayer de passer en revue les solutions possibles.

Elle savait à quand ça remontait : à ce samedi soir où il avait bu un verre de bière. Elle ne l'avait pas voulu, bien sûr que non ; mais il avait été si gentil, il était si généreux avec eux tous, il travaillait si dur, et sans jamais se plaindre.

— Chérie, viens par là un peu, lui avait-il murmuré. Je ferai très attention, je me retirerai.

Elle n'avait pas eu le cœur de lui refuser ça. Il n'avait pas beaucoup de plaisirs dans la vie.

En soupirant, Sylvia hissa péniblement le baquet d'eau sale jusque sur la table, pour y faire tremper les couches du bébé. D'accord, l'eau avait déjà servi, mais cela lui épargnait de retourner dans la cour chercher de l'eau claire. C'était trop dur. Sans compter que ce soir, Ted allait vouloir son bain, puisqu'on était vendredi. Il aurait besoin de plus d'eau que les enfants : cela voulait dire faire deux voyages de plus

36

au robinet, soulever ensuite les lourdes casseroles sur la cuisinière pour y chauffer l'eau du baquet. Rien qu'en y pensant, Sylvia se sentait déjà fatiguée. Même si, peut-être, le surmenage les ferait venir. C'était déjà arrivé auparavant. Elle devait essayer de ne pas penser à ces règles qui se faisaient attendre – plus on y pensait et plus cela pouvait les retarder. Une fois, elle avait été presque sûre d'être enceinte. Puis le bébé avait eu de la fièvre et elle s'était tellement inquiétée qu'elle n'y avait plus pensé. Le lendemain, elles étaient là.

Elle soupira, regarda la pendule : presque sept heures déjà. Ted était parti depuis une demi-heure. Elle avait allaité le bébé pendant qu'il prenait son petit déjeuner, et si elle se dépêchait maintenant, elle pourrait passer le balai avant de réveiller les autres enfants. Elle aurait peut-être même le temps de leur préparer leurs tartines au saindoux. L'important, c'était de garder le petit au lit le plus longtemps possible : Frank, déjà si grand et si costaud, posait tant de problèmes. Sylvia détestait devoir l'emprisonner dans la chaise haute toute la journée, mais c'était la seule solution. Elle ne pouvait pas l'attacher au pied de la table. Le laisser ramper partout dans la pièce, avec la cuisinière allumée et les énormes casseroles d'eau chaude, c'était trop dangereux, beaucoup trop dangereux. Mais elle allait vraiment faire un effort aujourd'hui et finir son travail avant que les enfants rentrent de l'école et permettre à Frank de gambader à quatre pattes sur le perron. Ou bien, si elle n'y arrivait pas, un des grands pourrait l'emmener un moment dehors, dans la rue. Pauvre petit, il criait sans cesse. Il devait beaucoup s'ennuyer.

Sylvia et Ted Miller vivaient à Lambeth avec leurs cinq enfants dans une pièce principale, de quelque treize mètres carrés, et une autre plus petite, au sous-sol d'une maison de Line Street, qui donnait dans Kennington Lane. Depuis la minuscule entrée sur le devant, quelques marches montaient vers la rue ; la pièce de derrière ouvrait directement sur la cour où se trouvait le robinet d'eau courante, les toilettes, ainsi qu'un garde-manger suspendu qui gardait le lait et le saindoux au frais – au moins en hiver. En été, cela fonctionnait beaucoup moins bien.

Sylvia, Ted, le bébé et Frank dormaient dans la plus grande pièce, qui servait également de cuisine, et aussi de salle de bains deux fois par semaine. Frank partageait leur lit, le bébé dormait dans le tiroir du bas d'une grande commode que la mère de Sylvia leur avait léguée. Elle contenait aussi leurs vêtements, un peu de nourriture, et l'essentiel du peu qu'ils possédaient. La cuisinière à charbon se dressait contre le mur, en face du lit ; il restait juste assez de place dans la pièce pour une petite table pliante sous la fenêtre, et la vieille chaise haute de bébé.

Il n'y avait que deux chaises en tout et pour tout ; les enfants mangeaient en général debout, ou assis sur le lit de leurs parents. Les trois aînés dormaient dans la petite pièce attenante, dans un lit unique – tête-bêche, comme des sardines dans une boîte. Il y avait encore de la place, songea Sylvia, pour un autre enfant dans ce lit – pour Frank, quand le bébé serait devenu trop grand pour le tiroir de la commode. Après... Sylvia détourna résolument son esprit de cet après-là.

Ted travaillait dans un entrepôt en ville, à une heure de marche ; il faisait douze heures par jour et était payé vingt-trois shillings par semaine. On disait dans le quartier qu'à condition de gagner environ une livre[1] par semaine, on pouvait s'en sortir ; en dessous, cela

1. Une livre équivalait à vingt shillings. *(N.d.T.)*

devenait problématique. Le loyer leur coûtait sept shillings par semaine, et ils en dépensaient un autre pour le charbon. C'était beaucoup, mais le sous-sol était humide et froid. Joan, une amie de Sylvia qui vivait de l'autre côté de l'Oval[1], avait trois pièces en étage, sept enfants, et se débrouillait avec beaucoup moins de charbon.

Pourtant, Sylvia n'aurait pas échangé sa place contre celle de Joan. Ted était si gentil et si doux, il levait si rarement la main sur les enfants, et jamais sur elle. Il avait même arrêté de fumer depuis plusieurs années, et n'était presque jamais ivre. Le mari de Joan, lui, avait un caractère terrible : il battait les enfants avec une ceinture de cuir, et si par malheur son dîner n'était pas prêt quand il arrivait, il frappait Joan aussi. De plus, s'il pouvait gagner jusqu'à trente shillings les bonnes semaines, il pouvait aussi en dépenser un, un shilling entier, à se soûler.

Ted et Sylvia étaient maintenant mariés depuis huit ans, et ils étaient toujours heureux. La vie n'était pas facile tous les jours, mais leurs enfants étaient en bonne santé, et les trois qui allaient à l'école travaillaient bien ; ils savaient tous lire, écrivaient leurs noms, et le plus âgé, Billy, connaissait déjà bien ses chiffres.

Elle ne pouvait pas l'être. Non, elle ne pouvait tout simplement pas l'être. Pas maintenant, pas juste quand son travail était si captivant et si gratifiant, pas quand elle se sentait heureuse et forte. Elle ne pouvait pas l'être, et bien sûr qu'elle ne l'était pas. Elle avait seulement quelques jours de retard, sans doute parce qu'elle avait été si occupée ces derniers temps. Et puis, le fait de s'en inquiéter les retardait toujours.

1. Jardin de Kennington. *(N.d.T.)*

Mais, en tout cas, si jamais elle l'était, elle savait depuis quand. Depuis le soir de ce dîner littéraire où Oliver avait donné sa conférence au *Garrick Club*. En tant que femme, elle n'avait pas pu y aller. Il n'avait pas dit un mot pendant qu'il se préparait et il était livide.

— Ne t'inquiète pas, lui avait-elle dit en lui passant les bras autour du cou, tu vas être formidable, je le sais. Moi, je vais rester assise ici, en pensant à toi et en te soutenant à distance.

— Tu ne comprends pas… Il va y avoir tant de gens formidables là-bas, les meilleurs de notre métier, Macmillan, John Murray, Archibald Constable, Joseph Malaby Dent… Ce sera David contre Goliath, Celia !

— Oliver, lui dit-elle d'une voix presque sévère, David a tué Goliath, non ? Comme toi tu vas le faire ce soir… Maintenant, donne-moi un baiser et laisse-moi te nouer ta cravate. Là. Tu es magnifique. Si beau, et surtout si imposant et si… littéraire.

Comme elle l'avait promis, elle s'assit dans le petit salon du premier étage et lut en pensant à lui. Quand elle entendit la voiture s'arrêter devant la maison – très tard, à plus de une heure du matin –, elle descendit l'escalier quatre à quatre. Il entra, jeta son chapeau sur une chaise, la regarda solennellement pendant quelques secondes, mais ne put retenir un large sourire.

— Ç'a été formidable. Je ne devrais pas le dire, sans doute, mais tout a été parfait.

— Montons, dit-elle en lui prenant la main, je veux que tu me racontes tout, minute par minute.

Un peu plus tard, poussé par la joie et le triomphe, il lui avait fait l'amour. Elle s'était allongée sur le lit, excitée aussi bien physiquement que mentalement, et elle avait senti son corps chavirer de plaisir dès sa première caresse. L'extase avait été intense, immense.

Trop bonne, trop forte, trop irrésistible pour faire la moindre pause en songeant aux conséquences. Mais ensuite, quand son corps s'était apaisé, elle s'était remémoré, non sans un brin de panique, que c'était juste la période où elle risquait le plus de tomber enceinte. Et aujourd'hui… eh bien, voilà, peut-être était-ce arrivé. Elle détourna vivement son esprit de son anatomie intime, et tâcha de se concentrer sur ce qui se passait autour d'elle.

C'était la réunion éditoriale hebdomadaire et elle avait une idée à proposer, une très bonne idée ; cela aussi la rendait nerveuse. Son cœur battait même si fort qu'elle était certaine que le charmant Richard Douglas – directeur littéraire de la maison et dont le bureau était juste à côté – devait l'entendre. Elle essayait toujours de ne pas montrer trop d'émotion au bureau. Si l'on voulait que les hommes vous considèrent comme leur égale, on devait aussi se comporter comme eux. Mais c'était très difficile. Et ce le serait encore plus si Oliver rejetait son idée.

Il ne le ferait pas ; bien sûr qu'il ne le ferait pas. Ou en tout cas, s'il le faisait, ce serait uniquement parce qu'*elle* l'avait proposée. Il avait toujours eu tendance à le faire et cela continuait, même alors qu'elle avait plusieurs livres à succès inscrits à son palmarès, et d'autres en préparation. On aurait dit qu'il pensait devoir le faire, par souci d'équité, pour être sûr de ne jamais la favoriser en rien. Par certains côtés, elle le comprenait, mais en même temps cela l'agaçait prodigieusement. Parce que, en réalité, ce n'était *pas* équitable. Elle essayait de ne jamais y faire allusion quand ils se retrouvaient à la maison, ou quand ils rentraient ensemble du bureau, dans la voiture que Lord Beckenham leur avait offerte à Noël dernier.

Oliver avait essayé de refuser ce cadeau, mais elle l'avait persuadé que ce ne serait pas aimable, et même blessant.

— Il t'apprécie vraiment beaucoup, Oliver, Maman me l'a dit. Depuis que Giles est né, il te trouve formidable. De plus, je déteste devoir prendre un autobus, surtout le soir. Cela me met en retard pour voir Giles.

Ce qui était faux, car si elle ne trouvait pas d'autobus en sortant du bureau, elle prenait un fiacre. Elle se convainquait qu'il s'agissait là d'un prélèvement totalement justifié sur son salaire – même si elle savait qu'Oliver était contre, lui toujours si prudent avec l'argent : un héritage de son enfance, quand il entendait sans cesse parler autour de lui des dépenses extravagantes de sa mère.

PM, qui avait des tendances à l'économie encore plus marquées, allait travailler à pied la plupart du temps. Elle avait vendu la grande maison de Fitzjohns Avenue que son père lui avait laissée, pour en acheter une autre, beaucoup plus modeste, dans Keats Grove. Pour son trentième anniversaire, elle avait aussi adopté une tenue vestimentaire – jupe longue, chemisier blanc, foulard de couleur et veste sur mesure – qu'elle conserverait jusqu'à la fin de sa vie ; cela lui évitait de dépenser de l'argent à essayer de suivre la mode.

Pour Celia, qui adorait les vêtements, c'était presque impossible à comprendre. En même temps, elle trouvait que l'uniforme de PM lui allait plutôt bien par son style non conformiste. Il mettait en valeur sa haute taille et sa silhouette remarquablement proportionnée ; ses larges foulards, aux nœuds toujours lâches et aux couleurs chatoyantes, faisaient ressortir ses traits fermes et singuliers, ses grands yeux sombres. PM ressemblait beaucoup à sa mère, pensait Celia.

— Oui, Celia ? venait de dire Oliver, tout en arborant son expression la plus « ne-t'attends-à-aucune-faveur-spéciale-sous-prétexte-que-tu-es-ma-femme ». Tu avais une idée à nous soumettre, je crois ?

— Oui. Oui, j'en ai une. Je… eh bien, je pensais à la collection « Grand Public ».

— Nous y pensons tous, soupira Oliver.

Joseph Malaby Dent avait lancé cette nouvelle collection qui rééditait les grands classiques de la littérature à un prix très modeste. Avec d'excellents résultats, car le désir de se cultiver était dans l'air de ce temps de réformes et de progrès sociaux.

— Je pense que nous pourrions lancer une série de biographies, bon marché elles aussi, commença Celia. Sur les hommes exceptionnels, et les femmes aussi, bien sûr, qui ont marqué l'histoire. Je ne crois pas qu'il faille nécessairement suivre un ordre chronologique, parce que les gens sont bien plus intéressés par les personnages plus récents. Disraeli, Florence Nightingale, Marie Curie, Mr Dickens lui-même, seraient tous de merveilleux sujets. Même Lord Melbourne, puisque tout ce qui touche la reine Victoria suscite toujours beaucoup d'intérêt. Henry Irving, Mrs Siddons, il y en a tant. Nous pourrions commander une illustration originale pour chacun d'eux, à mettre en frontispice, et…

Elle s'interrompit, en sentant le poids de tous les regards braqués sur elle ; elle rougit, hésita un moment, puis continua.

— Et peut-être que ces illustrations pourraient aussi être vendues à part à la sortie de chaque livre, comme un article promotionnel. Et chaque ouvrage se terminerait par des extraits ou une présentation du prochain titre à paraître. Je pensais également que nous pourrions

43

utiliser le club littéraire du *Times* pour lancer cette collection, essayer d'en tirer profit malgré tout, peut-être lui offrir une remise plus importante que d'habitude…

— Ah ! non, l'interrompit Oliver d'une voix ferme, sûrement pas. Rien ne pourrait me convaincre de faire une chose pareille.

Celia sentit son cœur chavirer ; elle était si sûre de tenir là une bonne idée… Si sûre qu'elle n'avait pas pris la précaution de le sonder à l'avance, comme elle le faisait parfois. Elle aurait dû le faire, pour s'épargner ce genre d'humiliation. Elle baissa les yeux vers ses chaussures. C'étaient de très jolies chaussures, de très jolies bottines plutôt, en cuir gris, avec des boutons noirs sur les côtés. Elles allaient magnifiquement bien avec sa nouvelle jupe grise et sa veste.

— Jolies chaussures, avait dit Giles quand elle était montée le voir, en les portant pour la première fois. Jolie Maman.

Elle en avait été si contente, ridiculement contente.

— Une idée géniale, dit la voix de Richard Douglas, absolument géniale. Vous êtes un vrai cerveau, décidément. Qu'en pensez-vous, PM ?

— Je suis d'accord, dit PM. Le marché de la biographie est immense, et il n'est pas près de s'épuiser. De nouvelles personnalités apparaissent chaque jour, ou plutôt disparaissent.

— Que veux-tu dire par « disparaissent » ? demanda Oliver, d'une voix agacée.

— Meurent, répondit PM du tac au tac. Chaque nécro représente un sujet possible de biographie. Je suis aussi d'accord pour le club littéraire du *Times*, Celia.

— J'ai dit non, répliqua Oliver.

— Eh bien, peut-être pas, dit PM en lui souriant, mais en tout cas…

Le club littéraire du *Times* était moins une épine qu'un véritable poignard planté dans le flanc des éditeurs. Créé en 1905 pour augmenter la diffusion du journal, et fonctionnant comme un cabinet de lecture, il prêtait à ses membres des livres – fournis avec une bonne remise par les éditeurs –, qui ensuite étaient revendus bon marché, comme livres d'occasion, même après seulement deux ou trois prêts.

— … nous devrions réfléchir à la promotion et la notoriété qu'il offre, poursuivit-elle. Je trouve que c'est une idée merveilleuse, Celia, je suis très impressionnée.

— J'aime bien l'idée de la collection, dit pensivement Celia. Comme quelque chose que les gens réunissent et conservent, construisent peu à peu. Peut-être que les dos pourraient comporter des lettres au-dessus du titre, très grandes, pour qu'on puisse classer et retrouver facilement les livres, d'un seul coup d'œil.

— Peut-être, oui, dit Richard. Il faudrait que ces livres aient un style visuel et graphique très affirmé. Vous ne croyez pas, Oliver ?

— Pardon ? Oh… oui, bien sûr.

Celia le regarda ; il avait visiblement beaucoup de mal à ne pas éprouver de jalousie à son égard. Elle devait y faire très attention.

— Il devrait être assez romantique, à mon avis, reprit Richard. Le style, je veux dire. Art nouveau, peut-être. Et la reliure, pourquoi pas bleu foncé ? Je vais demander au studio de préparer une maquette. Il n'y a pas de temps à perdre, je pense que nous devrions sortir les deux ou trois premiers de la série pour Noël. J'aime beaucoup l'idée de vendre les illustrations séparément des livres. Encore bravo, Celia.

— Il faut trouver un nom à cette collection, dit PM. Vous avez des idées à ce sujet, Celia ?

— Eh bien…

Elle en avait une, bien sûr, une idée magnifique même, à son avis, mais il était peu probable qu'ils l'aimeraient eux aussi.

— Eh bien, je pensais… je pensais à… « Biographica ». Qu'en dites-vous ?

Il y eut un silence, puis PM répondit :

— Je trouve que c'est parfait, Celia. Très fort, très simple, facile à mémoriser. Tant qu'on y est… (elle hésita)… je crois que nous devrions envisager de vous confier la responsabilité de cette collection. Que ce soit *votre* collection. Tu es d'accord, Oliver ?

De nouveau, Celia fixa ses bottines grises. Oliver n'accepterait jamais cette proposition.

— Eh bien… on pourrait l'envisager, oui, répondit-il. Pourvu que tous les autres responsables de la maison soient d'accord, bien sûr. Mais je ne crois pas qu'on puisse prendre la décision ici et maintenant, dans cette pièce.

— Enfin, pourquoi pas ? intervint brusquement PM. Nous trois prenons les décisions importantes. Je ne me rappelle pas que tu sois descendu demander l'accord de Mr Bond, à la comptabilité, pour le lancement du nouveau Heatherleigh, ni celui de Miss Birkett pour la collection d'ouvrages médicaux. Et c'étaient des idées de Celia, aussi. Franchement, Celia, je crois que nous devons faire attention si nous ne voulons pas vous voir prendre complètement le contrôle de Lytton dans les semaines qui viennent !

Celia lui sourit ; elle se sentait comme sur un petit nuage. Puis elle tourna de nouveau les yeux vers Oliver et vit qu'il faisait manifestement un effort pour sourire et garder sa bonne humeur. Elle devait lui montrer que c'était bien lui le responsable ici, et qu'elle le savait.

— Je suis d'accord avec Oliver, dit-elle, ce n'est pas une décision à prendre ici, ni même en ma présence. Mais bien sûr, je suis très heureuse de penser que vous aimez tous mon idée. Et j'adorerais pouvoir m'y impliquer complètement, si vous le voulez bien.

Elle vit le visage de son époux se détendre et ses lèvres se relever en un sourire – quelque peu rapide et contraint. Cela faisait un certain temps, songea-t-elle, qu'il n'avait plus eu une idée vraiment forte lui-même.

— Ted, murmura Sylvia, je... voilà, j'attends un enfant. Encore un. Je...

Il s'assit dans le lit, réveillé d'un seul coup par la nouvelle, alors qu'il commençait à s'endormir, et oubliant de parler à voix basse.

— Oh, Sylvia, non ! Oh, chérie, ma chérie... Comment c'est arrivé ?

— Comme les autres fois, sans doute, dit-elle en réussissant à prendre une voix enjouée.

— Mais pourtant, j'ai été si... je veux dire, je croyais que j'avais pris mes précautions... Oh, ma chérie...

— Je sais, Ted.

— Et c'est pour quand ? demanda-t-il après un long silence.

— Pour Noël, ou à peu près.

— Qu'est-ce qu'on va faire ?

— Écoute, j'y ai un peu réfléchi et je pense qu'on peut y arriver, encore pour cette fois-là en tout cas. En mettant Frank dans l'autre chambre, dans une caisse à oranges. Comme ça, Marjorie pourra venir avec nous, et on mettra le nouveau dans le tiroir.

— Oui, je suppose que oui. Tu te sens comment ? lui demanda-t-il après un nouveau silence.

— Pas trop mal. Juste fatiguée.

— Je suis désolé, ma chérie, vraiment désolé. Ça n'arrivera plus, c'est promis.

Sylvia en fut touchée ; elle se pencha vers lui pour l'embrasser, en essayant de ne pas déranger Frank.

— C'était ma faute à moi aussi, lui dit-elle, feignant de croire qu'elle avait été aussi empressée que lui ce soir-là.

Mais elle sentait qu'il méritait cette consolation. Et de toute façon, s'ils commençaient à se disputer, ils ne s'en sortiraient jamais.

Elle était enceinte, bien sûr. En fait, elle n'en avait jamais douté, et une fois habituée à cette idée, elle en fut heureuse. Cela arrangeait les choses avec Oliver ; du coup, le fait qu'elle travaille chez Lytton le gênait moins. Il en était aussi très heureux, bien sûr, heureux et fier.

Il n'était pas assez fou pour conseiller à Celia de rester à la maison, pas même quelque temps, mais il suggéra qu'elle prenne un peu de recul avec le bureau, qu'elle fasse des journées plus courtes. Elle convint que cela serait une bonne idée, mais l'attrait de son nouveau poste et de ses nouvelles responsabilités reprit vite le dessus : elle travailla avec plus d'ardeur encore. Trois mois passèrent. PM la trouva un jour allongée sur le sol de son bureau et se tordant de douleur ; cette nuit-là, elle avorta du bébé, une petite fille, et perdit tant de sang qu'on craignit pour sa vie pendant vingt-quatre heures.

Oliver lui interdit de travailler jusqu'à nouvel ordre. Faible et misérable, Celia ne put qu'accepter, à contrecœur. Le médecin dit qu'à son avis, ce n'était qu'une simple affaire de surmenage.

— La nature attend de vous que vous vous reposiez pendant que votre bébé grandit, dit-il d'un ton sévère.

Et non pas que vous vous plongiez dans une tâche insupportable pour votre corps.

Physiquement, elle se rétablit assez vite, mais elle devint mélancolique. Elle restait des heures au lit, dans une léthargie qui ne lui ressemblait pas, pleurait beaucoup et se rongeait les sangs, consciente qu'elle payait là le prix de son ambition dévorante.

Elle sentait, elle savait, qu'Oliver lui en voulait pour cette fausse couche. Il était froid avec elle, ne lui révélait rien de ses sentiments. Quand il lui rendait visite dans sa chambre, il avait davantage tendance à s'asseoir et à lui faire poliment la conversation, ou même à prendre un livre, qu'à lui témoigner une quelconque marque de réconfort ou de compréhension.

Pourtant, il s'inquiéta assez de son état psychique pour consulter non seulement le médecin de famille, mais aussi un gynécologue, puis un psychologue, et même un herboriste. Cela n'eut aucun effet, Celia demeura dans le même état de tristesse et de désarroi.

Au désespoir, Oliver demanda conseil à sa belle-mère ; Lady Beckenham arriva à Cheyne Walk – accompagnée, comme d'habitude, de sa femme de chambre –, et au bout de deux jours elle parvint à la conclusion que la meilleure chose pour Celia serait de retourner travailler.

— Elle a besoin d'occupation. Personnellement, une semaine de pêche en Écosse m'a toujours remise de ce genre de mésaventure. N'ayez pas l'air si surpris, Oliver, j'en ai perdu au moins quatre. C'est affreusement triste, j'en sais quelque chose. Elle pense que vous la tenez pour responsable, mais ces choses-là arrivent sans qu'on n'y soit pour rien. J'ai fait de la chasse à courre quand j'étais enceinte et il ne s'est rien passé, et pourtant, cette activité semble plus susceptible de provoquer une fausse couche que travailler assise à un bureau. En tout cas, même si, en ce qui concerne Celia, la pêche reste une métaphore, j'espère que vous m'avez comprise. Laissez-la reprendre son travail, elle semble l'adorer, Dieu sait pourquoi, et je vous parie qu'elle sera rétablie en un rien de temps. Simplement, ne la remettez pas tout de suite enceinte, pour l'amour du ciel. Cela arrive toujours bien trop facilement, après. Et elle n'est pas aussi forte qu'elle veut bien le croire.

Oliver monta directement voir Celia, la prit dans ses bras et lui dit tendrement :

— Chérie, je t'aime, je veux que tu le saches.

— Vraiment ? dit-elle en le regardant d'un œil méfiant. Tu n'en as pas l'air.

— Bien sûr que c'est vrai. Je suis navré que tu aies eu à subir cette épreuve. Et… (il fit une pause et la regarda d'un air à peine moins méfiant qu'elle un instant plus tôt)… je veux que tu reviennes chez Lytton dès que tu le pourras. À temps partiel au début, ajouta-t-il en la voyant s'asseoir dans son lit, le visage rouge d'excitation.

— Quand ? demanda-t-elle. Demain ?

— Non, chérie, pas demain. La semaine prochaine, si tu te sens bien.

En entendant cela, Celia éclata de nouveau en sanglots.

— Chérie, je t'en prie, non… Je voudrais moins de larmes maintenant. Ce n'est peut-être pas une si bonne idée, finalement.

— Si, si, c'en est une ! J'ai juste besoin de pouvoir penser à autre chose, Oliver, c'est tout… Je suis tellement, *tellement* désolée, je me sens si coupable, si ingrate… J'aurais dû être plus prudente, c'était égoïste de ma part et cela t'a fait tellement de mal, autant qu'à moi. Je t'en prie, pardonne-moi.

— Je te pardonne, dit-il en l'embrassant, bien sûr, que je te pardonne. Et la prochaine fois, tu feras ce qu'a dit le médecin, c'est tout. Du repos, du repos et encore du repos.

— Alors, tu n'es plus en colère contre moi ?

— Pas en colère, non, juste triste pour nous deux. Mais la prochaine fois, nous y arriverons. Même si ça ne doit pas être avant un certain temps. Il faut qu'on soit très, très prudents.

— D'accord, dit Celia avec un soupir. Mais cela m'a terriblement manqué qu'on ne fasse plus l'amour. C'est une des choses qui m'a rendue le plus malheureuse. Je pensais que tu n'avais plus envie de moi, que tu étais furieux contre moi.

— J'ai terriblement envie de toi, dit Oliver, et... comme je te le disais, nous devons juste être très prudents, c'est tout. Je sais que tu n'aimes pas cela, mais...

— Nous serons prudents, dit Celia, je le promets. Si cela peut faire que tu m'aimes encore, je veux bien promettre n'importe quoi.

« Biographica » fut lancée en décembre 1907, avec un coffret réunissant les trois premiers volumes, les biographies de Florence Nightingale, Lord Melbourne et William Morris ; chacune avait, en frontispice, une illustration réalisée par un jeune artiste déniché par Celia, et qui portait le nom prometteur de Thomas Wolsey[1]. Le premier tirage fut épuisé en quelques jours ; une armée de livreurs fut employée à temps plein jusqu'à Noël, pour approvisionner les librairies.

1. Célèbre cardinal et homme d'État anglais du XVIᵉ siècle. *(N.d.T.)*

Celia travaillait déjà sur la série suivante, en s'acquittant entre-temps – plutôt nonchalamment – de ses tâches de Noël, comme l'achat de cadeaux et la décoration du sapin. Elle était presque trop occupée pour remarquer combien la vue d'un bébé en landau lui faisait monter les larmes aux yeux. Ou même celle des nouveau-nés qu'on trouvait partout, couchés dans une crèche remplie de paille, avec leur mère tendrement penchée sur eux, les mains jointes, en prière. Ce fut particulièrement difficile quand elle emmena Giles, qui avait alors deux ans, à la cérémonie de bénédiction de la crèche à la vieille église de Chelsea. Si difficile même que lorsqu'ils rentrèrent à la maison, main dans la main, il leva les yeux vers elle et lui demanda pourquoi elle avait tant pleuré à l'église. Elle lui sourit et lui dit qu'elle ne pleurait pas vraiment : elle était simplement heureuse d'avoir tant de chance. Quand ils arrivèrent à la maison, où Oliver les attendait près de l'immense sapin de Noël qu'il avait installé dans l'entrée, avec des cadeaux pour eux deux – une voiture à pédales pour Giles, et un ravissant tour de cou à trois rangs de perles pour elle –, elle sentit que, dans une large mesure, elle avait dit vrai.

Pendant ce temps, dans son lit de Line Street, son matelas protégé avec soin par de multiples couches de journaux, ses enfants envoyés chez des voisins, son mari arpentant misérablement le minuscule couloir en essayant d'ignorer ses gémissements, assistée seulement par une autre voisine qui faisait office de sage-femme dans le quartier, Sylvia Miller donnait naissance à une fille. Plutôt petite, mais en parfaite santé. Plus tard, toujours allongée dans son lit, pâle et défaite mais heureuse, elle montra le bébé à ses autres enfants et leur dit qu'elle s'appelait Barbara.

Mais le petit Frank, qui venait de commencer à parler et qui était très excité par la nouvelle arrivante, s'exclama « Barty, Barty, Barty ! » en caressant son front soyeux.

Et Barty elle demeura, pour le restant de ses jours.

4

— Eh bien, je vais quand même le faire. Tu n'as pas le droit de m'en empêcher. Je ne suis pas ta... ta propriété.

— Oh ! pour l'amour du ciel, Celia, soupira Oliver avec lassitude. Vraiment, je ne crois pas que te conseiller de prendre soin de toi, de vivre de façon plus détendue, fasse de moi un tyran. Je suis inquiet pour toi, pour toi et pour le bébé.

Celia croisa son regard et rougit.

— Non, dit-elle doucement, bien sûr que non. Mais j'ai renoncé à travailler, Oliver, jusqu'à la naissance du bébé. La seule chose que je souhaite faire dans l'immédiat, c'est de m'engager dans le groupe de Mrs Pember Reeves et d'aller étudier le cas d'une de ces malheureuses familles. Une ou deux fois par semaine. Je pense que ce sera plutôt moins fatigant, physiquement, que de jouer avec Giles. C'est une chose importante, Oliver. Et si tu ne veux pas être étiqueté comme un mari démodé et un suppôt du capitalisme par toute la Fabian Society[1], tu dois me laisser faire.

Oliver la regarda.

1. Groupe socialiste fondé en Angleterre à la fin du XIXe siècle. (N.d.T.)

— Explique-moi encore une fois, précisément, ce que cette tâche implique.

— Je savais bien que tu n'écoutais pas. Mrs Pember Reeves – oh ! c'est une femme si merveilleuse, Oliver, c'est dans sa maison que la section féminine de la Fabian Society a été fondée – a proposé un plan d'aide aux familles pauvres de Lambeth. Je veux dire, de Lambeth et d'ailleurs. Pas en créant des œuvres charitables visant à récolter de l'argent et à apporter de la soupe à ces gens, tout cela est idiot. Ce que veut Mrs Pember Reeves, c'est une vraie solution, durable. Elle dit qu'il faut obliger l'État à prendre conscience de ses responsabilités, lui faire comprendre exactement à quelle vie les pauvres sont condamnés si on ne leur fournit pas ce dont ils ont besoin. C'est-à-dire un logement décent, et une chance d'élever leurs enfants sans être en permanence sous la menace de la pauvreté et de la maladie.

— Et comment compte-t-elle faire comprendre cela à l'État ?

— Eh bien, en montrant dans un rapport parfaitement informé et détaillé, comment la pauvreté ravage la vie des gens. C'est un cercle vicieux, qui condamne les enfants, et particulièrement les filles, à un style de vie qui ne fait que répéter celui de leurs mères. Alors seulement, on pourra convaincre l'État de fournir aux gens de quoi satisfaire leurs besoins de base. Et ces besoins essentiels, ce sont des conditions de vie décentes et une chance, surtout pour les femmes, de pouvoir les améliorer.

— Cela a-t-il quelque chose à voir avec le fait de donner le droit de vote aux femmes ?

— Très indirectement seulement. Bien sûr, je m'y intéresse beaucoup aussi. Mais je ne peux pas commencer à manifester, en m'attachant à des grilles par exemple, sans quoi tu m'enfermerais pour de bon…

— C'est vrai.

— Et de toute façon, je pense que je peux faire plus de bien ainsi. Oliver, sais-tu qu'il y a, à deux ou trois kilomètres d'ici, des familles nombreuses qui vivent avec moins d'une livre par semaine, dans deux pièces dont la surface est égale au quart de celle-ci ? Et les mères, des femmes tout ce qu'il y a de plus respectables et intelligentes, ne peuvent pas offrir une vie décente à leurs enfants dans ce genre de logements. Le taux de mortalité infantile est affreusement élevé, non pas parce que les mères seraient ignorantes ou incompétentes, mais parce qu'elles manquent d'argent pour subvenir aux besoins de tous. Elles n'ont pas assez de nourriture, pas assez de vêtements, et bien sûr aucun loisir. Si le projet de Mrs Pember Reeves se réalise, ces femmes pourront espérer un avenir meilleur. Et je voudrais l'y aider.

Oliver soupira.

— Bien, je ne peux pas m'y opposer. De toute façon, je n'ai jamais pu t'empêcher de faire quoi que ce soit. Même pas de m'épouser, dit-il en esquissant un sourire.

— Je ne vois pas de quoi tu as peur, Oliver, dit Celia non sans impatience.

— J'ai peur de deux choses. L'une, que tu te fasses du mal, à toi ou au bébé. L'autre... (là encore, il ne put retenir un léger sourire)..., que tu arrives un jour à la maison avec une de ces familles, ou plusieurs, et que tu m'informes qu'elles vont vivre désormais avec nous.

— Oh ! ne dis pas de bêtises... Il nous est absolument interdit d'apporter toute contribution personnelle. Je serais renvoyée de la Fabian Society. Tu n'as vraiment aucune inquiétude à avoir là-dessus.

PM prenait le petit raccourci, depuis la station de métro jusque chez elle, absorbée, moins dans ses pensées que dans des considérations financières. Elle avait des dispositions remarquables pour le calcul mental et pouvait garder trois ou quatre colonnes de chiffres en tête, les additionner, les soustraire, en faire des pourcentages. Ce n'était pas seulement une aide précieuse dans son travail, mais aussi un plaisir, presque un délassement. Ce soir, elle calculait le bénéfice précis que Lytton réalisait avec les trois nouveaux volumes de « Biographica ». Le prix de départ, six shillings, avait dû être augmenté. Cela avait tout juste équilibré les comptes la première année ; cette année, Lytton l'avait donc fait passer à six shillings et six pence. Même à ce prix-là, le bénéfice que cela représentait ne dépassait pas une demi-couronne[1] par volume ; soit, pour un tirage initial de cinq mille exemplaires, un peu plus de mille livres au total. Ce qui n'était pas suffisant, vraiment pas. Mais…

— Qu'est-ce que fait une jolie femme comme vous, à marcher toute seule à cette heure-là ? Et dans une allée aussi sombre, en plus ?

PM ne répondit rien. Elle s'arrêta, parfaitement calme et maîtresse d'elle-même.

— Vous allez rester tranquille ? lui dit la voix. Ça sera bien mieux comme ça.

L'homme pesait sur ses épaules et sa nuque de toute la force de ses mains puissantes.

— Venez un peu par ici. Par ici, oui, c'est bien. Non, n'essayez pas de me mordre, ça ne me plairait pas. Pas tout de suite, en tout cas.

Ils étaient presque arrivés au réverbère qui se dressait au bout de la ruelle ; l'une des mains de l'homme avait glissé et caressait l'un de ses seins.

— Très chouette. Vraiment très chouette. Je peux pas attendre pour en voir plus, je ne peux vraiment pas

1. Une couronne équivalait à cinq shillings. *(N.d.T.)*

attendre. Hé, non, je vous ai dit de ne pas me mordre. Je deviens franchement excité quand on me mord. Ou qu'on me griffe, alors pas de ça non plus.

PM se retourna très vite, d'un seul coup, et l'affronta de face. Sous le réverbère, le visage de l'homme se découpait nettement. C'était un visage bien dessiné, avec une forte mâchoire et une large bouche, des cheveux sombres et ondulés, d'épais sourcils noirs et deux yeux très sombres, enfoncés dans leurs orbites. Ils souriaient, ces yeux, ils souriaient même avec assurance.

— Vous aimez bien ce que vous voyez, hein ? Moi en tout cas, j'aime beaucoup ce que je vois.

Il tendit le bras, lui caressa les lèvres, et elle prit son doigt entre ses dents.

— Là, là. Du calme, du calme. Allez, venez maintenant, par ici. Et grouillez-vous, j'ai pas toute la nuit.

— Vraiment ? dit PM en lui passant les bras autour du cou. Eh bien moi, si. Et j'espère vraiment que vous serez à la hauteur.

Elle l'avait rencontré à une réunion du Parti travailliste indépendant, à Hampstead, et l'avait remarqué tout de suite, parce qu'il détonnait dans cette assemblée – des gens de la classe moyenne, timides, dans des vêtements coûteux. Il appartenait manifestement à la classe ouvrière, dans son gros costume de tweed, avec une écharpe nouée autour du cou, des cheveux en bataille. Il était debout, adossé contre un mur ; il l'avait remarquée aussi et s'était mis à la fixer, un petit sourire flottant sur ses lèvres.

Plus tard, il lui avait dit qu'il l'avait *sentie* avant même de la voir :

— J'ai senti votre présence sur ma peau, contre moi.

Il n'y avait pas beaucoup de monde à cette réunion. Quand elle fut terminée, Michael Fosdyke, un membre local du parti, avait invité toutes les personnes présentes à venir chez lui, sur le Heath, pour prendre du thé et des petits fours.

— Ou de la bière, si quelqu'un en a envie. Ou un verre de vin.

Elle s'éloignait rapidement de la salle et de la foule, n'ayant guère envie de profiter de l'hospitalité de Fosdyke dont elle trouvait la conscience sociale trop ostentatoire, quand l'homme l'avait interpellée, courtoisement mais fermement, en lui bloquant tout simplement le passage.

— Quoi, vous n'allez pas dans la grande maison ? Discuter de comment améliorer le sort des travailleurs autour d'une bonne bouteille de madère ? Quelle honte...

— Non, je n'y vais pas, dit-elle en croisant hardiment ses yeux sombres et rieurs. Pour tout vous dire, je pense pouvoir faire mieux pour notre cause que m'empiffrer de petits fours garnis d'un tas de choses trop chères, préparés par la cuisinière sous-payée de Mr Fosdyke.

— Seigneur ! s'exclama-t-il en rejetant la tête en arrière et en riant. Alors, expliquez-moi un peu comment vous vous y prendrez ! Comment pensez-vous pouvoir améliorer notre sort ?

— Je n'ai pas l'impression que le vôtre en particulier ait un grand besoin d'être amélioré. Mais je suis dans l'édition, et j'ai des amis dans le journalisme. Je crois que quelques articles bien sentis valent un million de mots de baratin.

Elle était consciente qu'elle parlait trop, qu'elle l'encourageait. Elle ne savait pas très bien pourquoi elle le faisait ; il lui en donnait juste envie, c'est tout.

— Vous n'avez pas peur qu'on vous attaque ?

— Bien sûr que non. C'est très surfait, cette peur-là. Je me promène partout dans Londres et il ne m'est jamais rien arrivé. De toute façon, je ne suis plus vraiment une jeune fille.

— Réponse stupide. Je n'ai jamais entendu dire que les agressions étaient limitées aux jeunes filles. En plus, vous êtes une femme très séduisante.

— Merci.

Il avait une expression sérieuse et pleine de charme en le disant.

— Alors, je vous raccompagne chez vous, d'accord ?

— Oh non ! Non, certainement pas.

— Pourquoi pas ?

— Eh bien…

Il pourrait l'agresser en chemin. Ou même cambrioler sa maison plus tard, une fois qu'il saurait où elle habitait. Il le pourrait, mais ça semblait peu probable.

— Pourquoi pas ? répéta-t-il.

— En effet, il n'y a pas de raison, répondit-elle, et elle vit qu'il lui souriait, d'un air entendu.

— Alors, laissez-moi venir avec vous. C'est loin ou pas ?

— Non. Non, juste par là-bas.

— Vous feriez mieux de me dire exactement où. Je finirai bien par le savoir, si j'y vais avec vous.

— Oui, bien sûr. C'est à Keats Grove.

— Très joli endroit.

— Très joli, oui.

Peut-être faisait-elle une belle erreur en lui racontant tout cela… Elle songea que s'il avait été un habitant de Hampstead, un quelconque beau parleur de la classe moyenne, elle n'aurait pas hésité, et eut honte d'elle-même.

Ils marchèrent en silence quelques minutes, puis elle dit :

— Et vous, où habitez-vous ?

— Près de Swiss Cottage, dans une petite maison.

— Une maison à vous ? demanda-t-elle.

Aussitôt, elle se détesta pour le ton surpris qu'elle avait eu.

— Oui. Elle appartenait à ma tante, elle me l'a laissée. J'en loue la moitié, pour payer les frais, les impôts locaux et le reste.

— Oui, je vois.

— Et votre affaire d'imprimerie ?

— D'édition.

— Quelle est la différence ?

PM choisit ses mots avec soin.

— Les éditeurs vendent les livres, les imprimeurs… eh bien, ils les impriment.

— Oh vraiment ? Et, vous, vous faites quoi là-dedans ? Secrétaire ou quelque chose comme ça ?

— Non, l'affaire m'appartient, ainsi qu'à mon frère.

— Sérieusement ?

— Oui, c'est vrai. C'est notre père qui l'a fondée.

Il y eut un silence, puis le jeune homme sourit.

— J'ai tout de suite su que vous étiez quelqu'un de distingué, dès que je vous ai vue.

— J'ai tout de suite su que vous étiez aussi quelqu'un de passionné, ajouta-t-il quelques heures plus tard.

Ils étaient assis sur le canapé dans le salon de PM ; il l'embrassait et elle lui répondait avec fougue.

Elle l'avait invité à boire une tasse de thé. Ce n'était que politesse, après tout. Cela lui avait fait une belle marche, et il en aurait une autre, encore plus longue, pour revenir chez lui. Ils étaient alors engagés dans une discussion politique, sur la possibilité pour le Parti libéral de promouvoir suffisamment de réformes sociales afin d'améliorer les conditions de vie des ouvriers avant la fin de la décennie. C'était une discussion assez complexe, mais il était parfaitement bien informé.

De toute façon, la gouvernante de PM, qui répondait au nom de Mrs Bill, était à la maison ; elle y avait deux jolies petites pièces, au dernier étage.

Lui s'appelait James Ford.

— Mais mes amis m'appellent Jago.

Celia l'aurait qualifié de charmant, PM le trouvait naturel. Naturel, intelligent, et doté d'un sens de l'humour fort original. Bien qu'il eût l'accent londonien, ses tournures de phrases étaient étonnamment sûres et raffinées. Il but deux tasses de thé, puis – le débat sur le Parti libéral n'ayant pas encore été totalement tranché – elle lui offrit une bière ; mais il secoua la tête.

— Non merci. Vous en prenez une ?

— Non, je n'aime pas la bière. Je prendrai un whisky.

— Vous voulez dire que le whisky ne va pas aux gens comme moi ? lui demanda-t-il, l'air amusé.

— Non ! s'exclama-t-elle, et elle se sentit rougir. Je trouve même très injuste de votre part d'insinuer une chose pareille. Je pensais juste, eh bien, que vous aimiez la bière… La plupart des hommes l'aiment. Bien sûr que vous pouvez avoir un whisky, cela me plairait même que vous en preniez un.

— Votre frère aime la bière ? lui demanda-t-il. Celui qui possède la maison d'édition avec vous ?

— Non, il ne l'aime pas. Mais mon père l'aimait, beaucoup. Alors, est-ce qu'on peut laisser tomber cette discussion idiote ?

— Si vous voulez. Inutile de s'emballer pour si peu. Je prendrai volontiers un whisky, oui. Pourtant ça vous va drôlement bien.

— De quoi ?

— De vous emballer. Vous êtes toute rose, vraiment jolie. Et ça vous rajeunit aussi. Vous avez quel âge, au fait ?

— Trente-deux, dit PM après un bref silence. Et vous ?

— Trente. Ma parole, vous ne les faites pas.

— Merci, dit-elle, non sans embarras.

— Vous avez un syndicat dans votre affaire ?

— Non, nous n'en avons pas.

— Dans l'imprimerie, les syndicats sont en train de devenir assez forts, vous savez.

— Je sais, oui. D'ailleurs, les coûts d'impression sont assez élevés. C'est justifié, à mon avis. Même si cela nous pose des problèmes.

— Votre frère est socialiste lui aussi ?

— Bien sûr, répondit simplement PM, puis elle ajouta, le regard amusé soudain : Et sa femme aussi.

— Une autre dame de la haute ?

— De la très haute. Son père est comte.

— Oh ! bon Dieu. Et elle est un vrai cauchemar, je parie.

— Non, pas du tout. Elle est extrêmement intelligente, et c'est aussi une très bonne amie, très loyale. Je l'aime beaucoup. Elle travaille chez Lytton avec nous, elle est directrice éditoriale.

— Vraiment ? Ça doit être une drôle de boîte, pour employer des femmes à des postes pareils.

— Nous croyons beaucoup au travail des femmes, pourvu qu'on leur donne des emplois adaptés à leurs capacités. Et vous, que faites-vous ?

— Ouvrier dans le bâtiment. Je fais les toitures. Pas désagréable l'été, horrible l'hiver. Et souvent on se retrouve sur le carreau, surtout quand le temps est vraiment mauvais. En ce moment, ça fait plusieurs semaines que je n'ai pas travaillé. Mais j'ai un bon petit job qui commence le mois prochain, toute une rangée de maisons près de Camden Town.

— Mais alors… de quoi vivez-vous, quand vous n'avez pas de travail ?

— J'arrive à mettre un peu d'argent de côté. Quelques indemnités de chômage si j'ai de la chance, mais ça ne va jamais très loin. Et j'ai aussi les loyers de mes locataires. Je suis un vrai capitaliste, en fait, tout comme vous.

— Vous avez une famille ? lui demanda-t-elle, en feignant d'ignorer sa dernière phrase.

— Non, répondit-il un peu brusquement.

— Vous ne vous êtes jamais marié ?

— Je n'ai pas dit ça.

— Non, mais…

— Écoutez, dit-il, tout à coup sur la défensive, je ne vous pose pas tout un tas de questions personnelles, d'accord ?

— Je suis désolée… Un autre whisky ? lui proposa-t-elle, pressée de dissiper le malentendu.

— Oui, je veux bien, merci.

Il le but en silence, la fixa d'un œil hésitant.

— J'ai été marié, se décida-t-il soudain, mais elle… elle est morte.

— Je suis désolée, répéta-t-elle.

— C'est toujours un peu difficile, oui.

— Est-ce que… vous l'aimiez beaucoup ? lui demanda-t-elle, et elle s'étonna elle-même d'avoir pu lui demander quelque chose d'aussi intime et d'aussi direct.

— Beaucoup, oui. Elle est morte en mettant un bébé au monde, et le petit est parti avec elle. Triste histoire.

— Je suis vraiment navrée, répéta-t-elle encore.

Comme elle sentait les larmes lui monter aux yeux, elle cligna fortement des yeux, prit une grande gorgée de whisky, et il la regarda avec surprise.

— Vous l'êtes vraiment, on dirait.

— Bien sûr que je le suis. C'est une histoire si triste, elle me touche beaucoup.

Il se retourna, sortit un mouchoir passablement troué et se moucha énergiquement.

— Pardon, dit-il, mais la sympathie des gens me remue toujours, je n'y peux rien.

— Quand est-ce qu'elle… quand est-ce arrivé ?

— Au début de l'année.

Elle en fut choquée, qu'il ait affronté une telle douleur aussi récemment ; elle tendit la main, la posa sur son bras.

— Elle était tout pour moi. Jolie, gentille, bonne. Et si courageuse, bon Dieu, qu'elle était courageuse. Je n'arrive toujours pas à le croire, fichus médecins.

— Comment est-ce arrivé ?

— Ç'a commencé trop tôt. Elle n'en était qu'à huit mois. Ils disaient que ça se passerait bien, qu'elle n'avait pas besoin de soins particuliers, qu'elle était jeune et tout le reste. Mais le placenta est sorti d'abord, alors le bébé est mort. Et ensuite elle… elle est morte aussi. D'une hémorragie. Ils n'ont rien pu faire, paraît-il.

Il restait assis, la tête baissée, fixant la main de PM posée sur son bras ; puis il se redressa, et ses yeux sombres étaient emplis de larmes. Il réussit pourtant à ébaucher un sourire.

— C'est idiot. Je voulais juste venir vous voir chez vous, non pas vous raconter mes malheurs. Mais c'est bon de vous parler, ça aide toujours de parler. Maintenant je ferais mieux de partir, ou cette dame qui s'occupe de votre maison va croire que je prépare un mauvais coup.

Une fois à la porte, il se retourna et lui sourit.

— Merci, pour tout. Ç'a été vraiment… un moment agréable. Et je trouve toujours que vous ne faites pas votre âge, même pas du tout.

— Merci.

Il y eut un silence, puis :

— En tout cas, je ne vous ai pas agressée, hein ? s'exclama-t-il gaiement. Et je ne reviendrai pas non plus vous cambrioler.

— Comment ?

— Je parie que c'est ce que vous pensiez quand j'ai proposé de vous raccompagner, au début.

La colère saisit PM, une colère mêlée de culpabilité.

— Comment osez-vous dire une chose pareille ? Comment osez-vous faire une telle supposition à mon sujet ?

— J'ose, parce que c'est très probablement vrai.

— Oh, vraiment ? Je vous offre l'hospitalité, courtoisement, gentiment, et voilà comment vous me récompensez ? Avec ce genre d'attitude rigide et bornée ? Partez, s'il vous plaît, dit-elle avec un tremblement dans la voix, partez tout de suite.

— D'accord, répondit-il en souriant, légèrement troublé. Il n'y a pas de quoi vous fâcher…

— Si, il y a de quoi, et je *suis* fâchée ! Très fâchée…

Une nouvelle poussée de rage et un cruel sentiment de solitude la frappèrent en même temps ; des larmes lui montèrent aux yeux, elle se détourna.

— Vous pleurez ?

— Je ne pleure pas ! Et, je vous en prie, partez !

— Vous pleurez, répéta-t-il, et il tendit le doigt pour essuyer une larme qui roulait sur sa joue. Quelle femme émotive vous êtes…

— Je ne suis pas émotive ! Je suis juste très en colère, dit-elle, tout en luttant pour retrouver sa dignité. Insultée, et très en colère. Je voudrais vraiment que vous partiez.

— Très bien, je pars.

Mrs Bill apparut à la porte.

— Vous allez bien, Miss Lytton ? demanda-t-elle, d'une voix lourde de sous-entendus.

— Oui, Mrs Bill, je vais tout à fait bien, dit PM avec fermeté. Mon invité partait justement.

— Oui, je pars.

Il ouvrit la porte, sortit sur le perron et se retourna pour lui adresser un sourire différent, plutôt doux et gentil.

— Je suis désolé si je vous ai fâchée, vraiment désolé. Mais reconnaissez…

— Reconnaître quoi ?

— Que c'est bien ce que vous pensiez, au début. Je *sais* que c'était ça, je le voyais sur votre visage. C'est pour cela que toute cette discussion est si ridicule. Pourquoi ne l'admettez-vous pas, tout simplement ?

Alors PM avoua, confuse et troublée, la bouche parcourue d'un tremblement :

— Oui, d'accord, je l'admets. Je le pensais. Je suis vraiment, vraiment désolée.

— C'est pour ça que vous étiez si en colère, hein ? Parce que j'ai deviné… C'est pour ça que vous vous sentiez si mal ?

— Oui. Non. Je… je ne sais pas.

— Voilà pour le socialisme, commenta-t-il, et l'expression de son visage reflétait le plus bizarre mélange d'indignation et d'amusement. Je savais que c'était trop beau pour être vrai.

PM prit une grande inspiration.

— Si vous reveniez plutôt par ici, que je vous serve un autre whisky ?

Une demi-heure plus tard, elle avait refermé la porte du salon et retiré la plupart de ses vêtements.

Jago Ford n'était pas son premier amant. Elle avait perdu sa virginité à dix-sept ans, avec le meilleur ami de son père. À la fois précoce et pleine de confiance en elle, très attirée par l'ami en question, et impatiente d'expérimenter les charmes d'un passe-temps sur lequel elle n'avait encore pu recueillir que fort peu d'informations, elle avait entrepris de le séduire. Cela n'avait guère été difficile ; il était non seulement charmant, bel homme et plutôt vaniteux, mais aussi veuf depuis peu, et n'avait pas résisté longtemps à ses avances passionnées. À dix-neuf ans, elle avait eu une autre liaison, avec un jeune homme à l'université. Elle était bien plus amoureuse de lui qu'il ne l'était d'elle, et elle eut le cœur brisé quand il la délaissa pour se fiancer à une riche et insipide fille de bonne famille. Ce qui la blessa le plus, c'était que, après avoir partagé avec elle des conversations passionnées et des étreintes encore plus passionnées, il ne la considère pourtant pas, le moment venu, comme assez convenable pour faire une épouse d'avocat. Cette expérience avait modifié sa perception des hommes de son âge et de sa classe sociale : elle se méfiait d'eux désormais, jura de ne plus sortir avec aucun d'eux. Elle n'avait nul désir de se marier, détestait l'idée d'avoir des enfants ; ce qu'elle voulait, c'était de la compagnie, de la conversation, et par-dessus tout, la satisfaction de ses désirs physiques.

Elle avait eu quelques liaisons, peu satisfaisantes, entre vingt et trente ans. Chaque fois, cela avait tourné court, et elle s'était retrouvée seule, humiliée, pleine d'amertume.

Avec Jago Ford, elle trouva le bonheur parfait. Il était intéressant, stimulant intellectuellement, il l'aimait et l'admirait – et c'était un magnifique amant.

Elle eut beaucoup de mal, la première fois, à ne pas penser à sa femme, la douce et gentille Annie, qu'il avait tant aimée et qu'il avait perdue voilà si peu de temps. Cela la gênait et l'inquiétait à la fois ; elle avait l'impression qu'elle volait Jago à Annie, tandis qu'elle le serrait contre son corps affamé. L'impression qu'elle la trahissait, lui dérobait ses souvenirs.

— Mais non, lui murmura-t-il alors qu'il la sentait se raidir imperceptiblement – ces pensées le troublaient d'autant plus qu'il les comprenait et les éprouvait lui aussi. Je l'aimais profondément, mais je n'ai pas l'impression de la trahir parce que je suis avec toi. Pas même quand je repense à elle, que je me souviens d'elle. Tu ne dois pas t'inquiéter à son sujet. Inquiète-toi juste à *mon* sujet, ajouta-t-il en lui souriant, et fais tout ce que tu peux pour moi.

Et il semblait qu'elle pouvait faire beaucoup.

Le père de Jago, petit employé dans un cabinet d'assurances, voulait que son unique fils soit un homme instruit. Jago avait obtenu une bourse dans un internat et y avait très bien réussi. Mais son père mourut ; à quatorze ans, Jago était assez vieux pour gagner sa vie et aider à élever ses cinq sœurs plus jeunes. La voie la plus facile et la plus rapide était celle d'un travail manuel, aussi était-il devenu apprenti chez un des nombreux entrepreneurs qui recouvraient alors Londres de maisons. Il avait donné satisfaction, et à l'âge de seize ans, gagnait la moitié du revenu de la famille ; sans trop d'amertume, il avait mis de côté ses rêves de mener une vie différente. Ce qu'il ne pouvait mettre de côté, pourtant, c'était la sensation d'injustice que cela avait provoqué en lui : comment la veuve d'un homme comme son père, qui avait travaillé et était mort au service d'une grande société, pouvait-elle être abandonnée avec quasiment rien pour vivre ? Une autre injustice le troublait aussi : les hommes qui possédaient ces grandes sociétés leur procurant d'énormes revenus, sur lesquels ils ne payaient pratiquement pas d'impôts, vivaient sur un grand pied dans de vastes demeures, mangeaient et s'habillaient avec faste et profitaient du meilleur de la vie, pendant que les hommes à qui ils devaient leur fortune, et qui travaillaient bien plus dur qu'eux, vivaient très souvent très mal.

Il avait été conduit par son père, un homme doux et timide, à accepter cet état de fait comme une fatalité. Mais, en vieillissant, il se posa d'abord des questions, puis éprouva de la colère, enfin adhéra au mouvement syndical, au nouveau Parti travailliste, et résolut de changer le monde. Il aurait pu s'atteler méthodiquement à faire une carrière politique, s'il n'avait rencontré Annie et n'en était tombé amoureux. La responsabilité du foyer, la perspective d'être père avaient émoussé ces grandes ambitions ; comme son père avant lui, il avait désormais besoin d'un emploi et d'un salaire, ce qui laissait peu de place à l'idéalisme. À la mort d'Annie, la douleur et la solitude l'avaient réveillé jusqu'à un certain point, mais lui avaient aussi retiré tout véritable goût pour la lutte.

— Quoi que tu fasses, les salauds seront les plus forts, répétait-il parfois à PM, alors autant essayer de faire son beurre dans son coin, non ?

Bien qu'intelligent, il avait une certaine réticence à l'idée de continuer à s'instruire et à se cultiver ; il disait que l'enfance était faite pour étudier et l'âge adulte pour vivre. Il lisait les journaux, suivait la politique et les progrès du socialisme, mais, pour le reste, il faisait preuve d'une certaine nonchalance intellectuelle.

— Alors n'essaye pas de me faire voir une pièce de Shakespeare ni de me faire lire Dickens, disait-il à PM, parce qu'il y a d'autres choses que j'ai plus envie de faire. Après une longue journée dans le froid, j'ai besoin de réconfort, pas de sermons.

PM lui dit qu'il adhérait aux idées de Dickens sur la société, mais qu'il ne se souvenait que de l'histoire absurde d'un petit bonhomme envoyé dans un hospice, et qui travaillait comme pickpocket, avant de retrouver par un heureux concours de circonstances sa famille bien née.

— Cela n'arriverait jamais dans la vie réelle, Meg.

Il l'appelait Meg, au motif que PM ne convenait pas au genre de femme qu'elle était.

Il avait une vraie passion pour la géographie, rêvant d'autres lieux, d'autres gens. Pour leur premier Noël ensemble, PM lui offrit un abonnement au *National Geographic*, qu'il dévora. Il rêvait de voyager un jour, au moins en Europe, et elle lui promit qu'ils le feraient ensemble.

Plus elle le connaissait et plus elle l'aimait. Même son apparent manque de tact était le fruit d'une intransigeante honnêteté intellectuelle, qui faisait écho à celle de PM. La seule différence était qu'elle avait appris à garder le silence, plutôt que de clamer ce qu'elle pensait.

Il ne lui disait jamais qu'il l'aimait ; mais il lui disait qu'il aimait être avec elle, plus qu'il n'avait jamais aimé rien d'autre dans la vie.

— Sauf être avec Annie, bien sûr.

— Bien sûr, disait PM, tout en luttant pour refouler son amertume.

Ensuite, il lui disait qu'avec Annie c'était différent, qu'elle ne devait pas s'inquiéter.

— D'abord, elle était très jeune. C'est moi qui lui expliquais les choses et pas le contraire.

Elle aurait pu parler avec lui indéfiniment et appréciait leurs points d'accord, qui étaient nombreux, autant que leurs désaccords. Le dimanche, ils allaient faire de longues promenades et parlaient interminablement de politique, de voyages et de religion. C'était un athée résolu, elle une anglicane modérée, mais qui aimait aller à l'église.

— Comment peux-tu regarder Dieu en face après ce qu'on vient de faire sans avoir eu Sa bénédiction ?

Je ne comprends pas ça, lui dit Jago, la première fois qu'elle le laissa un dimanche matin.

Elle répondit qu'à son avis Dieu avait conçu les êtres en leur donnant la faculté d'aimer le sexe, et qu'Il ne se souciait pas de savoir s'ils étaient mariés ou non.

— En plus, j'aime les mots qu'on entend là-bas. Ils sont magnifiques. Tu devrais venir avec moi.

— Ce n'est pas pour moi, lui dit-il, en tendant le bras pour caresser ses cheveux sombres. Si je trouvais Dieu, ce serait dans une forêt ou au sommet d'une montagne, pas dans une église sinistre.

Cela faisait désormais trois ans qu'ils se connaissaient ; trois années de bonheur mêlé d'un sentiment d'étrangeté. Ils jouissaient pleinement de leur relation, se voyaient au moins trois fois par semaine, passaient la plupart des dimanches ensemble, s'accordaient à dire qu'ils étaient aussi heureux que deux personnes peuvent l'être – et n'avaient encore parlé de leur liaison à personne. Jago craignait les regards moqueurs de son entourage, et PM les regards condescendants.

Elle le sentait bien, Oliver et Celia soupçonnaient qu'il y avait quelqu'un dans sa vie, mais ils respectaient tous les deux son silence : Oliver par discrétion, Celia par solidarité féminine. Celia était décidément une amie merveilleuse, facile à vivre, ne posant pas de questions, respectant les secrets des gens. En matière de confidences, sa philosophie était fondée sur un principe tout simple : si PM voulait lui dire quelque chose, elle le ferait ; si elle ne le voulait pas, alors Celia ne chercherait pas à savoir. PM en était à peu près sûre : si elle avait demandé à Celia de lui acheter une robe blanche, de lui recommander un prêtre ou de suggérer une musique convenant pour un mariage – ou encore de lui prêter un berceau ou un landau –, elle l'aurait fait sans poser aucune question.

Non qu'une telle chose dût jamais se produire : Jago et elle pouvaient être amants, meilleurs amis, âmes sœurs, ils ne seraient jamais mari et femme.

— C'est impensable, avait-il dit une fois, ajoutant aussitôt : non, pas impensable, infaisable.

PM était d'accord avec lui, même si elle devait réprimer un pincement au cœur assez naturel. Il avait la terreur qu'elle se retrouve enceinte, ce qui n'avait rien de surprenant.

— Je ne pourrais pas le supporter, disait-il, franchement, je ne pourrais pas le supporter.

Tous les mois, il lui demandait avec angoisse si « tout allait bien », et il était manifestement apaisé quand elle le rassurait. Elle était à peu près certaine que cela n'arriverait pas ; elle n'avait jamais eu plus d'un jour de retard, même quand elle était jeune et qu'elle prenait des risques inconsidérés. À trente-cinq ans, cela paraissait très improbable.

La seule personne qui savait était Mrs Bill, bien sûr. Elle était entrée depuis bien longtemps au service d'Edgar Lytton, avait vu PM grandir, et acceptait toutes les excentricités de sa maîtresse avec fatalisme, et une totale discrétion.

Ce que Jago appréciait et admirait le plus chez PM était le fait qu'elle travaillait ; cela contribuait beaucoup au respect qu'il avait pour elle. Il ne se lassait jamais de l'entendre parler, moins de ses commentaires sur les livres que Lytton publiait – qui l'ennuyaient en général – que du fonctionnement de la société, des coûts et des frais, des bénéfices que rapportaient les livres, ou éventuellement des pertes, du nombre de gens nécessaire pour faire tourner la maison. Il était également fasciné par les bonnes relations de PM avec Oliver et Celia, par le fait qu'ils puissent travailler ensemble sans conflits.

— Nous en avons quand même, lui disait-elle en riant. Nous passons notre temps à discuter. Sur ce qu'il faut publier, à quel moment, et à quel prix de vente.

— Ce ne sont pas des conflits du travail, répondait-il, sincèrement amusé, c'est de l'économie domestique ! Je veux dire, qui est le patron ?

— Oliver et moi sommes les patrons, dit PM, et Celia travaille avec nous. Pas *pour* nous, avec nous. C'est simple comme tout.

Jago répondit que si c'était simple, alors il était le comte de Beckenham.

— Mrs Miller, voici Lady Celia Lytton. Lady Celia, Sylvia Miller.

Jess Hargreaves avait été chargée de présenter de nombreuses dames de la Fabian Society aux femmes dont elles allaient étudier la situation, dans le cadre du projet de Mrs Pember Reeves.

— Mrs Miller a… combien déjà, aujourd'hui, Mrs Miller ? Oh, oui, six enfants. Son mari travaille dans un entrepôt en ville. Mrs Miller est ravie à l'idée que vous veniez la voir, et de répondre à toutes vos questions, mais elle a peur d'être trop occupée pour pouvoir vous donner beaucoup de son temps. De plus, elle est encore enceinte et ne se sent pas très bien, surtout le soir. Donc, ce serait peut-être mieux si vous veniez le matin, pendant que la plupart des enfants sont à l'école. Seule Barty, le bébé, serait présent à ce moment-là.

Sylvia regardait les dames avec anxiété. Toute la journée, elle s'était angoissée à cause de leur arrivée ; elle avait récuré tout spécialement les marches, sorti la lessive, mis une robe propre à Barty. Elle aimait bien Mrs Hargreaves, mais la nouvelle dame avait l'air un peu… disons un peu trop, avec ses cheveux dressés haut sur sa tête et juste quelques boucles qui s'échappaient d'un très grand chapeau, muni d'un énorme nœud sur le côté. Elle avait des vêtements ravissants, un ample manteau de laine crème sur une longue robe avec un grand col de dentelle, et des chaussures à très hauts talons.

Sylvia regrettait de ne pas avoir dit non dès le début ; elle avait déjà assez de problèmes comme cela, sans devoir se rappeler ce qu'elle dépensait, pour quoi, et lequel de ses enfants avait eu quelle maladie, sans avoir quelqu'un qui la regardait pendant qu'elle faisait son travail. Mais quand Mrs Hargreaves était revenue lui demander sa réponse, le jour où elle s'était rendu compte qu'elle avait dû retomber enceinte, elle était dans un tel état qu'il avait été plus facile de dire oui, tout simplement.

— Bonjour, Mrs Miller, dit la dame, en lui tendant la main. C'est si gentil à vous de me permettre de faire cela. Je peux prendre votre petite fille, juste un instant ? J'attends un enfant moi aussi, j'ai déjà un petit garçon, et j'espère tellement que ce sera une fille cette fois-ci. Oh, comme elle est mignonne ! Et comme elle a de beaux cheveux ! Ils ont une couleur, on dirait la crinière d'un lion…

Sylvia espérait que la dame ne remarquerait pas les poux, dans la crinière du lion. Elle-même ne les avait aperçus que ce matin, et elle n'avait pas eu le temps de faire quoi que ce soit.

— Bon, je vais vous laisser faire connaissance, dit Mrs Hargreaves. Je suis sûre que vous travaillerez très bien ensemble.

« Travailler ensemble », songea Sylvia : c'était une jolie façon de présenter les choses.

Mais, à mesure que le temps passait, leur relation se mit à ressembler vraiment à cela. Lady Celia n'essayait jamais de lui soutirer une information si Sylvia n'en était pas certaine, ou si ses souvenirs étaient trop vagues. Elle s'assurait toujours qu'elle ne la dérangeait pas et qu'elle avait un peu de temps à lui consacrer, et une ou deux fois, quand les nausées de Sylvia avaient été vraiment fortes, sa visiteuse avait retroussé ses manches et préparé les tartines au saindoux pour le goûter des enfants. Elle n'était pas supposée faire ce genre de choses, Sylvia le savait, et elle l'appréciait d'autant plus. Celia faisait en sorte de ne jamais mettre Sylvia mal à l'aise ; au contraire, elle lui répétait toujours qu'elle ne pourrait jamais accomplir la moitié du travail qu'elle effectuait, et elle lui parlait le plus naturellement du monde des enfants, de Giles, et de sa propre grossesse.

— Je suis un peu inquiète, je suis déjà si grosse, à quatre mois… Je dois avoir un monstre là-dedans.

Elle envoyait souvent le chauffeur promener les enfants en voiture ; et, bien qu'elle fût censée noter avec une méticuleuse exactitude les dépenses du ménage de Sylvia – condition nécessaire pour que son rapport puisse servir à quelque chose –, elle lui souriait parfois d'un air complice pour lui faire comprendre qu'acheter quatorze ou quinze pains par semaine, ou encore déposer un shilling ou onze pence à la caisse pour les bottes, étaient des détails dont elle pourrait s'arranger. Au début, Celia trouvait certaines choses, comme la caisse pour les bottes et la caisse pour les vêtements, visiblement un peu difficiles à comprendre.

— Vous ne pouvez pas tout simplement mettre l'argent de côté, et acheter les choses quand vous en avez besoin ?

Sylvia s'efforça de lui expliquer que si l'argent restait ici, il partait forcément pour la nourriture.

— C'est important de l'avoir à un endroit où on ne peut pas y toucher.

Lady Celia adorait Barty ; elle passait un temps fou à jouer avec elle ou à lui chanter des berceuses.

— J'aimerais lui apporter des jouets dont Giles ne se sert plus, et même quelques vêtements. Ses robes entre autres lui iraient merveilleusement bien, on dirait des vêtements de fille.

Mais Mrs Hargreaves et Mrs Pember Reeves lui firent savoir que c'était absolument interdit. Ce projet n'était pas une œuvre de charité, lui rappelèrent-elles.

Sylvia le savait, oui, et au départ c'est bien ainsi qu'elle le voyait ; mais elle aurait tant aimé offrir à Barty quelques vieux jouets de Giles... Barty s'ennuyait tant, maintenant qu'elle n'était plus un bébé mais presque une petite fille, qu'il fallait attacher dans sa chaise haute une grande partie de la journée ; la moitié de son plaisir, quand elle voyait arriver Lady Celia, venait de ce qu'on allait la libérer, la promener dehors, lui montrer des livres, jouer à la tapette avec elle... Barty était si jolie ; Sylvia comprenait bien pourquoi Lady Celia l'aimait. C'était vrai que ses cheveux avaient la couleur d'une crinière de lion, et elle avait un très long cou, si délicat... Elle était comme un petit singe vif et malin, elle avait appris à marcher exceptionnellement tôt, ce qui était dommage, étant donné la situation. Il aurait mieux valu qu'elle soit un patapouf comme Marjorie et Frank. Quant aux vêtements, ceux qu'elle portait la plupart du temps ressemblaient plutôt à des haillons. Quelques robes à fanfreluches de la nursery de Lady Celia seraient les bienvenues.

Mais le temps et l'attention que la visiteuse leur accordait étaient eux aussi les bienvenus, fort bienvenus même ; si, au début, Sylvia était terrorisée par ses visites, elle en était arrivée à les attendre avec impatience. Elle se demandait si Lady Celia les appréciait autant. Cela paraissait fort peu probable.

5

Noël approchait. La maison des Lytton y était déjà toute préparée. Les pièces du bas, ainsi que la salle de jeux, étaient décorées de guirlandes faites de branches de sapin et de bouquets de houx. Un grand arbre se dressait dans l'entrée, piqué de bougies de cire qu'on allumerait la veille du grand jour, et en dessous, la pile de cadeaux ne cessait de grossir. De merveilleuses odeurs montaient de la cuisine, des chanteurs de Noël venaient frapper à la porte chaque soir ou presque, et Giles restait sur le seuil, en chemise de nuit, pour les écouter. Celia l'avait emmené entendre un concert de Noël à Westminster Abbey et voir les vitrines de Regent Street et Knightsbridge ; ils avaient envoyé une lettre au père Noël, qu'ils avaient pris bien soin de dater – décembre 1909 – pour éviter toute confusion. Les maisons de Cheyne Walk étaient tout illuminées, les arbres le long de la rue couverts de guirlandes qui scintillaient comme des étoiles. Celia avait gardé une âme d'enfant pour Noël ; cette année-là, elle était enceinte et son émotion en était redoublée. Elle avait préparé des surprises de Noël acheté et emballé des cadeaux, programmé un grand dîner et aussi une fête d'enfants. Oliver, dont les Noël d'autrefois avaient été plutôt des affaires sérieuses, la taquinait sur son excitation, craignait qu'elle ne se fatigue trop, puis finissait par la rejoindre dans son bonheur et ses rêves étoilés.

Deux fois par semaine pourtant, le bonheur de Celia s'effaçait pour laisser place à la culpabilité. Il n'y avait ni arbre ni cadeaux dans la maison des Miller ; la rue était triste et sombre, hormis un arbre qu'on voyait briller à la fenêtre d'une maison. Ted avait promis qu'il irait couper une branche d'if dans le parc un soir, aux approches de la fête. Ils pourraient la décorer avec quelques bonbons et des bandes de papier de couleur, et mettre à la fenêtre les deux grandes bougies qu'on avait promis de lui donner à la fabrique. Il n'y aurait pas beaucoup de vrais cadeaux, expliqua Sylvia à Celia.

— Mais Ted fait des heures supplémentaires, on devrait pouvoir s'offrir un jambon à l'os en guise de dîner, et aussi quelques oranges et des noix. Et la mère de Ted a dit qu'elle passerait avec des bonbons pour les enfants. Ils ne s'entendent pas, elle et Ted. On s'est mis d'accord il y a des années, il vaut mieux qu'on se voie pas trop. Elle vient pour la veille de Noël ou aux alentours, et c'est bien assez comme ça.

Celia avait quand même préparé une boîte de Noël pour les Miller : des petits jouets pour chacun des enfants, une boîte de gâteaux, un petit paquet de crackers et quelques fruits secs. Et aussi deux châles bien chauds pour le nouveau bébé. Mais elle devait être prudente : si elle les gâtait trop, cela pourrait venir aux oreilles des autres familles étudiées dans l'enquête, il y aurait des jalousies et elle-même en subirait les conséquences.

Elle s'inquiétait pour Sylvia. Il lui restait encore presque deux mois à attendre et elle semblait à peine capable de se déplacer ; elle était encore plus pâle que d'habitude et aussi très maigre, à part son gros ventre.

Cela n'avait rien d'étonnant : Ted avait été malade pendant deux semaines, incapable de travailler, l'argent avait manqué – et quand l'argent manquait, c'était aux enfants et à la femme de se priver. L'homme avait besoin de manger pour travailler, personne ne le contestait, pas même une femme enceinte. Mais, à cause de tous ces problèmes, Sylvia n'était plus elle-même. Courageuse et gaie d'habitude, elle avait tendance à s'inquiéter pour un rien. Ce qui l'obsédait surtout, c'était la peur qu'il arrive quelque chose au bébé.

— Il est si petit, disait-elle à Celia, et je le sens à peine bouger. J'espère que tout va bien se passer. Jusqu'ici on a eu tellement de chance, de ne pas en perdre un seul sur les six. Ce n'est pas le cas pour la plupart des gens.

Celia avait du mal à concevoir comment quelqu'un dans la situation de Sylvia pouvait considérer qu'elle avait de la chance, mais elle lui sourit d'un air encourageant.

— En tout cas, vous êtes manifestement une bonne mère, en bonne santé et vous avez toujours eu de beaux bébés, parfaitement sains.

— C'est terrible quand ils meurent, dit Sylvia, les yeux dans le vide pendant qu'elle essorait le linge, vraiment terrible.

— Oui, bien sûr que cela doit l'être. Laissez-moi faire.

— Non, Lady Celia. Pas mon linge…

— Pourquoi pas ? Je n'ai pas à faire le mien, répondit-elle avec simplicité. Allez vous asseoir, Sylvia, je vous en prie. Faites un câlin à Barty, elle est si sage.

Elle était maintenant devant la table, essorant l'interminable pile de vêtements ; aucun d'eux n'avait l'air vraiment propre.

— Ce que je veux dire, continua Sylvia, en caressant la joue veloutée de Barty, c'est que si le bébé meurt, il y a l'enterrement à payer. Ça peut coûter plus de deux livres, et nous n'avons une assurance que pour trente shillings.

— Non, Sylvia, dit Celia, angoissée par cette conversation sur les enterrements de bébés, il ne faut pas penser à des choses pareilles.

— Si, dit Sylvia gravement, il faut que j'y pense. Et si un enfant naît trop tôt, qu'il est vivant, mais qu'ensuite il meurt, vous n'avez pas d'assurance du tout. Alors ça veut dire une tombe de pauvre, et ça, on ne l'accepterait pas. Il nous faudrait trouver l'argent, par n'importe quel moyen.

Son visage paraissait terriblement las soudain.

— Sylvia, je vous en prie ! Votre bébé ne va pas mourir, je vous l'assure ! Il, ou elle – je suis sûre que c'est *elle* – va être forte et ravissante, exactement comme Barty ! Voilà, je peux étendre cela pour vous.

— On va le laisser là pour l'instant, dit Sylvia, jusqu'à ce que les enfants aient pris leur thé.

Le fil à linge pendait dans la cuisine, s'affaissant au-dessus de la petite table ; c'était nettement mieux ainsi, sans rien dessus.

— Pardon, Lady Celia, je ne devrais pas parler de tout ça, vous êtes enceinte vous aussi…

— Oh, le mien n'arrivera pas avant mai. Mais au contraire de vous, je suis énorme. Mon médecin vient me voir demain, en fait. Et que dit… que dit votre médecin ? Du fait que vous soyez si mince ?

Sylvia la regarda ; ses yeux étaient lourds et cernés, mais on y lisait une lueur d'amusement.

— Nous ne voyons pas le médecin, Lady Celia, pas pour un bébé. Ça coûte beaucoup d'argent de voir un médecin.

Celia se sentit mal tout à coup ; elle disait toujours des choses stupides, sans réfléchir. Elle était là, sur-protégée, très gâtée, avec quelqu'un pour la soulager de la moindre peine et de la moindre douleur, on traitait sa fatigue même comme si c'était une maladie, tandis que Sylvia ne pouvait pas consulter un médecin pour un problème très réel. C'était injuste, affreux.

— Sylvia, si vous voulez voir un médecin, dit-elle très vite, sachant qu'elle était une fois de plus en train d'enfreindre les règles pourtant strictes, vous pouvez voir le mien. J'arrangerai cela avec plaisir. Si vous êtes vraiment inquiète.

Sylvia eut l'air choqué.

— Je ne peux pas, dit-elle. C'est très gentil à vous, Lady Celia, mais ce n'est qu'un bébé, pas une maladie. Tout va aller très bien. Oh, voilà les enfants, je ferais mieux de m'y mettre.

Tandis qu'elle regagnait son domicile, Celia se demandait, très mal à l'aise, si finalement elle ne faisait pas plus de mal que de bien aux Miller.

— Seigneur Dieu ! dit Oliver.

Il lisait une lettre avec beaucoup d'attention ; il avait trié le courrier sur la table du petit déjeuner, faisant croître encore la pile de cartes de Noël sur le buffet.

— Qu'y a-t-il ? demanda Celia.

— Mon frère, Robert. Il va se marier.

— Eh bien... Ce qui est étonnant, c'est qu'il ne se soit pas fait attraper plus tôt. Qui est la jeune promise ?

— Pas vraiment jeune, en fait. Elle a quarante-deux ans. Une très vieille jeune mariée. C'est vraiment étonnant.

— Oliver, on n'est pas vieux à quarante-deux ans ! PM en a près de trente-six... Je le lui répéterai, si tu ne fais pas plus attention.

— Oh, chérie, non, je t'en prie. Cela m'a échappé... Mais je suis surpris, Robert aime tant les jolies filles.

— C'est peut-être une très jolie femme, ou une femme très riche, ajouta-t-elle pensivement.

— Celia ! De toute façon, Robert n'a aucun besoin de se marier pour l'argent, il en a déjà plus qu'assez.

— Chéri, je plaisantais. Tu sais combien je l'adore. J'espère qu'ils vont venir nous rendre visite à Londres…

— C'est exactement ce qu'ils comptent faire. Pendant leur voyage de noces.

— Merveilleux. Ça sera quand ? J'espère que je serai encore capable de me relever de mon fauteuil…

— Ils se marient la veille de Noël, puis quittent New York par bateau le 1er janvier.

Celia le regarda d'un air songeur.

— Tu ne trouves pas cela un peu rapide ? C'est peut-être un mariage forcé…

— Celia, ne sois pas ridicule. De toute façon, cette lettre est partie il y a déjà un moment. Il faut au moins deux semaines pour qu'elle arrive de New York.

— Je sais, mais ça reste quand même rapide. Comment s'appelle-t-elle ?

— Heu… Jeanette. Mrs Jeanette Elliott. Elle est veuve et elle a deux fils. Elle a une maison à New York et… mon Dieu, une autre à Long Island.

— Nous y voilà : une riche veuve ! Comme c'est curieux. Il faut que je prépare un programme pour leur visite.

C'était en effet très curieux. Pourquoi Robert Lytton, si beau, si charmant et si riche, qui avait toujours paru tant apprécier sa liberté, décidait-il brutalement d'épouser une femme plus âgée que lui, avec, de plus, l'inconvénient d'avoir deux beaux-fils ? Il ne pouvait y avoir que deux explications, songeait Celia, tout en montant se préparer pour la visite du Dr Perring : soit Robert était tombé follement amoureux, soit il avait besoin d'argent. La seconde semblait plus probable. Elle était en train d'y réfléchir quand le médecin arriva, et ce qu'il lui dit chassa bientôt de la tête de Celia tout ce qui ne tournait pas autour d'elle-même.

Il resta un bon moment penché sur elle, d'abord en posant son stéthoscope sur son ventre, puis en palpant doucement celui-ci. Il y passa un si long temps que Celia songea bientôt que quelque chose ne devait pas aller.

— Non, dit-il en lui souriant, mais je crois bien que j'entends battre deux cœurs . Et vous êtes vraiment très forte. Je pense que vous attendez des jumeaux, Lady Celia. En tout cas, si vous êtes tout à fait sûre des dates.

— Tout à fait sûre, oui.

Elle l'était. Elle avait certainement conçu pendant cette période magique où Oliver et elle étaient à Venise, l'été précédent. Dans l'immense lit de la grande chambre de l'hôtel Cipriani, où la lumière dorée de l'eau se reflétait au plafond.

La nouvelle la mit dans tous ses états : des jumeaux ! Deux bébés ! C'était presque comme si l'un d'eux remplaçait l'enfant qu'elle avait perdu…

Le Dr Perring lui tapota la main.

— Il ne faut pas vous inquiéter, la plupart des femmes portent des jumeaux sans aucun problème. La naissance peut parfois être un peu difficile, mais vous n'avez pas eu de complications la dernière fois et vous êtes encore très jeune et très forte. Je préférerais que vous les ayez dans une clinique privée plutôt qu'ici, c'est le seul conseil que je vous donnerais.

— Oui, bien sûr, si vous le pensez.

— Il y a encore autre chose, Lady Celia. Je vous conseillerais du repos et des précautions. Gardez les pieds en l'air plusieurs heures par jour, couchez-vous de bonne heure, ce genre de choses. Le poids supplémentaire sur votre organisme va être considérable.

— Oui, répondit-elle d'un air consciencieux, bien sûr.

Après son départ, elle resta assise à réfléchir. À tout ce que cela signifiait. Un grand changement, pas juste un enfant de plus mais deux : une grande famille d'un seul coup. Il n'était plus question de savoir si l'actuelle nursery était assez grande ou non ; il allait sans doute falloir aménager deux pièces de plus : une nouvelle salle de jeux pour la journée et une autre chambre pour la nuit. Et il faudrait pour Jenny une aide à plein temps, peut-être deux. Elle apprécierait, cela lui donnerait un très bon rang sur le banc des nannies à Kensington Gardens. Quant à la nourrice, elle devrait sûrement rester plus longtemps, avec deux bouches à nourrir... Il faudrait encore acheter un landau double, et un autre berceau ; elle pourrait peut-être donner son vieux landau à Sylvia, juste comme un prêt ? Le nouveau bébé pourrait y dormir... Puis elle se rappela qu'il était beaucoup trop grand ; il remplirait presque entièrement la petite pièce, il prendrait toute la place.

Pendant quelques minutes, elle avait oublié Sylvia, mais elle recommença à s'inquiéter à son sujet. Si elle devait prendre plus de repos, elle ne pourrait pas continuer ses visites. Quand Oliver allait apprendre la nouvelle, il l'attacherait quasiment sur son lit, c'était certain. Pourtant, il faudrait qu'elle soit là pour aider Sylvia quand celle-ci aurait son bébé. Elle aurait besoin de tant de choses, plus de lait, plus de nourriture, des draps propres, des couches pour le bébé. Celles qu'elle avait vues étaient en lambeaux. Elle s'était déjà promis de lui en fournir, et peu importe ce que dirait Mrs Pember Reeves. Elle n'allait pas rester assise là à rédiger ces fichues notes pendant que Sylvia mourait poliment de faim, sans se plaindre...

Celia prit une décision : elle ne parlerait à Oliver des jumeaux que lorsque Sylvia aurait eu son bébé. Elle ne pouvait pas faire faux bond à sa nouvelle amie, non. Elle téléphonerait au Dr Perring pour lui expliquer qu'elle n'avait pas encore prévenu Oliver, car il était très occupé et qu'elle ne voulait pas l'inquiéter. Elle attendrait que Noël soit passé, c'est-à-dire encore quelques semaines.

— Sans doute qu'il ne m'aime pas autant que je l'aime. Je m'en rends bien compte, dit Jeanette Elliott en souriant tranquillement à sa meilleure amie. Je sais aussi qu'il doit aimer l'idée de mon argent. Mais cela m'est égal, Marigold, je veux l'épouser.

— Tu es folle. Tu le regretteras.

— Je ne crois pas, non. Je suis sûre qu'il m'aime beaucoup, et j'ai été si seule depuis la mort de Jonathan. À la vérité, j'aime bien être mariée. Je pense que Robert sera... un excellent mari. Et les garçons ont besoin d'un père. Ils grandissent vite, et...

— Ils aiment Robert ?

— Oh, oui, dit rapidement Jeanette, beaucoup.

— Pour quelle banque travaille-t-il ?

— Lawsons. Il travaillait pour Morgan à Londres ; il a été muté dans leur bureau de New York en 1902, et, dix-huit mois plus tard, il est entré chez Lawson. Il est très bien vu ici, et il l'était aussi là-bas. Tu vois, j'ai tout vérifié, Marigold, n'aie pas peur. Je ne suis pas aussi idiote que tu le crois.

— Je ne crois pas que tu sois idiote, Jeanette, juste un peu aveugle. Tu sais ce qu'on dit à propos de l'amour...

— Ridicule. Je n'ai aucune illusion sur les sentiments de Robert pour moi. Mais, comme je te l'ai dit, je pense qu'il fera un très bon mari. Il est charmant, amusant et beau. Et très à l'aise en société. La plupart de mes autres amis l'aiment beaucoup, alors je ne vois pas pourquoi...

— La plupart de tes autres amis ne savent pas que tu vas l'épouser, et surtout pas aussi vite. De toute façon, je l'aime bien moi aussi ; seulement, je ne vois pas pourquoi tu dois… franchir un tel pas. Pourquoi tu ne le prends pas simplement comme amant ? Au moins pendant quelque temps ?

— Oh, mais je l'ai eu comme amant pendant quelque temps, dit joyeusement Jeanette, et ses grands yeux bleu-vert pétillaient de gaieté, mais maintenant je veux quelque chose de plus. Et ce serait très mauvais pour les garçons si la situation perdurait, s'il y avait des commérages. De plus, Laurence part pour Deerfield à l'automne prochain, donc tout doit être absolument en ordre. Non, franchement, j'ai bien peur que tu ne puisses pas me faire changer d'avis, Marigold. Tout est déjà réglé. Robert a écrit à ses frères et à sa sœur pour leur dire que nous allions nous marier, et maintenant je te le dis à toi, ma meilleure et plus ancienne amie. Il y aura une annonce dans le *New York Times* demain. Tout le monde sera alors au courant, et nul doute que les commentaires iront bon train. Tu es certaine que tu ne veux pas boire quelque chose avant de partir, du thé, ou un verre de vin ?

— Bien, j'ai compris, je pars. Nous allons au concert ce soir, à Carnegie Hall, je devrais déjà être en route. Merci de m'avoir avertie avant « tout le monde ».

Elle se leva, s'approcha de Jeanette et l'embrassa.

— Et j'espère que tu seras très heureuse, vraiment.

— Je l'espère moi aussi, dit Jeanette.

À trente-cinq ans, le mari de Jeanette, Jonathan Elliott, était devenu président d'Elliott ; à quarante ans, son père étant mort, Jonathan avait pris sa place à la tête de la banque.

Il la dirigea de main de maître ; ses deux atouts principaux étaient une tête froide et une clairvoyance absolue. Dans la panique de 1907, consécutive à une frénésie de spéculation, et alors que les gens se pressaient en foule aux guichets des banques pour retirer leur argent, il déclara publiquement que la meilleure solution pour que cet argent reste en sécurité, était encore que tout le monde le laisse là où il était. Alors que les dirigeants de certains établissements s'affolaient, il garda son calme et s'employa, avec J. P. Morgan et quelques autres, à persuader les principales banques de soutenir les cours de la Bourse. Il suivit aussi Morgan quand celui-ci prévint que tout opérateur boursier qui paniquait, et par conséquent aggravait la crise, devrait s'attendre à avoir « de sérieux comptes à rendre » quand elle serait terminée. Pour finir, huit banques firent faillite et un grand nombre d'organismes financiers avec elles ; mais Elliott fut parmi celles qui survécurent.

Hélas, toujours en 1907, Jonathan fut atteint d'un cancer, et mourut un an plus tard. Jeanette en fut anéantie ; ils s'étaient sincèrement aimés, et il ne s'était pas passé un seul jour sans qu'ils se le répètent, depuis la première fois qu'ils se l'étaient avoué. Heureusement, elle avait un tempérament optimiste et courageux ; elle savait qu'aucun avenir, ni pour elle ni pour ses deux garçons, Laurence et James, ne pourrait se construire sur la douleur et les regrets. En outre, c'était une femme intelligente, qui avait une claire vision du monde financier ; elle demanda – et obtint – un fauteuil au conseil d'administration d'Elliott, recommença à recevoir, et veilla de son mieux à ce que les garçons soient élevés comme Jonathan aurait voulu qu'ils le soient.

Elle rencontra Robert Lytton dans un gala de charité, l'été 1909, et reconnut en lui le même mélange de charme, de classe et de détermination que possédait Jonathan, sinon la même habileté financière. Elle ne tarda pas à flirter avec lui. Au bout de quatre mois, il lui demanda sa main. Légèrement soupçonneuse quant à ses intentions, elle refusa, mais suggéra qu'ils pourraient être amants. Soit par honnêteté morale, soit parce qu'il avait des vues à plus long terme, Robert Lytton refusa à son tour son offre, jusqu'à ce qu'elle ait accepté de *penser* au moins à l'idée du mariage ; amusée par sa réponse, et aussi flattée, Jeanette admit qu'elle y penserait, ou plutôt qu'elle continuerait à y penser. Découvrir que faire l'amour avec Robert était un passe-temps somme toute fort agréable ne fut qu'un des facteurs qui finirent par la convaincre d'accepter sa proposition de mariage.

Elle savait que tous ses amis pousseraient de hauts cris. Le point de vue de Marigold, selon lequel Robert n'en voulait qu'à son argent, n'était que le signe avant-coureur du véritable torrent qui allait s'abattre sur elle. Il lui faudrait être très forte pour y résister. Mais, à ses yeux, il n'y avait guère de possibilité pour que Robert Lytton pût s'introduire chez Elliott et profiter du magot ; s'il souhaitait y occuper un emploi, sa situation serait difficile et sans doute fort humiliante.

Robert n'était pas Jonathan, elle ne se faisait pas d'illusion là-dessus. Elle connaissait également ses défauts. Mais il était intelligent, il avait du charme, elle était physiquement et sentimentalement très attirée par lui ; vivre en étant son épouse serait bien plus agréable et amusant que vivre en restant la veuve de Jonathan. De plus, les garçons avaient besoin de l'image et de la présence d'un père à la maison, et ils... oui, ils réussiraient certainement à apprécier Robert. En tout cas, elle était bien décidée à tout faire pour qu'ils y arrivent.

— Je le hais, dit Laurence, je le hais tout simplement. Il est si... mielleux. Je ne sais pas comment Maman peut faire cela. Surtout après Papa.

— Ça veut dire quoi, mielleux ? demanda Jamie.

— Obséquieux. Voulant toujours être ton ami, tu vois. D'accord avec tout ce que tu dis, juste pour que toi tu l'aimes bien. Beurk...

— Moi, je trouve qu'il n'a pas l'air si mal que ça. Il m'a donné ce train électrique la dernière fois qu'il est venu, et il a dit que ce n'était même pas un cadeau de Noël.

— Voilà, c'est bien ce que je disais. Pourquoi crois-tu qu'il a fait cela ? À ton avis ?

— Parce que j'en avais envie ? dit Jamie d'un ton plein d'optimisme.

— Bien sûr que non. Pour que tu l'aimes bien, c'est tout. En tout cas, avec moi, cela ne marchera pas, Jamie, même si cela marche avec toi. Et si cela marche avec toi, je ne serai plus ton ami.

Jamie se dépêcha de dire que cela ne marcherait pas avec lui non plus. En fait, il avait assez peur de Laurence. Il avait une grande capacité à se mettre à bouder, dès qu'il y avait un désaccord entre eux, mais il savait qu'au fond Laurence avait toujours raison. Alors peut-être qu'une fois encore, il n'avait pas tout compris à la situation. Peut-être qu'il devrait essayer de moins aimer Robert. L'ennui, c'est que leur mère avait dit qu'elle espérait qu'ils allaient tous être amis ; et c'était très agréable de la voir de nouveau heureuse, de l'entendre recommencer à rire. Il aimait sa mère plus que n'importe qui au monde. La voir aussi malheureuse et solitaire après la mort de leur père avait été une douleur pire encore que le propre chagrin qu'il avait éprouvé.

En tout cas, Noël approchait, et il n'allait rien laisser de tout cela le gâcher. Et après Noël, Grand-Maman Brownlow viendrait s'occuper d'eux, pendant que leur mère et Robert Lytton partiraient en Europe pour leur voyage de noces. Bientôt ils iraient voir les Lytton de Londres, comme Robert les appelait : sa mère avait promis que la prochaine fois qu'ils iraient là-bas ils les emmèneraient avec eux, Laurence et lui.

Debout dans l'église, Celia tenait la main de Giles et se demandait comment elle pouvait faire une chose pareille : écouter la chorale, chanter, oui, chanter elle-même « Il est né le divin enfant », tendre le doigt vers la crèche, alors qu'à peine deux heures plus tôt, elle avait… Non, il ne fallait pas penser à cela, pas ici.

— Regarde, murmura-t-elle à l'oreille de Giles, ils arrivent avec les cierges…

Il faisait très sombre dans l'église, comme il avait aussi fait très sombre dans la chambre de Sylvia. Trop sombre pour y voir vraiment quelque chose, avec ces silhouettes qui s'y pressaient – non, c'était impossible.

Giles serra sa main, leva les yeux vers elle et lui sourit ; elle se souvint que Sylvia, elle aussi, lui avait serré la main un peu plus tôt, si faiblement, et qu'elle lui avait murmuré « merci ». Merci pour quoi ? Pour l'avoir consolée à propos de son bébé ? Son bébé mort. Immobile, livide, replié sur lui-même. C'était une fille, une petite fille au visage ravissant ; mais trop petite, et née trop tôt.

Dans la crèche, le bébé de la Vierge était énorme, rose, souriant – pas trop petit, lui, ni né trop tôt. La Vierge lui souriait ; Sylvia elle aussi avait fini par lui sourire tout à l'heure, quand elle s'était penchée pour l'embrasser au moment de partir, elle avait fini par lui sourire à travers ses larmes.

— C'est mieux ainsi, avait-elle dit. Pauvre bébé…

Oui, c'était mieux. L'enfant n'aurait pas pu survivre, même si elle était arrivée vivante au monde, comme l'avait confirmé la sage-femme.

La petite fille avait une sorte d'horrible blessure dans le dos et ses jambes étaient entortillées, littérale-ment enroulées l'une sur l'autre. Pourtant son visage était très beau, paisible et presque souriant. Celia savait qu'elle ne l'oublierait jamais, jusqu'à son dernier jour.

Quand elle était arrivée là-bas, plus tôt dans la journée, qu'elle était sortie de sa voiture, un homme qu'elle n'avait encore jamais vu – Ted sans doute – était assis sur les marches. Il l'avait regardée et avait essayé de lui sourire.

— Vous êtes Lady Celia ? lui avait-il demandé, comme si beaucoup de dames de la haute bourgeoisie lui rendaient visite.

Elle avait acquiescé et annoncé qu'elle apportait quelques cadeaux pour Noël.

— Elle est en train d'accoucher, lui avait-il dit. Le bébé est en train d'arriver, juste maintenant. J'ai dû aller chercher la sage-femme, elle a dit que Beryl, la voisine, ne suffirait pas. Et aussi que ça se passait mal, a-t-il ajouté, et il tremblait.

— Oh, mon Dieu… je suis tellement désolée. Je vais partir, je reviendrai demain, quand ce sera fini…

— Non, non, elle a dit que si vous veniez, vous pourriez entrer, elle a dit que ça… que ça l'aiderait.

— Mais je…

— Je vous en prie… Elle avait tellement peur cette fois-ci, le bébé est arrivé si en avance…

Celia l'avait regardé, et elle s'était sentie également effrayée.

— Oh, Maman, est-ce qu'on peut aller voir le bébé ?

— Non, chéri, tu ne peux pas y aller. Je suis désolée…

— Les autres enfants, ils y vont…

Qu'est-ce qu'elle était en train de raconter ? Elle pensait encore à l'*autre* bébé, au bébé de Sylvia, pas à celui de la crèche. Elle prit une profonde inspiration, réussit à sourire à Giles.

— Oui, bien sûr. Excuse-moi, mon chéri, Maman avait la tête ailleurs. Viens, nous allons le voir. Prends ton cierge.

Ils se glissèrent dans la file pour aller déposer leur cierge devant la crèche. Une fois là-bas, elle baissa les yeux vers le bébé rose et souriant.

Elle avait déjà baissé les yeux vers l'autre bébé, tellement pâle et tellement immobile dans ses bras. Elle était née depuis quelques minutes seulement – morte depuis quelques minutes seulement. La sage-femme, qui répondait au nom de Mrs Jessop, avait essayé de la réanimer, mais sans résultat : la fillette était restée inerte, livide, avec cette terrible malformation. Mrs Jessop l'avait tendue à Celia, pour aller chercher chez elle en grommelant – elle habitait un peu plus loin dans la rue – davantage de serviettes et de journaux.

— Restez avec elle, avait-elle dit à Celia. On ne peut pas la laisser seule.

— C'est mieux comme ça, avait dit Sylvia, en la regardant depuis son lit, résolue à se montrer courageuse. C'est vraiment mieux comme ça. Je savais que quelque chose n'allait pas, je le savais. Est-ce que je peux la prendre dans mes bras ? Juste un petit moment…

Celia lui tendit délicatement le petit corps, que Mrs Jessop avait enveloppé dans une serviette. Elle ne put s'empêcher de penser au châle qu'elle avait apporté, imaginant, stupidement, que le bébé y serait plus au chaud. Sylvia la regarda, lui caressa le visage.

— Oh, la pauvre, pauvre petite chose… Regardez-la un peu, regardez ses jambes, oh ! c'est tellement affreux… Je le savais, je le savais, est-ce que je ne l'avais pas dit ? Merci, mon Dieu, qu'elle soit morte, merci.

Sylvia commença à pleurer, doucement d'abord, puis de plus en plus fort. Celia se sentait totalement impuissante en face d'un tel chagrin.

Et puis l'incroyable se produisit. Mais se produisit-il vraiment ? C'était si difficile d'en être sûre. Elle pensa pourtant que la petite poitrine avait bougé. Ou bien était-ce la lampe ? La lampe qui vacillait avec ce courant d'air froid se glissant sous la porte. N'était-ce pas juste une illusion d'optique ? Non, cela n'avait sûrement pas pu se produire réellement.

Cependant, la petite poitrine se souleva de nouveau, et cette fois, Sylvia le vit. Il y eut ensuite un petit soupir, puis Sylvia cria :

— Oh ! Seigneur... Oh ! mon Dieu, non...

Elle regarda alors Celia et dit, d'une voix calme et posée, comme si elle était en train de vaquer à ses occupations, de sortir la lessive ou de faire la cuisine :

— Vous voulez bien m'aider ?

Et Celia lui répondit, d'une voix tout aussi calme :

— Oui, je vais vous aider.

Tout ce qu'elle avait fait était de lui apporter un coussin ; rien de plus, elle en était sûre. Un coussin pour y poser le bébé...

— Maman, mets ton cierge là, toi aussi.

— Excuse-moi, mon chéri.

Elle posa son cierge avec les autres ; toutes leurs flammes étincelaient, leurs dizaines de flammes dorées et vacillantes.

La lumière dans l'église tremblait comme elle tremblait tout à l'heure dans la pièce, et peut-être s'étaient-elles toutes les deux trompées. Oui, c'était probable. Le bébé n'avait pas respiré, c'était impossible. Elle avait les jambes tout emmêlées, la colonne vertébrale endommagée, et elle était déjà morte en venant au monde. Elle n'avait sûrement pas respiré, croire autre chose était de la folie.

À son retour, Mrs Jessop avait paru contrariée que la situation ait changé dans la pièce, que Sylvia portât elle-même l'enfant et que celle-ci fût maintenant enveloppée dans un châle et non plus dans une serviette.

— Je l'ai laissée dans vos bras en partant, dit-elle à Celia, qu'est-ce qu'il s'est passé ?

— Mrs Miller voulait tenir son bébé un moment, c'est normal, non ? Cela… cela lui a fait du bien. Et je l'ai enveloppée dans le châle que j'avais apporté. C'était mon cadeau de Noël.

— Bon, je vais emporter ça maintenant, dit Mrs Jessop. Je dois l'emporter.

— C'est elle, pas *ça*, dit Celia. C'est un bébé, une petite fille.

— En tout cas, c'est mort, et moi je dois l'emporter.

— Oui, dit Celia, c'est vrai. Elle est morte, c'est évident.

— Pourquoi est-ce que tu pleures ? lui demanda Giles.

— Je ne pleure pas, j'ai juste quelque chose dans l'œil.

— Pauvre Maman… Viens, on va retourner à notre place. Tu crois que le bébé dort ? demanda-t-il en regardant encore une fois dans la crèche.

— Oui, je crois.

— Il a les yeux ouverts.

— Je sais, mais je crois qu'il dort.

Billy avait dit la même chose, là-bas, quand elle était partie :

— Est-ce que le bébé dort ?

Il était assis en haut des marches de la maison d'à côté, et il attendait de savoir comment l'accouchement s'était passé. Difficile de trouver les mots pour lui répondre, mais elle savait qu'elle devait le faire ; c'était même le plus grand service qu'elle pouvait rendre à Sylvia et Ted, leur éviter d'avoir à l'annoncer eux-mêmes aux enfants.

Elle s'était assise, elle aussi, sur les marches et elle l'avait pris sur ses genoux, tout grand garçon qu'il fût.

— Malheureusement, je crois que le bébé est mort. Je suis vraiment très triste, tu sais. C'était une petite fille et elle… oh, elle était très malade. Mais ta maman va bien, et elle a dit que tu pourrais la voir dans un moment, quand elle se sera un peu reposée.

Tout à coup, elle sentit combien elle-même avait besoin de repos : elle était si fatiguée qu'elle n'imaginait pas de ne plus l'être un jour.

6

Le médecin portait une cravate noire, et son expression était sombre. Mon Dieu…, pensa Oliver. Seigneur, quelque chose est arrivé, quelque chose de terrible est arrivé. Dans son angoisse, l'idée lui traversa l'esprit que le praticien gardait peut-être en permanence une cravate noire, dans son bureau à la clinique, pour être toujours prêt à faire face à une tragédie. La mort d'un bébé ou la mort d'une mère. Sans doute même deux morts, quand il s'agissait de jumeaux. Il se leva et tâcha de rassembler ses forces pour affronter ce qu'il allait devoir entendre. Faites que ce soient les bébés, mon Dieu. Je vous en prie, faites que ce soient les bébés.

Quand le médecin arriva en face de lui, son visage s'éclaira d'un grand sourire et il lui serra la main avec enthousiasme. Soudain, Oliver comprit : la cravate noire était pour le roi, le roi qui était mort ce matin. Son inquiétude lui avait complètement fait oublier ce détail. Le roi bambochard et trousseur de jupons était mort : longue vie au roi !

— Grande nouvelle, lui dit le docteur. Des filles, *deux* filles, des jumelles.

— Et ma femme ?

— Elle va parfaitement bien. Elle a bien travaillé, elle est très courageuse, vraiment très courageuse. Et maintenant, bien sûr, elle est aussi très heureuse.

— Je peux aller la voir ?

Oliver poussa doucement la porte de la chambre et regarda Celia. Elle était couchée, adossée à une montagne d'oreillers ornés de volants ; elle avait le teint pâle et les yeux cernés, mais elle lui adressa un sourire radieux.

— N'est-ce pas merveilleux ? Ne suis-je pas extraordinaire ? Regarde-les, Oliver, regarde-les, elles sont magnifiques !

— Dans une minute. D'abord je veux te regarder, toi. Mon amour, mon cher amour… Grâce à Dieu, tu vas bien. Le docteur a dit que tu avais été très courageuse.

— J'ai été assez courageuse, c'est vrai, dit-elle d'un ton enjoué, mais c'était beaucoup moins difficile que pour Giles, même s'il y en a eu deux. Et j'ai eu quelques bonnes bouffées de chloroforme pour m'aider.

Oliver trembla dans son for intérieur ; il n'était pas très courageux physiquement, et la pensée de ce que Celia, de ce que toute femme devait traverser pour mettre un enfant au monde le remplissait de malaise et d'effroi.

— Je t'aime tellement, tu sais.

— Et je t'aime, moi aussi. Va les voir, Oliver, vas-y.

Il marcha jusqu'aux deux berceaux, placés côte à côte. Sous leurs montagnes de couvertures, deux visages absolument identiques semblaient le contempler : des yeux bleu foncé – mais qui ne voyaient pas encore vraiment –, des cheveux épais et sombres, de petites bouches en bouton de rose, et qui remuaient délicatement, des doigts minces et graciles comme des frondes de fougères.

— Elles sont ravissantes, dit-il, d'une voix entre-coupée par l'émotion.

— N'est-ce pas ? Oh ! je suis tellement fière… Tu veux que je te dise les prénoms auxquels j'ai pensé pour elles ?

— Dis-moi.

— Venetia et Adele.

— Pourquoi ? répondit-il en lui souriant. C'est très joli, mais pourquoi ceux-là ?

— Venetia à cause de Venise, puisque c'est là qu'elles ont été conçues. Et Adele parce que c'était le prénom de ma grand-mère. On lui avait donné celui de la fille cadette de Guillaume le Conquérant. Elle s'appelait Adele, elle a épousé Étienne de Blois et elle est devenue sainte. Plutôt de bon augure cette histoire, non ?

C'étaient de très jolis prénoms : lui-même en aurait peut-être choisi d'autres, plus simples, plus anglais, mais, après tout, c'était elle qui avait porté les bébés.

— Tu sais, mon chéri, pendant que je les attendais, je me disais que nous devrions éditer un livre sur les prénoms, une sorte de dictionnaire. Qu'en penses-tu ? Toutes les futures mères l'achèteraient. Je crois que cela marcherait très bien.

— Celia, dit Oliver en s'asseyant et en lui prenant la main, ma chérie, comment peux-tu encore réussir à penser à ce genre de chose, alors que tu viens juste d'accoucher de jumelles ?

— Oh, Oliver, je n'arrête *jamais* de penser à ce genre de chose. Je suis terriblement impatiente d'y retourner, tu sais.

Oliver la regarda d'un air hésitant. Il avait un peu espéré, au fond de lui-même, qu'elle aurait apprécié les mois qui venaient de s'écouler, assez pour que cela la convertisse à la vie de famille. Apparemment, il s'était fait des illusions.

— Des jumelles ! s'exclama Jago. Magnifique ! Bon Dieu, je parie qu'elles vont leur donner du fil à retordre.

— J'en suis sûre, dit PM. Toute la maison ne va pas tarder à tomber sous leur coupe, à mon avis.

— C'est surtout pour le petit bonhomme que je m'inquiète. Jusque-là, il était le roi et, tout à coup, il va voir *deux* petites princesses débouler et annexer son territoire.

— Oh…, fit PM. Non, je pense qu'ils vont faire très attention à Giles.

— Des jumelles ! s'exclama Jeanette. C'est merveilleux, vraiment merveilleux ! Comment s'appellent-elles ? Vous avez entendu, les garçons, vous avez deux nouvelles cousines, deux petites filles ! Vous n'avez pas envie de faire leur connaissance ?

— Oh, je… je ne sais pas, répondit Jamie.

— Non merci, dit Laurence.

— Non merci, dit Jamie.

NOUVELLE DOUBLEMENT FANTASTIQUE STOP SUIS IMPATIENT DE LES CONNAÎTRE STOP DOUBLES FÉLICITATIONS STOP VEUX ÊTRE PARRAIN STOP VOUS EMBRASSE JACK

— Cher Jack… Mais devenir parrain, tout de même…

— Pourquoi pas ? Il est leur oncle, non ?

— Oliver, les parrains sont censés avoir une bonne influence… Non, je plaisantais. Bien sûr qu'il peut être parrain. À condition que nous en ayons un autre, solide et équilibré, pour faire contrepoids. Quand part-il pour l'Inde ?

— En août.

— Bien, c'est parfait. Nous avons tout le temps pour le baptême.

— Deux bébés, dit Giles, pourquoi deux ? On aurait eu assez avec un seul, non ?

— Chéri, ça va être amusant…

— Non, pas du tout ! Elles voudront pas que je joue avec elles ! Moi je crois qu'il faut qu'on en renvoie une.

— Oh, Giles, ne dis pas de bêtises. Bien sûr qu'elles voudront jouer avec toi.

Giles leva les yeux vers sa mère.

— Je crois pas qu'elles voudront, non.

— Écoute, je suis désolée, mon chéri, mais je ne peux rien y faire. Deux bébés sont arrivés et ils vont rester. En plus, elles sont très gentilles et très jolies, et nous avons beaucoup de chance de les avoir.

Giles ne dit plus rien ; comme son père, il avait appris à ne pas discuter avec sa mère. Mais il ne pensait pas du tout qu'il avait de la chance. Les bébés envahissaient déjà la nouvelle nursery et prenaient une grande part du temps de Nanny. Il y avait maintenant deux autres nurses à la maison, qui ne s'intéressaient guère à lui, et une autre dame qui, elle, ne s'intéressait pas du tout à lui. Tous les gens qui venaient à la maison – sa tante, sa grand-mère, les amies de sa mère, même ses propres amis, et aussi leurs mères et leurs gouvernantes – n'arrêtaient pas de répéter combien c'était formidable d'avoir des jumelles, combien c'était exceptionnel, et comme elles étaient belles.

Seul son grand-père avait eu l'air de comprendre ce qu'il pouvait ressentir. Il avait jeté un regard sur les jumelles et simplement dit :

— Très jolies…

Puis il s'était retourné, lui avait fait un clin d'œil et avait ajouté :

— Assommant, les bébés, non ? Alors deux bébés, c'est deux fois plus assommant. Si on allait faire un tour du côté du fleuve pour regarder les bateaux ?

Giles avait beaucoup apprécié.

Mais c'est Nanny qui se comportait le mieux en la circonstance : elle au moins semblait comprendre qu'il y avait des choses plus importantes dans la vie que d'avoir deux sœurs exactement identiques. Mais cela ne l'empêchait pas, hélas ! d'être trop occupée la plupart du temps pour jouer avec lui comme avant. Ni lui de s'ennuyer, coincé dans la nursery, obligé d'écouter les jumelles pleurer.

Grâce à Dieu, il irait bientôt à l'école.

— Des jumelles ! s'exclama Sylvia. Deux filles ! Oh, Lady Celia, que c'est merveilleux…

Elle réussit à sourire, mais en réalité elle avait envie de pleurer. Elle avait presque tout le temps envie de pleurer en ce moment, depuis la naissance et la mort de cette pauvre petite fille. C'était beaucoup trop tôt pour qu'elle puisse le supporter. Barty la rendait folle, hurlant tout le temps pour qu'on la sorte de sa chaise haute. Mais, si elle la descendait, la petite se mettait à faire toutes les bêtises possibles, et Sylvia n'avait tout simplement pas l'énergie nécessaire pour s'occuper d'elle. Quant aux autres enfants, ils devenaient de plus en plus bruyants, mangeaient de plus en plus, et lui donnaient de plus en plus de lessive à faire.

Ted rapportait un peu d'argent à la maison, mais un autre genre de problème se posait : il s'était mis à boire. Il avait frappé plusieurs fois Billy, quand celui-ci avait été insolent. De plus, maintenant, il voulait tout le temps *le* faire. Tous les samedis. Et elle avait si peur, si peur de retomber enceinte. Chaque nuit, au moment où elle sombrait enfin, exténuée, dans le sommeil, elle revoyait le bébé, son petit visage si paisible et ses jambes tordues ; alors elle se réveillait en pleurant, et ne parvenait plus ensuite à se rendormir.

Elle était donc tout le temps fatiguée, bien plus fatiguée qu'elle ne l'avait jamais été. C'était terrible à vivre.

— J'ai été licencié, dit Jago.
— Oh, Jago, non. Pourquoi ?
Il haussa les épaules.
— Comme d'habitude. Le patron veut faire des maisons pour moins cher. Donc, moins de personnes pour faire plus de travail. Et je ne fais pas partie des moins qui restent.
— Oh, je suis désolée, dit PM.
Elle ne pouvait rien imaginer de pire que d'être sans travail. Dans les longs trajets à pied qu'elle faisait pour se rendre à son bureau tous les jours, elle passait devant des groupes d'hommes qui attendaient dans des cours d'immeuble ou devant des entrées d'usine, dans l'espoir de trouver un travail à la journée. Non seulement ils étaient tristes et mal vêtus, mais aussi déprimés, avec des airs de chiens battus. Il lui semblait horrible que la possibilité de travailler soit refusée à des gens qui avaient la volonté et la capacité de le faire.
— Que vas-tu faire ? lui demanda-t-elle.
— Oh, chercher du travail temporaire, jusqu'à ce que j'aie retrouvé quelque chose de stable. Au moins, je n'ai pas une famille sur les bras. Il y en a pour qui c'est terrible. Le type avec qui je travaillais sur des chantiers la semaine dernière, il était resté sans travail pendant cinq mois. Pour finir, il avait accepté ce job, parce que c'est le seul qu'il avait trouvé, mais ça lui faisait deux heures de marche à pied tous les matins et deux heures tous les soirs.
— Quatre heures de trajet par jour ! s'exclama PM. Mais c'est absurde !

— Tu crois vraiment qu'il avait le choix ? Au moins, comme ça, il pouvait nourrir sa famille. Il a quatre gamins, plus un cinquième en route.

— Et il a été licencié lui aussi ?

— Eh oui.

— Ma chérie…, commença Robert.

— Oui, mon amour ?

Il hésita. Il avait répété cent fois mentalement cette conversation depuis plusieurs semaines ; il savait exactement ce qu'il voulait dire, les arguments précis qu'il voulait lui fournir. Et il savait aussi qu'il n'y avait pas de raison logique pour qu'elle refuse. Pourtant…

— Qu'as-tu en tête, mon amour ?

Elle était debout devant le miroir qui surmontait la cheminée de la salle à manger, en train d'essayer des boucles d'oreille. Il lui en avait offert une paire avec des diamants pour son anniversaire, qu'elle portait en ce moment ; mais elle en tenait aussi une autre près de ses oreilles – une paire que Jonathan lui avait donnée.

Parfois – assez souvent, à vrai dire –, Robert sentait qu'il détestait profondément Jonathan Elliott. C'était ridicule, bien sûr ; Jonathan était mort, Robert ne l'avait jamais rencontré, et il était normal qu'il tienne encore aujourd'hui une grande place dans la vie de sa veuve. Mais le poids de sa présence était toujours si grand, sur la maison, les domestiques, les enfants, et aussi sur Jeanette… Elle ne déclarait jamais ouvertement que Jonathan disait ceci, qu'il aimait que les choses soient faites comme cela, mais elle avait tendance à se conformer aux règles et habitudes qu'il avait établies. Et les enfants agissaient de même. S'il fallait porter un jugement sur Jonathan, il suffisait d'observer Laurence. Robert pouvait alors justifier son antipathie.

Laurence était un vrai cauchemar : hostile, malin, affreusement sournois. Il n'était jamais impoli envers

Robert devant sa mère, juste désagréable et difficile ; mais si Jeanette n'était pas dans les parages, il était ouvertement insolent. Robert ne pouvait rien y faire. Il ne pouvait lui rapporter par le menu les impertinences de Laurence afin de ne pas paraître impuissant et stupide. Ils s'étaient mis d'accord, dès le début, sur le fait que l'éducation des garçons devait rester son territoire à elle. De toute façon, même s'il lui avait parlé de la conduite de Laurence, elle ne l'aurait pas cru. Elle savait qu'il était difficile, qu'il avait du mal à accepter la présence de Robert, mais elle répétait que le temps finirait par arranger les choses.

Ce que Robert voulait lui dire, pourtant, n'avait rien à voir avec Laurence. Cela le concernait, lui. Il voulait qu'elle le soutienne dans une entreprise personnelle. Il désirait fonder sa propre affaire. Non qu'il ne réussît pas bien chez Lawson – il était déjà vice-président du département des comptes privés, il avait un salaire confortable, un impressionnant bureau et une liste de clients florissante – mais, il le savait, posséder sa propre affaire était le seul moyen de parvenir au genre de succès qu'il avait toujours eu en tête.

En tout cas, ce n'était pas dans le secteur bancaire que Robert souhaitait continuer. Il s'était pris d'une nouvelle passion pour l'immobilier. Il avait observé l'essor, à vitesse accélérée, pris par New York pendant la dernière décennie. C'était là que résidait l'avenir, là qu'irait l'argent, là aussi qu'on pourrait en récolter. L'un de ses clients opérait dans l'immobilier ; cinq ans plus tôt, Robert l'avait aidé à lever des fonds pour deux modestes constructions sur Wall Street, et aujourd'hui c'était un homme riche. Il avait suggéré que Robert pourrait trouver un intérêt à le rejoindre dans l'affaire qu'il avait créée, en l'aidant à la développer. Robert en avait très envie. Chaque fois qu'il y pensait, il éprouvait une grande exaltation, aussi bien émotionnelle qu'intellectuelle. Cela faisait même assez longtemps qu'il n'avait pas éprouvé un tel sentiment. Oui, il était convaincu qu'il pourrait réussir, et que ce serait très agréable. Un succès personnel, *quelque chose* de personnel. Où il ne serait pas seulement l'ombre du précédent mari de sa femme, pas seulement l'ombre, en fait, de sa femme elle-même.

Non qu'il ne fût pas très épris de Jeanette : il l'était, assurément. Elle était aussi amusante, vive, passionnée qu'il l'avait espéré. Elle était également élégante et pleine d'esprit. Elle avait une merveilleuse collection de robes du soir, toutes très décolletées pour révéler sa poitrine, indéniablement superbe. Elle était toujours la première à arborer un nouveau style de coiffure, s'enorgueillissant d'ailleurs beaucoup de ses magnifiques cheveux dorés. Robert était sincèrement fier d'elle, et fier d'être vu avec elle.

Ils partageaient beaucoup d'intérêts communs pour la bonne chère, pour l'art, la musique, les voyages, la vie en société. Ils sortaient beaucoup et recevaient beaucoup. Jeanette était une hôtesse infatigable, à l'imagination toujours alerte. Elle donnait non seulement des déjeuners et des dîners, mais des concerts, des garden-parties, et se lançait aussi dans ces nouvelles distractions qu'étaient les chasses au trésor et les bals costumés, déjà très populaires à Londres.

Elle répétait souvent qu'elle rêvait d'avoir une maison à Londres ; le séjour qu'elle y avait fait pendant sa lune de miel lui avait fait aimer cette ville plus que jamais. Il y avait aussi une bonne société à New York et à Washington, bien sûr, mais il leur manquait ce mélange de snobisme et de nonchalance qui n'appartenait qu'à Londres. De plus, Jeanette était obsédée par la royauté. Celia l'impressionnait bien davantage parce qu'elle avait été présentée au roi et à la reine à Buckingham Palace que parce qu'elle était éditrice chez Lytton et qu'elle y avait publié un grand nombre de livres à succès.

Mais le grand moment de son séjour là-bas avait été la rencontre avec Lady Beckenham ; elle était arrivée à Cheyne Walk avec un éclair de malice dans les yeux, avait décrit des fêtes données à Sandringham et à Windsor, raconté divers commérages qui couraient autour du roi et de la petite Mrs George, comme on appelait Mrs Keppel dans les cercles royaux, et dit à Jeanette qu'elle avait une loge à Ascot. Jeanette s'amusait gentiment des sentiments socialistes de Celia – quant à ses déclarations selon lesquelles des femmes comme Jenny, la nurse, et Sylvia Miller étaient ses amies, elles la laissaient sceptique. Robert avait dit à Jeanette qu'elle était encore plus snob que Lady Beckenham elle-même, ajoutant que, à sa connaissance il n'y avait pas de créature plus snob sur la terre qu'une Américaine superprivilégiée.

— Et tu es une Américaine superprivilégiée.

Jeanette reçut cette remarque avec sa bonne humeur habituelle, se bornant à ajouter qu'elle n'avait pas remarqué chez lui de réticence particulière à partager ce privilège. Il parvint à sourire, mais il détestait en réalité de tels commentaires. C'était sa façon à elle de prendre sa revanche chaque fois qu'il la contrariait, même de façon infime ; il se sentait remis à sa place, pis, diminué. C'était une sensation qu'il n'avait appris que très récemment à supporter dans leur relation.

— Ma chérie, répéta Robert.

— Oui, mon amour. Je vois que tu ne t'intéresses décidément pas à mes boucles d'oreilles. D'ailleurs, pourquoi le ferais-tu ? Puisque c'est ainsi, je garderai les tiennes. Tu voulais me parler de quelque chose, n'est-ce pas ? Ah ! Laurence, tu es là. Tu es si beau, mon chéri… Je suis très impatiente de te voir à notre déjeuner d'aujourd'hui. Je veux que tu sois assis à côté de moi et que tu impressionnes tout le monde. N'est-il pas magnifique dans ce costume, Robert ?

— Merci, Maman, dit Laurence en lui adressant son éblouissant sourire, puis il posa un regard rapide et froid sur Robert, et ramassa un livre posé sur la table.

— Il l'est, oui, parvint à articuler Robert.

Et certes, Laurence était un bel enfant, grand pour son âge, qui ne portait encore aucun des stigmates de l'adolescence. Sa peau était nette, sa voix pas encore cassée, ses mouvements empreints de grâce et d'assurance.

— Alors, Robert, qu'y a-t-il, mon cher ? Je suis désolée de t'avoir interrompu.

— Oh, ce n'est rien, répondit Robert, qui n'avait aucune envie de débattre de ses projets, ni surtout de solliciter un soutien financier, en présence de Laurence.

— Si, j'insiste… Cela ne dérangera pas Laurence, n'est-ce pas, mon chéri, si nous avons une conversation de grandes personnes pendant quelques minutes ?

— Bien sûr que non, dit Laurence, puis il lança un regard amusé à Robert.

Il sait, songea Robert, il sait que je ne veux pas discuter de quoi que ce soit pendant qu'il est là.

— Tu vois bien… Allez, Robert, dis-moi. Je suis assez intriguée.

— Non, je t'assure, déclara Robert d'une voix ferme. C'est juste que j'aimerais te faire rencontrer un de mes clients. Un type du nom de John Brewer. Il dirige une compagnie immobilière. Mais ce n'est pas important, je t'assure. Il faut que je me prépare pour le déjeuner moi aussi.

— Oui, mais dis-moi, mon chéri, pourquoi voulais-tu spécialement que je le rencontre ? J'aimerais beaucoup le savoir.

— Jeanette, écoute…

— Maman, intervint Laurence, visiblement très amusé, je ne crois pas que Robert ait envie d'avoir cette discussion devant moi. C'est tout à fait normal, je le comprends. J'ai beaucoup d'autres choses à faire.

— Mais c'est absurde ! s'exclama Jeanette. Pourquoi Robert ne voudrait-il pas avoir cette discussion devant toi ?

— Non, Maman, je vois bien que ce serait mieux si je n'étais pas là. À tout à l'heure, au déjeuner.

Il se leva et sortit de la pièce, avec dans ses yeux bleu clair la même expression ironique qu'il avait eue un instant plus tôt en regardant Robert. Jeanette le suivit des yeux, avec un sourire.

— Il est tellement sensible, n'est-ce pas ? C'est justement pour cela qu'il est parfois un peu difficile. Je veux dire, je ne m'étais pas du tout rendu compte que tu préférerais avoir cette conversation en privé.

Elle lui adressa un sourire encourageant.

— Alors, de quoi s'agit-il ?

Il prit une profonde inspiration, puis se lança.

— J'ai… j'ai eu l'idée de… créer ma propre entreprise.

Elle continuait à lui sourire de façon engageante, avec une expression curieuse, intéressée sur le visage ; mais ses yeux clairs était durs comme du cristal.

— Oui ? J'ai toujours apprécié ton ambition, Robert. L'ambition est quelque chose qui m'attire beaucoup. Jonathan lui-même était plutôt un fonceur.

— Je suis content d'avoir au moins ton soutien sur le principe. Tu vois, je… je sens que j'ai atteint un palier chez Lawson, que je ne pourrai pas aller beaucoup plus loin. C'est une entreprise très familiale, et de mon côté je me suis découvert d'autres centres d'intérêt.

— D'autres centres d'intérêt ?

— Oui. D'autres secteurs d'affaires.

— Lesquels exactement ?

— L'immobilier. Ce client dont je t'ai parlé, John Brewer, y a brillamment réussi, en partant d'une base assez modeste. Aujourd'hui, il a beaucoup construit dans plusieurs rues du quartier financier.

— Cela paraît fort intéressant en effet, dit-elle. Je suis impatiente de rencontrer Mr Brewer.

— Mon avenir est dans l'immobilier, Jeanette, je le sens. Je suis sûr que j'ai un instinct pour ce métier, que je pourrai m'atteler à la tâche sans difficulté. En faire vraiment mon domaine à moi.

— Comme tu n'as pas pu le faire dans la banque. C'est cela que tu es en train de me dire ?

— Non, lui rétorqua-t-il, non sans âpreté, ce n'est pas ce que je veux dire. Je ne crois pas avoir *échoué* dans la banque.

— Moi non plus, Robert, lui dit-elle avec un brillant sourire. Je sais qu'on te tient en haute estime chez Lawson, en haute estime.

N'était-ce pas une remarque quelque peu condescendante, voire arrogante ?

— Jeanette, je ne crois pas que tu comprennes exactement…

Elle le coupa, en lui décochant à nouveau l'un de ses étincelants sourires. Elle le prenait toujours au dépourvu, en faisant brusquement varier le climat affectif de leurs conversations.

— Je crois que je comprends parfaitement, au contraire. Tu es encore un homme jeune.

— Pas si jeune que cela, et d'ailleurs c'est pourquoi…

— Trente-neuf ans, c'est jeune, à mon avis en tout cas. Mais, bon, nous n'allons pas entamer une discussion là-dessus. Tu veux faire ton chemin par toi-même, je t'approuve sans réserve. Je comprends très bien ton désir de changer la nature de tes activités, et je suis convaincue que l'immobilier doit offrir d'énormes possibilités, en effet. Oui, dans le principe, ça me semble une très belle idée. Tout ce qu'il y a d'estimable.

Robert n'était pas sûr d'apprécier cet « estimable » ; cela sentait un peu le bulletin scolaire.

— Y a-t-il autre chose ?

— Oui. John Brewer a suggéré que nous pourrions nous associer.

— Cela me paraît une excellente idée. Il a apparemment une affaire solide, il connaît bien tous ces domaines contrairement à toi. Et je suppose que de ton côté tu apporterais des contacts dans la banque, du savoir-faire, tout ce genre de choses.

— Oui, en effet. Mais John veut aussi développer son affaire, ce serait la raison première de notre association. Et donc, nous devrions… C'est-à-dire, au départ nous aurions besoin d'un soutien financier.

— Oui ?

— En fait, je ne peux pas m'en passer.

— Je comprends.

— J'ai tâté le terrain à droite et à gauche, mais je me demandais… Eh bien, je me demandais si tu… C'est-à-dire, si Elliott ne pourrait pas…

— Ne pourrait pas quoi, Robert ?

Il sentit qu'il commençait à transpirer.

— Eh bien, apporter une partie de cet argent. Pas la totalité, mais une certaine proportion. Un accord dans des termes strictement professionnels, bien sûr. Je ne recherche aucune sorte de traitement de faveur.

Il y eut un long silence, puis :

— Robert…

— Oui ?

— Robert, je trouve tout cela très délicat.

— Si tu trouves cela délicat, alors je t'en prie, n'y pense plus. Sans même en parler au conseil d'administration. Je comprends très bien.

— Je ne crois pas que tu comprennes, non. Ce n'est pas le principe que je trouve délicat, c'est le fait que tu me demandes de l'argent.

— Pas à toi, Jeanette, à Elliott…

— Je t'en prie, ne joue pas sur les mots.

— Jeanette…

— Robert, s'il te plaît. Laisse-moi seulement un moment, pour que je me calme.

— Que tu te calmes ? À propos de quoi ?

— Tu dois sûrement te rendre compte combien… Non, visiblement non. Tu ne te rends pas compte combien je suis mal à l'aise.

— Mal à l'aise ? Mais pourquoi ?

— Parce qu'on dirait que mes amis avaient raison, répondit-elle avec un profond soupir.

— Tes amis avaient raison à quel propos ?

— Quand ils disaient que tu m'épousais pour mon argent. Je leur répondais que c'était absurde, que j'étais sûre que tu m'aimais vraiment. Je me suis mariée en en étant convaincue. Et maintenant, il semblerait que je me trompais.

— Chérie, c'est ridicule ! Bien sûr que tu ne t'es pas trompée ! Et bien sûr que je t'aime, passionnément. Mais… cela m'a juste paru absurde de ne pas vouloir aborder un tel sujet avec toi.

— Absurde ? Vraiment ?

Elle détourna la tête, ses yeux remplis de larmes.

— Je suis désolée que tu trouves absurde d'avoir le sens de l'honneur. De ne pas essayer de tirer avantage de moi, de ne pas essayer de bénéficier financièrement de notre mariage.

— Oh, vraiment ! rétorqua-t-il, secoué par un accès de colère, tu es puérile, ridicule ! Je n'essaye pas de tirer avantage de toi, voyons ! Je voudrais justement devenir plus indépendant, pour pouvoir moins dépendre financièrement de notre mariage. Moins, et non pas plus !

— Quels que soient les prétextes que tu invoques, je trouve cette situation très pénible. Et je ne peux pas accepter, non. Je te soutiendrai volontiers dans ta nouvelle entreprise, très volontiers, par n'importe quel autre moyen qui me soit accessible. Mais financièrement… non. Je ne peux même pas y penser. Écoute, il faut que je retrouve mes esprits. Je monte un moment dans ma chambre, je te verrai sur la terrasse pour le déjeuner.

Robert la suivit des yeux tandis qu'elle s'éloignait, et il ne pouvait s'empêcher de se demander comment Jonathan Elliott aurait réagi dans une telle situation. Même si, évidemment, cela n'aurait jamais pu se produire avec lui.

Au même moment ou presque, dans une petite maison de Londres, se déroulait un amusant contrepoint de cette situation.

— Je ne comprends pas…, disait PM. Pourquoi ne veux-tu pas me laisser t'aider ? Si je te prête de l'argent – je dis bien prêter, pas donner –, tu pourras monter ta propre entreprise de bâtiment. En finir une fois pour toutes avec ces contremaîtres qui te traitent mal ou qui te mettent à la porte. S'il te plaît, Jago… Tu pourras me payer des intérêts, au taux que tu voudras, même le plus extravagant.

— Non, fit Jago. Je ne peux pas accepter. Et ne me le propose plus.

— Oh, vraiment ! dit PM. Partout, il y a des hommes qui donneraient leur bras droit pour une offre pareille.

— Ils risqueraient de ne pas très bien réussir dans le bâtiment avec un seul bras, tu ne crois pas ?

La journée était très chaude, et le moral de Londres était au plus bas. Il était au plus bas depuis la mort du vieux roi, comme celui du pays tout entier. On eût dit que l'Angleterre avait compris qu'un certain hédonisme de l'époque édouardienne était à jamais fini ; que les extravagances, l'habitude de ne jamais rien se refuser, l'espèce de fête continuelle qu'avait été le court règne d'Édouard VII étaient terminées. Mrs Keppel avait été bannie de la cour en dépit de la promesse faite par la reine que la famille veillerait sur elle. Le style plus austère du nouveau roi et de son épouse au visage sévère, si différente de la sainte Alexandra – qui avait appelé Mrs Keppel au chevet du roi mourant –, était déjà entré en vigueur.

Pourtant, Celia était très heureuse. Les jumelles étaient de beaux bébés, elle s'était vite remise de l'accouchement, et prévoyait un retour chez Lytton en septembre. Oliver aurait voulu qu'elle consacre au moins une année à sa famille. Il y avait eu entre eux une discussion enflammée : il l'avait accusée de ne pas aimer leurs enfants, elle l'avait accusé de ne pas l'aimer, elle, et de ne pas la comprendre, de ne pas apprécier à sa juste mesure ce qu'elle apportait à la société. Ils s'étaient déjà disputés auparavant, mais jamais ils ne s'étaient ainsi jeté au visage leurs points faibles : à Oliver son conservatisme, à Celia la tiédeur de ses sentiments maternels. Ils avaient fini par se réconcilier, mais l'épisode avait laissé des traces. Il y avait désormais entre eux une légère froideur, le plaisir qu'ils avaient toujours éprouvé à être en compagnie l'un de l'autre n'était plus aussi intense qu'avant.

Toutefois, comme Oliver se l'entendait constamment répéter, il était un des hommes les plus heureux de Londres. Et lui-même n'était pas du genre à ressasser longtemps les mêmes griefs. La réussite commerciale, la faveur de la critique, une femme éblouissante et une famille charmante, voilà qui suffisait à les balayer.

— Ne pleurez pas, non ! Oh ! ma chère, chère Sylvia, ne pleurez pas... Venez, je vous en prie... Oh, ma chère...

Celia ouvrit ses bras, et Sylvia s'y réfugia comme un enfant, l'espace d'un instant. Puis elle se recula, s'essuya le visage du revers de la main.

— Je suis désolée, Lady Celia... Ce n'est pas une façon de se conduire, alors que vous m'avez amené les filles... Je suis désolée. Vraiment désolée...

— Oh, Sylvia, ne soyez pas absurde. Je vais vous faire un peu de thé. Asseyez-vous là et prenez les bébés. Si vous pouvez les tenir toutes les deux dans vos bras. Toi, Barty, viens avec moi. Ensuite nous bavarderons un peu.

Celia sortit dans la cour pour remplir la bouilloire, et Barty la suivit comme un chiot fidèle. Elle était pleine de vigueur et d'énergie, courant partout, à pas précipités, sur ses petites jambes. D'avoir été attachée pendant la moitié de sa courte vie à un pied de la table, ou bloquée dans sa chaise haute, ne semblait pas avoir laissé de trace sur elle. Celia baissa le regard vers son spirituel petit visage dévoré par ses grands yeux, vers sa tignasse de cheveux dorés – et vers l'énorme bleu qui ornait sa joue. C'était Sylvia qui le lui avait fait. Elle avait commencé par feindre, avait affirmé que Barty était tombée sur les marches, puisque Frank lui avait fait mal en jouant avec elle ; mais soudain elle avait dit la vérité à Celia : cela venait d'elle.

— Elle me tape tellement sur les nerfs, Lady Celia... Elle s'agite, toujours là où elle ne devrait pas être, ou encore elle crie pour sortir. Je ne peux plus la supporter. Elle ne comprend pas que je dois la garder à l'intérieur, que c'est pour son bien...

C'est alors qu'elle s'était mise à pleurer.

Sylvia, elle aussi, avait un bleu sur le visage, à la tempe. Elle avait affirmé que Frank avait claqué la porte sur elle, mais Celia savait que cela non plus n'était pas vrai. Elle avait l'air plus misérable, plus fragile et plus épuisé que jamais.

— Je suis encore tombée enceinte... Je savais que ça arriverait, je n'arrête pas de le dire à Ted, mais il a envie de ça tout le temps, et je ne peux pas l'en empêcher. (Qu'elle fasse de telles confidences à Celia donnait la mesure de sa tristesse.) C'est la boisson, Lady Celia, il s'est mis à boire, à trop boire. Oh ! comment est-ce que nous allons y arriver ? Et en plus, imaginez que ça se passe comme la dernière fois, conclut-elle en se remettant à pleurer.

— Oh ! Barty, murmura Celia, en retirant la bouilloire de dessous le robinet dans la cour, oh ! Barty, qu'allons-nous faire de toi ?

Puis, alors que Barty lui souriait, ramassait un caillou, et le lançait dans la cour – tout comme elle avait vu faire ses frères – avant de glisser sa petite main dans la sienne, Celia sut alors exactement ce qu'elle allait faire.

— Elle va rester ici un moment, dit-elle d'un ton ferme à Oliver, juste un moment. Nous devons absolument les aider. Tout ce en quoi nous croyons nous y oblige, et tu le sais. Sylvia est encore une fois enceinte, Ted la bat et elle ne tient plus le coup. Particulièrement à cause de Barty. Elle m'a dit qu'elle ne savait plus quoi faire avec elle. Et moi j'aime Barty, et elle aussi m'aime. Il y a beaucoup de place ici, elle pourra dormir dans la chambre des jumelles, ou même avec Nanny jusqu'à ce qu'elles soient un peu plus grandes.

Plus Oliver s'emportait, plus elle était déterminée.

— C'est *notre* maison, Oliver. C'était un cadeau de mon père, tu t'en souviens ? Je ne peux pas croire que tu essayes de m'interdire une chose pareille, une chose qui ferait tant de bien à tant de gens. À Sylvia, à Ted, à leur famille. À Barty, bien sûr. Quel genre de vie crois-tu qu'elle a, attachée la moitié de la journée au pied de la table, et maintenant battue par sa mère ?

— Et que pense Ted Miller du fait que tu kidnappes sa fille ?

— Ce n'est pas *sa* fille, c'est *leur* fille. Il en est très content, si tu veux tout savoir. Cela leur apportera une aide énorme à tous.

Elle ne lui révéla pas que Ted Miller était tellement ivre quand elle lui en avait parlé, qu'il avait été incapable de prononcer deux phrases cohérentes, sauf pour dire que Barty serait une bouche de moins à nourrir, et que si Celia avait vraiment envie de l'emmener, alors tant mieux. Ni que Sylvia, dans sa reconnaissance teintée de remords et d'incertitude, pleurait pendant qu'elle mettait dans un sac en papier les quelques vêtements, en haillons, que possédait Barty.

— Et, que vont en dire les membres de la Fabian Society ?

— Oh ! beaucoup de choses sûrement. Mais cela m'est égal. Des gens comme les Miller vont devoir attendre un temps infini, avant de tirer un quelconque bénéfice du rapport de Mrs Pember Reeves. Des années, des décennies peut-être. Entre-temps, la vie de Barty aura été complètement détruite, et Sylvia sera morte. Tandis que ce que je fais, moi, c'est concret, Oliver, cela va vraiment les aider, dès maintenant. Et franchement, quelle différence cela fera-t-il pour toi ? Tu vois à peine les enfants, sauf pendant les week-ends. La maison est immense, et je crois que c'est égoïste, que c'est mal de ta part de vouloir la garder juste pour nous, juste pour notre bien-être personnel.

— As-tu songé au mal que tu pouvais faire à Barty elle-même ? En la rendant étrangère à sa famille, à son milieu ? À sa condition sociale ?

— Oh ! ne sois pas ridicule, Oliver. Elle ne va pas rester ici pour toujours. Juste quelques… quelques mois. Je l'emmènerai toutes les semaines rendre visite à sa famille. Et je… je me rends compte que cela va demander des adaptations, des efforts supplémentaires, particulièrement de la part des nurses. Donc, j'ai décidé de faire ce que tu m'avais demandé. Je vais rester à la maison, pour m'occuper des enfants, pendant un an. Si je fais cela pour toi, tu feras sûrement ce que je te demande pour moi, toi aussi, n'est-ce pas ? Tu accepteras que Barty reste pendant un moment avec nous ?

7

— Le *Titanic* ! Pour le voyage inaugural ! Oh, Oliver, ce serait merveilleux ! Seigneur, combien de robes il va falloir que j'achète... Il va aussi me falloir de nouveaux bagages, et... Oui, Giles chéri, qu'y a-t-il ? Je parle avec Papa, je t'ai dit si souvent de ne pas m'interrompre...

Giles se tenait dans l'encadrement de la porte de la salle à manger, avec sur le visage un mélange d'inquiétude et de détermination.

— Tu viendras faire une promenade dans le parc ?

— Une promenade avec toi ? Oh, mon chéri, je ne peux pas, je suis trop occupée. Nanny va t'emmener, de toute façon elle y va sûrement avec les jumelles et...

— Non, elle peut pas nous emmener tous, ça lui fait trop d'enfants à s'occuper. C'est ce qu'elle a dit.

— Alors Lettie n'a qu'à vous accompagner...

— C'est son jour de congé. S'il te plaît, Maman, j'ai vraiment envie d'y aller et c'est samedi et...

— Giles chéri, je ne peux pas. Pas aujourd'hui, peut-être demain. J'ai beaucoup de travail qui m'attend...

— Tu ne vas pas à ton bureau le samedi.

— Non, chéri, mais je dois travailler ici. Je suis désolée. Écoute, Giles chéri, ne fais pas cette tête ! Viens, j'ai quelque chose d'amusant à te dire.

— Quoi ? demanda Giles, d'une voix maussade.

— Tu te souviens d'Oncle Robert et de Tante Jeanette ? Ils sont venus chez nous juste avant la naissance des jumelles.

— Ouais, fit Giles.

— Mais si, tu t'en souviens. En tout cas, ils ont eu un petit bébé ; est-ce que ce n'est pas amusant ? Elle s'appelle Maud, et nous irons en Amérique pour la voir, dans quelques mois. Sur un paquebot gigantesque. Papa va même essayer de nous avoir des billets pour sa première traversée de l'océan.

— Je pourrai venir ?

— Non, chéri, j'ai peur que non.

— Pourquoi non ?

— Eh bien, parce que notre voyage sera en partie professionnel. Nous voulons publier quelques livres en Amérique. Et de toute façon, tu seras à l'école à ce moment-là. En plus, si nous t'emmenions, nous devrions emmener aussi les jumelles.

— Pourquoi ?

— Parce que ce ne serait pas juste de les laisser ici.

— Elles le sauraient pas, ce sont que des bébés !

— Plus vraiment des bébés, elles ont presque deux ans.

— Elles le sauraient quand même pas.

— Giles, je suis désolée, c'est impossible. Un jour peut-être, quand tu seras un peu plus grand. Tiens maintenant, tu veux voir des photographies de ce bateau ? Il s'appelle le *Titanic*.

— Je m'en fiche de son nom, dit-il, et il sortit de la pièce.

— Oh, mon chéri ! tenta de le rappeler Celia, mais sans succès.

— Nous pourrions les emmener tous, tu sais, intervint Oliver, ça pourrait être amusant…

— Oh, non, Oliver chéri. Cela voudrait dire emmener Nanny, et peut-être Lettie. Et il y a aussi Barty, nous ne pourrions pas la laisser derrière nous.

— Pourquoi pas ?

— Oliver, tu sais bien pourquoi. Elle fait partie de la famille.

— Je l'ignorais… Mais je n'ai pas envie de gâcher une belle journée comme celle-ci avec cette histoire. De toute façon, je pense que tu as raison ; cela tournerait à l'expédition. Sans même parler des énormes frais que cela entraînerait. Mais je suis content que l'idée te plaise.

— Je suis positivement aux anges. De plus, Oliver, ce serait charmant d'avoir un peu de temps pour nous, juste pour nous deux. Qu'en penses-tu ?

— Je vais te laisser à tes occupations. Je suppose que tu as beaucoup à faire avec les épreuves du livre sur Robert Browning…

— Énormément, oui. Il va finir par prendre du retard si je n'y veille pas, et nous allons manquer son centenaire. En plus, j'ai beaucoup d'achats à faire, et il faut que je pense à quelque chose pour le bébé. Oh, tout cela est si excitant… Tu avais tort de dire que Jeanette avait passé l'âge d'avoir des enfants, tu vois… Je suis si contente qu'ils soient heureux ensemble.

— Qu'est-ce qui te fait dire qu'ils le sont ? demanda Oliver, avec un sourire un peu forcé.

— Eh bien… Ils doivent l'être, non ? S'ils ont eu cette enfant… Je me demande bien à qui la petite ressemble.

— Elle est tout ton portrait, dit Robert. Mêmes cheveux, mêmes yeux…

— Oh, mon chéri, je suis loin d'être aussi belle…

— Bien sûr que si !

— Robert, dit Jeanette en riant, je n'arrive toujours pas à le croire. Après tous les problèmes que j'avais eus pour les garçons.

Quand le médecin avait diagnostiqué qu'elle était enceinte, elle en avait ri : bien sûr qu'elle n'était pas enceinte, c'était impossible. Elle avait quarante-trois ans, ses grossesses antérieures avaient toutes été compliquées…

— Mrs Lytton, avait dit le médecin, Mère Nature est une vieille dame très avisée. Il est fréquent que des femmes de votre âge se retrouvent enceintes, nous appelons cela le bébé de la dernière chance. Vous êtes bien enceinte, ça ne fait aucun doute. De cinq mois environ. J'entends les battements de son cœur et ils sont déjà très forts. Maintenant vous devez le dire à votre mari. J'imagine qu'il va être ravi…

Robert l'était, et aussi immensément fier. Il n'avait jamais aimé les enfants jusque-là, et ce n'était pas son expérience avec les fils de Jeanette qui pouvait l'avoir fait changer d'avis. Mais les émotions qui l'envahirent ce jour-là furent intenses, quand elle lui annonça qu'elle était enceinte, comblée de l'être, et en bonne santé. Il s'assit, la regarda dans les yeux, les siens étaient au bord des larmes. Il lui demanda par deux fois si elle était sûre, tout à fait sûre.

Sa nouvelle grossesse lui réussit. Elle lui conférait une maturité sereine ; son corps parut s'épanouir davantage, et elle devint aussi moins susceptible et moins possessive envers Robert.

Il ne se souvenait pas d'avoir jamais vécu une période plus heureuse dans toute sa vie. La nouvelle société immobilière qu'il avait créée deux ans plus tôt en association avec John Brewer, et fait financer par la banque Lawson à un taux très avantageux, marchait fort bien. Brewer-Lytton était en train d'édifier plusieurs rues à l'ouest de l'île de Manhattan, et avait aussi remporté un appel d'offres pour la construction d'un hôtel de luxe dans les quartiers chics de l'East Side.

En fait, le seul nuage dans ce ciel radieux était Laurence.

— Il ne m'adresse même plus la parole, dit-il à Jeanette, une semaine environ après qu'ils eurent annoncé la nouvelle aux deux garçons.

Jamie en avait d'abord paru très heureux, rougissant d'enthousiasme et battant des mains ; puis il avait croisé le regard menaçant de Laurence et avait ravalé son sourire, avant de chercher refuge dans les bras de sa mère.

Laurence avait laissé passer d'un ton froid et poli :

— Félicitations, monsieur...

Il avait serré la main de Robert, à la demande de sa mère. Mais, quand il le rencontra plus tard dans le couloir sur le chemin du jardin, il l'avait menacé ouvertement :

— S'il arrive quelque chose à ma mère, je ne vous le pardonnerai jamais.

C'était distillé d'un ton si venimeux que Robert en fut secoué.

Le jour de l'accouchement, il passa par mille angoisses ; mais Maud vint au monde, peu après Noël, avec une facilité et une rapidité exceptionnelles aux dires du médecin.

Laurence vint dans la chambre de sa mère pour faire la connaissance de sa sœur comme on accomplit un devoir ; il se pencha d'un air solennel au-dessus du berceau, la détailla quelques instants, puis il embrassa sa mère et serra la main de Robert. Mais il refusa de lui donner son doigt à serrer, de la prendre dans ses bras et même de participer au choix du prénom. Jamie, qui avait été tout excité au départ, demandant qu'on la lui mette dans les bras et couvrant son petit visage de baisers, imita finalement la conduite de son frère et se rendit de moins en moins dans la nursery, sauf quand Laurence n'était pas là. Jeanette ne prit pas l'affaire au tragique et affirma à Robert que Laurence finirait par s'habituer à la présence de sa sœur.

— Il ne faut pas les bousculer, mon chéri. Nous avons du temps devant nous.

Laurence était comme un sanctuaire inviolable pour Jeanette : au-delà de la critique, au-delà même du doute.

— Maman, oh, Maman !

Barty dévala les escaliers et se jeta dans les bras de Sylvia. Celle-ci la serra contre elle, en partie parce qu'elle était contente de la voir, en partie parce qu'elle ne voulait pas que Barty sache qu'elle pleurait. Elle lui manquait tellement, même de plus en plus. Chaque visite – et Celia avait tenu parole, en envoyant Barty toutes les semaines en voiture à Line Street – était plus douloureuse que la précédente. Parfois, Celia accompagnait la fillette. Les visites étaient souvent un vrai supplice ; pendant longtemps, Barty avait crié quand le moment venait de retourner à Cheyne Walk, elle se cramponnait à sa mère, il fallait la décrocher d'elle.

— Voyons, Barty…, disait Celia en caressant la nuque de la petite fille, qui se nichait au creux de l'épaule de sa mère. Voyons, Barty, ne te conduis pas comme cela. Ta mère a tant de choses à faire et tant de soucis, c'est un tel soulagement pour elle de savoir que quelqu'un s'occupe de toi, que tu es heureuse.

Cette situation mettait Sylvia terriblement mal à l'aise. Bien sûr que c'était mieux pour Barty : son petit visage était devenu rose, ses cheveux soyeux et bien peignés ; ses vêtements sales et usés avaient été remplacés par des robes chasubles ornées de dentelle et elle portait maintenant de fines chaussures de cuir. En outre, à Cheyne Walk, personne ne criait contre elle, personne ne la frappait. Elle faisait désormais partie de la petite caste des privilégiés, qui vivaient en sécurité, protégés par l'argent des laideurs du monde réel. C'était forcément mieux pour elle. Et si elle manquait à Sylvia, si Sylvia regrettait amèrement de ne plus l'entendre babiller, se débattre pour qu'on la libère de la chaise haute ou du pied de la table, rire quand ses frères la taquinaient, dire Maman et Papa, et aussi Marjie et Billy, de sa petite voix rauque, c'était une attitude égoïste de sa part. Barty était l'une des enfants les plus chanceuses du monde. Elle avait échappé à la pauvreté, à la brutalité, c'eût été un crime de l'obliger à s'y replonger. Quand la situation s'améliorerait, que son père aurait de nouveau un emploi fixe et que son caractère se serait amélioré, quand le nouveau bébé – la petite Mary, si mignonne, mais si exigeante et si bruyante – serait plus grand, alors Barty pourrait revenir à la maison. Mais jusque-là, elle devait rester chez les Lytton. Elle avait tant de chance d'être là-bas, tant de chance !

— Va-t'en !

La petite voix impérieuse d'Adele résonna dans la salle de jeux, et elle poussa violemment Barty.

— C'est ma poupée. Ma poupée à moi.

Barty tint bon – pour la forme, parce que, en réalité, elle ne tenait pas particulièrement à cette poupée. De toute façon, elle en avait déjà beaucoup. Tante Celia – Celia lui avait demandé de l'appeler ainsi – lui achetait souvent des jouets : elle avait des ours en peluche, des poupées avec leur lit, presque autant que les jumelles. Mais pas *tout à fait* autant quand même. À Noël – elle était rentrée à la maison pour le premier jour de Noël mais pas pour le second, sa mère ayant avoué qu'elle n'était pas très bien, et son père non plus –, les jumelles et Giles avaient reçu des jouets de la part de tout le monde : de leurs grands-parents, de leurs oncles et tantes, même de Nanny. Barty, elle, n'en avait eu que de Tante Celia et de Wol. Elle aimait Wol ; il était si doux et si gentil, il lui consacrait plus de temps que Tante Celia, venant souvent à la nursery pour jouer avec eux tous.

Elle lui avait trouvé un nom : au début, Tante Celia lui avait dit de l'appeler Oncle Oliver, mais elle n'y arrivait pas ; aussi, après quelques essais infructueux, elle l'avait appelé Wol. Il lui avait souri, lui avait dit que c'était un très joli nom, et que dans l'avenir elle n'avait qu'à l'appeler ainsi. Elle n'arrivait pas non plus très bien à dire Tante Celia, mais elle continuait à essayer. On continuait toujours à essayer quand Celia vous disait de faire quelque chose. Sa mère l'appelait Lady Celia. Peu après son troisième anniversaire, Barty lui avait demandé si elle aussi pouvait l'appeler ainsi, mais Celia avait répondu : « Mon Dieu, non ! bien sûr que non. » Barty faisait partie de la famille, et, de plus, c'était une formule bien trop prétentieuse.

— Est-ce que Giles m'appelle Lady Celia ?

Barty ne comprenait pas vraiment ce que signifiait « faire partie de la famille », mais elle savait qu'elle était différente de Giles et des jumelles. Personne ne la traitait de la même façon qu'eux : certainement pas Nanny, ni Lettie qui aidait Nanny, ni la cuisinière, ni Truman, qui conduisait la voiture. Tous – à l'exception de Nanny – appelaient les jumelles Miss Adele et Miss

Venetia, et Giles Master Giles. Elle, ils l'appelaient Barty. Et pas toujours sur un ton très gentil.

Aucun d'eux ne l'aimait vraiment. Ils n'appréciaient pas qu'elle habite là. Parfois, Lettie faisait une grande démonstration en la câlinant, si Tante Celia était dans la nursery. Ensuite, dès qu'elle était repartie, elle la repoussait, lui disant d'aller ranger les jouets ou chercher les serviettes pour qu'elle puisse baigner les jumelles. Cela ne dérangeait pas véritablement Barty, mais elle ne comprenait pas pourquoi on ne demandait jamais rien de tel à Giles. Et elle n'aimait pas non plus quand elle apercevait Nanny et Lettie parlant à voix basse, puis s'arrêtant brutalement quand elle pénétrait dans la pièce ; Nanny la grondait souvent ensuite en disant qu'elle essayait d'écouter des choses qu'elle ne devait pas entendre.

Mais le pire de tout, c'étaient que ses frères et ses sœurs n'étaient plus contents de la voir. Billy était gentil, et la laissait jouer avec lui, mais les autres disaient qu'elle n'était plus l'une d'entre eux, alors qu'elle avait tellement envie, justement, de le redevenir.

Elle avait sa propre chambre chez les Lytton. Une petite chambre, loin d'être aussi grande que celle de Giles, mais elle l'aimait vraiment. Elle pouvait y faire ce qu'elle voulait : regarder des livres, ou dessiner, ou juste rêvasser en silence, sans avoir peur à chaque instant de faire une erreur. C'était si facile de faire une erreur : interrompre les jumelles quand elles parlaient – même si elles, elles pouvaient l'interrompre, et qu'alors tout le monde les écoutait – ou demander à Giles de regarder un livre avec elle, ou dire qu'elle ne se sentait pas bien. Pour une raison ou une autre, ils n'aimaient pas qu'elle soit malade. Cela les mettait de mauvaise humeur.

— J'ai suffisamment à faire pour m'occuper des autres enfants sans elle en plus, s'était plainte Lettie, une nuit où elle avait tellement toussé qu'elle l'avait réveillée.

Puis, quand ils avaient découvert qu'elle était chaude et qu'elle devait rester au lit, elle avait entendu Nanny dire à Lettie :

— Ce n'est pas juste… Pourquoi est-ce qu'on devrait être aux petits soins pour elle ? Elle n'est pas un de leurs enfants, pas vraiment. C'est une enfant des rues.

Cette remarque avait fait pleurer Barty.

Or, le pire, c'était qu'on lui répète sans cesse combien elle avait de chance et combien elle devait être reconnaissante. Tout le monde le lui disait, pas seulement sa mère, mais aussi Nanny, et Lettie, et Truman, et même Tante Celia.

— Tu es une petite fille qui a beaucoup de chance, lui avait-elle dit un soir d'un ton assez sévère, alors qu'elle l'avait trouvée pleurant sur les marches et que Barty lui avait expliqué qu'elle voulait voir sa mère. Tu devrais être reconnaissante. Que penserait ta mère de ces larmes d'ingratitude ?

Barty était sûre, presque sûre, qu'elles convaincraient sa mère de la ramener à la maison, même si son père n'avait pas de travail. Mais on lui avait si souvent dit de ne pas inquiéter sa mère qu'elle n'aurait jamais pu trouver les mots pour lui expliquer la vérité. Elle devait juste être courageuse, gentille, et un jour on lui permettrait de rentrer à la maison. Un jour.

— Ça m'étonne toujours que tu ne t'impliques pas plus avec elles, disait Jago.

Il était assis dans le salon de PM et lisait le *Saturday's Daily Herald,* qui portait en couverture une photographie de Mrs Pankhurst et de quelques-unes de ses consœurs. Celles-ci avaient lancé une pétition contre un homme politique qui essayait – sans grand succès – de les ignorer.

— Je trouve que tu devrais faire davantage pour elles.

— Je n'ai jamais bien compris pourquoi cela t'intéressait autant.

— Parce c'est de la politique, c'est tout. Les défavorisés qui reçoivent de l'aide, qui reçoivent ce dont ils ont besoin, à qui on accorde leurs droits, voilà ce qu'est la politique. Les femmes sont des défavorisées, tu dois bien le savoir : considérées comme des citoyennes de seconde classe, opprimées par les hommes sous prétexte d'une sorte de droit divin. Ce n'est pas juste.

— Je sais que ce n'est pas juste, mais je ne pense pas pouvoir y remédier, Jago. La vérité, c'est que je suis une femme qui travaille, ce qui veut dire que je n'ai pas le temps de m'enchaîner à des grilles ou de casser des vitrines pour obtenir le droit de vote. J'essaye de faire mes preuves et celles de mon sexe d'une autre façon.

— Eh bien, moi, dit-il, je pense que je vais les rejoindre. Aller à des meetings et le reste. Pas les suffragettes, plutôt les suffragistes. Plus pacifiques, moins agressifs – sans doute parce qu'il y a beaucoup d'hommes, conclut-il en souriant.

— Fais-le, si tu en sens vraiment la nécessité.

— Quand même, tu ne pourrais pas publier quelques livres sur le sujet ? Tu les aiderais vraiment. Les hommes disent que les femmes sont incapables d'avoir des opinions politiques, qu'elles arrêteront de se marier et d'avoir des enfants, toutes ces bêtises. Tu pourrais changer tout cela. Y contribuer, en tout cas.

— Nous dirigeons une maison d'édition, répondit PM d'un ton un peu sec, nous ne faisons pas de propagande. Maintenant, est-ce que nous allons nous promener ou pas, avant qu'il fasse complètement nuit ?

— Je crois que nous n'irons pas, non.

— Pourquoi ? Parce que je ne suis pas une bonne suffragette ?

— Non, parce que je pense à quelque chose de bien mieux à faire, par un après-midi froid et couvert. Même bien mieux que de t'enchaîner à une grille.

Elle le regarda : il s'était rassis dans son fauteuil, un sourire charmeur adoucissait maintenant ses traits. La raison de PM tangua, elle lui sourit à son tour et se leva.

— Viens, alors, dit-elle, ne perdons pas davantage de temps.

Pourtant, un peu plus tard, alors qu'elle reposait dans ses bras, heureuse, les paroles qu'il avait prononcées lui revinrent en tête. Peut-être qu'elle pouvait en effet faire quelque chose pour les suffragettes grâce à Lytton, peut-être qu'avec l'aide de Celia...

— Je pense que c'est une idée merveilleuse, dit Celia, vraiment merveilleuse. Bien sûr, nous ne pouvons pas publier de la propagande telle quelle. Mais nous pourrions faire une biographie de Mrs Pankhurst, ou des sœurs Gore Booth, elles sont vraiment intéressantes. Riches, aristocrates, intelligentes, et en même temps, ce sont des idéalistes. Je suis sûre qu'elles fascineraient les gens. Mais en fait, je pense que le meilleur moyen de soutenir la cause féminine, c'est à travers la fiction. Trop de littérature populaire conforte l'image des femmes qui restent à la maison pour s'occuper de leurs hommes. Et quand je pense aux femmes comme Sylvia, à ce qu'elles endurent et qu'elles continueront à endurer jusqu'à la fin de leur vie, et leurs filles après elles, eh bien...

— Qu'est-ce que ta Mrs Pember Reeves pense du droit de vote pour les femmes ? lui demanda PM.

Le visage de Celia se ferma.

— Je… je ne sais pas exactement. Nous n'en avons jamais parlé ensemble.

Celia et le mouvement Fabian Society s'étaient mutuellement quittés, de façon très orageuse, après qu'elle eut enlevé Barty à sa famille. Mrs Pember Reeves lui avait dit qu'outre la sérieuse erreur qu'elle commettait, du point de vue du mouvement et de ses objectifs, elle accomplissait quelque chose de très vil et de très cruel sur le plan humain.

— Vous faites de cette enfant un objet d'expérimentation sociale, Lady Celia. Elle en souffrira toute sa vie.

Ces mots avaient hanté Celia. Deux ans plus tard, dans ses moments de fatigue ou d'abattement, leur souvenir pouvait encore la mettre au bord des larmes. Ce jour-là, elle les repoussa avec conviction loin d'elle.

— Ce que nous devrions faire, commença-t-elle lentement, c'est trouver une romancière, une excellente romancière, pour nous écrire un livre autour du thème des suffragettes. Je vais y réfléchir très sérieusement. Cela dit, je n'ai pas beaucoup de temps en ce moment. Nous embarquons pour l'Amérique dans deux semaines. Oh, PM, je suis si excitée ! Sur le *Titanic*, pour son voyage inaugural !

Lytton marchait fort cette année-là. L'édition tout entière était en plein essor, le nombre total de livres publiés étant passé de six mille en 1900 à plus de douze mille en 1912. Les gens avaient une grande soif de lecture, qui concernait non seulement la bourgeoisie, mais aussi les employés et les ouvriers – et les ouvrières –, mieux instruits aujourd'hui qu'hier, et désireux d'élargir leurs horizons personnels. Lytton avait su capter l'air du temps : les nouvelles œuvres de fiction étaient amusantes, mais aussi intelligentes et stimulantes pour l'esprit. La collection de biographies de Celia répondait à l'appétit de connaissance du public, et une nouvelle série de livres lancée par Oliver sur des sujets à la fois scientifiques et populaires, tels que l'astronomie, la météorologie ou la botanique, se vendait comme des petits pains.

— Nous adorons vos livres, Mr Lytton, lui avait dit un jour le propriétaire de Hatchards à Piccadilly, lors d'un déjeuner à la célèbre table des éditeurs au *Garrick Club*. Ils ont vraiment un style bien à eux. Quel que soit le sujet qu'ils traitent, ou le dessin de leurs couvertures, ils ont toujours un même air de qualité. Je n'hésite jamais à recommander à un client un livre de la maison Lytton. Levons donc nos verres à Lytton et à la qualité de sa production éditoriale.

De telles marques d'approbation avaient donné à Oliver la confiance nécessaire pour développer sa société et regarder vers le marché américain, où plusieurs de ses concurrents anglais étaient déjà implantés. Le voyage qui s'annonçait ne serait donc pas seulement une occasion de rendre visite à la famille de son frère et de rencontrer la petite dernière des Lytton. Sa relation professionnelle avec Celia s'était établie maintenant sur un mode plus agréable, moins menaçant pour lui qu'elle ne l'avait été dans les premières années. Les succès personnels d'Oliver, le fait qu'il était dorénavant respecté dans le monde de la littérature comme un des ténors de l'édition, lui permettait de la regarder en toute liberté d'esprit pour ce qu'elle était : un membre essentiel de son équipe. Il pouvait désormais prendre en compte ses suggestions, apprécier ses idées novatrices, faire son éloge ou la critiquer le cas échéant, sans que son jugement soit biaisé par le fait qu'elle était sa femme. Ce qui, en retour, rendit leur relation personnelle plus forte, plus solide, plus souple aussi.

Celia était également devenue l'une des hôtesses littéraires les plus appréciées du milieu : une invitation à dîner chez les Lytton était très recherchée et très prisée. La salle à manger, située à l'arrière de la maison et donnant sur le jardin redessiné avec un goût exquis, ainsi qu'une touche d'excentricité soigneusement étudiée, voyait se rassembler les gens les plus en vue de Londres : écrivains, éditeurs, artistes, acteurs, hommes politiques – toute personne, en fait, ayant quelque chose d'intéressant et d'original à dire. Les cousins Longman, Robert Guy et William L., faisaient partie des hôtes préférés de la maison, ainsi que John Murray, Sir Frederick Macmillan, William Collins IV et son jeune frère Godfrey, et celui qui était peut-être le meilleur ami d'Oliver dans la profession, Joseph Malaby Dent. Ils étaient rejoints par les noms les plus fameux de la littérature de leur époque : Macaulay, Yeats, George Bernard Shaw, Hugh Walpole, Kipling, Harold Nicolson, ainsi que, avec leur touche de grâce et de charme, les Sackville-West, Mrs Patrick Campbell, Lady Diana Manners, les éblouissants frères Greenfell, Julian et Billy, et même, pour un dîner exceptionnel, les danseurs Nijinsky et Karsavina.

On disait que, si Celia avait voulu tenir une rubrique de potins pour son ami Lord Northcliffe – autre invité régulier de la maison –, elle aurait pris sa matière dans sa propre salle à manger. Elle présidait ses réceptions avec charme et compétence ; ses plans de table étaient à la fois intéressants mais un brin provocateurs – un éditeur de best-sellers assis près d'un autre, une figure de l'*establishment* conservateur en face d'un révolutionnaire qui prônait le pouvoir des syndicats, le système des retraites ou, bien sûr, les droits des femmes.

Celia, toujours habillée de noir, sa beauté rayonnant à la lumière des bougies, occupait une extrémité de la table, conversait, provoquait, charmait et choquait parfois. Oliver, tout en bonnes manières et courtoisie « à l'ancienne », occupait l'autre extrémité. C'était une règle sacrée chez les Lytton : les femmes ne laissaient jamais les hommes à leur porto ni à leurs histoires douteuses, elles y participaient. Ainsi, la conversation se poursuivait-elle sans interruption, passant sans arrêt des bavardages et des commérages au débat politique et à l'argumentation littéraire. Pour qui avait des ambitions sociales ou littéraires, recevoir une invitation chez les Lytton était un plaisir, ne pas en recevoir était ressenti comme un drame.

Toutefois, ce printemps-là, c'était bien son voyage à New York qui absorbait le plus Celia. Pour un séjour de seulement trois semaines, elle avait acheté une quantité infinie de vêtements : des robes pour la journée, d'autres pour le soir, des vêtements sport. Elle s'était également offert une série de nouveaux bagages, dont une malle-cabine, qui était une véritable petite penderie portative et qui n'aurait même pas à être défaite. Ils avaient une cabine de luxe sur le pont numéro deux ; on leur avait promis une mer calme et un record de vitesse. Robert les attendrait sur le quai à leur arrivée à New York. Ils résideraient dans l'hôtel particulier des Elliott sur la Cinquième Avenue et, outre les aspects familiaux et mondains de leur séjour, ils auraient beaucoup de temps pour rencontrer les éditeurs américains et les libraires. Celia était si excitée qu'elle en avait perdu le sommeil.

— J'étais en train de réfléchir, dit Jeanette.

— Vraiment, ma chérie ?

— Ne te moque pas de moi, Robert. Tu sais que je n'aime pas cela.

— Excuse-moi…

C'était vrai : elle voulait qu'on la prenne au sérieux, elle l'exigeait même.

— Tu veux bien me dire à quoi tu réfléchissais ?

— Oui, parce que cela peut te concerner. Je pense à investir dans l'autre Lytton. Le Lytton littéraire.

— Pardon ? Je ne comprends pas…

— Celia et Oliver, et sa sœur que je trouve assez impressionnante. Ils me paraissent tous extraordinairement talentueux. Et ce qu'ils font me fascine. J'ai toujours été attirée par les arts, tu le sais. Je pourrais m'impliquer personnellement.

— Et comment vois-tu les choses ?

— Je voudrais les aider à s'implanter à New York. Oliver a laissé entendre qu'il y pensait quand nous sommes allés en Angleterre, mais qu'il manquait du financement nécessaire, et je sais aussi que plusieurs éditeurs anglais se sont installés ici.

— Je vois.

Il se sentait blessé, presque outragé : qu'elle puisse accorder à Oliver ce qu'elle lui avait refusé à lui, qu'elle puisse y penser d'elle-même sans qu'aucune sollicitation ne lui ait été adressée ! C'était vraiment injuste, pour ne pas dire désobligeant.

— Oui. Je me disais que je pourrais fournir une partie du capital : sur une base professionnelle, bien sûr, et avec un contrat en bonne et due forme.

— Bien sûr.

— Pour qu'ils puissent trouver des locaux, embaucher du personnel, tout ce genre de choses. Cela me plairait énormément.

— Et tu songerais à… t'engager personnellement dans l'aventure ?

— Oh, un peu… Je voudrais savoir ce qu'ils publient et pourquoi, j'aimerais aller aux réunions du conseil d'administration. J'en ferais partie, évidemment.

— Évidemment.

— Mais surtout, je voudrais apprendre concrètement ce qu'est l'édition. Je pense que ce serait une expérience passionnante.

— Oui, j'imagine.

— Tu n'en as pas l'air ravi… Pourquoi, mon chéri ?

Elle le savait aussi bien que lui, mais il était inutile de s'appesantir, jugea-t-il.

— Je me demandais simplement, Jeanette, dit-il en la regardant en face, si tu avais envisagé la possibilité qu'Oliver ne soit pas emballé par ta proposition.

— Ne soit pas emballé ? C'est absurde ! Pourquoi ne le serait-il pas ?

— Il est farouchement indépendant. Et Lytton est vraiment une entreprise familiale. Je ne sais pas s'il serait très heureux d'une intervention extérieure.

— Alors *ça*, c'est vraiment absurde, Robert ! S'il était si indépendant que tu le dis, il aurait fondé sa propre entreprise, et pas seulement repris celle de son père ! De plus, je fais partie de la famille, ou du moins je le croyais… Je suis un peu blessée que tu me considères autrement. En tout cas, j'ai pris ma décision. Je vais lui écrire pour qu'il ait le temps d'y réfléchir avant qu'ils arrivent ici. D'ailleurs, si tu veux bien m'excuser, mon chéri, je vais aller le faire tout de suite. Toujours agir sans attendre, comme Jonathan me l'a appris.

Maudit Jonathan, pensa Robert, en ressortant de la pièce et en refermant la porte juste un peu trop fort ;

maudits soient-ils, lui et son argent. Il n'aimait pas cela, il n'aimait pas du tout cela.

— Mon Dieu, dit Oliver.

— Quoi ?

— Cette lettre, de Jeanette… Elle propose d'investir dans Lytton, elle dit qu'elle aimerait m'aider à ouvrir un bureau à New York, et fournir le soutien financier nécessaire.

— Seigneur ! dit Celia, c'est extraordinaire.

— J'aimerais beaucoup avoir un bureau là-bas, ce serait merveilleux, mais accepter son argent…

— Si je lis, déclara Celia après avoir parcouru la lettre, il ne serait pas question de lui prendre son argent. Il faudrait le lui rendre, avec des intérêts. Personnellement, je pense que c'est une idée très intéressante.

— Vraiment ? Moi, cette situation m'embarrasserait.

— Je comprends ce que tu dis par rapport à son implication dans la société mais pas ce en quoi son argent te gênerait. Elle est immensément riche, elle peut se permettre d'investir beaucoup, et même de perdre beaucoup.

— Tu crois qu'elle veut s'impliquer personnellement ?

— Bien sûr. Pour quelle autre raison le ferait-elle ?

— Je n'en ai aucune idée, dit Oliver.

Celia avait vu juste : la seule motivation de Jeanette était l'intérêt personnel. Pour commencer, elle était intellectuelle et snob, même si elle était véritablement cultivée. Pouvoir dire qu'elle possédait en partie une maison d'édition lui plaisait beaucoup – et « en partie » signifiait, pour Jeanette, bien plus qu'une simple moitié. L'idée de commencer une nouvelle carrière à quarante-cinq ans l'amusait aussi. Enfin, elle s'ennuyait. Ses enfants, même la petite Maud, n'absorbaient qu'une partie de son temps, son rôle chez Elliott était limité ; elle se sentait prête pour relever de nouveaux défis. Et Lytton lui en fournirait, elle le devinait. Quant à la contrariété manifeste de Robert, elle n'y accorda que fort peu d'attention.

8

— Lady Celia, Miss Adele n'est pas très bien. Je crois que nous devrions appeler le médecin.

— Que voulez-vous dire ?

— C'est ce rhume qu'a eu Master Giles, je dirais, mais pire. Elle est chaude, la température est montée un peu au-dessus de trente-huit, et elle est très prise. Je lui ai mis des embrocations sur la poitrine toute la journée, mais ça n'a pas vraiment fait de bien.

— Mon Dieu…

Celia était repassée en coup de vent à la maison pour embrasser les enfants et se changer avant une soirée au théâtre – Sarah Bernhardt, dans ce qui était, paraît-il, l'un de ses plus grands rôles, Lady Macbeth. En outre, elle avait prévu de faire quelques bagages.

— Je vais monter la voir, bien sûr, dit-elle après un rapide débat intérieur. Voir ce que j'en pense.

— Elle sera contente, Lady Celia. Elle est très grognon.

Adele était en effet grognon : rouge, agitée, se sentant mal visiblement. Elle se mit à gémir dès qu'elle vit sa mère, tendant les bras vers elle. Celia s'assit, la prit sur ses genoux, puis fit signe à Nanny par-dessus la petite tête sombre.

— Oui, je crois que nous devrions appeler le médecin.

— Vous avez bien fait de m'appeler, conclut ce dernier en se relevant, ses voies respiratoires ont l'air très congestionnées. Il faut la garder au lit, bien sûr. Continuez avec les embrocations, Nanny, faites-lui faire des inhalations en plus. Vous irez aussi chercher ceci pour elle (il griffonna une ordonnance), demain matin à la première heure. Il ne faut pas que nous laissions le croup se développer.

— Non, bien sûr, dit Celia. Vous ne pensez pas que c'est dangereux, quand même ?

— Non, dit-il, et il avait l'air sincère, mais cela pourrait lui faire passer des moments pénibles. Elle est si petite.

— Oui, c'est vrai. Oh, ma chérie, mon pauvre ange, dit-elle, et elle déposa un baiser sur le front d'Adele. Combien… combien de temps pensez-vous que cela va durer, Dr Perring ?

— C'est impossible à dire. Elle ne court pas de vrai danger, mais elle a besoin de soins attentifs, qui, dans l'idéal, lui soient donnés par sa mère, ajouta-t-il avec un regard à peine insistant envers Celia. Elles font toujours les meilleures infirmières.

Celia le raccompagna à la porte, puis téléphona à Oliver qu'elle n'irait pas au théâtre le soir.

Le lendemain matin, Adele allait mieux : toujours fatiguée et grognon, mais la fièvre était descendue et elle toussait moins. Celia, lasse après sa nuit de soins, car elle avait pris les paroles du Dr Perring au sérieux, alla au bureau où elle avait une réunion importante avec des libraires, mais promit de revenir immédiatement à la maison si l'état d'Adele s'aggravait.

Nanny n'appela pas, et ce soir-là Adele était visiblement en voie de guérison. Celia commença à faire les bagages. Elle avait eu peur de devoir affronter le choix qui se serait imposé à elle si Adele avait été vraiment malade. Bien sûr, la place d'une mère était avec son enfant, son enfant malade ; mais le *Titanic* !... Il fallait qu'elle y soit, il le fallait tout simplement.

— Encore une réunion ? demanda PM en levant les sourcils.

— Encore une réunion, répondit Jago.

Il croisa les doigts à l'intérieur de ses poches, même si ce n'était pas nécessaire. Car il avait dit la vérité : il allait à une nouvelle réunion de l'Union nationale des associations pour le suffrage des femmes – l'UNASF – où il n'y aurait que lui, Violet Brown et Betty Carstairs, la trésorière. Il avait rencontré Violet à la première réunion où il s'était rendu, s'y sentant mal à l'aise et ne sachant pas où s'asseoir.

— Si vous ne voulez pas manquer le début, vous feriez mieux de prendre place dans l'assistance. Il y a des chaises libres là-bas, regardez.

C'était une voix claire, quelque peu amusée, avec l'accent de Londres, une jolie voix. Jago s'était retourné pour regarder : la femme était jolie elle aussi, jeune, avec ses cheveux blonds et ses grands yeux gris, élégamment vêtue d'une robe vert pâle et d'un chapeau. Jago était parfois lassé par l'uniforme de PM ; même s'il ne le lui aurait dit pour rien au monde, il pensait combien elle serait plus à son avantage dans des vêtements plus doux, plus féminins.

— Venez, avait dit la jeune femme. Vous n'avez qu'à vous asseoir avec moi, si vous voulez.

La « réunion » de ce soir se tenait dans la petite maison où Violet vivait avec sa mère, qui était veuve. Mais il n'y tromperait pas PM, il passerait un moment à dresser une liste de noms et de montants de cotisations, à coller des timbres sur des enveloppes contenant des lettres destinées aux adhérents et aux sympathisants.

Il avait affirmé à Violet qu'il avait des nouvelles, et c'était vrai. PM lui avait dit que Lytton projetait de publier un livre sur Mrs Pankhurst et sa fille. Cela ferait une merveilleuse publicité pour la cause, et le livre mentionnerait sûrement l'UNASF, PM l'avait affirmé. Violet en serait très impressionnée, et il gagnerait beaucoup de prestige à ses yeux. Il aimait cette idée : impressionner PM était quasi impossible.

— Venetia n'est pas bien ce soir, Lady Celia. La même chose qu'Adele, j'en ai peur.

Celia laissa tomber les déshabillés ornés de dentelle qu'elle venait d'acheter chez Woollands et soupira.

— Oh, Nanny… Est-ce qu'elle est aussi mal qu'Adele ?

— Pis, je dirais.

— Je vais monter.

Ce fut exactement le même scénario : on appela le médecin, il prescrivit le même traitement, puis il repartit. Mais cette fois, il fallut le rappeler le lendemain matin. Venetia, la plus fragile des jumelles, était visiblement plus mal que sa sœur : sa température montait presque à trente-neuf, sa respiration s'était faite haletante, sa toux sifflante. Une seconde nuit d'inquiétude suivit la première ; à minuit, alors que la fillette toussait continuellement dans son petit lit, Celia leva les yeux vers Oliver qui était monté la veiller lui aussi et lui dit :

— Au train où vont les choses, Oliver, il est possible que je n'aille pas sur le *Titanic*. Je ne peux pas l'abandonner si elle est aussi malade, je ne connaîtrais pas un moment de paix. C'est affreux mais… en tout cas, il faut que tu y ailles, bien sûr.

Nanny, qui entrait avec un nouveau bol d'inhalation fumant, fut touchée de le voir se pencher pour embrasser le front de Celia avec une grande tendresse.

— Ma chérie, lui dit-il, si tu n'y vas pas, je n'irai pas non plus.

— Oliver ! Tu étais si impatient d'y aller !

— Bien sûr que je l'étais, mais je ne prendrais aucun plaisir à y aller sans toi. Et je dois te dire, ma chérie, que je suis très touché par ton dévouement envers nos enfants. Je sais ce que ce voyage signifie pour toi.

— Oliver, vraiment ! N'importe quelle mère agirait ainsi…

— Pas dans cette situation, non.

Mais deux jours plus tard, Venetia allait mieux ; elle était pâle, elle avait les yeux plutôt cernés, mais elle gardait encore assez de force et d'énergie pour remplir la nursery de sa présence. En tout cas, celle des Lytton sur le *Titanic* semblait à nouveau garantie.

— Je vous présente Sarah Parker, dit Violet, qui est venue nous aider ce soir. Vous devriez la présenter à cet ami que vous avez dans l'édition, Jago, elle pourrait lui raconter quelques histoires. Vous sortez de prison, n'est-ce pas, Sarah ? Sarah, je vous présente Jago Ford. Il a beau être un homme, il n'est pas si mal. Même mieux encore, en réalité. Il a des amis haut placés, qui vont publier un livre sur Mrs Pankhurst.

— Vraiment ?

Sarah Parker sourit à Jago. Elle était grande, très mince et pâle, avait une voix basse de femme cultivée, et une autorité naturelle.

— De quelle maison d'édition s'agit-il, Mr Ford ?

— Appelez-moi Jago. Elle se nomme Lytton.

— Oh, vraiment ? L'empire de Lady Celia Lytton…

— Vous la connaissez ?

— Oui. Emmeline a dîné avec elle, et Christabel aussi, je crois. C'est une femme fort intéressante et qui a très bien réussi. Bien sûr, d'être mariée à Mr Lytton fait une petite différence.

— Oui ?

Jago était soudain troublé par l'image qu'avait cette étrangère de l'empire Lytton. Jusqu'ici, pour lui, il n'avait constitué qu'un arrière-plan de sa relation avec PM.

— Bien sûr... Mais je suis injuste, elle a eu beaucoup d'idées intelligentes. Alors, vous dites qu'elle prépare un livre sur Emmeline ? Eh bien, cela nous aidera un peu, sans doute. Violet, passez-moi des enveloppes, vous voulez bien ? Je peux aussi me rendre utile.

Alors qu'elle s'asseyait et commençait à coller les timbres, Jago remarqua combien ses mains étaient maigres et ressemblaient à des serres.

— Alors, comment est la prison ? demanda-t-il à brûle-pourpoint.

C'était une question grossière, il le savait, mais il aurait sans doute été pire de ne pas la poser.

— Épouvantable, dit-elle d'un ton calme. Le pire, c'est l'isolement. C'est difficile de continuer à être solidaire des autres femmes quand vous êtes enfermée vingt-quatre heures sur vingt-quatre avec vos propres pensées et vos peurs.

— Vos peurs ?

— Oh, oui. Des surveillantes, de leur brutalité. Travailler dur n'est pas si difficile à supporter, mais si une surveillante estime que vous avez commis une faute, comme avoir mal nettoyé la cellule, on vous met au pain sec et à l'eau. De plus, être nourrie de force quand on fait la grève de la faim est vraiment traumatisant. Pour la première fois de ma vie, j'ai compris, lorsque la porte de ma cellule s'est ouverte, ce que veut dire avoir l'estomac tordu par l'angoisse.

Jago se sentait mal à l'aise, il n'était pas habitué à de telles conversations. Violet tendit la main et la posa sur celle de Sarah.

— Combien de fois vous l'ont-ils fait ? lui demanda-t-elle.

— Une demi-douzaine. Ensuite, j'ai été trop malade, on m'a envoyée à l'hôpital de la prison. Le tube qui sert à vous alimenter vous déchire la gorge. Il est très large, il fait un mètre vingt de long et on le pousse violemment dans votre estomac. Et vous vomissez en même temps. Aujourd'hui, je ne peux toujours rien manger sauf les aliments les plus mous. Mon médecin dit que je ne pourrai sans doute plus jamais me nourrir normalement. Mais ne vous en faites pas, ajouta-t-elle avec un sourire enjoué, je n'ai vraiment pas l'intention de m'y exposer de nouveau. C'est pourquoi je vais plutôt me mettre de votre côté. Aujourd'hui, je doute beaucoup du bien qui peut sortir de toutes ces violences. Le public considère nos membres les plus militantes comme des fauteuses de troubles et rien d'autre. Christabel et Emmeline ne sont pas d'accord, bien sûr. À vrai dire, j'ai peur qu'elles ne soient pas très satisfaites de moi.

Après le départ de Sarah Parker, Violet regarda Jago d'un air pensif.

— Alors, votre ami, comment s'appelle-t-il ?

— C'est une amie. Margaret Lytton.

— Pas possible, vous connaissez une des Lytton en personne ?

— Oui.

— Vous la connaissez bien ?

Les yeux gris s'étaient faits vifs et perçants.

— Non, s'empressa-t-il de dire, pas bien.

— Oh, allons… On n'a pas ce genre d'influence sur les gens si on ne les connaît pas bien.

145

Il ne dit rien, baissa les yeux vers la tasse, plutôt raffinée et remplie de thé léger, que la mère de Violet avait apportée.

— Eh bien, qui aurait pensé une chose pareille ? s'exclama Violet.

Elle le regarda de sous ses longs cils, en souriant à moitié.

— Vous avez visiblement beaucoup de choses à nous offrir, avec une petite amie comme cela.

— Ce n'est pas une « petite amie », pas comme vous le pensez.

— Ah non ?

— Non. Bien, je vais y aller maintenant. C'était vraiment intéressant de rencontrer Mrs Parker, mais je dois me lever à cinq heures demain matin.

— Et d'être avec moi, ce n'était pas intéressant ? Non, je suppose que non. Je savais bien que cela ne pouvait pas l'être, je suis inintéressante à mourir.

Elle avait l'air découragé, ses frêles épaules s'étaient affaissées, et Jago sentit le remords le tirailler.

— Je ne pense pas que vous soyez inintéressante, dit-il, pas du tout.

— Bien sûr que si, vous le pensez. J'ai rencontré tous ces gens passionnants grâce à la cause et je vois bien ce qu'ils pensent tous, oh, elle n'est à peu près rien... Oh ! pardon, je suis désolée...

Elle sortit un mouchoir de dentelle et se moucha.

— Violet...

— Oui ?

— Violet, je ne crois pas du tout que vous soyez inintéressante. Je pense que vous êtes très gentille, et... (il s'éclaircit la gorge)... très séduisante aussi. Très. Et... très intéressante.

C'était un terrain dangereux, il le savait. Il ne se faisait aucune illusion sur Violet Brown, mais ses sens

146

étaient en éveil. La situation était excitante, et cela faisait longtemps qu'il n'avait rien vécu de semblable.

Mrs Brown apparut tout à coup à la porte ; elle ressemblait de façon étonnante à une brioche à deux étages, une grosse boule surmontée d'une plus petite.

— Violet, dit-elle, il est tard. Il est temps que nous fermions à clé.

— Oui, Maman, très bien. Ce monsieur partait justement.

Sur le pas de la porte, Jago se retourna et dit :

— Merci pour cette très agréable soirée, Violet. J'ai vraiment beaucoup aimé parler avec vous, et pas seulement avec Sarah.

Soudain elle se pencha en avant, un bref instant. Son petit corps se pressa contre le sien et il put sentir son parfum, bon marché, un peu écœurant, mais agréable et troublant ; il sentit ses lèvres effleurer les siennes, avant qu'elle se recule en entendant sa mère dans l'entrée.

— Il y a encore beaucoup de travail, lui dit-elle ; si vous le souhaitez, vous pouvez revenir nous aider.

— Je tiens le sujet de notre roman sur les suffragettes, dit PM à Celia le lendemain.

Elle avait été fascinée, inspirée même, par les histoires de Sarah Parker que Jago lui avait racontées. Elle avait senti le titillement professionnel et familier qu'elles provoquaient en elle. Il s'était présenté assez tard à sa porte et lui avait dit qu'il devait la voir, qu'il voulait lui parler. Elle savait bien ce qu'il voulait vraiment, mais elle était fatiguée, et un peu agacée par ce qu'elle jugeait comme un enthousiasme excessif pour la cause des suffragettes ; aussi avait-elle été incapable – ou n'avait-elle pas eu envie – de laisser son désir répondre au sien, et elle l'avait assez vite renvoyé chez lui. Toutefois, l'information qu'il lui avait apportée, et délivrée après deux bouteilles de bière, avait été très précieuse.

— Oui ? demanda Celia. Alors, ce sujet ?

— C'est assez original, je pense, et très fort. C'est à propos des conflits qu'il y a dans leurs rangs, la lutte entre une meneuse militante et sa seconde, qui n'est pas militante. Apparemment, cela arrive assez souvent. Les grévistes de la faim passent des moments terribles en prison, elles doivent endurer de grandes souffrances, elles se sentent isolées et perdent leurs illusions. Je crois que ce serait une excellente matière pour une œuvre de fiction.

— Je suis d'accord. C'est très intelligent de ta part d'y avoir pensé.

— En fait, je n'y ai pas véritablement pensé moi-même.

— Non ?

Celia tourna la tête, elle avait les yeux cernés, des traits pâles et tirés. PM ressentit un élan de sympathie envers elle.

— Encore une nuit de veille ?

— Oui. C'est dur d'être une mère qui travaille, PM. Mais ils vont tous bien maintenant. Notre voyage sur le *Titanic* a l'air assuré, grâce à Dieu. J'avais si peur de le manquer ; imagine comme cela aurait été difficile. Mais il me reste encore deux bonnes nuits de sommeil avant notre départ, ajouta-t-elle en souriant. Alors, ce sujet pour le livre ? Je l'aime beaucoup. Comment en as-tu eu l'idée ?

— Oh, par… une relation, qui est allée à quelques réunions.

— Et tu crois qu'elle viendrait jusqu'ici pour nous en parler ?

— Oh, je ne crois pas, c'est… quelqu'un qui travaille, tu vois.

PM sentit qu'elle rougissait, et se retourna rapidement pour consulter des papiers.

— Oui, je vois, dit doucement Celia. Alors, nous
n'allons sûrement pas la déranger. Peut-être pourrais-tu
écrire quelques histoires toi-même ? Ou même demander à ton amie de nous mettre en rapport avec cette
Sarah Parker dont tu m'as parlé ?

— Oui, oui. Cela devrait être possible. Je le lui
demanderai sûrement.

— Moi, j'ai trouvé quelqu'un qui pourrait écrire le
livre. Une femme intelligente, qui s'appelle Muriel
Marchant. Elle vient me voir demain. Y a-t-il une chance
que tu aies pu parler à ton amie avant ?

— Oh, oui, c'est possible, dit PM. En fait, nous
devons dîner ensemble ce soir. J'en profiterai pour
prendre quelques notes.

Mais quand elle rentra chez elle, elle trouva un billet
de Jago glissé sous la porte, lui disant qu'il avait un
mauvais rhume et qu'il ne pourrait pas venir. Ce rhume !
c'était un vrai fléau. Sans doute le même que celui qui
avait frappé les jumelles. Il devait se sentir très mal, le
pauvre. Elle décida d'aller jusqu'à sa petite maison lui
apporter son bouillon de bœuf préféré et une bouteille
de vin rouge qu'il avait laissée chez elle ; cela lui
ferait du bien. Et tant qu'elle serait là-bas, elle pourrait
prendre des notes sur cette Sarah Parker.

— Demain ? s'exclama Giles. Mais je croyais que
le bateau partait jeudi !

— C'est vrai, mais nous devons aller à Southampton demain. C'est là-bas que nous le prenons.

— Vous pouvez pas le prendre à Londres ?

— Non, mon chéri. Il ne vient pas à Londres. Ce
serait difficile pour lui.

— Oh, je comprends…

Il avait l'air très triste. Oliver le prit dans ses bras et le serra contre lui.

— Nous ne serons pas partis très longtemps, Giles, juste quelques semaines. Nous serons revenus pour l'anniversaire des jumelles.

— Je m'en fiche de l'anniversaire des jumelles, rétorqua Giles, et sa voix était plutôt froide.

— Chéri ! Ce n'est pas une chose très gentille à dire pour un grand frère !

Giles garda le silence et Celia poursuivit :

— En tout cas, il faudra que nous vous disions au revoir ce soir, au moment où vous irez au lit. À vous tous. Quand vous vous réveillerez demain matin, nous serons partis. Et alors vous pourrez commencer à cocher les jours jusqu'à notre retour, seulement vingt et un en tout. Toi, tu dois t'occuper des filles, étant donné que tu es le plus grand.

— Je veux pas m'occuper d'elles. Elles ont Nanny et Lettie. Ça m'ennuie pas de m'occuper juste de Barty, ajouta-t-il. J'aime bien Barty.

— Bien, dit Celia d'un ton un peu brusque. Où est-elle, au fait ?

— Toujours au lit, Lady Celia, répondit Nanny. Elle a mal dormi, elle a attrapé un rhume.

— Mon Dieu, murmura Celia, encore un...

— Oh, non, Lady Celia, ce n'est pas du tout la même chose... Elle renifle un peu, c'est tout.

— Grâce à Dieu ! Seigneur, nous devons partir, nous avons tellement de choses à faire aujourd'hui.

Après leur départ, Lettie échangea un regard avec Nanny et dit :

— J'aimerais bien la voir laisser tomber son voyage pour Barty, qui fait soi-disant partie de la famille...

— PM, dit Celia, est-ce que tu vas bien ? Tu as une mine effroyable...

PM était recroquevillée dans son fauteuil, et quand elle leva les yeux vers Celia, ils avaient l'air énormes, douloureux aussi, bordés de rouge. Sa bouche également était bizarre, marbrée et enflée, aurait-on dit. Elle était assise et regardait Celia comme si elle n'était pas tout à fait sûre de qui elle était, puis elle dit, très lentement :

— Oui, je vais bien. Bon, un peu de rhume… Mais tout le monde l'a attrapé, après tout.

— Mais tu aurais dû rester chez toi, tu devrais…

— Je vais parfaitement bien.

— Tu n'en as pas l'air. Tu n'en as pas l'air du tout et tu devrais être chez toi, au lit.

— Celia, dit PM – et sa voix était très dure, presque menaçante –, Celia, je suis parfaitement capable de savoir si je vais bien ou non. Et je n'ai aucune envie de rentrer à la maison. Maintenant, j'imagine que tu as beaucoup à faire, et sûrement beaucoup d'instructions à me donner. Alors pouvons-nous attaquer tout de suite, s'il te plaît ?

— Oui, murmura Celia. Oui, bien sûr.

— Il lui est arrivé quelque chose d'affreux, j'en suis sûre, dit-elle à Oliver. Elle a l'air choqué, quelqu'un a dû la bouleverser. Un homme, à mon avis. Je dirais même l'homme, quel qu'il puisse être. En tout cas, je te conseille de ne pas en parler, de ne faire aucun commentaire.

Oliver répondit qu'il n'en avait pas l'intention, que, de toute façon, il ignorait totalement de quoi il pourrait parler. Ils se rendirent ensemble à la réunion éditoriale qui débutait, avec des sourires tranquilles et détachés. Ils s'efforcèrent de ne pas remarquer la pâleur ni l'épuisement de PM, de la traiter comme si elle était dans un état parfaitement normal. Le seul indice prouvant le contraire transparut en fin de réunion, quand elle déclara qu'elle aimerait ne plus rien avoir à faire avec le futur roman sur les suffragettes.

— Finalement, c'est un sujet pour lequel je ne ressens aucune sympathie, et je ne peux pas y contribuer. Je suis désolée si je vous ai donné l'impression contraire.

— Mais, PM, intervint Richard Douglas, directeur littéraire, Celia m'avait dit que vous aviez un contact avec une personne qui était déjà allée réellement en prison, qui pouvait nous fournir des informations sur l'alimentation de force et toutes ces méthodes coercitives... Ce serait d'une aide très précieuse pour Muriel Marchant...

— J'ai bien peur de m'être trompée, répliqua Celia, qui avait remarqué combien la voix de PM défaillait. C'est entièrement ma faute. J'essaierai de trouver quelqu'un d'autre pour en parler à Muriel, dès que je reviendrai d'Amérique. Pouvons-nous passer au point suivant ? Le tirage de la nouvelle édition du dictionnaire des prénoms ? PM, je crois que tu as les chiffres...

Elle comprit qu'elle avait bien analysé la situation quand elle regarda le visage de PM qui parut se raffermir très légèrement.

— Cela n'a pas marché aussi bien que nous l'espérions cette année, répondit-elle. Je pense que je conseillerais de le ramener à deux cents.

— Décevant, non, Celia ? dit Oliver. Tu étais si convaincue que ce serait un best-seller perpétuel...

— Oui, eh bien, visiblement je me trompais.

Des enfants malades, des adultes déprimés, une erreur de jugement professionnel... Elle serait très contente, vraiment très contente, de s'échapper quelque temps vers le calme et la volupté de l'océan Atlantique à bord du *Titanic*.

Barty se sentait très malade. Elle avait mal à la tête, elle était tout endolorie, et sa poitrine la faisait atrocement souffrir. Chaque fois qu'elle respirait un peu fort, c'était comme si elle avait été transpercée par une multitude de couteaux. Puis elle se mit à tousser, et ne put bientôt plus s'arrêter. Elle avait chaud, elle était brûlante. Lettie lui avait dit de se lever et de s'habiller : il y avait du vent dehors et ils iraient faire une promenade après le petit déjeuner, aussi devait-elle mettre son corsage, en plus de sa longue combinaison et de sa veste. Chaque vêtement qu'elle enfilait lui donnait l'impression d'entrer dans une sorte de four, dans lequel elle étouffait. Elle ne voyait pas comment elle réussirait à marcher jusque de l'autre côté du pont, à Battersea Park – but de leur promenade d'après Giles –, même si, en temps normal, c'était son endroit préféré. Ses jambes étaient faibles et chancelantes, et de temps en temps, tout se mettait à tourner autour d'elle, au point qu'elle devait s'asseoir. Et comme toujours quand elle n'était pas bien, sa mère lui manquait.

— Barty, dépêche-toi, tu retardes tout le monde ! Tu as un caillou dans ta chaussure ou quoi ?

— Mais je me sens pas bien…

— Oh, assez de bêtises ! dit Lettie. Un peu d'air frais, c'est tout ce dont tu as besoin. Nous sommes restés trop longtemps sans sortir de la maison, avec toutes ces toux et tous ces rhumes.

Barty savait qu'il valait mieux ne pas discuter ; elle lutta pour rester à leur hauteur tandis qu'ils traversaient Albert Bridge. Alors qu'elle attendait près de la mare, pendant que les jumelles donnaient à manger aux canards, elle eut l'impression que ses poumons allaient exploser tellement ils lui faisaient mal.

— Non, vraiment, j'en veux pas. S'il vous plaît, je veux pas en manger.

— Ne sois pas stupide, Barty. C'est du très bon poulet. Tu as de la chance, tu devrais être reconnaissante qu'on t'en donne, au lieu d'avoir seulement du pain et de l'eau.

Les yeux de Barty se remplirent de larmes, l'image du poulet se brouilla dans son assiette.

— J'en veux pas, répéta-t-elle.

— Tu le manges, dit Lettie, ou alors…

— Non, Lettie, dit Giles. Elle est pas obligée de le manger, elle se sent pas bien.

— Elle devrait manger ce que les Lytton sont assez bons pour lui donner ! Barty, finis au moins ce qu'il y a dans ton assiette !

Barty attrapa sa cuillère, remplit sa bouche avec précaution et réussit à avaler le poulet. Mais, à mi-chemin dans sa gorge, il sembla gonfler pour prendre une horrible consistance. Elle eut un haut-le-cœur et le rendit dans son assiette.

— Dégoûtante petite polissonne ! s'exclama Lettie, rouge de colère. Ce ne sont pas des choses à faire !

— Dégoûtante, dit Adele.

— Polissonne, renchérit Venetia.

Aucune des deux n'avait la moindre idée de ce que ces mots signifiaient, mais elles voyaient que Lettie était fâchée contre Barty, et cela suffisait à leur plaisir.

Quelque chose alors sembla céder en Barty, comme une digue intérieure qui avait résisté trop longtemps.

— Taisez-vous, s'écria-t-elle, taisez-vous toutes ! Je vous déteste !

Lettie se leva d'un bond.

— Barty, va tout de suite dans la salle de bains et lave-toi la bouche avec du savon ! Je vais venir avec toi pour m'assurer que tu le fais bien, et ensuite je te donnerai une cuillère d'huile de ricin ! C'est très bon pour les enfants méchants et ingrats !

Barty se leva. Maintenant la pièce tournait vraiment autour d'elle, et le sol tanguait sous ses pieds.

— Je peux pas, dit-elle simplement.

La seule chose dont elle se souvint, après, c'était qu'elle s'effondrait sur le sol, que Lettie la regardait, effrayée, puis appelait Nanny.

— Bronchite, dit le Dr Perring. Même assez mauvaise, je dirais. Elle a plus de trente-neuf de fièvre, bien pire que les jumelles. Où est Lady Celia ?

— À son bureau, répondit Nanny.

— Je pense qu'il faudrait l'appeler.

— Oh ! ça ne me paraît pas vraiment nécessaire...

— Et pourquoi pas ? demanda-t-il d'un ton brusque.

— Eh bien, les autres enfants ont guéri, je ne vois pas pourquoi celle-là ne guérirait pas aussi...

— Son cas à elle est beaucoup plus grave, je viens de vous le dire !

— Oui, mais Lady Celia s'en va ce soir, pour l'Amérique, et je ne veux pas qu'elle s'inquiète.

— Je suis sûr qu'elle voudrait être informée, si l'un de ses autres enfants est malade !

— Ce n'est *pas* un de ses enfants, dit Nanny d'une voix ferme.

Le Dr Perring la regarda fixement.

— Cela ne me paraît pas être une remarque très judicieuse, commenta-t-il. Qu'a-t-elle fait aujourd'hui, cette petite ? Elle est restée au chaud, j'espère ?

— Eh bien... dans l'ensemble, oui.

— Du moment qu'on ne l'a pas fait sortir dans ce vent violent...

— Elle est allée au parc, intervint Giles.

Il lisait dans un coin de la salle de jeux, personne n'avait remarqué sa présence jusque-là.

— Au parc ! s'exclama le Dr Perring.

— Oui, pour donner à manger aux canards. On y est tous allés.

— C'était imprudent, très imprudent. Bon, je reviendrai sans doute demain matin, et appelez-moi tout de suite si son état vous inquiète. Alors, Nanny, qui va téléphoner à Lady Celia, vous ou moi ?

— Je vais le faire, dit Nanny.

Celia était en train de mettre des papiers dans le grand cartable en cuir, qu'elle utilisait pour transporter du travail de Paternoster Row à Cheyne Walk et réciproquement, quand le téléphone sonna sur son bureau.

— Oui ?

— Il y a ici quelqu'un pour Miss Lytton, Lady Celia, un monsieur. Je lui ai dit qu'elle était partie, et maintenant il demande à vous voir.

— Comment s'appelle ce monsieur ?

— Mr Ford. Il insiste beaucoup, Lady Celia.

— Faites-le monter. Je vais lui parler.

Nanny reposa le téléphone, une expression d'intense soulagement sur le visage. Ce n'était pas sa faute si Lady Celia ne répondait pas au téléphone quand elle appelait. Et elle n'avait pas laissé de message, parce que la fille du bureau le comprendrait mal. De toute façon, Barty était calme maintenant, déjà à moitié somnolente. Elle toussait encore un peu, mais le temps que Lady Celia rentre à la maison pour se changer et prendre ses bagages, elle se serait sûrement endormie. Visiblement, elle allait bien… Oui, vraiment, c'était une chance que Lady Celia n'ait pas répondu au téléphone.

— C'était juste un malentendu, disait l'homme, un stupide malentendu. Ce qu'elle a pensé, je veux dire. Un… un quiproquo.

Il paraissait presque aussi éprouvé que PM, songea Celia. Livide, mal rasé. C'était visiblement un homme du peuple. Même s'il portait un assez beau manteau de tweed, les grosses bottes, le cache-nez et la casquette le trahissaient. Et son accent aussi, bien sûr. Mais il était terriblement séduisant, aucun doute là-dessus. Celia songea à PM, ses vêtements plutôt sévères, son visage dont elle contrôlait soigneusement l'expression, ses cheveux toujours attachés, sa passion de l'ordre, et s'étonna. Elle avait toujours pensé qu'un ami de PM ne pouvait être qu'un vieux garçon du genre intellectuel et prude. Puis elle se souvint du visage ravagé qu'elle avait ce matin, du chagrin qui filtrait dans sa voix, de ses yeux sombres et brûlants, et soupçonna qu'un réservoir de sentiments passionnés se cachait en elle. Un bon point pour PM.

— Quel genre de malentendu ? demanda-t-elle à l'homme.

Il hésita, puis répondit :

— Hier soir, j'étais chez moi avec une... une jeune femme. J'avais dit à Miss Lytton que je n'étais pas bien. Elle est venue et elle nous a trouvés là...

— Cela ne me paraît pas du tout être un malentendu. Je serais sûrement parvenue à la même conclusion qu'elle. À juste titre, dirais-je.

— Non, nous... nous ne faisions que travailler...

— Travailler ?

— Oui. Vérifier les tracts, pour les suffragettes.

Ainsi elle avait eu raison, dans son intuition première : il était bien le lien, le contact.

— Chez vous ?

Il acquiesça, d'un air misérable.

— Mr Ford, pardonnez-moi, mais si vous ne faisiez rien d'autre que vérifier des tracts, pourquoi avoir dit à Miss Lytton que vous n'étiez pas bien ? Pourquoi ne pas lui avoir proposé de se joindre à vous pour vous aider ?

— Je… je ne pensais pas que ça lui plairait vraiment. La jeune femme en question est très jolie, et aussi un peu – disons, un peu effrontée. Elle a laissé entendre à Miss Lytton que… qu'il s'était passé des choses entre nous, plus de choses qu'il ne s'en est vraiment passé.

— Donc, quelque chose s'est quand même passé.

— Non, pas vraiment…

— Mais quoi, alors ?

Il hésitait à répondre et Celia lui dit d'un ton sévère :

— Mr Ford, je ne peux pas vous aider si vous ne me dites pas tout. Que s'est-il passé exactement ?

— Eh bien, elle me courait un peu après et je m'en rendais compte.

— Vraiment ?

Ce n'était guère étonnant ; n'importe quelle jeune fille digne de ce nom aurait couru après Mr Ford.

— Oui.

— Et pourquoi en êtes-vous si sûr ?

— Parce que… eh bien, l'autre soir elle… elle m'a embrassé. Au moment où elle s'apprêtait à rentrer chez elle, mais…

— Elle vous a embrassé ? Je vois. Et vous, l'avez-vous embrassée ?

Celia commençait à se prendre au jeu ; elle vit qu'il en était surpris et s'empressa de lui dire :

— Je suis désolée, mais comme je vous le disais, j'ai besoin de connaître tous les détails.

— Je… Je suppose que oui, que je l'ai fait.

Une trace d'humour passa furtivement sur son visage.

— Je n'avais guère le choix, en fait. C'était visible qu'elle m'aimait bien, et moi…

— Donc, ensuite vous l'invitez chez vous ?

— Eh bien, d'une certaine façon, oui. Mais c'était juste pour faire les tracts.

— Oh, vraiment ?

Il hésita, puis :

— Je suppose que j'avais également envie qu'elle vienne à la maison. Je l'aime bien moi aussi, mais c'était seulement... Oh, mon Dieu, je suis stupide.

— Quels sont vos sentiments pour Miss Lytton ? Si je peux me permettre de vous le demander ?

— Oh, dit-il simplement, je l'aime. Vraiment beaucoup.

— Mais vous lui mentez. Vous invitez une autre fille chez vous, une fille qui vous trouve séduisant et vous le savez parfaitement, qui vous causera sans doute des problèmes... Pourquoi ?

Il y eut un long silence, puis :

— Pour... pour le plaisir, je suppose, dit-il.

— Le plaisir ? Même au risque de mettre en danger une relation qui est importante pour vous ?

— Je... eh bien ! oui. Oui. Ça doit être justement à cause de son importance, je suppose. Elle... c'est une femme merveilleuse, Miss Lytton, mais avec elle, ce n'est pas toujours facile, pas toujours... léger. Et... je suis quand même le parent pauvre dans l'histoire.

Il croisa enfin le regard de Celia ; le sien était mi-amusé, mi-embarrassé.

— Elle a tout, Miss Lytton, l'argent, la classe, l'éducation, la position sociale. Avec elle, je ne peux jamais gagner. Cette autre jeune femme éprouve une sorte d'admiration pour moi. C'était peut-être mal de ma part, mais c'était vraiment agréable, juste pour une fois.

Celia fut soudain touchée par une vague de sympathie.

— Oui, dit-elle lentement. Oui, je peux le comprendre. Mais c'est quand même très mal, ce que vous avez fait, mal et terriblement blessant pour PM – pour Miss Lytton. Et je ne vois pas comment je peux intervenir.

— Lady Celia, je vous en prie… J'ai besoin de votre aide. Est-ce que vous n'avez jamais fait quelque chose – dans un genre différent, bien sûr –, mais quelque chose qui a été plus fort que votre volonté ? Même en sachant que vous alliez le regretter ensuite ?

— Oui, mais cela ne va guère vous aider. Ce que vous devez faire, c'est aller la voir. Lui dire tout ce que vous m'avez dit, essayer de le lui faire comprendre.

— Elle ne voudra pas me voir, soupira-t-il. Toute la nuit dernière, je suis resté assis à sa porte, et ce matin j'étais encore là-bas. Elle m'a simplement enjambé en sortant. Elle ne m'écoutera pas.

— Je n'en suis guère surprise, dit Celia.

— Non, moi non plus. Mais… voilà, je l'aime. Et elle aussi m'aime. Et elle a besoin de moi, ajouta-t-il après un moment.

Celia réfléchit rapidement : c'était sans doute vrai, PM avait besoin de lui. Il l'avait visiblement rendue heureuse, et il pourrait se passer un bon moment, si toutefois cela arrivait jamais, avant qu'elle retrouve quelqu'un d'autre. En outre, Celia sentait que c'était un homme bien, en dépit de sa conduite récente. Et cela devait être difficile de vivre sa situation de dépendance, elle le sentait aussi – c'était un rappel de sa propre situation d'autrefois avec Oliver.

— Écoutez, lui dit-elle tout à coup, je vais lui parler. Je vais essayer d'obtenir qu'elle accepte de vous voir.

— Oh, Lady Celia, vous feriez cela ? Je vous en serais tellement reconnaissant…

— Attendez un peu avant d'exprimer votre reconnaissance. Je ferai ce que je pourrai. Maintenant, allez vous asseoir en bas, je vais téléphoner à Miss Lytton.

Vingt minutes plus tard, elle le retrouva assis à la réception, la tête dans les mains. Elle tendit sa propre main pour lui toucher doucement l'épaule.

— Si vous allez à Hampstead tout de suite, elle acceptera au moins de vous recevoir. Je ne peux rien vous promettre de plus. À présent, il faut que j'y aille, j'ai un bateau à prendre.

— Elle est affreusement chaude, dit Lettie, et son pouls est si rapide. Elle respire d'une drôle de façon, aussi. Je me demande si nous ne devrions pas rappeler le docteur.

— Elle va parfaitement bien, rétorqua Nanny. Elle dort, oui ou non ? C'est mieux de la laisser comme ça et de ne pas inquiéter Lady Celia, ce ne serait pas bien de gâcher son voyage.

— Mais, Nanny…

— Elle ne va pas plus mal que Venetia, non ? Et rappelle-toi : quarante-huit heures plus tard, c'était fini. Crois-moi, j'ai raison.

— Tu peux entrer, mais juste un moment, dit PM, je n'ai que cinq minutes. Je suis vraiment très occupée.

Sa voix était froide et détachée ; elle regardait Jago comme un représentant venu lui faire perdre son temps.

— Meg, dit-il en entrant, et sa voix tremblait d'émotion, je suis si désolé.

— Vraiment ?

— Oui, très, terriblement désolé, je ne sais pas ce qui m'a pris.

— Moi j'aurais cru cela assez évident au contraire. Pour ce que j'en ai vu en tout cas. Une jeune femme assez séduisante, qui devait te bouleverser au plus haut point… Je suppose que c'était naturel, après tout.

— Oui, fit Jago, en prenant une profonde inspiration, ça l'était. Naturel, je veux dire.

PM devint très pâle.

— Je pense que tu devrais partir tout de suite, si c'est tout ce que tu peux m'offrir en guise d'explication.

— Non, dit-il, je ne vais pas partir. Pas tant que je n'aurai pas pu m'expliquer. C'était... naturel, comme tu dis. Ce n'est pas plus excusable pour autant, je ne me sens pas moins honteux, mais ça s'est passé comme ça. Elle était jolie et intrigante, et elle m'a eu. Mais cela ne change rien à ce que je ressens pour toi, Meg, cela ne me fait pas t'aimer moins.

— Oh, par pitié, qu'attends-tu de moi maintenant ? Que je te donne ma bénédiction ? Que je te dise d'aller la voir chaque fois que tu en auras envie ?

— Non, bien sûr que non. Je voudrais que tu essayes de voir les choses de mon point de vue. Il ne s'agit pas d'infidélité. Ce n'était qu'un petit baiser.

— Jago, je n'ai pas envie d'entrer dans ce genre de détail.

— Mais il le faut, je t'assure. C'est important que tu le saches, je ne coucherai plus jamais avec une autre femme, pas après t'avoir connue. Ce serait impensable, impossible.

— Vraiment ?

Il vit une lointaine lueur se former dans ses yeux sombres – humour ? compréhension ? – et en tira du courage.

— Ce qui ne m'empêche pas de trouver, à l'occasion, une autre femme séduisante. C'est cela qui est naturel, personne ne peut s'en empêcher.

Elle le contempla sans rien dire.

— Je t'aime, poursuivit-il. C'est vrai. Je t'aime comme je n'ai jamais aimé personne. Il n'y en a pas eu tant que cela, bien sûr, mais... je t'aime plus que n'importe qui d'autre.

Il ne prononça pas le nom d'Annie, sentant quelle déloyauté ce serait. PM se sentait profondément remuée, les larmes lui montaient aux yeux. Elle cligna et renifla très fort – elle ne pouvait pas se permettre de pleurer, pas maintenant.

— Et il n'y en aura jamais d'autre. Pas après ce que nous avons connu, après ce que tu m'as prouvé.

— Avoue que ta conduite n'est guère rassurante sur ce point.

— Meg ! Tu ne m'écoutes pas… Je parle d'amour, pas d'un incident sans suite.

— Cet incident était très difficile à accepter, en tout cas pour moi.

— Je sais, je sais qu'il l'est, mais je veux aussi que cette histoire se termine. Pour nous deux, pour que nous nous retrouvions. Oh ! je le veux tellement…

— Comment pourrais-je te faire confiance ? lui demanda-t-elle, mais elle se sentait s'adoucir, malgré elle.

— Il le faudra bien. Tu ne peux pas faire autrement. Soit me faire confiance, soit me dire au revoir.

Elle gardait le silence et il poursuivit :

— Ce que je ne t'ai pas dit, c'est que ce n'est pas toujours facile pour moi. Avec toi qui es si intelligente et qui as tout.

— Je n'ai pas tout, Jago, dit PM d'un ton froid, sans pour autant pouvoir retenir un sourire.

— Oh si ! L'argent, l'éducation, ta carrière… C'est ce que j'appelle tout. Je ne m'étais encore jamais rendu compte, avant de parler à ces femmes, combien Lytton était important, combien *tu* devais être importante. Ça m'a fait me sentir plutôt petit, plutôt faible. Avec elle… bon, pendant un moment j'étais plus que ça. C'était moi qui menais le jeu. Je pense que ça a eu un rapport. Un rapport déterminant, en fait.

163

PM le regarda, et ce fut à son tour de se sentir petite. Elle n'avait jamais vraiment réfléchi à cela, à combien cela devait être difficile pour Jago. Elle avait aimé mener le jeu, comme il le disait. Pas avec arrogance, certes, mais elle appréciait d'être toujours celle qui offrait – donc, oui, celle qui avait. De ne jamais être celle qui recevait, qui prenait, qui devait remercier. Elle jeta un regard sur les années écoulées, les vit avec ses yeux à lui ; elle se vit inviter Jago chez elle, lui servir de bons repas, du bon vin, des cadeaux, lui *donnant* toujours – et soudain, elle se sentit honteuse.

Elle prit sa respiration pour lui demander – lui demander quoi ? De quelle façon ? Mais il parla le premier.

— Le fait est que, à part au lit, ce n'est jamais moi qui mène le jeu. Mais au fond, ce devrait toujours être nous deux, nous deux ensemble pour tout.

PM fondit en larmes ; elles coulaient sur son visage, sans bruit, des larmes lourdes et venant de si loin en elle. Elle lui tendit la main. Il s'avança et la prit.

— Je suis désolé, lui dit-il, si désolé de t'avoir rendue malheureuse...

— Eh bien, peut-être que je... peut-être que je peux comprendre un peu mieux les choses maintenant. Ce qui ne veut pas dire que ça t'autorise à recommencer, bien sûr !

— Non, répondit-il. Non, ça n'arrivera pas.

— Je suis désolée. Je n'avais pas réfléchi jusque-là à ce que tu pouvais ressentir. Je ne sais pas ce que je peux faire, mais en tout cas je vais essayer de rétablir un équilibre.

— Je ne veux pas que tu changes, Meg. Je t'aime telle que tu es. C'est vrai, tu peux me croire.

— Je te crois, oui, puisque je t'aime aussi. Est-ce que nous... je veux dire, est-ce que tu aimerais rester un moment ?

— Oui, répondit-il, ce serait bien.

Brunson fit entrer Celia et lui dit que Mr Lytton était en haut, qu'il rassemblait ses papiers.

— Truman est prêt avec la voiture pour vous emmener à la gare, Lady Celia. Vous devez partir dans un peu plus de trente minutes.

— Je sais, Brunson. Dieu sait comment je vais y arriver. Où sont les enfants ?

— Les filles dorment, je crois, Lady Celia. Master Giles est dehors, chez un ami.

— Oui, bien sûr, j'avais oublié. Mais il sera revenu à temps pour nous dire au revoir.

— Certainement, Lady Celia.

Elle monta en courant dans leur chambre, pour y trouver un Oliver exaspéré.

— Pourquoi diable es-tu si en retard ? Nous devons partir…

— Dans trente minutes, je sais. J'avais quelque chose à finir, mais ne t'inquiète pas, mon chéri, je serai prête. Tout a été emballé, il ne me reste plus qu'à vérifier mon nécessaire de toilette. Donne-moi vingt minutes de tranquillité. Pourquoi ne monterais-tu pas jusqu'à la nursery, dire au revoir aux filles ?

— Je l'ai déjà fait. Elles dorment, Nanny était très inquiète à l'idée que je les réveille.

— Mais, je… Oh, après tout, c'est peut-être mieux comme cela. Écoute, laisse-moi seule, je serai prête beaucoup plus vite. Tu sais que je suis terriblement énervée ?

— Moi aussi, ma chérie, moi aussi.

Barty essayait d'étouffer sa toux en cachant la tête dans son oreiller. Elle ne savait plus très bien où elle était ; parfois elle avait l'impression d'être revenue à Line Street, dans le lit avec ses frères, puis elle se sentait tomber dans un gouffre obscur, dans le tréfonds de la maison des Lytton, vers des ténèbres étouffantes où tout semblait tourbillonner. Dans les moments où elle pensait être à Line Street, elle n'arrêtait pas d'appeler sa mère. Mais celle-ci ne venait pas, c'était seulement Nanny, avec un visage féroce, pour lui faire avaler une cuillerée supplémentaire de sirop contre la toux. Elle en avait déjà tellement pris qu'elle commençait à en être écœurée. Maintenant, Nanny commençait à la menacer de l'huile de ricin si elle dérangeait Lady Celia.

— Je ne veux pas qu'elle monte ici et qu'elle s'inquiète parce que tu es malade ! Ça serait très mal si tu faisais ça. Tu n'es pas sérieusement malade, tu seras même debout demain matin. Si tu crois que je vais te garder allongée ici à te soigner une journée de plus... Maintenant tu t'endors et tu restes tranquille, d'accord ? C'est ce que le docteur a dit que tu devais faire.

Barty savait bien que le médecin avait dit autre chose, mais sa langue était si gonflée, sa gorge lui faisait si mal qu'elle ne pouvait pas proférer le moindre son.

Encombrée de paquets, vêtue d'un ravissant ensemble de voyage – un tailleur beige sur mesure, dans le style préféré de la reine Alexandra, avec un merveilleux chapeau à large bord –, Celia monta en courant à l'étage de la nursery. Tout y était silencieux, et elle ouvrit avec précaution la porte de la salle de jeux. Nanny était assise auprès du feu et raccommodait. Elle se leva, posa un doigt sur ses lèvres.

— Elles dorment toutes les trois à poings fermés, Lady Celia, dit-elle. Je sais que vous avez envie de leur dire au revoir, mais je crois vraiment qu'il vaut mieux ne pas les déranger. Cela ne fera que les bouleverser si elles vous voient maintenant.

— Vous avez sûrement raison, dit Celia, mais je ne les réveillerai pas, Nanny, je veux juste les regarder. Je ne vais pas les voir pendant trois semaines.

— Alors, allez chez les jumelles, mais peut-être pas chez Barty.

— Pourquoi pas ?

— Elle a pleuré tout à l'heure, après sa mère. Vous savez comment elle fait parfois. Je lui ai fait un câlin, lu une histoire, et ensuite elle allait mieux. Mais si elle se réveille, j'ai peur que… Il vaut mieux ne pas la perturber.

— Oui. Oui, sans doute. Pauvre petite Barty, parfois je me pose des questions…

— Ne vous faites pas de soucis pour elle. Elle est heureuse comme un poisson dans l'eau la plupart du temps.

— Je l'espère. Oh, mon Dieu ! vous avez vu l'heure ?

Elle se glissa dans la chambre ; les jumelles étaient étendues, dormant gentiment côte à côte dans leurs petits lits. Celia sourit et leur envoya un baiser à chacune. Elle détestait les laisser, tout pouvait arriver.

— Chérie, viens, nous allons manquer le train !

— J'arrive, je suis là. Au revoir, Nanny. Merci d'être aussi merveilleuse. Je vous revois dans trois semaines. Oliver, où est Giles ? Nous ne pouvons pas partir sans l'embrasser.

— Il est en bas, il attend pour nous faire des au revoir par la fenêtre.

— Il est bouleversé ?

— Non, il a l'air d'aller bien.

— Je vais descendre, dit Nanny, pour en être sûre.

— C'est très gentil de votre part, Nanny. Viens, chérie, s'il te plaît.

— Giles, mon chéri, tu es là ? Au revoir, et sois le plus gentil des garçons. Nous te rapporterons plein de cadeaux d'Amérique, et nous nous arrangerons pour que Maud et ses frères viennent nous rendre visite. Fais un gros câlin à Maman.

Giles s'exécuta docilement.

— Passe un bon séjour, Maman. Et toi aussi, Papa.

— Nous en profiterons bien, mon garçon. Maintenant, viens dans la voiture, chérie.

— Vous êtes vraiment obligés d'y aller ?

— Oui, bien sûr que nous le sommes. Tu sais bien que nous le sommes. Voyons Giles, pas de pleurs, sois un bon garçon. Ou tu vas faire de la peine à ta mère.

Giles mordit sa lèvre qui tremblait ; son petit visage était crispé par l'angoisse.

— Est-ce que vous avez dit au revoir à Barty et aux jumelles ?

— Oui, bien sûr. En tout cas, je les ai regardées, elles dormaient toutes les trois.

Il la regarda fixement.

— Lettie avait raison pour Barty, alors.

Celia s'arrêta, très calme, puis elle s'accroupit pour être au niveau de Giles.

— Que veux-tu dire, mon chéri ?

— Celia, pour l'amour du ciel, viens, je t'en prie.

— Non, Oliver, attends, c'est important. Giles, à propos de quoi est-ce que Lettie avait raison ?

— Elle a dit... elle a dit...

Nanny s'approcha rapidement, saisit la main de Giles.

— Giles, n'ennuie pas ta mère. Elle n'a pas besoin qu'on l'inquiète en ce moment.

— Qu'a dit Lettie, Giles ?

Il l'ignora et leva les yeux vers Nanny, des yeux très pénétrants, puis :

— Elle a dit que tu ne renoncerais pas à ton voyage pour Barty.

— Que voulait-elle dire ? Giles, pourquoi renoncerais-je à mon voyage pour Barty ? Je ne comprends pas... A-t-elle dit autre chose ?

— Celia, je m'en vais. Je te retrouverai à la gare.

— Giles…

— Master Giles !

— A-t-elle dit autre chose ?

— Elle… elle a dit que tu ne renoncerais pas à ton voyage pour elle. Malgré toutes tes… (sa voix trembla puis se raffermit)… tes histoires sur le fait qu'elle était de la famille.

— Giles, dit Celia – et, pour plus d'une raison, il lui semblait qu'un abîme s'ouvrait sous ses pieds –, je ne comprends pas. Pourquoi Lettie a-t-elle dit cela ? Pourquoi renoncerais-je à mon voyage pour Barty ? Il n'y a pas de raison… Elle n'est pas malade, après tout… Elle est malade ?

9

— Morte ! Oh, Oliver, c'est affreux ! Que peut-on faire ? Que s'est-il passé ?

— Apparemment, elle a fait une fausse couche, dit Oliver, en relisant le télégramme qui venait d'arriver. L'enterrement est prévu la semaine prochaine. J'aimerais y aller, bien sûr, mais c'est impossible. Il n'y a aucun moyen d'arriver à temps là-bas.

— Non, bien sûr. Pauvre Robert, pauvre homme… Une fausse couche ! Je suppose qu'elle avait, quoi, quarante-cinq ans ? Mais quand même…

— La seule chose que nous puissions faire, c'est écrire à Robert, dit Oliver en soupirant. Et ensuite, aller le voir dès que nous le pourrons. Comme c'est triste, mon Dieu… Je l'aimais tellement et je la respectais, elle était extrêmement intelligente. Je… *nous* lui devons beaucoup.

— Je le sais, oui, dit Celia qui, à certains moments, n'avait guère apprécié la façon dont Jeanette s'était impliquée dans la vie de Lytton, ni l'admiration manifeste d'Oliver pour elle, et qui, à présent, se sentait coupable. Elle a été merveilleuse pour nous, et je l'aimais moi aussi. Cette visite l'été dernier a été un tel plaisir, avec tous les enfants… Elle était si pleine de vie, je n'arrive pas à imaginer que… Oh ! mon Dieu,

170

comme c'est cruel. Je vais écrire tout de suite à Robert. Et ces pauvres garçons…

— Oui, les malheureux… Oh, Celia, quelle horrible semaine nous avons eue ! L'archiduc assassiné, la guerre imminente, et maintenant cette pauvre Jeanette !

Robert Lytton était seul dans son bureau, essayant de mettre la touche finale aux préparatifs pour l'enterrement, quand Laurence entra, sans frapper.

— Je veux vous parler, demanda-t-il.

— Certainement. Si c'est au sujet de l'enterrement, j'accueillerai toutes tes suggestions, bien sûr.

Il était content de voir Laurence. Depuis la mort de Jeanette, le garçon avait à peine quitté sa chambre. Il s'y faisait servir ses repas, et n'en sortait que pour de longues promenades solitaires à Central Park. Robert – qui, outre sa douleur, avait à affronter la perspective de devoir s'occuper désormais seul de sa famille, qui incluait une petite fille de deux ans – s'était néanmoins inquiété de Laurence ; il était allé plusieurs fois jusqu'à sa chambre, avait frappé doucement, et s'en était vu refuser l'entrée.

— Il veut rester seul, avait dit Jamie, ses grands yeux bleu-vert, si semblables à ceux de sa mère, gonflés d'avoir trop pleuré. Il m'a demandé de vous dire de ne pas… de ne pas essayer de lui parler.

— Eh bien, c'est naturel, avait répondu prudemment Robert. Je crois que nous devrions respecter ce souhait, n'est-ce pas, Jamie ?

Jamie avait acquiescé, essayé de sourire. À seulement treize ans, il était trop choqué et trop angoissé par la mort de sa mère pour nourrir une quelconque hostilité envers Robert. Il aimait bien son beau-père, il ne pouvait pas s'en défendre. Quand Laurence était parti pour le collège, l'automne précédant la naissance de Maud, il s'était détendu et avait accepté sa présence.

C'était difficile bien sûr, quand Laurence revenait à la maison. Au début, il avait fait mine de rester dans les mêmes dispositions vis-à-vis de Robert, puis dans un second temps, il avait tenté de faire changer d'avis son frère ; mais Laurence l'avait alors fixé de ses yeux froids et lui avait dit :

— Tu peux trahir notre père si tu en as envie, Jamie, moi, je ne le peux pas. Tu comprendras peut-être quand tu seras plus grand. Ne t'inquiète pas, je sais que c'est difficile pour toi.

— Ce n'est pas juste ! s'était exclamé Jamie, mais Laurence avait haussé les épaules et répondu qu'il lui décrivait les choses telles qu'elles étaient.

Après la mort de sa mère, Jamie avait été réveillé une nuit par un affreux sanglot provenant de la chambre voisine, celle de Laurence. Il s'y était rendu, avait tenté de le réconforter ; mais Laurence était resté allongé, immobile comme une pierre, et avait refusé de lui parler. Sauf pour dire, au moment où Jamie finissait par repartir :

— Tu sais ce qu'il a fait, hein ? Il l'a tuée, c'est sa faute…

— Ne sois pas stupide, avait répondu Jamie.

Puis, effrayé par la rage qui perçait dans la voix de son frère, il était retourné dans sa propre chambre pour pleurer ; en tout cas, il ne comprenait pas véritablement ce que voulait dire Laurence.

Robert, lui, le comprenait.

— Elle est morte à cause de vous, lui disait à présent Laurence. Elle est morte parce qu'elle allait avoir un enfant.

— Laurence, ta mère est morte d'avoir perdu trop de sang, dit Robert d'une voix ferme, luttant pour maîtriser le tremblement qui voulait s'y glisser. Je comprends ton chagrin et même ta colère, mais s'il te plaît, n'aie pas d'idées sinistres.

— Ce ne sont pas des idées sinistres, mais une simple relation de cause à effet, vous ne l'appelleriez pas ainsi ? Vous l'avez baisée et…

— Laurence ! Comment oses-tu me parler ainsi ? Excuse-toi immédiatement !

— Je vous présente mes excuses pour le mot que j'ai employé, dit Laurence d'une voix très calme, très froide, mais pas de ce qu'il dénonce. Vous avez mis ma mère enceinte alors qu'elle était trop âgée pour cela, et elle en est morte. Je ne vois pas comment vous pourriez échapper à cette responsabilité-là.

Robert gardait le silence et Laurence poursuivit :

— En tout cas, après l'enterrement, pendant lequel nous serons bien obligés de sauver les apparences, je souhaite ne plus jamais vous rencontrer. Je n'ai aucun désir de vous voir ni de vous parler.

— Je suis désolé, Laurence, mais nous devrons évidemment nous rencontrer encore. Nous partageons une maison et une famille.

— Nous ne partageons pas de famille. Jamie est *mon* frère, nous sommes tous les deux les fils de ma mère et de mon père. Et Maud n'a rien à voir avec moi.

— Bien sûr que si. Elle est ta demi-sœur.

— Bien, alors, s'il faut vous dire les choses autrement, je n'ai aucun désir de la revoir, elle non plus. Donc je vous serais reconnaissant de quitter ma maison dès que ce sera possible, et de l'emmener avec vous.

— Laurence, ce n'est pas ta maison, c'est… eh bien, c'est la maison de la famille !

— Elle appartenait à mes parents, et c'est maintenant la mienne.

— J'ai peur que ce ne soit pas la vérité, non. Elle est à moi, en réalité. Et… (il luttait pour garder un ton courtois et mesuré)… bien sûr, tu y vivras aussi.

— Vous en êtes si sûr ? demanda Laurence. Sa voix était bizarre, ses yeux pleins d'hostilité et de fourberie. C'était la volonté de mon père que la maison me revienne à la mort de ma mère. C'est la maison de famille des Elliott, elle a été construite par mon grand-père.

— Je suis au courant, oui. Et bien sûr, quand moi-même je disparaîtrai, la maison te reviendra. Mais entre-temps, je le répète, c'est la maison de la famille. Et je suis actuellement le chef de cette famille.

— Vous n'êtes pas le chef de *ma* famille, dit Laurence. Et je pense que vous allez bientôt découvrir que cette maison est la mienne.

— Et que comptes-tu faire ? Y vivre tout seul ? Est-ce que j'interprète correctement la situation ?

— Exactement.

— Et ton frère ?

— Il habitera ici aussi. Il reste avec moi. C'est ce que mon père aurait voulu.

— C'est absurde. Jamie n'a que treize ans, et toi, tu n'atteindras ta majorité que dans trois ans. Il est hors de question que vous viviez tout seuls ici.

— Nous aurons les domestiques. Ils s'occuperont de nous.

— De toute façon, cette conversation est stupide, parce que cette maison m'appartient. Et qu'il n'est pas question que je déménage.

— Je crois, dit Laurence, que vous devriez en parler avec notre notaire.

— Est-ce que tu seras obligé d'y aller, s'il y a une guerre ? D'y aller et de te battre ? demanda Giles.

— Je ne sais pas, lui répondit Oliver, qui tournait et retournait cette idée dans sa tête depuis plusieurs mois. Je pense que… Oui, j'irai sûrement. Mais nous devons tous prier pour que cela n'arrive pas.

174

— Il n'y a pas beaucoup d'espoir, intervint PM d'une voix brusque. Même si nous prions tous autant que nous le pouvons.

Elle était venue dîner en famille, notamment pour discuter avec eux de l'éventualité et de la date d'une visite à Robert.

— Pauvres garçons, dit PM. Cela doit être si dur pour eux.

— Terrible, approuva Celia, et pour la pauvre petite Maud aussi.

— Oui, mais au moins elle a encore son père. Les garçons sont deux fois orphelins.

— Je n'aime pas beaucoup Laurence, dit Giles. Il ne veut jamais jouer avec moi.

— Mais il est beaucoup plus vieux que toi ! commenta Celia. Même si j'avoue qu'il n'est pas très liant. En tout cas, Jamie était un charmant petit garçon. Je me demande comment ils tiennent le coup.

— Je suis sûre qu'ils y parviennent avec l'aide de Robert, dit PM. En tout cas, j'avais l'intention d'aller là-bas, mais maintenant, avec cette guerre qui s'annonce, cela risque d'être plus compliqué. Je ne pense pas qu'on s'aventurera beaucoup à traverser l'océan dans les temps qui viennent. Il se passera peut-être des années avant que je revoie Robert, et cela m'attriste énormément. La vie est cruelle, très cruelle.

— Je dirais, la coupa Giles, que c'est la mort qui est cruelle, plutôt que la vie, non ? Et s'il y a la guerre, est-ce que je devrai toujours partir pour le collège ?

— Bien sûr que tu le devras, dit Celia, après avoir souri à sa première observation, plutôt précoce. Et plus particulièrement maintenant, puisque St Christopher est en pleine campagne. Je serai bien plus rassurée de te savoir là-bas.

— Pourquoi ? Qu'est-ce qu'il y a de spécial à la campagne ?

— C'est toujours plus sûr en temps de guerre, répondit Celia, puis elle s'empressa d'ajouter, du ton le plus enjoué qu'elle put : Il y a beaucoup de bonne nourriture fraîche, et pas de régiments qui parcourent les routes.

— J'aimerais bien voir des régiments, moi. Et vous, qu'est-ce que vous ferez, pour être loin de la guerre ?

— Nous resterons ici, bien sûr. Nous avons du travail à faire.

— Et les filles ?

— Je les enverrai sans doute chez Grand-Maman. Comme cela, elles seront à la campagne, elles aussi.

— Mais très loin de moi, dit Giles, plein d'espoir ; il était impatient de s'éloigner des jumelles.

— Pas près de toi, non. Maintenant, Giles, il est presque l'heure que tu ailles au lit. File là-haut. Je monterai dans une minute, dis-le à Nanny.

Il y avait une nouvelle nanny pour s'occuper des enfants ; Jenny Paget et Lettie avaient été mises à la porte, aussitôt après cet affreux jour où Barty s'était retrouvée avec une pneumonie, et où le voyage sur le *Titanic* avait été sacrifié.

— Elle nous a sauvé la vie, avait dit Celia trois jours plus tard, au chevet de Barty, en levant les yeux vers Oliver.

La nouvelle du naufrage du *Titanic*, et de l'effroyable nombre des victimes, venait de leur parvenir.

— Imagine, Oliver, si Giles ne nous avait pas dit qu'elle était malade ! Nous serions là-bas, quelque part dans cette eau glacée, noyés – oh ! quelle fin atroce. Et elle serait morte elle aussi, j'imagine, avec ces deux horribles femmes qui n'avaient même pas rappelé le médecin. Comme la vie est fragile, n'est-ce pas ? Elle ne tient vraiment qu'à un fil.

— Remercions le Seigneur, lui avait-il dit, en s'approchant d'elle et en lui caressant les cheveux.

Lui aussi était très secoué à l'idée qu'ils avaient frôlé la mort de si près. Pendant des mois, ensuite, il avait rêvé de naufrage, d'asphyxie lente, obscure et glaciale, de séparation d'avec Celia et les enfants, qu'il aimait tant. Tout comme Barty désormais, il s'en rendait compte ; dans les premières vingt-quatre heures, quand elle avait été si près de mourir et qu'ils étaient allés chercher sa mère, puis qu'ils l'avaient veillée, presque désespérés, pendant des nuits et des jours entiers, il avait contemplé son petit corps dévoré par la fièvre, guetté sa respiration rapide et sifflante, tressailli à son horrible toux, et il avait été terrifié à l'idée de la perdre. Parce qu'elle avait fait son chemin dans son cœur, avec son courage, son petit esprit plein de vivacité, l'affection visible qu'elle avait pour lui et le plaisir qu'elle semblait toujours éprouver à le voir.

Giles, lui aussi, avait été traumatisé à l'idée de la perdre.

— C'est mon amie, n'arrêtait-il pas de dire, ma meilleure amie, ma seule vraie amie… Elle ne peut pas mourir, non, elle ne peut pas…

En dépit de son angoisse, Celia était inquiète qu'il considère Barty comme sa seule amie.

C'était un petit garçon bizarre : sérieux, parfaitement obéissant mais aussi maladroit et refermé sur lui-même. Il était intelligent, et lent d'esprit : il lui fallait du temps pour tout. En revanche, une fois qu'il avait compris quelque chose, il s'y consacrait avec assiduité et réussissait parfaitement. S'il avait appris à lire assez tard, au bout d'une année seulement, il lisait des histoires déjà complexes et élaborées. Ses tables de multiplication lui avaient également posé beaucoup de difficultés, jusqu'à ce qu'il y ait découvert un système logique ; il ne lui avait alors fallu qu'une journée pour les apprendre en totalité.

Il n'avait pas beaucoup d'amis à l'école ; il manquait tout à fait du charme dont rayonnaient ses parents, et c'était pendant les vacances qu'il était le plus heureux, quand Barty et lui inventaient des jeux compliqués, auxquels ils jouaient calmement pendant des journées entières. Ils étaient des voyageurs dans un pays lointain, se frayant une route pour rentrer chez eux à travers des contrées périlleuses ; ou encore des soldats, dans une armée qui luttait pour défendre sa patrie, ou roi et reine d'un royaume, édictant des lois et gouvernant leurs sujets – les jumelles, quand elles acceptaient de coopérer, et la nouvelle Nanny qu'ils adoraient – avec sérieux et autorité.

— C'est contre la loi, disait Giles, de marcher sur les joints des carreaux. Vous devez marcher bien au milieu, sinon vous aurez une amende.

— Dans ce pays, déclarait Barty, il faut saluer les bateaux qui passent. On a un gage si on le fait pas.

À sept ans, Barty était très vive. Elle allait à l'école le matin, dans un petit établissement proche de King's Road. Sa maîtresse avait dit à Celia qu'elle était l'enfant la plus intelligente de la classe ; elle travaillait dur, non par sens du devoir, mais manifestement parce qu'elle aimait cela. Comme Giles, elle n'était ni très sociable ni très populaire – parce qu'elle était différente. Les autres, avec leur infaillible instinct pour discerner de tels détails, remarquaient une intonation légèrement différente dans sa voix, une imperceptible réticence dans ses relations avec eux, une répugnance à parler d'elle-même. Une gouvernante l'accompagnait à l'école, comme les autres ; mais il y avait une différence : la jolie dame qui venait assister aux spectacles de l'école n'était pas sa mère, mais une soi-disant tante. Quand on la poussait dans ses retranchements, elle parlait de quelqu'un d'autre, qu'elle appelait indéfectiblement sa mère. Une loyauté chevillée au corps

178

l'empêchait de penser à Celia en tant que maman – cela aurait été, pour elle, l'ultime trahison envers Sylvia. Elle essayait de ne pas en parler mais lorsqu'elle y était obligée, elle disait la vérité. Ses camarades ne pouvaient alors s'empêcher de la tourmenter.

Ils poussaient même avant leurs recherches sur le sujet, et les bavardages entre gouvernantes leur apprenaient à peu près tout ce qu'ils voulaient savoir. La discrétion dont faisait preuve la nouvelle Nanny des Lytton intervenait trop tard ; Jenny avait déjà beaucoup parlé sur les bancs où s'asseyaient les nurses, l'histoire était maintenant connue – et, comme elle était bonne, on continuait à se la raconter.

— Notre Nanny dit qu'elle vivait dans le ruisseau quand Lady Celia l'a ramenée chez elle. Il a fallu la laver avec une brosse pour qu'elle soit propre.

— Ma Nanny dit qu'elle avait des poux et qu'elle mangeait avec ses mains.

— Notre Nanny à nous dit que son père buvait.

— Ma Nanny dit qu'il y avait six enfants et qu'ils dormaient tous dans le même lit.

Elle fut surnommée « Mendi », raccourci de mendigote ; pas plus que Giles, elle ne recevait d'invitation pour des fêtes, ni n'avait d'amie attitrée avec qui marcher lors d'une sortie. Elle cachait son chagrin – un sentiment qui lui était familier – derrière un silence plein de fierté, mais qui l'isolait davantage, et restait assise à travailler sur ses livres pendant que les autres enfants jouaient dehors. Même ses succès en classe devinrent une raison supplémentaire pour la tourmenter. Elle fut ainsi surnommée « Mendi la bûcheuse », et fut plus rejetée que jamais. Mais elle préférait quand même l'école à la maison : là-bas au moins, il n'y avait pas les jumelles.

À quatre ans, ces dernières étaient de véritables monstres ; Giles les appelait les Démones. Belles, volontaires, fascinantes à leur manière, avec de fortes personnalités démultipliées par le fait qu'elles étaient deux : il était inévitable qu'elles soient affreusement gâtées. Non seulement à la maison, mais partout où elles allaient, les gens leur souriaient toujours, les montraient du doigt en disant :

— Oh ! regardez comme elles sont mignonnes…

Elles étaient toujours habillées de façon exquise, et identique, n'aimaient rien autant que sortir : c'était comme marcher sur une scène, avec un public toujours admiratif autour d'elles. De complets étrangers les arrêtaient pour leur demander leurs noms, leur âge, leur dire qu'elles étaient jolies. Les activités les plus ordinaires – jouer à la marelle sur les pavés, marcher au sommet d'un muret en tenant la main de Nanny – attiraient le regard des passants, qui remarquaient comme elles étaient vives et gracieuses. Dès l'âge de trois ans, elles étaient apparues en photo avec leur mère dans la plupart des magazines mondains, ainsi que dans les pages équivalentes du *Times* et du *Daily Telegraph*.

Oliver protestait, disant que ce n'était pas bon pour leur caractère, mais Celia riait et lui répondait qu'elles étaient trop jeunes pour comprendre. Celia adorait les jumelles ; elles possédaient toutes les vertus – beauté, charme, sociabilité – que Giles n'avait pas. Quand Oliver l'accusait de les favoriser, elle riait encore et disait que ce n'était pas du favoritisme, juste le plaisir bien naturel d'avoir des filles.

À vrai dire, Oliver les adorait lui aussi car elles étaient irrésistibles, chaleureuses, affectueuses ; des petites poupées aux cheveux soyeux. Elles sautaient sur ses genoux en l'embrassant, en lui murmurant qu'elles l'aimaient. Dès le jour où elles firent leurs premiers pas dans la société, dans un cours de danse à Knightsbridge, à l'âge de deux ans et demi, elles devinrent des célébrités. Elles au moins n'étaient jamais à court d'invitations.

— Personne ne sait combien elles sont horribles, murmura un jour Giles à Barty en les regardant.

Elles souriaient gracieusement, dans deux robes de dentelle blanche identiques, et faisaient des signes d'adieu à des amis venus prendre le thé à la maison. Barty acquiesça avec sympathie.

Pourtant, ce n'était pas totalement vrai. Deux personnes au moins avaient percé les jumelles à jour : l'une était Nanny, qui était très stricte avec elles, l'autre leur grand-mère maternelle.

— Elles sont peut-être très jolies, dit-elle à Celia à la fin d'une visite, et très charmantes, mais elles échappent à tout contrôle. C'est très bien aujourd'hui parce qu'elles sont petites, mais plus tard, ce sera moins charmant. Tu devrais être plus ferme avec elles, à mon avis. Sinon, tu risques de le regretter un jour.

Celia rit et dit qu'elle savait bien qu'elles étaient malicieuses, mais avec tant de grâce… Et elles étaient encore si petites, il serait bien temps d'être stricte avec elles, plus tard. Lady Beckenham répondit que c'était faux, toute personne ayant dressé des chiens ou des chevaux le savait.

— Maman, les jumelles sont des petites filles, pas des chiens !

— Aucune différence, je t'assure. Envoie-les-moi et je t'assure que je les remettrai dans le droit chemin.

— Je ne crois pas du tout que ce soit une bonne idée, dit Celia en riant.

Pourtant, elle n'allait pas tarder à changer d'avis, pour une raison autrement plus sérieuse. Le 4 août 1914, quand la Grande-Bretagne déclara la guerre à l'Allemagne, et que cent mille télégrammes furent expédiés aux réservistes à travers tout le royaume, portant l'affreux mot « mobilisé », sa première pensée alla au danger que couraient les enfants et à la sécurité qu'offrait Ashingham. Une quinzaine de jours plus tard, quand les premières forces britanniques débarquèrent en France, elle chargea Nanny de commencer à emballer leurs affaires, et prévint sa mère de leur arrivée dans les quarante-huit heures.

— Ma chérie, tu ne crois pas que tu t'es un peu précipitée ? lui demanda Oliver. Je ne vois pas de réel danger pour aucun d'entre nous dans un avenir proche.

— Oliver, ne sois pas absurde… C'est exactement le bon moment. Nous devons agir maintenant, avant qu'il ne soit trop tard. Je veux que les enfants quittent Londres rapidement.

— Mais la guerre sera finie pour Noël. Ne sois pas si alarmiste.

Elle se tourna pour le regarder ; ils étaient dans le salon, assis près de la fenêtre. En dessous, de l'autre côté du quai Victoria, la Tamise coulait paisiblement. Le ciel était encore clair, le soleil se couchait dans un spectaculaire embrasement ; tout était si calme et si tranquille. Celia se sentit apaisée, soulagée. Mais ensuite, alors que les rayons du crépuscule, orange puis rouge écarlate, commençaient à toucher l'eau, elle songea aux tirs d'obus et se sentit effrayée.

— Oliver, dit-elle en se levant et en venant derrière lui, les mains posées sur ses épaules et la tête appuyée contre la sienne, cela va être si horrible… Est-ce que tu vas devoir partir ? Je n'ai pas osé te poser la question parce que j'avais trop peur de la réponse. C'est déjà difficile de savoir que Jack ira sûrement là-bas.

Il resta silencieux un long moment, puis déclara :

— Il faudra que j'y aille, oui. Je ne pourrais plus me regarder en face si je ne le faisais pas.

Un autre silence, puis Celia dit :

— Oliver, montons. J'ai envie… d'être avec toi.

Elle savait pourquoi le désir lui venait si soudainement et si violemment ; c'était pour elle ce que les rires et les acclamations étaient pour les jeunes gens, une barrière contre la réalité. Contre la réalité cachée derrière ce qu'il venait de dire : s'il partait, il risquait de ne plus rien pouvoir regarder en face – ni lui-même, ni sa femme, ni le reste du monde.

— Bien sûr que je pars, dit Jago. Essaye de m'en empêcher.

PM le regarda et sentit l'angoisse lui tordre littéralement l'estomac.

— Tu veux dire que tu t'es porté volontaire ?

— J'ai signé mon engagement aujourd'hui. Je pars avec les collègues.

— Quels collègues ?

— Les maçons. Tu as entendu parler des bataillons de copains, non ? Lord Kitchener vient juste de leur donner le feu vert. Volontaires ensemble, servant ensemble, c'est leur devise. À Manchester, vingt mille hommes ont formé quinze bataillons. Les employés des tramways à Glasgow en ont formé un en l'espace de seize heures, plus la brigade des garçons…

— La brigade des garçons ? murmura PM.

— Oui, enfin ceux qui ont l'âge, bien sûr. C'est une grande idée, tu sais. Tout le monde part ensemble, au service du roi et du pays. En tout cas, on est allés directement à l'hôtel de ville, et à midi on était environ trois mille. On part s'entraîner dans une semaine ou deux, à ce qu'il paraît. Même les Australiens envoient des troupes, pour défendre l'Empire… On ne peut pas ne pas être remué par une chose pareille, Meg.

— Oh, Jago, Jago, je ne veux pas que tu partes…

La crainte et le chagrin la réduisaient aux larmes, des larmes d'impuissance ; elle resta assise à le regarder, pleurant en silence. Il la regardait aussi, presque amusé au début, puis bientôt inquiet. Il s'approcha, s'agenouilla à ses pieds et prit son visage dans ses mains.

— Hé, voyons... Ne sois pas bête, Meg. Ça ne te ressemble pas. Ça se passera très bien pour moi, tu le sais. Je ne peux pas ne pas partir, laisser tomber le vieux pays, quand même. Tu ne voudrais pas avoir honte de moi, n'est-ce pas ?

— Je préférerais avoir honte de toi que vivre sans toi, dit-elle doucement.

— Eh bien, tu ne seras pas longtemps sans moi. Ce sera fini à Noël et ensuite nous reviendrons, sûr. Tu verras. Oh ! Meg, ne pleure pas comme ça, je t'en prie...

Il la prit dans ses bras, sentit les sanglots qui secouaient son corps, et comprit qu'il n'allait pas tarder à y succomber lui aussi.

— Hé, dit-il, allons ! Tu dois être courageuse toi aussi... C'est comme ça que j'y arriverai.

— Je ne comprends pas pourquoi tu ne m'en as pas parlé avant, pourquoi tu ne m'as pas demandé ce que j'en pensais.

— Parce que, lui dit-il non sans logique, quoi que tu aurais pu en dire, je devais y aller de toute façon. C'est aussi simple que ça. Et maintenant... si on montait là-haut ? Je voudrais te sortir un peu ces idées de la tête...

— Tu n'y arriveras pas, c'est impossible.

— On verra, en tout cas j'ai bien l'intention d'essayer !

Ils montèrent à l'étage, et bientôt elle reposait dans son lit, nue, mais toujours en larmes. Il vint se coucher à côté d'elle, la prit dans ses bras.

— Je t'aime, lui dit-il, je t'aime tant. Plus que jamais. Tu le sais, n'est-ce pas ?

Elle fit un signe affirmatif.

— Et toi aussi tu m'aimes, n'est-ce pas ?

— Oui, oui, je t'aime.

— Alors, c'est bien. Rien d'autre ne compte vraiment.

Il commença à l'embrasser ; elle sentit son sexe durcir contre elle, sensation agréable et familière, bientôt suivie par d'autres, familières elles aussi – le désir qui naissait en elle, la langueur profonde dont il s'accompagnait. Elle avait pensé que cela ne pourrait pas arriver, que le chagrin l'aurait émoussé, mais non, il semblait l'aiguiser au contraire : elle avait plus envie de lui que jamais. Elle l'attira en elle, ardemment, avidement, sentit qu'il la remplissait tout entière, comme l'amour, lui aussi, la remplissait tout entière. Et avec lui revenait le souvenir de tous ces moments intimes qui avaient compté pour elle. Leur première étreinte, qui avait été si choquante et si merveilleuse à la fois, puis la première fois où il lui avait dit qu'il l'aimait, parce qu'elle était spéciale, qu'il n'en avait jamais connu aucune comme elle ; et tous leurs délicieux samedis matin, moments privilégiés de leur amour ; et la nuit où elle lui avait pardonné pour Violet Brown, quand elle avait d'abord été si furieuse et lui rongé de remords mais, oh ! si tendrement, si délicatement, puis quand leurs deux émotions s'étaient épanchées dans quelque chose de si sensuel qu'elle en gardait, encore aujourd'hui, le souvenir, qu'elle sentait encore son corps se tendre et se raidir chaque fois qu'elle y repensait – à son bureau, dans un dîner, à l'église même. Et ce soir, c'était encore un autre moment particulier, car elle sentait qu'elle commençait à monter, oui, à monter, qu'une chaude et sombre ascension l'emportait vers un mystérieux sommet ; elle sentait son corps se serrer puis se desserrer, se raidir puis se détendre autour de lui – non seulement son corps physique, mais aussi ses émotions, qui s'amassaient, croissaient, la faisaient graviter autour d'un centre brûlant enfoui au plus profond d'elle-même ; elle sentit les prémices de son orgasme frémir en elle, fragiles encore, puis prendre de l'ampleur, gagner de loin en loin toutes les cellules de son corps. Enfin il s'empara d'elle tout entière et elle s'abandonna à lui – à sa puissance d'abord, comme si des barrières intérieures volaient en éclats, puis aux pics vertigineux vers lesquels il l'entraînait, et aux vagues de plaisir qu'il déclenchait en elle, chacune plus intense et plus éclatante que la précédente. Alors, comme elle reposait, heureuse et apaisée, sur la plage lointaine où ces vagues l'avaient transportée, elle ressentit tout l'amour qu'elle éprouvait, mais aussi la peur, à parts égales ; la peur de ce que l'avenir leur réservait. Alors, elle pleura à nouveau.

— Je ne vais pas partir d'ici, dit Robert.
— J'ai peur que vous n'ayez pas le choix, répondit Laurence.
— Je te l'ai dit, Laurence, c'est non.

Il ne s'en était toujours pas remis : non seulement Laurence avait raison – il avait, théoriquement du moins, le pouvoir de lui faire quitter la maison, *sa* maison –, mais surtout Jeanette ne l'avait pas suffisamment aimé, ou du moins ne lui avait pas suffisamment fait confiance, pour changer son testament. Le testament que Jonathan lui avait naguère dicté, lui avait fait signer en sa présence, avait fait enregistrer par son notaire.

À en juger par l'examen des documents officiels de Jeanette, Robert aurait tout aussi bien pu n'être jamais entré dans sa vie, ne jamais l'avoir épousée. Est-ce qu'elle l'avait considéré dès le début comme un aventurier, qui n'en voulait qu'à son argent ? C'était une pensée horrible… Il se sentait si peiné, si triste, si furieux même, que le souvenir qu'il conservait d'elle se voilait, que son amour pour elle – et c'était vraiment de l'amour – se ternissait.

— Voyons, Laurence, dit-il, tu ne peux pas vraiment vouloir vivre ici tout seul…

— Je ne serai pas seul, j'aurai mon frère.

— Ce n'est pas possible que ton frère vive ici seul avec toi, sans la surveillance d'un adulte. Je ne peux tout simplement pas admettre une chose pareille. En tant que veuf de votre mère, je suis votre tuteur légal.

— Je le contesterai. On peut nommer des curateurs pour tenir ce rôle.

— Tout cela se traite sur un plan juridique, et compte sur moi pour le faire, dit Robert, qui se sentait au bord de perdre son sang-froid.

Les implications financières n'étaient pas trop graves ; sa société était prospère, il était aujourd'hui un homme riche, raisonnablement riche. Heureusement qu'elle ne lui avait pas prêté de l'argent pour mettre sur pied Brewer-Lytton ; Laurence le lui réclamerait certainement.

Être chassé de ce qu'il en était venu à considérer comme sa propre maison, tel un domestique pris en faute, lui était insupportable. Pas seulement pour lui, mais pour Maud. C'était même ce qui le mettait le plus en colère contre Jeanette : qu'elle n'ait pas songé à assurer l'avenir de sa propre fille, à garantir sa place dans la maison de famille. Comment avait-elle pu faire une chose pareille ?

Peut-être avait-elle moins aimé Maud que les garçons, l'avait-elle considérée comme moins importante. Mais une mère pouvait-elle penser ainsi, agir ainsi ? La famille de Maud, tout son petit monde allait s'effondrer, cela rendrait bien pis encore la douleur d'avoir perdu sa mère. Elle adorait Jamie, qui était très gentil avec elle ; quant à Laurence, elle affichait envers lui une sorte de loyauté indéfectible, le suivant dans toute la maison chaque fois qu'il était là, courant sur ses petites jambes et lui criant de l'attendre – ce qu'il ne faisait jamais, bien sûr ; il la détestait visiblement autant qu'il détestait Robert. Maud était trop petite pour le remarquer. Au moins, s'ils quittaient la maison, cette découverte-là lui serait épargnée.

Mais Robert n'avait pas l'intention de partir. Il n'y avait pas seulement Maud, il y avait aussi Jamie. Jamie avait besoin de beaucoup d'amour et d'attention, et la pensée de le laisser seul dans la maison avec son frère et les domestiques était inconcevable pour Robert. Jamie devrait donc les accompagner, où qu'ils aillent, et Robert pensait qu'il se laisserait convaincre. Mais Laurence, par dépit, serait alors capable de prendre des mesures pour le contrer. Robert perdait le sommeil en pensant à l'imbroglio de toute cette affaire, à la difficulté de faire la part des choses entre le point de vue légal et le point de vue moral.

Finalement, après avoir visiblement consulté les hommes de loi de la famille, Laurence vint le trouver un soir.

— J'ai décidé de vous permettre de rester ici pendant les trois prochaines années, lui dit-il. Mais dès que j'aurai vingt et un ans, et donc la pleine autorité pour le faire, j'insisterai pour que vous quittiez ma maison. Est-ce clair ?

— Tout à fait clair, Laurence, merci. Et peut-être pourrions-nous maintenant être un peu plus courtois l'un envers l'autre ?

Laurence le regarda quelques instants, puis répondit :

— Je ne vous ai jamais trouvé discourtois, juste inacceptable.

Et il sortit de la pièce.

Jago était parti suivre quatre semaines de formation militaire élémentaire, dans un camp situé dans le Kent. PM se sentait en plein désarroi et aussi très seule, à sa propre surprise. Tout son optimisme et toute sa détermination semblaient l'avoir abandonnée ; elle était comme un être nouveau, fragile, intimidé par le destin. Pis, elle ne pouvait se confier à personne. Après le bref passage de Jago dans le bureau de Celia chez Lytton, les deux femmes n'avaient jamais reparlé de lui : PM parce qu'elle était trop embarrassée, Celia parce qu'elle respectait trop l'intimité de PM. Cette dernière, qui avait reconnu une nouvelle expression de l'irréprochable discrétion de sa belle-sœur, l'avait remerciée en déposant sur son bureau le lundi matin suivant un gros bouquet de fleurs.

Il manquait donc un confident à PM, quelqu'un avec qui elle pourrait partager sa peine et son angoisse, qui lui dirait les paroles consolantes d'usage, les « Ne t'inquiète pas, tout ira très bien », dont on a tant besoin. Ou qui entonnerait pour elle le refrain du moment : « Tout sera fini à Noël ». Mais non, il n'y avait personne. Elle attendait qu'Oliver s'engage lui aussi, ainsi Celia et elle pourraient au moins s'échanger leurs impressions ; mais les jours, les semaines, passaient, et il ne le faisait pas.

— Il va y aller, j'en ai peur, lui dit Celia un jour qu'elle se renseignait sur ses projets. Pour le moment, je vis au jour le jour, jusqu'à ce qu'il finisse par s'enrôler. Je suppose qu'il partira dans l'ancien régiment de mon père. C'est ce qui est dans l'air en tout cas. Papa là-bas est furieux parce qu'il est trop âgé pour y aller lui-même, il se sent mis sur la touche et ne le supporte pas. Je suis sûre qu'ils vont lui trouver un quelconque travail de bureau. Maman prie pour que cela arrive, en tout cas.

PM hocha la tête.

— Ils sont tous fous, ces hommes. Vouloir partir, vouloir se battre…

— Je sais, mais c'est dans leurs gènes. Nous les femmes, même si nous avions le droit de nous battre, nous ne le ferions pas. Nous trouverions un autre moyen. Mais je suis sûre que la guerre sera de courte durée, ajouta-t-elle en regardant PM, tout le monde le dit.

PM retourna dans son bureau, referma la porte et s'accorda quelques larmes. Le chagrin la minait ; elle mangeait à peine, et tombait souvent malade. Auparavant, quand elle entendait des gens dire qu'ils ne pourraient pas supporter certaines choses, cela l'irritait : on supporte ce qu'on doit supporter et c'est tout. Du moins, c'est ce qu'elle croyait alors. Aujourd'hui, non sans honte, elle comprenait.

La fièvre patriotique qui avait gagné le pays n'arrangeait rien. Parfois, elle en éprouvait presque de la fureur. À chaque fenêtre, à chaque coin de rue, des gens semblaient agiter des drapeaux, des fanfares militaires jouaient constamment. La vue de soldats en uniforme inspirait aux passants un enthousiasme presque hystérique. Les affiches omniprésentes de Lord Kitchener pointant le doigt et lui affirmant que son pays avait besoin d'elle – ou plutôt de son homme – lui donnaient envie de hurler. Elle se moquait bien de son pays et de ce dont il avait besoin. Elle ne savait qu'une chose : il lui avait enlevé le seul homme qu'elle avait jamais aimé, le seul homme qui l'avait jamais aimée.

— Bien sûr que je prendrai les enfants, dit Lady Beckenham, à condition que tu m'envoies quelques domestiques avec eux. Deux de mes filles parlent déjà de travailler dans les usines de munitions.

— Je t'en enverrai, sois tranquille. Nanny est une fille de la campagne de toute façon, et Jessie est terrifiée par l'idée des bombes.

— Tout cela est absolument écœurant, dit Lady Beckenham. Tu sais qu'ils nous ont pris quatre de nos chevaux ? Enfin, ceux qui travaillent à la ferme. Et j'ai lu hier dans le journal que les tramways s'étaient arrêtés de fonctionner dans certaines villes parce que trop de chevaux avaient été réquisitionnés. Pauvres bêtes… En tout cas, qu'ils n'essayent pas de m'enlever un de mes chevaux de chasse.

— Je suis certaine qu'ils n'oseront pas, Maman, dit Celia, qui savait Lady Beckenham de taille à tenir tête aux Allemands eux-mêmes s'il le fallait.

— Je n'en suis pas si sûre, moi. La cavalerie est à la recherche de bons chevaux. Tu sais qu'on les transporte dans les pires conditions, même pas dans des box, simplement attachés à une longe dans la cale des bateaux… Et là-bas, on les débarque sur le quai en les balançant au bout d'une grue… J'ai entendu dire qu'un homme, un palefrenier, qui était resté dans la cale avec eux pendant tout le trajet, pour leur donner à boire et à manger, est mort ensuite d'une crise cardiaque en arrivant en France. Mais il avait sauvé tous les chevaux. Un homme vraiment bien.

— Peut-être, fit Celia, non sans mémoriser tout cela pour le répéter à PM, qui était toujours fascinée par les récits spectaculaires de Lady Beckenham. De toute façon, Maman, je vais garder les enfants encore un peu à Londres. Il ne se passe rien pour le moment, et je ne veux pas être séparée d'eux avant d'y être obligée. Et Giles part pour le collège. Cela le rend tellement nerveux, pauvre chéri. Parfois, je me demande si…

— Tu ne devrais pas, dit Lady Beckenham sèchement. Il a besoin de s'éloigner, il a déjà une année de retard. Il va devenir mollasson, si tu ne fais pas attention.

— Je sais, mais il est si doux, si tendre…

— C'est bien ce que je disais. Il faut que ça change, ce n'est pas du tout bon pour lui. Dommage que les jumelles ne puissent pas y aller aussi, cela les materait un peu.

— Oh, Maman, vraiment ! Elles n'ont que quatre ans.

— Eh bien, Beckenham en avait cinq quand il est parti. Son père l'a envoyé en avance, parce qu'il voulait affermir son caractère.

— Voilà quelque chose que tu ne peux pas reprocher aux jumelles !

— Et Barty ? Elle travaille toujours aussi bien ?

Les succès scolaires de Barty déroutaient Lady Beckenham, qui considérait les basses classes comme fondamentalement stupides.

— Extraordinaire, avait-elle commenté un après-midi où Celia, avec un mélange de fierté et aussi d'irritation à cause des préjugés de sa mère, avait demandé à Barty – c'était peu après son troisième anniversaire – de réciter « Who Killed Cock Robin ? ». Tout à fait extraordinaire. Je n'aurais jamais cru que c'était possible.

— Maman, tu es absurde. La moitié des femmes dans le mouvement des suffragettes vient de la classe ouvrière, elles sont très intelligentes et s'expriment parfaitement bien. Regarde Annie Kenny.

— Oui, mais elles sont aussi complètement folles, dit Lady Beckenham avec un total manque de logique.

Toute la sympathie qu'elle avait pu avoir pour les suffragettes était morte avec Emily Davidson, qui s'était jetée sous le cheval du roi au Derby en 1913. « Tout cela est très bien, avait-elle déclaré à l'époque, mais elle aurait pu tuer le cheval. »

— Barty travaille remarquablement bien, oui, répondit Celia ce jour-là. C'est l'enfant la plus intelligente de sa classe.

— Oui, mais a-t-elle des amis ? demanda Lady Beckenham avec beaucoup d'acuité et de clairvoyance. Et cette guerre, va-t-elle affecter ton travail ?

— Je ne sais pas. L'opinion générale est que cela ne changera pas grand-chose. Les gens ont besoin de plus de divertissements dans des périodes comme celle-ci. Et l'on peut dire que nous travaillons dans le domaine du divertissement. De plus, il semblerait que beaucoup de soldats emportent des livres avec eux.

— Comme c'est étonnant ! dit Lady Beckenham.

Au fond, mieux valait encore supporter les jumelles, pensait tristement Giles, en s'enfouissant sous les couvertures et en enfonçant son poing dans sa bouche, pour essayer de ne pas pleurer. Il était à l'école depuis une semaine maintenant, et chaque jour avait été pire que le précédent. D'objet de l'indifférence générale, il était passé à celui de la dérision générale ; on le méprisait pour son manque d'adresse sur le terrain de jeux, on le taquinait pour son – très léger – embonpoint, on le moquait pour sa lenteur à comprendre des sujets nouveaux comme la science, on le raillait pour avoir quitté la maison avec un an de retard, et on le tourmentait d'être un aussi médiocre bizuth pour l'ancien élève dont il dépendait.

Cependant, c'est son arrivée tardive qui lui procurait le plus de désagréments. On l'avait surnommé « Baba », et l'une des brimades les plus désagréables qu'il devait subir était la petite serviette qu'on enroulait chaque nuit autour de ses parties génitales. On retirait au matin « la couche de Baba » sous les rires et les huées quant à l'odeur, la taille de son sexe, la forme de ses testicules – d'ailleurs un second sobriquet, « Couilles-en-biais », était venu s'ajouter au premier. Il avait si peur de mouiller réellement la couche qu'il se réveillait sans cesse la nuit. Il était donc épuisé et affreusement mélancolique.

Jago partit, après quatre jours de permission, pendant lesquels PM parvint à faire bonne figure, avec un courage et une détermination qui ne l'abandonnèrent que le dernier matin. Il revêtit son uniforme, ramassa son sac et se pencha pour l'embrasser. Elle était étendue sur son lit et le regardait. Jusqu'ici, elle avait réussi à rester enjouée et gaie, écoutant avec intérêt ses anecdotes sur la période d'entraînement qu'il venait de vivre ; la camaraderie qui reliait visiblement les hommes entre eux la réconfortait, une lettre adressée par Lord Kitchener à tous les mobilisés l'amusait beaucoup.

— Lis ça, Meg, tu vas aimer, avait-il dit en la lui montrant.

Après un préambule sur les vertus de courage, d'énergie et de patience, le tract informait solennellement les hommes qu'ils devaient se garder de tous les excès, « particulièrement les tentations du vin et des femmes » ; il leur rappelait que s'ils devaient les traiter toutes avec courtoisie, ils devaient aussi « éviter les relations sexuelles ».

— Ça nous a fait bien rire à la caserne.

PM l'imaginait sans peine ; elle n'en revenait pas de la sottise et de la suffisance d'un officier capable de s'adresser aux hommes comme s'ils étaient une troupe de puceaux partant en vacances à l'étranger.

Les quatre jours s'étaient ainsi passés dans une relative légèreté, mais, en ce dernier matin, elle craquait. Sentant le chagrin la submerger soudain comme une énorme vague, elle sauta du lit et se jeta dans ses bras, pleurant, répétant son prénom, le suppliant de rester encore un moment. Elle lui affirmait qu'elle ne pouvait pas supporter son départ, que, s'il était tué, elle en mourrait. Par la suite, elle eut honte de son manque de courage ; si lui pouvait endurer les malheurs de la guerre, alors elle pourrait sûrement affronter le pire de ce qu'elle aurait à traverser : la solitude, l'angoisse, peut-être même la terreur. Il était visiblement très ému, incapable de supporter son chagrin ; il finit par s'écarter d'elle et lui dit qu'il devait partir, sinon il serait en retard et il passerait en cour martiale avant même d'avoir rejoint son régiment.

— Je t'aime, Meg, lui dit-il, souviens-toi toujours de ça. C'est la seule certitude que je peux t'offrir.

Puis il sortit, descendit la rue vers la gare de Swiss Cottage et prit la direction de celle de Victoria, où il monterait dans le train pour la côte.

PM enfouit la tête dans son oreiller et pleura pendant deux heures.

Oliver, lui aussi, avait peur. Il avait peur de la douleur physique, de l'humiliation publique qu'il pourrait connaître, du conflit lui-même, et, plus que tout, d'avoir à être témoin de la souffrance des autres. Quand Celia avait mis au monde Giles, puis les jumelles, il avait été au supplice, terrifié à l'idée qu'on puisse lui demander d'assister à l'accouchement, ou simplement d'entendre ses souffrances depuis la pièce voisine. Celia était si courageuse, en toute circonstance ; rien, ou presque rien, ne lui faisait jamais peur, et même si c'était le cas, elle serrait les dents et faisait face. Elle ressemblait à Jack, doté lui aussi d'un courage formidable.

Oliver n'en manquait pourtant pas. Il se soumettait délibérément à la roulette du dentiste pour donner l'exemple à ses enfants ; il lui arrivait même, dans un sursaut de bravoure, d'affronter Celia et de s'opposer à elle. Mais tout cela n'était rien, comparé à la terreur qui lui broyait les entrailles à l'idée de partir pour les champs de bataille français. Il devinait quelle horreur les attendait là-bas ; il avait lu dans les journaux les comptes rendus des premières grandes batailles d'Ypres et de Mons, et savait que malgré les communiqués de triomphe, malgré l'affirmation que les Allemands avaient été mis en déroute, la terrible liste des tués racontait une histoire bien différente. Il devrait voir et affronter des horreurs qu'il pouvait à peine concevoir : la mort et, pis que la mort, la mutilation, la douleur sans fin. De plus, il devrait lui-même infliger ces atrocités, donner l'ordre de tirer, de détruire, de tuer. Il devrait dissimuler sa terreur tout en vivant constamment avec elle, jour après jour ; il devrait trouver le courage en lui, ou bien se débrouiller pour le simuler.

Les conversations qu'il avait avec son beau-père, vétéran à la fois de la guerre des Boers et de celle du Soudan, ne l'aidaient pas beaucoup.

— Rien n'est comparable, disait-il pensivement à Oliver, alors qu'ils étaient à Ashingham, assis sur la terrasse derrière la maison, un après-midi doré d'octobre, rien n'est comparable à la bataille. On dirait que quelque chose vous envahit, une sorte de force supplémentaire qui vous donne la puissance, le *goût* même de faire ces choses-là. Je ne pourrais pas tuer de sang-froid ; mais là-bas, mon Dieu, avec le bruit, la terre qui tremble sous les canons, les hommes qui attendent vos ordres, et un soldat ennemi en face de vous qui vous regarde dans les yeux – et alors c'est lui ou vous –, c'est une impression... extraordinaire. Votre jeune frère sait ce que c'est, nous en parlions l'autre jour ensemble. C'est un garçon courageux. Il est parti, n'est-ce pas ? Quelle chance vous avez d'être jeunes. J'aimerais tant pouvoir vous accompagner.

Oliver allait faire sa préparation militaire à Colchester au début de novembre, et commencerait sa carrière dans l'armée avec le grade de lieutenant. La semaine précédant son départ, il donna un dîner au *Savoy* pour tout le personnel de Lytton. Après un repas somptueux, qui ne trahissait guère de pénurie, il se leva et fit un rapide discours. Il avoua que la direction de Lytton pendant les dix années écoulées avait été son plus grand titre de gloire ; il espérait bien qu'il y en aurait beaucoup d'autres encore, et priait pour cela.

— J'envisage mon engagement pour le roi et la patrie comme un bref intervalle entre deux cycles d'édition.

Tout le monde rit, et il poursuivit.

— Mais la maison doit poursuivre son activité, et elle risque d'avoir un visage très différent dans les mois qui viennent. Richard et William Dean sont déjà mobilisés, James Sharpe va les suivre très bientôt. Lytton se trouvera donc très largement aux mains des femmes. Je sais que ce n'est pas une situation idéale (il y eut de nouveaux rires, Celia et PM s'efforçant poliment d'y mêler les leurs), parce que, pour certaines, l'idéal serait qu'il n'y ait pas d'hommes du tout. Ce qui, mesdames et messieurs, est une situation que personnellement je ne souhaiterais jamais. Je reviendrai, nous reviendrons tous et nous examinerons de près – et d'un œil critique – ce qui aura été fait en notre absence. (Les rires s'amplifièrent.) Mais je voudrais demander à ceux qui restent, très sincèrement et du fond du cœur, d'accorder toute leur confiance et leur loyauté à ma femme et à ma sœur. Elles sont désormais responsables du présent et de l'avenir de Lytton, et je sais qu'avec votre aide elles y parviendront. Levons-nous et portons-leur un toast : à Lady Celia et Miss Margaret Lytton !

L'assistance s'exécuta, chacun leva son verre et dit consciencieusement :

— Lady Celia, Miss Lytton !

Quelques-uns gardaient le silence, mais la plupart étaient enflammés, excités, visiblement gagnés par l'atmosphère dramatique. Un peu comme pendant une bataille, songea Oliver. Si seulement une bataille pouvait procurer une telle excitation avec si peu de risque, aboutir à une victoire avec une telle facilité…

— C'était dit de façon très charmante, commenta Celia, en s'écroulant sur leur lit et en lui tendant les bras. Merci, mon chéri. Ce que tu as dit nous sera très précieux, je le sais, et PM le sait aussi.

— Elle n'a pas l'air bien, dit Oliver. Je me fais du souci pour elle.

— Moi aussi. Je pense que savoir son… ami au front la détruit. Elle l'aime vraiment beaucoup, c'est visible.

— Que t'a-t-elle dit à son sujet ? Sur leurs plans pour l'avenir, si…

Il ne termina pas sa phrase.

— Bien sûr qu'ils ont un avenir, comme nous en avons tous un, dit Celia d'une voix ferme, mais elle ne m'a rien dit du tout et je ne le lui demanderai jamais.

— Il est en France ?

— Oui. Tout comme toi, dans si peu de temps. Oh, Oliver chéri, je n'arrive tout simplement pas à imaginer comment je vais supporter tout cela.

— Tu le supporteras, dit-il en marchant jusqu'à elle et en prenant son visage dans ses mains, comme je le ferai. Parce qu'il le faut, parce que nous n'avons pas le choix.

Elle le regarda.

— Tu as très peur, n'est-ce pas ?

— Oui, dit-il, oui, j'ai peur. À ma grande honte.

— Tu ne devrais pas avoir honte, ni d'avoir peur ni de le reconnaître. En tout cas pas devant moi. Si cela peut t'aider, cela ne te fait en rien baisser dans mon estime. Au contraire, même.

— Pourquoi ?

— Parce que, mon chéri, plus tu as peur, plus cela veut dire que tu es courageux. Je pense que tu es merveilleux. Je t'aime tant.

— Je t'aime moi aussi, plus que jamais, plus que je ne l'aurais cru possible.

Ma chère Kitty,

Juste un mot pour te dire que tout va bien ici et que je suis très satisfait de mon sort. On est bien entrés dans le jeu et on a déjà vu les Boches deux ou trois fois, y compris un accrochage assez réjouissant. Des gens assez puants dans l'ensemble mais on va les terrasser, c'est sûr. Le pire en fait, c'est le temps – plutôt horrible, froid et humide. La chaleur de l'Inde aux pires moments a l'air d'un paradis à côté. Je ne suis pas près d'oublier cette soirée avec toi. Tu as vraiment été formidable. Un seul détail m'ennuie cependant, pourquoi n'es-tu pas l'étoile du spectacle ? Répète-le au producteur de ma part. Je serai de retour à la maison pour Noël, je pense. Mets des bûches dans la cheminée.

Je t'aime.

Jack.

Ma chérie,

Je suis en train de devenir un excellent soldat. Je sais marcher, saluer et tirer aussi bien que les autres. Figure-toi que j'apprécie même cette ambiance à un point étonnant. Il y a beaucoup de types bien ici, dont – hasard assez incroyable – John Dukes de chez Blackie's. Nous passons le peu de temps libre que nous avons à parler livres, illustrateurs, et à refaire le monde de l'édition. Il est en train de préparer une série de livres illustrés pour enfants, qui a l'air très intéressante. Je pense vraiment que nous devrions avoir nous aussi un catalogue pour enfants. Peut-être pourrais-tu y réfléchir, voir ce que PM en pense ? La nuit dernière, nous avons fait une marche d'entraînement, à travers les marais salants de Mersea. C'était magnifique : la lumière brillait sur l'eau et le ciel était parfaitement clair. J'ai levé la tête vers les étoiles et j'ai pensé à toi et à combien je t'aime. Prends le plus grand soin de toi, ma chérie, et je te reverrai dans… combien de temps maintenant ? Oui, deux semaines et trois jours. Je suis sûr que ce sera un moment très agréable. Et j'espère toujours ne pas être envoyé en France avant Noël. Tout mon amour aux enfants aussi. Dis à Barty de m'écrire, c'est si agréable de recevoir des lettres. J'ai envoyé un petit mot à Giles, j'espère vraiment qu'il va bien, pauvre petit bonhomme.

Ma chérie, tout mon amour pour toi par-dessus tout. Il ne se passe pas un moment sans que je pense à toi et à combien tu m'es chère.

Oliver.

Très chère Meg,

Juste quelques lignes. Je suis en bonne santé et les choses ne vont pas trop mal. La nourriture est infecte et nous sommes un peu fatigués, autrement, il n'y a pas à se plaindre. Les logements ne sont pas trop mal. Enfin, des logements… des granges en général, dans des fermes pleines de boue, des remises, des tentes qu'on monte dans les bois. Quand on monte vers le front et les tranchées, à neuf ou dix kilomètres d'ici, ça se termine par une longue marche dans d'épouvantables champs de boue. Ton serviteur est tombé jusqu'à la taille dans un fossé plein d'eau. Tant pis pour mes bottes toutes neuves ! La dernière partie du trajet, avant d'arriver aux tranchées, a été vraiment difficile, dans ce grand terrain à ciel ouvert plein de trous d'obus ; même si c'était la nuit, il y avait la pleine lune. Quand nous sommes arrivés aux tranchées, ce n'était pas beaucoup mieux : certaines n'étaient pas suffisamment profondes, il fallait s'allonger dans l'eau et la vase pour être à couvert. J'ai hérité de la partie la plus profonde, j'ai eu de la chance. On était censés rester là-bas deux ou trois jours, mais les hommes qui sont dans des tranchées si peu protectrices ne peuvent pas tenir le coup plus de deux jours, et l'officier qui commande notre groupe nous a donné l'ordre de tous repartir. De plus, beaucoup étaient malades à cause de la diarrhée. J'ai échappé à ça aussi. Nous dressons des kilomètres et des kilomètres de barbelés contre les Allemands, mais c'est beaucoup moins pénible que de travailler sur des toits au mois de novembre, tu peux me croire.

Je t'aime.

Jago.

P-S : Nous avons bon espoir de rentrer pour Noël.

Chère Meg,

Très, très bonne nouvelle. Je serai sûrement à la maison pour Noël. Prépare-toi.

Je t'aime.

Jago.

Oui, s'il rentrait à la maison, pensa PM en serrant cette lettre contre son cœur, il fallait vraiment qu'elle soit prête pour lui. Elle irait chercher un sapin, décorerait la maison, lui achèterait les plus beaux cadeaux. Si seulement elle se sentait mieux elle-même… Les choses allaient peut-être s'améliorer, maintenant qu'elle savait qu'il allait rentrer ? Elle n'avait jamais connu ce genre de malaise jusque-là, cette horrible nausée en permanence, cette fatigue, ces brûlures d'estomac. Même ses règles avaient cessé. Elle en connaissait la raison : la ménopause. Depuis quelque temps, elle espérait à moitié que cela allait arriver ; après tout, elle avait quarante ans.

Sa mère l'avait eue tôt, mais ensuite, on avait diagnostiqué un cancer. PM s'arrêta net dans sa marche rapide en descendant Haverstock Hill : et si ce n'était pas la ménopause, mais un cancer ? Elle devait voir un médecin, vite, très vite. Aujourd'hui même si elle le pouvait.

— Je suis enceinte. Qu'est-ce que tu penses de cela ?
— Enceinte ! Oh, Celia, je… je ne sais pas quoi dire.
— Moi non plus, PM. Et je ne sais pas comment le dire à Oliver non plus, il va tellement s'inquiéter, me dire que je dois me reposer et toutes ces âneries. Et bien sûr, je ne peux pas.
— Oh, Celia. Je suis… je suis désolée, répondit PM, impuissante, espérant que c'était bien cela qu'il fallait dire.

Bien que Celia fût manifestement anxieuse, elle avait l'air fort joyeuse en même temps. Mais c'était sa façon d'être : elle affrontait toujours les choses en face, avec un tel courage. PM était courageuse elle aussi, même très courageuse dans la plupart des cas, mais la grossesse l'effrayait. Dans son esprit, elle était liée de façon indissociable à la mort : en grande partie à cause de Jago, et de la triste histoire de son Annie, mais également parce que la pauvre Jeanette en était morte aussi. Et elle n'avait pas oublié non plus le jour où elle avait trouvé Celia allongée par terre dans son bureau, au milieu d'une mare de sang, en train de faire une fausse couche. Presque chaque jour, elle remerciait Dieu de n'avoir jamais eu à subir cela.

— Pardonne-moi, lui dit Celia, je n'aurais pas dû t'inquiéter. Et quelle importance cela peut-il avoir, vraiment, au regard de ces hommes qui meurent tous les jours… Oh ! je suis désolée, PM, je voulais dire – mon Dieu, non, ne pleure pas…
— Tout va bien, dit PM, faisant un grand effort pour retrouver sa maîtrise d'elle-même et sourire à

Celia. Je t'en prie, ne t'inquiète pas pour moi, cela n'en vaut pas la peine.

— Bien sûr que si… Est-ce que… C'est-à-dire, tu as, il a… Je suis navrée, PM, murmura-t-elle, je n'aurais pas dû te poser de questions…

— Tu peux me poser toutes les questions que tu veux. J'aurais dû t'en parler plus tôt, c'est mal de ma part de ne pas l'avoir fait. Mon ami, Mr Ford, que tu as rencontré, est là-bas, en France. Au front.

— Oh ! mon Dieu… Comment est-ce qu'il… C'est-à-dire, quelle question stupide, ma chérie…

— Il est relativement en sécurité et en bonne santé, dit PM d'une voix ferme, et il écrit régulièrement. Même si je dois admettre que je trouve la situation assez inquiétante. Mais j'espère qu'il reviendra à la maison pour Noël. En tout cas, je te donnerai des nouvelles à l'avenir, promit-elle.

— PM, tu n'y es pas obligée.

— J'y tiens, je t'assure. Tu as été si utile, ce jour-là. Une si bonne amie pour nous deux.

— Alors je suis contente, si j'ai été utile. On ne peut jamais en être sûr, tu sais. Et vraiment, je l'ai trouvé bien, PM, j'ai trouvé qu'il était très…

— Revenons-en à toi…, la coupa PM, le plus courtoisement qu'elle put.

Donner des détails à Celia sur la situation militaire de Jago était une chose, discuter de lui sur un plan plus personnel en était une autre. Celia rougit.

— Excuse-moi, PM. Oui, moi et ma grossesse…

Elle réfléchit un instant, puis dit :

— Je ne crois que je vais en parler à Oliver, pas avant qu'il ne nous quitte. Il partira l'esprit plus libre s'il n'a pas ce souci-là. Et puis, si tout se passe bien, je pourrai continuer ensuite. Après tout, peut-être que je ne le reverrai pas avant que… (sa voix eut une défaillance, puis se raffermit)… le bébé soit né. Il vaut mieux faire comme cela, tu ne crois pas ?

— Sans doute, oui. Quand dois-tu… ?

— Oh, juillet. C'est encore loin. Cela ne se verra pas à Noël, sauf peut-être quelques nausées, que je pourrai toujours expliquer. Oh, comme j'aimerais ne pas être aussi féconde…

— Cela doit être difficile à vivre, oui, acquiesça PM – et elle songea encore une fois à la chance qu'elle avait de ne pas ajouter une grossesse à ses problèmes.

11 novembre

Meg chérie,

Le combat a cessé pour l'instant, à ce qu'on nous a dit. Il n'y aura plus de grands assauts pendant un moment, donc tu peux cesser de te faire du souci pour moi. Nous sommes dans ce qu'ils appellent un camp de repos, après ce qui a été un combat plutôt sanglant, je peux te le dire maintenant. Certains officiers ont été tués ; ce sont des gens de valeur, je dois le dire, à la fois courageux et très soucieux de nous, les hommes. Je ne voudrais pas entendre un mot prononcé contre eux. J'étais un peu méfiant au début, j'avoue, quand j'entendais qu'ils voyageaient en première classe et le reste, alors qu'on nous parquait dans des wagons à bestiaux, mais ils ont nos vies entre leurs mains et ils font de leur mieux pour nous. En tout cas, je m'en suis tiré sans une égratignure. On dirait même que j'ai eu de la chance. Le sergent-chef dit qu'un bon soldat est un soldat qui a de la chance. Si c'est vrai, j'en suis un très bon. Notre retour pour Noël est plus ou moins assuré. Je ne sais pas combien de temps nous pourrons rester, mais en tout cas, c'est un grand soulagement.

Meg, je t'aime.

Jago.

Chère Celia,

Je serai là pour Noël. J'espère que tu pourras m'offrir une place à ta table, ou au moins sous ton arbre ! Cela me fera plaisir de revivre un bon vieux Noël d'autrefois, avec tes enfants. Je pense beaucoup à eux. Ils sont vraiment mignons. Dis à Oliver que tout va bien ici, qu'on s'amuse bien, mais qu'il aura besoin de beaucoup de sous-vêtements chauds.

Baisers,
Jack.

— Bonjour, Maman.

— C'est toi, Barty ? Je ne t'avais pas entendue… Comment vas-tu, ma chérie ?

— Très bien, merci, dit poliment Barty.

De toutes les choses qu'elle détestait, devenir une étrangère polie pour sa mère était la pire.

— Oui, tu as l'air bien. Est-ce que Lady Celia est avec toi ?

— Non. Elle m'a accompagnée ici, mais elle est partie au bureau, elle reviendra dans une heure à peu près.

— Elle reviendra ici te chercher ? Oh, alors je dois ranger, laver par terre…

— Maman, écoute… Cela n'a pas d'importance, comment c'est par terre !

— Si, si Lady Celia vient…

— À mon avis, il y a des choses qui l'inquiètent plus que ton plancher. Wol est parti pour faire la guerre.

— Oh ! ma chérie, c'est affreux, je suis désolée… Est-ce qu'il est au front ?

— Non, il s'entraîne en Angleterre. Elle te le dira sûrement tout à l'heure quand elle viendra ici. Et Papa ? Est-ce qu'il a parlé de partir lui aussi ?

— Non, ma chérie. Il pense qu'il est plus nécessaire ici, pour faire bouillir la marmite, c'est ce qu'il dit.

— Où est-il ? J'aimerais bien le voir.

— Il est dehors, ma chérie. Au foyer des travailleurs. Il y passe beaucoup de temps maintenant.

— Que fait-il là-bas ? demanda Barty non sans inquiétude et en espérant que ce n'était pas un endroit où l'on buvait de la bière.

— Il joue au billard, aux cartes, ce genre de choses.

— Et… Savait-il que je venais ?

— Eh bien, il n'en était pas sûr, en fait, dit prudemment Sylvia. Mais il sera désolé de t'avoir manquée. Oh ! ma chérie, il faut vraiment que je nettoie. Marjorie, viens m'aider. Lady Celia va venir tout à l'heure, et je veux que ce soit propre.

— Elle peut t'aider, non ? dit Marjorie en désignant sa sœur.

Elle n'avait même pas dit bonjour à Barty. C'était une grande fille mal dans sa peau, tout le portrait de son père. De tous les enfants de la famille, c'était aussi la plus ouvertement hostile à Barty. Elle la détestait, lui en voulait terriblement de sa bonne fortune ; plus d'une fois, elle avait demandé à sa mère si elles ne pourraient pas échanger leurs places.

— Pourquoi elle et pas moi ?

Sylvia répondait, le plus fermement qu'elle le pouvait, que Lady Celia avait toujours préféré Barty, et qu'elle ne voudrait sûrement pas modifier l'arrangement.

— En plus, elle a fait de Barty une jeune lady, il faudrait tout recommencer avec toi…

Cette explication, qui manquait franchement de tact, n'était pas faite pour réconcilier Marjorie avec sa sœur.

— Bien sûr que je vais le faire, répondit celle-ci. Comment vas-tu, Marjorie ?

— Oh, très bien, chère madame, dit Marjorie d'un ton affecté. Je suis désolée, mais j'ai des visites à faire. S'il vous plaît, excusez-moi, chère madame. Maman, je sors, je vais à la boutique voir Doreen.

Et elle partit, non sans une grimace à Barty.

— Ma chérie, dit Sylvia, j'ai essayé de lui expliquer, mais je n'y arrive pas…

— Cela n'a pas d'importance, répondit Barty, en clignant des yeux pour ravaler ses larmes. Et les garçons, ils sont où ?

— Ils jouent dehors, mais Billy a dit qu'il allait revenir.

— Bien… Frank a-t-il aimé le livre que je lui ai apporté pour son anniversaire ?

— Oh ! oui, ma chérie. Il travaille bien à l'école. On dit même qu'il pourrait avoir une bourse, mais c'est inutile. De toute façon, je ne pourrais jamais lui acheter l'uniforme.

— Maman, Tante Celia paierait pour l'uniforme, je sais qu'elle le ferait, fit observer Barty, une lueur d'inquiétude dans les yeux.

— Oh ! non… Je ne pourrais rien accepter de plus de la part des Lytton, ce ne serait pas bien.

— Cela pourrait m'aider, tu sais, dit doucement Barty.

— Voyons, en quoi est-ce que ça pourrait t'aider ? Passe-moi ce seau, ma chérie.

— Pour que les autres me détestent moins.

— Ils ne te détestent pas.

— Si, je crois que si. Laisse-moi lui demander, en tout cas. Oh ! Maman, est-ce que tu as mal au bras ?

— Non, ça va très bien. Je me suis juste fait mal en portant la lessive la semaine dernière.

— Papa l'a fait tomber dans l'escalier, dit en écho Billy, qui venait d'entrer dans la pièce.

— Tomber dans… Maman, tu ne peux pas le laisser faire cela !

— Barty, dit Billy, c'est parce que tu vis avec ces gens que tu dis n'importe quoi ? Comment tu crois qu'elle pourrait l'empêcher ?

— Eh bien, je… je ne sais pas, mais je pourrais en parler à Tante Celia…

Billy s'approcha d'elle et la saisit par le bras. C'était un grand garçon à présent, de presque seize ans ; il lui fit mal et elle grimaça.

— Si tu parles à ta précieuse Tante Celia de nos problèmes, je te casse le bras ! Elle a fait assez de dégâts comme ça en t'enlevant !

— Elle ne m'a pas enlevée, dit Barty d'une voix ferme.

Mais elle savait que ce n'était pas vrai : Lady Celia l'avait bien enlevée. Et elle savait aussi que, si fort qu'elle le désirât, elle ne pourrait jamais revenir vivre ici.

— Je sais que c'est la ménopause, dit PM, mais je me demandais si vous ne pourriez pas me donner quelque chose pour me soulager.

— Des bouffées de chaleur, des suées nocturnes ? demanda le Dr Pitts en la regardant avec attention.

— Non, dit PM, mais…

— Des pertes ?

— Non, je vous l'ai dit, mes règles se sont arrêtées.

— Je vois. Miss Lytton…

— Oui, Dr Pitts ?

Elle l'avait pratiquement toujours connu ; il soignait déjà son père.

— Miss Lytton, pardonnez-moi, mais je crois… Cela va sans doute être un choc pour vous…

— Oui ? dit-elle d'une voix faible. Je vous en prie, dites-moi… Quoi que ce soit, je préfère savoir la vérité.

— Oui, vous devez en effet la savoir, dit le Dr Pitts, et il souriait presque ; puis il prit une profonde inspiration et lui dit d'une traite : Miss Lytton, vous êtes enceinte.

10

Pourquoi était-ce souvent à Noël, se demandait Celia en se piquant les doigts avec les aiguilles de sapin, alors qu'elle essayait de fixer les bougies sur l'arbre, que la vie devenait affectivement si difficile pour elle ? Oliver était à la maison, certes, mais il devait partir le soir du 26 décembre ; le bonheur était donc de courte durée, l'effort pour paraître joyeuse et profiter de la fête d'autant plus grand. Mais lui, au moins, était à la maison.

PM était entrée dans son bureau trois jours plus tôt et lui avait dit, la voix défaillante, que Mr Ford ne rentrerait finalement pas pour Noël.

— Il paraît qu'il n'y a pas assez de forces là-bas pour défendre le front en attendant que d'autres bataillons arrivent. Et il a été décidé, bien sûr, que les hommes mariés seraient prioritaires pour les permissions.

— Je comprends, avait répondu Celia. C'est terriblement triste pour toi. Mais il faut que tu viennes passer Noël avec nous, tu ne peux pas rester toute seule.

Jack serait à la maison, et il était capable de remonter le moral de n'importe qui. Mais elle n'en était pas moins inquiète de l'effet qu'aurait l'humeur lugubre de PM sur l'ambiance de la soirée. Et il y avait aussi la contrainte de devoir cacher sa grossesse à Oliver ; il avait remarqué en arrivant qu'elle était très maigre, lui avait demandé comment il pourrait repartir l'esprit en paix si elle ne prenait pas davantage soin d'elle.

— J'ai juste eu le ventre un peu dérangé, lui avait-elle expliqué. Des nausées et tout ce genre d'histoires désagréables. Voilà pourquoi j'ai maigri. Mais je vais beaucoup mieux maintenant, je me sens parfaitement bien.

Ce n'était pas tout à fait vrai, car elle dormait mal ; mais au moins les nausées étaient finies, et elle se sentait suffisamment bien pour le prétendre.

Elle s'inquiétait aussi pour Giles : il semblait bizarre depuis qu'elle était allée le chercher au collège. Quand elle était descendue de la voiture pour aller à sa rencontre, il s'était approché d'une démarche raide, s'était laissé brièvement embrasser, puis s'était recroquevillé sur la banquette pendant tout le trajet, sans parler ou presque jusqu'à la maison. Une fois arrivé, il avait grimpé à la nursery, et les retrouvailles avec Nanny avaient été bien plus enthousiastes. Sans doute parce que, ici, avait-elle pensé, il n'y avait pas ses camarades pour l'observer. Il avait disparu un long moment dans la chambre de Barty ; au dîner, il était resté silencieux mais avait semblé plus détendu.

Le lendemain matin, il vint trouver Celia.

— Maman, je peux te parler ?

— Oui, mais pas longtemps, mon chéri. Je suis déjà en retard.

— Peut-être ce soir, alors ?

— Oui, ce serait mieux.

Ce soir-là, il prit une profonde inspiration et dit précipitamment, en rougissant :

— Maman, s'il te plaît, est-ce que je peux ne pas retourner au collège ?

— Pourquoi ? Tu travailles si bien, tu as un magnifique carnet, et tu as l'air si heureux dans tes lettres…

— Ils *lisent* nos lettres.

— Oh, je vois. Bon, qu'est-ce qui ne va pas ?

— Les autres garçons. Ils sont horribles avec moi. Ils se moquent de moi, tout le temps.

— Mon chéri, tout le monde est sujet à des moqueries à l'école. C'est très méchant, mais cela n'a aucune portée, heureusement.

— Pour moi, ça en a beaucoup.

Elle le regarda.

— Raconte-moi, que font-ils ?

— Ils me donnent des noms horribles.

— Cela n'est pas si grave, si ?

— Ce sont des noms vraiment horribles. Et l'ancien pour qui je dois faire les corvées me crie dessus et…

— Que fait-il d'autre, chéri ? Il ne te frappe pas, quand même ?

— Non, répondit-il très vite.

Jarvis lui avait clairement expliqué que si jamais il révélait ce qu'ils lui faisaient, sa vie deviendrait un enfer. « Et quand je dis enfer, Couilles-en-biais, tu vois ce que je veux dire ? »

— Et alors… Crier n'est pas si grave, quand même. Et je vois que tu es à la chorale, que tu commences la flûte à bec, donc tout ne va pas si mal… Tes amis, qu'en disent-ils ? Est-ce qu'ils trouvent cela difficile, eux aussi ?

— Je…, commença Giles, puis il s'interrompit ; avouer qu'il n'avait pas d'amis était bien trop humiliant. Il ne les aime pas beaucoup, eux non plus.

— Voilà. Donc, vous êtes tous dans le même bateau.

— Oui, mais moi, Maman, je déteste ça. Je suis très malheureux et je m'ennuie, et Papa et toi vous me manquez tellement, et…

Peut-être pourrait-il quand même lui dire, courir le risque des conséquences annoncées par Jarvis ; sa mère était si intelligente, elle saurait quoi faire pour améliorer la situation. De toute façon, s'il ne lui disait pas combien c'était dur, il n'y avait aucune chance qu'elle puisse l'aider.

— C'est vraiment dur, commença-t-il prudemment. Les autres garçons, ils… Ils me font…

— Giles…, dit Celia.

Elle en eut assez, tout d'un coup. Pendant tout le trajet du retour, dans la voiture, elle avait lu des articles sur le nombre effroyable des pertes pour ces premiers mois de guerre : on parlait de quatre-vingt-dix pour cent, en comptant les blessés et les prisonniers. Un bataillon à lui seul avait envoyé onze cents hommes au front et n'en comptait plus aujourd'hui que quatre-vingts. Et il fallait qu'elle dise au revoir à Oliver, qu'elle le laisse partir vers ce qui commençait à ressembler à une mort presque assurée. En comparaison, les problèmes d'un petit garçon au collège semblaient assez insignifiants.

— Giles chéri, dit-elle d'une voix ferme. Nous devons tous apprendre à être courageux devant la vie. C'est comme cela qu'on grandit. Maintenant, ce qu'il faut éviter à tout prix, c'est que Papa s'inquiète pour toi au moment où il s'en va. Donc je veux que tu sois courageux, que tu sois gai, et que tu ne lui parles de rien de tout cela. Bientôt tout ira mieux, Giles. Papa, et ton grand-père, tous les gens que nous connaissons, ont eu des moments difficiles au début quand ils sont allés au collège. Mais ils ont survécu. Essaye de t'en souvenir.

Il la regarda gravement pendant un long moment, puis il sortit de la pièce sans ajouter un mot, et monta à la nursery.

Barty devait passer le jour de Noël avec sa famille ; elle en bouillait d'impatience depuis longtemps, choisissant des cadeaux pour les uns et les autres, préparant de jolis paquets, aidant Celia à composer un panier avec de la nourriture, des biscuits salés et une bouteille de porto pour son père. Mais ce jour-là, au moment où Celia mettait la dernière bougie en place et finissait d'installer les paquets sous le sapin, on frappa à la porte d'entrée. Elle alla ouvrir elle-même et vit sur le seuil Billy Miller, le visage sévère.

— Elle ne doit pas venir demain, dit-il. Barty ne peut pas venir. Maman n'est pas bien.

— Quelle sorte de « pas bien », Billy ?

— Elle est tombée dans l'escalier, le docteur a dû venir. Elle s'est cassé le poignet et cogné la tête, elle est couchée.

— Oh ! Billy, c'est affreux... Est-ce que je pourrais venir la voir, lui apporter quelque chose ?

— Non, dit-il en rougissant, non, ne venez pas. On est mieux tout seuls.

— Mais ton père arrive-t-il à s'occuper d'elle ? Et de tous les petits ?

— Il est parfait. Et de toute façon, je l'aide. Merci, ajouta-t-il consciencieusement, après quelques secondes.

— Oh, Billy, je suis si désolée. S'il te plaît, fais mes amitiés à ta mère. Tu es venu à pied jusqu'ici ? C'est très loin...

— Non, dit-il, et il avait l'air presque étonné, ça m'a juste pris un petit moment...

— Mais quand même, il fait si froid... Fais-moi plaisir, repars avec la voiture, d'accord ? J'ai préparé un panier pour vous pour le jour de Noël, tu n'as qu'à le prendre. Oh ! Barty va être si déçue... Elle n'est pas là, elle est allée à la célébration de Noël avec Nanny et les jumelles. En tout cas, laisse-moi appeler Truman avec la voiture.

— Ouais, d'accord, fit Billy.

Il resta debout, en attendant que la voiture arrive devant le perron ; il promenait son regard autour de lui, visiblement hypnotisé par la taille de la maison, de l'entrée, de l'énorme sapin. Enfin, il demanda :

— Vous avez toute cette maison juste pour vous ?

— Eh bien… oui, dit Celia, après un moment d'hésitation, puis elle s'efforça de se justifier : Mais nous sommes nombreux, quatre enfants, mon mari et moi, et il y a aussi… « les domestiques », allait-elle dire, mais elle s'interrompit à temps, honteuse. Je deviens comme ma mère, songea-t-elle, puis elle enchaîna rapidement : Mes parents et mon beau-frère, et… tellement de gens.

On mettait le panier dans la voiture et Billy buvait un verre de limonade quand Barty rentra à la maison ; elle se jeta sur lui, les yeux brillants.

— Oh ! Billy, comme je suis contente de te voir ! Tu es venu me chercher plus tôt, je serai prête dans une minute…

— Non, tu ne peux pas venir, dit-il d'une voix brusque, Maman est malade. Elle a dit qu'il ne fallait pas que tu viennes, mais que je te souhaite un bon Noël.

— Oh ! je vois.

Celia n'oublia jamais cet instant, car Barty ne pleura pas, ne discuta même pas et dit seulement :

— Oui, très bien, je comprends. Joyeux Noël, Billy.

Elle se hissa sur la pointe des pieds, lui donna un baiser et grimpa rapidement les deux volées de marches, sans ajouter un mot. En la regardant, Celia se sentait remplie d'admiration et de respect, devant une petite fille de sept ans capable d'une telle maîtrise d'elle-même. Mais plus tard, quand elle monta la voir, Barty était couchée, le visage enfoui dans son oreiller et sanglotait interminablement. Celia s'assit à côté d'elle, la prit dans ses bras.

— Barty chérie, ne sois pas si bouleversée, lui dit-elle. Je sais que tu dois être déçue, mais il ne pouvait pas en être autrement, ta mère n'est visiblement pas bien. Après Noël, nous irons la voir ensemble. Et, ajouta-t-elle en lui donnant un baiser, je ne peux pas m'empêcher d'être un petit peu contente. Tu m'aurais manquée demain.

— Vous ne comprenez pas, dit Barty entre deux hoquets. Ils ne veulent pas de moi. S'ils voulaient de moi, ils m'auraient fait venir quand même, et d'ailleurs j'aurais pu aider Maman. Ils ne veulent plus de moi, pour eux je ne fais plus partie de la famille.

Celia descendit les escaliers, le cœur saignant pour Barty, la gorge nouée à l'idée de ce qu'elle semblait avoir provoqué dans sa vie.

Le déjeuner de Noël fut tendu, en dépit de la nombreuse assistance qui était regroupée autour de la table. Les Beckenham s'étaient joints à eux. Au grand amusement de sa mère, Celia insistait toujours pour que le personnel s'asseye avec eux le jour de Noël. Elle avait placé Lady Beckenham près de Jack, plein d'entrain comme d'habitude, avec de nombreuses anecdotes sur ses coups d'éclat en France, les Boches qu'il avait mis en déroute ; Lady Beckenham s'étonnait souvent qu'Oliver et Jack soient frères, tant ils étaient différents.

— C'est vraiment un garçon bien… On dirait qu'il fait toujours les choses exactement comme il faut, et quand tu entends tout ce qui lui est arrivé en Inde ! Il plaît beaucoup à Beckenham.

PM, pâle, émaciée, était assise entre Barty, qui gardait un silence pensif, et Nanny. PM non plus ne parlait pas beaucoup, bien qu'elle arborât son chapeau de papier comme les autres, qu'elle ne se fît pas prier pour lire la blague de sa papillote, et aussi celle de

Nanny. Elle avait fait honneur à l'oie et au jambon, mais maintenant qu'Oliver venait d'apporter le pudding flambé sur la table elle contemplait son assiette d'un œil morne. Celia la regardait avec commisération, en songeant combien elle avait l'air malheureux. Pour finir, PM repoussa sa chaise et murmura :

— Excusez-moi…

Elle se dirigea vers la porte et s'effondra sur le sol de l'entrée. Oliver se leva d'un bond, la souleva dans ses bras comme une enfant et commença à monter l'escalier, tout en criant à Nanny d'appeler le Dr Perring. Mais Celia eut le temps de voir, stupéfaite, lorsque le pan de l'ample veste que portait PM s'entrouvrit, que l'élégante ceinture large de sa jupe était défaite et que son ventre s'arrondissait en dessous d'une façon bien caractéristique.

— Tu as vu, n'est-ce pas ? lui dit PM.

Elle était trop lasse et trop malheureuse pour feindre plus longtemps. Adossée aux oreillers, attendant l'arrivée du Dr Perring, elle avait accueilli Celia avec un faible sourire puis avait tourné le visage vers la fenêtre, sans un mot. Celia s'était assise à côté d'elle et lui avait pris la main.

— Oui, répondit-elle doucement, j'ai vu. PM, quand…

— En mai. Début mai, à ce qu'on m'a dit.

— Et pourquoi n'as-tu rien dit, pourquoi ne m'en as-tu pas parlé ?

— Je ne le savais pas moi-même jusqu'à il y a quelques semaines. Au début, je pensais que c'était la ménopause, et ensuite je me sentais si honteuse, si ridicule…

— Oh ! vraiment, quelle idée !…. Au contraire, je trouve cela merveilleux, je t'assure ! Qu'est-ce que ton… Qu'est-ce qu'il…

— Jago. Il s'appelle Jago, dit PM, et l'ombre d'un sourire lui passa sur le visage. Je ne me sens vraiment pas capable de continuer à parler de lui en disant Mr Ford.

— Quel merveilleux prénom ! Est-il dans notre dictionnaire ?

— Je ne crois pas, non.

— Il devrait y être. Alors, qu'a-t-il dit ?

— Il ne le sait pas. Je ne le lui ai pas dit et je ne le lui dirai pas.

— Pardon ?

— Tu ne peux pas comprendre. Il ne le supporterait pas.

— Pourquoi ? Pourquoi ne le supporterait-il pas ?

Et, assise sur le bord du lit, tenant la main de PM, elle écouta la triste histoire d'Annie, la terreur qu'inspirait à Jago la seule idée de la grossesse et de l'accouchement, la propre terreur de PM.

— Il serait si effrayé, cela ajouterait encore à son fardeau. Tu dois bien le savoir, toi qui n'as rien dit à Oliver sur...

— Je sais, mais je le lui dirai, bien sûr. Une fois qu'il sera effectivement parti... À ce moment-là, il n'éprouvera plus d'angoisse à l'idée de me laisser, tu comprends ? Je lui écrirai pour le lui dire plus tard et alors, il en sera heureux.

— Oh, Celia, je ne sais pas quoi faire... Je ne sais tout simplement pas quoi faire.

— Tu *dois* le lui dire. C'est son enfant autant que le tien, il a le droit de savoir.

— Non, dit PM après un long silence, je ne peux pas le lui dire. Peut-être après, quand l'enfant sera né, qu'il sera en bonne santé et que moi j'aurai survécu. Si je survis.

— Évidemment, tu survivras, dit Celia d'une voix brusque. Je sais bien que la femme de Jago est morte en accouchant, mais il y avait des causes à cela. Un bon médecin les aurait sans doute identifiées, aurait été capable de les traiter.

— Je suis plutôt âgée, tu ne crois pas, pour avoir un premier enfant ?

— Je ne sais pas. Tu as quoi, quarante ans ? Mais tu es solide et en bonne santé. Que dit ton médecin ?

— Exactement cela, que je suis solide et en bonne santé.

— Alors… Mais dis-moi, tu es contente, au moins ? Oui, tu dois l'être…

— Non, pas vraiment. Je ne veux pas d'enfant, je ne saurais pas l'élever. Je n'aime pas les enfants.

— Tu aimes les miens.

— À petites doses, dit PM, en réussissant à sourire. Je ne m'imagine pas vivant avec un enfant vingt-quatre heures sur vingt-quatre.

— Tu n'auras pas à le faire, dit Celia, non sans une légère froideur. (L'idée qu'on pût juger ses enfants autrement qu'adorables avait du mal à passer.) Tu auras une nanny, bien sûr. Et sinon, comment penses-tu t'organiser ? Pour après, je veux dire.

— Dieu seul le sait. J'essaye de ne pas y penser.

— J'ai bien peur que tu ne doives t'y résoudre. Il est là et il est bien parti pour rester, ton petit bout de chou…

— Oui, hélas.

— En tout cas, je suis sûre de deux choses.

On entendit des bruits de voix dans l'escalier, le Dr Perring venait d'arriver, dérangé pendant son dîner de Noël. Celia se leva.

— Ne t'inquiète pas, je vais lui expliquer. Mais tu dois tout dire à Jago – ce serait comme un vol de ne pas le faire – et tu aimeras ce bébé, une fois qu'il sera né, je te le promets. Ah ! Dr Perring, comme c'est

aimable à vous d'être venu… Bon Noël. J'aurai un mot
à vous dire…

Quitter la maison fut un moment terrible pour Oliver. Le départ de son régiment ayant été retardé, il put
rester un jour de plus. Il était en uniforme.

— Tu es si beau, dit Celia, décidée à être positive
comme d'habitude. Tu parais dix ans de moins et tu as
beaucoup de classe.

Ils étaient convenus de se dire au revoir à la maison,
Oliver lui ayant affirmé que ce serait plus facile ainsi.
Ils s'étaient fait leurs adieux intimes la nuit précédente ; elle ne se souvenait pas qu'il lui ait jamais fait
l'amour plus tendrement, plus délicatement – il avait
été si doux et si prévenant qu'elle s'en était émer-
veillée. Elle savait pourquoi il était ainsi et le lui avait
dit.

— Tu sais que tu vas devoir changer à l'avenir,
n'est-ce pas ? Devenir dur, agressif, faire souffrir. Cette
nuit, c'est ta dernière occasion d'être le vrai Oliver. Je
me trompe ?

— Non, tu as raison, lui avait-il dit en l'embrassant.

Elle avait senti un goût salé sur ses lèvres, compris
qu'il pleurait, et ses propres larmes s'étaient mêlées à
celles d'Oliver.

— Cela me fait presque peur, Celia, que tu me
connaisses aussi bien. Comment vais-je vivre sans toi ?
Vais-je changer, au point que tu ne me reconnaîtras plus ?

— Bien sûr que non. Pour moi, tu ne changeras
jamais. Je suis sûre que non.

Mais elle était restée éveillée la plus grande partie de
la nuit, regardant par la fenêtre, redoutant l'arrivée de
l'aube. Et elle songeait que si elle le connaissait parfaitement bien, lui ne pouvait lire de la même façon en
elle, loin s'en fallait. Mais étant donné les circonstances,

étant donné la présence cachée de son bébé, cela valait mieux ainsi…

— Au revoir, mon vieux Giles. Veille sur Maman pour moi, dit Oliver.

Il souleva Giles, en remarquant combien il était mince, combien il paraissait frêle dans ses bras. Le garçon se cramponna à lui, enfouit son visage dans son épaule.

— Je ne peux pas, dit-il.

— Pourquoi ? J'ai besoin que tu le fasses.

— Puisque je ne serai pas là, expliqua Giles avec sa logique d'enfant, que je serai au collège. Je pourrais revenir à la maison, ajouta-t-il, une nuance d'espoir dans la voix.

Oliver l'écarta de lui pour le regarder en face ; son petit visage était très vif, ses grands yeux sombres et brûlants.

— Je n'aime pas ça, Papa, murmura-t-il. Je n'aime pas le collège.

— Tu n'aimes pas ? Ce n'est pas ce que tu disais l'autre jour, pourtant.

— Je sais, mais…

Giles hésita, puis se tourna vers sa mère ; elle lui souriait, mais ses yeux étaient durs.

— Si, en fait, je l'aime, finit-il par dire.

— Voilà une bonne parole, dit Oliver en le reposant à terre. Je n'aurais pas voulu partir en me faisant du souci pour toi. De toute façon, maintenant tu es l'homme de la famille, donc tu dois être très brave et très fort.

— Je… je le serai, dit Giles. Je te le promets.

— Barty, ma chérie, au revoir. Sois bien sage, travaille dur à l'école, et j'espère avoir une longue histoire prête à être publiée quand je reviendrai.

Barty avait commencé à écrire des histoires – très courtes, une page au maximum – mais elle leur donnait une structure et un sens inhabituels pour une enfant aussi jeune. L'une parlait d'un rouge-gorge qui avait perdu une aile, mais avait trouvé un autre oiseau pour le transporter sur son dos, une autre évoquait une fée dont la baguette magique ne fonctionnait plus et qui avait dû passer un examen à l'école des fées pour en obtenir une nouvelle. Seul Oliver avait été autorisé à les lire ; il avait été touché par cet honneur et impressionné par les histoires elles-mêmes.

— Je l'écrirai.

Elle se mordit la lèvre pour ne pas pleurer, parvint même à esquisser un sourire. Sa maîtrise d'elle-même était remarquable pour une enfant aussi jeune, pensa-t-il.

— Et vous deux…, commença-t-il en soulevant les jumelles, une dans chaque bras.

Elles n'avaient pas les pudeurs de Barty. Emportées par l'atmosphère de drame qu'elles sentaient dans la maison, par l'espoir d'attirer l'attention sur elles, incapables de comprendre la situation, sinon qu'il allait partir pour quelque temps apparemment, elles enfouirent leurs têtes dans son cou et se mirent à hurler, s'accrochant à lui de leurs petits bras jusqu'à ce que Celia et Nanny viennent les dégager.

— Elles ont le cœur si tendre, pauvres petites choses, commenta Celia.

Nanny ne dit rien.

Oliver se pencha pour donner un rapide baiser à Celia – il n'aurait pu supporter davantage. Puis il ramassa son sac et marcha vers la grille, où Truman attendait près de la voiture. Là, il se retourna pour regarder le petit groupe : Celia et Nanny qui portaient les jumelles, avec Barty et Giles devant elles, tous agitant les petits Union Jack que Celia leur avait achetés.

Courageusement, celle-ci lui adressait un grand sourire. Il concentra toute son attention sur elle, rejetant les enfants dans l'ombre, pour ne plus voir que son ravissant visage, ses yeux brillants, son long corps mince – ce corps qui lui avait donné tant de plaisir. Puis il se concentra davantage encore, juste sur sa bouche, sa bouche magnifique qui lui souriait, là-bas, alors qu'il la regardait, longuement, une dernière fois ; et ce fut cette image de Celia, des lèvres de Celia en train de lui dire de loin « Je t'aime », qu'Oliver porta en lui pendant les quatre terribles années qui suivirent.

— J'ai repensé à ce que tu m'as dit, expliqua PM, et je crois que tu as raison. Je lui ai écrit une lettre, en lui donnant des nouvelles.

— Tu as très bien fait, lui répondit Celia. Je suis sûre qu'il sera content. Tout le monde le serait à sa place.

PM aurait voulu en être aussi certaine.

Tant que Jago ne savait rien, leur relation était protégée, *elle* était protégée. Elle ne se le représentait pas rempli de terreur ou de répugnance, ne sachant ni quoi lui dire ni comment réagir, faisant semblant d'être content. Pensant à elle non plus avec tendresse et fierté – ainsi qu'elle l'avait espéré dans ses moments les plus optimistes –, mais avec pitié, comme à quelqu'un de trop âgé pour être mère, à quelqu'un de vaguement ridicule, qui le rebuterait, dont il aurait honte. Comme à une femme qu'il se sentirait obligé d'épouser alors qu'il ne l'aimait pas, qu'il n'avait pas envie d'elle, et qu'il chercherait désespérément un prétexte pour mettre fin à leur relation. Désormais elle attendait, en ressassant ces sombres idées.

Elle avait pensé que, s'il était content, il lui répondrait très vite – qu'un long silence signifierait qu'il ne l'était pas. Les lettres étaient acheminées rapidement, c'était considéré comme vital pour le moral des troupes. Elle savait qu'elle pouvait recevoir une réponse à sa lettre dans les quatre jours, soit juste un peu plus d'une semaine après son envoi. Un retour rapide signifierait un courrier le 11 ou le 12, voire le 13 ou le 14 janvier ; toutes ces dates équivaudraient à un message plein d'espoir et de bonheur. Chaque jour, elle se levait à l'aube et guettait le facteur : elle se penchait à la fenêtre et l'apercevait au loin dans la rue, attendait jusqu'à ce qu'elle l'eût entendu dans l'allée, comptait ses pas, puis le bruit du petit volet qui s'ouvrait dans la porte, des lettres qui tombaient – ou qui ne tombaient pas. Le 11 il n'y en eut aucune, le 12 une seule, d'un ami, le 13 rien ; le 14, la gorge nouée, elle en vit un petit tas sur le sol. L'une d'elles était sûrement de Jago ; il le fallait.

Elle s'agenouilla, les passa en revue : une facture du boucher, une lettre d'une poétesse dépressive avec qui elle avait sympathisé, un mot d'un autre ami… Et, oui ! une lettre de France, dans une enveloppe militaire, avec un cachet militaire. À moitié en larmes, elle courut chercher un couteau dans la cuisine, le fit glisser sous le rabat de l'enveloppe, sortit la lettre. Puis elle s'assit à la table, et commença à la parcourir, mais pour bientôt la détester, détester son expéditeur et ce qu'elle disait. C'était pourtant gentil, affectueux et plein de bonnes intentions – mais ce n'était pas écrit de la bonne main, ni par la bonne personne. Ce n'était pas Jago qui lui disait combien il était heureux pour leur bébé, mais Oliver, qui espérait qu'elle allait mieux, parmi d'autres banalités, affirmant que, finalement, la vie au front n'était pas si terrible que cela.

Le désespoir la submergea, un désespoir silencieux et profond. Janvier laissa la place à février, et toujours aucune lettre ; elle allait travailler, rentrait chez elle, mangeait en grimaçant les dîners que Mrs Bill avait préparés pour elle, montait au lit et ne trouvait pas le sommeil. Rien ne pouvait lui remonter le moral ni la distraire. Ce fut pendant ces semaines, songea-t-elle après coup, qu'elle avait commencé à perdre la foi. Dieu ne lui apportait plus ni soulagement ni réconfort. Plus rien ni personne ne comptait pour elle, et elle se mit à détester l'enfant qu'elle portait. Il lui donnait maintenant des coups de pied dans le ventre, violents et pénibles. Elle détestait la sensation que son corps ne lui appartenait plus, qu'un étranger l'occupait, une présence indésirable et qui avait anéanti l'amour que Jago avait pour elle. Elle ne parlait plus guère à Celia et se montrait presque hostile envers elle, lui en voulant de l'avoir persuadée d'écrire à Jago ; elle se montrait irritable envers le personnel de Lytton, brusque et froide avec la pauvre Mrs Bill, qui aurait donné sa vie pour elle. Quand elle se retournait vers celle qu'elle était un an plus tôt, confiante dans la vie, maîtresse d'elle-même, avec à ses côtés un homme qui l'aimait et qu'elle aimait, elle pouvait à peine croire que les choses aient autant changé.

— Ton papa est parti, annonça Sylvia à Barty un samedi. Pour faire la guerre, bien sûr. Il est parti mardi, tout d'un coup, il a dit qu'il ne pouvait pas supporter de continuer comme ça, qu'il devait faire sa part. Il avait peur qu'ils ne veuillent pas le prendre, à cause de ses bronches, mais ils l'ont accepté tout de suite. Il était vraiment très content.

— Oh ! Maman, pauvre Maman, c'est affreux…

— Oui. Oui, c'est dur.

C'était difficile effectivement, même si Ted avait parfois été odieux ces dernières années, elle l'aimait toujours ; et après Noël, quand il lui avait fait si mal, il avait promis de ne plus jamais boire une goutte d'alcool, et ils étaient redevenus heureux, comme au bon vieux temps. Juste inquiets qu'elle se retrouve encore enceinte, mais elle y avait échappé. Et voilà qu'il était parti, au moment où la situation s'améliorait.

— C'est cette affiche, lui avait-il expliqué, quand elle lui avait demandé pourquoi il se décidait finalement à partir.

— Quoi, Lord Kitchener ?

— Non, non. Cette image d'un type assis sur une chaise, avec une petite fille sur les genoux qui lui dit : « Qu'est-ce que tu as fait à la guerre, Papa ? » Ça m'a fait comprendre que les enfants veulent être fiers de leur père, veulent savoir qu'il a fait sa part.

— Tu es un homme de bien, Ted Miller, lui avait-elle répondu en l'embrassant. J'ai eu de la chance de t'avoir dans ma vie.

— Ne commence pas déjà à parler au passé, dit-il en lui souriant. Tout ira bien. J'ai de la veine, j'en ai toujours eu. Et d'abord quand je t'ai rencontrée. Je ne te mérite pas, Sylvia, c'est sûr. Mais quand je reviendrai à la maison, les choses iront mieux, je sais qu'elles iront mieux. Écoute, est-ce que tu vas t'en sortir sans moi ? Oui, ça devrait aller, je pense. Il y aura la paie de l'armée, qui tombe à coup sûr, au moins. Juste douze livres et six shillings, mais je t'enverrai le tout.

— J'y arriverai, Ted, bien sûr que j'y arriverai. (Elle ne voyait pas comment, mais ne pouvait pas le lui dire.) Tu devrais quand même en garder un peu, pour ton tabac et le reste.

— On en a, avec les rations.

Il n'était pas encore au front, dit Sylvia à Barty, il s'entraînait quelque part dans le Kent, et partirait d'ici quelques semaines.

— Je ne crois pas qu'on le reverra avant qu'il parte.

— Est-ce que… Est ce qu'il a parlé de me dire au revoir ? murmura Barty.

— Bien sûr, mais il ne pouvait pas le faire, tu le comprends ? Il a demandé qu'on t'embrasse pour lui.

En fait, Ted n'avait même pas parlé d'elle ; il l'avait à peine vue au cours des deux années précédentes.

— Il aurait pu me dire au revoir, tu sais, commenta Barty après quelques instants. Il aurait pu venir à la maison, ou au moins m'écrire.

Elle cligna des yeux pour refouler ses larmes. Chaque fois qu'un membre de la famille affichait de l'indifférence envers elle, loin de se combler avec le temps, la blessure se creusait dans son cœur.

— Voyons, Barty, il ne serait jamais allé là-bas, bien sûr que non.

— Je ne vois pas pourquoi…, murmura Barty, puis elle s'interrompit.

Elle commençait à comprendre avec quels yeux ils la considéraient. La description qu'avait dû faire Billy de la demeure, des domestiques, de l'immense arbre de Noël, ne lui avait sûrement pas rendu service.

Le télégramme arriva le 7 février. PM s'apprêtait à aller travailler, se drapant dans un vaste et long manteau – sous lequel elle dissimulait les rondeurs de son ventre encore peu révélatrices – qu'elle échangerait au bureau contre un ample tablier, prétextant qu'elle devait protéger ses vêtements dans les réserves, où elle passait désormais une grande partie de son temps, à cause de tous ces employés partis pour le front.

Elle entendit les pas sur le trottoir, puis dans l'allée, et le tintement de la sonnette ; ensuite la voix de Mrs Bill qui l'appelait, pressante, effrayée. Elle se vit descendre l'escalier et saisir l'enveloppe jaune, l'ouvrir, s'observa en train de lire les mots, ces mots insensés :

« Au regret de vous informer… rapport daté du 5 février… le caporal-chef Ford… tué au combat… sincères condoléances. Le sous-secrétaire d'État. »

Elle s'entendit encore dire à Mrs Bill :

— Mr Ford a été tué.

Puis elle remonta l'escalier, finit de se préparer et, les yeux secs, marcha jusqu'à la gare comme d'habitude. Une fois chez Lytton, elle pénétra dans le bureau de Celia et lui dit, sans aucun tremblement dans la voix : « Jago a été tué », avant de ressortir du bureau.

Et, bien que ce fût affreux, que ce fût même épouvantable, de savoir qu'elle ne le reverrait jamais et qu'il était perdu pour elle pour toujours, de savoir, pensée insupportable, qu'il était sans doute mort dans des conditions affreuses, loin d'elle, le pire était qu'il fût mort en ne l'aimant plus, en n'ayant plus envie d'elle, en ne voulant pas de l'enfant qu'ils avaient conçu ensemble.

— Je pense proposer Ashingham comme maison de convalescence, dit Lady Beckenham. Uniquement pour les officiers, bien sûr. Je crois qu'on doit tous faire notre part, et avec Beckenham qui n'est pas là, les choses sont devenues si faciles ici. Et toi, quand comptes-tu m'envoyer les enfants ?

— Je ne sais pas, Maman, répondit Celia. Il n'y a toujours pas de bombes pour le moment. Mais à la première qui sifflera, je te les confierai. Est-ce que Papa apprécie la vie au ministère de la Défense ?

— Infiniment. J'ai du mal à imaginer qu'il puisse être utile à quelque chose, en tout cas, il a l'air heureux.

— Je devrais l'inviter à dîner, mais je n'ai guère reçu ces derniers temps. C'est difficile sans Oliver et…

Elle baissa les yeux vers son ventre qui s'arrondissait.

— Ne te fais pas de souci pour ton père, il va parfaitement bien. Et toi, comment te sens-tu ?

— Fatiguée. Mais je vais bien.

— Tu as tout dit à Oliver ?

— Oui. Il était ravi, un peu inquiet mais ravi.

— Des nouvelles récentes de lui ?

— Non, sinon qu'il était encore en vie il y a quatre jours. Tu reçois une lettre et tu remercies Dieu, puis tu te rappelles que depuis qu'elle est partie, tout a pu arriver.

— Rudement pénible, acquiesça Lady Beckenham.

Il y eut un silence puis :

— Crois-tu qu'il était de la dernière grande attaque ?

— Maman, je ne sais pas.

Les comptes rendus de l'attaque de Neuve-Chapelle et des énormes pertes qui l'avaient accompagnée avaient traumatisé Celia, avant tout parce qu'elle ignorait si Oliver y participait ou non. L'incertitude rendait les choses infiniment plus cruelles.

Elle dormait mal : des visions d'Oliver mutilé, mort, mourant, ou pis, asphyxié et aveuglé par la nouvelle horreur qu'étaient les gaz, l'éveillaient constamment de son sommeil agité. Seul son travail chez Lytton lui permettait de garder l'esprit clair. Là-bas, elle s'activait fiévreusement, de longues heures durant. Elle avait remplacé James Sharpe, le directeur artistique, et son assistant Philip par deux jeunes femmes intelligentes, et toutes trois s'entendaient à merveille. La plus qualifiée des deux, Gill Thomas, était une fervente adepte des idées et tendances nouvelles qu'on trouvait dans les magazines. Elle avait dessiné une série de couvertures pour leur collection de romans féminins, qui rappelait beaucoup les couvertures des hebdomadaires pour femmes, et les livres se vendaient par milliers.

PM travaillait dur elle aussi, supervisant tout, des budgets aux expéditions, des campagnes de promotion au contrôle des stocks. L'idée qu'elle devrait partir, au moins quelque temps, effrayait Celia, qui n'imaginait pas comment on pourrait la remplacer.

En songeant à cette perspective, elle regarda sa mère.

— Le Colombier est-il utilisé en ce moment ?

Le Colombier était un délicieux petit bâtiment, dessiné, disait-on, par le comte, troisième du nom, pour y loger ses maîtresses. On l'appelait ainsi à cause de sa forme : rond, avec un toit d'ardoise surmonté d'une petite coupole de verre. Il se trouvait à une cinquantaine de mètres en retrait par rapport à la terrasse, proche de la roseraie en contrebas et aussi d'une porte latérale de la demeure principale, qui permettait d'y accéder et d'en ressortir discrètement. À l'intérieur, on trouvait un petit salon lambrissé au rez-de-chaussée et une chambre à l'étage. Pas de cuisine, une salle de bains attenante à la chambre, avec une tuyauterie primitive, mais qui fonctionnait parfaitement. Son plus grand charme résidait peut-être dans son petit jardin entouré de murs, qui lui procurait une intimité parfaite.

— Non… Pourquoi me demandes-tu cela ?

— Je pense que PM pourrait en avoir besoin.

— PM ? Pourquoi, mon Dieu ?

Celia prit une profonde inspiration puis dit rapidement :

— Pour y passer un moment avec son bébé.

Lady Beckenham était très fière de ne jamais laisser paraître sa surprise sur aucun sujet ; elle trouvait cela vulgaire. Aussi se contenta-t-elle de dire :

— Je vois…

Commentaire qu'elle fit bientôt suivre de :

— Oui, quand elle le désirera.

— Merci. Je le lui dirai.

— Tout se passe bien, Maman, sans Papa ?

— Oui, ma chérie, je vais bien. Billy m'aide beaucoup, il se conduit vraiment comme l'homme de la famille, comme ton Papa le lui avait demandé. Le seul problème, c'est l'argent. Je pense que je vais prendre un emploi, dans une usine ou n'importe où. Il y a beaucoup de travail aujourd'hui, pas comme au début, avec toutes les usines qui fermaient.

— Je sais, Tante Celia m'en a parlé. Jusqu'à quarante-quatre pour cent de chômage, disait-elle. C'était en partie parce qu'il n'y avait plus de commerce avec l'Allemagne.

— C'est extraordinaire que tu saches ça, dit Sylvia avec admiration. Tu deviens si intelligente, Barty...

— Où est Billy ? demanda-t-elle, ignorant le compliment.

— Il fait la queue, avec Frank.

— La queue ?

— Oui, pour la nourriture. Je les ai envoyés là-bas à ma place. Tout le monde le fait maintenant. Et Frank est si petit, il arrive souvent à se faufiler devant sans que personne le remarque.

— Peut-être que... peut-être qu'on va partir bientôt, dit Barty à brûle-pourpoint, d'une voix hésitante. À la campagne, chez la mère de Tante Celia. Parce qu'il risque d'y avoir des bombes, à ce que dit Tante Celia.

— Oui, j'ai entendu dire ça aussi. Ils ont déjà commencé à en envoyer quelque part, je crois ?

— À Newcastle, sur les docks.

— Eh bien, ça me fera un souci de moins dans la tête, soupira Sylvia.

— Mais, Maman, je ne veux pas y aller... Je ne pourrai plus venir te voir aussi souvent si je suis là-bas...

— Barty, tu dois y aller. Tu ne peux pas rester vivre ici, de toute façon.

— Pourquoi pas ? Je suis plus grande maintenant, je pourrai t'aider... Je veux revenir à la maison, vivre avec vous, oh ! Maman, s'il te plaît...

— Barty, ne sois pas ridicule ! Tu as beaucoup de chance d'aller là-bas, et d'y être en sécurité... J'aimerais bien que les autres puissent y aller avec toi.

Barty la regarda et dit :

— Peut-être qu'ils pourraient.

— Non, Celia, je suis désolée. Je suis très heureuse d'avoir tes enfants, et Barty aussi, bien sûr, mais je vais bientôt être très occupée avec mes convalescents, et je ne peux vraiment pas avoir ma maison pleine de galopins.

— Mais, Maman, tu ne comprends pas combien c'est difficile pour moi... Mettre Barty en sécurité alors que ses frères et ses sœurs sont en danger à Londres...

— Celia, c'est justement le genre de choses auxquelles tu aurais dû penser quand tu as décidé de faire de cette enfant un membre de la famille. Maintenant j'ai peur qu'il ne soit trop tard, et que tu ne doives en assumer les conséquences.

Celia la regarda en silence puis soupira :

— Je crois que tu as raison. Bien, je... je vais aller voir PM.

PM avait accepté avec une étonnante facilité la suggestion que lui avait faite Celia de partir pour Ashingham.

— Tu ne peux pas rester ici, PM. Personne ne s'est rendu compte de ton état... D'autant plus que...

Elle s'interrompit mais PM termina sa phrase, une pointe d'humour dans la voix :

— C'est si improbable, je sais. Une vieille fille qui tombe enceinte.

Elle était si courageuse, songea Celia, elle ne se plaignait jamais, ne maudissait jamais le sort, malgré la cruauté de la mort de Jago. Elle l'acceptait, tout simplement. Une lettre du commandant de Jago lui était parvenue : il était mort en héros, lui disait-il, au cours d'une attaque de nuit. Plus important aux yeux de Celia, il était mort sur le coup, d'une balle allemande, sûrement sans avoir le temps de s'en rendre compte.

— Cela doit te consoler, non ? disait-elle à PM. Imagine qu'il soit mort lentement de ses blessures, dans un hôpital ou quelque chose de ce genre…

Mais PM avait une vision plus cynique des choses.

— Tu m'étonnes, Celia. Tu as déjà entendu parler d'un soldat qui ne serait pas mort sur le coup, et en héros en plus ? Jago est peut-être mort de cette façon, et je l'espère bien sûr, mais je ne me fais pas d'illusions, cela a pu se passer très différemment.

— En tout cas, pensons à toi, c'est beaucoup plus positif. Je crois que tu devrais t'installer à Ashingham, tu y serais parfaitement tranquille. Maman ne te dérangerait pas, elle est très occupée à transformer la maison en hôpital – un hôpital très aristocratique, bien sûr – et tu pourras avoir ton bébé là-bas ou à la clinique locale. Ensuite, tu pourras décider de ce que tu voudras faire.

— Oh, j'ai déjà décidé, dit PM, le visage dur et résolu. Je vais le faire adopter, je n'en veux pas.

— Le faire adopter ! PM, c'est impossible !

— Et pourquoi pas ?

— Eh bien ! Parce que… parce que tu ne peux pas ! C'est ton bébé, le tien et celui de Jago, tu ne peux pas l'abandonner !

— Mais si ! Jago n'en voulait pas, je n'en veux pas non plus.

— Comment le sais-tu ?

— Il aurait écrit pour me le dire, s'il avait voulu de lui, bien sûr qu'il l'aurait fait. Là, il était visiblement horrifié et il ne savait que dire. Le bébé sera beaucoup mieux avec une femme gentille qui prendra bien soin de lui, qui veillera sur lui, lui donnera un bon foyer.

— PM, tu ne peux prendre ce genre de décision maintenant ! Crois-moi, tu verras les choses très différemment quand il sera né.

— Certainement pas, dit PM.

De fait, elle ne changea pas d'avis. L'équipe de la clinique la trouva même distante et insensible. Ils admirèrent son courage pendant l'accouchement, qui fut long et difficile, mais quand ils voulurent ensuite lui mettre son fils dans les bras, elle le repoussa.

— Non, merci, cela ne m'intéresse vraiment pas, dit-elle, puis elle se retourna et dormit, pour la première fois depuis trois jours.

— C'est le choc, expliqua l'infirmière-chef. Elle a passé des heures très difficiles. Elle ira mieux demain.

Mais le lendemain, ce fut pareil.

— Je ne veux vraiment pas de lui, j'aimerais bien que vous le compreniez ! Maintenant, s'il vous plaît, laissez-moi seule…

La jeune infirmière qui s'occupait du bébé, le nourrissant, le changeant et le berçant dans ses bras, se sentait très triste pour lui. C'était un si bel enfant, avec d'abondants cheveux sombres et d'immenses yeux d'un bleu très foncé, qui deviendraient sûrement bruns. Il était gentil et sage, prenait docilement son biberon, puis se rendormait.

Un peu plus tard, elle le ramena à PM.

— Mrs Lytton…

— J'aimerais bien que vous cessiez de m'appeler *Mrs* Lytton. C'est agaçant. Je ne suis pas mariée, donc soyez gentille de respecter ma situation et de m'appeler *Miss* Lytton. Que voulez-vous ?

— Je me demandais juste, je veux dire, Mrs… ou plutôt Miss Lytton, pardon… vous êtes sûre que vous n'avez pas envie de prendre votre bébé dans les bras ? Il est tellement mignon…

PM se détourna violemment sur son oreiller et s'écria :

— Je voudrais vraiment qu'on me laisse seule, d'accord ? Combien de fois dois-je vous le répéter, il ne m'intéresse pas ! Tout ce que je veux, c'est rentrer à la maison ce week-end et que le bébé soit placé dans une famille par l'organisme d'adoption... Maintenant, s'il vous plaît, laissez-moi seule !

Quand elle changea sa couche, quelques instants plus tard, la jeune infirmière pleura à chaudes larmes sur le pauvre bébé.

— Je suis allée la voir, rapporta Lady Beckenham à Celia – qui ne pouvait pas se rendre dans le Buckinghamshire avant le week-end –, elle est dans un état très étrange. Elle ne veut pas entendre parler du bébé, elle attend avec impatience son adoption. Cela peut se comprendre, bien sûr, mais c'est difficile à vivre pour les membres du personnel. De plus, elle insiste pour qu'ils l'appellent Miss Lytton et cela ne leur plaît pas beaucoup, tu imagines. La directrice de la clinique est une mégère, qui fait semblant de se considérer comme une de mes amies, mais passons. En tout cas, je lui ai demandé de respecter les volontés de PM, même si ta belle-sœur n'y met pas beaucoup du sien.

— Oui, dit Celia, j'imagine la situation. Oh ! la pauvre... Quand... Quand le bébé doit-il partir ?

— Mardi prochain, je crois. Et, ensuite, PM reviendra ici.

— Tu l'as vu ? À quoi ressemble-t-il ?

— À un nouveau-né, dit la comtesse, puis elle raccrocha.

Ils avaient trouvé un bon foyer d'accueil pour le bébé, affirma la dame de l'organisme d'adoption à PM quand elle vint la voir, le vendredi. Une famille très bien de Beaconsfield.

— Un couple d'un certain âge ; le mari ne partira donc pas pour la guerre. Ils ont une maison ravissante et ils feront d'excellents parents, j'en suis sûre. Ils vont venir le voir, et si tout va bien ils l'emmèneront chez eux mardi.

— Bien, dit PM. Le plus tôt sera le mieux.

Elle se sentait misérable ; cela faisait trois jours qu'elle avait accouché, tout son corps était douloureux, ses seins la faisaient souffrir à cause du lait. On les lui avait bandés, ce qui aggravait la douleur.

— Cela fera sans doute un peu mal au début, lui avait dit l'infirmière-chef – qui, il ne fallait pas s'en étonner, l'avait vite détestée –, mais dans un jour ou deux les montées de lait cesseront. Apparemment, le bébé s'en passe très bien. Il n'a pas du tout l'air d'avoir besoin de vous.

— Tant mieux, répondit PM.

Pourtant, quelle qu'en fût la raison, elle se sentait au bord des larmes.

Mrs Bill faisait le ménage, le lundi matin, quand on frappa à la porte : c'était le facteur, qui lui tendit les lettres. Il y avait une grande enveloppe de la femme poète – elle n'envoyait jamais son travail chez Lytton, de peur qu'ils le perdent. Mrs Bill posa le courrier sur la table pour le trier plus tard, et retourna à son ménage.

Celia ne se sentait pas très bien. Son dos la lançait, elle était épuisée et elle avait mal au cœur. En outre, la visite qu'elle avait faite à sa belle-sœur au cours du week-end l'avait beaucoup tourmentée. PM était si hostile envers le bébé, hostile envers elle aussi… Celia l'avait contemplé, pris dans ses bras, songé combien elle aurait aimé le ramener à la maison ; mais elle ne le pouvait pas et elle le savait. D'ailleurs, sa mère avait lu dans ses pensées.

— Tu ne diriges pas un orphelinat, Celia, lui avait-elle dit sèchement. Je pensais que tu aurais retenu la leçon.

Cela n'avait pas été, il faut bien le dire, une expérience très agréable de faire ce lent et long chemin en voiture, alors qu'elle aurait pu rester tranquillement dans son lit à se reposer. Pour l'heure, elle se replongeait dans le projet qui l'excitait le plus actuellement, la nouvelle collection de livres pour enfants. Quelle ironie que cette idée – qu'elle avait eue longtemps auparavant, et qu'elle avait écartée – fût indirectement remise sur les rails par le départ d'Oliver à l'armée. Soudain, le téléphone sonna.

— Oui…

— Il y a une Mrs Bill au téléphone, Lady Celia. Elle dit que c'est urgent.

— Oh ! oui, bien sûr. Passez-la-moi.

Mrs Bill semblait hors d'haleine, hors d'haleine et bouleversée.

— Lady Celia, il y a une lettre, une lettre de Mr Ford !

— Mr Ford ? Mais ce n'est pas possible, Mrs Bill, il est mort !

— Elle a dû être retardée… En tout cas, elle est bien de lui, j'en suis sûre ! Le cachet de la poste est français et c'est son écriture…

— Oh ! fit Celia, eh bien, je pense que vous devriez l'ouv…

— Lady Celia, je ne pourrais pas. Je ne pourrais vraiment pas.

— Alors, fit Celia, en réfléchissant vite, apportez-la-moi ici. Je vais vous envoyer Truman. Ou plutôt, pouvez-vous prendre un taxi ? Cela ira plus vite. Je le paierai.

— Oui, très bien.

237

Les circonstances étaient si particulières, songea Celia, que... Si le contenu de la lettre allait dans le sens qu'avait imaginé PM, alors, étant donné son état psychologique, il aurait été préférable qu'elle fût perdue pour toujours. Dans le cas contraire...

— Je vais l'ouvrir, Mrs Bill, s'entendit-elle prononcer quelques instants plus tard. Je sais que cela peut vous paraître cavalier, mais...

— Non, Lady Celia, pas si c'est vous qui l'ouvrez. Ça ne me paraît pas du tout inconvenant.

Celia déchira l'enveloppe. Elle s'en voulait affreusement d'agir ainsi, d'entrer comme par effraction dans la vie privée, dans la part la plus intime de PM. Au début, elle ne parvint pas à comprendre ce qu'elle lisait, physiquement pas ; l'émotion brouillait ses yeux autant que son esprit, elle ne voyait devant elle qu'une suite de mots sans signification. Enfin, les lignes se stabilisèrent et elle put commencer à lire, sous la surveillance anxieuse de Mrs Bill. Quand elle reposa la lettre sur le bureau au bout de quelques minutes, elle tourna vers celle-ci un visage ruisselant de larmes.

— Est-ce que c'est... une mauvaise nouvelle, Lady Celia ?

— Oh ! non, pas du tout. Et nous avons agi exactement comme il le fallait. Mrs Bill, je dois partir immédiatement, aller à Beaconsfield. Il faut que je téléphone à Truman... ou plutôt non. Votre taxi est-il toujours là ? Il vaut mieux que nous allions ensemble à Cheyne Walk. Il n'y a vraiment pas de temps à perdre.

Elle se leva et ne put retenir une grimace de douleur qui n'échappa pas à Mrs Bill.

— Vous allez bien, Lady Celia ?

— Oui, juste un peu mal au dos, dit-elle avec un léger sourire. Allons-y.

Arrivée chez elle, elle gravit péniblement les marches du perron, sonna, et Brunson vint à la porte.

— Lady Celia ? Vous n'avez pas l'air bien.

— Je vais parfaitement bien, Brunson, je vous assure. Mais j'ai besoin de Truman.

— Il n'est pas là, Lady Celia. Il est parti voir comment il pourrait s'enrôler.

— Tant pis. La voiture est là, je n'aurai qu'à la conduire moi-même.

PM était allongée, essayant de dormir et d'évacuer de son esprit la pensée du lendemain, quand la jeune infirmière entra dans sa chambre.

— Le dîner, Miss Lytton ? Il faut manger, vous savez. Vous devez reprendre des forces.

— Je ne veux pas de dîner, je n'ai pas faim.

La jeune fille la contempla quelques instants, puis elle s'assit sur le lit et lui prit la main. L'infirmière-chef lui avait bien dit de ne pas s'impliquer comme elle le faisait avec cette étrange patiente ; mais elle sentait si fort que PM commettait une erreur qu'elle se sentait obligée, malgré tout, d'essayer encore. Et pour le bébé, aussi ; il serait tellement mieux s'il vivait avec sa mère. Sans compter que, si le père était mort à la guerre, celle-ci aurait encore plus besoin de lui, de sa présence. Pour le moment, elle ne s'en rendait tout simplement pas compte. La jeune fille était sûre que si Miss Lytton acceptait de le prendre juste une fois dans ses bras, voyait combien il était beau, elle changerait d'avis.

— Miss Lytton..., dit-elle doucement, vous êtes certaine que vous ne voulez pas prendre un moment votre bébé ?

PM s'assit brutalement dans son lit et se mit à hurler :

— Dehors ! Dehors ! Quand vous fourrerez-vous enfin dans votre tête d'idiote que je ne veux pas de ce bébé ? Je ne l'aime pas ! Et maintenant, fichez le camp !

La jeune fille fondit en larmes et s'enfuit vers la porte ; mais l'infirmière-chef, qui avait entendu PM, l'intercepta.

— Miss Lytton, dit-elle en entrant dans la chambre, rien ne vous autorise à parler de cette façon à une personne de mon équipe ! Je me rends compte que vous êtes perturbée, mais il y a une limite à ce que je peux tolérer ! Maintenant, s'il vous plaît, excusez-vous auprès d'elle…

PM la regarda et dit d'une voix dure :

— Excusez-moi de contrarier votre équipe, mais elle m'a contrariée la première.

— Eh bien, heureusement, vous rentrerez chez vous demain, nous ne vous contrarierons donc pas plus longtemps. Mademoiselle, allez-y, retournez à votre travail. Le bébé Lytton pleure, pauvre petit, ajouta-t-elle d'un ton sévère.

Elle tendit des papiers à PM.

— Mrs Burton, de l'organisme d'adoption, a apporté ceci, pour que vous les signiez. Elle dit que les choses seront ainsi facilitées pour demain.

— Très bien, dit PM.

Puis elle sortit son stylo et commença à lire les documents. Ils étaient très explicites : elle devait renoncer à toute revendication sur le bébé Lytton, promettre de ne jamais tenter de le contacter, ni lui ni ses parents adoptifs, pour le reste de sa vie, et ne mettre aucune condition à la façon dont on l'éduquerait.

Elle devait les signer sur-le-champ, elle le savait. Une fois que ce serait réglé, elle pourrait se détendre, retourner à sa vie d'avant. L'effacer de son esprit, ne plus jamais repenser à lui. Elle était contente de l'avoir à peine regardé, de ne jamais l'avoir pris dans ses bras ; cela rendait les choses tellement plus faciles. Il partirait comme s'il n'était jamais venu – exactement ce qu'elle voulait.

— J'ai peur qu'il soit hors de question que vous voyiez Miss Lytton maintenant, dit sévèrement l'infirmière-chef à Celia. Les horaires de visite sont terminés depuis longtemps, elle a eu son dîner et elle dort.

— Madame, dit Celia, c'est très important. Il faut absolument que je voie ma belle-sœur.

— Et les horaires de la clinique eux aussi sont très importants. Quelle que soit la raison de votre visite, il faudra attendre demain matin.

Une douleur traversa Celia, comme si une corde se tendait à l'intérieur d'elle. Cela l'effraya, car elle se rappelait cette douleur, elle savait ce que c'était, et cela la mit en colère.

— Madame, répéta-t-elle, je veux voir ma belle-sœur, ce soir, et j'ai bien l'intention de le faire ! Maintenant, s'il vous plaît, laissez-moi y aller ! Je n'interromps pas une urgence vitale ou une délivrance difficile, que je sache ! Je vous rappelle aussi que la directrice est une amie de ma mère, Lady Beckenham, et qu'elle serait très mécontente si elle apprenait qu'on m'a empêchée de voir ma belle-sœur !

L'infirmière-chef la regarda du coin de l'œil ; deux fois déjà, elle avait essuyé les reproches de la directrice, à propos de ce que celle-ci appelait sa regrettable attitude envers Miss Lytton.

— Très bien, finit-elle par dire. Je vais voir si Miss Lytton est en mesure de vous recevoir.

— C'est plus simple que je vienne avec vous, dit Celia, si cela ne vous ennuie pas.

— Miss Lytton, vous avez une visite…

— Une visite ? Oh, non, c'est beaucoup trop tard, je suis si fatiguée… Vous n'avez qu'à dire que je suis désolée. Et si vous voulez bien attendre quelques secondes, je vais vous donner ces formulaires.

— Bonsoir, PM…

C'était Celia. Elle avait l'air bizarre, pâle, les yeux bizarrement écarquillés. Elle tenait aussi quelque chose à la main, qu'elle lui tendit : une lettre.

— PM, il faut que tu la lises, je t'en prie. Je me suis dépêchée de venir, pour que tu l'aies le plus vite possible. Madame, pourriez-vous m'apporter un verre d'eau, s'il vous plaît ? Je ne me sens pas très bien. Et j'aimerais bien un siège aussi, si cela ne vous ennuie pas.

L'infirmière-chef émit un son qu'on aurait pu qualifier de grognement, puis elle sortit de la pièce. Celia s'assit sur le lit de sa belle-sœur, plutôt lourdement ; manifestement, elle souffrait beaucoup, mais PM ne voyait rien, ni cela ni le reste. Elle était assise, lisait la lettre que Celia lui avait tendue, et ses lèvres remuaient pendant qu'elle la parcourait. Elle la lut plusieurs fois, puis, quand elle eut fini, elle la reposa, rejeta la tête sur les oreillers et sourit.

— Et en même temps elle pleurait, elle pleurait toutes les larmes de son corps, raconta plus tard la jeune infirmière à ses collègues. Et ensuite elle a dit, au bout d'un assez long moment, au moins une minute ou deux, elle a dit : « S'il vous plaît, amenez-moi mon bébé, tout de suite. » L'infirmière-chef a dit qu'elle ne pouvait pas l'avoir, qu'il dormait, et moi je le lui ai répété, mais elle a répondu qu'elle s'en fichait qu'il dorme, qu'elle le voulait et qu'elle irait le chercher elle-même s'il le fallait. Alors, à la fin, je suis allée le chercher – l'infirmière-chef était furieuse –, elle l'a pris et elle a commencé à lui caresser la tête, un peu maladroitement, et aussi à l'embrasser. Elle pleurait, elle disait qu'elle était désolée et qu'elle l'aimait, je ne sais pas combien de fois elle a répété ça. C'était beau à voir, c'était tellement beau ! Et ensuite, a-t-elle ajouté en baissant la voix, l'autre pauvre dame qui avait apporté la lettre s'est évanouie, et l'infirmière-chef a appelé le médecin : apparemment, elle va perdre le bébé qu'elle attendait. C'est triste, non ?

11

— Viens, Maud, ma chérie. Papa va te montrer la jolie maison neuve qu'il a construite pour toi.

— Juste pour moi ?

Les yeux bleu-vert de Maud se levèrent vers son père, et ils étaient grand ouverts.

— Non, j'y habiterai moi aussi, si tu veux bien de moi. Et Jamie de temps en temps. Et Nanny bien sûr, et aussi quelques autres des domestiques. Je pense que tu l'aimeras bien, elle est dans une rue vraiment grande qui s'appelle Sutton Place. Juste sur l'East River.

— Au bord de l'eau ? On pourra avoir un bateau ?

— Peut-être pas pour en faire sur l'East River, dit Robert en riant, mais je cherche aussi un endroit pour le week-end à Long Island. Là-bas, on pourra avoir un bateau.

— Mais pourquoi on doit partir de cette maison ici ?

— Elle est trop grande pour nous, ma chérie. Trop grande pour toi et moi.

— Moi et toi et Jamie.

— Oui, c'est vrai. Maintenant, va voir ta nurse, demande-lui de te préparer pour sortir. Je suis si impatient de te la montrer.

Maud avait aujourd'hui quatre ans ; elle était charmante, pas véritablement jolie mais très séduisante. Elle avait une allure assez inhabituelle, avec ses cheveux roux et son petit visage sérieux. Elle et son père étaient fous l'un de l'autre. Pourtant, même si elle était assez précoce de manières et de caractère, on ne pouvait pas dire qu'elle fût trop gâtée. Robert avait bien trop peur qu'elle ne devienne comme son demi-frère pour prendre ce risque. Dès le début, il s'était montré ferme avec elle, et avait demandé à sa nurse de l'être aussi.

— Je sais que c'est dur, alors qu'elle a perdu sa mère. Mais ce serait si facile d'en faire une enfant mal élevée, si nous lui passions tous ses caprices… Et cela ne lui rendrait pas service, à terme.

Elle avait maintenant passé la période la plus difficile, pensait-il. Sa mère devait avoir laissé dans la mémoire de Maud le souvenir d'une personne aimante et aimée, mais ce souvenir s'estompait : la petite fille avait vécu près de la moitié de sa courte vie sans sa mère.

Heureusement, pour remplir son petit monde, elle avait Robert, sa nurse, et Jamie, qu'elle adorait. Les Brewer aussi étaient là pour agrandir le cercle familial : John et Felicity aimaient beaucoup Maud, et leur fils Kyle jouait pour elle le rôle de grand frère à la place de Laurence. Même s'il n'arrivait pas à la cheville de Jamie dans ce rôle ; personne n'y arrivait. Ainsi Robert était-il soulagé pour Maud et son avenir, surtout maintenant qu'il avait fait construire leur maison et que Laurence ne pouvait plus leur nuire. Il aurait juste voulu qu'elle rencontre le reste de la famille Lytton. D'après les bruits qui circulaient, l'Amérique allait finir par s'engager dans la guerre, elle ne pourrait pas faire autrement. Mais les gens n'étaient guère pressés de voir leur pays remplir cet engagement-là et ils venaient de réélire Thomas Woodrow Wilson, comme l'homme capable de les tenir à l'écart du conflit.

— Je voudrais que tu viennes vivre avec moi à Cheyne Walk, dit Celia.

PM la fixa d'un œil morne ; cette perspective ne lui disait rien du tout. Elle détestait l'idée de quitter sa maison, de perdre son indépendance : c'était une vraie solitaire de tempérament, et le refus de Jago de s'installer avec elle avait dû jouer un rôle important dans la réussite de leur relation.

— Oh, je ne crois pas que ce soit une très bonne idée, répondit-elle rapidement.

— Mais pourquoi pas ? Cela sera bien plus commode… Nous pourrions partager les frais, pour le charbon, la nourriture et le reste, surtout quand les enfants seront partis. Personne ne suggère que tu vendes ta maison, tu pourras y retourner dès que la guerre sera terminée. Et je pense que Mrs Bill aussi appréciera d'avoir un peu de compagnie pendant la journée. Cela risque de ne pas être très amusant pour elle d'attendre toute seule l'arrivée des zeppelins. Je te promets que je ne t'ennuierai pas, tu pourras prendre tous tes repas dans ta chambre si tu préfères.

PM finit par accepter, non pas tant pour se ranger aux arguments de Celia, que poussée par le sentiment de tout ce qu'elle lui devait. Elle le savait, le trajet long et fatigant que sa belle-sœur avait accompli jusqu'à Beaconsfield, afin de lui remettre à temps la lettre de Jago, avait pour une large part provoqué la perte de la petite fille qu'elle attendait. Aussi longtemps qu'elle vivrait, elle n'oublierait jamais cette nuit-là : assise dans son lit, serrant passionnément le petit Jay contre elle, comme pour s'assurer qu'il ne s'en irait jamais, elle avait lu et relu sans fin la merveilleuse lettre.

Ma Meg bien-aimée,

Jamais je n'aurais cru que je pourrais être aussi heureux. En pensant à toi qui portes notre enfant, les larmes aux yeux. Bien sûr, je m'inquiète pour toi, mais je sais que quand je vous verrai tous les deux ensemble, quand je rentrerai à la maison pour retrouver ce qui sera enfin ma propre famille, ma chère famille, cela vaudra toutes les peines que nous aurons pu endurer l'un et l'autre. Je me sens si fier et si joyeux, Meg. Je t'aime plus que jamais, je te remercie du fond du cœur pour ce merveilleux cadeau de toi et de Dieu, en qui tout d'un coup je peux croire, je le sens.

Ton Jago qui t'aime.

P-S : Je voudrais que nous nous mariions dès que possible. Je ne veux pas que mon fils – car je suis sûr que c'est un fils – grandisse en petit bâtard !

P-P-S : Je pense que nous pourrions l'appeler Jay.

La joie l'avait envahie, et l'amour aussi. D'une certaine façon, ils avaient rejailli sur l'affreux souvenir des quelques mois qui avaient précédé, transmuant la tristesse et le désespoir en bonheur et en espérance. Certes, Jago était mort, mais au moins elle ne l'avait pas perdu, il ne s'était pas détourné d'elle comme elle l'avait craint tout d'abord. Il l'avait aimée, il avait été heureux qu'elle porte leur enfant – il lui était revenu, d'une certaine manière. Quand elle songeait qu'elle était passée si près de perdre le petit Jay, elle se sentait écrasée à la fois par l'angoisse et la reconnaissance. Cependant, le prix à payer pour ce bonheur avait été exorbitant. Celia avait risqué la vie de son bébé pour elle, avec son courage habituel et son mépris du danger, et elle l'avait perdu.

— Ne sois pas stupide, avait-elle dit à PM le lendemain.

Elle était allongée sur son lit, épuisée, livide, après la longue nuit au cours de laquelle la petite fille était née, puis morte, à peine une heure plus tard.

— Ce serait arrivé de toute façon. Le Dr Perring m'avait ordonné, il y a plusieurs semaines, de rester au lit. Il y avait déjà eu des signes, mais je les avais ignorés, c'est tout. Je t'en supplie, ne te sens pas responsable, PM. Je suis tellement heureuse pour toi, c'est une merveilleuse contrepartie à ma tristesse.

À vrai dire, elle ne fit pas toujours si bonne figure ; plus tard, après l'enterrement, après avoir écrit la lettre à Oliver, elle avait pleuré plusieurs jours de suite. À Ashingham, sa mère prenait soin d'elle avec sa tendresse et sa brusquerie coutumières. PM, qui s'était installée dans le Colombier avec Jay, veillait à le tenir éloigné d'elle, sentant que la vue de ce beau bébé en parfaite santé serait pour elle une épreuve.

En quoi elle se trompait. Celia était arrivée un après-midi et avait demandé à le voir.

— Je veux vraiment faire sa connaissance, il compte tellement pour nous tous. Donne-le-moi, PM, s'il te plaît. Je veux le tenir dans mes bras.

Et PM, d'un geste quelque peu hésitant, lui avait tendu Jay. Il avait pris du poids et commençait déjà à lui faire des sourires – elle savait bien que c'étaient des sourires, même si les autres lui affirmaient que c'était impossible, à seulement trois semaines. Celia l'avait serré contre elle, puis elle avait regardé PM par-dessus la petite tête sombre et lui avait dit :

— PM, il représente beaucoup pour moi. Je suis désolée, je ne peux pas m'empêcher de pleurer… mais je n'ai rencontré Jago qu'en une seule occasion, et j'ai l'impression que je vais apprendre à le connaître à travers Jay. Je voulais vraiment voir ce petit. Je n'étais venue jusqu'à toi que pour te convaincre de le garder avec nous. Oh, il est si beau… Je suis impatiente que les autres enfants le voient !

En apparence, son courage ne se démentait pas ; mais plusieurs fois, même après leur retour à Londres, PM la trouva en larmes.

— Ne commence pas à me plaindre, s'exclamait alors Celia d'une voix brusque, c'est bien la dernière chose dont j'ai besoin ! Travaillons et travaillons encore, jusqu'à tomber de fatigue ! C'est toujours comme cela que je me suis sortie de tout. En plus, cela m'empêche de me faire du souci pour Oliver.

Pour toutes ces raisons, parce qu'elle était touchée par la tristesse de Celia et aussi par son courage, PM accepta de venir s'installer à Cheyne Walk. Elle y amena avec elle le petit Jay, Mrs Bill et Dorothy Jenkins, la jeune femme gaie et naturelle qu'elle avait engagée pour s'occuper de Jay. Toutefois, cela ne dura pas très longtemps.

Il y avait déjà eu plusieurs raids sur la côte au début de 1915, mais la première attaque aérienne sur Londres arriva au commencement de l'été. Celia, très impressionnée, vit les zeppelins arriver et rester suspendus là-haut, au-dessus de Londres, leurs silhouettes de grands cigares prises dans le faisceau des projecteurs. Leurs mouvements au début semblaient patauds et presque inoffensifs, démentant totalement ce qui s'ensuivit : la violence des bombes, inconnue jusqu'alors, inimaginable, le bruit assourdissant, le déluge de fer et de feu qui s'abattait sur la ville. Ils ne causèrent qu'une poignée de morts mais beaucoup d'immeubles furent endommagés et la panique s'empara des gens, tout le monde comprenant qu'ils reviendraient. Dès le lendemain, Barty, les jumelles, Jay et leurs nannies, partirent pour Ashingham.

Ma chérie,

Quand je me souviens, aujourd'hui, de ce qu'on nous disait à Colchester sur la guerre des tranchées, cela m'amuse presque. Quatre jours sur la ligne de front, quatre jours en soutien, huit jours en réserve et quatorze jours de repos, c'était la théorie. Cela avait l'air sinistre, mais au moins supportable. Aujourd'hui, le manque d'hommes se fait cruellement sentir, ce qui fait que nous passons l'essentiel de notre temps ici même. Il paraît qu'un bataillon du régiment de Black Watch est resté quarante-huit jours d'affilée sur la ligne de front. Nous-mêmes, cette fois, nous y sommes depuis vingt jours. Les hommes sont épuisés mais, chose étonnante, leur moral est plutôt bon. Ils forment un excellent groupe, très soudé. Nous sommes dans des tranchées neuves et très solides, ce qui y contribue beaucoup, elles ont même un plancher de bois. De plus, elles sont profondes de trois mètres au minimum, nous nous sentons donc davantage en sécurité.

Le pire danger, au moins la nuit, vient des gaz. C'est terrible, cauchemardesque. Mais encore une fois, jusqu'à présent, on tient le coup, surtout en comparaison des dernières tranchées où les conditions étaient très dures : enfoncés dans la boue jusqu'à la taille vingt-quatre heures sur vingt-quatre, sans jamais pouvoir mettre des vêtements secs, avec d'abominables engelures aux pieds que plusieurs de mes hommes ont attrapées ; les cas les plus graves ont été réformés : leurs pieds avaient tout simplement pourri à force de baigner dans l'humidité, et avaient fini par se gangrener.

Le pire, peut-être, c'est la crasse repoussante dans laquelle nous vivons. Elle sape l'esprit et le courage, on n'imagine pas à quel point.

Je t'aime, ma chérie, je t'aime tellement. Écris-moi encore, écris-moi très vite. Et dis aux enfants d'en faire autant, j'adore leurs lettres, elles me permettent de garder confiance. J'aime aussi recevoir des photos d'eux tous ; c'est merveilleux de voir le petit Jay, qui ne semble pas avoir grand-chose des Lytton. Mais surtout, c'est avec un peu de toi que je vais chaque jour au combat, ma chérie : le pendentif avec ta photo et une boucle de tes cheveux est toujours dans ma poche de poitrine, je le touche chaque fois que je sors de la tranchée. C'est mon porte-bonheur, il m'a protégé jusqu'ici.

Je dois y aller maintenant, il est tard et ici nous commençons tôt le matin. Pas besoin de réveil, au moins !

Avec tout mon amour,

Oliver.

Celia lut la lettre, une première fois rapidement, puis une seconde, lentement, comme elle le faisait toujours. Après quoi elle l'embrassa, la glissa dans son sac de cuir et descendit dans le petit salon, où l'attendait un plateau avec du thé et des toasts. Le souvenir des petits déjeuners d'autrefois, avec ses inépuisables quantités d'œufs, de bacon, de rognons, de saucisses, les petits pains chauds et les mottes de beurre, les différentes variétés de marmelades et de confitures, paraissait appartenir à un autre monde. Le manque de nourriture se faisait sérieusement sentir, on parlait sans cesse d'instaurer le rationnement.

La cuisinière avait l'impression de passer ses matinées entières à faire la queue, devant un magasin ou un autre. Elle avait fait preuve d'une grande ouverture d'esprit quant à ses attributions, depuis que les femmes de chambre étaient parties travailler dans des usines : comme elle n'avait plus grand-chose à faire dans la cuisine, avait-elle remarqué avec bonne humeur, elle pouvait fort bien s'acquitter d'un peu de ménage. Elle le faisait avec Brunson et Mrs Bill, sans oublier le jardin, qu'ils parvenaient à garder net et soigné. Vaille que vaille, la vie s'organisait, dans une joyeuse improvisation : Truman était au front et Celia conduisait elle-même, quand les transports publics ne suffisaient pas à répondre à ses besoins. Elle avait acquis une BB Peugeot qui consommait moins d'essence que la Rolls, remisée au garage, à Ashingham, pour toute la durée de la guerre.

La femme de chambre de Celia était partie suivre une formation d'infirmière. Celia l'avait laissée partir sans discuter, à une condition : qu'elle tienne un journal, qui pourrait être publié après la guerre... Désormais, elle s'occupait elle-même de sa garde-robe et faisait sa lessive. Ce qui ne l'empêchait pas d'aimer les vêtements autant qu'avant : pour rien au monde elle n'aurait adopté une tenue aussi utilitaire que l'uniforme de PM. Elle aimait les jupes plus courtes – comme on les portait désormais – autant pour leur allure que pour ses jambes, indéniablement jolies, qu'elles dévoilaient davantage, et aussi pour leur côté pratique, de même qu'elle admirait la simplicité des nouvelles lignes de vestes et de manteaux. Dans les rares occasions où elle sortait le soir, elle remettait ses robes longues à volants de dentelle, ses capes de velours, ses escarpins à hauts talons, et passait du temps à sa coiffure.

— On doit continuer à faire les choses qui comptent pour nous, affirmait-elle, tant qu'on peut les faire, ou notre vie serait complètement déréglée.

Au collège, la situation ne s'améliorait pas : c'était même plutôt pis qu'avant, aux yeux de Giles. Les brimades continuaient, il n'avait toujours pas d'amis, et se révélait aussi nul au cricket qu'il l'avait été au football.

La nourriture, qui avait toujours été mauvaise, était devenue franchement infecte ; mais le pire, peut-être, avait été la transformation du personnel enseignant. Les jeunes professeurs hommes étaient presque tous partis pour le front et avaient été remplacés par d'autres hommes, bien plus âgés, ou par de vieilles filles autour de la cinquantaine. Non seulement ils faisaient des cours bien plus ennuyeux que leurs prédécesseurs, mais ils paraissaient ne pas comprendre ce qui se passait sous leurs yeux. Ce qui conduisait à une dégradation de l'autorité officielle, et à un plus grand pouvoir laissé aux élèves chargés de la discipline, à une plus grande sujétion des nouveaux envers les anciens.

Puis, un matin, un autre événement se produisit ; on les réunit tous dans le hall, où le directeur leur annonça qu'il avait de mauvaises nouvelles à leur communiquer. Ils échangèrent des regards affolés. Quelques-uns d'entre eux avaient déjà été convoqués dans le bureau du directeur, pour en ressortir en pleurant quelques minutes plus tard, après qu'on leur eut dit que leurs pères, ou parfois leurs frères aînés, étaient morts. Cela voulait-il dire que *tous* leurs pères avaient été tués ? Dans une sorte d'inexplicable meurtre collectif ? Ou encore que les Boches avaient gagné la guerre et qu'ils envahissaient le pays ?

— Je sais que vous allez tous être désolés d'apprendre, parce qu'il était très populaire parmi vous, que Mr Thompson a été tué à la guerre. Il est mort en héros, et j'ai au moins la consolation de vous dire que la bataille où il a été tué a été une victoire pour l'Angleterre. Il n'est donc pas mort en vain, et nous devons chercher un réconfort dans cette pensée. Nous allons observer deux minutes de silence ; plus tard dans la journée, des prières seront dites à la chapelle pour le défunt et sa famille.

Giles sortit du hall en silence ; il pleurait, comme beaucoup d'autres garçons. Les cours de Mr Thompson étaient toujours pleins de vie, il savait raconter l'histoire comme personne. Il n'était jamais ni railleur ni impatient envers ses élèves, au contraire, et si l'un d'eux avait un problème pour répondre à une question, il la reprenait avec lui après le cours, s'assurant qu'il avait bien compris. Le dimanche, il les invitait à goûter dans son bureau, leur servait des toasts chauds avec de la pâte d'anchois et des petits pains aux fruits ; pour beaucoup de garçons malheureux et qui avaient du vague à l'âme comme Giles, il était le seul réconfort. Et maintenant il était parti, pour toujours. Ce fut la première fois que Giles fit l'expérience du chagrin véritable, pis, du caractère définitif de la mort. Il trouva cette expérience presque insupportable.

— Je pense, dit PM en entrant dans le bureau de Celia, au moment où la guerre sera terminée.

— Oui, mais quand ? demanda Celia d'un ton las ; elle se sentait particulièrement fatiguée à ce moment-là. En tout cas, poursuivit-elle d'une voix ferme, je pense que nous devrions éditer un livre sur l'art de guerre. On dirait qu'elle a suscité un remarquable élan créatif. Je pense à la peinture et à la poésie, bien sûr.

— Tout à fait d'accord. D'ailleurs, je ne vois pas pourquoi nous devrions attendre pour le publier.

— Moi si, pour deux raisons. L'idée m'en est venue en regardant les affiches qui, je crois, devraient en faire partie. Certaines d'entre elles sont remarquables du point de vue artistique et ont aussi une grande portée émotionnelle, mais je pense que les gens ont besoin d'un peu de recul pour les apprécier sur le plan esthétique. De plus, ce livre coûterait cher à fabriquer, et nous ne pouvons pas nous offrir du bon papier en ce moment. Certaines de ces affiches sont par ailleurs très dérangeantes. Hier, j'en ai vu une montrant une infirmière allemande qui renversait de l'eau sur le sol pendant qu'un soldat anglais mendiait à boire ; c'était franchement excessif.

— Oui, je suis d'accord. J'en ai vu une autre, horrible, d'un soldat allemand passant un enfant à la baïonnette. Mais celle que je déteste tout spécialement est adressée aux jeunes filles de Londres. Tu l'as vue ? « Est-ce que votre "petit ami" ne pense pas que vous et votre pays valez qu'il aille se battre ? » Cela me met en rage. Certains jeunes peuvent avoir d'excellentes raisons de ne pas s'engager, l'une d'entre elles étant tout simplement le bon sens, commenta-t-elle d'un ton brusque. Des centaines de milliers de morts, et pour gagner quoi ? Quelques mètres de boue. Je ne peux pas croire que cela ait un sens quelconque, ni qu'il n'y ait pas de meilleurs moyens pour résoudre les problèmes.

Quelques années plus tard, quand elles furent en mesure de formuler leurs idées, les jumelles aimaient à répéter que leur vision de la gent masculine, celle qu'elles s'étaient formée à Ashingham dans la maison de convalescence de leur grand-mère, était une vision plutôt triste.

— Personne de moins de cinquante ans, sauf s'il était aveugle, qu'il avait perdu un membre, ou encore qu'une explosion l'avait rendu fou, disait Adele. C'était franchement sinistre.

Au début, on avait essayé de tenir les enfants à l'écart des images les plus tragiques, mais cela s'était vite révélé impossible. Non seulement ils vagabondaient sans surveillance à travers le domaine, mais ils étaient captivés par ce qu'ils voyaient. Ils restaient debout à regarder ces pauvres hommes, assis sur la terrasse ou sur les pelouses, dans leur fauteuil roulant, leur moignon bien visible dans leur pantalon, leur manche vide épinglée sur la poitrine ; ils ne pouvaient s'empêcher de leur demander, avec une fascination ingénue, si une autre jambe allait leur pousser, ou bien s'ils en auraient une nouvelle en bois, ou encore comment ils pouvaient faire pour manger sans leurs bras. La première fois que cela arriva, Nanny devint écarlate, puis elle se dépêcha de les prendre par la main et de les emmener plus loin, en s'excusant auprès de l'officier importuné ; mais celui-ci sourit et lui dit de ne pas s'en faire, que cela ne l'ennuyait nullement, qu'au contraire, c'était très agréable que deux aussi ravissantes jeunes personnes s'intéressent à vous. Nanny alla raconter l'épisode à Lady Beckenham, mais celle-ci lui répondit que si cela n'ennuyait pas ses convalescents, alors, elle ne devait pas s'en faire.

— Cela doit plutôt leur remonter le moral, j'imagine. Et ce sont tous des garçons convenables, qui viennent de bonnes familles, ils feront attention à ne pas choquer les petites.

Barty, plus âgée, était plus troublée par ce qu'elle voyait. En même temps, elle pouvait se rendre plus utile. Elle aimait s'asseoir près des soldats devenus aveugles et leur faire la lecture, ou simplement discuter avec eux ; elle accomplissait aussi de menues tâches pour seconder les infirmières, apportant leurs tasses de thé aux hommes, les guidant dans le jardin ou les y poussant dans leur fauteuil roulant, conduisant leurs visiteurs jusqu'à eux, aidant même à faire les lits et à nettoyer les pièces quand tout le monde était très occupé. Ashingham accueillait une vingtaine d'hommes en permanence, la plupart amputés ou aveugles, quelques-uns souffrant de la terrible psychose consécutive à une explosion – en petit nombre, car elle demandait des soins très spécialisés. Un homme qui souffrait de cette troublante maladie vint y passer quelques jours ; Barty le contemplait avec horreur. Il restait assis et regardait fixement devant lui en tremblant de tous ses membres. Il crispait les lèvres et laissait échapper des sons inarticulés.

— C'est affreux, n'est-ce pas ? dit un autre homme qui passait, en avisant l'expression de Barty. Pauvre gars.

— Mais qu'est-ce qu'il a ? Qu'est-ce qui ne va pas chez lui ? demanda Barty, bouche bée.

— Il est resté là-bas trop longtemps, commença l'homme, en pesant ses mots. Tu sais, le bruit des bombes qui tombent tout le temps. Et tu dois aller à la bataille tous les jours, et voir tes amis mourir…

Barty ne dit rien, mais elle pensa à Wol, qui était parti depuis longtemps maintenant, et à son propre père, dont elle entendait si rarement parler, et elle eut très peur que la même chose leur arrive.

— Oh ! mon Dieu, s'exclama Celia.

Elle se tenait dans l'entrée, très blanche, incapable de détacher les yeux du télégramme posé sur le plateau en argent du courrier.

— Oh, mon Dieu, Brunson, quand est-ce arrivé ?

Ainsi, c'était arrivé, c'était fini. Oliver était mort.

— Lady Celia, je vous en prie, ne vous inquiétez pas comme cela… J'espérais pouvoir vous prévenir avant que vous le voyiez. Le télégramme est de…

— Brunson ! Bien sûr que je suis inquiète, imaginez-vous. Pourquoi ne m'avez-vous pas appelée tout de suite, c'est impardonnable. Oh ! mon Dieu…

Elle avait maintenant ramassé le télégramme, sans remarquer qu'il était déjà ouvert, le tira de son enveloppe, puis elle releva les yeux vers Brunson et sourit, d'un air légèrement contrit.

— Excusez-moi, Brunson.

— Ce n'est pas grave, Lady Celia. C'est normal que vous ayez été bouleversée, je le comprends parfaitement. J'ai demandé à la cuisinière de préparer les plats favoris du major Lytton pour demain soir. Steak et tourte aux rognons, si je me rappelle bien.

— Merci, Brunson, votre mémoire est excellente. Cher Jack, ce sera si bon de le voir...

Jack avait changé, songea-t-elle en l'examinant, nonchalamment assis dans un des fauteuils, sa veste d'uniforme toujours sur les épaules, ses longues jambes croisées l'une sur l'autre. Il avait changé, mais il restait incroyablement beau.

— C'est si merveilleux de te voir, Jack.

— C'est surtout merveilleux de *te* voir, Celia. Tu es magnifique, comme toujours. J'ai tellement pensé à toi là-bas.

— À moi ! Je pensais que tu avais une – quel est son nom, déjà ? Une Kitty à qui penser.

— Kitty, c'est de l'histoire ancienne. C'était Sally, la dernière en date. Une fille formidable, merveilleuse danseuse. Elle faisait un solo dans cette revue au *Duc d'York*, je n'arrive pas à me rappeler son nom. On s'est bien amusés tous les deux, mais j'ai peur qu'elle m'ait oublié ensuite. En tout cas, elle ne m'a jamais écrit.

— Alors, je l'ai remplacée dans tes pensées ! Eh bien, je suis très flattée.

— Celia, ma chérie, tu es beaucoup plus jolie et bien plus séduisante qu'aucune d'entre elles, je t'assure. Seigneur, Oliver est un sacré veinard.

Il avait déjà l'air un peu parti, pensa-t-elle, et pourtant on ne lui avait rien servi à boire encore.

— Jack, une vieille dame comme moi !

— Tu n'as rien d'une vieille dame, Celia ! D'ailleurs, tu as exactement le même âge que moi...

258

Cela la surprenait toujours, il avait l'air tellement plus jeune qu'elle. Elle supposa que c'était dû à cette insouciance qu'il mettait dans chaque acte de sa vie, même quand il s'agissait de la défense de son pays.

— Allons dîner, dit-elle. Il y a tes plats préférés, steak et tourte aux rognons.

— Celia, je ne peux pas te dire combien cela me touche. De penser que tu t'en souviens.

— Remercies-en Brunson, dit-elle en riant.

— Un type formidable, Brunson. Tous les foyers devraient avoir un cuisinier aussi digne d'éloges.

— Certainement. Maintenant, viens, et raconte-moi tout sur la France…

— Je préférerais que tu me parles plutôt de Londres. Est-ce que tu continues à sortir ?

— Oh, Jack, si seulement je pouvais…

Il les égaya pendant tout le dîner, elle et PM, en leur racontant des histoires de la vie au front : des histoires enjouées et drôles, par exemple sur la façon dont il échangeait les livres qu'elles lui envoyaient contre du tabac et des chocolats.

— Excusez-moi, commentait-il, mais je n'ai jamais été un grand lecteur.

Il leur fit aussi le récit de la nuit où l'un de ses amis officiers s'était fait tirer dessus dans la tranchée.

— Il s'était mis à danser le tango avec son fusil, et il ne portait rien d'autre qu'un casque allemand, tu sais, avec la pointe sur le dessus. Un de nos hommes l'a vu, et il a pensé que c'était vraiment un Fritz !

Il leur parla également de son flirt avec le corps médical.

— C'était une infirmière du genre gaie luronne, une nuit, dans l'hôpital de campagne. J'avais accompagné là-bas un type truffé d'éclats d'obus. Malheureusement, on s'est fait surprendre par l'infirmière-chef dans la tente des pansements, qui bougeait d'une étrange façon !

Elle était très en colère, elle m'a renvoyé directement dans mes quartiers, que j'ai rejoints, l'oreille basse. J'ai entendu dire que l'infirmière avait eu un tas d'ennuis ensuite.

— Jack, tu es terrible…, dit Celia, en essuyant des larmes de rire au coin de ses yeux.

— Vous savez, il faut bien se soutenir le moral d'une façon ou d'une autre. Là-bas, le soir, ce n'est pas comme d'aller au *Café royal*.

— Je suppose que non, en effet, dit-elle d'un air sombre.

Plus tard, après que PM fut partie se coucher, elle lui dit :

— Tu n'es pas obligé de le faire, Jack, mais si tu veux me parler véritablement de tout cela, arrête de feindre que ce soit amusant. Je suis prête à tout entendre, tu sais.

— Je ne le ferai pas, répondit-il d'un ton léger. C'est plus rassurant de faire semblant, cela protège de la réalité.

— Elle est difficile ?

— Plutôt, oui, admit-il, après un moment d'hésitation. C'est assez dur de continuer à apprécier la carrière militaire en ce moment.

— Même pour quelqu'un comme toi ?

— Même pour quelqu'un comme moi. Ce ne sont pas tellement les batailles, ni même les pertes, et Dieu sait qu'elles sont énormes, ni l'inconfort. Pourtant c'est horrible, je t'assure, de vivre dans cette boue et dans cette saleté. Et c'est pis encore pour les hommes, bien sûr ; nous au moins, les officiers, nous arrivons à retirer nos bottes de temps en temps et même à prendre un bain. Non, le pire, c'est le sentiment de frustration. Je ne devrais pas parler ainsi, c'est à cause du bordeaux d'Oliver ; et il ne faut pas le répéter, mais on a vraiment l'impression que les généraux ne savent pas ce qu'ils font. Ils ont leur QG à des kilomètres de la ligne de front, ils dirigent les opérations de là-bas, et une grande partie de ce qu'ils nous font faire n'a aucun sens. Je n'ai jamais rien vu de pareil, je t'assure, et c'est pareil pour d'autres gars qui ont bataillé plus que moi, en Afrique du Sud ou ailleurs. On est là pour obéir aux ordres, c'est vrai, et en accepter les conséquences, mais vraiment…

Il vit que Celia était intriguée et perplexe, il s'empressa de lui sourire et de changer de ton.

— Ne fais pas attention à moi, s'excusa-t-il. Je suis un peu fatigué, c'est tout. Quelques jours de congé et cela va passer. Ensuite, j'aurai de tout cela une vision bien plus optimiste.

— Bien, dit-elle rapidement, frappée par son humeur sombre et même sa peur. Que penserais-tu d'un cognac ?

— Un cognac, ce serait parfait. Seigneur, ce cher Oliver a gardé une bonne cave, n'est-ce pas ?

— Oui. Elle est presque vide, mais Brunson veille à économiser ce qui reste.

Elle se leva ; comme elle passait devant lui, il tendit la main et prit la sienne.

— Tu es une fille formidable, Celia. Oliver est vraiment un veinard.

— Oh, Jack, protesta-t-elle, tout en songeant que retirer sa main ne serait pas charitable envers lui qui d'habitude n'éveillait jamais la compassion. Tu dis toujours ça…

— Et je le pense toujours.

Il porta la main de Celia à ses lèvres et l'embrassa ; d'abord le dos, puis il la retourna et embrassa sa paume, très doucement, très tendrement.

Elle restait debout devant lui, le regard baissé vers sa tête, sa tête blond doré, si semblable à celle d'Oliver, et elle sentit le désir la traverser, si violemment qu'elle en tressaillit. Il croisa son regard, y reconnut ce désir, l'attira vers lui et l'embrassa violemment sur la bouche. L'espace d'une seconde, elle céda ; elle laissa sa propre bouche, languissante, affamée, chercher celle de Jack. Cela faisait si longtemps, Oliver lui manquait tant, et Jack était si... si beau. L'espace d'une seconde, elle se laissa guider par son fantasme, elle s'autorisa à visualiser ce dont elle avait envie : elle se vit s'allongeant avec Jack, se serrant contre lui, l'attirant plus près d'elle. Puis l'esprit lui revint. Oliver l'aimait, il avait confiance en elle. Elle se raidit, se releva, reprit la main qu'il avait gardée dans la sienne.

— Jack, non. Ne fais pas ça, je t'en prie. Je suis extrêmement flattée, mais...

Il lui sourit, d'un sourire triste.

— Je sais. Nous ne devons pas trahir Oliver, bien sûr que non. Un frère ne fait pas une chose pareille.

— Ni une épouse, dit-elle, puis elle se pencha et lui déposa un baiser léger sur le front.

— Mais tu aimerais, non ? dit-il en lui souriant.

— Non, Jack, bien sûr que non, je...

— Celia, je sais bien que si. Mais rassure-toi, je ne tenterai pas d'abuser de toi. Pour tout te dire, je crois que je n'aurais pas une très haute opinion de toi si tu te laissais faire, sourit-il. Pourtant, je suis sûr que j'aimerais.

— Et moi non plus, je pense, dit-elle en lui souriant à son tour. Maintenant je vais aller chercher ton cognac, et ensuite j'irai me coucher.

— Avec moi ?

— Non, Jack, pas avec toi.

C'était sans risque désormais, le danger était passé ; elle avait retrouvé le Jack d'avant – le plaisantin, le charmeur, le jeune frère. Le jeune frère de son mari, avec qui partager tout sentiment autre que l'amitié serait la dernière des trahisons.

— Je pourrais tomber amoureux de toi si facilement.

— Je ne crois pas, non, dit-elle en riant, pas si tu me connaissais vraiment. Je suis terriblement autoritaire, je rends Oliver fou à cause de cela.

— Il a besoin d'autorité. Il est un peu comme une vieille femme.

— Bien sûr que non.

— Bien sûr que si. Et si tu ne le reconnais pas, je prendrai ta chambre d'assaut cette nuit et je te violerai sans merci.

Elle répondit que sa chambre avait une bonne serrure, et quitta la pièce en riant. Elle n'oublia jamais cet instant, ni les mots de Jack. Et bien souvent, au cours des années qui suivirent, ils lui revinrent en mémoire.

En plus de veiller sur les chevaux, avec une seule palefrenière pour la seconder – constamment traitée d'inutile et de paresseuse, malgré les journées de dix-huit heures qu'elle abattait –, Lady Beckenham travaillait dur dans sa maison de convalescence.

— J'ai été promue au rang d'aide-cuisinière, annonçait-elle fièrement à qui voulait l'entendre.

C'était un peu excessif, mais il est vrai qu'elle assurait une grande partie des tâches à la cuisine, depuis que sa cuisinière était partie travailler dans l'usine de munitions de Beaconsfield, avec plusieurs autres domestiques de la maison.

— Cela me plaît assez, en réalité, dit-elle à Celia, un jour que celle-ci la regardait d'un œil incrédule. Disons que c'est plutôt satisfaisant pour l'esprit. Au moins, voilà quelque chose que j'ai bien en main. Même si j'aimerais parfois faire des choses un peu plus aventureuses. Mon amie Bunty Hadleigh, tu te souviens d'elle ? Elle est partie conduire une ambulance sur le front. J'ai reçu une lettre d'elle ce matin, cela a l'air terrifiant. Elle vit dans une cave avec une autre femme, elle ramène des hommes de la ligne de front vers l'arrière. C'est merveilleux. Elle me dit qu'il se passe là-bas des choses inimaginables à l'arrière. Tout a l'air si difficile : apparemment, ils gardent leurs vêtements pour dormir, ils ne peuvent pas se laver très souvent, parfois ils doivent s'enlever les poux à même le crâne. Malgré tout, j'aimerais beaucoup aller la rejoindre, je t'assure.

Sylvia avait du mal à joindre les deux bouts depuis que Ted était parti. L'argent qu'il lui envoyait était bien loin de suffire ; le loyer avait augmenté, la nourriture était rare, elle passait le plus clair de son temps à faire la queue. Elle ne recevait pas de vraie lettre de la main de Ted, parce qu'il ne savait pas écrire, mais des cartes imprimées lui arrivaient aussi régulièrement qu'une horloge, portant différents messages soigneusement cochés tels que « Je vais bien », « Je n'ai pas été blessé », « J'ai reçu ta lettre ». Enfin un TED laborieusement tracé, et plusieurs croix.

Jusqu'ici, il avait eu de la chance, n'avait pas eu une égratignure. La nouvelle inquiétude de Sylvia, c'était Billy, qui était fermement décidé à s'enrôler ; il n'avait que dix-sept ans et demi, mais le besoin d'hommes était maintenant si urgent qu'on ne vérifiait pas toujours l'âge des candidats. Sylvia le lui avait interdit, bien sûr, mais elle aurait aussi bien fait d'économiser sa salive ; il ne rêvait que de partir pour la France et de rejoindre son père.

De loin en loin, Sylvia allait voir Barty. Celia et PM l'emmenaient pour le week-end dans leur voiture ; là-bas, elle séjournait dans le Colombier avec PM, qu'elle trouvait moins intimidante que les autres. Barty l'impressionnait beaucoup ; elle avait maintenant neuf ans et paraissait si adulte, avec une voix posée et d'excellentes manières. Elle était jolie également, en tout cas agréable à regarder : son allure était originale avec ses grands yeux et son épaisse chevelure frisée. Voir sa mère la remplissait toujours de bonheur. Quand Sylvia était là, elle ne la quittait pas d'un pouce, l'entraînant dans tout le domaine pour lui faire rencontrer ses amis parmi les soldats et le personnel soignant, ou pour jouer avec le petit Jay et même avec les jumelles. Pendant les vacances scolaires, elles parlaient aussi avec Giles – qui était, ainsi qu'elle le disait à sa mère, son meilleur ami chez les Lytton.

— Il est si gentil avec moi, lui expliquait-elle. Il ne pense pas que je suis différente.

Sylvia lui demanda avec inquiétude si les autres aussi étaient gentils avec elle et Barty répondit par l'affirmative ; elle ajouta qu'elle préférait de beaucoup Ashingham à Londres.

— Nous avons des cours dans l'ancienne salle de classe avec la vieille gouvernante de Tante Celia, Miss Adams. Elle est très gentille, mais elle est assez âgée et boite beaucoup. Elle a du mal à supporter les jumelles, mais elle les renvoie à Nanny au milieu de la matinée ; alors on a vraiment des cours formidables, Giles et moi. Ce qu'elle préfère, c'est l'histoire et l'anglais, tout comme moi. On fait même un livre ensemble sur le grec ancien et les légendes romaines, je te le montrerai si tu veux.

Sylvia ne comprenait pas grand-chose à tout cela, mais elle admirait beaucoup Barty – sa belle écriture, sa facilité à s'exprimer. Elle se demandait souvent ce que Barty serait devenue si elle était restée à Line Street, si elle était allée à l'école primaire du quartier.

Pourtant, Frank y avait bien réussi. Pas aussi bien dans le secondaire ensuite, mais quelle école pouvait prétendre être bonne aujourd'hui, avec la moitié des professeurs partis pour la guerre ? Elle ne dit rien à

Barty des ambitions militaires de Billy, mais elle lui révéla, à elle et à PM, les terribles difficultés financières qu'elle avait en fin de mois.

— Eh bien, pourquoi ne prenez-vous pas un emploi dans une usine ? lui dit PM. Vous aimeriez cela, c'est bien payé, et on y a besoin de personnel.

Sylvia expliqua qu'elle y avait pensé, mais qu'elle hésitait à le faire, que Ted n'aimerait pas ; PM lui répondit que le cœur de Ted ne pouvait pas être peiné par ce que ses yeux ne voyaient pas.

— De plus, vous accompliriez votre devoir vis-à-vis du pays, surtout si vous travaillez dans une usine de munitions. N'en seriez-vous pas contente ? Et vous vous feriez des amis.

Barty lui dit, d'un ton sérieux, qu'elle aussi pensait que c'était une excellente idée. Dès le lendemain, Sylvia alla au bureau du travail, le cœur plein d'inquiétude. Trois heures plus tard, elle travaillait à l'usine de munitions de Lambeth, qui fabriquait des fusées pour les obus. Hormis le contremaître, tout le personnel était féminin et Sylvia aima l'ambiance : le travail et aussi la camaraderie, être sur les machines aux côtés d'autres femmes. C'était dur, elle restait debout de longues heures devant une machine qui façonnait les fusées ; c'était dangereux, aussi : elle devait remonter son col pour éviter que du cuivre en fusion ne lui gicle sur le cou, et elle risquait de contracter une maladie venant du TNT avec lequel elle travaillait et qui faisait jaunir la peau. Pourtant, cela valait la peine, pas seulement pour la camaraderie et l'argent – cinq pence et demi de l'heure –, mais aussi pour sentir qu'elle contribuait à l'effort de guerre. L'usine tournait en continu et Sylvia faisait les trois-huit, sur des cycles de six semaines. Sa paie se montait à dix-huit shillings par semaine.

Billy ne pouvait s'empêcher d'en être impressionné, mais affirmait que son père n'approuverait pas.

— Eh bien, on ne lui dira pas, Billy, répondit Sylvia d'une voix ferme. Et de toute façon, si je ne le fais pas, nous aurons faim.

Assise à son bureau, Celia regardait les comptes que PM lui avait apportés. Ils n'étaient pas bons : les bénéfices avaient chuté, au même rythme que les ventes. La pénurie de papier signifiait, inévitablement, une hausse des coûts. Dans le même temps, les frais généraux s'étaient accrus : l'augmentation des loyers et du prix de la nourriture – un tiers au-dessus du niveau d'avant-guerre – entraînait nécessairement une augmentation des salaires. La situation n'était pas bonne.

— Sauf les ventes dans certains domaines, dit Celia en pointant le doigt sur le grand livre. Les romans, regarde... Je suppose que les gens cherchent à s'évader.

— Uniquement les éditions bon marché. Mais, bon, c'est inévitable.

— Bien sûr. PM, si *nous*, nous devons nous priver, imagine la situation des gens ordinaires... Dieu sait comment ce nouveau magazine, *Vogue*, va s'en sortir ! Qui va l'acheter ?

— Toi, dit PM.

— Je sais, mais il n'y a pas beaucoup de gens comme moi. Il faut bien dire qu'il est merveilleux. Et tu connais Coco Chanel...

— Pas très bien, non.

— Je t'en prie, ne fais pas la snob, bien sûr que tu as entendu parler de Coco Chanel. Eh bien, elle a commencé à utiliser le jersey pour des robes, des jupes et ce genre de choses ; on ne l'avait jamais utilisé jusque-là, sauf pour des sous-vêtements. Ses vêtements ont une très belle allure. Qu'est-ce que je ne donnerais pas pour... bref, passons, ajouta-t-elle devant l'expression fermée de PM, et elle rit. Revenons aux livres. Les autres domaines qui marchent bien, ce sont les livres de guerre, et aussi la poésie. Nous devons en trouver davantage. Et, chose étonnante, les livres pour enfants se vendent bien, tout comme les livres de fiction.

— Celia, Lytton ne s'est jamais lancé dans la fiction bas de gamme. La maison a une telle image de qualité et…

— Je sais, mais à ce rythme, il n'y aura bientôt plus de maison du tout. La fiction populaire va nous sauver, crois-moi. Même si nous avons un long chemin à parcourir jusqu'à elle. En tout cas, les livres que nous avons sortis l'année dernière, avec les nouvelles couvertures dessinées par Gill, ont rapporté plus d'argent que tout le reste. Il faut que nous en sortions une nouvelle série. Il nous faut aussi beaucoup de fictions, sur le thème de la guerre, visiblement les femmes en redemandent. Et des romans historiques, tout ce qui peut faire sortir les gens d'eux-mêmes. Un peu plus de livres pour enfants, davantage de poésie dont le marché semble inépuisable. Les auteurs que nous avons sous contrat, et aussi tous les bons que nous pourrons trouver. Une femme poète, ce serait bien. Celle avec qui tu es en relation, qu'en penses-tu ?

— Je ne crois pas, non. Nous avons déjà eu de la chance de vendre plus que les deux exemplaires qu'elle et sa mère ont achetés.

— Bon, mais alors, essayons d'en trouver une autre. Je vais prendre mon téléphone et faire le tour des agents dès aujourd'hui. Et pour ce qui est de la qualité technique, nous allons tout bonnement abandonner. Il faudra se résoudre à sortir tous les livres sur du papier bon marché, nous n'avons pas le choix.

— Je suis d'accord avec toi, bien sûr, mais je ne sais pas si…

— Oui ?

— Non, c'est absurde, oublie.

— Je sais. Tu allais me dire que tu ne savais pas si Oliver serait d'accord. Eh bien, Oliver n'est pas là, et comme tu l'as dit toi-même à Sylvia, ce qu'il ne voit pas ne peut pas lui faire de mal. Oh, d'ailleurs, il faut que je lui écrive. Franchement, nos lettres à l'un et à l'autre recouvriraient un mur entier. Je suppose que c'est vrai pour tout le monde. Tu imagines les rames de papier et les milliers de mots que cela représente au total ?

Elle réfléchit quelques instants puis reprit :

— Tu sais quoi ? Ces lettres feraient un sujet merveilleux, et aussi une structure, pour un roman, non ? On pourrait prendre juste un échange entre une femme et son mari, un père et son enfant, ou même mélanger tout cela, les faire évoluer entre plusieurs histoires... Oui, et cela pourrait même contenir un peu de tout : humour, sentiment, chagrin... Oh, PM, ce serait formidable, il faut lancer cela dès aujourd'hui ! Tu crois que ce serait un thème pour Muriel Marchant ?

— Peut-être, oui. Le seul problème, c'est qu'elle est devenue plutôt chère ces derniers temps, avec le succès qu'elle a obtenu.

— Eh bien, elle nous le doit pour l'essentiel, non ? Si nous ne lui avions pas donné le livre sur les suffragettes à écrire, et s'il ne s'était pas aussi bien vendu, elle serait encore une inconnue... De plus, on peut lui présenter cela comme sa contribution à l'effort de guerre. Je vais lui téléphoner tout de suite. Crois-moi, ne nous inquiétons pas au sujet de ce qu'Oliver penserait. Et en tout cas, ne lui en parlons pas !

— Tu as une idée quelconque de l'endroit où il est ?

— Oui, il me l'a dit juste avant de repartir. Il n'aurait pas dû en principe, mais il l'a fait. Il est quelque part du côté de la Somme.

12

— Mais je ne lui ai même pas dit au revoir…

Barty, très calme, était assise et regardait Celia à quelque distance, après avoir résisté aux efforts de celle-ci pour la prendre dans ses bras, la serrer contre elle, la réconforter.

— Et il ne m'a même pas écrit, pas une fois.

— Barty, il ne pouvait pas t'écrire. Il… il ne savait pas très bien écrire, tu sais, dit prudemment Celia, inquiète de ne pas rabaisser Ted aux yeux de Barty.

— Il aurait pu m'envoyer une de ces cartes, une de ces jolies cartes postales que Billy envoie. Maintenant il est parti, pour toujours, et moi, je ne lui ai même pas dit au revoir. Ou bonne chance, ou que je l'aimais, toutes ces choses-là…

— Mais Barty, il t'aimait, il t'aimait beaucoup, je le sais…

— Avant, oui, répondit la fillette, et les mots frappèrent Celia comme un coup de fouet. Avant, quand j'étais chez lui, il m'aimait.

Puis elle se leva et sortit de la pièce.

Elle pleurait dans la salle de classe, la tête enfouie dans ses bras, quand la porte s'ouvrit.

— Laissez-moi tranquille…

— On veut juste te dire qu'on est désolées, déclara une petite voix.

Elle releva la tête et vit les jumelles qui se tenaient debout à la porte, main dans la main – le visage pâle et solennel, leurs grands yeux sombres remplis de larmes de chagrin et de sympathie. Puis elles s'approchèrent, très lentement, et lui prirent chacune une main ; de son autre main, Adele lui caressa les cheveux avec beaucoup de douceur et de gentillesse, tandis que Venetia lui donnait un baiser. C'était la première fois qu'elles faisaient montre de tendresse ou d'affection envers elle, et c'était encore plus agréable du fait que c'était inattendu. Barty parvint à leur sourire et à les remercier, puis les larmes revinrent et elle enfouit à nouveau la tête dans ses bras ; toutes les trois restèrent un bon moment ainsi, les petits bras des jumelles passés autour du cou de Barty, sans qu'aucune d'elles ne prononce un seul mot.

— Écoute, Jamie, je voudrais que tu y réfléchisses très sérieusement. Dans quelques mois, Maud et moi nous allons quitter cette maison. Avec sa nurse et mon valet de chambre, et aussi le chauffeur.

— Pourquoi ? demanda Jamie.

Il connaissait la réponse mais ne voulait pas l'entendre – il voulait repousser le moment terrible où il serait forcé de prendre une décision.

— Eh bien, parce que…, commença Robert.

Il avait fait tant d'efforts, jusqu'ici, pour ne pas mettre en péril la relation de Jamie avec Laurence. Laurence pouvait bien agir comme il le voulait, torturer son jeune frère de remords et de culpabilité, mais il fallait un abri sûr pour le garçon. Jamie avait quinze ans et il vivait dans une grande instabilité affective, pour plusieurs raisons : le conflit avec son frère, ainsi que tout son parcours scolaire qui avait été entravé par les comparaisons faites avec celui de Laurence. En outre, l'adolescence s'était abattue sur lui d'un seul coup, ses hormones semblaient déchaînées : il ne pouvait plus guère penser qu'aux filles, et à ce qu'il était terriblement impatient de faire avec elles.

Il ne savait pas au juste s'il détestait Laurence pour ses côtés provocateurs et désagréables, ou bien s'il l'admirait pour sa loyauté envers leurs parents ; sans doute un peu des deux, il lui fallait le reconnaître et aussi s'en accommoder, même s'il ne savait comment y parvenir. Il devenait écarlate au moindre prétexte. Physiquement, il était gauche et maladroit. Il mesurait déjà un mètre quatre-vingts, allait visiblement dépasser Laurence, et sa taille accentuait encore sa timidité. Et voilà qu'il allait devoir prendre, d'un moment à l'autre, une terrible décision : en janvier, Laurence aurait vingt et un ans, il avait clairement affirmé qu'il veillerait à ce que Robert quitte Elliott House, et que cette fois, il aurait la loi pour lui.

— Et ensuite, Jamie, tu devras arrêter ce manège absurde qui consiste à jouer sur les deux tableaux : faire ami-ami avec ce cher Oncle Robert quand tu penses que je n'en saurai rien, faire mine ensuite devant moi de l'ignorer et prétendre que tu ne l'aimes pas. Il faut que tu te décides, mais c'est à toi et à toi seul de le faire. Si tu préfères jouer les traîtres, je ne t'en empêcherai pas. Il y aura au moins un fils qui restera toujours fidèle à la mémoire de notre père.

— Nous allons déménager, poursuivait maintenant Robert d'une voix prudente, parce qu'il est vraiment grand temps, je crois, que Maud et moi ayons notre propre maison, au lieu de vivre dans celle de quelqu'un d'autre. Donc...

Il fit une pause ; il va me demander ce que je veux faire, songea Jamie avec angoisse.

— Je me disais que tu aimerais peut-être la voir, poursuivit Robert. J'en suis très fier, je l'ai construite moi-même. Enfin, ma société l'a construite. Tu as beaucoup à faire cet après-midi ?

— Non, répondit Jamie.

Maud s'agrippait à sa main alors qu'ils marchaient vers la maison, qui était vraiment très jolie : pas aussi majestueuse qu'Elliott House, mais grande et superbement dessinée. Elle dominait l'East River, avec une vue magnifique sur l'eau et sur le pont de Queensborough, un salon plein de charme et d'élégance agrémenté de bow-windows, comme l'était la salle à manger, à l'étage au-dessus.

— Ici, ce sera ma chambre, dit fièrement Maud, en l'emmenant encore un étage plus haut, dans une pièce où l'on retrouvait des fenêtres en saillie. Regarde, on voit jusqu'à Singer Tower. Est-ce qu'elle n'est pas géniale ? Et ta chambre à toi, elle est où, Jamie ?

— Ça m'est égal, s'empressa-t-il de dire, effrayé par l'engagement qu'on lui demandait de prendre, tâchant d'avoir l'air naturel, mais ne réussissant qu'à paraître désagréable.

Maud eut l'air blessé, mais Robert s'approcha de Jamie, entoura ses épaules de son bras.

— Je ne pense pas que cela te soit égal, non, lui dit-il. Et même si ce n'est que pour nous rendre visite, pendant les vacances et ce genre d'occasions, tu dois avoir une chambre ici, et même un salon en fait. Nous avons un beau jardin, avec deux pièces qui ouvrent directement dessus : ce serait une bonne idée, non ? Comme cela, tu aurais ton entrée privée, en quelque sorte, tu pourrais aller et venir sans que personne ne t'ennuie.

— Moi, je l'ennuierai sûrement, grommela Maud d'une voix ferme. Il faudra bien que je l'ennuie, sinon, il

273

se sentira trop seul. On va voir où Papa veut t'installer, d'accord, Jamie ? Comme ça, tu pourras voir si tu aimes.

Jamie savait déjà qu'il aimerait la chambre, et qu'il aimerait y venir. Mais il fallait encore qu'il le dise à Laurence, et il n'était pas certain d'être assez courageux pour le faire.

Giles avait fait une trouvaille ; il avait découvert qu'il pouvait courir. Très vite, sans s'arrêter, et pendant un long moment. Ce jour-là, les garçons avaient été expédiés dehors faire un cross-country par un des vieux professeurs du collège. Cette inspiration subite lui était venue à la fin d'une épuisante matinée d'enseignement, sous la pression de vingt garçons débordant d'énergie.

Giles avait enfilé ses vêtements de sport et, tandis que les autres râlaient tout autour, il se réjouissait plutôt : rien de difficile à accomplir, pas de ballon à rattraper ni à relancer dans la bonne direction, juste courir droit devant, en suivant ceux qui le précédaient. Mais personne ne le précéda. Il se retrouva bientôt, glorieusement, devant tout le monde, pas même essoufflé au bout d'un quart d'heure ; il fut juste forcé de s'arrêter quand Miss Hodgkins, qui les surveillait, lui cria de les attendre.

— Ce n'est pas une course, Lytton, doucement...

Giles remarqua qu'elle était très essoufflée et qu'elle avait le visage plutôt rouge. À contrecœur, il l'attendit, s'efforça de rester derrière elle, mais il la dépassa au bout de quelques minutes. Ils étaient alors dans les bois, sur le chemin du retour, et elle lui dit de partir devant s'il en avait envie. Il atteignit le collège dix minutes avant les autres.

L'expérience fut jugée concluante, on se mit à courir deux fois par semaine et, dès la troisième fois, on permit à Giles de le faire à son rythme. C'était merveilleux de pouvoir aller seul à travers les champs et les bois, tout à ses pensées, sans personne pour le taquiner ou le harceler. Au milieu du trimestre, Miss Prentice, une fille assez sportive et dynamique, fiancée à un capitaine d'artillerie, suggéra au directeur de l'école d'organiser des séances d'athlétisme.

— Je pense que ça les changerait des cours de cricket de Mr Hardacre qui ne sont pas très... énergiques, et ils s'ennuient. Je m'en occuperai avec plaisir, je sais comment faire. J'avais l'habitude de regarder mes... mes frères.

Elle n'avait pu empêcher sa voix de trembler ; ses frères avaient été tués tous les deux, l'un en mer, l'autre en France. Plus pour la distraire de son chagrin que parce qu'il était convaincu des vertus de l'athlétisme pour les enfants ou pour le collège, le directeur accepta.

Giles l'adora aussi, comme la course ; il bondissait par-dessus les haies et il était aussi rapide sur les courtes distances, le cent et le quatre cents mètres, que sur les longues. Lors de deux rencontres avec un autre collège à la fin du trimestre, il gagna toutes les courses, et goûta l'inimaginable plaisir d'être applaudi par ses camarades au moment de la remise des prix. Le pire était maintenant passé. Quand il revint pour les vacances à Ashingham, on lisait sur son visage quelque chose qui ressemblait au bonheur, et il passa de longues journées ensoleillées à organiser des courses avec Barty et les jumelles. Jay, qui avait maintenant deux ans, les suivait en trébuchant sur ses petites jambes potelées. Son visage était rouge de concentration et il refusait de pleurer, même quand il tombait pour la vingtième fois de l'après-midi.

Jay était un enfant solide et plein d'énergie ; il adorait tout spécialement Barty et la suivait partout où elle allait, se glissant dans sa chambre le soir et s'endormant dans le canapé au bout de son lit, à la façon d'un petit chien fidèle. Il ressemblait trait pour trait à son père, comme aimait à le répéter PM. Il avait ses boucles brunes, ses yeux bleu foncé, sa large mâchoire, la même façon d'observer très sérieusement les choses puis de se fendre soudain d'un grand sourire, radieux, presque étonné.

— J'aimerais bien qu'un de mes enfants ressemble à Oliver, disait Celia pensivement. Mais regarde-les, bruns comme ils le sont, tous plus Beckenham les uns que les autres... Ce n'est pas juste.

Cela l'amusait de voir PM avec Jay ; on aurait presque dit une femme avec son amoureux. Ses yeux s'attardaient sur lui avec adoration, plus rien ne semblait exister quand il apparaissait dans la pièce, elle revenait à lui à n'importe quel propos dans le cours de la conversation. Mais elle ne le gâtait pas pour autant, veillait à bien l'éduquer. En fait, elle était même plus stricte avec lui que Celia ne l'était avec les jumelles. S'il se conduisait mal ou s'il désobéissait, elle le réprimandait sévèrement, et il y avait bien des choses qu'elle ne tolérait pas chez lui, comme les caprices, les mauvaises manières ou la brutalité.

Pour cette raison, d'ailleurs, on ne battait jamais Jay : Dorothy, sa Nanny, n'en avait pas le droit, et PM en aurait été incapable. Mais elle disait aussi que, à son avis, frapper était une mauvaise méthode. Ainsi vit-elle Celia donner une tape sur la main de Venetia, un jour où elle l'avait surprise à tirer sur les queues des chats.

— Tu dis à l'enfant de ne pas faire mal à un chat, et ensuite tu lui fais mal toi-même, lui fit-elle remarquer ; cela n'a pas beaucoup de sens. Quelle leçon veux-tu qu'elle en tire ?

Prise au dépourvu, Celia rétorqua que cela avait au contraire du sens à ses yeux, qu'ainsi Venetia avait appris combien c'était désagréable qu'on vous fasse mal. Elle ajouta que si PM avait quatre enfants à éduquer au lieu d'un seul, elle remettrait sans doute sérieusement ses idées en cause. Pourtant, en y réfléchissant après coup, elle dut admettre qu'il y avait peut-être quelque vérité dans ce que PM avait dit.

— Vous vous demandez ce que je compte faire à propos de Lytton, je suppose, dit Laurence.

C'était l'anniversaire de Jamie ; avec un courage et une détermination inhabituels chez lui, il avait dit à Laurence qu'il voulait à la fois Robert et Maud au déjeuner que celui-ci avait organisé à Elliott House. Fait surprenant, Laurence avait accepté. Il aimait sincèrement son frère ; c'était même la seule relation véritablement saine dans sa vie.

— Pas du tout, objecta Robert d'un ton froid. Je n'ai rien à voir avec cet arrangement. Il a été conclu entre ta mère et mon frère et je n'étais nullement concerné.

— Oh ! je vous en prie, dit Laurence avec impatience, vous finassez...

Robert le regarda et pensa – à sa propre surprise, car il était plutôt doux et calme de tempérament – combien il aimerait le rouer de coups. Puis il songea qu'il risquerait fort d'avoir le dessous dans l'affaire, car Laurence était très bien doté physiquement.

Il était indéniablement beau garçon, avec ses yeux bleu-vert, ses cheveux roux et sa peau hâlée. Il avait désormais un valet de chambre, qui l'aidait à s'habiller élégamment, portait une montre en or au poignet ainsi qu'une chevalière armoriée au petit doigt de la main gauche.

Cette bague avait appartenu à son père. Il répétait à tous ceux qui voulaient l'entendre que Jonathan Elliott la lui avait donnée sur son lit de mort, en lui recommandant de ne jamais la quitter. En réalité, Robert savait qu'elle avait été confiée à la garde de Jeanette, et que Laurence l'avait retirée lui-même de son coffret à bijoux quand elle était morte, pour se l'approprier.

À maintes reprises, il avait eu envie de répandre cette information, mais cela lui aurait paru vindicatif et mesquin. Aussi, comme bien des informations personnelles qu'il possédait sur les Elliott, il la gardait pour lui.

— Laurence, si tu as quelque chose à me dire sur Lytton New York, ou sur n'importe quel autre sujet, je t'en prie, fais-le. Sinon, je pense que nous devrions porter toute notre attention à Jamie.

— Je ne sais pas si cela vous intéressera, répondit Laurence, mais dans la mesure où quarante-neuf pour cent de Lytton m'appartiennent désormais, je serais surpris que non. J'ai l'intention de les conserver. Cet argent ne me rapporte aucun dividende pour l'instant, et d'ailleurs je n'en attendais pas vraiment, mais comme il représente une somme considérable, j'aimerais qu'il produise au minimum le même intérêt que s'il était placé ailleurs.

— C'est absolument...

Il s'interrompit ; « Absolument stupide », allait-il dire, mais c'était inutile.

— ... parfait pour moi, conclut-il.

Les yeux bleu-vert le regardèrent avec une sorte de dérision amusée.

— Mais cela ne vous regarde pas, poursuivit-il, c'est ce que vous avez dit. En tout cas, si je décide de récupérer mon capital, votre frère vous en parlera sûrement. Quel dommage que votre fille n'en ait pas reçu une part, puisqu'elle est une Lytton, tout de même... Mais il faut croire que ma mère n'y tenait pas, je me demande bien pourquoi. Oui, Robert, vous avez raison, nous devrions retourner à la fête de Jamie. J'ai du mal à croire qu'il a seize ans. Il me semble qu'il est né

278

hier. Mes parents étaient si merveilleusement heureux. Je me demande ce que mon père dirait aujourd'hui s'il nous voyait tous les deux, seuls au monde. Je crois qu'il en serait attristé. Qu'en pensez-vous, Robert ?

Mon amour,
Je suis toujours vivant. Délabré, plein de bleus même, avec une longue entaille sur un bras depuis une rencontre avec un fil de fer barbelé, mais rien de plus grave, heureusement. Pardonne-moi de ne pas t'avoir écrit depuis si longtemps, mais la grande attaque continue. Nous avançons sur les lignes allemandes, lentement, mais régulièrement, jour après jour. Oui, il y a des pertes, et les combats sont très durs, mais nous progressons. Le plus étonnant, c'est que les hommes ont toujours bon moral, et il ne fait pas de doute que nous avons enfin mis les Boches en fuite. Je t'aime, ma chérie, je t'aime tellement. Je vais essayer de te réécrire rapidement.

Des années plus tard, dans sa célèbre histoire de la bataille de la Somme, Oliver Lytton dit la vérité sur cette gigantesque offensive. Il raconta comment Haig avait gaspillé d'innombrables munitions à pilonner des tranchées vides ; comment les Allemands – ayant observé, grâce à leurs avions, l'arrivée de milliers de soldats, la construction de nouvelles routes, la distribution de fusils, de munitions et de vivres – avaient précipitamment retiré leurs troupes de la ligne de front. Il parla de la rage qui l'avait saisi en voyant le film de propagande produit par le gouvernement et montrant un pilonnage massif de l'artillerie, une accumulation d'armes impressionnante, mais pas un seul cadavre ; il raconta comment Haig avait lancé assaut sur assaut après le terrible premier jour de la bataille, le 1er juillet, où plus de cinquante mille alliés avaient trouvé la mort. Il révéla comment on expliquait aux troupes que les tirs d'artillerie perceraient les défenses de fil de fer barbelé, alors que n'importe quel tommy savait que les tirs d'obus ne feraient que soulever les barbelés pour les laisser retomber ensuite, et que les soldats essayant de les traverser y seraient pris au piège.

Il dit comment, contre l'avis des militaires en général, Haig envoya une nouvelle arme, le tank – cinquante au total, mais vingt-neuf tombèrent en panne avant d'atteindre le champ de bataille, et les autres s'embourbèrent. Il relata comment les hommes reçurent l'ordre de quitter les tranchées pour une mort certaine, comment il en vit des lignes entières jeter leurs armes sous les tirs de mitrailleuses et tomber sur le sol, pour ne plus jamais se relever, bientôt remplacés par de nouvelles lignes, qui tombèrent à leur tour. Il évoqua les généraux débattant de tactique en buvant des vins fins, dans des châteaux bien chauffés, pendant que leurs hommes mouraient dans la boue, et comment des soldats aux pieds gelés préféraient ramper dans cette boue jusqu'aux postes de secours, plutôt que de priver ceux qui étaient gravement blessés des rares et précieuses civières ; il raconta comment, au mois de novembre, quand on déclara enfin que la bataille était terminée et qu'on avait remporté une grande victoire, quatre cent soixante mille soldats britanniques au total avaient été tués ou blessés, pour moins de quinze kilomètres de terrain gagné.

Mais à l'époque, quand il vint en permission, assis dans le salon de Cheyne Walk, ce fut autre chose qu'il raconta à Celia – la tête dans les mains, le corps décharné, le visage livide. Il lui raconta ce matin où, malade sous le coup de la fatigue et du désespoir, après une nuit sans sommeil déchirée par les tirs d'obus, il avait ordonné à ses hommes de sortir de la tranchée pour gagner la ligne de front. Une fois le dernier sorti, il s'était retrouvé à scruter l'air gris au-dessus de sa tête, en pensant à l'affreux paysage désolé qui l'attendait là-bas, plein de fracas, d'horreur et de mort : il s'était retrouvé littéralement pétrifié, incapable de faire un geste. Et ce dernier homme, un personnage sombre et désagréable qui s'appelait Barton, avait baissé les yeux vers lui et lui avait dit, d'un ton plein de dérision :

— Sir, vous n'avez quand même pas peur ?

Oliver s'était aussitôt arraché à sa torpeur, et il était sorti de la tranchée derrière lui. Mais dans l'intervalle de cette hésitation, qui n'avait pas duré plus d'une seconde, un obus était arrivé, qui avait arraché le bras, la jambe et la moitié de la tête du soldat. Et Oliver était resté là, à le regarder, en songeant que si le courage ne lui avait pas manqué, c'est lui que cet obus aurait atteint ; il aurait lui-même été étendu là, hurlant de douleur. Alors, il avait fait la seule chose possible dans ces circonstances : il était parti dans l'enfer gris et il avait combattu bravement. Et quand il avait vu un autre de ses hommes hésiter, il avait couru dans sa direction, pour le pousser en avant et continuer à son côté.

— Mais jusqu'à la fin de ma vie, dit-il à Celia, je me souviendrai de Barton, je me souviendrai que ma peur l'a tué et que j'aurais dû, moi, mourir à sa place. Et aussi (sa voix trembla), que sur le moment, en le voyant agoniser, j'ai juste ressenti du soulagement que ce n'ait pas été moi…

Il passa une grande partie de sa permission seul, à faire de longues promenades le long du fleuve ou à lire dans sa chambre ; il refusa même d'aller à Ashingham voir les enfants.

— Ne m'y oblige pas, Celia. Je ne pourrai pas les affronter, je n'aurai pas le courage de leur raconter de belles histoires de gloire et de bravoure sur le champ de bataille.

Il resta dix jours à la maison et ne posa aucune question à Celia sur Lytton, ni sur la manière dont elle gérait les difficultés de sa propre vie ; et il ne lui fit pas non plus l'amour, ni même ne manifesta le désir de le faire. Quand il repartit, elle resta longtemps assise à contempler elle aussi le fleuve en se demandant comment son mariage, comment n'importe quel mariage, pourrait survivre à une épreuve aussi terrible.

Au moment où Oliver repartait pour la France, on rapatria Billy Miller chez lui. Au moins, il n'était pas mort – même s'il aurait bien souvent souhaité mourir, durant ces horribles mois passés au front. Une balle ennemie l'avait frappé, une nuit, au retour d'un assaut, alors qu'il n'était qu'à deux pas de se mettre à couvert, et l'avait gravement blessé à la jambe droite. Après plusieurs semaines dans un hôpital de campagne, la gangrène l'avait atteint, et on avait dû l'amputer juste au-dessous du genou.

13

— On peut le faire venir ? demanda Barty. Oh ! oui, s'il vous plaît… Maman ne peut pas s'occuper de lui, et ici il y a beaucoup d'hommes qui n'ont plus de jambes. Ce sera peut-être moins dur pour lui d'être avec eux. Et moi je pourrai aider, puisque de toute façon je le fais déjà…

Sous le coup de l'émotion, ses lèvres frémirent ; Celia l'entoura de ses bras et la serra contre elle.

— Oh, Barty…

De façon plutôt inhabituelle, Barty répondit à son étreinte. En règle générale, elle n'était pas démonstrative avec Celia, au contraire, même ; comme si elle avait voulu marquer qu'il n'y avait pas de liens du sang entre elles. Pourtant, était-ce par un esprit de contradiction d'enfant, elle avait aimé s'asseoir sur les genoux de Wol. Autrefois, Celia en avait été agacée ; aujourd'hui, comme bien d'autres choses, ce n'était plus qu'un lointain souvenir.

— Chérie, c'est à la directrice qu'il faut poser la question. Je vais le faire.

— Celia, non, dit Lady Beckenham. C'est une maison de convalescence pour officiers, il est hors de question qu'un caporal-chef y soit admis.

— Mais, Maman, Billy fait partie de la famille… Je suis sûre que…

— Celia, la coupa sa mère, le visage soudain dur, Billy Miller ne fait *pas* partie de la famille. Et nous ne pouvons faire d'exception pour personne. Maintenant, excuse-moi, mais je dois aller voir les chevaux.

Barty ne pouvait croire qu'il n'y eût pas de place pour Billy à Ashingham. Il lui semblait qu'il y avait une place infinie, au contraire. Aucune des personnes qui vivait ici ne savait ce que « pas de place » signifiait. Elles ne connaissaient pas Line Street. Elle savait pourquoi Billy ne pouvait pas venir : il n'était pas officier. C'était affreux, injuste. Elle ne voulait pas en discuter avec Tante Celia, parce que si son intuition se révélait exacte, elle devrait s'enfuir. Quitter Ashingham, rentrer à la maison. À la maison à Londres et y vivre dangereusement, sous les bombardements, comme le reste de sa famille.

La dernière fois que Sylvia était venue à Ashingham, elle avait amené Marjorie avec elle. Marjorie avait été désagréable au possible, hostile et malpolie envers tout le monde ; mais en écoutant ses histoires sur ce qu'était devenue la vie à Londres, Barty l'avait à moitié comprise et excusée. On ne trouvait plus guère à manger et les queues étaient pires que jamais, même si un système qu'on appelait le rationnement allait bientôt être instauré, d'après sa mère. Grâce à lui, tout le monde recevrait au moins une part de chaque denrée, ce qui rétablirait un peu de justice. Les bombardements étaient horribles et terrifiants ; dès qu'un raid aérien débutait, toute la famille devait aller se réfugier sous la table du voisin, qui était vaste et solide, et réciter des prières, ce qui était à peu près la seule protection à leur disposition – même si elle serait sans doute bien peu efficace, au cas où une bombe tomberait sur la maison. C'était arrivé à certains immeubles du voisinage ; cinq personnes au total y avaient trouvé la mort. Dans leur rue, la moitié des hommes avaient été tués ou gravement blessés au front, comme Billy ; c'était affreux de les voir errer sans but, disait Marjorie, certains ayant perdu la vue, d'autres des bras ou des jambes. En tout cas, maintenant, tout le monde allait se battre, la loi en avait décidé ainsi.

Tante Celia et PM ne venaient plus aussi souvent à Ashingham à cause des restrictions dans l'approvisionnement en essence. Barty s'inquiétait aussi pour elles, car elle les aimait beaucoup toutes les deux, et la pensée de Cheyne Walk bombardé lui était très pénible. Mais la maison était si grande et si solide, songeait-elle parfois, qu'une bombe ne ferait qu'y rebondir sans causer de dégâts.

Elle se sentait coupable de vivre en sécurité dans une jolie maison, en pleine campagne et avec toute la nourriture dont elle avait besoin. L'été précédent, Giles et elle avaient connu un moment merveilleux en aidant aux foins et à la moisson, en ramassant haricots et petits pois jusqu'à ce que leurs bras leur fassent mal. La plupart des ouvriers agricoles étaient partis pour la guerre, et les filles de ferme leur étaient reconnaissantes pour leur aide, tout comme les infirmières l'étaient dans la maison de convalescence. Même les jumelles furent invitées à se rendre utiles l'été de leur six ans, en aidant à ramasser les petits pois.

Les jumelles étaient désormais bien plus gentilles. Elles n'étaient plus aussi gâtées qu'avant parce que Grand-Maman, comme elles l'appelaient, était très stricte avec elles. Il y avait même eu un moment pénible, le jour où elle les avait frappées toutes les deux, vraiment très fort : c'était après les avoir découvertes en train de voler des fraises. Une autre fois, elles suivaient la vieille et charmante Miss Adams en singeant sa manière de boiter : elle avait pris sa cravache et leur en avait donné à chacune un bon coup sur les fesses. Quand elles durent s'excuser – cela faisait partie de la punition – auprès de Miss Adams, en présence de Nanny, de Dorothy et aussi de Giles, qui était à la maison à ce moment-là, elles avaient l'air sincèrement désolé et elles pleuraient.

Barty surprit même un jour Tante Celia en train de dire à Lady Beckenham qu'elles paraissaient très heureuses. Lady Beckenham répondit qu'elle le lui avait déjà expliqué précédemment : un enfant qu'on fait obéir est un enfant heureux. L'année précédente, à Noël, les jumelles avaient reçu un chien de la part de leurs grands-parents, un labrador noir qu'elles avaient appelé Suie. Elles devaient s'en occuper elles-mêmes, le nourrir et le brosser. Barty avait d'abord pensé qu'elles essaieraient de se décharger sur quelqu'un d'autre, mais non, elles y mettaient même beaucoup de conscience ; quand Suie fut malade, après avoir mangé un cadavre de lapin à moitié décomposé, elles insistèrent pour rester à le veiller toute la nuit dans l'armurerie.

— Très bien, commenta leur grand-mère. C'est leur chien et elles doivent s'en occuper. Cela ne leur fera aucun mal.

Pourtant, aucune de ces satisfactions n'allégea la peine que ressentait Barty au sujet de Billy.

Dépêches, le roman écrit par Muriel Marchant, à la fois émouvant, triste et patriotique, avec même quelques touches d'humour – pour la plupart ajoutées par Celia –, fut un vrai succès : bien qu'ayant été publié sur du papier de qualité médiocre, avec une couverture toute simple, il se vendit à près de cinq mille exemplaires. Une deuxième, une troisième et même une quatrième édition durent être très rapidement lancées, et Celia suggéra une suite. Muriel l'écrivit en un temps record et, trois mois plus tard, *Nouvelles Dépêches* parvenait dans les librairies.

— Magnifique, commenta Celia, ravie. Je pense que nous devrions nous lancer dans un troisième volume dès maintenant. Ne fais pas cette tête, PM... Cela paie l'épouvantable augmentation des impôts ! S'ils augmentent une fois de plus, on risque d'avoir de véritables problèmes...

— C'est vraiment ce que notre père aurait appelé de la littérature pour boniches, non ?

Celia lui rétorqua, sèchement, qu'elle était étonnée de l'entendre parler ainsi, étant donné ses vues plutôt radicales sur les structures sociales du pays ; mais sa belle-sœur répondit que cela n'avait rien à voir avec ses structures sociales, c'étaient plutôt ses structures intellectuelles qui l'inquiétaient.

— Nous n'avons jamais transigé là-dessus, donc je ne peux pas me sentir à l'aise avec ce genre de livres. Pas plus qu'avec cette effroyable poésie, ajouta-t-elle.

Celia avait découvert que la poésie n'avait pas besoin d'être bonne pour se vendre. Quelle qu'elle soit, elle avait l'air de plaire, aux femmes particulièrement, et de les réconforter.

— En tout cas, cette « effroyable poésie » paie les salaires de la maison. Il faudra sans doute beaucoup de temps après la guerre pour revenir aux normes et aux critères d'avant. Et les livres pour enfants, ils devraient te plaire ! Non seulement ils sont de bonne qualité, mais ils marchent bien. Trouvent-ils grâce à tes yeux ?

— Je suppose, oui, dit PM avec prudence.

— Mon rêve, poursuivit Celia, serait de trouver un auteur pour enfants. Un auteur vraiment bon qui créerait des classiques, comme Lewis Carroll ou Louisa May Alcott. Mais, bon, je n'ai que peu d'espoir de ce côté. Dieu que je suis fatiguée... Je n'ai pas fermé l'œil la nuit dernière. Le bruit de ces bombardements – je suis sûre qu'ils ont eu lieu tout près. Heureusement que nos enfants ne risquent rien.

— C'est vrai. Même s'il m'arrive de me demander si Jay sait vraiment qui je suis, dit PM d'un ton grave. Et de me demander aussi si nous ne devrions pas transférer la société hors de Londres, si ce n'est pas imprudent de rester ici, à risquer nos propres vies et celles des gens qui travaillent pour nous.

— Oui, moi aussi. Mais je crois que cela n'en vaut pas la peine. La guerre ne va sans doute pas s'éterniser et, de plus, ce serait compliqué, loin des imprimeries, des circuits de livraison et du reste. Quant au personnel, il nous est très fidèle, c'est vrai, mais n'oublie pas que nous avons offert à toutes ces femmes des possibilités exceptionnelles, des postes qu'elles n'auraient jamais obtenus si les hommes étaient restés ici, des chances uniques de développer leurs talents et leurs compétences. Je me demande souvent ce qu'en penserait Grand-Père Lytton, s'il savait que tout le service éditorial et presque tout le service artistique sont constitués de femmes. Cette guerre va sûrement avoir au moins un effet positif, leur faire définitivement obtenir le droit de vote. Personne n'osera plus maintenant les renvoyer dans leurs foyers sous la tutelle de leurs maris.

— J'espère que tu as raison.

— Bien sûr que oui. Attends un peu et tu verras. PM, ajouta Celia en la regardant fixement, je veux te demander ton avis sur quelque chose. C'est une question délicate et je t'en prie, ne me fais pas de sermon, parce que cela ne servirait à rien.

— Je te promets que non. De toute façon, je suis beaucoup trop fatiguée.

— Barty, ma chérie, j'ai de bonnes nouvelles pour toi ! cria Celia dans le téléphone. Billy peut aller à la clinique de Beaconsfield, celle où Jay est né ! La semaine prochaine... J'ai pu avoir une ambulance privée pour le transporter là-bas. Il a vraiment besoin de soins pour le moment, je crois. Et tu pourras le voir souvent. Demande à ma mère de se renseigner sur l'heure à laquelle ils veulent qu'il soit là-bas. Bon, il faut que j'y aille, maintenant. Embrasse les jumelles et Jay pour moi. Au revoir, ma chérie, à bientôt.

— Lady Celia, puis-je vous parler ?

Gill Thomas se tenait dans l'embrasure de la porte, l'air nerveux et plutôt embarrassé.

— Bien sûr, entrez. Voulez-vous une tasse de thé ?

— Oui, volontiers.

C'était une jolie fille, avec des cheveux sombres et brillants, des joues pleines et roses ; elle ressemblait davantage à une fille vivant au grand air, et qui passait ses journée à traire les vaches, qu'à la dessinatrice pleine de talent et d'imagination qu'elle était.

— Ce n'est pas au sujet de Barry ?

— Oh ! non. Toujours rien. Pas de nouvelles, bonnes nouvelles, c'est bien ce qu'on dit, n'est-ce pas ? En tout cas, j'ai tout intérêt à m'en persuader.

Barry, le fiancé de Gill, avait été fait prisonnier presque neuf mois plus tôt, et il était dans un camp allemand, quelque part près de Metz. C'était tout ce qu'elle savait.

— Oui, bien sûr. Malgré toute cette horrible propagande qu'on fait sur eux, je crois que les Allemands se comportent bien avec leurs prisonniers. En tout cas, il est sûrement plus en sécurité là-bas que sur la ligne de front.

— Je pense que oui.

Il y eut un silence, puis Gill bredouilla, très gênée :

— Je... je dois vous donner ma démission.

— Pardon ? Mais Gill, pourquoi ? Vous êtes heureuse ici, vous me l'avez dit vous-même, il y a quelques jours à peine ! Et vous faites du si bon travail, nous vous apprécions tous tellement !

— Je sais, mais je veux dire… En deux mots, on m'a offert un emploi chez Macmillan.

— Chez Macmillan ! Oh ! non, Gill, vous ne pouvez pas nous faire cela ! Non, pardon, c'est une réaction stupide. Dites-moi plutôt pourquoi vous voulez partir. C'est une maison merveilleuse, bien sûr, ce serait une grande étape dans votre carrière. Et j'imagine que vous serez mieux payée qu'ici ?

— Un peu, oui. Mais surtout… eh bien, ce serait un poste plus important, et c'est ce qui compte le plus pour moi. Et j'aurais plus de gens sous ma responsabilité. Je sens que c'est vraiment une occasion à saisir, vous comprenez ?

Elle ne pouvait pas se permettre de laisser partir Gill. Gill était si efficace, et elle travaillait si dur…

— Combien vous paient-ils ?

— Lady Celia, ce n'est vraiment pas cela qui importe.

— Je sais, mais cela compte tout de même. De toute façon, j'aimerais le savoir, pour le cas où ils contacteraient quelqu'un d'autre de chez nous. Savoir si nous sous-payons vraiment tout le monde.

— Non, vos salaires sont très convenables. Ils m'ont juste offert cinq shillings de plus par semaine.

— Je peux vous les donner, dit rapidement Celia.

— Lady Celia, ce n'est vraiment pas le plus important, je vous assure. Je ne me plaignais pas.

— Oui, c'est le poste, vous me l'avez dit. Très bien, alors, que vous offrent-ils ?

— Eh bien…

Gill semblait de plus en plus mal à l'aise ; il lui avait fallu la journée entière pour prendre son courage à deux mains en vue d'affronter cet entretien. Elle avait beaucoup espéré que Celia accepterait purement et simplement sa démission, lui serrerait la main et lui dirait au revoir.

— Quel sera votre travail là-bas ?

— Responsable artistique.

— Oui, je vois. Eh bien, c'est très impressionnant, mais…, commença-t-elle, en réfléchissant rapidement, Gill, que penseriez-vous de devenir directrice artistique de Lytton ? Avec autorité complète sur tout le service ?

Au début de la guerre, Gill était encore aide-dessinatrice chez Blackie's ; aujourd'hui, on lui offrait de prendre en charge tous les aspects artistiques et graphiques de chez Lytton, une des maisons d'édition les plus en vue de Londres. La tête lui tourna légèrement.

— Vous n'êtes pas obligée de vous décider tout de suite. Réfléchissez, vous me donnerez votre réponse demain. Seulement, j'irai peut-être mettre une bombe dans la cave de Macmillan si vous décidez d'aller là-bas !

— Je n'ai pas besoin de temps pour y réfléchir. Cela donnerait l'impression que je n'ai fait tout cela que pour obtenir la meilleure offre possible.

— Ce serait très malin de votre part. Dans votre position, je crois que je ferais de même.

— Moi, je ne crois pas, non. La loyauté est une de vos qualités les plus remarquables, Lady Celia. À la fois envers votre personnel et envers la maison Lytton.

— Mais il se trouve que je suis mariée avec la maison Lytton, donc je n'ai guère le choix. Quant à mon personnel, j'ai la plus grande estime pour lui, c'est aussi simple que cela. Maintenant, Gill, si vous n'avez pas besoin de temps pour y réfléchir, ne me laissez pas me morfondre, quelle est votre réponse ?

— Ma réponse est oui, volontiers. J'accepte avec grand plaisir, et j'apprécie beaucoup votre confiance en moi.

— Gill, sans vous, nous ne serions pas où nous en sommes aujourd'hui. Bien sûr que je vous fais confiance. Voyons, il doit me rester quelque part une bouteille de sherry encore à moitié pleine. Et il faut aussi prévenir Miss Lytton, je suis sûre qu'elle sera contente.

PM eut l'air content en effet, et porta un toast enthousiaste, avec le sherry un peu éventé, au futur succès de Gill. Mais une fois celle-ci partie, elle posa sur Celia un œil grave.

— Je ne crois pas que tu aies pris une décision très pertinente, lui dit-elle.

— Pourquoi, grands dieux ? PM, nous n'y arriverons jamais sans elle. J'aurais dû te consulter, c'est certain. Je me suis un peu emballée, je suis vraiment désolée, mais sans elle nous n'y arriverons pas.

— Ce n'est pas cela qui m'ennuie. Celia, c'est un poste permanent, un poste très élevé aussi. Que nous aurons beaucoup de mal à… normaliser à la fin de la guerre.

— À normaliser ? Qu'entends-tu par là ?

— Celia, que crois-tu qu'il arrivera lorsque des gens comme James Sharpe reviendront ? Leurs emplois leur sont garantis ; ils s'attendront à les retrouver comme ils les avaient laissés, et on ne pourra pas leur donner tort. Que crois-tu que des gens comme lui penseront en trouvant une femme aux commandes ? Et elle, si on lui rogne alors les ailes, que crois-tu qu'elle pensera ?

— Cela ne se passera pas ainsi. James ne pourra pas s'attendre à retrouver sa situation telle qu'il l'a laissée en partant…

— Il aura passé des années d'enfer à défendre son pays et Lytton avec cette idée en tête. S'il revient, ajouta-t-elle d'un ton grave, il ne s'attendra certainement pas à voir ses sacrifices récompensés par une rétrogradation au profit de Gill.

— Mais PM, serons-nous vraiment censées faire marche arrière, faire comme si rien n'avait changé ?

— Je pense que ce sera bien ce que James et Oliver attendront. Réclameront, certainement. Et que ce sera terriblement difficile à vivre pour Gill, étant donné sa nouvelle position.

— Eh bien, dit Celia en se servant un autre verre de sherry, je crois aussi que je m'inquiéterai de tout cela quand Oliver, Richard et James seront tous revenus. Entre-temps, nous devons alimenter les feux dans la maison, comme toutes les chanteuses du pays nous le répètent à longueur de journée. Et ils brûleront bien mieux chez Lytton si Gill reste. Je suis vraiment désolée de ne pas t'avoir consultée, PM, c'était mal de ma part d'autant plus que tu fais partie du conseil, au rang le plus élevé.

— Oh ! je t'en prie, cesse de radoter. Je t'assure que ma position dans la maison est bien le dernier de mes soucis. D'ailleurs, je ne pense pas que quiconque puisse être tellement concerné par sa position personnelle en ce moment.

— Il est caporal-chef, dit l'infirmière-chef Wright. Il ne devrait pas être ici, et il n'y serait pas si la directrice n'était pas aussi impressionnée par Lady Beckenham. Il devrait être dans n'importe quel hôpital ordinaire.

— Je suis tout à fait de votre avis, renchérit l'infirmière Price.

— Mais c'est pour qu'il soit près de sa petite sœur, dit une jeune aide-infirmière, qui s'était mêlée à la conversation. Je pense que c'est bien pour lui, et elle est si adorable. Elle vient à vélo pour le voir. Huit kilomètres, vous savez, c'est un long trajet pour elle.

— Je suis parfaitement au courant de la distance entre Ashingham et Beaconsfield, dit l'infirmière-chef d'un ton froid. Et personne ne vous demande votre opinion, mon petit. Allez donc vider le bassin du caporal-chef Miller puisqu'il vous plaît autant. Il a sonné plusieurs fois. Ce ne sont pas du tout des manières.

— Oui, infirmière-chef.

— Je ne comprends pas très bien quelle est sa relation avec la comtesse, dit l'infirmière Price quand elle fut partie.

— C'est sa fille. Elle a adopté la petite, la sœur de Miller. Une femme très bizarre, très autoritaire, comme sa mère. En tout cas, elle paie pour que Miller soit ici. Maintenant, Miss, allez vous occuper des pansements du commandant Fleming. J'ai de la paperasse à faire.

— J'y vais, infirmière-chef.

— Bonjour, Billy. Comment vas-tu ? Je t'ai apporté des boutons-d'or, je les ai ramassés en venant ici.

Barty posa un gros bouquet sur la table de nuit de Billy, puis se pencha pour lui donner un baiser. Il la regarda d'un œil morne.

— Ta jambe va un peu mieux aujourd'hui ?

— Non, ça fait toujours très mal. Et ils ne veulent pas me donner assez de médicaments pour me soulager, surtout la nuit. C'est une vieille sorcière, l'infirmière-chef, je la hais. Je hais tout ici, Barty. J'étais mieux dans l'hôpital de campagne, je t'assure. Au moins, j'avais des gens avec qui je pouvais parler. Ici, ils sont horribles avec moi, ils ne m'aiment pas. L'autre jour, j'ai attendu longtemps qu'ils me donnent le... peu importe. Et après, cette chef est entrée et m'a dit d'arrêter de faire autant d'histoires. Ce n'est pas ma faute si j'ai besoin de ces choses-là, non ?

— Non, bien sûr que non.

Elle se sentait gênée, soudain ; cela avait paru une si bonne idée pourtant, d'avoir Billy ici, près d'elle. Et c'était vrai qu'il avait encore besoin de soins : la blessure n'était pas correctement cicatrisée, on parlait même d'une autre opération.

— Alors, j'aurai encore moins de jambe, disait Billy d'un ton amer.

Il se plaignait beaucoup, il était agressif et chicaneur, mais, au-delà, Barty voyait qu'il était surtout terriblement malheureux. Bien souvent, quand elle arrivait, elle se rendait compte qu'il avait pleuré. Elle aussi aurait pleuré si elle avait été à sa place : dix-huit ans et plus qu'une seule jambe… Quelle que soit la haine qu'il éprouvait envers le personnel de la clinique, que lui arriverait-il quand il la quitterait ? Qui donnerait du travail à un homme n'ayant plus qu'une jambe ? On ne le reprendrait pas à la brasserie, il le savait déjà.

Barty ne répéta pas à Celia ce que Billy avait dit de la clinique, cela aurait paru ingrat, mais elle lui fit part de son ennui, que les journées lui paraissaient très longues.

— Évidemment, pauvre garçon. Voyons… Il sait lire, n'est-ce pas ? dit Celia. Oui, bien sûr. Je vais réunir quelques livres pour lui et les lui envoyer dans la semaine. Non, je les lui apporterai moi-même la prochaine fois que nous viendrons.

— J'ai reçu une lettre si charmante de Robert, annonça PM, en entrant dans le bureau de Celia. Il dit qu'il se sent bien mieux, maintenant que les Américains sont entrés dans la guerre. Il se serait enrôlé, mais il est trop âgé. Quarante-quatre ans. Oh ! mon Dieu, je me souviens encore de lui partant pour l'école en pleurant… En tout cas, il dit qu'il s'est réjoui dès qu'il a su qu'ils avaient tiré leurs premières balles, qu'il avait même ouvert une bouteille de champagne pour fêter l'événement.

— Il a beaucoup de chance de pouvoir en trouver. Je me souviens à peine du goût… En tout cas, ils sont arrivés le 27 octobre, je m'en souviens. Oliver le disait dans sa dernière lettre, c'est un tel réconfort de savoir qu'ils sont enfin en France. Seigneur, c'est vraiment devenu une guerre mondiale… La Russie, le Japon, l'Italie, l'Australie et le Canada, bien sûr, où cela s'arrêtera-t-il ? Excuse-moi. Continue, PM. Il te donne des nouvelles de la chère petite Maud ?

— Oui. Robert et elle se sont installés dans une autre maison. Il voulait avoir quelque chose à lui, et le plus jeune des garçons, Jamie, passe une partie de son temps là-bas. Même s'il est le plus souvent à l'université ou encore avec son frère aîné. Voilà, écoute : « Maud a cinq ans maintenant et elle commence l'école. Elle est très vive et jolie, elle ressemble beaucoup à sa mère. Dès que la guerre sera finie, je vous l'amènerai pour que vous puissiez la revoir. »

— Ce serait merveilleux, j'adorerais.

— Moi aussi. Il a envoyé une photo d'elle, regarde… Elle a l'air plutôt mignonne, non ?

— Fais voir… Oui, mon Dieu, en effet… Quelle charmante petite fille, et quels yeux !

— L'affaire de Robert marche très bien, apparemment, il a bâti des rues entières, tu imagines ?

Celia préférait garder ces reflexions pour elle. Elle avait toujours eu du mal à supporter l'adoration de PM pour Robert. Oliver aussi le trouvait merveilleux, et déjà Grand-Papa Lytton avant lui. Certes, Robert avait gagné beaucoup d'argent, mais cela n'était guère comparable avec la création d'une maison d'édition qu'enviait le monde littéraire. Il était charmant, elle l'aimait beaucoup, mais il n'avait pas l'esprit redoutablement affûté d'Oliver et de PM.

— Ensuite il ajoute, et c'est une mauvaise nouvelle, commenta PM avec un rire un peu jaune, que la femme de son associé, Felicity, écrit des poèmes, et qu'il veut nous les envoyer pour avoir notre avis.

— Oh, non ! Je l'ai rencontrée. Très jolie, mais plutôt du genre bonne mère et bonne épouse. Oliver l'a trouvée merveilleuse, c'est tout à fait le genre de femme qu'il aurait dû épouser. Je suis sûre que ce sera abominablement mauvais, et que nous serons obligées de nous fendre d'une bonne page de compliments pour nous en débarrasser. Quand tu lui répondras, dis-lui que nous ne publions pas de poésie, tu veux bien ?

— Trop tard. Robert a lu un article qui donnait la liste des éditeurs qui en publiaient.

— Oh ! mon Dieu…

Dans exactement un an, songeait Giles, il quitterait St Christopher pour aller à Eton. Cela semblait inimaginable, et plus inimaginable encore, il était triste à l'idée de partir. Il était désormais chef de chambre, il avait son propre bureau, un jeune élève qui lui était attaché – envers qui il se comportait, en général, fort gentiment – et il continuait à triompher dans toutes les courses à chaque rencontre d'athlétisme. L'idée de devoir quitter Miss Prentice l'attristait aussi. Même si elle était vieille, vingt-trois ans maintenant, il la voyait davantage comme une grande sœur que comme un professeur. Le dimanche, quand ils prenaient le thé tous ensemble, elle leur parlait de sa vie et de ses projets.

— Ce que je voudrais vraiment, leur dit-elle un jour, c'est avoir un collège à moi. Un peu comme celui-ci, mais pour garçons et filles.

— Des filles ? lança quelqu'un, incrédule. Des filles dans un collège ?

— Mais oui, pourquoi pas ? Et il y aurait un système de bourses, pour que les enfants pauvres puissent s'y inscrire aussi.

— Je ne crois pas que cela marcherait, dit Giles.

— Pourquoi pas ?

— Les autres enfants, ceux qui ne sont pas pauvres, ne seraient peut-être pas gentils avec eux.

— Oh, Lytton, c'est absurde. Bien sûr qu'ils seraient gentils avec eux. Nous parlons d'enfants, voyons, pas d'adultes bourrés de préjugés…

— Je sais bien que nous parlons d'enfants…

— Vous feriez mieux d'arrêter de pleurnicher et de vous ressaisir. Et vous ne pouvez pas avoir *encore* besoin du bassin. Je viens juste de vider le précédent.

— Je n'y peux rien, dit Billy, la voix basse et le visage confus.

— Bien sûr que vous y pouvez quelque chose. Vous me donnez l'impression de manquer totalement de maîtrise de vous-même. Le commandant Hawthorne ne nous appelle pas tout le temps pour avoir le bassin, lui. J'imagine que c'est parce que…

— Infirmière, s'il vous plaît, allez tout de suite chercher un bassin pour le caporal-chef Miller.

La voix de Celia Lytton, empreinte de son ton le plus glacial et le plus autoritaire, interrompit l'infirmière-chef Wright.

— Et quand vous l'aurez fait, soyez assez aimable pour venir m'en informer. Je serai dans le bureau de la directrice.

— C'était tellement horrible, dit-elle un peu plus tard à sa mère. Le pauvre Billy avait des problèmes avec… eh bien, avec ses intestins. C'est la morphine, apparemment. Cela les bride, puis il faut des médicaments pour les débrider. Et ce chameau d'infirmière-chef ne veut pas qu'on lui donne le bassin, elle sait très bien qu'il souffre pourtant. Quand je suis arrivée là-bas, il venait visiblement de pleurer.

— De pleurer ! s'exclama Lady Beckenham.

— Oui, et elle était ignoble, elle lui disait d'arrêter de pleurnicher. Tu crois que tu ne pleurerais pas si tu étais à peine plus qu'un enfant, que tu n'avais plus qu'une seule jambe qui te faisait souffrir en permanence, et que tu n'avais aucun projet ni aucune perspective d'avenir ? Moi, je pleurerais certainement.

— Non, tu ne pleurerais pas. Tu serrerais les dents et tu continuerais, comme tu le fais depuis trois ans. Et cela n'a sûrement pas toujours été facile. C'était la seule chose à faire, d'accord, mais il n'empêche que je t'ai admirée.

— Oh…

Celia contempla sa mère, stupéfaite : elle ne se souvenait pas d'avoir jamais reçu le moindre compliment de sa part. Sauf une fois, quand elle était tombée de son poney à la chasse et qu'elle s'était cassé le poignet ; on avait réduit la fracture, ce qui avait dû être très douloureux, pourtant elle avait tenu à ressortir dès le lendemain.

— En tout cas, se reprit-elle, il est démoralisé. Il souffre et il est affreusement malheureux. J'ai rapporté la conduite de l'infirmière-chef à la directrice, elle était scandalisée et elle a dit qu'elle lui parlerait.

— Elle n'était probablement pas scandalisée du tout, mais je suppose qu'elle lui en touchera quand même deux mots. En tout cas, je suis d'accord avec toi, il n'y a aucune excuse à la méchanceté. Je crois que je devrais aller lui rendre visite moi-même. Cela fera peut-être réfléchir la directrice, que je sois au courant de ce qui se passe à la clinique. Quelle femme horrible !

— Moins que l'infirmière-chef Wright.

— Non, pas d'accord. Elle est terriblement commune.

Trois jours plus tard, elle pénétrait dans la chambre de Billy. Barty l'avait suppliée de pouvoir l'accompagner, mais elle avait refusé.

— Non, je veux le voir seule. Parle-moi un peu de lui d'abord. Qu'aime-t-il faire dans la vie ?

— Oh, il aime jouer aux cartes. Et puis, il dessinait plutôt bien, avant. Il aime également lire, notamment les romans d'aventures que Tante Celia lui a envoyés.

— Oui, mais quels sont ses centres d'intérêt dans la vie ? demanda Lady Beckenham d'un ton impatient.

— Il...

Barty s'interrompit : elle ne pouvait pas connaître les centres d'intérêt de Billy : quand elle avait quitté Line Street, elle était beaucoup trop petite pour être consciente de ce genre de choses et, ensuite, tous l'avaient, purement et simplement, effacée de leur vie. Mais elle ne voulait pas le reconnaître devant Lady Beckenham. L'autre jour, il avait lu dans le *Daily Mirror* un article concernant des chevaux. Il lui avait dit à ce propos combien il avait détesté les voir souffrir, là-bas, en France. « Pauvres bêtes..., disait-il. Nous au moins, on sait pourquoi on est là, pas eux. »

— Il aime les chevaux, répondit-elle rapidement.

— Bon, cela nous donnera au moins un sujet de conversation.

Quand elle entra dans la chambre, Billy était étendu et regardait par la fenêtre. Il tourna la tête, lui dit bonjour et retourna à sa contemplation.

— Bonjour, caporal-chef Miller. Comment allez-vous ?

— Fichtr... plutôt mal.

— Vraiment ? Votre jambe vous fait souffrir ?

— Beaucoup, ouais. Et il va falloir en retirer encore.

— Oh, je suis désolée.

— Pas autant que moi, dit Billy, et il éclata en sanglots.

Lady Beckenham lui tendit un mouchoir, s'assit et garda quelques instants le silence, pendant qu'il se ressaisissait.

— Pourquoi est-ce nécessaire ?

— Elle ne veut pas cicatriser toute seule, et ils n'y arrivent pas non plus, alors il faut enlever jusqu'au-dessus du genou, à ce qu'a dit le docteur.

— Je vois. Je... Il sait sûrement de quoi il parle.

— Ça vaudrait mieux pour lui, dit Billy d'un air sombre, puis il se moucha. Désolé.

— Ne vous excusez pas, je comprends très bien que vous soyez bouleversé. Mais le seul moyen de s'en sortir, c'est d'être positif, vous savez.

— Positif ! dit Billy. Qui est-ce qui va me donner un travail, hein ? Et les filles, plus aucune ne va me regarder ! Je ne crois pas que vous vous rendiez bien compte. Sauf le respect que je vous dois.

— Oh si, je me rends compte. Mon grand-père a perdu une jambe quand il était jeune. Là-bas en Inde, pendant la révolte des Cipayes. Vous avez entendu parler de toute cette histoire ?

Billy secoua la tête.

— Je vous la raconterai un jour. C'est une belle histoire. En tout cas, il s'est battu à Delhi, et on a dû l'amputer sur le champ de bataille. Pas très agréable. Ensuite il est revenu, on lui a donné la croix de guerre et ma grand-mère est tombée amoureuse de lui. Elle était très belle, vraiment très belle. Ils ont été magnifiquement heureux ensemble et ils ont eu treize enfants. Et il a chassé à courre jusqu'à ses soixante ans. Alors pas de quoi être désespéré, vous voyez ? Barty m'a dit que vous aimiez les chevaux, c'est vrai ?

Billy hocha la tête en silence, plus remué qu'il n'y paraissait.

— Où avez-vous appris à les connaître ?

— Ils en avaient à la brasserie, là où je travaillais.

— Des chevaux de trait, je vois. Superbes créatures.

— Oui. Je leur donnais parfois des trognons de pomme. Une fois, j'ai aidé à en tenir un pendant qu'on le ferrait.

— Et en France ?

— Oh ! là-bas, c'était horrible. De les voir se débattre dans la boue, essayer d'en sortir. Une fois, j'ai même vu une mule se noyer dedans. On essayait tous de la tirer pour qu'elle s'en sorte, mais on n'y est pas arrivés. Et aussi de les entendre hennir dans la bataille, et ensuite de les regarder couchés par terre, en train de mourir. Les officiers les achevaient s'ils pouvaient, bien sûr, mais c'était quand même horrible à voir. Ils sont si beaux à regarder, les chevaux, et si braves aussi.

— C'est vrai qu'ils le sont. Écoutez, quand cette jambe ira mieux, il faudra que vous veniez voir mes chevaux un jour. Cela vous plairait ? Ce n'est pas qu'il y en ait beaucoup en ce moment, d'ailleurs. Juste deux chevaux de chasse, qui ne sont pas du tout en condition. On ne sort plus beaucoup ces temps-ci, bien sûr.

— Sortir ?

— À la chasse. Et il nous reste encore quelques chevaux de ferme. Je me disais même que j'allais essayer de trouver un poney pour les enfants. Aimeriez-vous leur rendre visite ?

— Ça me plairait, oui. Merci.

— Parfait. Vous savez, pour vous, la moitié du combat, c'est d'être positif. De garder le moral, de ne pas broyer du noir. Au moins, vous n'êtes pas aveugle, dites-vous cela. Tant de ces pauvres garçons le sont. Ce serait bien pis, vous ne croyez pas ?

Il acquiesça.

— Bien. Dès que vous pourrez sortir, je viens vous chercher. Vous aimerez, j'en suis sûre. Et ce sera bon d'avoir quelqu'un avec qui parler de chevaux. Vous savez quelque chose sur les races ?

— Pas grand-chose, non.

— Alors il faudra que vous appreniez. Une grande partie de votre problème est que vous n'avez de connaissances approfondies sur rien. Et les chevaux, c'est fascinant. Je vous ferai porter des livres par Barty. D'accord ? Elle m'a dit que vous saviez lire, je crois.

— Bien sûr que je sais ! protesta Billy – mais elle l'impressionnait trop pour qu'il soit véritablement indigné.

— C'est parfait. Je vous enverrai aussi un peu de lecture sur la révolte des Cipayes, il y a des histoires assez sensationnelles là-dessus, vous verrez. Notamment le journal que mon grand-père a tenu, je suis sûre que vous l'aimerez beaucoup. Il n'écrivait pas très bien, mais vous ne vous arrêterez pas à cela. Mon Dieu, regardez-moi l'heure ! Je dois absolument rentrer, des dizaines d'animaux attendent que je les nourrisse. Je suis venue sur ma motocyclette, c'est mon nouveau jouet. Elle consomme moins d'essence que la voiture.

— Une motocyclette ! s'exclama Billy.

— Oui, et c'est une belle machine. Elle a même un side-car, dans lequel vous pourrez vous asseoir. Maintenant que j'y pense, je pourrai venir vous chercher avec pour vous emmener à Ashingham. Au revoir Billy, courage.

À dater de ce jour, Billy fut dévoué corps et âme à Lady Beckenham.

— Tu sais, dit Celia, ils ne sont pas mauvais. En fait, ils sont même assez bons.

— Quoi ? demanda PM.

— Les poèmes de cette femme, Felicity Brewer. La femme de l'associé de Robert.

— Oui, je me souviens. Vraiment, ils sont bons ? Je suis très surprise.

— Moi aussi. En même temps, je ne vois pas très bien pourquoi nous le sommes. Elle est tout aussi capable d'écrire de la poésie que n'importe qui d'autre. Tiens, jettes-y un coup d'œil.

— De quoi parlent-ils ?

— Euh… de paysages, je dirais. Il y en a un sur la silhouette des immeubles à New York, ressemblant à… qu'est-ce que c'était déjà ? Oui, « une forêt de peupliers pétrifiés ». J'aime bien, pas toi ? Et les gens sont bien mieux disposés envers les Américains, maintenant qu'ils combattent pour nous. En tout cas, je ne ferai rien si tu n'es pas d'accord.

— Non, non, dit PM, vas-y. Robert sera ravi. Et la poésie n'est pas un domaine sur lequel je peux porter un jugement, de toute façon. Mon Dieu, il fait froid…

— Pas aussi froid que là-bas, en France, je suppose, dit Celia d'un air sombre.

Chère Maman,

Le plus difficile maintenant, c'est le froid. Les choses se passent beaucoup la nuit, et c'est encore pire. Pour monter vers le front et le reste, comme ça les Fritz ne nous voient pas. Tous avec nos masques à gaz, y compris les chevaux, qui n'aiment pas du tout ça. Une tasse de thé est gelée en une minute… Et les pauvres chevaux sont frigorifiés, à rester dans la boue comme ils font. Ce n'est pas toujours drôle, mais bon, on garde le moral et on pense beaucoup à Noël. Croise bien les doigts pour que je rentre à la maison.

Je vous embrasse tous, ne vous faites pas de souci pour moi.

Frank.

Frank Miller ne rentra pas pour Noël, contrairement à Oliver. Amaigri, pâle, épuisé, et plein de colère sur ce qu'il avait enduré.

— Passendale restera comme l'un des épisodes les plus horribles et les plus honteux, pas seulement dans l'histoire de cette guerre mais de toutes les guerres. Crois-moi, Celia, les hommes commencent à détester les « généraux en chambre » comme ils les appellent. J'aimerais bien voir Haig rester dans la boue pendant une semaine, je t'assure. Et ces lettres ridicules qu'il écrit aux troupes, traitant du sacrifice dû à la patrie.

Il était souvent morose, souvent en colère ; mais elle se consola parce que, au moins, il lui parlait davantage. Cependant, pas une fois il n'essaya de lui faire l'amour.

Noël à Ashingham, en 1917, fut un moment étonnamment joyeux. Non seulement tous les Lytton étaient là, mais aussi plusieurs Beckenham : deux des garçons, comme Lady Beckenham continuait à appeler ses fils, et Caroline, avec tous leurs enfants. Il y avait des chaises vides, bien sûr : le mari de Caroline et l'un des fils de Henry étaient tous les deux en France, de même que l'une des filles, infirmière à la Croix-Rouge ; mais la famille avait eu la chance de n'avoir subi aucune perte.

— Jusque-là, fit Caroline en touchant la table et en fermant brièvement les yeux.

Celia se joignit à sa prière silencieuse.

Jack n'était pas à la maison cette année :

J'ai eu de la chance, avait-il écrit à Celia, j'ai reçu mes galons de colonel et, de ce fait, j'ai été invité dans un de ces châteaux pour Noël avec les généraux. Je vais essayer de dévaliser un peu la cave pour regarnir celle d'Oliver. Toute mon affection et merci encore pour la dernière permission, c'était merveilleux. Jack.

Le déjeuner de Noël était relativement copieux : deux oies, plusieurs poules juste un peu dures – on les gardait plus longtemps ces temps-ci, pour les œufs qu'elles donnaient – et deux puddings, copieux et alcoolisés à souhait, confectionnés par Lady Beckenham.

— Il n'y avait pas assez de fruits, alors j'ai ajouté un peu de graisse de rognons et beaucoup de brandy. Heureusement que vous ne m'avez pas vu faire, Beckenham, j'ai littéralement vidé la bouteille.

Pour la plus grande joie de Barty, Billy les rejoignit au moment du thé offert aux pensionnaires dans le grand hall d'Ashingham, avec chants de Noël et distribution de cadeaux. Puis Lady Beckenham l'emmena dans les logements des palefreniers au-dessus des écuries, insistant pour lui prouver qu'il pouvait gravir les marches, sortant même pour lui une vieille béquille qui avait appartenu à son grand-père.

— Allez-y, vous y arriverez. Vous pouvez tout faire si vous le voulez vraiment. Tenez, vous voyez ? C'est parfait.

Il passa la soirée avec Barty, jusqu'à ce qu'il doive retourner à la clinique pour la nuit. Il souffrait encore beaucoup, mais l'intervention chirurgicale était considérée comme une réussite, et sa blessure cicatrisait bien.

— Le docteur a dit que je pourrais avoir une jambe artificielle, avait-il affirmé à Barty. Même qu'avec elle, je pourrais reprendre mon travail. On ne sait jamais.

Barty confirma qu'en effet on ne savait jamais.

— Eh bien, dit Oliver – qu'une bouteille de porto partagée avec son beau-père après le dîner avait détendu, et même presque rendu joyeux –, prions pour que ce soit le dernier Noël de cette guerre.

— Tu y crois vraiment ? lui demanda PM.

— Je crois que c'est possible, que le vent a tourné. Nous avons enfin remporté de vraies victoires, et pas seulement gagné quelques mètres de boue. Nous devons beaucoup aux Australiens, ce sont de sacrés types, et aux Américains, bien sûr. Il faut que tu me montres tes lettres de Robert, PM, je voudrais les lire. Mon Dieu, je me demande quand nous nous reverrons enfin.

Robert et Maud passèrent le jour de Noël avec les Brewer.

— Vous ne pouvez pas rester seuls dans cette maison, leur avait dit John Brewer, après que Jamie avait annoncé, très mal à l'aise, qu'il irait chez des amis de Laurence.

— Je ne les connais pas très bien, mais Laurence a l'air de penser que ce sera amusant…

C'était fort peu probable, s'amuser ne faisait pas partie des habitudes de Laurence. Mais Robert lui sourit, lui dit que cette journée serait certainement très réussie, même s'il allait beaucoup leur manquer, et passa l'heure qui suivit à essayer de consoler Maud.

— Vous verrez, nous aurons une journée agréable, lui avait dit John. Kyle sera là, et aussi la sœur et le beau-frère de Felicity, avec leurs deux enfants. De plus, il faut que nous portions un toast à Felicity et à son succès littéraire. Votre sœur a l'air de dire que plusieurs de ses poèmes seront publiés. C'est si merveilleux, je suis tellement fier d'elle.

Robert aimait bien Felicity Brewer, jolie femme avec de lourds cheveux dorés, de grands yeux d'un bleu assez pâle et des manières plutôt douces, dissimulant une grande force de caractère et beaucoup de détermination. Elle était d'une très vieille famille de Boston et avait été, de l'avis de tous, la jeune fille la plus en vue l'année de ses débuts dans le monde. Quand elle était tombée amoureuse de John Brewer, garçon charmant mais pauvre, cela n'avait pas enchanté sa famille. Mais son père, qui avait l'œil pour reconnaître la valeur aussi bien d'un homme que d'un placement financier, avait donné son consentement, et ne l'avait jamais regretté depuis.

Kyle Brewer, leur fils aîné, ressemblait physiquement beaucoup à son père, avec une touche de classe en plus, mais tenait de sa mère dans les autres domaines. Il éprouvait bien plus d'intérêt pour la musique et la littérature que pour les briques et le mortier. Il avait obtenu son diplôme de littérature anglaise à Yale l'été précédent, mais son père lui répétait presque tous les jours qu'il espérait bien le voir rejoindre l'entreprise, et lui avait, peu auparavant, donné trois mois pour préparer son esprit à cette perspective. Pourtant, pendant l'apéritif, il embarrassa beaucoup Kyle en suggérant que s'il n'entrait pas chez Lytton-Brewer, il pourrait postuler à un emploi dans la seconde société Lytton, sise à l'autre bout de Manhattan.

— J'aimerai penser qu'il le fera, dit Robert, bien que je n'aie rien à voir avec cette société. Mais lorsque Felicity sera publiée à Londres, elle pourra peut-être en parler à Oliver ?

— Je ne voudrais surtout pas ennuyer Mr Lytton, s'empressa de dire Kyle. Je vous en prie, n'y pensez plus. Et parlons d'autre chose, ajouta-t-il en toisant son père.

— Si on jouait aux ambassadeurs ? lança Maud, pleine d'espoir.

Elle avait appris ce jeu à l'école, et avait espéré qu'on en ferait une partie le jour de Noël.

— Comment y joue-t-on ? demanda Felicity, intriguée.

— Oh ! il y a deux équipes. On demande à quelqu'un de l'équipe d'en face de dessiner un objet, il commence, et ses coéquipiers doivent deviner très vite ce que c'est. C'est si amusant...

— Cela m'en a tout l'air, en effet.

La journée fut un grand succès, et le soir, Maud dit à son père que plus tard elle voudrait se marier avec Kyle Brewer.

— Il est si beau, et si bon en dessin.

— Eh bien, n'attends pas trop pour le lui dire..., répondit Robert avec un sourire.

L'espace d'un instant, il se laissa aller à imaginer, non sans plaisir, comment un tel mariage pourrait rendre Laurence furieux, surtout si Kyle venait à travailler chez Lytton. Puis il se rappela que Maud n'avait que cinq ans, et que la dernière chose qu'il souhaitait pour elle, c'était qu'elle fût prise au piège des querelles familiales. Sauf que, bien sûr, elle risquait fort de ne pas pouvoir y échapper.

14

PM, qui descendait les escaliers, eut le temps de mettre son manteau et son chapeau sans parvenir à retenir ses larmes. Mrs Bill sortait à ce moment-là de la salle à manger, un seau de charbon à la main.

— Miss Lytton, qu'est-ce qu'il y a ? Ce n'est pas… le colonel Lytton n'a pas été… ?

— Non, Mrs Bill, il n'a pas été tué, mais il a été blessé et conduit dans un hôpital. Nous ne savons ni où ni si c'est grave.

— Oh, pauvre Lady Celia. Pauvre, pauvre Lady Celia.

— Oui. Peut-être pourriez-vous lui apporter un peu de thé ? Mais plus tard, pour le moment elle préfère rester seule.

Elle s'empressa de sortir de la maison et de descendre les marches du perron, une fois de plus surprise par la facilité avec laquelle sa propre douleur refaisait surface, intacte, toujours aussi violente.

— Non, Barty, il ne faut pas pleurer. Cela n'aidera personne, surtout pas Lady Celia.

Lady Beckenham n'avait jamais repris à son compte l'appellation de « Tante Celia » ; elle la considérait équivoque et stupide, et l'avait dit à sa fille.

— Il faut être courageuse et espérer le mieux pour Mr Lytton.

— Ce n'est pas à cause de lui que je pleure, dit Barty en se mouchant soigneusement dans un mouchoir chiffonné. Je suis très courageuse quand je pense à lui, le plus courageuse possible, je sais bien que je dois l'être.

Lady Beckenham la regarda. Son affection pour elle avait beaucoup grandi au cours des années ; aujourd'hui, elle la tenait pour une enfant assez remarquable. Barty avait onze ans : elle était grande pour son âge, très mince, pas véritablement jolie mais du genre qu'on n'oublie pas, avec son abondante chevelure dorée et ses grands yeux noisette. Elle était très intelligente, plus que les jumelles, et travaillait très dur aussi. Miss Adams la considérait comme une enfant assez exceptionnelle, et de plus elle avait un bon naturel : les infirmières l'aimaient beaucoup, et la complimentaient pour l'aide efficace qu'elle leur apportait dans leur travail.

— Alors, pourquoi pleures-tu ?

— À cause de Billy.

— Billy ? Mais il va beaucoup mieux, non ? Il est retourné chez ta mère, il se débrouille bien avec sa jambe de bois...

— Oui, il va mieux, mais il ne trouve pas de travail. Il est allé à la brasserie et ils ne veulent pas le reprendre, ils ont dit qu'ils ne prenaient aucun amputé. Ce mot est si horrible ! Il a essayé dans les usines, mais on l'a renvoyé en lui disant qu'il serait incapable d'accomplir la moindre tâche. Aujourd'hui, il m'a écrit et il m'a dit qu'il aurait préféré être tué. Je trouve que ce n'est vraiment pas juste, alors qu'il s'est battu pour son pays.

— De quoi vit-il ? Il touche une pension, non ?

Une pension, à l'âge de dix-huit ans... Quel genre de monde cette guerre avait-elle créé ?

— Il en touchera une, oui, mais je ne sais pas exactement à quoi on a droit pour une jambe.

— Que veux-tu dire ?

— Pour un bras droit, on touche seize shillings par semaine. Si l'on est amputé sous le coude, alors on n'a plus que onze shillings. C'est ce qu'une des infirmières m'a dit. Mais elle ne savait pas, pour les jambes.

Ce fut une des rares occasions, dans la vie de Lady Beckenham, où elle garda le silence. Le pragmatisme de toute l'affaire la scandalisait.

— J'en parlerai à Beckenham, finit-elle par dire. Il saura.

— Mais il ne veut *pas* de pension, il veut travailler ! Comment pourrait-il rester assis jusqu'à la fin de sa vie, à ne rien faire ? Oh ! je suis désolée, Lady Beckenham, bredouilla-t-elle, en se remettant à pleurer.

Lady Beckenham fouilla dans la poche de son pantalon pour en tirer son propre mouchoir.

— Tiens, prends ça. Il est un peu plus propre que le tien.

— Merci… Excusez-moi, je vais essayer de ne pas… Mais c'est juste que je ne vois aucun espoir pour lui dans la vie, plus jamais…

Un long silence suivit, puis Lady Beckenham demanda :

— Barty, comment Billy se débrouille-t-il avec sa jambe de bois ?

— Oh, très bien… Il s'exerce en montant et en redescendant Line Street. Il arrive même à marcher quelques pas sans la béquille, il dit que chaque fois qu'il tombe il pense à votre grand-père, alors il se relève. « Clopin-clopant », c'est comme cela qu'ils l'appellent dans la rue.

— Brave garçon, dit Lady Beckenham. C'est exactement le genre de choses que j'aime entendre. Maintenant, écoute-moi. J'ai un problème avec l'écurie : une des filles qui s'en occupait s'en va. Je me dis que Billy saurait peut-être se débrouiller, nettoyer, passer le jet, etc. Il n'aura aucun régime de faveur, il faudra qu'il prouve qu'il peut assurer ce travail. Mais s'il y arrive… alors, Barty, je l'engage tout de suite. Quoi, tu ne vas pas te remettre à pleurer, pour l'amour du ciel !

— Toujours pas de nouvelles, Lady Celia ?

— Non. Mais je me persuade que cela signifie que tout va pour le mieux…

— Et vous ne savez pas dans quel hôpital il est ?

— Pas encore. Ma mère répète toujours qu'on s'habitue à tout, et cela doit être vrai. J'essaye de vivre au jour le jour… Gill, pardonnez-moi de vous dire ça, mais vous avez une mine plutôt affreuse, et l'on dirait que vous avez dormi dans vos vêtements… Que vous est-il arrivé ?

— *J'ai* dormi dans mes vêtements, dit-elle d'un ton insouciant. J'ai passé la nuit à rouler dans une rame de métro.

— Toute la nuit, pourquoi ?

— Un raid a commencé quand je suis partie d'ici. Vous ne vous êtes jamais réfugiée dans une station de métro ?

— Non, dit Celia, jamais. La plupart du temps, nous prenons le risque de rester à la maison. Une fois, nous avons passé la nuit dans la crypte de St Martin-in-the-Fields, mais c'était assez pénible. Il y avait tellement de gens qui préparaient leur dîner sur des réchauds que la condensation coulait le long des murs.

— Eh bien, le métro, c'est pire. L'odeur est plutôt horrible, et les ronflements ! Abominables. Alors je suis montée dans une rame qui roulait et j'y ai dormi, beaucoup mieux.

— Seigneur, dit Celia, comme c'est intelligent de votre part. Gardez cette histoire pour notre journal de guerre…

Ce qu'elle avait dit à Gill n'était pas vrai ; elle ne pensait nullement que l'absence de nouvelles était un bon signe. Elle savait qu'avec les très nombreuses victimes de la guerre, les lettres et télégrammes avaient souvent beaucoup de retard ; Oliver pouvait fort bien être mort depuis plusieurs jours sans qu'elle en ait été informée. Il n'était pas vrai non plus qu'elle s'y habituait ; son sentiment de peur, de terreur presque physique, en face de ce que la réalité lui réservait peut-être, ne cessait de grandir. Quoi qu'elle fasse, où qu'elle soit, les mêmes visions lui revenaient sans cesse : celle de l'affreux télégramme qu'elle recevait, définitif, ou encore celle d'un Oliver mutilé jusqu'à en être méconnaissable. Elle avait d'abord pensé que rien ne pourrait être pire que le choc de la première annonce ; en fait, les longs jours et les longues nuits qui avaient suivi s'étaient révélés infiniment plus terribles. Sans son travail dans lequel elle s'échappait, elle serait devenue folle ; toutefois, elle ne s'en sentait pas très loin.

Le travail était d'ailleurs, en soi, très difficile et accaparant. Deux des filles qu'elle avait engagées comme attachées commerciales et représentantes avaient donné leur démission, pour travailler dans des usines de munitions, aussi ne lui en restait-il plus que deux. Rédiger les factures était encore une tâche supplémentaire qui leur incombait désormais, à elle et à PM.

Elles passaient souvent la soirée à travailler ensemble dans la cave de Cheyne Walk, tout en écoutant d'une oreille les bombes qui tombaient.

La fréquence des bombardements avait beaucoup augmenté. À la fin de chaque raid, elles émergeaient de la cave, où Mrs Bill et Brunson les avaient rejointes, et sortaient dans la nuit pour examiner les dégâts causés aux alentours. Une nuit fut marquée par un sévère bombardement, apparemment tout proche de la maison. Ils ne purent pas distinguer grand-chose dans l'obscurité, mais le matin révéla un grand trou dans Green Park, près de l'entrée arrière du *Ritz*, des fenêtres soufflées dans la moitié des immeubles en dessous de Piccadilly, ainsi qu'une nuée d'éclats d'obus dans la cour de Buckingham Palace.

Ils étaient tous affreusement fatigués. Le long trajet en voiture jusqu'à Beaconsfield pour voir les enfants rebutait chaque fois un peu plus Celia, et Oliver – sa voix, son sourire – lui manquait terriblement. Même leurs disputes sur les auteurs, les budgets, la promotion, la politique éditoriale. Elle n'imaginait presque plus pouvoir partager les problèmes de l'entreprise avec lui. Par ailleurs, elle avait de plus en plus de difficultés à maintenir Lytton à flot : les ventes avaient chuté, les coûts s'étaient accrus, les locaux se délabraient. Une bombe tombée sur un immeuble voisin avait creusé, indirectement, un trou dans le toit. Ce n'était pas un gros trou qui, toutefois, laissait entrer la pluie : tous les matins et tous les soirs, il fallait vider le seau placé en dessous, mais il semblait se remplir chaque jour un peu plus vite. En fait, c'était toute la toiture qui avait besoin d'être refaite. Pourtant, il était tout simplement impossible d'en assumer le coût et, de toute façon, il n'y avait personne pour faire le travail. Les maçons et les couvreurs manquaient cruellement. Même le ramoneur était une femme, qui avait repris l'affaire de son mari.

— On devrait faire un livre sur les femmes pendant la guerre, suggéra Celia. On pourrait l'appeler *Vies nouvelles pour un vieux monde* !

PM approuva l'idée, tout lui en demandant s'il existait des situations qui ne lui donnaient pas envie d'en tirer un livre. Celia répondit qu'elle n'en voyait en effet aucune.

Mais une angoisse supplémentaire s'ajoutait à toutes les autres, hantant jusqu'à ses jours les plus optimistes : il s'agissait de l'avenir même de ses relations avec Oliver, en particulier du fait qu'il ne semblait plus la désirer physiquement.

La dernière fois qu'il était venu à la maison, il l'avait à peine embrassée. Certes, il lui avait dit à maintes reprises qu'il l'aimait, mais il ne paraissait pas avoir envie d'elle. Elle se sentait blessée, rejetée, irritable et frustrée physiquement. Il lui arrivait de se réveiller, non pas de cauchemars, mais de rêves érotiques, qui l'éprouvaient aussi à leur manière : le corps frémissant de désir inassouvi, ou pis, avec un demi-orgasme, qui la laissait encore plus misérable. Elle avait essayé de lui en parler quand il était là, de savoir pourquoi il était ainsi, mais il l'avait interrompue.

— Non, Celia, s'il te plaît. Je ne peux tout simplement pas supporter d'en parler. Excuse-moi, je ne peux vraiment pas t'en dire plus.

— Il doit être mort, dit-elle d'une voix morne à PM, au bout de dix jours. Sinon, il m'aurait sûrement écrit, ou du moins aurait trouvé un moyen pour me donner des nouvelles. Je ne vois pas d'autre explication.

— Tu crois, vraiment ? J'imagine que les choses doivent être très confuses là-bas, tant de batailles, tant de blessés…

— Oui, je sais. Mais une des tâches des VAD[1], justement, c'est d'écrire des lettres. Donc, même s'il était très malade, ou très gravement blessé, il y en aurait bien quelqu'un qui écrirait pour lui.

— Mais, Celia, il est peut-être trop mal, même pour la dicter…

1. *Voluntary Aid Detachment*, société de secours aux blessés. (N.d.T.)

— PM, s'il était trop mal pour cela, il serait mort aujourd'hui. Les conditions dans les hôpitaux sur le front sont affreuses. Ils sont sous-équipés et le personnel est surmené.

— Comment le sais-tu ?

— J'ai parlé avec une VAD l'autre jour. On l'a renvoyée chez elle parce qu'elle a elle-même été blessée, en conduisant une ambulance. Elle dit que ce qui se passe là-bas est affreux. Elle n'est pas censée en parler, c'est mauvais pour le moral et cela bouleverse les gens, mais elle m'a dit qu'ils recevaient souvent des hommes avec de terribles blessures au poste d'urgence, et qu'ils pouvaient tout juste leur donner les premiers soins. Des pansements, un peu d'antiseptique, un verre d'eau. Ils ne sont vraiment pris en charge qu'à l'hôpital militaire lui-même, et pour s'y rendre, il faut deux heures ou plus, dans des conditions épouvantables. Elle disait que, parfois, elle était si paniquée qu'elle voulait s'enfuir. Et ensuite, même à l'hôpital, les hommes doivent souvent attendre longtemps avant d'être soignés. Les chirurgiens travaillent vingt-quatre heures d'affilée, ils tombent parfois littéralement d'épuisement. Tout cela n'annonce rien de bon pour Oliver.

— Mon Dieu, comme c'est affreux…, commenta PM.

Elle pensait à un autre soldat, dans un autre hôpital de campagne, et elle priait – comme elle le faisait chaque jour ou presque – pour qu'il soit vraiment mort sur le coup.

— Oui, affreux. Alors, s'il te plaît, n'essaye pas de me faire croire qu'il va bien, parce que je sais que c'est impossible. Franchement, je préfère ne pas espérer, c'est moins difficile ainsi. Oliver est mort, j'en suis sûre.

Barty songeait qu'elle n'avait jamais été aussi heureuse de sa vie. Pour la première fois, elle avait l'impression d'appartenir véritablement à un lieu. Elle aimait vivre à la campagne, marcher dans les champs et les bois, imaginer des histoires dans sa tête, qu'elle écrivait ensuite et envoyait à Wol ; elle aimait les tâches qui étaient les siennes dans le domaine, ramasser les œufs, faire les foins – la saison avait été belle, il y en avait eu beaucoup –, elle aimait ses leçons avec Miss Adams. Les jumelles étaient gentilles avec elle désormais, et elle était toujours aussi amie avec Giles. Il changeait très rapidement, il semblait avoir grandi de plusieurs centimètres chaque fois qu'il revenait à la maison. Il lui avait dit qu'il aimait le collège à présent, qu'il serait même triste de le quitter.

— Mais alors, pourquoi t'en vas-tu ? Tu ne peux pas y rester ?

Il la regarda d'un air légèrement condescendant et lui dit qu'elle le savait sûrement. Quand on avait treize ans, on allait dans une *public school*. Elle lui répondit qu'elle ne lui aurait pas posé la question si elle l'avait su. Alors il posa la main sur son bras et dit :

— Désolé, Barty, excuse-moi. Si on allait faire une promenade ? Et construire ce barrage sur le ruisseau qu'on a trouvé l'autre jour ?

Elle lui répondit qu'elle aimerait beaucoup, puis elle courut pour y arriver la première ; après quoi, ils construisirent un barrage, leur amitié apparemment tout à fait rétablie. Pourtant, de tels épisodes, même rares comme ils l'étaient désormais, lui rappelaient qu'il y avait toujours un fossé entre eux, que rien ne pourrait jamais combler.

Ce qu'elle préférait par-dessus tout, dans sa nouvelle vie, c'était d'avoir Billy avec elle, un membre de sa famille, quelqu'un de vraiment à elle. Billy était heureux lui aussi : il travaillait très dur, en dépit des efforts que cela lui demandait. Il tombait sans cesse sur les pavés de l'écurie, soit parce qu'il s'efforçait de marcher sans sa béquille, soit parce qu'elle avait glissé, aussi était-il couvert de bleus et d'écorchures. Mais il ne se plaignait jamais, se relevant toujours seul et refusant toute aide.

— Je ne veux pas être assisté, répétait-il obstinément. Si je n'arrive pas à faire mon travail, je ne pourrai pas rester ici.

Lady Beckenham respectait son humeur, et ne se privait pas de critiquer sévèrement son travail quand il n'était pas à la hauteur de ses critères d'appréciation, assez élevés.

— Ce cheval est encore crotté… là, regarde, derrière son garrot. Je n'appelle pas cela un pansage, Billy, recommence.

Ou encore :

— Cette bride n'est toujours pas attachée correctement. Je t'ai déjà montré deux fois. Pour l'amour du ciel, pourras-tu un jour faire ce que je te demande ?

Et il restait là, le visage en feu, les lèvres serrées. Il ne s'excusait jamais, pas plus qu'il ne demandait de traitement de faveur, même lorsqu'il se fit une entorse au poignet, et qu'il dut garder le bras en écharpe pendant quelques jours.

— Je peux me débrouiller, dit-il d'un ton furieux à Sheila, la palefrenière, quand elle lui offrit de nettoyer les abreuvoirs à sa place. Je peux parfaitement bien me débrouiller.

Et Barty vit qu'il le pouvait.

— Oh ! mon Dieu. Ceux-ci sont catastrophiques ! s'exclama Celia.

Elle était assise à son bureau et regardait les chiffres des ventes pour les trois mois écoulés. Les seuls succès étaient *Dépêches* et la nouvelle anthologie poétique, tout le reste marchait mal. Ces ventes-là couvriraient juste les frais généraux, sans dégager le moindre bénéfice. Comment diable allait-elle pouvoir sauver Lytton ? Elle devait pourtant trouver un moyen, à tout prix. C'était absurde d'avoir négligé la fiction populaire. Elle savait bien pourquoi les choses en étaient arrivées là : elle avait dû assumer tant de tâches qu'elle n'avait pas eu le temps de s'asseoir et de prévoir à long terme. Il fallait que cela change, maintenant, immédiatement. Elle allait consacrer le reste de la matinée à élaborer une stratégie. Elle décrocha le téléphone sur son bureau.

— Pas d'appels, Mrs Gould. Absolument personne.

— Très bien, Lady Celia. Mais…

— Pas de « mais », s'il vous plaît. Ni appels ni visiteurs.

— Désolé, dit une voix dans la pièce, une voix magnifique, sonore, musicale, une vraie voix d'acteur. Trop tard, vous en avez un.

Elle releva les yeux. En face d'elle, se tenait le plus bel homme qu'elle ait jamais vu. Il avait des cheveux brillants, couleur d'or sombre, des yeux bleu très foncé, des sourcils étonnamment fournis ; il était un peu moins grand qu'Oliver, avec une silhouette puissante et de larges épaules. Ses traits étaient d'une perfection presque absurde : il ressemblait à une vedette de cinéma – un mélange, décida-t-elle au jugé, de Douglas Fairbanks et d'une version, en blond, de la nouvelle vedette latine, Rudolph Valentino. Il portait une capote d'officier, sur ce qui avait l'air d'un costume de ville gris foncé. Quand il s'avança, en tendant la main vers Celia, elle remarqua qu'il boitait assez sérieusement.

— Sebastian Brooke, dit-il en lui souriant – un sourire large, généreux, plutôt irrésistible dans son genre. Mon agent m'a dit que vous cherchiez un livre pour enfants, j'en ai écrit un. Puis-je vous le raconter ?

320

Jusqu'à la fin de ses jours, Celia se rappellerait cette matinée : pas seulement à cause de la présence captivante de Sebastian Brooke, ni à cause du conte magique qu'il avait écrit – une fantaisie intitulée *Méridien*, d'un charme, d'un humour et d'une originalité tels qu'elle n'arrivait pas à croire qu'aucun autre éditeur ne l'ait déjà acheté ; ni même à cause de ce moment extraordinaire, lorsque Janet Gould avait appelé pour dire : « Lady Celia, il y a… », qu'elle l'avait brutalement coupée : « Mrs Gould, je vous ai dit "pas d'appels", peu importe de qui ils viennent » et que l'autre avait insisté : « Mais, Lady Celia, c'est votre mère », et qu'elle avait dit, pensant qu'il s'agissait de Billy, ou de Barty, ou des jumelles : « Oh, mon Dieu ! », puis avait demandé à Sebastian Brooke de l'excuser et avait pris la communication, pour entendre sa mère lui dire : « Celia, c'est Oliver ! Il va très bien, il est à l'hôpital, il se rétablit ! Il n'a été amputé d'aucun membre, juste un éclat d'obus dans le ventre, il reviendra à la maison dès qu'on pourra le transporter… » Non, ni même à cause de la façon dont elle avait éclaté en sanglots puis s'était mise à rire d'un rire incontrôlable, presque hystérique, avant de se lever et de demander à Sebastian Brooke de l'excuser, le temps d'aller dans le bureau de sa belle-sœur ; ni non plus parce qu'elle avait vu PM verser des larmes de joie et de soulagement, et qu'elle avait ressenti, même à travers son propre bonheur, une pointe d'émotion devant son courage et sa générosité. Elle devait se rappeler à jamais ce moment parce que, pour la première fois depuis qu'elle avait rencontré Oliver, un autre homme l'avait chassé, pour quelques minutes seulement, loin de sa tête et de son cœur.

Un autre homme avait réussi à lui faire oublier, ne fût-ce que pour un instant, la douleur de sa mort présumée.

15

— Oliver ! Oliver, mon chéri, non, ne pleure pas !
Tu n'as pas entendu ce que j'ai dit ? La guerre est
finie ! PM vient de téléphoner, en demandant si nous
avions bien entendu… Oliver, non, je t'en prie !

— Je suis désolé, dit-il, en s'essuyant les yeux du
dos de la main, puis en se mouchant. Oui, j'ai entendu.
Celia, c'est une merveilleuse nouvelle, bien sûr… mais
j'ai du mal à me réjouir. Regarde tous ces types ici,
regarde le jeune Billy, pense au père de Jay… Tout cela
pour quoi ?

Elle se sentait désorientée. D'après PM, Londres
était en pleine effervescence : le roi était sorti sur le
balcon de Buckingham Palace, des gens qui ne
s'étaient jamais vus se prenaient spontanément par la
main et chantaient le *Rule Britannia*. À Trafalgar Square,
une immense foule dansait et hurlait : « L'avons-nous
gagnée ? » puis : « Oui, nous l'avons gagnée ! » Cela
avait l'air si amusant, donnant presque un sens à toute
la misère accumulée ces quatre dernières années. Mais
ici, dans la maison de sa mère, son mari était en
pleurs.

Elle soupira, luttant pour s'armer de patience,
comme elle le faisait si souvent ces jours-ci. Plus tard,
elle entendit Sylvia raconter que, d'après le jeune

Frank, l'annonce du cessez-le-feu avait été accueillie en silence sur le front. On avait dit aux hommes de conserver leurs positions pendant quelques heures encore, ils avaient attendu calmement les nouvelles. À onze heures du matin, les Allemands avaient déposé les armes.

— C'était bizarre. Il y en a de chez nous qui se sont retrouvés avec des Fritz, qui ont échangé des clopes avec eux. Des officiers les ont arrêtés, en disant que ce n'était pas permis. Je crois que personne ne les a vraiment crus.

Le beau-frère de Celia lui raconta à peu près la même chose.

— Tout ce à quoi je pouvais penser, tout ce à quoi la plupart des hommes pouvaient penser, c'était à ceux qui étaient morts par millions. Morts pour qui, pour quoi ? C'était difficile de se réjouir.

Oliver était rentré fin septembre, et il était aussitôt allé à Ashingham ; là-bas, on pouvait le soigner dans de bonnes conditions. Il était encore très fragile ; il avait été gravement blessé au ventre, trois opérations successives avaient été nécessaires pour retirer tous les éclats d'obus. Ses blessures commençaient seulement à guérir.

Il semblait reconnaissant d'être à la maison, content de voir Celia et les enfants ; mais au-delà, il ne s'intéressait qu'à lui et à sa guérison. Elle prit quelques jours pour être avec lui et l'aider à s'installer. Ce fut une période étrange, heureuse, bien sûr. Pourtant, quand elle passait les événements en revue, on aurait dit qu'il y avait quelque chose de faussé, comme une image brouillée. Elle l'avait retrouvé à Londres, à la gare Victoria, avait vu, bouleversée, son brancard qu'on sortait du train médical, puis sa silhouette émaciée et son visage livide, dans lequel ses yeux bleus semblaient plus pâles et plus creux qu'avant. Il était

affreusement faible, tout juste capable de lever une main pour prendre la sienne et lui sourire. Cette nuit-là, une fois qu'on l'eut installé dans sa chambre, qu'il eut pris ses médicaments et dormi un peu, elle était entrée en silence et s'était assise à côté de lui.

— J'ai du mal à croire que tu es là, lui dit-elle d'abord.

Puis, comme il ne répondait pas :

— Je t'aime, Oliver, je t'aime tant.

Toujours le silence, et soudain :

— Je peux avoir un peu d'eau ?

De façon absurde, elle fut agacée de l'entendre prononcer ces mots-là alors qu'il ne lui avait pas répondu quelques instants plus tôt. Puis elle secoua la tête : il avait si souvent frôlé l'enfer, comment aurait-elle pu attendre ou exiger quoi que ce soit de lui ?

Elle lui donna un peu d'eau et lui demanda doucement :

— Comment vas-tu ?

— Très bien, très bien. Content d'être à la maison.

Et ce fut tout ce qu'elle obtint de lui pendant vingt-quatre heures.

Le lendemain soir, il semblait avoir repris des forces ; il avait bien dormi, la douleur s'était calmée. Les jumelles et Barty furent autorisées à entrer, juste quelques minutes chacune. Il leur sourit, parut content de les voir. Il réussit à embrasser les jumelles, à prendre la main de Barty : il lui dit aussi qu'il avait aimé ses histoires, qu'elles l'avaient beaucoup aidé. C'était plus qu'il n'en avait dit à personne depuis son retour et Celia en conçut de l'irritation, une étrange rancœur même, mais elle les réprima de nouveau, honteuse d'elle-même. Plus tard, elle vint lui apporter une tasse de lait chaud ; il ne pouvait absorber que du liquide, et on le nourrissait aussi par perfusion. Elle l'aida à

s'asseoir, soutint sa tasse. Il s'enfonça contre les oreillers, épuisé, puis soudain lui sourit.

— Merci, ma chérie. Je suis désolé.

— Oliver ! De quoi ?

— De… de ne pas être un meilleur mari pour toi.

— Oliver, c'est absurde ! Je ne te demande rien, rien du tout…

— Je t'aime, dit-il encore, puis il s'endormit.

Elle se sentit mieux dès lors, davantage capable de faire face à l'irritabilité d'Oliver, à son égocentrisme apparent, à son silence. C'était difficile à vivre : les enfants étaient déçus, eux qui s'étaient attendus à des étreintes, des baisers, à ce qu'il s'intéresse à eux et à leur vie. *Tout comme moi*, songeait Celia, tandis qu'elle essayait de leur expliquer pourquoi il était ainsi, afin d'atténuer leur déception. Les jumelles ne paraissaient guère réceptives à ses explications, contrairement à Barty.

— Il a vécu des choses terribles, leur disait-elle à son tour, et il est très fatigué. Il ne pourra penser à rien d'autre avant qu'il aille un peu mieux.

Elles la regardèrent, puis Adele déclara :

— Il n'est pas ton Papa…

— Il n'a rien à voir avec toi, renchérit Venetia, après quoi elles s'enfuirent toutes les deux.

Barty les suivit des yeux, en larmes ; il y avait longtemps qu'elles n'avaient pas été désagréables avec elle, elle avait oublié combien c'était douloureux.

— Ne fais pas attention à elles, dit Celia en l'entourant de son bras, et merci d'avoir essayé de leur expliquer. Ce que tu leur as dit était absolument exact.

Barty esquissa un faible sourire puis sortit pour gagner la bibliothèque. Le lendemain après-midi, Celia la trouva en train de lire un livre à Oliver, et en fut agacée.

— Barty, tu sais bien que Wol doit dormir l'après-midi. Sors de cette chambre.

— Ce n'était pas très gentil, commenta Oliver quand Barty fut sortie. J'étais réveillé et la porte était ouverte. Elle a proposé de me faire la lecture et j'ai pensé que ce serait une bonne idée. Je m'ennuyais.

— Oliver, *je* t'aurais fait la lecture, si tu me l'avais demandé !

— Oui, mais Barty me l'a proposé. Oh, chérie, cela n'a aucune importance. De plus, c'est bon signe, tu ne crois pas, que je m'ennuie ?

— Si. Si, bien sûr. Oliver, après le week-end, il faudra vraiment que je retourne à Londres, chez Lytton.

— Tout ira bien, dit-il en fermant les yeux, tout ira très bien. On s'occupe parfaitement de moi ici.

Lui. Encore lui, mais rien sur elle, ni sur le fait qu'elle lui manquerait… Arrête, Celia, arrête, tu te conduis comme une enfant. Elle se pencha et lui embrassa le front.

— Bon. Je suis contente que tu aies cette impression.

— Tout à fait.

— Je peux m'asseoir un moment avec toi ?

— Oh ! non, chérie, je ne crois pas. Je ferais peut-être mieux de dormir, après tout. Tu disais toi-même que c'était l'heure de ma sieste.

— Effectivement, murmura Celia, et elle quitta rapidement la pièce.

Quand elle partit le dimanche soir, elle l'embrassa tendrement pour lui dire au revoir. Il semblait avoir repris des forces, il était assis et il lisait.

— Au revoir, mon chéri. Je reviendrai le week-end prochain. À condition de trouver de l'essence, bien sûr.

— Oui, eh bien, si tu peux. Je me sens tellement mieux ce soir. J'ai passé une belle journée.

— N'est-ce pas ? Je suis contente que tu l'aies appréciée.

— Oui, ç'a été une belle journée.

— J'ai bien peur que la maison à Londres te paraisse dans un triste état quand tu reviendras. Et aussi Lytton. Entre les...

— Oh, vraiment ? Chérie, tu pourrais m'apporter quelques livres quand tu reviendras ? Je lis davantage maintenant, et la bibliothèque de ton père est un peu limitée.

— Oui, bien sûr, dit-elle d'un air enjoué. Je pourrais t'apporter quelques manuscrits, et certains des ouvrages que nous avons publiés, si tu veux.

— Oh ! non, cela ressemblerait trop à du travail, du travail difficile. Je pensais plus à des auteurs comme Conan Doyle, tu vois, ou encore à cet homme, Dornford Yates. Cela me remonterait vraiment le moral.

— Bien... D'accord.

— Je suis fatigué maintenant, ma chérie. J'ai besoin de dormir. Tu crois que tu pourrais tirer les rideaux avant de partir ? Au revoir, j'espère te revoir très bientôt.

Soudain les mots de Sarah, duchesse de Marlborough, revinrent à l'esprit de Celia – c'était l'une de ses citations favorites : « Le duc est revenu de la guerre, aujourd'hui, et il m'a donné du plaisir avant d'avoir enlevé ses bottes. »

C'est ce dont elle avait rêvé tout au long de ces années : des retrouvailles impatientes, joyeuses, éclatantes. La réalité en était très éloignée.

Le week-end suivant, Oliver avait l'air bien mieux ; le temps était de nouveau beau, et il se trouvait dans le jardin quand elle arriva. Barty lui tenait compagnie et accourut à la rencontre de Celia.

— Bonjour Tante Celia ! Wol va beaucoup mieux, on lui a enlevé la perfusion et il mange un peu de soupe. Hier soir, je la lui ai donnée moi-même, ajouta-t-elle fièrement.

— Comme c'est gentil, dit Celia en embrassant Oliver, je suis si contente. Bonjour, mon chéri. C'est merveilleux de te voir dans le jardin.

— N'est-ce pas ? J'apprécie tellement, et Barty est une excellente infirmière. Elle a même joué du piano pour moi. Tu m'as apporté quelques livres, chérie ?

— Oui, beaucoup. Et aussi un manuscrit que je voudrais…

Elle mourait d'impatience de lui montrer l'étonnant texte de Sebastian Brooke. Cela l'avait complètement absorbée toute la semaine de le lire, d'y réfléchir, de prévoir quand et comment ils pourraient le publier, combien cela vaudrait et ce qu'elle pourrait offrir à son agent…

— Oh, chérie, pas de manuscrits, je t'en prie. Je t'ai dit que je ne pourrais vraiment pas travailler. J'avais demandé quelque chose de léger, plutôt… Ne pourrais-tu pas trouver des livres de Warwick Deeping ?

— Si, bien sûr. Je t'en ai justement apporté, regarde.

— Formidable… Je m'y mettrai juste après mon déjeuner. C'est dans combien de temps, Barty ? Tu veux bien aller demander ?

Barty s'éloigna en courant et Celia attendit… qu'il lui dise qu'il était content de la voir, qu'il lui demande comment s'était passé le trajet, comment s'était déroulée la semaine, comment elle allait. Mais rien de tout cela ne vint, ni à son arrivée ni pendant tout le week-end.

— Comment va votre mari ? lui demanda Sebastian Brooke le lundi suivant.

Ils étaient attablés au *Savoy*, attendant son agent ; Celia avait déjà fait une offre pour le livre, sinon elle savait qu'un autre éditeur le ferait. Elle avait insisté pour en parler avec Oliver, mais il avait catégoriquement refusé.

— Je n'en suis pas capable, chérie, désolé. Je te laisse t'occuper de tout cela pour le moment.

Son offre initiale avait été acceptée : quatre cents livres, une somme énorme. Mais ensuite, Paul Davis, l'agent de Sebastian, l'avait rappelée, pour lui dire que Macmillan offrait davantage ; était-elle toujours intéressée ? Elle avait répondu par l'affirmative, mais avoué qu'elle ne pensait pas pouvoir monter beaucoup plus haut. Dans ce cas, lui avait dit Davis, elle devrait renoncer au manuscrit. Celia avait pris une grande inspiration et demandé si cinq cents livres emporteraient la décision. Davis avait répondu qu'il poserait la question à son client. Il l'avait rappelée plus tard dans l'après-midi, pour lui dire qu'il signerait à cinq cent cinquante. C'était une somme considérable ; l'avance normale sur droits d'auteur – de vingt pour cent – était de vingt livres. Un article, paru dans *The Bookseller*, disait qu'un auteur très célèbre s'était vu offrir deux cents livres, mais c'était exceptionnel. Et Sebastian Brooke n'était pas célèbre. Même s'il allait certainement le devenir, et si Lytton en tirerait un bénéfice substantiel. Celia avait fermé les yeux, agrippé le rebord de son bureau et donné son accord pour cinq cent cinquante livres. Le déjeuner d'aujourd'hui était destiné à conclure l'affaire et célébrer l'association de Lytton et de Brooke.

— Il va... nettement mieux, maintenant, répondit-elle à Sebastian. Toujours très faible, cependant.

— C'est normal, le pauvre. Mais il est sûrement content d'être à la maison et de vous voir.

Il lui sourit, de ce merveilleux sourire qui semblait irradier autour de lui.

— Eh bien…, dit-elle. Oui, il est content. Je suppose.

— Vous *supposez* ? Que voulez-vous dire ?

— Oh ! il est… très déprimé.

Au moment même où elle prononçait ces mots, elle songea combien ils étaient absurdes ; elle croisa le regard de Sebastian, sourit d'un air gêné.

— Je suis stupide, c'est normal qu'il le soit.

— Oui, naturellement. Mais le savoir ne rend pas les choses plus faciles, n'est-ce pas ?

— Non, dit-elle, étonnée de la justesse de sa remarque, si pénétrante. Non, en effet.

— C'est affreusement difficile, pour tout le monde. Ces retrouvailles.

— Vous-même… je veux dire…

— Oh ! j'ai eu les miennes, dit-il, désastreuses, et il sourit encore. Je m'en suis remis aujourd'hui. Je vous les raconterai une autre fois, si vous voulez.

Elle le regarda, s'interrogeant – elle se rendit compte que ce n'était pas la première fois – sur sa vie privée, consciente tout à coup qu'il l'intriguait beaucoup.

— Je serais…, commença-t-elle, puis elle s'interrompit en apercevant Paul Davis, à qui l'on venait d'indiquer leur table et qui s'en approchait.

Il prit la main de Celia, s'inclina vers elle. Elle ne l'aimait pas, le trouvant obséquieux : un requin, ainsi qu'Oliver l'avait une fois qualifié, un requin huileux. Elle était étonnée que Sebastian ait confié ses intérêts à un tel homme, mais il fallait bien reconnaître qu'il était très efficace en affaires.

— Lady Celia. Vous êtes ravissante, et quel cadre merveilleux. Peu d'éditeurs m'offrent des déjeuners de ce style ces temps-ci.

— Nous nous y connaissons en matière de style chez Lytton.

— En effet. Comment va Oliver ? J'ai entendu dire qu'il était rentré…

— Il va beaucoup mieux. Il est chez ma mère, en convalescence.

— J'espère qu'il reviendra bientôt à Londres. Histoire de négocier pied à pied, de nous pousser dans nos retranchements comme il sait le faire. J'imagine qu'un petit passage dans les tranchées est bon pour ce genre de choses.

— Un passage dans les tranchées n'est bon pour rien, dit doucement Sebastian Brooke. Sauf pour vous enlever votre goût de vivre.

— Vous avez entendu parler de la guerre de Sebastian, je suppose ? demanda Paul Davis à Celia.

— Non. Nous n'avons parlé que de *Méridien*.

— Eh bien, son grand titre de gloire a été de se faire enrôler comme simple soldat. N'est-ce pas, Sebastian ?

— Oui.

— Pourquoi avoir fait cela ? demanda Celia avec un étonnement sincère.

— Oh, je n'ai pas les qualités d'un meneur d'hommes, dit Sebastian d'un ton léger. J'ai pensé que je préférerais qu'on me dise quoi faire. J'admire aussi beaucoup le caractère de l'ouvrier britannique, et j'ai appris à l'admirer encore plus là-bas. Je ne pense pas que j'aurais autant apprécié être dans la tranchée des officiers.

— Mais cela a dû être tellement plus dur… Les conditions, les…

— Physiquement, oui. Mais émotionnellement, mentalement, c'était plus simple. Je n'avais qu'à obéir aux ordres.

— Où étiez-vous ?

— Oh, j'ai participé à la bataille de la Somme, notamment…

— Eh bien…

Elle le regarda, incapable de quoi que ce soit.

— Ensuite, il a eu de la chance, intervint Paul Davis, il a été blessé, renvoyé chez lui. Et là, il a eu le temps d'écrire ce merveilleux livre. Si nous en parlions, justement ? Il se trouve que j'ai eu une offre plus importante, Lady Celia. Collins a appelé juste avant que je parte.

— Paul, fit Sebastian, je ne suis pas sûr que…

— Sebastian, laissez-moi faire, d'accord ? dit Paul Davis, luttant visiblement pour garder une voix calme et enjouée. Je ne sais pas pourquoi je vous ai laissé venir à ce déjeuner, ce n'est pas dans les habitudes de la profession.

— Parce que j'ai insisté.

Celia le regardait et, tandis que leurs yeux se croisaient, un sentiment de grande complicité naquit entre eux. Et autre chose aussi – mais elle repoussa cette autre chose au fin fond de son esprit.

— Bien. En tout cas, voilà la situation, Lady Celia. Ils sont très désireux d'acheter le livre, et ils sont prêts à placer la barre très haut, financièrement parlant.

— Mais j'avais cru comprendre que mon offre avait été acceptée.

Elle le dit d'une voix ferme, mais en vérité elle ne se sentait pas aussi résolue qu'elle l'aurait souhaité. Elle savait que cinq cent cinquante livres était une somme bien supérieure aux moyens actuels de Lytton, et que c'était un montant scandaleux pour un nouvel auteur. Mais elle savait aussi qu'il lui fallait *Méridien*, c'est pourquoi elle avait voulu verser la somme qui devait lui garantir la publication du livre. Elle avait décidé que, si cela se révélait nécessaire, elle ferait l'impensable – elle financerait cette offre avec ses revenus personnels.

— Elle l'était, dit Davis, mais je dois agir au mieux des intérêts de mon client. J'envisage une certaine forme de mise aux enchères, en fait. Commençant avec votre dernière offre, bien sûr.

— J'ai bien peur qu'elle ne doive rester la dernière, dit-elle, la gorge nouée.

— Dans ce cas, dit Paul Davis d'un ton de regret, j'ai moi-même peur que vous ne risquiez de perdre le livre. Parce que... oh, Lady Celia, voulez-vous commander ?

Elle hocha la tête, saisit le menu. Elle se sentait affreusement déçue, presque au bord des larmes. C'était absurde ; elle avait déjà perdu des livres auparavant, ce n'était pas le premier.

— Juste un instant, dit Sebastian. Voulez-vous bien revenir dans une minute ? demanda-t-il à la serveuse, puis : Paul, je suis très mécontent. Lady Celia a déjà fait une offre très généreuse, et j'en suis satisfait. Elle veut publier le livre. Puisque nous sommes d'accord – et je croyais que le but de ce déjeuner était de nous en assurer –, je veux que ce soit elle qui le publie. J'aimerais bien que nous tenions cela pour acquis.

— Écoutez, dit vivement Celia, je veux obtenir ce livre sur des bases justes, justes pour nous tous. Je ne veux aucune faveur, même offerte aussi aimablement. Combien Collins a-t-il offert ? demanda-t-elle à Davis.

— Six cents.

— Je les paierai.

Elle le dit, mais elle se sentait très mal. Six cents livres, à peu près trente fois le chiffre habituel... Qu'était-elle en train de faire ?

— Cinq cent cinquante seront bien assez, intervint Sebastian. Je considère que l'affaire est réglée, Paul.

Davis lui lança un regard glacial.

— Bien, dit-il enfin, parfait. C'est vous le client. C'est votre livre, après tout.

— Oui, c'est mon livre. Et maintenant, il est aussi à Lady Celia.

Ils passèrent le reste du repas à discuter des dates de publication, de la promotion, du travail éditorial, des illustrations. Sebastian semblait parfaitement satisfait de toutes les propositions de Celia.

— Bien, dit pour finir Paul Davis, en repoussant sa chaise et en essuyant ses lèvres, qui avaient viré au myrtille, sur sa serviette. Je ferais mieux de rentrer pour préparer un contrat. Merci, Lady Celia, le repas était délicieux. On se revoit plus tard, Sebastian.

— Il est odieux, maugréa Sebastian en le regardant partir. Il faut que je trouve quelqu'un d'autre.

— C'est un très bon agent.

— Vraiment ?

— Oui. Mais sur le plan personnel, c'est un homme que je n'apprécie pas.

— Je suis heureux de vous l'entendre dire. À notre association, dit-il en levant son verre.

— À notre association, répéta-t-elle, et elle lui sourit. C'était très élégant de votre part, de laisser le livre à Lytton. Alors que vous auriez pu en tirer encore plus d'argent.

— Je vous l'aurais laissé pour moins.

— Je l'ai senti, oui. Mais il ne valait mieux pas, je crois. Il ne fallait pas que je vous fasse perdre de l'argent, vous auriez pu en éprouver du ressentiment plus tard. Et le ressentiment gâche les meilleures relations professionnelles.

— Je n'y perds pas beaucoup, en tout cas.

— De toute façon je vous le ferai regagner, j'en suis sûre. Avec les ventes. En attendant, je vous suis très reconnaissante.

Un bref sourire passa sur le visage de Sebastian Brooke, puis son expression redevint sérieuse, et même intense.

— Je pense que vous savez pourquoi j'ai fait cela, dit-il.

— Nous allons tous rentrer à Londres, dit Barty, pour vivre là-bas.

— Quand ? demanda Adele.

— Pourquoi ? demanda Venetia.

— C'est quoi, Londres ? demanda Jay.

— De toute façon, comment tu le sais ? ajouta Adele.

— Ta grand-mère me l'a dit. Après Noël.

— Pourquoi elle te l'a dit à toi ?

— Oui, pourquoi pas à nous ?

— Et Papa, pourquoi il nous l'a pas dit ?

— Parce que je lui parlais de Billy. Elle m'a alors dit qu'il me manquerait quand je retournerais à Londres. C'est vrai qu'il me manquera, ajouta-t-elle, et elle fondit en larmes.

Les jumelles la regardèrent en silence, puis se regardèrent.

— On n'a pas envie de partir, soupira Venetia.

— Moi non plus, dit Barty en se mouchant, mais on doit le faire. La guerre est finie, il n'y a plus de bombes.

— Eh bien, on peut quand même rester ici. Papa est ici.

— Bientôt il n'y sera plus. Il ira mieux et il voudra rentrer à la maison.

— Comment tu le sais ? demanda Adele.

— Qui t'a dit ça ? demanda Venetia.

Elles étaient très jalouses des relations de Barty avec leur père.

— C'est lui qui me l'a dit.

— C'est pas vrai.

— Je te crois pas.

Le petit Jay, sentant leur hostilité envers Barty, qui était son héroïne, glissa sa main dans la sienne.

— Moi, est-ce que je vais aimer Londres ? lui demanda-t-il.

— Je ne sais pas, lui répondit Barty.

Jay n'aima pas Londres : il le détesta, même. Il y fut très malheureux. Dès le moment où le taxi s'éloigna de la gare de Paddington, et que l'excitation du voyage en train fut retombée, il ne pensa qu'à repartir. Il détesta les rues grises, le bruit de la circulation qui couvrait le chant des oiseaux, les interminables rangées de maisons, avec à peine un peu d'espace entre elles, la petite parcelle de ce qu'on appelait un jardin derrière chez PM, à Keats Grove, le peu d'occupations possibles, la perte de sa liberté.

À Ashingham, il était devenu plus ou moins sauvage. Du matin au soir, il suivait Barty et les jumelles aux écuries, dans les champs, revenait vers la maison à travers les pelouses. Quand elles prenaient leurs leçons, il allait parler avec Billy ou avec l'un des pensionnaires convalescents, ou bien il allait chercher les œufs avec Dorothy, ils marchaient ensemble jusqu'au village. Parfois aussi, elle lui fabriquait une canne à pêche et il s'asseyait près du ruisseau, attendant patiemment un poisson qui ne mordait jamais. Et quand Giles venait pour les vacances, c'était lui qu'il suivait au lieu des filles : Giles lui donnait des leçons de cricket ainsi qu'à Barty, il l'aidait à pédaler sur le vieux tricycle qui avait autrefois appartenu à Tante Celia. À Ashingham, tous les enfants prenaient leurs repas ensemble dans la grande cuisine ; la nuit, Jay dormait dans la petite chambre située entre celle de Barty et celle des jumelles.

Subitement, il se retrouvait seul toute la journée avec Dorothy : sa mère – qui avait toujours été un personnage lointain pour lui – quittait la maison tôt le matin, et revenait en général quand il était déjà au lit. Il était trop jeune pour aller à l'école, aussi lui et Dorothy allaient-ils faire des promenades sur le Heath, ou dans les boutiques, parfois à la bibliothèque publique.

C'en était fini des distractions d'autrefois. Une ou deux fois par semaine, il avait le droit d'aller goûter avec les jumelles. Mais, même chez elles, où l'espace était plus vaste et les jouets plus nombreux, il n'y avait pas grand-chose à faire. En plus, elles avaient changé ; elles avaient toutes changé, y compris Barty. Elles portaient des jolies robes à la place des vieilles blouses qu'elles avaient à Ashingham, ou encore ce que l'on appelait un uniforme, des jupes, des pulls et de drôles de chapeaux plats. Elles allaient à l'école ensemble et les jumelles y avaient beaucoup d'amies, qu'elles invitaient souvent dans leur maison et qui ne voulaient pas jouer avec lui lorsqu'il s'y trouvait. Ou alors les jumelles n'étaient pas là, ce qui était pire. Barty, elle, avait beaucoup de ce qu'elle appelait des devoirs à faire ; et, bien qu'elle continuât à lui lire des livres et à jouer avec lui, il voyait qu'elle était très occupée.

Tante Celia était à son travail avec sa mère, sauf les week-ends ; la seule personne qui semblait avoir encore du temps pour lui était le père des jumelles, Wol, comme lui et Barty l'appelaient. Il n'était pas encore suffisamment remis pour aller travailler, alors il lisait souvent pour Jay, lui racontait des histoires ou l'aidait à faire des dessins. Il regardait souvent Jay d'un air très triste, il soupirait, et il avait l'air de penser tout à fait à autre chose. Une fois, il lui avait dit :

— On n'a vraiment pas notre place ici, pas vrai, mon vieux ?

— Moi, je veux pas avoir une place ici, avait répondu Jay.

Il ne savait pas exactement ce que voulait dire Wol, mais comprenait qu'il se sentait isolé lui aussi.

— On peut pas retourner dans l'autre maison ?

Wol lui avait fait un sourire plutôt triste, l'avait serré fort dans ses bras et lui avait dit qu'il craignait bien que ce ne soit pas possible ; puis ils étaient restés assis en silence pendant un long moment.

— C'est tout simplement parfait, dit Sebastian. Merveilleux, parfaitement juste. C'est une fille intelligente, votre maquettiste.

— Directrice artistique. Elle en est très fière.

— Désolé. En tout cas, elle est très intelligente, quel que soit son titre.

Ils étaient dans le bureau de Celia et étudiaient le dessin que Gill avait fait pour la jaquette de *Méridien*. Il était très novateur : un tourbillon de représentations graphiques Modern Style prenant la forme d'une horloge, déclinant le mot « Méridien » en différentes tailles et en différents sens. En regardant de près le cadran de l'horloge, petit et conventionnel, on n'y voyait aucun chiffre, mais des lettres, qui épelaient le mot « Méridien » à la fois à l'endroit et à l'envers. Les aiguilles de l'horloge étaient représentées par deux silhouettes androgynes, bras levés et paumes jointes, indiquant six heures.

— Et nous aurons de la couleur, n'est-ce pas ? avait dit Gill joyeusement la veille au soir, quand elle l'avait posé en face de Celia. Je pensais à un ravissant bleu tirant sur le vert, et entremêlé d'or.

— Merveilleux, c'est absolument merveilleux. Et je suppose que les illustrations sont du même style ?

— Oui, simplement plus explicites, bien sûr. J'ai déjà donné les instructions à l'artiste : en couleurs et à peu près une par chapitre, cela vous convient-il ?

— Absolument.

Plus Celia lisait *Méridien* et plus elle l'aimait, tombait sous son charme, se convainquait de son énorme potentiel. Elle n'avait toujours pas révélé à Oliver, ni d'ailleurs à PM, ce qu'elle avait payé : qu'ils jugent ou non qu'il valait bien ce prix, il était de toute façon trop tard pour revenir en arrière.

Le livre n'était pas seulement une histoire charmante, mais une idée fantasque, brillante et fort originale. Tous ceux qui le lisaient, jeunes ou vieux, tombaient sous son charme ; même Jack, enfin revenu de France – et qui séjournait provisoirement à Cheyne Walk en attendant de décider ce qu'il allait faire de sa vie –, n'avait pu s'en détacher avant de l'avoir fini.

— Et il n'a lu que deux ou trois livres dans sa vie, commenta Celia en racontant l'anecdote à Sebastian.

— Bien… J'ai hâte de le rencontrer. Un Lytton inculte, un vrai paradoxe vivant…

— Vous l'aimerez beaucoup, comme tout le monde. En tout cas, pour en revenir à *Méridien*… ce que je préfère, c'est son ton humoristique. Non, ce que je préfère, ce sont tous les petits fils individuels du récit.

— Vous voulez savoir ce que *je* préfère ? lui demanda Sebastian, tout en plongeant ses yeux extraordinaires dans les siens.

— Oui, quoi ?

— Que ce soit vous qui le publiiez.

— Oh, je suis si contente que vous appréciiez ce que nous faisons pour lui…

— Non, ce n'est pas ce que je veux dire. Ce dont je suis le plus heureux, c'est qu'il m'ait donné l'occasion de vous connaître.

— Oh…

Elle le regarda, interdite, et il lui sourit.

— Et vous, Celia, ne l'aimez-vous pas pour cela aussi ?

Troublée – une sensation nouvelle pour elle –, Celia décrocha son téléphone et dit à Janet Gould de demander à Gill Thomas de venir les rejoindre.

— Mr Brooke est là, et il veut discuter de la couverture.

Par-dessus l'appareil, elle croisa les yeux de Sebastian qui lui dit :

— Je ne pense pas que ce soit nécessaire, mais si c'est ce que vous désirez…

Elle pensait évidemment tout le contraire, mais se refusait à l'admettre. Elle se persuadait que rien n'avait changé : non, elle n'attendait pas impatiemment ses visites chez Lytton ; non, elle n'était pas en train de devenir ce genre de femme dont elle désapprouvait tant l'attitude – qui se regardait bouger, parler, rire, qui s'efforçait d'être aussi charmante, aussi amusante, aussi séduisante que possible…

Elle eut un moment d'hésitation, puis se reprit :

— Finalement non, Mrs Gould, ne la dérangez pas, c'est inutile.

Tandis qu'elle raccrochait, elle ne put s'empêcher de soupirer, en pensant à Sebastian et aussi à Oliver, à sa vie qui semblait devenue compliquée. Il lui en fit la remarque :

— Quel profond soupir…

— Ah…, murmura-t-elle, évasive.

— Quelque chose ne va pas ? Vous voulez m'en parler ? Pendant que nous déjeunerons, peut-être.

— Il n'y a rien à dire, je vous assure.

— Vous préférez que nous déjeunions sans parler de rien ?

— Je suis terriblement occupée…

— Moi aussi. Mais vous êtes mon éditrice, n'est-ce pas ? Il y a certainement beaucoup de détails dont nous pourrions discuter, tout en dégustant ce délicieux bœuf qu'ils servent chez *Simpson*. Venez, cela vous fera du bien.

Il avait raison : ils devaient mettre au point certains détails. Elle assurait elle-même le travail éditorial car elle ne pouvait supporter l'idée d'un regard trop rationnel qui amènerait à raccourcir les longues phrases de Sebastian, des phrases désordonnées mais parfaitement fluides, ou encore à intervertir deux scènes pour les remettre dans un strict ordre chronologique – alors que tout le charme du récit tenait à son tempo plein de fantaisie. Telles étaient bien les raisons pour lesquelles elle faisait le travail elle-même – celles-là et aucune autre.

— Êtes-vous fatiguée ? lui demanda-t-il quand ils eurent pris place à une table, dans un coin du restaurant.

— Pardon ? Oh, oui, un peu. Je pense que la guerre nous a tous fatigués.

— C'est vrai. Mais maintenant elle est finie, et je me sens très bien.

— Même votre jambe ?

— Non, dit-il, et il lui sourit. Non, ma jambe ne va pas très bien. Mais vous, où est votre blessure ? Qu'est-ce qui vous fait encore souffrir ?

Elle garda le silence.

— Votre mari ?

— Non, répondit-elle rapidement, trop rapidement.

— Votre mari, répéta-t-il, et il sourit. Dites-moi… Est-il déprimé ?

— Il… non, pas exactement. Il a l'air assez en forme. Non, pas en forme, ce n'est pas le mot, pas abattu non plus, juste…

— Un peu détaché ? Absent ?

— Oui, c'est exactement cela. On dirait qu'il ne s'intéresse à rien, sauf à lui-même.

— Cela me paraît tout à fait normal. J'ai vécu la même chose, jusqu'à un certain point. Il est passé par des moments épouvantables, ne l'oubliez pas. Il a dû se couper du monde extérieur, se replier sur lui-même. Comme un réflexe de défense.

— Je le sais, bien sûr. Mais il ne veut parler de rien, en dehors de lui : ni de Lytton, ni des enfants, ni de la maison, qui est pourtant en très mauvais état, et surtout pas de moi. Il ne veut même pas parler de ce qu'il a traversé. C'est… disons… difficile à vivre. Parce que je dois continuer à tout faire moi-même, à prendre seule les décisions qu'il devrait partager, maintenant. C'est très difficile.

Sebastian sourit de nouveau.

— Oserais-je suggérer, chère Lady Celia, que vous pourriez trouver cela encore plus difficile quand il recommencera à s'intéresser à tout ?

— Bonjour, Marjorie…

Barty se tenait dans l'encadrement de la porte de la maison de Line Street et souriait, plutôt timidement. C'était samedi, et on l'autorisait maintenant à venir seule, par le bus. Celia l'y encourageait même, comme elle encourageait tout type d'indépendance. La plupart du temps, Barty et les jumelles revenaient ensemble de l'école par le bus – les jumelles assises à l'avant avec leurs amies, bavardant et pouffant de rire, Barty assise derrière, feignant l'indifférence.

Elles allaient toutes à l'école pour filles d'Helen Wolff, dans South Audley Street. C'était une bonne école, assez réputée : Violet, la fille de Mrs Keppel, et Vita Sackville-West y avaient été élèves. Mais cela intéressait moins Celia que la qualité de l'éducation qu'on y dispensait. Elle était résolue à ce que les filles puissent avoir les mêmes chances que Giles sur le plan scolaire.

Barty devint d'emblée la meilleure élève de sa classe, tandis que les jumelles s'installaient confortablement dans une routine paresseuse. Mais, en quelques jours, elles se firent également une foule d'amies ; aussi devinrent-elles orgueilleuses, désobéissantes, insolentes envers Nanny, impertinentes vis-à-vis de leurs professeurs et autoritaires avec Barty. Envolés, l'ordre et l'harmonie qui avaient régné à Ashingham, comme s'ils n'avaient jamais existé.

Au début, Barty n'eut pas de problèmes avec les autres filles de sa classe ; elle les appréciait et s'assimilait facilement, comme si sa propre histoire pouvait finir par se confondre avec les leurs, grâce à ses années passées avec les Lytton et à leur expérience commune de la guerre. Elle était bonne aux jeux, aussi. Ses exploits au gymnase et sur le terrain de *net-ball*[1] l'aidèrent à se faire des amies. Hélas, les professeurs commencèrent bientôt à reprocher aux jumelles de ne pas lui ressembler.

— Votre sœur vous montre si bien l'exemple, leur dit un jour leur professeur principal, alors qu'elles avaient échoué dans un exercice d'orthographe. Pourquoi ne l'imitez-vous pas ?

— Ce n'est pas notre sœur, dit Adele. Elle vit avec nous, c'est tout.

— Notre mère l'a ramenée à la maison quand elle était petite, renchérit Venetia.

Le bruit se répandit rapidement à travers l'école que Barty était une sorte d'enfant trouvée, sauvée de la rue par la généreuse Lady Celia Lytton, qui avait obligé ses propres enfants à être gentils avec elle, à lui donner une partie de leurs jouets, et même à lui abandonner une chambre. C'était le genre d'histoires qu'aiment les petites filles. En l'espace de quelques jours, Barty devint un objet de curiosité générale : d'admiration, pour quelques filles gentilles et bienveillantes ; de dérision pour la majorité.

— C'est vrai que tu dormais dans une boîte avec trois de tes frères ? lui demandait l'une d'elles.

---

1. Sorte de jeu de basket, plus spécialement destiné aux filles. *(N.d.T.)*

— Je dormais avec eux quand j'étais toute petite, oui, répondait Barty, qui ne voulait pas trahir sa famille. Mais dans un lit, pas dans une boîte.

— Et vous viviez tous dans une cave ?

— Ce n'était pas vraiment une cave, non. Nos pièces étaient en bas de la maison, au... au sous-sol.

— Vos pièces ? Vous en aviez combien ?

— Deux, expliqua Barty d'une voix ferme, puis elle ouvrit son bureau et en sortit des livres ; elle savait désormais à quoi elle devait s'attendre.

Tout n'était pas aussi pénible qu'avant : elle avait quelques amies, était invitée dans quelques maisons. Mais la plupart du temps, on la tenait à l'écart, quand on ne la harcelait pas. Comme avant, elle cherchait un réconfort en se plongeant dans le travail, ce qui ne l'aidait guère dans ses rapports avec les autres : on recommença à la surnommer « la bûcheuse ».

— Au moins, c'est mieux que Mendi, avait-elle raconté à Giles.

— Oh, bonjour, lui dit Marjorie. Qu'est-ce que tu fais là ?

— Je suis venue vous voir, c'est samedi. Et la semaine prochaine, on va tous à Ashingham pour Pâques, alors je verrai Billy. Je pensais que vous auriez peut-être des messages pour lui.

— Je ne crois pas, non. Il est devenu de la haute lui aussi, pas vrai ? Alors pourquoi il voudrait des nouvelles de nous ?

— Marjorie, ne dis pas ça... Bien sûr qu'il veut avoir des nouvelles de vous, ne sois pas stupide. Où est Maman ?

— En bas à la boutique, avec Mary. Elle essaye d'avoir du pain.

— Elle essaye ? Pourquoi, c'est difficile ?

— Parce que nous n'avons pas d'argent, madame la baronne. Elle fait la queue pour acheter du pain d'hier.

Sylvia était très maigre, avait l'air épuisé et n'arrêtait pas de tousser.

— Maman ! Bonjour… Tu vas bien ?

— Oh, bonjour, Barty chérie. Tu as encore grandi. Quelle jolie robe…

— Oui, merci. Elle est neuve.

— J'aimerais bien avoir une ou deux robes neuves. Toutes les miennes sont usées jusqu'à la corde.

— Je pourrais…, commença Barty, mais elle s'interrompit.

Elle savait que sa mère ne voulait plus rien recevoir par charité.

— Je suis soulagée de savoir que, toi au moins, tu as de tout, répétait-elle toujours. De jolis vêtements, de la bonne nourriture… C'est au moins ça dont je n'ai pas à m'inquiéter.

Barty détestait entendre ce genre de propos : ils lui prouvaient qu'elle ne pourrait jamais retourner dans sa famille, être pour eux tous un souci et une charge supplémentaires. Là était peut-être le pire, savoir que, non seulement elle n'était pas une Lytton, mais que sa famille ne voulait plus d'elle.

Soudain, Sylvia s'appuya d'une main au mur de la boutique et Barty la regarda, alarmée.

— Maman, tu as l'air très mal…

— Je vais bien, dit Sylvia, juste un peu étourdie.

— Écoute, tu n'as qu'à retourner à la maison, j'attendrai ici.

— Tu veux bien faire ça, ma chérie ? C'est gentil. Prends deux pains si tu peux les avoir. Mais fais bien attention qu'ils soient d'hier, d'accord ? Voilà l'argent.

Mr Phelps, à la boulangerie, était l'un des rares habitants dans Line Street à traiter Barty comme une personne ordinaire.

— Bonjour, Barty. Eh bien, tu as encore grandi, on dirait. Ta mère n'est pas là ?

— Elle est rentrée à la maison. Elle ne se sentait pas très bien.

Il soupira.

— Non, elle ne va pas très bien. C'est parce qu'elle ne mange pas correctement, et à cause de cette mauvaise toux qu'elle a attrapée. Pas assez d'argent, c'est son problème, à elle et à toutes les veuves. Les pensions sont une vraie insulte qu'on leur fait, c'est scandaleux. Ça m'étonnerait qu'elle ait plus de dix shillings devant elle, je ne sais pas du tout comment elle se débrouille. Tiens, prends deux de ces petits pains en plus. Non, je ne veux rien pour ça. Ils sont rassis, mais encore bons à manger.

Cette nuit-là, étendue entre ses draps fraîchement lavés et vêtue d'une de ses chemises de nuit de linon, avec ses nouvelles robes pendues dans son armoire, Barty pensa, la gorge nouée, à sa mère. Sa mère qui achetait du pain rassis parce qu'elle ne pouvait pas s'en offrir du frais, sa mère qui toussait sans cesse. Même dans son sommeil, d'après Marjorie. Et elle pensa aussi que ce n'était guère étonnant si ses frères et sœurs éprouvaient du ressentiment envers elle.

— Tu as l'air d'aimer cela.

Celia sourit à Oliver par-dessus la table de la salle à manger.

— Oui, vraiment. J'en ai un peu assez du poisson, mais celui-ci était particulièrement bon. La nouvelle cuisinière est parfaite. Je remarque quand même que Jack sort de plus en plus souvent. Il recherche de la bonne viande rouge, je suppose. Je ne peux pas dire que j'en suis vraiment désolé, c'est agréable d'avoir la maison pour nous. Cela t'ennuie qu'il habite ici ?

— Pas du tout, au contraire. Mais il doit manquer terriblement de distractions.

— Il trouvera bientôt quelque chose à faire. Je suis très étonné, je l'avoue, qu'il soit si décidé à quitter l'armée. Cela paraissait tellement lui convenir.

— Je pense qu'il a perdu toutes ses illusions sur elle.

Elle se tut quelques instants, en se rappelant cette nuit-là. La première fois, en fait, qu'elle avait été si tentée, qu'elle avait véritablement ressenti du désir pour un homme autre qu'Oliver. Et maintenant... maintenant il habitait à la maison, alors bien sûr elle n'allait pas, ne pouvait pas, ne voulait même pas y penser. Elle regarda Oliver, lui fit un rapide sourire.

— Comment te sens-tu, dans l'ensemble ?

— Très bien. En fait, je me disais qu'aujourd'hui j'aimerais bien commencer à lire quelques manuscrits, même à jeter un coup d'œil sur notre programme des mois à venir. Qu'en penses-tu ?

— Oliver, c'est merveilleux ! s'exclama-t-elle, sincèrement ravie à cette idée.

— Oui. Je me dis que je devrais commencer avec le livre de Mr Brooke, puisqu'il est visiblement si important pour nos prévisions de Noël.

— Oh ! oui...

Ce livre la rendait toujours nerveuse, à cause de la quantité de temps et d'argent qui y était investie.

— Je suis désolé que tu aies dû m'attendre aussi longtemps, ma chérie. Mais je me sentais affreusement faible et malade.

— Tu n'as pas à t'excuser. Je m'en suis sortie, et toi tu méritais bien du repos. Tu es passé tout près de la mort, quand même.

Cela n'était pleinement apparu qu'au cours des derniers mois, depuis son retour à la maison ; il avait perdu énormément de sang, avait eu une septicémie, et reçu l'extrême-onction des mains d'un prêtre catholique un peu trop zélé. C'était presque un miracle qu'il ait survécu. Son ventre avait subi des atteintes irrémédiables, il ne guérirait jamais complètement.

— Oui, je suis presque mort. Et j'ai souvent regretté de ne pas l'être tout à fait.

— Je sais.

Elle lui fit un grand sourire, espérant, sans le dire, qu'il n'allait pas recommencer avec des souvenirs qui étaient si douloureux à entendre. Au début, elle s'était sentie fière qu'il les lui raconte, grandement soulagée qu'il lui parle enfin. Puis, ces derniers temps, leur éternelle répétition les avait rendus plus difficiles à supporter.

— Mais ensuite, je me suis senti plus… reconnaissant. De ne pas être mort, je veux dire. Reconnaissant d'être encore vivant.

Elle en fut surprise ; c'était la parole la plus positive qu'il ait prononcée depuis son retour à la maison.

— Oliver, je suis si contente…

— Donc, je serai peut-être de retour chez Lytton avant que tu aies eu le temps de dire ouf ! Et là, je serai odieux, bien sûr.

— Mais non, ce sera merveilleux de t'avoir à nouveau, pour m'aider…

— T'aider ! Ma chérie, j'espère que là-bas je ferai un peu plus que t'aider !

Sa voix s'était soudainement raffermie et teintée d'un sorte d'avertissement. Elle se rappela les mots de Sebastian, qui résonnèrent ironiquement à ses oreilles.

— Bien sûr, dit-elle, bien sûr. Mais tu comprends ce que je veux dire… J'ai mené une lutte très solitaire.

— Tu avais PM.

— Oui, j'avais PM, et elle m'avait. Je ne sais pas comment nous aurions pu y arriver l'une sans l'autre. Mais nos domaines de compétence sont si différents, nous devions toutes les deux prendre des décisions par nous-mêmes.

— Oui, bien sûr, murmura-t-il.

Elle le perdait de nouveau ; il avait l'air épuisé. Il parvint néanmoins à sourire et à lui dire :

— Je pense que je devrais monter me coucher, si cela ne t'ennuie pas. Bonne nuit, ma chérie.

— Bonne nuit, Oliver.

Elle l'accompagna jusqu'au bas de l'escalier, l'embrassa, puis le suivit des yeux tandis qu'il gravissait lentement les marches.

Depuis qu'il était rentré, ils dormaient dans des chambres séparées. C'était la meilleure solution, ils étaient d'accord, la seule possible. Mais pas une fois, il n'avait émis le désir qu'ils s'étendent ensemble, qu'il la prenne dans ses bras. Sans même parler de faire l'amour.

16

— Toujours pas de décision de Segal ? demanda Robert d'un air détaché.

— Non, toujours pas, répondit John.

Ils se sourirent – des sourires prudents, vaguement embarrassés. Ils attendaient une réponse concernant un contrat pour la construction d'un grand magasin destiné à Jérôme Segal sur la Sixième Avenue, un magasin qui rivaliserait avec *Saks* en taille et en luxe. D'abord, tout avait bien marché, on leur avait adressé plusieurs messages discrets assurant qu'ils auraient bien le contrat – puis soudain plus rien, le silence.

Le jour de la signature, fixé par Jérôme Segal lui-même, était arrivé, mais il y avait alors eu un premier coup de téléphone : « Désolé Robert, juste un contretemps d'un de mes directeurs », un certain ton évasif, une longue période de silence, enfin une brève note demandant une semaine de délai : « Juste pour mettre les derniers points sur les *i* et les dernières barres aux *t*. »

La semaine en question se terminait aujourd'hui, et l'après-midi avait commencé. Quand la secrétaire de Robert leur passa enfin un appel de Jérôme Segal, ce n'était pas pour leur donner l'accord tant attendu, mais pour demander une analyse plus détaillée des coûts.

— Mr Segal, dit John, l'analyse pourrait difficilement être plus détaillée. Si vous vous en souvenez bien, j'ai même fait un devis pour les supports de pots de fleurs dans les toilettes des dames.

Il y eut un silence, puis :

— Oui, je le sais, John. Mais nos partenaires m'ont posé quelques questions sur le coût des matières premières – le coût total du ciment, par exemple.

— Je n'aime pas cela, dit John à Robert, en tendant la main vers le dossier Segal, pas du tout. Je pressens des problèmes, même si nous signons ce contrat.

Mais ce fut une autre compagnie, du nom de Hagman-Betts, qui l'emporta. Personne n'en avait jamais entendu parler.

— Une nouvelle société, dit Robert, trop avide de décrocher ses premiers contrats, et qui court à sa perte. Ne désespère pas, John, ce n'était qu'un projet parmi d'autres. Nous avons conclu trois autres contrats. Allons boire un verre, on oubliera tout cela.

Mais l'un des trois projets déjà signés alla lui aussi à Hagman-Betts, et un deuxième à une autre jeune compagnie appelée Stern-Rubin.

Alors qu'il rentrait en voiture à Sutton Place, Robert se sentit mal à l'aise, inquiet. Sans savoir au juste pourquoi : la société était financièrement solide, et avait d'autres bons clients. Sans doute était-il juste un peu fatigué.

— Qu'est-ce qu'il y a, tu es triste ? lui demanda Maud quand il entra dans sa confortable petite chambre, où elle était en train de dessiner.

— Non, je vais très bien. Que dessines-tu ?

— Une maison, regarde.

Il regarda.

— C'est plutôt un gratte-ciel.

— Peut-être.

— Alors on pourra te faire diriger Brewer-Lytton.

— J'aimerais bien.

— Moi aussi.

Elle avait sept ans et elle était toujours charmante, étonnamment simple et discrète de manières ; elle fréquentait une école de filles à Manhattan, où sa matière favorite était, et de loin, le calcul.

— Tout à fait indiqué pour une future architecte, disait son père, qui l'adorait.

Elle restait petite pour son âge, très originale avec sa masse de cheveux d'un roux doré très pur et ses grands yeux bleu-vert.

Elle et son père étaient tout au monde l'un pour l'autre ; ils dînaient ensemble tous les soirs, réveillaient l'autre chacun son tour le matin avec un verre de jus d'orange, discutaient gravement de leurs journées respectives pendant le petit déjeuner. Robert, dont la vie sociale ne s'était jamais remise de la mort de Jeanette, menait une existence calme. Toutes ses soirées, ou presque, il les passait chez lui.

Le week-end, ils allaient dans la maison que Robert avait construite à Montauk, Long Island : une véritable œuvre d'art, entièrement blanche, qui donnait sur la plage et qu'il avait appelée *Panorama*. Il en avait choisi le site avec soin pour ne pas être trop près de la résidence de Laurence. Celui-ci avait écrit à Robert, quand il avait appris qu'il cherchait une propriété, suggérant que ce serait plus agréable pour l'un comme pour l'autre de ne pas être trop proches voisins. Robert n'avait pas répondu à sa lettre, mais s'était inquiété de l'état d'esprit qu'elle révélait, et des désagréments qui pourraient en résulter plus tard pour Maud. Ce qui ne l'empêchait pas d'aimer Long Island, et les plaisirs qu'elle pouvait offrir à sa fille : le bateau, l'équitation, les promenades le long de la plage. Ils rencontraient rarement Laurence, juste à l'occasion d'un déjeuner de loin en loin ; ils échangeaient un salut froid et poli, avant de poursuivre leur chemin.

Jamie leur rendait souvent visite. Avec l'âge, il lui était plus facile d'ignorer les pressions psychologiques de Laurence, et de ne pas cacher ses bonnes relations avec son beau-père. Il avait dix-huit ans et était grand et athlétique, bon joueur de tennis et de football – il irait à Harvard en septembre pour étudier l'histoire. Il apprenait à Maud à jouer au tennis et elle avait toujours pour lui la même adoration : son plus grand bonheur était de passer un moment avec lui le week-end, assis tous les deux, en silence, sur le ponton en face de la maison, le regardant lire le journal ou sommeiller au soleil. Lui aussi l'aimait beaucoup : il lui était reconnaissant de l'amour confiant qu'elle lui avait donné tout au long de ces années, de son refus de se laisser affliger par la conduite de Laurence. Souvent, aussi, il venait séjourner à Sutton Place, honteux d'avoir refusé de venir habiter avec eux au départ. Il occupait alors la petite suite que Robert avait installée pour lui avec tant de soin quand il avait construit la maison.

— J'aimerais bien qu'on puisse se marier, lui avait dit Maud un jour.

Il avait ri, lui rappela qu'elle voulait épouser Kyle Brewer.

— Oui, mais Papa dit qu'il a une petite amie. De toute façon, je pense que j'aimerais mieux me marier avec toi. Je te connais mieux que lui.

— Hélas, ce n'est pas possible, puisqu'on est frère et sœur.

— En tout cas, la fille que tu épouseras, je serai jalouse d'elle, vraiment très jalouse.

— Cette grippe est un vrai cauchemar, dit Celia à PM.

Par ce magnifique matin de mai, elle était à la fenêtre de son bureau, regardant l'extraordinaire spectacle qu'offraient tous ces gens marchant dans les rues de Londres et portant des masques.

— Je n'arrive pas à le croire. Et le pire, d'après le Dr Perring, c'est qu'elle touche surtout de jeunes adultes en bonne santé. Cette maladie va achever l'œuvre meurtrière de la guerre. Je me demande si l'on ne devrait pas envoyer encore une fois les enfants loin de Londres. Oliver dit que je dramatise, mais il y a déjà eu tellement de morts...

— En tout cas, soupira PM, Jay adorerait quitter Londres. Il s'ennuie tant et il est si malheureux, les autres enfants lui manquent terriblement. Et comme il n'est pas bien, il épuise Dorothy.

— Quand pourra-t-il aller à l'école ?

— Pas avant neuf mois et seulement le matin. Je ne sais pas quoi faire. J'imagine que je pourrais passer plus de temps avec lui, mais à quoi peut servir une mère trop âgée pour un enfant de quatre ans ?

— À beaucoup de choses, répondit Celia d'une voix ferme. Une mère n'est pas seulement un compagnon de jeu. Il se sentira bien une fois qu'il ira à l'école, PM. Essaye de ne pas trop t'inquiéter jusquelà. En tout cas, je vais demander à Maman d'héberger les enfants loin des microbes, au moins pour les vacances d'été. On pourrait y envoyer les nannies. Cela ferait remonter le moral de Jay, non ?

— À court terme, oui.

— PM, j'ai appris à penser à court terme et tu devrais le faire, toi aussi. Tout le reste est trop compliqué. Pour le moment, je ne peux pas penser plus loin que demain. Depuis qu'Oliver est rentré à la maison, on dirait que tout est devenu pire qu'avant, je ne sais pas pourquoi...

— Il est très difficile ?

— Il est comme un enfant gâté qui s'ennuie, qui voudrait que je joue avec lui, et quand je tente de discuter il rentre dans sa coquille. Je sais bien qu'il a vécu une période terrible, mais j'aimerais bien un peu de soutien, et au lieu d'être le canot de sauvetage que j'attendais avec impatience, il est...

— Il creuse un trou encore plus large dans le fond du bateau ?

— C'est un peu cruel, dit Celia en riant, mais tu as raison. En tout cas, il va commencer à venir régulièrement, deux jours par semaine, à partir de la semaine prochaine. Je suis sûre que tout ira mieux.

— Peut-être. D'un autre côté, cela pourrait être pire. Au début en tout cas.

— Oui, c'est aussi ce que disait Sebastian.

— Vraiment ? C'est une observation très perspicace, pour quelqu'un d'extérieur.

— Oh, je ne sais pas, dit rapidement Celia. C'est plutôt évident, non ? Mon Dieu, tu devrais voir toutes ces lettres et ces journaux intimes qui sont arrivés pour *Vies nouvelles pour un vieux monde*. Ce qui revient le plus souvent, c'est le témoignage de ces femmes furieuses et contrariées à qui les hommes demandent de s'effacer pour leur permettre de récupérer les places qu'ils occupaient avant la guerre. C'est scandaleux.

L'élan du pays en faveur des héros, promis par Lloyd George, bouillonnait en réalité de rage réprimée, d'un sentiment d'injustice sociale et sexuelle. On attendait des femmes qu'elles retournent docilement vers leurs foyers et leurs époux. L'octroi du droit de vote à celles qui avaient plus de vingt-neuf ans ne suffisait pas à les apaiser. Quant aux hommes qui étaient revenus du front gravement handicapés, ils touchaient des pensions au mieux modestes, au pire honteuses.

À Line Street, Sylvia Miller luttait pour sa santé, tâchait de s'en sortir avec sa pension de veuve : un de ses fils était revenu de la guerre aigri et sans emploi, un autre en avait un, mais il était sérieusement handicapé. Sylvia n'était qu'une femme parmi des millions, qui avaient presque tout sacrifié, et qui aujourd'hui se demandaient à quoi cela avait servi.

Oliver et Sebastian étaient assis face à face sur des canapés de cuir dans le bureau de Celia. Ces canapés faisaient désormais partie de l'histoire de Lytton : c'était là que Celia restait assise jusque tard dans la nuit à lire des manuscrits, là qu'elle et PM avaient occasionnellement dormi pendant la guerre, là qu'elle faisait asseoir les membres de son personnel quand elle avait des nouvelles à leur annoncer, bonnes ou mauvaises, là qu'auteurs et agents discutaient des contrats et des décisions éditoriales concernant leurs livres.

Celia contemplait alternativement Oliver et Sebastian : Oliver – en train de passer en revue les projets promotionnels pour *Méridien* – était fragile, mince, pâle, fatigué ; Sebastian, solide et plein de vie, se passait de temps en temps les mains dans les cheveux d'un geste impatient, ou lui lançait un regard de ses yeux extraordinaires, avec un sourire encourageant. Et elle luttait pour ne pas les comparer...

— C'est un merveilleux livre, dit Oliver avec un sourire affable, vraiment merveilleux. Nous avons beaucoup de chance de le publier.

— C'est grâce à votre femme. Elle a repoussé tous les autres prétendants.

— Je suis ravi. Eh bien ! que puis-je ajouter à cette discussion ? Le planning de sortie a été parfaitement mis au point.

— Inutile de rien ajouter, sauf votre approbation du livre, bien sûr. Je suis si content que vous l'aimiez !

Oliver leva les yeux vers lui, et, dans ce regard, Celia entrevit brièvement l'Oliver d'avant-guerre, celui qui n'appréciait pas qu'on lui dise qu'il n'avait rien à ajouter.

— Oh, j'ai quand même une ou deux suggestions, enchaîna-t-il. Je me demande si vous êtes tout à fait satisfait par l'illustration de la couverture ? Elle est très abstraite, et…

— J'en suis pleinement satisfait, affirma Sebastian. Elle est très abstraite certes, mais c'est parce que le livre est destiné à des enfants déjà assez mûrs.

— J'ai peur que ce soit une erreur. Je pense que cela plaira à un très grand éventail d'enfants, mais ce seront plutôt des adultes qui l'achèteront. Ils risquent de trouver cette couverture déroutante pour un livre d'enfants.

— Oliver, je ne suis pas d'accord, intervint Celia. Il n'y a rien de déroutant dans cette couverture, elle est belle. Magique, même. Elle est apte à attirer l'attention de tous les publics.

— Je comprends bien ce que tu dis, ce que vous dites tous les deux, en fait. Mais je sais aussi quel danger il y a à spéculer sur ce genre de choses. J'ai une longue expérience des livres et…

— Oui, bien sûr. Mais ce livre est unique, il ne ressemble à aucun autre, il ouvre un domaine complètement nouveau. Et je ne voudrais à aucun prix d'une illustration infantile sur la couverture…

— Je ne suis pas en train de suggérer une illustration infantile, répondit-il d'un ton froid. Mais j'aimerais bien voir deux ou trois autres choix possibles, et quelque chose de moins obscur.

— Je doute fort que je les aimerai autant que celle-ci, commenta Sebastian, mais nous pouvons essayer, j'imagine.

— Bien sûr, nous ne déciderons rien sans votre accord. Mais n'oubliez pas, dit-il en souriant à Sebastian – puis il se tourna vers Celia et son sourire s'effaça –, qu'en général nous n'autorisons pas nos auteurs à prendre de telles décisions. Vous faites partie d'une toute petite minorité.

— Eh bien, je suis content de savoir que j'en fais partie. C'est assurément ce que j'attendais de la part de mon éditeur, entre autres choses. Ne pas laisser un écrivain donner son avis sur la couverture de son livre, pour moi, c'est un peu comme ne pas laisser un parent donner son avis sur le prénom de son enfant. Maintenant, je dois vous quitter. Merci de m'avoir accordé de votre temps, Mr Lytton. J'apprécie beaucoup que vous ayez fait l'effort de me voir. Je sais que vous avez traversé de durs moments, mais c'est bon de penser que vous vous sentez un peu mieux.

— Oui, c'est vrai. Et il n'y a pas de meilleur traitement que de s'impliquer à nouveau dans la vie de sa société. Au revoir, Mr Brooke, et merci de nous avoir laissé publier votre livre.

— Remerciez votre femme, dit Sebastian, je vous l'ai dit. C'est elle le grand architecte de ce projet, et son travail éditorial est en tout point remarquable.

— Vous avez l'expérience d'autres éditeurs ? J'avais cru comprendre que c'était votre premier ouvrage.

— C'est exact. Mais j'ai une amie écrivain, et elle m'a raconté des histoires horribles sur les éditeurs.

— Je vois. Mais aucune histoire de ce genre ne court sur toi, n'est-ce pas, Celia ?

— Non, je ne crois pas.

Elle se demandait pourquoi elle se sentait tout à coup si mal.

— Tu vas demander à cette fille de faire de nouvelles propositions, nous sommes bien d'accord ? dit Oliver quand Sebastian fut parti. Elles peuvent être aussi très belles, et plus en accord avec le livre.

— Oliver, je ne crois vraiment pas que ce soit une bonne idée. Tout le monde aime cette couverture, elle est si élégante et si originale.

— Justement. Devrai-je lui parler moi-même – comment s'appelle-t-elle déjà ? – ou le feras-tu ?

— Oh, je le ferai, s'empressa de dire Celia. Je parlerai à Gill Thomas.

— James Sharpe sera bientôt de retour parmi nous. Il a eu de la chance à la guerre, pas comme Richard, pauvre diable.

Richard Douglas avait été tué à Passendale ; Celia, qui l'aimait beaucoup, avait été très affectée par la nouvelle.

— Oui. Écoute, Oliver, à propos de James Sharpe… Je sais qu'il était directeur artistique de Lytton, mais maintenant…

— Chérie, si tu veux bien m'excuser, je crois que je vais devoir rentrer maintenant, je me sens affreusement fatigué. Mais venir aujourd'hui a été merveilleusement tonique. Et j'aime beaucoup Sebastian Brooke, il a vraiment un grand talent. Je suis impatient de travailler avec lui. Dis-moi, Celia, combien as-tu dû lui offrir exactement pour avoir le livre ?

— Eh bien… beaucoup d'argent. J'ai essayé de t'en parler, mais tu te sentais encore si fatigué…

— J'imagine que tu en avais parlé avec PM ?

— En fait, non. Il fallait que je prenne une décision très rapidement. Paul Davis disait que la moitié de Londres était sur le livre, et c'était manifestement vrai ;

plusieurs personnes m'ont dit depuis quelle chance nous avions de le publier.

— Personnellement, je ne croirais pas Paul Davis s'il me disait que la nuit vient après le jour. D'ailleurs, je suis surpris que Brooke l'ait pris comme agent.

— Quoi qu'il en soit, j'ai dû décider très vite.

— Alors, combien...

Le salut arriva, en la personne de Janet Gould.

— Daniels demande s'il doit attendre ici avec la voiture, Mr Lytton, ou s'il y a autre chose qu'il peut faire, pour vous ou pour Lady Celia.

— Non, je vais rentrer à la maison. Dites-lui que j'arrive tout de suite. Celia, nous pourrons continuer cette discussion ce soir. À moins que tu ne veuilles rentrer avec moi tout de suite ?

— Maintenant ? Non, je ne peux vraiment pas, répondit Celia, incapable de décider si cette suggestion l'amusait ou l'indignait. Il n'est que quatre heures et demie et j'ai encore énormément à faire, je te verrai au dîner. Pour le moment, il faut que tu te reposes, n'est-ce pas ? Tu as l'air épuisé.

— Oui, c'est ce que j'ai l'intention de faire. Merci, Mrs Gould.

Il lui sourit, de son sourire mince et fatigué. Qui commençait à porter sur les nerfs de Celia.

Après son départ, elle s'assit, tourna le regard vers la fenêtre, et tenta d'analyser d'où était venue l'impression de malaise qu'elle avait ressentie tout à l'heure. Elle n'était pas due à l'intervention d'Oliver à propos de la couverture ; ni à l'idée du retour de James Sharpe ; ni même à la perspective de révéler à Oliver le montant de l'à-valoir pour *Méridien*. Tout à coup elle sut : au hasard de la conversation, Sebastian avait mentionné l'existence d'une grande amie écrivain. *Une* amie. Il était stupide de sa part de ressentir une chose pareille : bien sûr qu'il avait une amie. Il en avait même sans doute une bonne centaine. Et ses amis, hommes ou femmes, n'avaient de toute façon aucune importance pour elle. Elle décida de se remonter le moral en allant voir sa couturière.

Pour les classes supérieures au moins, l'Angleterre était redevenue telle qu'elle était avant la guerre ; les scellés qu'on avait mis aux portes de la cave de Buckingham Palace avaient été brisés le soir même de l'armistice, la Cour avait retrouvé sa splendeur. Les grandes maisons de Londres, dont celle des Beckenham dans Clarges Street, avaient été rouvertes, les housses retirées des meubles, les caves réapprovisionnées, le personnel de maison réembauché.

Celia avait besoin de robes pour la journée et pour le soir, de manteaux, de chaussures, et surtout de chapeaux ; le premier Derby et le premier Ascot depuis la guerre auraient lieu dans quelques semaines et elle n'avait rien à se mettre, absolument rien. Elle irait aux deux avec ses parents et sa sœur Caroline – Oliver éprouvant une aversion marquée pour les chevaux en général et les courses en particulier, même les plus prestigieuses. Elle avait désespérément soif de distractions. Elle accompagnerait aussi son père à l'une des premières garden-parties royales de l'après-guerre, et l'on avait demandé à Lady Beckenham de donner un dîner pour un bal de la cour vers la fin juin. Il y aurait aussi le premier Quatre-Juin de Giles à Eton, l'inauguration de la saison. Les jumelles et Barty y viendraient, elle devait leur trouver à toutes les trois quelque chose à porter, sortant vraiment de l'ordinaire.

Passionnée par son travail, profondément attachée aux idéaux socialistes de sa jeunesse, elle n'en adorait pas moins les mondanités, même si elle en reconnaissait la vanité. Elle aimait leur éclat, leur élégance, leurs rituels.

Avant la guerre, Oliver s'était laissé entraîner dans quelques-uns de ces événements ; mais son expérience du front, les horreurs dont il avait été témoin, lui avaient rendu odieuses de telles cérémonies, et il l'avait dit à Celia. Elle avait répondu qu'elle le comprenait et qu'elle ne voudrait pas le forcer, ajoutant qu'elle espérait qu'il ne verrait pas d'objection à ce qu'elle-même s'y rende. Ce qu'il admit sans réticence.

Les cinq cent cinquante livres d'avance, en revanche, le plongèrent dans une furieuse colère.

— Comment as-tu pu engager une pareille somme sur un seul livre ? Surtout quand Lytton traverse d'énormes difficultés financières, de ton propre aveu ? Et le faire sans l'autorisation de personne !

— Oliver, ne me parle pas comme si j'étais une petite employée, s'il te plaît ! Et, avec tout le respect que je te dois, tu n'étais pas là. Cela faisait un moment que tu n'étais pas là.

— J'espère que tu ne me le reproches pas...

— Ne sois pas absurde, bien sûr que non. Je suis juste en train de te dire que je connaissais parfaitement la situation, les difficultés dans lesquelles nous étions. Je savais aussi qu'il nous fallait ce livre, qui non seulement se vendrait très bien, mais également serait bon pour notre image. C'était essentiel.

— J'ai du mal à concevoir ce qui a pu te pousser à donner cinq cent cinquante livres à un auteur inconnu !

— Oliver, il est peut-être inconnu, mais tu sais aussi bien que moi que son livre est extraordinaire ! Toute la situation l'est, d'ailleurs. La guerre est finie et tout le monde se bat pour reprendre une place sur le marché... Nous devons participer à ce nouveau combat, avec de bons atouts.

— Celia, ce que tu as donné à Sebastian Brooke représente le salaire annuel de deux, ou même de trois de nos employés ! Comment pourras-tu justifier cela devant le conseil d'administration ?

— Je... je ne le pourrai pas, je suppose.

— Est-il trop tard pour retirer cette offre ?

— Oliver, bien sûr qu'il est trop tard ! Le livre est en composition, la couverture a déjà été dessinée...

— Elle est en train d'être redessinée.

Elle parvint à ignorer la remarque, non sans effort.

— Nous perdrions la face...

— Brooke a l'air sincèrement engagé avec nous. Tu crois qu'il accepterait de recevoir une avance moins importante ?

— Oliver, non ! Je ne peux en aucun cas lui demander une chose pareille, ce serait honteux ! Si tu t'opposes au paiement de cette avance, je la financerai sur mes fonds personnels...

Il la contempla, et son visage paraissait encore plus émacié que d'habitude.

— Tu ponctionnerais cinq cent cinquante livres sur ton argent personnel pour payer Sebastian Brooke ?

— Oui, je le ferais. Est-ce que cela ne te montre pas l'étendue de ma confiance dans *Méridien* ?

Une expression bizarre passa dans ses yeux, puis il déclara :

— Je ne sais pas ce que cela montre au juste, mais je ne suis sûrement pas disposé à te laisser faire.

Cette nuit-là, pour la première fois, il lui demanda s'il pouvait venir dans sa chambre. Là, avec des gestes hésitants au début, il commença à l'embrasser, à la caresser. Celia, le corps avide du désir qu'elle avait de lui, qu'elle avait de sexe, y répondit aussitôt. On eût dit qu'une vague intérieure s'emparait d'elle pour l'entraîner vers lui, irrésistible et presque douloureuse ; d'elles-mêmes, ses mains parcoururent le corps d'Oliver, sa bouche s'empara de ses lèvres. Mais alors il murmura :

— Pas maintenant, non, et il s'éloigna d'elle, se retourna en poussant un profond soupir. Pas encore, je t'en prie. Je suis désolé.

— Mais, Oliver...

— Je suis désolé, répéta-t-il, je ne peux pas. Je voulais te tenir dans mes bras, te connaître à nouveau, mais c'est tout, pour le moment. Je t'en prie.

Elle se sentait déçue, furieusement en colère aussi. Elle se tourna sur le dos, resta étendue à contempler le plafond, et des larmes brûlantes lui montèrent aux yeux.

— Je ne comprends pas, finit-elle par dire, vraiment pas. Qu'ai-je fait ? Que puis-je faire ? Si tu m'expliquais, Oliver, j'essayerais de comprendre et de t'aider.

— Je ne suis plus le même, chuchota-t-il. Celui qui est parti pour la France en 1914 n'est plus du tout celui qui est rentré à la maison. C'était la peur, tu comprends ? Lutter contre la peur. Cela m'a changé plus que n'importe quoi d'autre. À certains moments, je ne savais même plus qui j'étais. Et ensuite, quand j'ai été blessé, emmené à l'hôpital, j'ai prié pour mourir plutôt que d'y retourner. Même dans la douleur qui a suivi l'opération, j'étais surtout reconnaissant de ne plus être là-bas. Quand ils m'ont dit que je ne guérissais pas, qu'il y avait des complications, je leur ai souri, je les ai remerciés ! Ils pensaient que j'étais fou, que je délirais... C'était à ce point-là, Celia.

— Oliver, je suis désolée...

— J'ai vécu dans la terreur, tous les jours de ces quatre années. La terreur de me tromper encore, comme je l'avais fait avec ce soldat dont je t'ai parlé une fois.

— Mais ce n'est pas arrivé, Oliver. Tu ne t'es pas trompé. Au contraire, tu as continué à aller de l'avant. Dieu sait comment tu as fait, comment vous avez tous fait. Tes hommes t'adoraient, on m'a toujours dit que...

— Quand te l'a-t-on dit ? demanda-t-il, amusé.

— Oh, dans des dîners... À cette réunion de ton régiment où nous sommes allés il y a quelques semaines, et aussi quand nous avons rendu visite à ton ordonnance, le pauvre...

— Le pauvre, oui.

L'ordonnance d'Oliver était devenu aveugle, et vivait désormais avec sa mère.

— En tout cas, je vivais dans la peur de me tromper, reprit-il, légèrement plus calme désormais. Et maintenant, j'ai peur de mal m'y prendre avec toi.

— Mais, dit-elle en levant la main vers lui et en l'embrassant, tu, *nous* devons faire face à la peur, Oliver, ensemble ! Nous devons la repousser ensemble...

— Je sais, oui, mais c'est encore trop tôt, dit-il en l'embrassant doucement. J'espère que tu pourras être patiente avec moi. Je t'aime tant, Celia, je veux que tu le saches.

— Je le sais, oui.

Après quoi il s'endormit, en la serrant contre lui. Quant à elle, elle resta éveillée, scrutant l'obscurité et sentant que son corps trouvait lentement la paix. Heureuse que des choses importantes aient été dites, mais consciente également qu'elle ne l'avait pas assuré, en retour, qu'elle aussi l'aimait, et se demandant pourquoi. Et consciente encore que si cette discussion avait eu lieu, elle avait sans doute été provoquée par l'évocation de Sebastian.

Elle ne savait pas qui, d'Oliver ou d'elle-même, était le plus hanté par la présence de Sebastian dans le lit, entre eux deux.

— Je suis désolé, Mr Lytton, vraiment désolé. Mais comme je vous l'ai dit dans ma lettre...

— Je sais bien ce que vous me dites dans votre lettre, le coupa Robert, c'est à ce sujet que je vous appelle. Pour comprendre *pourquoi* vous le dites.

— J'ai bien peur de ne pouvoir vous donner d'autres raisons. Le conseil considère que la somme que vous demandez excède les garanties que vous pouvez offrir.

— Oh ! pour l'amour du ciel, s'emporta Robert, la garantie réside dans la vente assurée de ces immeubles, je vous ai montré les lettres !

— Je m'en rends compte, bien sûr. Et si cela ne tenait qu'à moi, nous vous avancerions l'argent. Mais je ne peux pas agir tout seul, je dois suivre l'avis du conseil. Je suis désolé, encore une fois.

— Oh, c'est bon...

Robert raccrocha le téléphone, plutôt brutalement, puis le regretta aussitôt. À ce rythme, il aurait perdu la moitié des banquiers de Wall Street d'ici la fin de la semaine. Rea-Goldberg était le troisième à refuser de financer le nouveau chantier immobilier que Brewer-Lytton attendait impatiemment de débuter. Robert n'y comprenait rien : la société n'avait jamais eu le moindre incident, jamais le plus petit problème jusqu'à présent. En outre, l'argent ne manquait pas, bien au contraire. L'économie était très solide, avec des coûts très bas et des profits en hausse.

Il entra dans le bureau de John, qu'il trouva en train de biffer une feuille de papier couverte de chiffres à grands coups de stylo rageurs.

— Des nouvelles ?

— Mauvaises. Leur conseil a dit non.

— Je le savais. Les salauds !

— Oui. Et pour l'hôtel ?

Contre l'avis initial de Robert, ils avaient répondu à un appel d'offre pour construire un nouvel hôtel, petit, mais de grand luxe, dans l'Upper East Side.

— Rien encore. Mais j'ai quelqu'un là-bas, qui doit m'appeler cet après-midi pour me faire un point précis. Je sais que tu ne veux plus travailler au coup par coup, mais j'ai une bonne intuition sur ce projet. Et que tu aies un lien avec les Elliott les impressionne. En fait, ils voudraient que l'hôtel ressemble le plus possible à Elliott House.

— Les idiots, soupira Robert avec lassitude. En tout cas, espérons que je les impressionne suffisamment pour que nous obtenions le contrat. Parce qu'on ne peut pas retirer un centime à notre devis.

Plus tard dans l'après-midi, la personne que John connaissait sur place leur annonça, avec regret, que le contrat pour la construction de l'hôtel avait été attribué à Hagman-Betts.

— Vous pleurez ? s'exclama Sebastian. Qu'y a-t-il ?

— Oh ! ce n'est rien…

Elle se moucha, réussit à lui sourire.

— Juste une annonce personnelle que j'ai lue dans un journal. Écoutez : « Dame, fiancé tué, épouserait volontiers officier blessé à la guerre. Cécité ou autre invalidité ne serait pas un obstacle. » Pauvre femme… Elle se dit visiblement que, puisque sa vie est ruinée, elle peut la consacrer à aider quelqu'un d'autre. Épouser quelqu'un qu'elle n'aime pas, qu'elle ne connaît même pas. C'est tellement triste. Et il doit y en avoir des centaines, des milliers comme elle, leurs vies presque anéanties à jamais et qui essayent d'être positives, d'en faire sortir une bonne action. Oh ! Sebastian, cette idée me bouleverse.

Elle recommença à pleurer et il s'approcha du bureau, lui tendit un mouchoir.

— Prenez. Le vôtre est très élégant, mais il ne vaut rien en tant que mouchoir. Et c'est la seule raison pour laquelle vous pleurez ?

— Comment ? Oui, bien sûr. Pour quoi d'autre ? Je suis parfaitement heureuse…

— Vraiment, vous l'êtes ?

— Bien sûr que je le suis ! Pourquoi serais-je malheureuse ?

— Je ne sais pas… Mais prenons les choses autrement. Quelle raison avez-vous d'être heureuse ?

— Sebastian, quelle étrange question…

— Répondez-y quand même.

— Eh bien… J'ai à peu près tout ce que les gens désirent en général. Un mariage heureux, une magnifique carrière, des enfants en bonne santé, une belle maison…

— Cela devrait suffire. Au fait, ma maison, vous ne l'avez jamais vue, n'est-ce pas ? dit-il, en l'interrompant comme il le faisait souvent.

— Non.

— Vous aimeriez la voir ? C'est mon tout nouveau jouet, elle est sur Primrose Hill.

— Je ne sais pas. J'imagine que oui. J'adore Primrose Hill, c'est un endroit ravissant.

— Il faut que vous la visitiez. Si nous y allions maintenant ?

— Sebastian, ne soyez pas absurde. Nous ne pouvons pas y aller maintenant. Nous sommes en train de travailler !

— Non. Vous êtes bouleversée et j'essaye de vous réconforter. Jetons un coup d'œil rapide sur ces projets de couverture – horribles, j'en suis sûr –, ensuite je vous emmène visiter ma maison. Elle est très jolie. Pour un célibataire. Je dois dire que j'en suis assez fier. S'il vous plaît, venez…

— Sebastian, non.

— Écoutez, je vais vous dire ce que nous allons faire, nous allons déjeuner là-bas. Il fait une journée magnifique, nous pourrons boire un peu de champagne dans le jardin et…

— Sebastian, je ne peux pas déjeuner avec vous, et encore moins chez vous.

— Pourquoi pas ?

— Parce que je suis occupée. Et aussi… eh bien, ce n'est pas très convenable pour une femme mariée de déjeuner seule avec un célibataire, chez lui.

— Lady Celia ! Je ne vous aurais jamais crue aussi conventionnelle. Pourquoi devrions-nous nous soucier de savoir si c'est convenable ou non ?

— Parce que d'autres le feront pour nous. Oliver s'en souciera, PM s'en souciera, le personnel ici s'en souciera.

— Et pourquoi tous ces gens auraient-ils besoin de le savoir ?

— Sebastian, je n'irai pas chez vous.

— Très bien, dit-il avec un soupir théâtral. Un autre jour, alors. Mais nous pouvons quand même déjeuner, n'est-ce pas ? En dehors de l'illustration de couverture, il reste beaucoup de sujets dont nous devons parler ensemble.

— Vraiment ?

— Bien sûr. Moi, en tout cas, j'en ai. Je me suis rendu compte que je savais beaucoup de choses sur vous, et que vous ne saviez presque rien sur moi. Vous n'êtes pas curieuse d'en apprendre plus ?

— Eh bien… pas particulièrement, non…

— Vous devriez.

— Je ne vois vraiment pas pourquoi.

— Vous savez très bien pourquoi.

— Sebastian…

Elle sentait qu'elle rougissait et elle s'en voulait.

— Il va bien falloir fournir aux journalistes une biographie de votre auteur fétiche ! Vous avez l'air étonné… Ah, je vois, fit-il en riant, vous pensiez que j'avais tout autre chose en tête… Oh ! Lady Celia, vous devriez avoir honte. Bon, finissons-en vite avec ces couvertures. Sont-elles mauvaises ?

Les autres propositions de couvertures étaient en effet très mauvaises, tellement même qu'ils préférèrent en rire.

— En tout cas, nous pourrons dire que nous y aurons réfléchi, conclut bientôt Sebastian. Je n'arrive pas à croire que Gill ait pu faire des choses pareilles.

— Ce n'est pas Gill qui les a faites. Elle était trop contrariée pour cela. Elle a confié leur exécution à l'un de ses assistants.

— Brave fille. Dites à Oliver – non, je le lui dirai moi-même – que je les trouve infectes. Je ne mettrai mon nom sur aucune d'elles.

— D'après le contrat, je ne pense pas que vous puissiez refuser.

— Je me fiche du contrat. Je ne pense pas qu'Oliver voudra d'un auteur mécontent et qui critiquera publiquement sa propre couverture, non ? Surtout un auteur en passe de devenir célèbre. Maintenant venez, allons au *Rules*. Je ressens un besoin urgent de champagne bien frais.

— Marié ! ne put-elle s'empêcher de s'exclamer, stupidement. Marié !

— Je sais, j'aurais dû vous le dire, mais je n'arrêtais pas de repousser le moment de le faire. Croyez-moi, je ne voulais pas vous… D'ailleurs, je ne le fais jamais. Elle était très jeune et moi aussi, elle avait dix-huit ans et moi vingt et un. Nous nous sommes mariés en 1903, juste un an avant vous. Je l'adorais, elle me semblait parfaite en tout point. Et elle était enceinte, ajouta-t-il en vidant son verre, puis en le remplissant. Mais elle a perdu le bébé, tout au début, et j'ai découvert qu'elle n'était pas parfaite. Tout au début aussi.

— Comment s'appelle-t-elle ?

— Millicent. J'ai toujours détesté. Cela me désolait, même au moment de mes tout premiers élans pour elle. Millicent, c'est affreux, un nom de domestique. En tout cas…

— Et où habite-t-elle ?

Elle continuait à poser des questions, espérant – sans se l'avouer – l'entendre répondre qu'elle était morte, qu'ils étaient divorcés, qu'il l'avait abandonnée depuis longtemps, qu'elle avait pris un amant…

— Elle vit dans le Suffolk. Une très jolie maison près de Bures. Je vais la voir le week-end.

— Vous avez des… d'autres enfants ?

— Non, dit-il d'une voix morne.

— Mais vous, je veux dire…

Elle n'avait aucun droit de lui poser toutes ces questions, cela ne la regardait absolument pas.

— Je ne l'aime plus, non, répondit-il, avec une lueur d'amusement dans les yeux, si c'est ce que vous voulez dire. Mais je… j'ai de l'affection pour elle. Et jusqu'à maintenant, j'ai été plutôt dépendant d'elle. Disons que je le suis toujours, pour le moment en tout cas.

— Vous voulez dire… financièrement ?

— Oui. Elle a pas mal d'argent. Et moi, je n'en ai pas du tout. Sauf si l'on compte les cinq cent cinquante livres que vous m'avez données.

— Je ne vous les ai pas données.

— Non, mais vous comprenez ce que je veux dire. En tout cas, je ne peux même pas envisager de la quitter.

Celia le contempla et parvint même à sourire, un sourire froid et dédaigneux.

— Je suis sûre que cela doit être très rassurant pour elle, dit-elle. Je suis aussi très contente que vous m'en ayez parlé, Sebastian. Comme vous le dites, c'était quelque chose que nous devions absolument savoir. Pouvons-nous commander maintenant ? Juste un plat, cela vaut mieux, je n'ai vraiment pas beaucoup de temps.

— Oh, je vous en prie, dit-il d'un air las.

Pour la première fois depuis qu'elle le connaissait, il avait l'air moins brillant, moins sûr de lui. Il tendit le bras, tenta de lui prendre la main.

— Vous croyez que tout cela m'amuse ? Que j'avais envie de vous le dire ? Il m'a fallu tout mon courage, je vous assure.

— Je ne vois pas très bien pourquoi, répondit Celia en libérant sa main. Vous n'êtes pas en train d'avouer un crime, que je sache. Veuillez m'excuser, je reviens dans un instant.

Elle traversa la salle en direction des toilettes, voulant à tout prix ne paraître ni bouleversée ni même intéressée, mais refusant de se demander pourquoi, en vérité, elle ressentait ces deux sentiments, et plutôt vivement. C'était absurde, tout à fait absurde.

— Voyons, où crois-tu aller comme cela, hein ?

C'était un homme, plutôt élégant et qui avait l'air aimable. Il portait un chapeau, un parapluie fermé à la main et ses chaussures étaient impeccablement cirées. Jay remarquait toujours les chaussures, parce qu'elles étaient à sa hauteur. L'homme lui sourit.

— Tu vas bien ? Tu n'es pas perdu, ou quelque chose dans le genre ?

— Non, dit Jay d'une voix ferme.

— Quel âge as-tu ?

— Quatre ans.

— Quatre ans ! Un peu jeune pour être seul dehors, non ?

Il s'accroupit pour se trouver à la hauteur de Jay.

— Où est ta mère ?

— À son travail, dit Jay.

— À son travail ? Mais alors, qui s'occupe de toi ? Ou, devrais-je plutôt dire, qui ne s'occupe pas de toi ?

— Dorothy.

— Et elle sait où tu es ?

— Euh… oui.

— Vraiment ? Et tu crois qu'elle est contente que tu sois dehors, tout seul, dans cette avenue où il y a autant de monde ?

— Oui…

— Comment t'appelles-tu ?

— Jay, Jay Lytton.

— Très bien, Jay. Maintenant, écoute, tu as l'air vraiment décidé, comme quelqu'un qui sait où il va. Tu veux me dire où ?

— Je vais voir Grand-Maman Beck.

Pourquoi ne serait-il pas véritablement en train d'aller là-bas ? Ce n'était pas faux. Et si l'homme pensait qu'il était en route vers un endroit aussi bien, peut-être le laisserait-il repartir…

— Bien… Et où habite Grand-Maman Beck ?

— À la campagne.

— À la campagne, oh oh… Et tu dois traverser cette dangereuse avenue pour aller là-bas ?

— Heu… oui, fit Jay, essayant de paraître sûr de lui.

— Tu ne voudrais pas que je t'aide à la traverser ?

Ce ne serait pas une mauvaise idée. C'était vraiment une très grande avenue.

— Oui, s'il vous plaît…

— Bien. Donne-moi la main, viens…

— Parti ! s'écria PM. Comment a-t-il pu partir ? Vous êtes sûre ?

373

Sa question était stupide : Dorothy ne lui aurait pas téléphoné, la voix haletante, si elle n'en avait pas été certaine.

— Oui, Miss Lytton. Je suis désolée, Miss Lytton.

— Vous avez appelé la police ?

— Oui.

— Et qu'ont-ils dit ?

— Qu'ils allaient venir et qu'ils prendraient ma déposition. Ils m'ont dit de vérifier encore dans la maison, ils m'ont demandé si j'avais une idée de l'endroit où il pourrait être.

— Combien de temps s'est-il passé, avant que vous remarquiez son absence ?

— Pas plus de dix minutes, Miss Lytton, sûrement pas plus. Nous étions en train de regarder un livre, j'ai dit que je devais aller préparer le déjeuner, et ensuite il…

— Oui, je vois. Mon Dieu, il a suffisamment répété qu'il allait s'enfuir, et voilà, il l'a fait.

— Vous croyez ?

— Réfléchissez, Dorothy, qu'a-t-il bien pu se passer d'autre ?

— Il a pu être…

Sa voix s'étrangla dans sa gorge.

— Quoi ? Il a pu être quoi ?

— Kidnappé…, murmura Dorothy.

— Oh ! mon Dieu ! dit PM. Dieu du ciel ! Écoutez, je vais rentrer à la maison, me rendre à la police moi-même. Je vais prendre un taxi. Restez là, Dorothy, ne sortez pas, c'est important.

PM se leva. Elle qui restait d'habitude si calme dans les situations critiques était dans un état de panique maladive. Elle devait en parler à Celia, la prévenir que la police pouvait téléphoner, ou encore Dorothy, que n'importe quoi pouvait arriver. Elle traversa le couloir en courant vers son bureau, mais Celia n'était pas là.

— Elle est sortie déjeuner avec Mr Brooke, Miss Lytton.

PM se passa la main sur le front.

— Quelque chose ne va pas, Miss Lytton, est-ce que je peux… ?

— Mon fils a disparu, voilà ce qui ne va pas. Jay a disparu.

— Merci pour le déjeuner, dit Celia. Et j'apprécie aussi que vous m'ayez parlé de votre femme. Maintenant, il faut que je retourne au bureau et que je règle… vos problèmes de couverture.

Elle parvint à lui sourire, même si cela lui parut très difficile. Ils se trouvaient dans le Strand et la circulation autour d'eux était intense. Sebastian lui posa la main sur le bras, mais elle se dégagea.

— Je vous en prie, Sebastian. Il faut que je rentre.

Elle voulait à tout prix s'éloigner de lui et de l'homme nouveau qu'il était devenu à ses yeux : un assez piètre personnage, passant sous silence un mariage plutôt commode, avec une femme qu'il n'aimait pas, mais qui était riche. Cela faisait mal, très mal. Elle descendit du trottoir pour traverser la chaussée ; un taxi s'arrêta dans un crissement de pneus.

— Regardez où vous allez, madame !

— Désolée, commença-t-elle par dire, vraiment désolée…

Puis elle se rendit compte qu'un taxi était exactement ce qu'il lui fallait et ouvrit la porte.

— Paternoster Row, s'il vous plaît.

Elle ne se sentirait bien qu'une fois de retour dans son bureau, où elle était maîtresse d'elle-même, en sécurité. Sebastian pénétra dans le taxi derrière elle. Elle lui lança un regard brûlant en s'exclamant :

375

— Je vous en prie, sortez !

— Non, désolé, je ne sortirai pas.

Elle se rendit compte qu'elle pleurait et ravala ses larmes, furieuse contre elle-même.

— Sebastian, je vous en prie, sortez et laissez-moi seule…

Il la contempla, tendit la main pour essuyer une larme sur sa joue, puis lui sourit et dit doucement :

— Merci d'être aussi bouleversée…

PM pleurait dans le taxi, tandis qu'il se dirigeait vers Hampstead. Tous les reproches, elle se les faisait à elle-même et non à Dorothy. Elle ne pouvait se décharger de sa responsabilité sur personne : Jay, son précieux fils, son fils bien-aimé… C'était tout ce qu'il lui restait de Jago, et de l'amour qu'ils avaient eu l'un pour l'autre. Jay, triste petit garçon solitaire, Jay qu'on avait, à quatre ans, arraché sans vergogne à l'endroit et à la vie qu'il aimait, pour l'abandonner à quelle existence – sans amis, sans rien à faire, ni personne pour le faire avec lui. Jay, si perturbé qu'il s'était enfui, pour retourner là où il avait été heureux. Pendant qu'elle-même poursuivait sa vie personnelle égoïste, absurde, inutile, et qui n'apportait absolument rien à son fils.

Elle avait été méchante, irresponsable, déloyale. Sa punition était dure, cruelle, affreuse, mais méritée.

L'homme tirait maintenant Jay par la main ; il ne l'avait pas lâchée après qu'ils eurent traversé la rue, l'avait tenu plus serrée au contraire. Il marchait vite, beaucoup trop vite pour que Jay puisse le suivre.

Au bout d'un moment, Jay se mit à pleurer ; une dame qui venait à leur rencontre dit sèchement à l'homme :

— Vous ne devriez pas le tirer ainsi, voyons, il est bien trop petit !

— Je sais, répondit-il, mais nous devons être chez ma mère pour le déjeuner... De plus nous arrivons à ma voiture, et tout ira bien, n'est-ce pas, Jay ?

Jay eut terriblement peur que l'homme ait vraiment une voiture, qu'il l'enferme dedans, et ses pleurs redoublèrent.

— Ferme-la, dit l'homme à voix basse (mais ce n'était pas moins effrayant, au contraire), ferme-la, petit morveux... Puis il poursuivit, à voix plus haute : Voyons Jay, calme-toi... Nous sommes presque à la maison, là-bas tu auras des bonbons...

Soudain une voiture apparut devant eux, une grande voiture ; l'homme fouilla dans ses poches à la recherche de la clé, tout en continuant à lui tenir fermement la main.

— Est-ce que tu vas bien ? lui demanda une dame qui passait.

— Bien sûr qu'il va bien, répondit l'homme. Il est juste perturbé parce que sa mère a dû aller à l'hôpital ce matin. Allons, Jay, monte dans cette voiture, on va voir Maman.

— Non, je ne suis pas bouleversée, répéta-t-elle pour la troisième fois, alors qu'ils étaient assis sur un banc dans les jardins du quai Victoria. Pourquoi le serais-je ? Je suis surprise, c'est tout. Surprise et, disons, peut-être un peu choquée.

— Choquée ? Pourquoi choquée ? Parce que je suis marié ? J'ai trente-sept ans, après tout, je suis plus âgé que vous.

— Oui, je le sais, dit-elle avec irritation. Mais c'est l'histoire qui n'est pas très belle, non ? Être marié à quelqu'un que vous n'aimez pas, vous le reconnaissez vous-même, mais que vous ne quittez pas tout simplement parce vous ne pouvez pas vous le permettre…

— Oh, ma chère Lady Celia, tout cela me paraît relever de la plus haute hypocrisie. Ne me dites pas que vous n'avez pas une seule amie dans la même situation que moi ?

— Eh bien…

— Et vous ne pensez pas du mal d'elles pour cette raison. Au contraire, cela vous les rend même plutôt sympathiques, sans doute. Alors, je vous en prie, descendez de vos grands chevaux et écoutez-moi. J'ai besoin que vous me compreniez.

« Quand j'ai épousé Millicent, j'étais très amoureux d'elle. Je n'avais pas un centime, j'étais le plus jeune fils d'un médecin qui s'était saigné aux quatre veines pour m'envoyer dans un bon collège. J'étais devenu professeur, j'enseignais dans une école primaire et je poursuivais mon rêve, devenir écrivain. Cela irritait Millicent, qui n'a jamais cru que j'en étais capable. Elle avait de l'ambition elle-même, elle voulait faire son chemin dans le monde, se faire une réputation d'hôtesse en vue. En tout cas, je peux dire que je me suis montré coopératif. Je n'ai pas ménagé ma peine, j'ai tenu mon rôle de prince consort dans je ne sais combien de bals interminables, de dîners assommants et Dieu sait quoi encore. Et je pense que nous étions, je dirais… raisonnablement heureux, en tout cas jusqu'à la guerre. Ensuite, quand je suis rentré en permission la première fois, j'ai découvert qu'elle avait une liaison avec un homme détestable. En fait, il n'était peut-être pas détestable à proprement parler, mais correspondait sans doute à l'homme qu'elle aurait dû épouser dès le départ : issu de la bonne société, pratiquant la chasse à courre. Toutes vertus également importantes à vos yeux aussi, sans doute, ajouta-t-il d'un air sombre.

— Non, dit Celia, pas du tout. Mais c'est vrai que ces particularités me sont... familières.

— Bien sûr. En tout cas, elle a avoué qu'elle voulait l'épouser, qu'elle était prête à affronter la honte d'un divorce, et le reste. J'ai donné mon accord. Elle a dit qu'elle me verserait une pension, nous nous sommes tous serré la main et je suis retourné en France, l'esprit parfaitement joyeux. Vous pouvez deviner la suite.

— Il a été tué ?

— Exactement. Et elle... elle a fait une dépression nerveuse.

— Oh, c'est affreux...

— Oui. Mais j'ai assumé la situation, j'ai rempli mon devoir vis-à-vis d'elle, comme tout gentleman l'aurait fait à ma place. Le temps que je sois définitivement rapatrié à la maison à cause de mon genou, elle allait beaucoup mieux. Elle m'était très reconnaissante, et a dit qu'elle voulait me soutenir financièrement pendant que j'écrivais mon livre, celui que désormais j'étais sûr d'avoir en moi. Je me suis donc assis à ma table, là-bas, à Wychford, avec mon genou qui me faisait souffrir le martyre, et j'ai écrit *Méridien*. Vous connaissez la suite. Je vous ai rencontrée et cela a été un grand choc, ajouta-t-il en lui prenant la main.

— Que voulez-vous dire ? lui demanda-t-elle avec irritation, mais elle ne retira pas sa main.

— Je veux parler de ce que j'ai ressenti ce jour-là. J'ai éprouvé un véritable choc, violent, rien qu'en vous voyant.

— Mais de quel choc parlez-vous ?

— Le fait que vous existiez. Avec votre allure, vos manières... tout. Mais le moment n'est peut-être pas bien choisi pour nous engager dans cette voie.

— Non, je suis d'accord, répondit-elle.

Tout en le disant, elle songeait qu'elle avait ressenti exactement la même chose, que sa première émotion avait été identique : un choc intense, un éclair d'excitation émotionnelle et sexuelle...

— Mrs Gould, bonjour... Désolée d'avoir été aussi longue. Nous avons dû attendre une table indéfiniment, et ensuite...

— Lady Celia, pourriez-vous appeler Miss Lytton tout de suite, chez elle ?

— Chez elle ? Pourquoi ? Que s'est-il passé ? Est-elle malade ?

— Non. Jay a disparu.

— Jay ! Oh ! mon Dieu, comme c'est affreux ! Mrs Gould, pourquoi n'avez-vous pas...

Elle s'interrompit en croisant le regard de Janet Gould, puis elle baissa les yeux, tira maladroitement sur ses gants.

— Nous avons essayé au *Rules,* Lady Celia, bien sûr, mais vous étiez partis. Apparemment, vous êtes allés ailleurs.

— Oui. Oui, c'est exact, nous sommes allés ailleurs.

— Pourriez-vous appeler votre mari ? Il a demandé que vous le fassiez tout de suite, dès que vous seriez arrivée.

Même dans l'angoisse où elle était au sujet de Jay, dans son trouble émotionnel et la confusion de ses sentiments, Celia vit, dans un éclair de clairvoyance, combien sa vie pouvait devenir anarchique et tortueuse. À moins qu'elle n'arrête tout dès maintenant, sans attendre.

Une fraction de seconde, l'homme relâcha sa prise sur la main de Jay : une fraction de seconde, mais ce fut suffisant. Jay était plein de vivacité, et la peur, la détermination décuplaient ses forces. Il tira violemment sur sa main et se libéra de celle de l'homme ; puis il courut comme il n'avait encore jamais couru jusque-là, loin de l'homme, dans l'espace sûr qui s'ouvrait en face de lui. Dans la rue. Et sous une voiture.

17

— Où diable étais-tu ?

La voix était brusque, déplaisante, même ; c'était Oliver qui l'appelait de son bureau, au moment où elle pénétra dans la maison.

— Je suis allée déjeuner.

— C'est ce qu'on m'a dit, oui. Avec Sebastian Brooke.

— Oui, répondit-elle, luttant pour garder une voix ferme et ne pas paraître sur la défensive. Il était venu voir les nouvelles couvertures. Il ne les aime pas du tout, Oliver, il...

— Celia, ce n'est pas le moment de parler de couvertures. Jay a disparu !

— Je le sais. Bien sûr que je le sais.

— Eh bien, alors, pourquoi diable es-tu en train de me parler de couvertures ?

Pourquoi ? Sans doute parce qu'elles occupaient la première place dans son esprit, repoussant tout le reste à l'arrière-plan – même le petit Jay. Les couvertures, le livre, l'auteur du livre. Ce qu'il lui avait dit, ce qu'elle lui avait dit. Comment elle s'était conduite...

— Je... suis désolée, fut tout ce qu'elle trouva à dire.

— J'ai eu la police au téléphone. Apparemment, ils font tout leur possible.

— Pauvre PM, oh ! pauvre PM… Je vais là-bas tout de suite, Oliver, à Hampstead. J'y serai si tu as besoin de moi.

— Très bien.

— Voyons un peu cela. Pauvre petit bonhomme… Commençons par nettoyer le sang sur son visage, infirmière. Il a une très vilaine blessure à la tête, très vilaine. Vous avez un pouls ? Laissez-moi essayer. Ah ! voilà. Passez-moi mon stéthoscope, s'il vous plaît. Où sont ses parents ?

— Il n'y en a pas, dit l'ambulancier, en tout cas pas avec lui. Il avait l'air d'être tout seul, c'est assez mystérieux. La police a recueilli des témoignages dans la foule.

— Bon. Dans ce cas, a-t-on signalé une disparition d'enfant ? Mr Jackson, voulez-vous vérifier ? Nous allons bien trouver d'où vient ce pauvre petit…

PM reposa le téléphone et pénétra dans la cuisine, très lentement. Celia ne devait jamais oublier à quoi elle ressemblait à cet instant-là : elle avait l'air quasi morte, avec ses yeux sombres enfoncés dans leurs orbites. Morte, comme Jay devait l'être.

— PM, murmura-t-elle, assieds-toi, viens ici.

Sa belle-sœur la repoussa.

— Je ne peux pas m'asseoir, lui dit-elle d'une voix rauque. Jay est à l'hôpital.

— À l'hôpital ? demanda Celia, n'osant toujours pas poser la question cruciale. Quel hôpital, PM ?

— St Mary, à Paddington.

PM la regarda un long moment, puis un sourire, une ombre de sourire plutôt, s'esquissa sur ses lèvres blêmes.

— Il est vivant, dit-elle, puis elle le répéta, comme pour savourer une deuxième fois le mot, il est vivant. Est-ce que… on prend ta voiture ou la mienne ?

— Il va bien, dit Celia. Bon, il est sérieusement blessé : il a subi une commotion, il n'est qu'à demi conscient, il a une jambe et plusieurs côtes cassées, mais il est vivant.

— Remercions Dieu, déclara Oliver, remercions Dieu. Que s'est-il passé ?

— Personne ne le sait exactement. Mais il s'est enfui de la maison ce matin, vers midi, et on l'a amené à St Mary quelques heures plus tard. Il a été heurté par une voiture, et on ne sait pas ce qui s'est passé avant. Le chauffeur était à l'hôpital, effondré. Pauvre homme, j'en étais vraiment désolée pour lui. Plusieurs témoins ont confirmé qu'il roulait très lentement. Jay s'est littéralement jeté sous sa voiture, comme s'il sortait de nulle part, a-t-il dit.

— La circulation est devenue si dangereuse. Je ne crois pas que nous devrions laisser les jumelles aller à l'école toutes seules, je n'ai jamais vraiment aimé cela.

— Oui, et c'est une lourde responsabilité pour Barty aussi. Elle était très bouleversée au sujet de Jay – elles le sont toutes. Nous devrions vite les rassurer et leur dire qu'il va bien.

— Oui, bien sûr. Je vais y aller tout de suite.

Il la regarda et fut intrigué par l'expression de son visage.

— Tu vas bien ? lui demanda-t-il.

Non, elle n'allait pas très bien ; elle avait même l'impression qu'elle n'irait plus jamais bien, plus jamais comme avant. Sebastian lui avait porté un coup terrible, ce jour-là : il avait fait voler en éclats la façade de la vie familière et bien ordonnée qui était la sienne. Oh ! certes, il avait *aussi* recollé ces morceaux d'elle-même, mais dans un ordre différent, en leur donnant une forme différente. Si bien qu'elle se sentait désormais confuse, agitée, distraite par des pensées d'ordre sensuel, les plus dangereuses.

— Je suis amoureux de vous, lui avait-il soudain dit dans le silence, alors qu'ils marchaient le long du quai Victoria. Je suis amoureux de vous et vous le savez, n'est-ce pas ?

Quel moment extraordinaire ! Elle s'était sentie devenir glacée, livide, comme si tout le sang refluait de son visage. Presque effrayée des conséquences que cet aveu allait avoir sur sa vie, et, en même temps, absurdement, ridiculement, *follement* heureuse.

Il avait pris sa main, et ils avaient marché ensemble sous le soleil ; discrets d'allure, ressemblant bien davantage à un couple marié qu'à deux personnes embarquées dans une liaison illicite. Ce qui, de toute façon, n'était pas encore le cas.

— Et maintenant, je vous en prie, dites-moi ce que vous ressentez pour moi, lui avait-il demandé au bout d'un moment.

Elle avait répondu, prudemment, qu'elle éprouvait toutes sortes de sentiments pour lui : de l'amitié, de l'admiration, de l'affection…

— Oh ! Lady Celia, avait-il dit en lui souriant, quelle menteuse vous faites…

Toute la nuit, PM resta assise à côté du lit de Jay, à le regarder, l'étudier, écouter sa respiration brève et saccadée. À vouloir lui insuffler sa force, craignant, par une sorte de superstition, de cesser sa veille, ne fût-ce qu'un instant, de peur qu'il ne la lâche et ne s'en aille. On lui avait dit qu'il avait eu de la chance, qu'il était solide, qu'il devrait rapidement récupérer. Pourtant, le voir immobile et livide, allongé sur son lit surélevé, lui semblait un aperçu de ce qui aurait pu arriver, de ce qui pouvait encore arriver, peut-être – et elle ne parvenait pas tout à fait à croire ces affirmations.

On ne lui proposa même pas une chaise, pas plus qu'à boire ni à manger, bien sûr ; elle finit par s'asseoir par terre, adossée au mur, quand elle entendit la respiration de Jay se faire plus profonde et plus régulière – et elle ne ressentait ni la faim, ni la soif, ni même la fatigue.

À six heures, elle fut tirée de son sommeil agité par la tournée du matin. Une jeune infirmière vint au chevet de Jay, prit son pouls et sa température, lui mit sa torche dans les yeux.

— Il va bien, conclut-elle, souriant à PM. Un peu de température encore, mais il fallait s'y attendre. Sinon, il m'a l'air d'être sur la bonne voie. Vous devriez rentrer vous reposer, Mrs Lytton. Vous en aurez besoin plus tard, et ici vous ne pouvez rien faire pour le moment. Quand le médecin aura vu votre fils, nous saurons combien de temps il devra rester ici. Vous pourrez téléphoner pour avoir des nouvelles et revenir quand vous aurez dormi. Pour l'instant, voyez, il va aussi bien que possible.

PM contempla Jay ; il respirait encore un peu vite, peut-être, mais il avait repris des couleurs. Quant à elle, elle était affreusement fatiguée, et toute courbaturée.

Tandis qu'elle passait devant le bureau des infirmières, une voix l'appela.

— Mrs Lytton ? J'ai ici un mot pour vous, laissé par un monsieur.

— Un monsieur ?

PM prit la lettre, ouvrit l'enveloppe ; à l'intérieur, elle trouva une carte, avec un nom et une adresse gravés. Elle la lut debout dans la rue ensoleillée, appréciant la fraîcheur de la brise sur sa peau et esquissant un sourire à mesure qu'elle avançait dans sa lecture.

Chère Mrs Lytton,

J'écris dans l'espoir que vous serez assez aimable pour me donner des nouvelles de votre petit garçon, d'ici quelque temps. Je suis le conducteur de la voiture qui l'a heurté hier. J'imagine que vous ne pourrez jamais me pardonner pour ce qui est arrivé, puisque je ne pourrai sans doute jamais me pardonner moi-même. En tout cas, je veux quand même vous assurer, même si cela vous paraîtra très difficile à croire, que je conduisais à la fois lentement et prudemment ; votre petit garçon est apparu d'un seul coup devant moi, comme s'il sortait de nulle part. C'est une vision que je n'oublierai jamais. D'après ce qu'on m'a dit à l'hôpital, son état est sérieux, mais sa vie ne semble plus en danger, Dieu merci. Je serais très heureux de pouvoir vous rencontrer un jour, pour vous exprimer mon remords de vive voix et apprendre de vous, je l'espère, qu'il continue à se rétablir.
Bien à vous,
  Gordon Robinson.

C'était un mot charmant et un homme assurément très délicat. PM décida qu'elle lui écrirait pour le rassurer, dès qu'elle serait elle-même remise de l'événement.

Quand elle arriva à l'hôpital juste avant le déjeuner, apportant dans son sac du raisin, des livres et des puzzles, on la conduisit dans le bureau de l'infirmière-chef, où le médecin la rejoignit bientôt. Il lui dit qu'il était vraiment désolé, mais que Jay n'allait pas aussi bien qu'on l'avait espéré tout d'abord.

— Pas aussi bien à quel point ? demanda-t-elle, en se raidissant aussitôt.

Le docteur lui répondit doucement qu'il craignait que Jay n'ait développé une infection pulmonaire.

— C'est à cause du coup qu'il a reçu dans la poitrine. Il ne lui a pas seulement brisé des côtes, il a aussi endommagé la plèvre. C'est une fine membrane à deux feuillets : l'un recouvre les parois de la loge contenant les poumons, l'autre en tapisse l'intérieur. Elle contient un liquide qui lubrifie l'enveloppe de ces poumons, et leur permet de se dilater et de se contracter pendant la respiration. Je viens de faire faire une radio du thorax de votre fils, il nous reste à espérer que l'atteinte n'est pas trop grave. En tout cas, je vous assure que nous faisons tout notre possible pour le tirer d'affaire. Et c'est un petit bonhomme très solide que vous avez là.

PM n'ajouta rien : elle se contenta de gagner la salle et de se diriger vers le lit de Jay. Il somnolait mais il était conscient ; sa respiration était affreusement rapide, ses yeux brillants, son visage très rouge.

Quand elle arriva là-bas, Celia ne savait pas qui, de Jay ou de PM, faisait le plus mal à voir. On avait transporté le petit garçon dans une chambre exiguë, il respirait bruyamment et difficilement. Il répétait aussi, d'une voix brève et saccadée :

— À la maison, je veux aller à la maison... Laissez-moi y aller, laissez-moi y aller...

Quant à PM, elle avait le visage gris de fatigue, les yeux brillants de fièvre. Ses cheveux, d'habitude si soignés, pendaient en petites mèches autour de son visage, son chemisier était froissé et n'avait pas l'air impeccable. Ses mains, encore plus maigres que d'habitude, aurait-on dit, ressemblaient à de véritables pinces alors qu'elle s'agrippait au rebord du lit, sans détacher un instant son regard de Jay.

— PM, tu as eu quelque chose à manger ou à boire ? lui demanda Celia.

— Je ne veux rien.

— Tu devrais boire, au moins… Tu ne pourras faire aucun bien à Jay si tu perds toutes tes forces…

— Mais je ne lui fais aucun bien de toute façon, répondit PM d'une voix tremblante, je ne lui ai jamais fait de bien ! C'est même pour cela qu'il est là, parce que je ne m'occupais pas de lui !

— Non ! Tu ne dois pas commencer à penser ainsi, même un seul instant ! C'était juste un accident, un terrible…

— Non ! Non, ce n'était pas un accident ! C'est parce qu'il était solitaire, malheureux, que les autres enfants lui manquaient, et que je n'étais pas avec lui ! Oh ! mon Dieu…

Elle se mit à pleurer en silence, le visage enfoui dans ses mains, ses maigres épaules secouées par les sanglots. Celia restait immobile, impuissante, se contentant de l'écouter – puisque, de toute façon, il n'y avait rien qu'elle pût lui dire.

Celia arriva chez Lytton au milieu de l'après-midi ; elle était pâle et paraissait épuisée. Oliver la croisa dans le couloir.

— Comment va Jay ? Il n'est pas…

— Non. Mais je crains que la bonne réponse soit plutôt : pas encore. Il a une pneumonie, il va très mal.

— Je suis désolé. Et PM, tient-elle le coup ?

— Superbement, bien sûr. Mais si jamais son petit garçon… s'il ne survit pas, je ne sais pas ce qu'elle fera. J'ai vraiment peur pour elle, Oliver.

— Eh bien, nous devons espérer, et prier.

— Oui, il n'y a rien d'autre qui puisse aider Jay, commenta Celia d'un air sombre. Mais je ne crois pas qu'on puisse attendre beaucoup de l'espoir ou de la prière.

Oliver soupira et elle le regarda.

— Tu as l'air épuisé, tu ferais mieux de rentrer à la maison. Manifestement, une journée entière ici, c'est trop pour toi.

— Cela n'a rien à voir, dit-il d'une voix sèche, au contraire. Et je peux t'assurer qu'il n'y aura plus de temps partiel pour moi ici.

— Que veux-tu dire ?

— Que je suis horrifié par ce qui s'est passé ici en mon absence, horrifié ! C'est la première fois que j'ai pu me plonger un peu dans les dossiers et…

— Ce n'est pas ma faute, Oliver.

— D'accord. D'un autre côté, ce n'est pas la mienne non plus. Pas plus que d'avoir été obligé de laisser Lytton entre tes mains.

— Lytton a survécu, dit Celia d'un air détaché, parvenant à garder son calme au prix d'un énorme effort. En fait, la maison est même raisonnablement en bonne santé. On ne peut pas en dire autant de beaucoup d'autres.

— Oh ! vraiment ? Macmillan, John Murray, Blackwoods, elles ont toutes l'air plutôt florissantes ! Pourtant, elles ont pris beaucoup moins de ces médicaments infects que tu as fait ingurgiter de force à Lytton.

— Oliver, où veux-tu en venir exactement ? Est-ce vraiment si important d'en discuter alors que le fils de PM est en train de frôler la mort ?

— Non, bien sûr que non, dit-il d'un ton irrité, puis il se détourna. Et je t'en prie, n'insinue pas que je ne me soucie pas de Jay.

— Tu l'as bien insinué hier à mon sujet.

— Je n'ai sûrement pas fait une chose pareille.

— Si, Oliver. Quand j'ai commencé à parler des couvertures du livre de Sebastian.

— Oh ! pour l'amour du ciel, ne pourrait-on pas avoir au moins une discussion, une seule, qui ne nous ramène pas à ce fichu livre ?

Il se tut quelques instants, puis poussa la porte de son bureau.

— J'ai beaucoup à faire. Je pense qu'il vaudrait mieux reporter cette conversation à demain. Quand j'aurai fait un tour d'horizon plus complet de la situation.

— Comme tu veux.

Elle gagna son propre bureau, claqua la porte derrière elle. Elle se sentait très mal tout à coup.

PM s'était endormie sur une chaise, quand l'infirmière de nuit la secoua pour la réveiller. Par la suite, il lui sembla incroyable d'avoir pu s'endormir aussi profondément ; sans doute était-elle au comble de l'épuisement.

— Quoi ? demanda-t-elle en se levant brusquement, terrorisée. Est-ce qu'il a... est-ce qu'il est... ?

— Non, non, mais il est très agité... Visiblement, il veut quelque chose.

PM s'avança jusqu'au lit. Jay bougeait beaucoup, ses yeux fiévreux scrutant le vide en face de lui.

— Barty, répétait-il sans arrêt, où est Barty ?

— Elle n'est pas là, mon chéri, dit PM, tendant la main et caressant sa tête brûlante, elle est à la maison.

— Je veux aller à la maison, je veux aller à la maison, voir Barty.

Il ne put en dire plus pendant un moment – étendu sur le dos, la respiration oppressée, un vrai supplice à écouter. Puis :

— Barty, répéta-t-il encore, où est Barty ?

— Il est très angoissé, dit l'infirmière, et cela n'arrange rien.

— Non, je le vois bien… Barty est… oui, c'est sa cousine, et il l'adore. Pourrais-je… serait-il possible de passer un coup de téléphone ?

— Ce serait absolument contraire au règlement. Tout comme le fait que quelqu'un vienne ici à cette heure de la nuit, bien sûr.

— Bien sûr, murmura PM.

Elle recommença à tapoter doucement le front et le cou de Jay avec un linge humide, et elle sentait les vagues de chaleur que son petit corps irradiait.

— Je crois que la crise est pour bientôt, dit l'infirmière, en le regardant attentivement, pour très bientôt. Maintenant je dois poursuivre ma ronde, ajouta-t-elle en pressant doucement la main de PM. Et, Mrs Lytton, le téléphone est sur mon bureau.

Puis elle s'en alla.

Le téléphone sonnait inlassablement dans l'obscurité, au cœur de la maison de Cheyne Walk. Brunson, qui aurait dû l'entendre, avait pris un somnifère. Depuis qu'il avait atteint la cinquantaine, il était en proie à des insomnies. Il y avait un autre poste dans le bureau de Celia – grande innovation dans la maison –, bureau qui se trouvait au rez-de-chaussée, juste au-dessous de sa chambre.

— J'entendrai la sonnerie si tu appelles, avait-elle dit à PM, avant de la quitter ce soir-là. Même au milieu de la nuit, n'hésite pas, je viendrai tout de suite si… si tu as besoin de moi.

Hélas, plus tôt dans l'après-midi, la femme de ménage avait tiré par mégarde le cordon du poste hors de sa prise, avec son aspirateur électrique Hoover – autre nouveauté très prisée dans la maison –, aussi le téléphone de Celia ne sonnait-il pas.

PM retourna dans la salle ; l'état de Jay avait empiré. Il toussait désespérément, son petit corps était secoué de spasmes et, entre deux quintes, il luttait pour respirer.

— Il appelle toujours sa cousine, dit l'infirmière, et il dit aussi quelque chose à propos de la maison. Vous n'avez pas réussi à les avoir ?

— Personne ne s'est réveillé.

— C'est une grande maison ?

— Très grande, oui.

— Oh, mon Dieu…

PM regarda de nouveau Jay, puis demanda à l'infirmière :

— Il n'est… vraiment pas bien, n'est-ce pas ?

— Mrs Lytton, lui répondit celle-ci, on ne doit jamais perdre l'espoir.

Mais sa voix était triste, et PM savait ce que cette réponse signifiait.

En réalité, Barty avait entendu le téléphone, sans comprendre tout de suite ce qu'était ce bruit. Elle s'était endormie sur son livre, *Les Quatre Filles du Dr March* ; elle avait pleuré – presque autant à cause de la maladie de Beth que de celle de Jay –, puis s'était réveillée en sursaut, avec un torticolis.

Quelque chose l'avait dérangée dans son sommeil, mais qu'était-ce donc ? Elle eut envie d'aller aux toilettes. En traversant le palier de l'étage, elle regarda la grande pendule qui se trouvait au fond. Une heure et demie : le beau milieu de la nuit, une heure où tout le monde dormait profondément. Il n'y avait pas d'animaux dans la maison, ni chien qui aurait pu aboyer ni chat pour courir partout et renverser quelque chose.

Elle allait rentrer dans sa chambre quand elle se souvint du téléphone : oui, on pouvait l'entendre d'ici. Elle avait bien entendu quelque chose, et cela devait être le téléphone.

Terrifiée à l'idée des nouvelles qu'il allait peut-être apporter, elle se précipita en bas, traversa l'entrée, puis resta à le regarder sur sa petite table près de la porte, se sentant plutôt stupide. Il était parfaitement silencieux à présent, et ne risquait pas de lui annoncer quoi que ce soit. Puis elle se souvint de l'opératrice : il y en avait nécessairement une de service, même la nuit, sans quoi il n'aurait pas sonné. Elle décrocha l'appareil et actionna deux ou trois fois le support, pour attirer l'attention des préposées au central. Au bout d'une minute ou deux, une voix féminine et maussade lui répondit :

— Numéro, s'il vous plaît…

— Oh, dit Barty, ici Sloane 589. Je…

— Quel numéro est-ce que vous voulez appeler ?

— Aucun, non, je veux juste savoir si quelqu'un a appelé à ce numéro il y a quelques minutes.

— Vous êtes… un enfant ? demanda la voix, méfiante.

Barty prit une profonde inspiration et baissa le ton, comme elle avait appris à le faire avec les leçons de diction de Miss Wolff.

— Non, pas du tout… Lady Celia Lytton à l'appareil. Vous seriez vraiment très aimable de me donner ce renseignement.

— Un moment, s'il vous plaît, dit la voix, soudain plus aimable. Je vais voir ce que je peux faire.

Elle l'entendit demander à la cantonade : « Est-ce que quelqu'un a passé un appel à Sloane 589, il y a quelques minutes ? » puis un grand silence s'ensuivit. Elle commençait à désespérer quand la voix revint :

— Oui, un de mes collègues vous a passé un appel. Mais je ne peux pas vous dire de qui il était.

— Non, bien sûr, répondit Barty, oubliant de prendre la voix de Lady Celia. Mais merci quand même.

Donc il avait bien sonné ; ce ne pouvait être que PM, qui appelait de l'hôpital.

Elle regarda l'escalier, prit une grande inspiration : quelle qu'en fût la raison, il fallait du courage pour entrer dans la chambre de Celia et la réveiller au milieu de la nuit. C'était un territoire interdit ; aucun des enfants n'était autorisé à y pénétrer une fois que la porte en était fermée, ni même à frapper. Sûrement Celia et Wol voulaient-ils rester seuls de temps en temps. Mais cette nuit…

Quand elle ouvrit – après avoir frappé doucement, sans obtenir de réponse – et qu'elle traversa la pièce vers le lit, la première chose qu'elle remarqua fut que Wol n'était pas là. Tante Celia était seule dans le grand lit. Elle tendit son bras et, pleine d'anxiété, commença à secouer l'épaule de Celia.

Jay était devenu étrangement inerte. Il avait cessé d'appeler Barty, cessé même de tousser ; le seul bruit qu'on entendait désormais dans la petite pièce était sa respiration laborieuse.

— Il faut que je retourne à mon bureau, dit l'infirmière à PM. Je serai là-bas si vous avez besoin de moi.

Elle lui posa la main sur l'épaule, puis sortit rapidement de la chambre. PM enfouit la tête dans ses bras, sur le petit lit de Jay, et commença à pleurer.

— Tu avais raison, dit Celia à Barty, en revenant dans sa chambre. Quelle fille intelligente tu es, ma chérie… Cours là-haut et habille-toi, vite. J'ai parlé à l'infirmière de nuit, elle dit que Jay t'a réclamée. Je te retrouve en bas dans deux minutes.

— Une seule, dit Barty.

Quelques brefs instants plus tard, elle était en bas, ayant enfilé son pull-over et sa jupe d'école, ainsi que des bas noirs et des bottes.

— Si on prenait *Méridien* ? dit-elle. Je pourrai le lui lire, il aimerait beaucoup.

— Oh, ma chérie, je ne crois pas… commença Celia, mais elle se reprit : Oui, très bien. Viens, maintenant.

— Venez vite, leur dit l'infirmière, et ne faites pas de bruit.

Elle les avait retrouvées à l'entrée de nuit de l'hôpital.

— Je pourrais perdre ma place si les choses s'ébruitaient. Tu dois être Barty, je suppose ? Je pensais que tu serais bien plus petite, plutôt comme Jay.

— Comment va-t-il ? demanda Celia.

L'infirmière la regarda, eut un bref mouvement de la tête.

— Il s'accroche, se contenta-t-elle de répondre. Par ici maintenant, montez ces marches. Voilà… Attendez-moi ici un instant, je vais juste voir si…

S'il est toujours vivant, pensa Celia, si c'est convenable pour nous, surtout pour Barty, d'entrer maintenant. Elle ferma les yeux et pria, avec une ferveur qui la surprit, un Dieu en qui elle ne croyait pas.

À l'intérieur de la chambre, Jay ne bougeait plus du tout. Sa respiration n'était plus douloureuse ; elle était trop légère et trop superficielle pour cela. Il semblait être entré dans un ailleurs, songeait PM en le regardant avec désespoir. Pas la mort, pas tout à fait encore, mais pas la vie non plus.

La porte s'ouvrit et l'infirmière entra. Elle regarda attentivement la silhouette inerte de Jay, souleva son petit poignet, vérifia son pouls, puis elle murmura :

— Une visite pour toi…

Après quoi elle se retourna, fit un signe en direction de la porte et s'écarta ; une petite ombre se glissa derrière elle, s'approcha du lit, contempla Jay quelques instants et enfin parla.

— Bonjour, Jay, lui glissa-t-elle très doucement à l'oreille, c'est moi, Barty. Je suis venue te lire une histoire.

Plus tard, la légende de *Méridien* dit qu'il avait sauvé la vie d'un petit garçon très gravement malade, avec une fièvre supérieure à quarante degrés et une pneumonie qui l'étouffait. L'équipe soignante et le médecin en charge du service affirmèrent – comme l'on pouvait s'y attendre – qu'il venait de franchir le cap critique de sa maladie, et qu'il aurait guéri de toute façon. Mais PM et Celia avaient bien vu Jay, tandis que la voix douce de Barty lui lisait, sans jamais s'interrompre, le merveilleux conte du royaume des enfants, avec ses océans de nuages et ses montagnes sous-marines, ses poissons volants et ses bêtes qui nageaient, ses enfants adultes et le temps qui retournait en arrière ; elles avaient bien vu Jay devenir non plus inerte mais calme, non plus brûlant de fièvre mais trempé de sueur, Jay dont la respiration se faisait moins douloureuse et dont les larmes s'apaisaient – jusqu'à ce qu'on le retrouvât, au matin, paisiblement endormi dans ses oreillers, avec Barty qui l'entourait tendrement de ses bras minces.

18

— Je n'arrive pas à le croire, dit Robert. D'où viennent toutes ces saletés ?

— Des saletés ? demanda Maud. Je les vois pas…

Ils prenaient le petit déjeuner sur la terrasse de Sutton Place. Robert devait travailler tout le week-end et ne pouvait pas se permettre d'aller à Long Island, mais cela ne préoccupait pas véritablement Maud ; Jamie était ici et il avait dit qu'il l'emmènerait au zoo, à Central Park.

Il replia le journal qu'il était en train de lire, lui sourit.

— Quand partez-vous, Jamie et toi ?

— Oh ! pas tout de suite. Il va se lever tard, car il est allé à une fête hier soir.

Quand son père fut sorti de la pièce, elle ramassa le journal, le rouvrit avec précaution en son milieu, à la page qu'il était en train de le lire, et chercha ce qui avait pu le bouleverser autant. Il ne lui fallut pas longtemps pour trouver ; elle lisait remarquablement bien pour une enfant de sept ans.

« De nouveaux problèmes chez Brewer-Lytton, disait un article dans la moitié basse de la page. Le bruit court que la société immobilière devrait licencier la moitié de son personnel la semaine prochaine. Elle vient de rater un contrat pour la construction d'un grand magasin dans le centre de Broadway. Hagman-Betts, qui a récemment achevé le chantier d'un des nouveaux petits hôtels de la 62e Rue, a fait une offre décisive. Brewer-Lytton avait recherché de nouveaux partenaires financiers, mais tous les établissements contactés leur ont opposé un refus ; les mauvais résultats qu'a enregistrés l'entreprise ces derniers temps semblent décourager les investisseurs. Les banquiers Rea-Goldberg, qui avaient paru décidés à soutenir un autre projet de Brewer-Lytton – la construction de plusieurs logements dans l'Upper West Side –, se sont finalement désistés au dernier moment. Personne n'a souhaité faire de commentaire, ni chez Rea-Goldberg ni chez Brewer-Lytton. »

Maud n'était pas sûre de comprendre exactement certains mots, mais elle avait une idée du sens général de l'article ; et il provoquait chez elle une impression très désagréable, comme une sensation d'angoisse, qui la prenait au niveau du ventre.

— C'était fantastique, dit-elle joyeusement en sortant du zoo. Merci de m'avoir amenée ici, Jamie.

— Tout le plaisir était pour moi, chère madame. Écoute, cela t'ennuierait beaucoup si on faisait un saut jusqu'à Elliott House ? J'ai laissé des livres là-bas, que je voudrais étudier à partir de demain.

— Laurence sera là ?

— Non, il est parti passer le week-end à Long Island. Avec sa dernière petite amie en date.

Maud n'aimait pas Laurence ; il ne lui parlait jamais, même pas pour lui dire bonjour. Il l'effrayait aussi par sa façon de se mouvoir en silence, apparaissant soudain dans une pièce alors qu'on ne l'attendait pas dans les parages. Il était comme un de ces méchants magiciens, dans les livres que Maud lisait.

Elliott House était très silencieuse, seuls deux membres du personnel s'y trouvaient : le maître d'hôtel, qui les accueillit avec chaleur et remarqua combien Maud avait grandi, et la gouvernante, qui lui proposa des biscuits et une tasse de lait. Maud accepta et Jamie la quitta quelques instants, pour aller chercher ce dont il avait besoin.

Une fois qu'elle eut fini le lait et les biscuits, Maud se dirigea lentement vers son ancienne salle de jeux. Elle se demandait à quoi elle pouvait bien servir désormais, si elle servait à quelque chose.

Laurence y avait installé sa bibliothèque de travail. Des livres garnissaient trois des murs et un énorme bureau occupait le milieu de la pièce, avec – Maud en lâcha un sifflement d'admiration – un gros fauteuil pivotant en cuir devant lui. Elle s'y installa et le fit tourner rapidement.

Légèrement étourdie, elle resta ensuite immobile quelques instants, à contempler le bureau. Il était terriblement net et bien rangé. Tout y était parfaitement aligné : des stylos et des crayons dans deux corbeilles parallèles, un bloc de papier blanc immaculé, un téléphone ; perpendiculaires aux précédents, l'agenda de Laurence, une corbeille nettement plus grande contenant des lettres et une autre encore, avec des invitations, le catalogue d'une exposition de peinture et un autre de livres anciens. Elle prit un crayon dans une des corbeilles, une feuille de papier, et dessina certains des animaux qu'elle et Jamie avaient vus ce jour-là.

Ensuite, elle se leva pour redresser, avec précision, le bloc de papier et la corbeille contenant les crayons, qu'elle avait légèrement déplacés ; mais ce faisant, son bras accrocha le coin d'une autre des corbeilles, qui glissa et tomba au sol. Dieu merci, il n'y avait rien dedans qui pût se casser. À quatre pattes, elle ramassa le tout avec soin, s'efforçant de le replacer dans la corbeille de son mieux. L'un des objets qu'elle contenait était un carnet de chèques ; il s'était ouvert en tombant et un autre objet était ensuite tombé sur lui, si bien que le chèque du dessus s'était replié sous le poids. Laurence le remarquerait sûrement ! Peut-être que si elle refermait le chéquier et qu'elle posait des livres lourds par-dessus, il serait de nouveau aplati ? Elle le ramassa et le retourna, s'apprêtant à le refermer. Le chèque du dessus était libellé : c'était bien l'écriture très nette de Laurence, à l'encre noire, tous les chiffres et les lettres très droits, serrés les uns contre les autres. Elle n'y aurait pas prêté attention, si le nom inscrit sur le chèque n'était resté gravé dans sa mémoire : l'un des noms mentionnés dans l'article qui l'avait rendue si mal à l'aise ce matin, et qui avait paru tant bouleverser son père. Un nom étrange : Nathaniel Betts.

— Papa ?
— Oui, ma chérie…
— Je suis ennuyée, à cause de Laurence… J'ai fait tomber quelque chose sur son bureau tout à l'heure.
— Eh bien, il ne le saura pas, il n'est pas devin.
— Mais il pourrait, si… C'était une espèce de panier. Il y avait son carnet de chèques au-dessus, et un des chèques est resté tout plié après. Il y avait quelque chose d'écrit dessus et j'ai vu le nom. C'était le même que dans l'article d'aujourd'hui, que tu lisais dans le journal, quelque chose… Betts.
— Hagman-Betts ?
— Nathaniel Betts. Et en tout cas…
— Attends un instant. Tu veux dire que Laurence a fait un chèque à Nathaniel Betts ? Maud, ma chérie, tu ne dois pas avoir remarqué ce qu'il y avait écrit dessus, j'imagine…
— Oh, si… Il y avait écrit cinquante mille dollars.

— Il faut que je te parle de quelque chose.

Celia leva les yeux vers Oliver et parvint à sourire, au prix d'un grand effort. D'un effort considérable même, car ce genre de phrase était en général le prélude à une longue tirade de critique.

— Oui, qu'y a-t-il ?

— Jack est venu ce matin. Il avait une proposition à me faire, pour Lytton.

— Oliver, vraiment ? Depuis quand Jack a-t-il des idées en rapport avec l'édition ? Que veut-il faire, sourit-elle, écrire pour nous un livre sur son régiment ?

— Quelque chose dans le genre, oui.

— Pardon ? s'exclama-t-elle en ouvrant de grands yeux.

— N'aie pas l'air si étonnée, répondit-il avec irritation. Il n'est pas complètement stupide, tu sais.

— Bien sûr qu'il n'est pas stupide. Mais il n'est pas non plus... très littéraire.

— Je trouve ton jugement un peu sévère. De toute façon, il a fait une suggestion que je prends très au sérieux, et je voudrais que tu fasses de même.

— Oui ? dit-elle, essayant de paraître positive.

— Nous pourrions lancer une collection militaire, une série de livres sur des sujets militaires. Des histoires de régiments, de batailles, de coutumes, ce genre de choses. Qu'en penses-tu ?

— Je pense... (elle prit une grande inspiration)... que c'est une idée exécrable.

Il la regarda avec hauteur.

— Et pourquoi donc ?

— C'est si spécialisé, Oliver. Il n'y aurait qu'un tout petit public pour ce genre de livres, et en plus ils seraient chers à produire, si l'on veut qu'ils soient de qualité, et...

— Ils ne nous coûteraient pas aussi cher que *Méridien* !

— Oliver, je t'en prie, ne recommence pas... Ce n'est vraiment pas le moment.

— Pour moi, si, au contraire. D'autres objections ?

— Eh bien... je n'y crois vraiment pas, mais si nous lancions une telle collection..., tu n'envisages pas sérieusement, je suppose, que Jack pourrait en être le responsable ?

— Pourquoi pas ?

— Mais, Oliver, il n'a aucune expérience ! Il n'a pas la moindre idée de la façon dont tout cela marche, il ne connaît rien aux coûts d'impression, à la maquette, aux usages de la profession...

— Il aurait des gens pour l'aider dans tous les détails pratiques, bien sûr, mais ses idées et ses contacts feraient l'essentiel. Cela me paraît un projet absolument sensé et justifié.

— Donc, si je te comprends bien, tu envisages de créer un nouveau département ? Consacré à Jack et à ses livres militaires ?

— Oh, Celia, ne sois pas absurde... Pas un département entier, non. Même si je ne me souviens pas que tu aies fait d'objection à ce qu'on crée un nouveau département, comme tu dis, pour « Biographica ».

— C'est tout à fait différent. Il y a un véritable marché pour les biographies et...

— C'est différent, parce que c'est *ton* département. Eh bien, moi, j'aime l'idée de Jack, beaucoup, même. Au moins, une collection militaire aurait une certaine... tenue.

— Oliver, je t'en prie...

— Tu n'as pas l'air de te rendre compte du mal que tu as fait à la réputation de Lytton, en publiant toutes ces stupidités. De la poésie bas de gamme, des fictions de quatre sous, des romans de midinettes.

Elle prit une grande inspiration, décidée à garder son calme.

— Nous *devions* publier des livres populaires, Oliver, tu ne mesures pas la situation. Nos coûts avaient beaucoup augmenté, le marché s'effondrait, nous n'avions presque pas de personnel...

— De ce côté-là aussi, tu as fait des prouesses en embauchant toutes ces femmes plutôt médiocres.

— Ah ! vraiment ?

Elle sentait maintenant la colère monter en elle, une colère qu'elle ne pouvait pas contenir.

— En tout cas, ces femmes plutôt médiocres ont travaillé ici comme des esclaves pendant toute la durée de la guerre, chacune faisant le travail de trois personnes ! Souvent avec des bombes qui tombaient tout autour, dormant même ici quand il y avait un raid, faisant le ménage elles-mêmes ! PM et moi, nous nous occupions de nettoyer les toilettes, si tu veux tout savoir...

— Cela me fend le cœur, Celia. La vie dans les tranchées devait être une sinécure en comparaison.

— Oh, au diable les tranchées ! J'en ai assez d'en entendre parler, de la boue, de la puanteur et des rats, plus qu'assez !

— Je suis désolé, dit-il, la voix aussi froide et aussi blanche que l'était son visage. J'en ai moi-même assez, pour tout te dire. Je vais essayer de ne plus y faire allusion.

Celia le regarda et se sentit écœurée tout à coup : ce qu'elle venait de dire était impardonnable, absolument impardonnable. Elle s'approcha de lui, tenta de lui prendre la main, mais il se dégagea.

— Je suis désolée, Oliver, vraiment, je n'aurais jamais dû dire cela. Je t'en prie, pardonne-moi.

Il garda le silence et elle poursuivit :

— Mais essaye de comprendre… De mon côté, de notre côté, nous avons vécu, nous aussi, des moments difficiles. Nous étions isolées, la situation était inquiétante, même dangereuse, les responsabilités étaient énormes, les enfants, la société…

— Tu t'es très bien occupée des enfants, dit-il en appuyant sur le mot enfants, et sa voix était pleine d'amertume. Franchement, Celia, je pense qu'une collection militaire ferait beaucoup de bien à la réputation de Lytton et j'attends ta pleine coopération à cet égard.

Celia le regarda encore une fois, puis elle se retourna et quitta le bureau ; elle ne pouvait en supporter davantage.

Ses critiques envers elle n'avaient jamais de fin et rien de ce qu'elle faisait ne trouvait grâce à ses yeux. La façon dont elle avait dirigé Lytton, le personnel de maison qu'elle venait d'engager, ses horaires de travail – même leur vie mondaine.

— Vas-y si tu veux, lui disait-il quand ils recevaient une invitation, je préférerais rester à la maison. Je ne me sens pas le courage d'affronter toutes ces bêtises.

Pour tâcher d'agrémenter les soirées qu'ils passaient ensemble, elle acheta des disques à écouter sur leur Gramophone, des disques de musique classique qu'il aimait tant. Ou bien encore, elle sélectionnait des articles afin qu'ils en discutent au dîner, sur des sujets qui les avaient toujours intéressés tous les deux, comme la montée en puissance du Parti travailliste, le succès du mouvement des suffragettes, l'agitation sociale, la situation dramatique des soldats rentrés infirmes de la guerre. Elle donnait des instructions à la cuisinière pour qu'elle améliore et diversifie de son mieux son morne régime alimentaire, suggérait souvent une petite promenade le long du quai Victoria après le dîner. Parfois, il acceptait sa suggestion avec plaisir, mais, le plus souvent, il prétextait une migraine ou une indigestion et disparaissait dans son bureau. Ces soirées-là étaient presque un soulagement pour Celia ; au moins, elle pouvait avancer dans son propre travail.

Et il ne lui faisait toujours pas l'amour…

Elle s'efforçait d'être patiente, de se rappeler ce qu'il lui avait dit une nuit, de comprendre ; mais c'était dur en face de son propre désir et de sa frustration, doublement dur en face des critiques d'Oliver.

Pourtant, si la situation à la maison n'était pas paradisiaque, celle qui régnait au bureau devenait infernale. Chaque journée l'obligeait à puiser un peu plus dans des réserves de patience qu'elle n'imaginait pas posséder ; quand ces réserves étaient épuisées, s'ensuivaient de bruyants échanges derrière les portes closes de leurs bureaux respectifs – lorsqu'il essayait d'annuler les décisions qu'elle avait prises, de remettre en cause la qualité de son jugement, d'exiger qu'elle approuve ses initiatives à lui. Elle se sentait rabaissée, pas seulement vis-à-vis du personnel, mais à ses propres yeux.

De plus, elle ne se serait jamais doutée à quel point PM allait lui manquer. Pourtant, elle devrait s'habituer à se passer désormais de sa présence. PM ne reviendrait pas chez Lytton. Elle s'était provisoirement installée dans le Colombier avec Jay, et cherchait à acheter une petite maison à la lisière du village d'Ashingham.

— Je sais que je vais trouver cela ennuyeux et frustrant, que Lytton me manquera terriblement. Mais Jay compte davantage pour moi, et j'ai compris la leçon, avait-elle expliqué à Celia.

Jay se rétablissait vite ; il avait recouvré ses forces, son étrange visage maigre et livide était redevenu rose et rond, sa jambe allait mieux. Il nageait dans le bonheur d'être revenu à Ashingham ; en l'absence de Barty et des jumelles, il s'était beaucoup attaché à Billy.

— Regardez-moi cette paire d'estropiés, grommelait Lady Beckenham le matin, en voyant Billy et Jay balayer la cour. Ma parole, on se croirait revenu à l'époque de la maison de convalescence…

Elle avait fait fabriquer à Billy une nouvelle jambe artificielle, plus sophistiquée.

— On m'a dit que tu pourrais l'utiliser davantage comme une jambe normale. Il y aura un vrai genou, si l'on peut dire, beaucoup plus pratique pour monter à cheval.

Elle avait aussi promis de donner des leçons d'équitation à Jay quand sa jambe irait mieux. L'idée qu'il puisse risquer de tomber et de se la recasser, ou même de se casser autre chose, mettait sa mère au comble de l'angoisse.

— On ne peut pas le faire vivre dans du coton, lui expliquait Lady Beckenham, à sa manière rude comme toujours. C'est un garçon, et même un bon garçon. Je sais bien qu'il a traversé une période difficile, mais aujourd'hui il est remis et il doit mener une vie normale. D'ailleurs, c'est pour cela que vous êtes ici. Vous avez fait le bon choix en le sortant de Londres, maintenant il faut qu'il en profite le plus possible. Tout ira bien, il ne court aucun danger ici. À moins que vous ne considériez comme dangereux de tomber de cheval ou du vieux grenier à foin, mais tous mes enfants l'ont fait et aucun n'en est mort.

— Bien, répondit docilement PM.

Elle n'était pas habituée à ce qu'on lui dicte sa conduite, mais c'était, somme toute, assez confortable.

Elle avait écrit à Gordon Robinson pour le remercier de sa lettre, l'assurer qu'elle ne lui en voulait pas du tout et que Jay se rétablissait normalement. Il lui avait réécrit à son tour, en demandant s'il pourrait rendre visite à Jay. « Et peut-être lui apporter quelques livres pour le distraire, ajoutait-il. Ce n'est pas très amusant de devoir rester au lit. Je me suis cassé le bras quand j'étais enfant, je me souviens encore de l'ennui d'avoir passé des vacances entières sans pouvoir grimper aux arbres ni jouer au cricket. »

Elle l'avait trouvé plein d'égards et de prévenances, lui avait répondu que ce serait fort gentil de sa part ; mais le jour fixé, il avait téléphoné pour dire qu'il ne se sentait pas très bien lui-même.

— Juste un peu indisposé, mais ce n'est pas l'idéal pour rendre visite à un malade.

PM avait suggéré un autre jour, mais ils n'avaient pas réussi à en trouver un avant la date de son départ pour Ashingham.

— Une autre fois alors, plus tard, avait-il conclu.

Le lendemain, un livreur avait apporté une caisse de livres ; certains un peu adultes pour Jay, mais tous d'un niveau littéraire que PM approuvait, comme *L'Île au trésor*, *Robinson Crusoé* ou *Les Voyages de Gulliver*. « Je ne suis pas sûr de l'âge de Jay, écrivait l'expéditeur, mais, s'ils sont trop adultes pour lui, il n'a qu'à les garder pour plus tard. Il n'est jamais trop tôt pour commencer à se monter une bibliothèque. J'ai entendu dire qu'un merveilleux nouveau livre pour enfants allait être publié, mais je n'ai pas pu en savoir plus. En tout cas, j'espère que ceux-là lui plairont, et j'attends avec impatience de faire sa connaissance prochainement. »

Il se comportait en ami et même en guide des plus avisés pour Jay – si l'on oubliait qu'il avait failli le tuer.

— Très jolie robe, dit Sebastian.
— Merci.
— J'aime le rose, je l'ai toujours aimé.
— Vraiment ?
— Oui. Et cette couleur vous va bien.

— Merci, répéta-t-elle. Si vous êtes venu pour les épreuves…

— Je ne suis venu pour rien en particulier, vous le savez très bien. Sauf pour vous voir, et pour déjeuner.

— Sebastian, je suis très occupée. Je ne peux vraiment pas aller déjeuner avec vous aujourd'hui.

— Et demain ?

— Non, je ne serai pas là demain. C'est samedi et c'est le Quatre-Juin à Eton, nous y allons tous.

— Comme c'est charmant… Même les jumelles ?

— Bien sûr.

— Bon, soupira-t-il. Alors il faudra que je ravale mon impatience. En tout cas, cette robe est faite pour aller déjeuner dans le jardin.

— Quel jardin ?

— Celui de ma maison de Primrose Hill. J'attends toujours de vous la montrer, j'espère que vous n'avez pas oublié…

— Je n'ai pas oublié, non, mais, Sebastian…

— Oui, Celia. Ah, Oliver, bonjour… Je suis juste venu prendre mes épreuves, je dois partir maintenant. Peut-être pourrions-nous dîner un soir, pour discuter des détails de la publication ?

— Oui, j'en serais ravi. Oh ! Celia, il faut que nous prenions une décision pour cette couverture…

— On dirait qu'il passe beaucoup de temps ici, non ? fit remarquer Oliver quand Sebastian fut parti.

— Tu crois ? Non, je n'ai pas remarqué.

Giles mourait d'impatience de revoir sa famille. Toute sa famille, y compris les jumelles. C'était bien agréable d'avoir de jolies petites sœurs, même si elles n'avaient que neuf ans. Et ce serait bien agréable de revoir Barty également. Elle aussi devenait vraiment jolie, avec cette abondante chevelure brune et bouclée. Et il aimait sa voix, toujours un peu éraillée.

Il était tout à fait heureux à Eton. L'un des aspects les plus agréables était d'y avoir sa propre chambre, si petite fût-elle, avec le lit qui se repliait contre le mur, sa petite cheminée, sa bibliothèque et son bureau. Même le maître d'internat devait frapper avant d'entrer. On ne pouvait pas s'empêcher de se sentir adulte. Et puis on s'adressait toujours aux élèves en leur disant « messieurs » : « Ces messieurs peuvent s'habiller en sport (ce qui voulait dire une veste de tweed) cet après-midi », ou : « Plusieurs messieurs ont oublié leurs parapluies à la chapelle. » Cela aussi les faisait se sentir vraiment adultes. Les vêtements eux-mêmes ne posaient pas de problème à Giles : il était grand, et ils lui allaient bien. La première fois qu'il se contempla dans son miroir portant le pantalon rayé, la queue-de-pie et le chapeau haut de forme, il se sentit, d'un seul coup, quelqu'un de complètement différent.

Certes, la nourriture était infecte, mais pas pire qu'à St Christopher. L'heure du thé était cependant le meilleur moment de la journée : on pouvait préparer soi-même des œufs au plat, des saucisses, du bacon et bien sûr des toasts, qu'on faisait griller dans sa propre cheminée. On devait aussi tout préparer pour son tuteur, qui appartenait au corps d'élite de la bibliothèque, regroupant des élèves de dernière année ; les rapports n'étaient pas toujours bons, mais Giles avait eu de la chance d'être sous la tutelle d'un ancien fort sympathique. Son meilleur ami, Willoughby, qui venait lui aussi de St Christopher, en avait un épouvantable, qui le battait constamment, le plus souvent en présence du chef de maison. Mais on ne pouvait rien y faire, ils le savaient tous les deux. Cela faisait partie des vicissitudes auxquelles il fallait se soumettre.

Une autre de ces vicissitudes était une chose dont Giles avait été prévenu, dans les termes les plus voilés et les plus mystérieux, quand il avait été sur le point de quitter St Christopher, une chose à laquelle beaucoup de pères aussi – mais certes pas Oliver – avaient fait allusion, une chose que Willoughby subissait souvent, et à laquelle Giles avait échappé jusqu'à maintenant. Willoughby était petit, blond et légèrement efféminé. Au bout de quelques jours, son tuteur, qui était aussi membre de Pop – une confrérie regroupant les garçons les plus extravagants du collège –, l'appela dans son bureau, ferma la porte à clé et lui dit de baisser son pantalon. Craignant d'être encore une fois battu, Willoughby s'exécuta avec résignation, mais ce qui s'ensuivit fut bien pis. Giles s'en fit raconter les détails, dans le secret de sa propre chambre, avec une compassion mêlée d'angoisse.

— Mais pourquoi ? répétait-il, pourquoi font-ils cela ?

Willoughby répondit qu'il n'en savait rien, mais qu'ils avaient l'air d'y prendre beaucoup de plaisir.

— Cela fait mal, dit-il à Giles, vraiment mal, et il se mit à pleurer.

Giles était profondément tourmenté, mais savait qu'il n'y avait personne auprès de qui se plaindre ; il avait déjà appris de la bouche de son tuteur, entre autres, que de telles pratiques faisaient partie des mœurs de l'école, et que les maîtres autant que les élèves y participaient.

Jusqu'ici, Giles y avait échappé. La seule rencontre à caractère sexuel qu'il avait faite avait été avec son maître d'internat, qui tenait à inspecter régulièrement tous ses pensionnaires, et à les inspecter nus.

— Nous devons nous assurer que vous n'avez pas de maladie vénérienne, leur disait-il. Venez, mon garçon, que je jette un coup d'œil sur vous.

Giles se soumettait à ces familiarités mineures sans protester, tant il était reconnaissant que cela n'aille pas plus loin.

Ses prouesses sur les terrains d'athlétisme ne lui étaient pas immédiatement utiles ici, mais il jouait au cricket pour l'équipe junior de sa maison et il aimait cela. Comme il aimait aussi les ressources intellectuelles qu'offrait Eton, et jusqu'aux excentricités des différents maîtres et professeurs du collège. Le ton était donné par le directeur lui-même, le Dr Allington, qui rôdait dans les couloirs vêtu d'un pardessus fait d'une peau d'ours polaire et faisait de si beaux sermons que les gens étaient sincèrement impatients de venir à la chapelle pour l'entendre prêcher. Puis il y avait le commandant Beaven, qui buvait quelques gouttes de teinture d'iode avant la leçon du matin – le cours qui avait lieu avant le petit déjeuner. John Christie, lui, enseignait les sciences, sans paraître y connaître grand-chose lui-même, et il faisait la leçon du matin en robe de chambre. Giles admirait tout spécialement Jack Upcott, qui enseignait l'histoire élisabéthaine et affirmait être prêt à tout pardonner à celui qui saurait le faire rire. Giles n'avait aucun talent à cet égard, mais il trouvait chez le Dr Upcott quelque chose qui lui rappelait à la fois sa mère et sa grand-mère – quelque chose comme de la considération pour toute forme d'excellence intellectuelle, et aussi l'idée qu'elle pouvait excuser pas mal de travers.

Ils arrivèrent à midi à Agar's Plough, dans la nouvelle Rolls ; les jumelles, avec leurs manteaux bleu clair et leurs chapeaux de paille ornés de fleurs, sortirent en courant et se ruèrent sur Giles, tandis que Barty suivait plus lentement, en souriant timidement. Derrière venait l'oncle Jack, qui dit à Giles qu'il n'avait pu résister au désir de venir le voir, et qu'il espérait que Giles ne lui en voudrait pas de sa présence. Bien sûr qu'il ne lui voulait pas, car il aimait beaucoup Jack. Ensuite sa mère, incroyablement belle dans sa robe droite, faite dans un tissu brillant bleu foncé, avec une sorte d'ample cravate qui pendait autour de son cou ; ses cheveux bruns, qu'elle avait coupés courts, disparaissaient à moitié sous un grand chapeau blanc, orné d'un large ruban, incliné sur le côté.

Il vit de nombreux garçons la contempler tandis qu'elle l'embrassait et il se sentit très fier. La plupart des autres mères paraissaient bien plus âgées qu'elle et portaient des robes qui ressemblaient à des sacs, avec des châles et des fourrures sur leurs épaules.

— Bonjour, Giles. Comment vas-tu ?

C'était son père, encore très maigre, et affreusement pâle.

— Je vais très bien, monsieur, merci. C'est bon de vous voir. Vous voulez voir le match ?

Le collège jouait au cricket contre une équipe d'anciens élèves.

— Oh… je ne sais pas. Qu'en penses-tu, Celia ?

— Bien sûr que oui. J'adore regarder le cricket, j'étais moi-même excellente autrefois. Trouvons un endroit agréable où nous installer et profitons-en. Giles, mon chéri, tu dois avoir pris au moins trente centimètres, et j'aime ta boutonnière. Ça me rappelle mes frères. Pendant des années, il y en a eu trois ici en même temps, et ils portaient tous des couleurs différentes.

Ce fut une journée magnifique ; Celia avait préparé un superbe pique-nique avec du poulet froid, du faisan, du saumon, de la salade, un plateau de merveilleux fromages, de petites tartelettes, de la salade de fruits et bien sûr du champagne. Et aussi de la citronnade pour les enfants, mais on leur permit, sauf aux jumelles, de boire une petite coupe de champagne.

Au milieu du repas, un bus arriva, qui transportait beaucoup d'anciens Étoniens venant d'Oxford, suivis d'autres venant de Cambridge, tous faisant beaucoup de bruit. De jolies filles parcouraient la foule en embrassant tout le monde – Jack avait l'air de penser qu'il connaissait la plupart d'entre elles et il en amenait sans cesse vers le pique-nique pour leur offrir une coupe de champagne, et tenter de savoir où ils s'étaient rencontrés exactement ; le soleil brillait, le ciel était radieux et la fanfare jouait. Giles subtilisa une troisième coupe de champagne à sa mère qui passait son temps à se lever d'un bond pour aller saluer tel ou tel qui passait dans les environs. Il se sentait très étourdi quand ils descendirent vers la berge pour regarder passer le défilé des bateaux, et vibrer aux accents de l'hymne nautique du collège. De plus, voir les garçons se mettre debout dans leurs bateaux, dans un équilibre plutôt instable, pour lever leurs chapeaux ornés de fleurs en salut à Windsor et Eton, n'arrangea rien à son propre tangage ; il dut bientôt s'asseoir, assez brusquement. Son père s'approcha, s'assit à son côté et sourit.

— Un peu trop de champagne, on dirait ? Je ne crois pas que le dernier verre ait été une bonne idée.

— Mais c'était terriblement bon, dit Giles avec un sourire contrit.

— Je sais. Superbe journée, n'est-ce pas ? Et je suis si content de voir que tu as l'air heureux. Tu te sens bien ici, non ?

— Oui, beaucoup. C'est si différent de St Christopher.

— Tu n'étais pas aussi heureux là-bas ?

— Heureux ! s'exclama Giles, d'une voix que le champagne rendait un peu pâteuse. J'étais tellement malheureux que je ne pouvais pas le croire. C'était horrible.

— Quand même, cela n'a pas pu être aussi difficile, sinon tu nous en aurais parlé…

— Je vous en *ai* parlé ! Enfin, j'en ai parlé à Maman. Tu étais loin, bien sûr.

— Et qu'est-ce qui était si terrible ?

Il semblait résolu à prendre les choses à la légère et Giles se sentit soudain furieux, voulut que son père sache vraiment combien cela avait été pénible.

— Eh bien, on me battait, presque tous les jours. Pas seulement les maîtres mais aussi les grands. Ils me donnaient des noms horribles, et ils me faisaient porter une couche, et…

— Une couche ? Pourquoi devais-tu porter une couche ?

Pour la première fois, le visage d'Oliver s'était fait plus sérieux.

— Parce qu'ils l'avaient décidé, dit simplement Giles. Et ils me tenaient par terre pendant qu'ils me la mettaient. Et ensuite ils regardaient mon… tous les matins, ils me regardaient quand ils me l'enlevaient, et ils faisaient des plaisanteries là-dessus.

— Et tu ne le disais à aucun des maîtres ?

— Oh ! non, bien sûr, cela aurait été encore pire, après.

Oliver garda quelques instants le silence, puis il demanda :

— Et tout cela, tu l'avais raconté à ta mère ?

— Non, pas *tout* cela, bien sûr, mais je lui ai dit que j'étais affreusement malheureux.

— Et elle n'a pas essayé de savoir pourquoi, de savoir ce qui se passait ?

— Euh, non…, répondit Giles d'une voix hésitante ; il commençait à se sentir inquiet, tout à coup. Mais tu étais parti pour la guerre, elle était très occupée, et…

— Elle ne t'a pas suggéré de m'en parler ?

— Non. Elle a dit que je ne devais pas le faire, que tu avais suffisamment de raisons d'être inquiet. Que des gens faisaient toutes sortes de sacrifices, qu'ils mouraient à la guerre, alors, ce n'était pas très important que je ne sois pas heureux à l'école. Je suis sûr qu'elle avait raison, d'une certaine façon.

Oliver garda de nouveau le silence, un long moment, puis il dit :

— Eh bien, je suis désolé, Giles, sincèrement désolé. Si j'avais su à quel point tu souffrais, j'aurais trouvé cela très important.

Celia écoutait Oliver la critiquer sévèrement pour la cruauté dont elle avait fait preuve envers Giles – en ne l'informant pas de la détresse de leur fils, en ne se renseignant pas davantage sur ses causes, en ne prenant pas contact avec l'école pour y remédier. Quand il eut fini, elle dit simplement :

— Je suis désolée, Oliver, que tu le prennes comme cela. Comme je l'ai expliqué à Giles à l'époque, il y avait beaucoup de souffrance partout. À la fois là-bas, en France, et ici, à la maison.

— Je ne pense pas que cela ait diminué la sienne le moins du monde.

— Non, bien sûr que non. Mais il me semblait important qu'il… relativise les choses.

— C'est vraiment dommage qu'il ne se soit pas décidé à m'en parler. J'aurais réagi assez différemment, je crois.

— Tu n'étais pas là. Et moi, comment aurais-je pu te déranger avec les ennuis d'un petit garçon à l'école ? À un moment où j'incitais justement les enfants à être courageux, pour toi, à ne pas t'ennuyer avec leurs problèmes…

— Tu savais exactement de quel genre de problèmes il s'agissait ?

— Non, pas exactement.

— Tu ne savais pas qu'il était battu, brutalisé ?

— Non. Je le croyais juste sujet à des taquineries...

— On lui faisait porter des couches. Manifestement, il y avait quelque chose de sexuel là-dessous. Cela me dégoûte. Celia, je n'arrive pas à croire que tu aies laissé faire sans enquêter...

Elle le regarda, droit dans les yeux.

— J'ignorais que cela allait jusque-là, que c'était aussi affreux. Bien sûr, si je l'avais su...

— Et tu ne crois pas que tu aurais *dû* le savoir ?

— Oui ! Oui, bien sûr que j'aurais dû ! Mais il y avait une bonne douzaine de raisons pour que je ne le sache pas... Je prenais la responsabilité de Lytton, les jumelles étaient petites, j'étais enceinte, tu me quittais pour aller vers ce qui semblait être une mort assurée... Bien sûr que j'aurais dû faire plus ! Mais moi aussi je livrais une bataille de mon côté, une bataille très solitaire, Oliver. Je voudrais que tu ne l'oublies pas, que tu le prennes en considération. Je suis profondément désolée de ce qui s'est passé, et je m'en excuserai auprès de Giles, bien sûr.

— Et tu penses que cela suffira pour tout aplanir ?

— Non. Mais au moins, Giles saura que je me soucie beaucoup de lui.

— J'ai peur que ce soit un peu tard !

— Laurence ? Bonjour. Ici Robert Lytton. J'ai dit que j'étais Henry Rea de chez Rea-Goldberg, désolé pour cette petite déception. Je me demandais si nous ne pourrions pas nous retrouver pour déjeuner. J'aimerais vous entretenir d'une ou deux petites affaires.

— Je ne crois pas que nous ayons quoi que ce soit à nous dire. Sûrement pas assez pour déjeuner ensemble, en tout cas.

— Moi, j'ai beaucoup à vous dire. Peut-être préféreriez-vous venir à mon bureau ? C'est au sujet de Hagman-Betts, Laurence, et de la façon mystérieuse qu'a cette société de s'approprier tous nos contrats.

— Je ne vois vraiment pas en quoi cela me concerne.

— Au contraire. Cela commence par un chèque. De cinquante mille dollars, à l'ordre de Nathaniel Betts. Je suppose – sans en avoir la preuve, bien sûr – que ces cinquante mille dollars représentent la différence entre le vrai devis qu'ils auraient fait, dans des conditions normales, sur le dernier chantier en date, et celui qu'ils ont effectivement fait. Quelque chose dans le genre, en tout cas. Et il y a aussi tous ces petits articles abjects qui sont parus dans la presse, ayant l'air d'insinuer que nous sommes à la fois incompétents et plus chers que les autres.

— La presse donne les informations qu'elle trouve, c'est tout.

— Erreur, elle donne souvent les informations qu'*on* lui suggère. Je suis resté longtemps aveugle, je ne sais pas pourquoi, alors que j'aurais dû penser à vous plus tôt. En tout cas, apprendre l'existence de ce chèque m'a ouvert les yeux et j'ai fait une petite recherche. J'ai des contacts dans l'édition et dans la presse ici, par mon frère. On a demandé au journaliste d'où lui venaient ses informations sur les refus de crédit par les banques, et aussi sa déclaration, très intéressante à cet égard, selon laquelle Hagman-Betts était dynamique et Brewer-Lytton beaucoup moins. Il apparaît qu'un jeune homme de chez Betts l'a emmené dîner dans un excellent restaurant et l'a abreuvé de bourbon, sous prétexte de le soutenir pour un article qu'il préparait sur des problèmes d'urbanisme.

— Vous êtes paranoïaque. Tout cela ne signifie rien du tout.

— Peut-être pas devant une cour de justice, non. Mais je suis aussi capable que vous de répandre des rumeurs, et j'ai toujours beaucoup d'amis parmi les banquiers. Votre hostilité à mon égard est bien connue, vos manœuvres contre moi n'étonneront personne. Et cela intéressera sûrement les gens d'apprendre que vous avez versé à Hagman-Betts de grosses sommes d'argent pour me faire du tort. Tous ces bruits filtrant de votre banque, bien sûr.

— C'est absurde, dit Laurence, mais il paraissait légèrement moins sûr de lui tout à coup. Vous n'avez aucune preuve de tout cela.

— Oh ! mais si. Votre carnet de chèques s'est trouvé en ma possession, votre carnet de chèques personnel. Je vous l'ai retourné à présent, je l'ai moi-même déposé chez Elliott, dans une enveloppe à votre intention. Mais j'ai pris la liberté de faire quelques photographies des chèques. Je les ai tirées moi-même dans ma propre chambre noire, donc vous n'avez rien à craindre quant à leur divulgation. Mais…

— Celia, il faut que je te parle.

— Bien sûr… Oh ! Oliver, j'ai ici de nouveaux poèmes de Felicity Brewer, ils sont vraiment pleins de charme. Si tu es d'accord, j'aimerais en publier un petit recueil. Ils…

— Oui, bonne idée. Je les aime aussi.

— Ah…

Celia, qui s'était préparée à une longue discussion, puis à une longue dispute, se trouva prise au dépourvu.

— De toute façon, je pourrai en parler à Felicity moi-même, poursuivit Oliver. J'ai prévu d'aller à New York dans un mois ou deux. Je veux rendre visite à notre bureau là-bas, j'aurais dû le faire depuis longtemps, et je veux aussi voir Robert.

— Je ne savais pas. Je pourrai t'accompagner ?

— Oh, je ne pense pas, non… Je ne ferai qu'un saut là-bas, juste un aller et retour. Écoute, c'est du service artistique que je veux te parler. J'ai reçu une lettre de James Sharpe, ce matin. Il va beaucoup mieux, il a même tout à fait recouvré la santé, et…

— Bien, j'en suis ravie. Il a eu des moments très difficiles.

Très difficiles, en effet ; des éclats d'obus à la colonne vertébrale l'avaient fait beaucoup souffrir, et il en garderait des séquelles à vie. Il marchait lentement, en boitant et en s'appuyant lourdement sur une canne, ou plutôt sur des cannes. Mais c'était un dandy dans l'âme. Son esprit brave et jovial s'était aussitôt emparé de l'idée que ces cannes pouvaient avoir des pommeaux d'ivoire ou d'argent, être d'ébène ou d'acajou, sculptées de façon exquise, conçues pour la ville ou pour la campagne… Résultat, il en possédait aujourd'hui une vaste collection, aussi vaste que l'était sa garde-robe.

— Donc, il… il revient ? s'enquit Celia, de l'air le plus dégagé qu'elle put.

— Oui. Il dit qu'il se sent tout à fait prêt.

Oliver hésita, puis s'éclaircit la gorge.

— Au passage, je lui ai parlé de la collection militaire, et il trouve qu'elle a un énorme potentiel.

— Vraiment ?

— En tout cas, quand il reviendra, il n'y aura plus de place ici pour Gill Thomas, bien sûr.

— Pardon ?

— Celia, ce genre de manège m'irrite.

— Quel genre de manège ? demanda-t-elle pour gagner du temps.

— Faire semblant de ne pas m'avoir entendu, quand j'ai dit quelque chose qui ne te plaît pas, ou dont tu voudrais discuter. J'ai dit qu'il n'y aurait pas de place ici pour Gill Thomas quand James Sharpe reviendra.

— Eh bien, c'est absurde. Bien sûr qu'il y en aura une.

— J'ai bien peur que non. James reprendra son poste de directeur artistique et...

— Mais c'est injuste, tellement injuste !

— Je ne vois pas les choses comme cela, désolé. James était notre directeur artistique avant la guerre, il le sera de nouveau maintenant qu'elle est finie.

— Oliver, c'est impossible ! Gill est aujourd'hui notre directeur artistique, depuis des années. Et avec beaucoup de succès.

— Je ne crois pas que cette question prête à discussion.

— Non, en effet, elle ne prête pas à discussion. Son travail est renommé dans la profession, il est original, personnel, toujours adapté aux livres concernés. En plus, elle a été parfaitement loyale vis-à-vis de la maison, elle a toujours travaillé si dur.

— Je crois que cela s'applique à beaucoup de femmes qui ont pris des emplois d'hommes, non ?

— Oliver, ce n'est pas un « emploi d'homme » ! C'est un travail créatif, difficile, que Gill accomplit magnifiquement, et son sexe n'a rien à y voir...

— C'est un emploi d'homme *ici*. Et j'ai toujours dit que lorsque la guerre serait finie, les hommes retrouveraient leurs postes, tu ne peux pas le nier.

— Non, mais...

— As-tu nommé Gill Thomas directrice artistique ?

— Oui, je l'ai fait. Parce qu'elle le méritait. Et aussi parce que… parce qu'elle avait eu une autre offre, de Macmillan. Et que nous avions besoin d'elle ici.

— Tu aurais pu en faire, plutôt, une directrice artistique par intérim… Et PM, qu'en disait-elle ?

— Elle…

— C'est bien ce que je pensais, elle était contre. De toute façon, que Gill ait été choisie à tort ou à raison ne change rien : elle doit partir, ou bien être rétrogradée, mais je ne pense pas que cela lui plairait beaucoup.

— Peut-être qu'elle l'accepterait, si. Je lui poserai la question. Ou encore occuper un poste parallèle, comme directrice de création ou directrice de conception. Quelque chose qui pourrait leur convenir à tous les deux.

— Je préférerais que tu t'en abstiennes, dit Oliver, le regard froid. Je n'aime pas le travail de Miss Thomas, je le trouve vulgaire et complaisant. Et je pense qu'il est, pour une bonne part, responsable de la dégradation du niveau littéraire de Lytton.

— Il n'y a pas de dégradation du niveau littéraire de Lytton !

— Permets-moi d'en être juge, si tu veux bien. Disons la façon dont le public perçoit son niveau littéraire, si tu préfères. Elle y a sûrement contribué.

— Oh, Oliver, franchement… Elle a reçu tellement d'éloges pour ses couvertures, notamment pour les histoires romantiques…

— C'est bien ce que je disais. Pour ces romans de pacotille que nous ne publions plus.

La collection avait en effet été arrêtée, après une amère dispute entre les deux époux. Celia s'efforça de garder son calme.

— Quant à *Méridien*… Tout le monde parlera de la couverture.

— Oui, mais pour en dire quoi ? Tu l'aimes, Brooke l'aime, et le département artistique doit l'aimer aussi, mais cela m'étonnerait que le public l'aime. En tout cas, si jamais les ventes ne sont pas aussi bonnes que tu as l'air de l'escompter, je n'irai pas en chercher la raison très loin.

— PM l'adorait.

— Mais PM n'est pas un arbitre en la matière.

Celia garda le silence.

— De toute façon, James sera de retour dans un mois. Tu parleras à Gill Thomas, ou devrai-je le faire ? Je m'en chargerai sans problème si tu ne t'en sens pas le courage. J'imagine que tu as dû t'en faire plus ou moins une amie – ce qui d'ailleurs est toujours une erreur, à mon avis.

— Ah oui ? Et James Sharpe, alors, ce n'est pas ton ami ? Oliver, c'est écœurant, je ne sais pas quoi te dire. Sinon que c'est injuste, immérité… Et quelle monstrueuse erreur de jugement sur le plan professionnel !

Elle sortit du bureau d'Oliver en claquant la porte derrière elle ; quand elle arriva dans son propre bureau, elle se rendit compte qu'elle pleurait. Elle se dirigea vers sa table, se laissa tomber dans son fauteuil et prit sa tête dans ses mains.

— Celia, dit alors la voix de Sebastian, Celia, pourquoi ?

Il était assis dans l'un des canapés, elle ne l'avait pas vu en entrant. Elle tourna les yeux vers lui, chassa nerveusement ses larmes de ses joues et tenta d'esquisser un sourire.

— Vous avez l'air bouleversé.

— Je le suis.

— Pour quelle raison ?

— Oh, cela n'a pas d'importance...

— Bien sûr que si. Et pourquoi ne pas m'en parler ? En déjeunant, par exemple ?

Il y eut un silence, puis Celia dit très simplement, en croisant son regard, avec une sorte d'acceptation implicite de cela et du reste :

— Oui, Sebastian, j'en serai enchantée. Merci.

19

— Chéri, je vais avoir besoin de beaucoup de robes neuves, beaucoup. Je vais à Londres. Disons plutôt qu'on m'a demandé si je pouvais aller à Londres.

— Londres !

— Oui. Mais pas avant le printemps… Tout va bien, n'aie pas l'air si inquiet. J'ai reçu une lettre de Celia Lytton, disant qu'elle va publier mes poèmes, en un seul volume, la décision est prise. « Évidemment, ce serait un livre mince, m'a-t-elle dit, mais nous pourrions l'illustrer, peut-être avec des dessins au trait. J'en ai parlé à Gill Thomas, qui travaillait pour Lytton et qui maintenant a fondé son propre studio de dessin, elle est enthousiasmée à cette idée. Quelque chose plutôt dans le style de Beardsley, c'est ce qu'elle suggère, en plus doux. » Cela ne te paraît pas merveilleux ?

— Pas du tout !

— Pourquoi ?

— Je déteste Beardsley, dit John, pince-sans-rire.

— Oh ! John, je te parle de l'ensemble, pas seulement des illustrations…

— Je sais, ma chérie, je plaisantais. Je suis fier de toi, c'est une nouvelle magnifique. Veux-tu que je t'accompagne à Londres pour voir tes éditeurs, ou préfères-tu y aller seule ?

425

— Bien sûr, j'adorerais que tu viennes. En fait… (elle retourna à la lettre) Oliver compte bientôt rendre visite à Robert et à leur bureau américain. Seigneur, comme il doit avoir changé depuis la dernière fois que nous l'avons vu… C'était avant la guerre.

— Oui, je me souviens d'ailleurs de l'intérêt plutôt agaçant que tu semblais lui porter.

— Moi ? demanda Felicity, feignant le plus grand étonnement. Je ne m'en souviens pas du tout.

— Eh bien, moi si. J'étais même fatigué d'entendre combien il était romantique. En tout cas, il a l'air assez gentil, et plutôt calme.

— Je dirais que le calme est une qualité fort appréciable, surtout quand on vit dans une maison remplie de mâles survoltés.

— Sommes-nous vraiment survoltés ?

— En permanence, oui. Avec peut-être une exception pour Kyle.

— Oh… En tout cas, je préfère un homme survolté à une femme survoltée. Celia me paraît l'être un peu trop.

— Elle a du caractère, c'est certain.

— Du caractère ! C'est une tempête force neuf, oui ! Mais elle est assurément belle. En tout cas, ma chérie, c'est une grande nouvelle, il faut que nous dînions ce soir quelque part pour fêter cela. Pour le moment, j'ai une réunion importante à neuf heures et demie avec les architectes.

— Pour le nouvel hôtel ?

— Oui.

— Je n'ai toujours pas compris pourquoi il a été question un temps de confier sa construction à Hagman-Betts puis qu'on en soit revenu au contrat initial. Mais c'est formidable pour toi.

— Oui, ça peut paraître étrange, dit John, en lui souriant d'un air conspirateur. Mais c'est le monde des affaires !

— Et quel monde... Tu es sûr que tout ira bien maintenant ?

— Absolument sûr. Tout est en place, le financement, la main-d'œuvre, tout. Le seul problème que nous ayons, c'est de trouver le temps et les collaborateurs pour faire face à la demande. Le chantier de ce bloc sur la Soixante-Deuxième Ouest commence la semaine prochaine, et maintenant Rea-Goldberg nous presse. Ils veulent un nouvel immeuble de prestige donnant sur Wall Street, et leurs architectes nous ont dit que nous aurions le contrat si nous pouvions leur garantir qu'il serait prêt au printemps. Je pense qu'ils veulent absolument nous prouver qu'ils ont toujours eu la plus grande estime pour nous. Pour le cas où nous serions tentés de déverser un peu de boue sur eux. C'est vraiment un très petit monde, tu sais.

— Je suis surprise que vous vouliez encore travailler avec eux.

— Nous avons fait une estimation plutôt haute et bizarrement, ils l'ont acceptée sans discuter. Au revoir, ma chérie, travaille bien. À ce soir au *St Regis*. Sept heures et demie, et fais-toi aussi belle que possible. Comme il sied à un écrivain célèbre.

— Je veux que tu me dises que tu m'aimes.

— Je ne peux pas. Je ne peux vraiment pas.

— Pourquoi ? Tu sais bien que c'est vrai.

Sebastian s'était emparé d'elle : pas seulement de son corps – dont il avait pris possession avec une force, presque une violence, qui l'avait laissée tremblante et sans résistance, encore remuée plusieurs jours après jusqu'au plus profond d'elle-même – mais aussi de son esprit, de ses émotions, de tous ses sens. Elle avait du mal à croire que cela ne se remarquait pas de l'extérieur, que lorsqu'elle s'asseyait à son bureau, dans un restaurant ou dans son propre salon, pour parler à des responsables littéraires ou à des illustrateurs, négocier avec des agents, discuter avec Oliver de sujets professionnels ou familiaux, les gens ne voyaient pas, n'entendaient pas à quel point elle était différente – plus tout à fait elle-même mais à moitié Sebastian, toute pleine des idées, des mots, des passions de Sebastian.

Quand elle n'était pas avec lui, elle ne pensait qu'à le retrouver ; quand elle était avec lui, le temps s'arrêtait, plus rien d'autre ne semblait exister.

Physiquement, leur liaison était une étonnante réussite, même en tenant compte des longues années de frustration qu'avait connues Celia, et de l'intense plaisir qu'elle avait toujours trouvé dans le sexe. Mais, dès la première fois, avec Sebastian, allongée tout l'après-midi chez lui, dans son lit, elle avait été emportée vers une région nouvelle, qu'elle n'avait encore jamais explorée, le lieu d'un plaisir plus intense et plus violent que tout – et pourtant doux, aussi, d'une douceur presque déchirante.

À la fin, bien sûr, la réalité la rattrapa ; à contrecœur, elle s'habilla, descendit, et l'accompagna jusqu'à sa voiture. Il la déposa au Swiss Cottage où elle prit un taxi et rentra, non pas chez Lytton mais directement chez elle, élaborant pendant le trajet une histoire compliquée à base d'auteur absent, d'agent littéraire furieux, d'épreuves manquantes, sans oublier les embouteillages. Rien de tout cela ne fut nécessaire, car Oliver était allé écouter une conférence puis dîner avec un confrère, et il rentra à la maison plein d'enthousiasme quant à la création d'un prix destiné à encourager la recherche et la qualité littéraires.

Celia, qui avait fait mine de dormir à son arrivée – alors qu'elle n'était qu'allongée dans l'obscurité, l'esprit et les sens baignant encore dans le souvenir des heures écoulées –, s'assit et lui sourit, apparemment fort intéressée par ce qu'il lui raconta. Oliver en fut surpris et reconnaissant, il se coucha très content de lui. Celia, pour la première fois, se formula l'antique mensonge des époux infidèles : être aussi heureuse ne pouvait pas nuire à son mariage, au contraire même, cela ne pouvait lui faire que du bien.

Pourtant, elle refusait de dire à Sebastian qu'elle l'aimait ; cela lui semblait la dernière trahison, l'ultime infidélité, un aveu presque aussi grave que d'affirmer qu'elle n'éprouvait rien pour lui.

L'idée que Gill se mette à son compte était venue de Sebastian.

— Tu pourras lui donner du travail, beaucoup de travail, et elle en trouvera aussi ailleurs. C'est une bien meilleure solution que de rester chez Lytton, où ce type et elle se heurteraient inévitablement.

Celia avait invité Gill à déjeuner et lui en avait fait la proposition.

— Je vous garantirai assez de travail la première année pour couvrir vos frais, et au-delà. Pour commencer, il y aura tout ce qui tournera autour de *Méridien*, sans compter les cartes de Noël et beaucoup d'autres à-côtés. J'ai aussi une biographie de la pauvre reine Anne en préparation, et j'apprécierais énormément que vous y travailliez...

James Sharpe était revenu et exaspérait parfois Celia ; elle avait oublié combien il était réticent ne fût-ce qu'à l'idée d'essayer un nouveau type de caractères, combien de fois il pouvait répéter au cours d'une même journée : « Mais c'est que nous n'avons jamais fait cela encore... » Pourtant, tout à son bonheur radieux – et songeant confusément qu'elle devait le payer d'une façon ou d'une autre –, elle restait pendant des heures avec lui devant sa table à dessin, admirant son travail et applaudissant à ses idées, avant de partir voir Gill, presque aussi coupable que si elle allait retrouver un amant, pour lui donner des instructions concernant d'autres livres bien plus importants à ses yeux.

D'ailleurs, rendre visite à Gill devint bientôt aussi une couverture pour les visites qu'elle rendait à son amant. Lui aussi bien plus important pour elle que le reste de sa vie.

Chez Lytton, on faisait de grands projets pour le lancement de *Méridien*. Même Oliver, si irrité qu'il fût par le bruit qu'on faisait autour du livre – et aussi par un autre genre de sentiment qu'il ne voulait pas trop approfondir –, savait qu'il tenait là un texte de qualité supérieure. Et il sentait, un peu contre son gré, que cet achat fait par Celia aiderait la maison à retrouver tout son lustre. C'était un livre pour enfants, certes, mais à la façon d'*Alice au pays des merveilles :* un livre que les adultes admireraient autant qu'il amuserait les enfants, un livre qui trouverait aussi bien sa place dans les bibliothèques des parents que dans les chambres de leurs fils ou de leurs filles. Le premier tirage qu'on prévoyait, à partir des commandes reçues, était important : sept mille pour l'Angleterre, trois mille pour les colonies – Inde, Afrique du Sud, Australie. Le prix de vente fixé était lui aussi assez élevé, sept shillings et six pence.

Oliver partit presque trois semaines pour New York cet automne-là. Ce furent trois merveilleuses semaines, sans critique, sans discorde permanente, sans tromperie quotidienne, et même sans culpabilité, heureusement, jamais de culpabilité. Trois semaines passées à découvrir Sebastian, à découvrir la passion croissante qu'elle avait pour lui, et lui pour elle. L'adultère était un bonheur intense, mais un bonheur difficile ; aussi Celia fut-elle prise de terreur, quand les trois semaines

touchèrent à leur fin. Oliver avait écrit deux fois et
envoyé plusieurs câbles. Son séjour se passait bien,
Robert était un hôte parfait, Maud était charmante et les
Brewer se montraient spécialement aimables avec lui.
Felicity lui faisait découvrir un New York qu'il ne
connaissait pas, la bohème de Chelsea et du Village, le
port maritime, et bien sûr le quartier financier. « Extraordinaire. Ces immeubles sont incroyables, c'est l'œuvre
de géants. Ils donnent l'impression que nous sommes de
petites fourmis courant partout. Bien sûr, Robert a construit plusieurs d'entre eux, et il m'impressionne beaucoup. Je vois aussi d'où Felicity tire la plus grande part
de son inspiration ; elle est si intéressante quand elle
parle de tout cela. »

Le soir où Oliver revint, Celia l'attendait à la maison. Elle portait une robe qu'il aimait, elle lui avait
fait préparer son dîner préféré par la cuisinière, Brunson avait mis une bouteille de son sancerre favori à
rafraîchir dans le cellier. Celia s'efforça de trouver
un peu de plaisir, un peu d'impatience à l'idée de son
arrivée, pria Dieu de lui en donner, mais en vain.
Quand elle entendit la voiture, elle tressaillit ; quand
elle descendit pour l'accueillir, elle se sentit paralysée d'angoisse ; quand il lui fit un signe du bas des
marches, puis qu'il les monta en courant pour la
retrouver, elle eut un mouvement de recul. Elle
observa la nouvelle femme, étrange, qu'elle était
devenue, se vit lui sourire, l'embrasser, l'entourer de
ses bras, le prendre par la main, le conduire en haut.
Ce qu'il fallait, découvrit-elle, c'était s'observer.
Cela rendait tout plus facile. Ne pas éprouver les sentiments, mais étudier comment on les éprouvait, ne
pas s'intéresser à ce qui arrivait, mais se regarder en
train de s'y intéresser. Ainsi, oui, elle pouvait y arriver. Il avait l'air en forme ; il avait pris quelques

kilos et souriait plus qu'avant. Il lui dit qu'elle était belle, le vin parfait, le dîner délicieux.

Il lui rapportait un cadeau de chez Tiffany.

— On m'a dit que tu aimerais.

— Et qui te l'a dit, Oliver ? demanda-t-elle en souriant.

— Oh, quelqu'un, répondit-il prudemment. Vas-y, ouvre-le, essaye-le…

Il était très beau, un fin bracelet d'or, avec le fermoir serti de diamants ; c'était même un cadeau extravagant, quelque chose qu'il ne lui aurait jamais acheté en temps normal.

— Oliver, c'est ravissant, merci beaucoup…

Et elle s'observa en train de l'embrasser, encore une fois.

— Je suis content qu'il te plaise. Tiffany est vraiment la plus merveilleuse des boutiques, avec ses kilomètres de vitrines, toutes remplies de choses magnifiques. Mais je crois que ce bracelet était la chose la plus magnifique de toutes.

— Et tu l'as choisi tout seul ? demanda-t-elle sur un ton de plaisanterie.

— J'ai eu un peu d'aide, répondit-il en rougissant.

— De Felicity, je suppose.

— Oui, elle… elle a fait une suggestion ou deux.

Il y eut un silence, puis il dit :

— Tu m'as manquée, Celia, tellement manquée. C'est si bon d'être à la maison.

— C'est bon de t'avoir à la maison, répondit-elle, sans pouvoir se résoudre à lui dire qu'il lui avait manqué.

Après le dîner, ils parlèrent un moment ; il lui en raconta plus sur son voyage, qui il avait vu, ce qu'il avait fait. Puis ce fut l'heure d'aller se coucher ; l'estomac noué, elle se leva et dit :

— Tu dois être fatigué… J'espère que tu vas bien dormir.

— Non, je ne suis pas fatigué, répondit-il, avec sur le visage un mélange de plusieurs émotions différentes, de la tendresse, de la nervosité et presque de l'amusement aussi. J'aimerais venir dans ta chambre, si je peux…

— Tu… Bien sûr que tu peux.

De toutes les choses qu'elle avait attendues, qu'elle avait redoutées, celle-ci aurait dû lui être épargnée, songea-t-elle. La panique la saisit d'abord, puis se dissipa quand elle se souvint qu'elle devait juste regarder. Donc, une fois allongée dans le lit, elle se regarda le regarder quand il la rejoignit pour s'allonger près d'elle et la prendre dans ses bras. Elle se regarda l'écouter quand il lui dit qu'il l'aimait.

— Tu m'as tellement manqué… J'ai eu tort de ne pas t'emmener. En tout cas, cela m'a fait comprendre combien tu comptes pour moi.

Il commença à l'embrasser ; puis, très doucement et en s'écartant un peu d'elle, il dit :

— J'ai tellement envie de toi, Celia, tellement. Mais… il faut que tu m'aides. Aide-moi, s'il te plaît.

Alors elle se regarda encore, et elle réussit à en faire un peu plus, juste un peu plus. Mais c'était peut-être la chose la plus difficile qu'elle ait jamais accomplie…

Méridien devait sortir le 1er décembre. Des dîners étaient prévus tout au long du mois de novembre, dans les principales villes du pays ; les libraires y étaient conviés avec les éditeurs et l'auteur, et passaient ensuite leurs commandes.

— Nous pourrions même encore augmenter le chiffre du premier tirage après cela, expliqua Celia à Sebastian. Et Oliver prévoit de faire un somptueux dîner pour toi le jour de la sortie.

— J'espère que tu y seras, lui dit-il, tout en suivant du doigt le contour de son visage.

— Non, Sebastian, pas ici…

Elle était terrifiée que, chez Lytton, on puisse avoir vent de leur relation. Sebastian se conduisait imprudemment, claquant la porte d'un coup de pied derrière lui après être entré dans son bureau, sortant des fleurs de derrière son dos, se penchant par-dessus sa table et l'embrassant passionnément, puis s'asseyant dans un des canapés et lui faisant des déclarations. Parfois, elle craignait même qu'il n'agisse délibérément, en espérant qu'ils soient découverts et que leur liaison éclate au grand jour. Il prenait des risques terribles.

— Bien sûr que je serai à ton dîner, lui répondit-elle. Au départ, il était prévu au *Garrick Club* et je n'aurais donc pas pu y être, mais je me suis arrangée pour qu'il ait lieu au *Rules*.

— Au *Rules* ! Notre restaurant !

— Sebastian, ce n'est pas notre restaurant. En fait, j'ai même plutôt de mauvais souvenirs d'un déjeuner là-bas avec toi.

Elle était encore troublée par sa femme ; non par son existence même, mais par l'affirmation de Sebastian – qu'elle trouvait malgré tout assez révélatrice d'un calcul – qu'il n'y avait rien à changer à la situation.

— Elle est heureuse comme cela. De savoir que tu existes ne la dérangerait même pas, ma chérie. Elle reçoit de moi tout ce dont elle peut avoir besoin.

Comme toutes les amoureuses adultères, Celia se demandait avec angoisse s'ils avaient toujours des relations intimes tout en se persuadant que c'était impossible, qu'ils devaient vivre ensemble comme frère et sœur. Mais elle n'avait aucun droit, même pas celui de lui poser la question ; après tout, elle-même avait

Oliver, et depuis qu'il était rentré, elle avait couché plus d'une fois avec lui. Comment aurait-elle pu faire autrement ?

Le mélange de bonheur et de culpabilité qu'elle ressentait l'inclinait d'ailleurs à se montrer plus tendre envers Oliver, se préoccupant des interminables séquelles de la guerre qu'il continuait à supporter : maladies diverses, caprices en matière de nourriture, manque d'énergie… Même si tout cela avait diminué depuis son voyage en Amérique.

Ses sempiternelles critiques – qui, elles, au contraire, avaient repris de plus belle – ne l'atteignaient plus ; elle les acceptait patiemment. Étrangement, elles l'aidaient même à se sentir moins mal à l'aise. Il y avait ainsi des jours où elle ne se sentait pas coupable du tout, d'autres jours où elle se montrait particulièrement attentionnée et bien disposée avec lui, où elle l'accueillait dans son lit.

Avec Sebastian, l'avenir n'était jamais abordé : ils le tenaient à distance, comme une perspective inquiétante qu'ils devraient affronter un jour, mais plus tard. Comme l'idée de l'accouchement, dont la douleur était toujours inévitable. Soit ce serait Oliver qui devrait en prendre la plus grande part, soit Sebastian, et dans les deux cas elle en souffrirait. Mais, pour le moment, l'avenir n'existait pas pour eux ; ils savouraient le moment présent, et c'était délicieux.

— J'aimerais que, maintenant, vous vous leviez tous et vous leviez vos verres à *Méridien*. À *Méridien* et à Sebastian.

— À *Méridien* et à Sebastian !

Les verres de champagne brillaient dans la lumière des bougies, tout le monde souriait et applaudissait. L'assemblée était triée sur le volet : Celia, Oliver, James Sharpe, deux hauts responsables littéraires, PM, revenue pour l'occasion, Gill Thomas, sur l'insistance de Celia, et Paul Davis, qui se conduisait bien pour une fois.

Oliver leva la main et reprit la parole :

— Je n'ai pas beaucoup de commentaires à faire sur ce livre, sinon qu'il est sans aucun doute l'un des plus grands publiés par Lytton. Un texte superbe, plein d'originalité, de charme et d'imagination. Mes propres enfants en sont fous – et étant donné leurs âges très différents, je crois que cela en dit long. Les commandes ont dépassé de loin ce que j'attendais, si bien que nous avons déjà prévu un second tirage, qui portera le total à neuf mille pour l'Angleterre, et à cinq mille pour les colonies. Beaucoup de librairies ont commandé des prospectus publicitaires, ce qui est en soi assez remarquable. On sent déjà un mouvement se faire autour de ce livre, et il est amplement mérité. Vous avez dû lire les interviews parues dans les journaux, pas seulement dans les journaux littéraires, mais aussi les portraits de Sebastian dans le *Times* et dans le *Daily Mail*. Ma femme affirme que ce succès est à attribuer au charme personnel de Sebastian plutôt qu'à ses talents littéraires – désolé de vous le révéler, Sebastian ! En tout cas, tous mes confrères m'envient plus encore que je ne saurais le dire ; je suis à la fois très fier et très heureux d'être l'éditeur de *Méridien*, Sebastian, et je vous souhaite tout le succès possible. Tout ce que je vous demande, c'est de nous écrire vite un autre livre.

D'autres applaudissements suivirent, puis Sebastian se leva. Il était venu seul au dîner, bien qu'on lui eût demandé d'amener quelqu'un.

— Je ne peux pas amener Millicent, avait-il expliqué à Celia, même si elle adorerait. Mais je ne peux pas, à cause de toi.

— Oh, Sebastian, ne sois pas stupide, avait-elle répondu courageusement, car elle avait redouté plus que tout qu'il le fasse. Tu dois l'amener, c'est son jour autant que le tien… Tu dis toi-même qu'elle t'a soutenu pendant tout le temps que tu l'as écrit.

— Je sais, mais je ne peux pas. Je ne pourrais pas t'avoir dans la même pièce, je ne le supporterais pas. La regarder, sachant que je suis marié avec elle, puis te regarder…

— Mais Oliver sera là…

— Je peux le supporter, j'y suis habitué. Comme tu dois l'être toi aussi.

— Madame, disait-il ce jour-là, en inclinant gentiment la tête vers elle et en souriant, mesdames et messieurs. Que puis-je vous dire ? J'ai longtemps rêvé d'une soirée comme celle-ci sans jamais croire qu'elle arriverait vraiment. Je suis si heureux, Oliver. Être édité par vous est la chose la plus merveilleuse qui soit, pour plus d'une raison.

Son regard se posa sur Celia, mais elle détourna les yeux. C'était dangereux, il jouait avec le feu. Quand elle le voyait, debout dans la lueur des bougies, si absurdement beau et plein d'énergie, puis qu'elle regardait Oliver, si fragile encore – même s'il était indéniablement distingué ce soir, en queue-de-pie –, elle s'efforçait, pour la millième fois, de ne pas les comparer.

— J'aimerais adresser des remerciements tout particuliers à Lady Celia, continuait-il. (Oh ! non, Sebastian, non !) Sans elle, ce livre n'aurait jamais existé tel qu'il est, plein de style et d'élégance, avec cette sublime couverture, pour laquelle je vous remercie infiniment, Miss Thomas (il adressa un bref signe de tête à Gill, et elle lui répondit de même), il n'aurait peut-être pas existé du tout.

— Oh ! voyons, Sebastian, intervint Paul Davis, et tout le monde rit.

— C'est elle qui a décelé le potentiel du livre, elle qui a fait une offre décisive, risquant même la colère de son mari à cause de son montant...

Sebastian, arrête ! Mais Oliver souriait, lui envoyait un baiser ; grâces soient rendues au champagne, songea-t-elle.

— Je voudrais vous demander de lever de nouveau vos verres. Aux Lytton, à l'intelligence si particulière du regard qu'ils portent aux livres qu'ils éditent, au mélange unique de leurs deux talents.

— Eh bien, dit Oliver un peu plus tard, quand leur voiture s'arrêta devant chez eux, c'était une soirée très réussie. Parfaite de bout en bout. Et Sebastian a raison, il t'en doit une grande partie. Des compliments bien mérités, ma chérie, bien mérités.

Elle était si accablée par la honte et la culpabilité, autant que par le plaisir de ces félicitations publiques, que faire l'amour avec Oliver fut cette nuit-là facile et presque joyeux.

— Pour le thé, ce serait très bien, dit PM, merci.

— Bien... Je suis désolé que le petit bonhomme ne puisse pas être avec nous, mais au moins je ferai votre connaissance. Voyons, je pensais que peut-être Fortnum et Mason... ?

— Ce serait charmant.

— Bien. Quatre heures, alors. Je porterai un exemplaire du *Spectator* et j'aurai un pardessus gris foncé.

Comme beaucoup d'autres hommes, en la circonstance ; pourtant, PM ne pouvait manquer de reconnaître Gordon Robinson. Il était très grand, un mètre quatre-vingt-quinze, assez distingué, avec d'épais cheveux argentés et un visage mince, presque ascétique. Il s'inclina vers elle, au-dessus du chapeau noir qu'il avait enlevé, puis s'avança, sourire aux lèvres.

— Mrs Lytton, quel plaisir de vous rencontrer enfin. Puis-je ? dit-il en désignant la chaise à côté d'elle, sur laquelle elle avait posé des paquets.

— Bien sûr, répondit-elle en les retirant.

— Des courses de Noël ?

— Oui. Presque toutes pour Jay. J'ai peur de trop le gâter. J'essaye d'éviter, pourtant, mais…

— Les enfants sont faits pour cela, en tout cas je l'ai toujours pensé. Je n'ai pas eu la chance d'avoir une famille moi-même, mais je suis sûr que, si tel avait été le cas, j'aurais été un père indulgent.

PM apprécia de prendre le thé avec lui, bien plus qu'elle ne l'aurait cru. Pouvoir parler avec un adulte, autre que Lady Beckenham ou Dorothy, était agréable. En outre, bien que plutôt sérieux de caractère, il était aussi fort aimable et la conversation avec lui était facile. Il était avocat, travaillant dans un cabinet de la City, vivait seul à St John's Wood et était rongé, avoua-t-il à PM, par le remords d'avoir mis sa vieille mère dans une maison de retraite.

— Je me suis battu pour la garder à la maison le plus longtemps possible, avec une infirmière, mais à la fin, c'est devenu impossible. Je crois qu'elle est heureuse là-bas, mais…

— Je suis sûre qu'elle l'est. Et je suis sûre, aussi, qu'elle ne voudrait pas être un fardeau pour vous.

— Vous avez raison. C'est, dirons-nous… une sainte personne.

Il le dit avec des yeux amusés et elle l'apprécia pour cela, pour avoir aussi manifestement le sens de l'humour.

Il lui raconta qu'il était enfant unique.

— Cela n'a pas que des avantages, mais globalement je pense que cela peut avoir des effets bénéfiques.

— Je l'espère… Jay est fils unique. Mais il a plusieurs cousins, avec qui il s'entend très bien.

— Vraiment ? Au fait, Mrs Lytton, vous n'avez rien à voir avec les éditions Lytton, je suppose ?

— Si, répondit-elle en souriant. C'est mon père qui a fondé la maison.

— Non ! Oh, c'est merveilleux… Ce sont justement eux qui publient le livre pour enfants dont je vous ai parlé ! Pardon, je suis stupide… vous le saviez, bien entendu.

Il était si embarrassé de son étourderie qu'il rougit et se tut ; PM en fut touchée.

— Je crois au contraire que c'est très perspicace de votre part de le savoir, lui dit-elle. Très peu de gens ont une idée de qui publie les livres.

— Personnellement, ça m'a toujours passionné. Mon père avait fait des études de littérature anglaise, et je collectionne moi-même les éditions originales.

Il lui parla un bon moment, de façon fort enjouée et naturelle, et elle, elle l'écoutait, charmée par sa gentillesse, la douceur de ses manières, sa courtoisie pleine de prévenance. Elle l'appréciait beaucoup.

— Je ne viens pas souvent à Londres en ce moment, lui dit-elle, quand ils se séparèrent devant chez Fortnum et Mason et qu'il la mit dans un taxi, qu'il avait hélé pour elle. Juste pour des occasions comme celle-ci, ou pour une réunion du conseil d'administration de Lytton. La prochaine fois que je viendrai, voulez-vous que je vous contacte ? Je pourrai vous donner un exemplaire de la première édition de *Méridien* pour votre collection.

Il en parut ravi, lui dit que ce serait charmant.

PM n'avait qu'une inquiétude, quand elle songeait à leur future amitié : ce qu'il ressentirait en apprenant qu'elle n'avait jamais eu de mari, qu'elle n'avait jamais été officiellement mariée au père de Jay. Gordon Robinson semblait plutôt vieux jeu...

Méridien partait pour être le genre de livre qui bat des records et bâtit une carrière ; les critiques étaient magnifiques, particulièrement dans l'*Observer*, pourtant si difficile à satisfaire, et même dans le *Manchester Guardian*, au point qu'on fit un troisième tirage du livre. Le bruit courait que le prince de Galles en avait commandé plusieurs exemplaires pour ses innombrables filleuls.

L'approche de Noël trouva Oliver rasséréné. Toutes les rubriques littéraires des journaux avaient célébré le livre sur la poésie de guerre, les ventes de dictionnaires et d'ouvrages classiques remontaient, notamment une édition des mythes grecs en deux volumes. La maison avait aussi eu la main heureuse en achetant une biographie de la reine Anne, sous la plume de la célèbre Lady Annabel Muirhead, qui alliait la plus grande érudition à une écriture vive et pleine de charme. C'était la dernière en date d'une série de brillantes biographies qu'elle avait écrites, mais la première à être publiée par Lytton. Celia l'avait acquise après une longue et difficile négociation. Le problème, pour une fois, ne tenait pas à l'importance de l'à-valoir, mais à la volonté de Lady Annabel d'obtenir toutes les garanties sur la qualité de l'ouvrage terminé.

— J'ai finalement décidé de vous confier *La Reine Anne*, dit-elle à Celia. Pauvre femme, pouvez-vous imaginer cela ? Dix-sept enfants, et un seul passant le cap de la petite enfance... Je pense qu'une maison capable de réussir une aussi superbe publication que *Méridien* me conviendra fort bien. Mais j'insiste pour que le manuscrit définitif me soit soumis avant parution ; je n'ai pas eu que de bonnes expériences avec certains éditeurs dans le passé, et depuis, je suis prudente.

Celia lui dit que, naturellement, elle aurait la dernière main sur le texte, et le contrat fut signé. Cela contribua à apaiser les critiques d'Oliver à son égard ; mais s'il reconnaissait – non sans réticence – son rôle dans cette acquisition, il était nettement plus réservé quant à la valeur pour Lytton de *Vies nouvelles pour un vieux monde*, son récit de vies de femmes pendant et après la guerre, qui en était pourtant à sa quatrième édition.

— Bien sûr, je suis content qu'il marche bien, disait-il, mais, *a priori,* ce n'est pas le genre de livre que je nous aurais vus publier.

Au prix d'un grand effort, Celia parvint à ne pas répliquer. Mais ce fut PM, venue à Londres pour la réunion mensuelle du conseil d'administration, qui lança :

— Oh, vraiment, Oliver, arrête de nous rebattre les oreilles avec le genre de livres que nous aurions dû publier ! Les temps sont durs et on devrait être bien contents de publier des livres de bonne qualité qui se vendent bien !

Oliver ne répondit rien ; plus tard, une fois qu'elles se retrouvèrent toutes les deux dans le bureau de Celia, PM dit à celle-ci qu'il perdait dangereusement le contact avec la réalité.

— Il faut vraiment que tu lui tiennes tête, Celia, sans quoi on va finir par publier une masse d'absurdités parfaitement démodées que personne ne voudra lire.

Celia s'approcha d'elle, la serra dans ses bras et lui dit simplement :

— Tu me manques.

Sur la collection militaire de Jack, pourtant, elle n'obtint pas le soutien de PM.

— Je ne crois pas que ce soit une si mauvaise idée, lui dit-elle. C'est le genre de choses que les gens achèteront pour mettre dans leur bibliothèque. Peut-être pas des ventes énormes, mais… eh bien, je pense que tu devrais accepter. En tout cas, moi, je lui donnerai ma voix. Je ne suis pas trop sûre non plus que Jack soit la personne idéale, mais tu peux toujours garder un œil sur lui. De toute façon, il va s'en lasser en peu de temps et passer à autre chose. En attendant, il a des contacts assez appréciables. Et l'idée d'utiliser le journal de ton arrière-grand-père dans ce premier livre est plutôt bonne, je crois.

— C'est même la seule, répondit Celia, mais elle donna finalement sa voix au projet ; elle pouvait difficilement lutter contre trois Lytton.

— Célia, ma chérie ! s'exclama Jack, entrant tard dans le salon ce soir-là alors qu'elle lisait, permets-moi de te serrer dans mes bras, avec toute ma gratitude. Voilà ! petit cadeau de remerciement.

— Pourquoi ? demanda Celia, bien qu'elle le sût parfaitement.

— Mais pour m'avoir permis d'intégrer votre merveilleuse société… Oliver m'a bien fait comprendre que cela ne serait jamais arrivé si tu n'avais pas donné ton accord.

— Vraiment ? fit Celia, très surprise.

— Absolument. Tu sais bien que, pour lui, ton opinion sur toute chose vient juste après celle de Dieu. Vas-y, ouvre ton cadeau…

Elle l'ouvrit : c'était une petite boîte de chez Aspreys. À l'intérieur, il y avait une broche en or en forme d'arbre, sertie de petites fleurs de diamants ; c'était très joli, et sûrement très cher. Elle lui sourit, le laissa l'épingler sur sa robe.

— Jack, c'est absolument ravissant… Je l'adore, merci. Mais tu ne peux pas continuer à dépenser ton argent ainsi. Si tu viens travailler chez Lytton, cela représentera à peu près cinq années de ton salaire !

— Ça sera au moins cinq années de salaire bien dépensées. Oui, Oliver a cité une somme plutôt dérisoire, c'est vrai. Mais peu importe, je suis comblé. Et j'ai l'intention de travailler très dur.

— Tu y seras bien obligé, nous sommes des patrons très stricts. Finis, les petits déjeuners à onze heures du matin !

— Bien sûr. Je serai là matin, midi et soir.

— J'imagine que cela nuira à ta vie mondaine, non ? dit-elle en riant.

En réalité, elle avait découvert qu'il cherchait un emploi dans la City depuis six mois, et qu'il avait été éconduit partout. C'était d'ailleurs une histoire tristement courante, que les anciens combattants pouvaient raconter à tous les niveaux de la société. Elle lui sourit gentiment – ce qui était bien le moins, vu le cadeau qu'elle venait de recevoir.

— En attendant, je sors, lui dit-il.

— Tu sors !

Elle regarda la pendule : il était plus de onze heures du soir.

— Oh Jack ! tu me donnes l'impression d'être si vieille…

— Je vais retrouver une fille. Une fille extraordinaire.

— Comment s'appelle-t-elle ?

— Lily. Lily Fortescue.

— Joli nom. Et, laisse-moi deviner… une comédienne ?

— Oui. Merveilleuse. Elle est dans une nouvelle revue.

— Et… elle est jolie ?

— Terriblement. Bon, je file, ou sinon je serai en retard. Je l'emmène souper. Bonne nuit, Celia chérie, et merci encore.

Elle lui sourit affectueusement : que la collection militaire soit un succès ou non, ce serait amusant de l'avoir au bureau.

Lily Fortescue était aux anges ce soir-là.

— Je viens de passer une audition, dit-elle à Jack à son arrivée, ça y est, j'ai un rôle dans une prochaine revue !

— Chérie, tu es géniale. Quand commences-tu ?

— Pas avant le printemps, donc je peux continuer avec les *Follies* pour le moment.

— Splendide ! Maintenant, écoute-moi, il faut que tu te maintiennes en forme… Que veux-tu manger ?

— Oh, je meurs de faim. Je mangerais volontiers du homard.

— C'est comme si c'était fait.

Elle avait des goûts sophistiqués, pour une fille qui était née et qui avait grandi dans une petite maison de Peckham, au milieu de six frères et sœurs. Elle avait rencontré Jack Lytton un soir, lors d'une fête au *Chausson d'argent*, et son élégance, son éclat, sa jeunesse lui avaient beaucoup plu. Elle avait aimé parler avec lui, et avait été fort intéressée d'apprendre qu'il était apparenté à Lady Celia Lytton.

— Elle est vraiment jolie… On la voit tout le temps dans les journaux mondains. J'ai vu une photo d'elle à Ascot, où elle était superbe. Et elle a des jumelles, n'est-ce pas ? Elles étaient toutes les trois en photo dans le *Tatler*, la semaine dernière.

Lily était une lectrice assidue des magazines mondains – elle les étudiait même plus qu'elle ne les lisait, comme si elle préparait un examen. En conséquence, elle pouvait donner les dates exactes d'Ascot, ou de Goodwood, ou du bal de la reine Charlotte chaque année, et dire ce que les dames les plus en vue de la société portaient à ces différentes occasions.

Elle avait vingt-quatre ans et elle était ravissante, avec des cheveux auburn, des yeux bruns et un délicieux visage ; sa voix était agréable elle aussi, raffinée, étonnamment musicale, et elle avait des manières charmantes. Elle était fort généreuse de caractère et, depuis deux mois qu'ils se connaissaient, aimait sincèrement Jack. Elle n'espérait pas véritablement que leur relation pût déboucher sur quelque chose de durable, mais n'en désespérait pas complètement non plus. Elle trouvait plutôt de bon augure qu'il n'ait encore jamais tenté de coucher avec elle, même si ses baisers étaient de plus en plus passionnés, et plutôt agréables à recevoir.

Lily avait présenté Guy Worsley à Jack, qui l'avait lui-même présenté à Oliver. Guy faisait partie d'une bande avec qui elle était allée au *Chausson d'argent* un soir, après sa représentation ; il sortait avec une autre fille de la troupe, une jolie blonde appelée Crystal. Il était jeune, vingt-cinq ans seulement, avait quitté Oxford en 1916, avec une mention très bien en lettres classiques, puis avait essayé de s'enrôler dans l'armée. Il n'y était pas parvenu à cause de son cœur un peu « faiblard », comme il disait. Il avait passé les deux années suivantes au ministère de la Guerre, et travaillait à présent – avec fort peu d'enthousiasme – dans le cabinet d'agent de change de son père. La première fois que Lily l'avait rencontré, elle s'était demandé s'il n'était pas homosexuel, avec ses allures plutôt efféminées, ses cheveux ondulés châtain clair et ses grands yeux sombres. Il connaissait aussi les derniers potins mondains, ce qui tendait à confirmer l'impression de Lily, et s'intéressait beaucoup aux tenues des uns et des autres – y compris les siennes. Mais la fille avec qui il sortait détrompa Lily.

— Il est plutôt passionné, il n'en a jamais assez.

La première fois que Lily l'avait rencontré, il lui avait dit qu'il écrivait un livre ; elle s'en souvint ce soir-là – c'était un de ses traits de caractère les plus attachants, même une marque de courtoisie chez elle, de se souvenir de tels détails concernant les gens – et lui demanda comment cela marchait.

— Plutôt bien. En fait, j'ai fini le premier volume.

— Et il est déjà publié ?

— Non, je n'ai même pas essayé. C'est une saga, elle va se poursuivre sur plusieurs volumes, et j'ai pensé qu'un éditeur voudrait en voir plus d'un pour porter un jugement. Alors je me bats pour finir le second.

— Tu devrais rencontrer mon ami Jack, dit Lily. Il est éditeur. Viens, il est là-bas, en train de parler avec cette fille beaucoup trop belle à mon goût. Jack, laisse-moi te présenter Guy... Il est en train d'écrire un livre que tu pourrais publier.

— Seulement s'il parle de l'armée, Lily, rappelle-toi, répondit Jack en souriant, puis il serra la main de Guy Worsley.

Celui-ci expliqua que le livre ne parlait pas vraiment de l'armée, même s'il évoquait bien la guerre.

— L'un des nœuds de l'intrigue, c'est que le fiancé de l'héroïne est tué, et...

— C'est une fiction, donc ?

Guy répondit par l'affirmative. Pourquoi ? Jack ne publiait-il que des livres militaires ?

— Moi personnellement, oui, dit Jack d'un air plein d'assurance, comme si un rayonnage entier d'ouvrages était déjà sorti et qu'ils se vendaient comme des petits pains, mais ma société en publie de tous les genres.

— Et quelle est votre société ?

— En fait, ce n'est pas vraiment la mienne, c'est une société familiale. Lytton, vous connaissez peut-être ?

Guy le contempla quelques instants, les yeux écarquillés, puis répondit qu'en effet il connaissait.

— Eh bien, vous devriez apporter votre livre, pour le donner à mon frère. Je vous téléphonerai lundi quand je lui en aurai touché un mot. Maintenant, viens sur la piste, Lily. J'ai demandé à l'orchestre de jouer *Murmures*, je leur ai dit que c'était notre chanson…

— Le livre que ton ami a envoyé est plutôt bon, vraiment, dit Celia en levant les yeux vers Jack. Je voudrais l'emporter à la maison et m'y plonger à fond. Tu as dit qu'il en écrivait plusieurs ?

— Oui, il a dit que c'était une… une saga. Tu sais, plusieurs livres à la suite sur les mêmes personnages.

— Oui, c'est un principe intéressant. Il y a cette série, tu sais, la *Forsyte Saga*, dont tout le monde parle. Je me disais justement que nous devrions essayer d'en trouver une nous aussi.

— Oh, il faut que je lui dise ! Cela va beaucoup l'encourager ! C'est un type remarquablement modeste, il ne s'attendait pas à être publié du tout.

— Jack, pour le moment, il n'est pas question que nous le publiions, dit Celia d'un ton sévère. J'ai simplement dit que je voudrais le lire à fond. Tu ne dois pas lui donner d'espoir, ce ne serait pas bien.

— D'accord. Écoute, je peux te montrer ce que Teddy Grosvenor a fait sur la révolte des Cipayes, juste les grandes lignes ? C'est très palpitant, je suis sûr qu'on va en vendre un tas d'exemplaires.

— Laisse-le sur mon bureau. Ou plutôt, montre-le à Oliver, c'est beaucoup plus son domaine que le mien.

— D'accord. Donc, pour Guy Worsley, je ne lui dis rien pendant un jour ou deux ?

— Pendant une semaine ou deux. Et si je veux lui parler, je te le dirai d'abord, c'est promis.

En fait, le livre de Worsley était excellent ; en le lisant, Celia sentait le léger frémissement sur sa peau qui accompagnait toujours la découverte d'un nouveau talent. Cette sensation ne lui avait jamais manqué – comme une excitation, une rumeur dans son cœur et dans sa tête, un sentiment de puissance presque sexuelle. Tous les éditeurs rêvaient de faire de telles découvertes, c'étaient d'elles qu'ils tiraient leur autorité, presque leur raison d'être. Celia en avait fait plusieurs, importantes, en son temps, mais, depuis le retour d'Oliver et ses critiques sans fin, la confiance qu'elle avait dans son jugement s'était mise à vaciller.

— C'est vraiment excellent, lui dit-elle à propos du livre de Worsley. C'est l'histoire d'une famille vivant à Oxford et à Londres, pendant et après la guerre. Ils s'appellent Buchanan ; lui est professeur dans une université d'Oxford, plutôt excentrique, du genre à porter des robes de chambre en soie, tu imagines, et elle, elle a une grande fortune personnelle et mène sa vie de son côté. Ils ont une fille dont le fiancé a été tué au combat, et qui décide de faire carrière dans la musique, un fils qui a été objecteur de conscience pendant la guerre, en travaillant comme ambulancier, et qui maintenant étudie la médecine. Le tout est très actuel, avec beaucoup de fils conducteurs qui s'entrecroisent. C'est très bien écrit et l'intrigue est remarquablement menée. Je t'en prie, Oliver, lis-le. Ça pourrait être notre réponse aux *Forsyte*.

449

Deux jours plus tard, Oliver répondit à Celia qu'il voulait faire une offre à Guy Worsley.

— Fais-le venir, sonde-le un peu. Je suis d'accord avec toi, il y a une matière formidable dans ce texte, et je pense qu'on devrait lui faire une offre. Mais je voudrais le rencontrer d'abord, m'assurer que ce n'est pas juste un feu de paille, que cela repose vraiment sur du solide. A-t-il un agent ?

— Non. Non, Jack dit qu'il n'en a pas. On peut dire merci à Jack pour lui, c'est lui qui l'a rencontré et qui lui a dit de nous envoyer son manuscrit.

— Bien. Je suis content qu'il apporte sa contribution. Au fait, a-t-il parlé de son livre sur la révolte des Cipayes ?

— Oui, un peu.

La rencontre entre Guy Worsley et les Lytton se passa très bien. On lui proposa aussitôt un contrat, assorti d'un à-valoir de cinquante livres pour son premier ouvrage, avec une option sur les deux suivants. Après la réunion, Jack les rejoignit pour un déjeuner au champagne chez *Simpson*, dans le Strand.

— Très amusant, dit-il à Lily ce soir-là. Franchement, ma chérie, on se fait un monde de cette histoire d'édition, mais il n'y a vraiment pas de quoi. Je m'amuse comme un fou.

C'était très étrange d'être forcée de traverser cette période en principe festive sans la seule présence qui la rendait vraiment heureuse. Assise dans la chapelle d'Ashingham pour la messe de Noël, Celia pensait à Sebastian et à combien il lui manquait, elle pensait qu'il se passerait encore cinq jours avant qu'elle puisse ne fût-ce que lui parler, et elle ne pensait pas, du moins elle essayait, à tout ce qui pourrait arriver d'ici le prochain Noël. Elle avait franchi une étape dans le parcours de l'adultère ; elle se retrouvait désormais dans celle, fort dangereuse, où l'on en veut plus – plus de temps, plus d'engagement –, où l'on veut progresser d'une manière ou d'une autre.

Elle vit le regard de sa mère posé sur elle et lui adressa un grand sourire, puis s'obligea à se concentrer sur l'office. Tous les enfants étaient là : Giles, qui avait tant grandi, Barty assise à côté de lui, gentille et sérieuse, et les jumelles qui ricanaient, chuchotaient et se poussaient du coude, réduites, de temps à autre, au silence par leur grand-mère. Jay était assis à côté de Barty, qui l'entourait de son bras. Après Noël, il entrerait à l'école du village ; il avait dit à Barty qu'il n'en pouvait plus d'attendre.

— Quand je serai grand, je serai docteur. Comme ça, je pourrai guérir les enfants qui seront malades, comme ils ont fait pour moi. Et comme toi tu as fait aussi, ajouta-t-il, car PM lui avait raconté la part que Barty avait pris dans sa guérison et il la voyait encore assise à côté de son lit, lisant pour lui toute la nuit à l'hôpital.

Billy était là lui aussi, au fond de la chapelle, avec les autres membres du personnel. Il avait maintenant sa nouvelle jambe et se débrouillait très bien avec. Il avait voulu rentrer à la maison pour Noël jusqu'à ce qu'il apprenne la venue de Barty, qui l'avait fait changer d'avis. Sa mère en avait paru soulagée ; elle allait chez la petite amie de Frank, lui avait-elle dit dans sa lettre, cela lui évitait beaucoup de travail. La petite amie en question s'appelait Gwen, « une fille charmante et si gentille avec moi ». Frank allait bien, il avait enfin trouvé un emploi correct, comme employé dans une compagnie d'assurances. Il allait travailler en col blanc tous les jours et Sylvia en était très fière.

Après l'église et le souper, quand les enfants furent au lit, de même qu'un Oliver exténué, quand PM et

Jay furent retournés dans leur cottage et que Lord Beckenham se fut endormi dans la bibliothèque, Lady Beckenham dévisagea Celia.

— Que t'arrive-t-il ? lui demanda-t-elle.

Celia la fixa, le regard vide de toute expression.

— Je ne vois pas ce que tu veux dire, Maman.

— Bien sûr que si. Tu as un amant, n'est-ce pas ?

— Maman !

— Je ne te blâme pas le moins du monde. Je me rends compte combien Oliver a été difficile. Mais sois prudente quand même, d'accord ? Qui est-ce ?

— Je... eh bien, c'est-à-dire...

Elle se détendit, d'un seul coup. Ce serait un tel soulagement d'en parler... Et sa mère était la seule personne en qui elle pouvait avoir totalement confiance.

Alors elle lui raconta, autant qu'elle osait en raconter. Sa mère l'écouta dans le plus grand silence, puis lui dit :

— Cela paraît très bien jusqu'ici, mais ne laisse pas les choses échapper à tout contrôle. Les amants ne sont pas là pour remplacer les maris, Celia, sauf au lit. Et cela finit toujours par devenir compliqué. On peut même risquer de tout y perdre.

Celia ne répondit pas.

— Tu penses que tu es amoureuse de lui, n'est-ce pas ?

— Maman, je *sais* que je le suis.

— Oui, disons que c'est dans ta nature. Mais rappelle-toi quand même que tu triches, que tu triches avec la vie. Un amant, c'est quelqu'un avec qui l'on est toujours charmant, amusant, au mieux de sa forme. Mais la réalité, ce n'est pas cela : la réalité, c'est gérer la maison, s'occuper des domestiques, éduquer les enfants. Ne l'oublie pas, Celia. Il y a autre chose dans la vie que les mots doux et les orgasmes.

— Maman !

452

— Je te le dis parce que c'est vrai. Alors, essaye juste d'en profiter, lui dit sa mère en lui tapotant gentiment l'épaule, mais n'en attends pas trop. Cela gâcherait tout. Et ne te sens pas non plus trop coupable. Maintenant je vais au lit. Barty a l'air en pleine forme, n'est-ce pas ? C'est une charmante enfant.

— Alors tu penses aujourd'hui que tu t'étais trompée à son sujet ? demanda Celia, reconnaissante de ce changement de sujet.

— Certainement pas. Il te reste encore un long chemin à faire. Et attention, elle est en train de devenir très jolie, cela va créer des problèmes.

— Pas plus qu'avec les jumelles.

— Bien sûr que si, Celia, et tu le sais très bien. Bonne nuit.

— Oh, pour une fois qu'on a un peu de temps à nous, soupira Sebastian.

Ils étaient allongés dans son vaste lit, et Celia venait de dire qu'elle devait partir.

— Il faut vraiment que je sois rentrée chez Lytton pour quatre heures. Je n'y peux rien, Sebastian, ne fais pas cette tête.

Cela devenait une obsession : comment, quand, où. Une nuit, lui disait-il, imagine une nuit entière. Allongés ensemble, dormant vraiment ensemble. Alors elle lui disait une journée, imagine une journée… Du temps pour parler, pour penser, pour marcher, pour manger ensemble…

— Et chez ta mère ? J'aimerais bien la rencontrer, elle m'a l'air parfaite.

— Elle ne le permettrait jamais. Elle peut accepter l'adultère, mais pas l'engagement, ni même l'amour.

— Alors cela n'irait pas, puisque je t'aime, Celia.

Elle ne répondit rien ; elle ne le lui avait toujours pas dit.

— Je pensais à ma sœur, avança-t-elle. Elle vit en Écosse. Je pourrais dire que je veux lui rendre visite, elle comprendrait.

— Oui, c'est plutôt une bonne idée…

— Mais…

— Mais quoi ?

— C'est quand même très risqué.

— Et ici, non ? dit-il en riant. Nous ne sommes qu'à quelques kilomètres de ton mari…

Elle rit aussi, commença à descendre du lit.

— Oui, je sais combien c'est idiot.

— Je t'aime, Celia. Dis-moi que tu m'aimes aussi.

— Je… je ne peux pas.

— Pourquoi pas ? Oh ! je sais. Cela t'effraie, n'est-ce pas ? Mais pourquoi ?

Elle l'embrassa, puis disparut dans la salle de bains sans ajouter un mot. Un peu plus tard, quand ils se dirent au revoir, elle déclara :

— Je parlerai à ma sœur…

Caroline parut amusée.

— Bien sûr. Je me demandais combien de temps tu résisterais. Pauvre Oliver, il n'est plus que l'ombre de lui-même.

Bizarrement, Celia se sentit obligée de prendre sa défense.

— Je crois qu'il est quand même un peu plus que cela, Caroline.

— Heureuse de l'entendre. En tout cas, dis-moi juste ce que tu attends de moi et je le ferai. Mon Dieu, j'ai l'impression que c'était hier que tu étais si choquée, quand je te parlais de Maman et de George Paget.

— Je sais, dit Celia, et elle soupira.

— On y est presque ! s'exclama Barty avec animation. Regarde, là, le panneau qui indique le village d'Ashingham. Est-ce que tu vas bien, Maman ? Tu a l'air un peu pâle…

— Je vais très bien, répondit Sylvia.

Elle parlait avec peine ; les efforts qu'elle avait faits pour ne pas tousser ni vomir pendant le trajet l'avaient exténuée.

Barty et Celia étaient passées la prendre assez tôt à Line Street, dans l'immense voiture conduite par un nouveau chauffeur – un superbe jeune homme appelé Daniels. Barty, qui avait aimé Truman, et pleuré avec un chagrin sincère quand elle avait appris sa mort à Mons, avait pourtant quelque chose qui ressemblait à un béguin pour Daniels. Il était légèrement effronté dans son genre, et l'appelait Milady Miller quand Celia n'était pas dans les parages.

Celia, qui était consciente de son potentiel intellectuel et avait de l'ambition pour elle, avait inscrit Barty au collège de filles de St Paul. Elle avait brillamment réussi l'examen.

— Barty ! lui avait dit ce jour-là Celia au petit déjeuner, en lisant attentivement une lettre qui venait d'arriver, Barty, tu as obtenu une bourse ! Bravo, c'est une grande réussite !

Barty n'en avait d'abord pas cru ses oreilles, mais Celia lui avait tendu la lettre.

« Nous avons le plaisir de vous informer que le travail fourni par Barbara Miller pour son devoir d'anglais était d'un très haut niveau ; aussi nous voudrions la faire bénéficier d'une de nos bourses. Nous sommes impatientes de l'accueillir au collège en septembre et nous avons pleinement confiance dans sa réussite ici, ainsi que dans la poursuite de ses études ultérieures. » Barty savait ce que cela signifiait : l'université. Elle ferma brièvement les yeux. C'était presque trop.

Elle avait aimé le collège quand elle était allée y passer l'examen : les bâtiments, l'atmosphère, les professeurs, qui visiblement n'attachaient pas d'importance aux apparences ni à la préciosité des manières, comme cela avait été le cas chez Miss Wolff. Nul doute que ses autres problèmes la suivraient ici ; mais une phrase prononcée par la directrice des études, sur la présence au collège de filles de tous les milieux, l'avait beaucoup encouragée.

— Le seul élitisme que nous connaissions ici, Lady Celia, est intellectuel.

Même les jumelles avaient été impressionnées par la bourse, et avaient dit qu'elles aussi voudraient aller à St Paul. Celia leur avait rétorqué qu'il y avait très peu de chances qu'elles y aillent un jour si elle continuaient à travailler aussi peu. Elles-mêmes n'étaient pas du voyage à Ashingham ce jour-là ; elles avaient une fête, ainsi qu'un cours de danse, et elles restaient tenir compagnie à Oliver.

— On ne va quand même pas le laisser seul, avait dit Adele d'un ton vengeur.

— De toute façon, on a envie de rester, avait renchéri Venetia.

— Voilà, nous arrivons, disait maintenant Barty. Et regarde, Maman, là, Billy !

— Oh ! mon Dieu, dit Celia, oh !… ce n'est pas possible !

Mais si, c'était possible : Billy se trouvait dans un des paddocks proches de l'allée principale, monté sur un cheval énorme – il n'y avait pas d'autre terme pour le qualifier –, et galopait tranquillement au bout d'une longe tenue par Lady Beckenham. Il avait un pied dans l'étrier, n'avait pas sa prothèse à l'autre jambe, et son visage était habité par une farouche concentration.

— Baisse tes fichues mains ! rugissait Lady Beckenham. On dirait un caniche monté sur un cheval de cirque ! Et accroche-toi avec tes jambes, tu as encore tes deux cuisses, oui ou non ?

Ils sortirent de la voiture et le regardèrent, pétrifiés.

— Bonjour, leur cria Lady Beckenham une fois que la leçon fut terminée. Il ne se débrouille pas trop mal maintenant. Il était lamentable au début, hein, Billy ? Mais il finira par y arriver. Et le cheval, qu'en pensez-vous ?

— Il est formidable, dit Celia, en passant sous la lice pour aller caresser l'imposante encolure de l'animal. D'où vient-il ?

— De France, répondit sa mère, un vieux cheval de bataille. Nous l'avons appelé Major. Ils étaient tous vendus aux enchères à la gare de Waterloo, pour aller à l'abattoir. Je n'ai pas pu le supporter, alors j'en ai acheté trois. Ils sont bourrés d'éclats d'obus, mais ils s'en débarrassent peu à peu. Billy et moi, on passe notre temps à les repérer et à nettoyer les blessures à fond. Pas vrai, Billy ?

— On n'arrête pas, approuva Billy.

Il avait ramassé sa béquille – la béquille historique des Beckenham – par terre et venait vers eux de sa démarche sautillante.

— Salut Maman, salut Barty. Bonjour, Lady Celia.

— Oh ! Billy, tu es si courageux, dit Barty.

— Même pas. C'est lui qui est brave. N'est-ce pas, Lady Beckenham ?

— Oui. Tous, ce sont des bêtes formidables, avec des cœurs gros comme ça. Ils en auraient des histoires à raconter, les pauvres. Beckenham va monter celui-ci l'automne prochain ; d'après lui, il est capable de sauter n'importe quoi. Vous voulez que je vous dise quelque chose de vraiment stupéfiant ? De temps en temps, ils se mettent en ligne et ils descendent le champ ensemble, au petit galop. Comme une espèce de charge. J'en ai eu les larmes aux yeux la première fois que je l'ai vu, hein, Billy ?

Il hocha la tête, et Celia le regarda. Son visage était rose dans le vent mordant, une impression de puissance se dégageait de lui. Il devait faire plus d'un mètre quatre-vingt-dix, et il avait les épaules en proportion ; il avait l'air parfaitement épanoui aussi, avec son grand sourire et ses yeux bleus qui brillaient. Il serait étrange, songea-t-elle – puis elle repoussa cette idée –, que la façon dont sa mère avait adopté Billy, en décidant de le maintenir à sa place socialement parlant, pût donner de meilleurs résultats que sa propre façon de procéder avec Barty.

— Bien, tu peux retourner à ton travail maintenant, lui dit Lady Beckenham. On recommencera lundi. Sylvia, vous avez un air épouvantable. J'espère que vous n'avez pas attrapé cette horrible grippe. Vous pouvez retourner directement à Londres si vous l'avez.

— Maman ! dit Celia.

— Non, je suis sûre que je ne l'ai pas, madame, répondit Sylvia, le visage écarlate, juste avant de réprimer une violente quinte de toux.

— Pourtant cela y ressemble. Vous feriez mieux d'aller dans la maison, ce vent est mauvais. Voulez-vous que la voiture vous y emmène ?

— Non merci, madame, je préférerais marcher. Tout plutôt que retourner dans cette chose qui n'arrête pas de tanguer.

— Bon. Je vous ai installées, vous et Barty, dans le Colombier. Barty, tu grandis beaucoup trop vite, et tu deviens fichtrement jolie. Je ne pourrai bientôt plus laisser Beckenham seul avec toi.

— Maman ! s'exclama Celia, une fois de plus.

— Il vaut bien mieux qu'elle soit prévenue à son sujet, elle sera ainsi moins choquée.

— Barty a obtenu une bourse, s'empressa de dire Celia, pour changer de sujet. Nous l'avons appris ce matin. Elle ira au collège de filles de St Paul. N'est-ce pas merveilleux ?

— Extraordinaire, dit Lady Beckenham.

Sylvia tint le coup pendant le déjeuner : il fut servi dans la chambre de la gouvernante, qui de par sa petite taille était la pièce la plus chaude de tout Ashingham, en face d'une bonne flambée.

— Vous allez bien ? lui demanda doucement Celia, sachant combien Sylvia détestait faire des histoires et s'apitoyer sur son sort.

Elle hocha la tête sans conviction et tâcha d'apprécier l'agneau rôti ; il était manifestement délicieux, elle pouvait le voir et même le humer, mais elle avait encore une terrible nausée. Son estomac aussi la faisait souffrir. Elle se sentait brûlante maintenant au lieu d'être glacée et souriait poliment aux uns et aux autres, alors que la conversation se poursuivait avec ardeur autour de la table. Billy était très excité par ses leçons d'équitation et Barty par sa bourse ; Lady Celia parlait moins que d'habitude et avait l'air un peu fatigué, songea Sylvia. Lady Beckenham ne déjeuna pas avec eux, mais vint à la fin du repas leur dire qu'elle partait faire une promenade à cheval et qu'elle les verrait pour le thé, et aussi que la cuisinière avait fait un gâteau d'anniversaire pour Billy.

Sylvia se leva ; elle avait vraiment besoin de trouver les toilettes. Elle n'avait pas osé les demander plus tôt, mais le voyage avait été long. La douleur dans son flanc la transperçait comme des coups de couteau ;

elle ferma un instant les yeux, laissa échapper un petit soupir.

— Sylvia, vous n'êtes pas bien, n'est-ce pas ? lui demanda Celia. Qu'y a-t-il ?

— Oh, j'ai juste un peu mal à l'estomac, rien de sérieux. Vous pourriez m'indiquer où sont les toilettes, Lady Celia ?

— Bien sûr, venez... C'est préoccupant. Si vous n'allez pas mieux demain, nous ferons venir le vieux Dr Greer pour vous examiner.

— Oh ! non, je ne pourrai jamais accepter cela...

— J'ai bien peur que vous n'ayez pas le choix.

Après le repas, Sylvia s'endormit dans sa chambre, dans le Colombier ; elle s'y sentait bien, c'était une si jolie petite maison, bien moins impressionnante que la grande. Elle y serait bien restée, mais Barty arriva à quatre heures moins dix, en lui disant qu'elles devaient retourner là-bas pour le goûter d'anniversaire de Billy.

Lady Beckenham avait organisé une magnifique fête pour lui. Il y avait un gâteau, de belle taille et superbement glacé, et des bougies, bien qu'il eût déjà vingt ans. PM vint les rejoindre avec Jay, de même que les autres palefreniers amis de Billy et tout le reste du personnel, car il était très populaire dans le domaine. Le chef palefrenier, un petit Irlandais qui avait jadis été jockey, et qui avait traversé la guerre sans une égratignure, avait coutume de dire qu'il préférerait affronter les Boches que Lady Beckenham en colère. Il le répéta ce jour-là, alors qu'ils attendaient son arrivée.

— Moi aussi, dit Lord Beckenham, qui était dans la pièce. Contre les Boches, au moins, on avait reçu des armes.

Billy souffla ses bougies sous les applaudissements.

— Maintenant, tu dois faire un vœu, dit Barty.

Il la regarda, puis il regarda sa mère, et Lady Beckenham.

— Pour être honnête, dit-il, en rougissant, je n'ai pas vraiment de vœu à faire. Sauf d'avoir une nouvelle jambe, bien sûr, mais je ne serais pas ici si je l'avais encore.

De nouveaux applaudissements et des rires saluèrent sa réponse. Lady Beckenham se moucha bruyamment, puis dit que cela suffisait, et que si Billy ne repartait pas sans tarder pour la tournée du soir dans les écuries, il ferait vite le vœu de se retrouver ailleurs qu'ici.

Sylvia se coucha dès qu'elle fut de retour dans le Colombier. Le soulagement d'être étendue et de rester immobile était indicible. Elle s'était allongée en recroquevillant ses jambes ; cela calmait sa douleur et Barty lui apporta une bouillotte, qui la soulagea aussi. Maintenant, elle était quasi certaine que c'était dû à l'approche de ses règles.

— Tu es sûre que ça va, Maman ? Tu ne veux pas que je demande à Tante Celia d'appeler le médecin ?

— Mon Dieu, non, Barty. Ce n'est rien. J'ai déjà eu ça avant et ça passe.

Elle ne voulait pas lui donner davantage d'explications, car Barty était bien trop jeune pour comprendre de telles choses.

— Oh ! Alors c'est… eh bien, tu sais, cela a un rapport avec tes règles ?

— Barty, vraiment ! Comment sais-tu cela ? lui demanda-t-elle, choquée.

Mais sa réaction parut surprendre Barty.

— Tante Celia m'en a parlé. Elle a dit que c'était important de savoir tout ça à temps, pour atténuer le choc ensuite. Cela n'a pas l'air très agréable, ajouta-t-elle.

— Non, ça ne l'est pas, dit Sylvia d'un ton brusque, mais il faut le supporter et c'est tout. Va voir Billy, sinon il va t'attendre.

Barty la borda dans son lit, lui prépara une délicieuse tasse de thé, puis sortit dîner avec Billy et les autres palefreniers, laissant Sylvia étrangement troublée à l'idée de sa propre fille instruite de sujets aussi intimes par une autre qu'elle. Cela lui fit comprendre combien la faille était grande entre leurs deux vies, combien elles étaient éloignées l'une de l'autre, malgré l'affection et la loyauté de Barty.

20

— N'est-il pas un peu tôt dans la journée pour se conduire comme cela, non ? dit Sebastian. Dix heures du matin !

— Je sais, je sais… Mais j'ai cette réunion à Hampstead et je n'ai pas pu résister.

— Bon, alors, on monte ?

Ils s'étaient embrassés passionnément dans l'entrée ; maintenant, il reculait d'un pas, écartant les bras de Celia pour mieux l'examiner. Elle portait une robe de crêpe rose foncé, très courte comme on les faisait maintenant, à mi-mollet, et lâche à la taille ; ses cheveux sombres se dissimulaient sous un chapeau de paille couleur crème à bord étroit.

— C'est presque dommage de retirer tout cela, tu es si ravissante avec…

— Mais j'ai l'intention de ne rien retirer, sauf peut-être le chapeau. Je n'ai pas le temps. Je voulais juste te voir, Sebastian, te voir, te toucher, t'entendre. Rien de plus.

— Oh, ma chérie… Je t'aime tant, tu sais.

— Je le sais, Sebastian.

— J'ai parlé de toi à Millicent.

— Tu as fait quoi ?

Elle tressaillit, ouvrit de grands yeux.

463

— Oui. Enfin, pas nommément, bien sûr, cela aurait été imprudent, mais je lui ai dit, ce week-end, qu'il y avait quelqu'un. Je ne peux pas continuer ainsi, marié avec elle et t'aimant comme je t'aime, faisant semblant de… Elle l'a assez bien pris. Elle est amoureuse, elle aussi. Je n'aurai même plus à l'accompagner au bal.

Elle le contemplait, l'enviant davantage qu'elle ne l'aurait cru de pouvoir sortir, en apparence, aussi rapidement et aussi facilement de son mariage.

— Au moins, je suis entièrement à toi maintenant, même si tu ne peux pas être entièrement à moi. Je me sens… plus à l'aise à cet égard, plus franc, plus propre. Je peux mieux laisser libre cours à mes émotions.

— Oui…, murmura-t-elle.

Elle se sentait dangereusement proche, à la fois du bonheur et de la souffrance, à l'idée que, pour elle, pour un avenir sans promesse et peut-être même sans espoir, Sebastian pût rompre avec sa femme – même s'il ne l'aimait plus. Elle n'aimait plus Oliver, du moins le pensait-elle, mais la seule idée d'une rupture la terrifiait. Bien sûr, Millicent et Sebastian n'avaient pas d'enfants ; ils avaient pourtant ces autres fruits d'un mariage, des souvenirs, une intimité partagée, des espoirs, des craintes, des rires, des amis. Ils avaient connu ensemble des joies et des chagrins, des séparations et des retrouvailles. Ensemble, ils avaient réalisé l'ambition de Sebastian et vaincu la dépression de Millicent, surmonté la douleur de perdre un bébé, et celle de ne pas en attendre d'autres. Ils avaient passé la moitié de leur vie l'un avec l'autre. Ce qu'il avait fait pour elle avait exigé beaucoup de courage et aussi beaucoup d'amour de sa part.

— Oh ! Sebastian, commença-t-elle, puis elle se rendit compte qu'elle pleurait, oh ! Sebastian, je…

— Oui ? dit-il, en la fixant attentivement, oui, Celia ?

— Je… je t'aime, dit-elle, d'abord très lentement et ensuite plus vite, en savourant les mots, en savourant le soulagement de les prononcer autant que la peur de le faire, je t'aime, beaucoup, énormément.

Après son départ – bien plus tard –, Sebastian s'assit et regarda son jardin par la fenêtre. L'aveu de Celia avait été un moment clé, il le sentait. Jusque-là, elle avait toujours évité de le faire, et il s'était parfois demandé s'il n'était pas qu'un dérivatif à un mariage qui la satisfaisait de moins en moins. Une idée douloureuse, car il l'aimait, elle était devenue le centre de sa vie et il aurait fait n'importe quoi pour elle. En même temps, il n'y croyait pas vraiment, car il était conscient que l'avoir séduite était en soi quelque chose d'assez remarquable.

Elle était exceptionnelle par sa beauté, son rayonnement, et aussi par sa fidélité à son mari. Tout au long de la guerre, pendant la longue absence d'Oliver, et à un moment où l'infidélité était chose si banale autour d'elle, elle n'avait jamais rien fait qui pût donner lieu au plus petit début de rumeur. Sebastian en était conscient et cela avait ajouté au sentiment de triomphe qu'il éprouvait pour l'avoir séduite. Mais, jusqu'à ce matin, il n'avait jamais été certain que ce soit autre chose qu'une simple séduction passagère. Maintenant, il savait. De plus, la situation pourrait encore évoluer avec le temps.

Jack emmenait Lily déjeuner ce jour-là ; elle ne jouait pas en matinée et ils célébraient leur anniversaire.

— Trois mois exactement, ma chérie. Ça représente quelque chose, non ?

Il lui avait acheté un cadeau, une petite montre en or qu'elle avait admirée dans la vitrine de Garrards, et lui avait dit de venir le chercher au bureau.

— Je voudrais que tu voies où je travaille, où je gagne mon pain.

— Moi aussi, dit Lily en lui donnant un baiser ; puis elle répondit qu'elle aimerait bien entrer, et que si, de surcroît, elle pouvait rencontrer la fameuse Lady Celia…

Jack lui-même voulait parler à Celia, il avait vraiment besoin de son avis sur le manuscrit du général Grosvenor. Il lui semblait à peu près correct, mais un peu court. Jack manquait encore d'expérience, mais il savait qu'il n'y avait pas là de quoi remplir un livre de grand format, même avec les nombreuses illustrations qui étaient prévues. C'était le premier livre qu'il publiait, donc il comptait beaucoup sur lui : il voulait qu'il soit aussi bon que possible. Oliver était très satisfait des réactions commerciales ; plusieurs grandes librairies, dont Hatchards, Bumpus, Blackwells à Oxford et James Thin à Édimbourg, avaient exprimé leur intérêt pour le projet.

— Je te le disais, avait fait valoir Oliver à Celia, cela n'intéresse qu'une minorité, mais c'est du solide. Les Britanniques aiment tout ce qui a rapport à l'uniforme. Et la révolte des Cipayes est un superbe sujet, très émouvant, je pense que cela marchera très bien. En plus, le journal de ton arrière-grand-père enrichit beaucoup le texte.

Celia avait dit à Jack qu'elle devait voir deux libraires ce matin-là.

— Je serai de retour vers onze heures et j'y jetterai un coup d'œil ensuite.

Mais elle n'était pas là à onze heures, ni à la demie, ni même à midi. Jack soupira ; il aurait vraiment voulu régler le problème de ce livre avant l'arrivée de Lily. En plus, il aurait aimé dire un mot à Celia à l'avance, lui expliquer combien Lily voulait la rencontrer. Or

Celia risquait d'être très occupée, et pouvait être assez rébarbative dans ce cas.

Il pensa bien à parler du livre avec Oliver, mais ce n'était pas une très bonne idée. La dernière fois qu'il avait essayé de lui parler du plan, Oliver lui avait répondu qu'il n'avait pas le temps de voir ce genre de détails, et lui avait conseillé d'en parler à l'un des responsables éditoriaux. Celui qui s'occupait du livre, un jeune homme plutôt intellectuel appelé Edgar Green, avait simplement dit à Jack de demander un peu plus de texte à l'auteur, s'il pensait que c'était nécessaire. Jack avait l'impression qu'Edgar n'appréciait guère sa présence chez Lytton. De toute façon, la vraie difficulté, c'était qu'il ne voyait pas exactement à quel endroit du livre il faudrait ajouter du texte supplémentaire. C'était pour ce genre d'exercice que Celia était si bonne.

À midi vingt-cinq, la réceptionniste lui téléphona pour dire que Miss Fortescue était arrivée, et Celia n'était toujours pas de retour. Lily allait être si déçue ! Lui-même avait vu sa matinée gâchée. Il pourrait quand même montrer son bureau à Lily, il en était plutôt fier. Il descendit la chercher.

— Voilà ce qu'on appelle des épreuves, lui dit-il d'un air dégagé, en en sortant un jeu de *Méridien* que Celia lui avait donné. Ces drôles de gribouillis dans la marge sont des signes typographiques, c'est comme cela qu'on les corrige. Toujours dans la marge, tu vois.

— Ça a l'air compliqué…

— Oh, on apprend assez vite. D'abord, le texte sort de chez le typographe en longues feuilles, qu'on appelle des placards, et ensuite de cette façon, en pages d'épreuves. Et… ah ! voilà Celia. Bonjour… Je t'en prie, entre, je t'attendais.

— Vraiment, Jack ? Je suis désolée.

467

Elle restait debout dans l'encadrement de la porte, souriant d'un air quelque peu distrait.

— J'ai été retardée, ces libraires sont terribles, ensuite j'ai dû aller voir Gill Thomas.

— Cela n'a aucune espèce d'importance, cet après-midi, ce sera parfait... Celia, j'aimerais te présenter Lily Fortescue. Elle est venue me chercher, nous sortons pour déjeuner. Nous avons quelque chose à fêter. Lily, voici Lady Celia Lytton.

— Ravie de vous connaître, Miss Fortescue, dit Celia en souriant encore et en lui tendant la main. C'est charmant de vous rencontrer. J'ai tellement entendu parler de vous et de vos succès, vous avez été engagée parmi les jeunes filles de Mr Cochrane, je ne me trompe pas ? Jack en est tout émoustillé... C'est cela que vous fêtez ? Comme c'est amusant...

Elle parlait un peu plus que d'habitude, pensa Jack, puis il regarda Lily. Elle écoutait attentivement Celia mais pas seulement, elle l'observait en même temps, avec la même attention. Manifestement, Celia l'impressionnait beaucoup. Eh bien ! c'était normal, après tout. Mais Jack était fier de Lily aussi, elle était si jolie et avait d'excellentes manières. Elle expliquait à Celia qu'elle n'avait qu'une petite place dans la troupe, rien d'extraordinaire, mais il fallait bien commencer par quelque chose, et si Celia avait envie de venir voir le spectacle, elle en serait ravie.

— Moi aussi, répondit Celia.

Quelques secondes de silence s'ensuivirent ; Celia fixa un point dans le vide entre eux deux, puis dit rapidement :

— Je crois que je ferais mieux de retourner à mon bureau. Jack, nous pourrons parler de ton livre cet après-midi. Ravie de vous avoir rencontrée, Lily, et passez un agréable déjeuner tous les deux.

Puis elle partit.

Lily suivit Jack dans les escaliers ; elle ne dit pas un mot jusqu'à ce qu'ils arrivent au restaurant.

— N'est-elle pas ravissante ? lui demanda alors Jack. Elle te plaît ?

— Elle est ravissante, et oui, elle me plaît. Elle me plaît beaucoup.

— Nous nous entendons superbement bien, et depuis toujours, dit-il en lui repoussant sa chaise quand elle se fut assise, avant de s'asseoir à son tour. Je n'étais qu'un gamin quand ils se sont mariés, je venais juste d'être promu officier. Je trouvais qu'elle était formidable, si belle, si amusante... J'admire beaucoup ce vieux Wol, comme les enfants l'appellent, mais il n'est pas exactement amusant.

— Non ?

— Non, pas vraiment. Et depuis la guerre, encore moins.

Jack la fixa dans les yeux puis il ajouta :

— Qu'y a-t-il, Lily ? Tu as l'air bizarre...

— Non, tout va bien.

— Lily, allons... Il y a quelque chose, je le sais. Tu n'aimes pas Celia ? Elle a dit quelque chose qui t'a contrariée ?

— Non, bien sûr que non. Elle a été tout à fait charmante, et très gentille avec moi.

— Bien.

Il se cala dans le fond de sa chaise, lui sourit ; il y eut un silence, puis Lily dit pensivement :

— Il faut quand même que je te dise, Jack... Je pense qu'elle était avec un homme et qu'elle venait de faire l'amour.

— Comment ? Non, chérie. Tu as tort, je t'assure. Celia est un véritable modèle de vertu...

— Elle l'a peut-être été jusqu'à maintenant, mais c'est fini. Je mettrais beaucoup d'argent là-dessus si j'en avais. Je sais à quoi cela correspond, ces joues

469

rouges, cet air d'excitation général… Elle était avec quelqu'un ce matin, je suis prête à le parier.

— Ma chérie, dit Jack, quelque peu nerveux tout à coup, je ne peux vraiment pas te laisser dire cela. Celia ne tromperait jamais Oliver, elle est incapable de faire une chose pareille. Je jouerais ma vie là-dessus.

— Je préférerais que tu ne le fasses pas, dit Lily, en se penchant pour lui donner un baiser. Ta vie vaut un peu plus que cela, Jack.

21

— Les chiffres de ventes de *Méridien* sont vraiment extraordinaires, dit Oliver. C'est déjà la septième édition, et nous ne sommes qu'en mars. « Ce livre a des jambes », comme disait mon père. Il va falloir prévenir l'imprimeur que nous allons procéder à un nouveau tirage.

— C'est incroyable, fit Celia. Sebastian va être si content... Tu le lui as dit ?

— Non. Tu devrais le faire, toi. C'est toi qui l'as découvert, pas moi.

— C'est très généreux de ta part, Oliver.

Il avait toujours eu du mal à reconnaître les succès de Celia. Et qu'il lui accorde celui-ci entre tous...

— Mais c'est la vérité. Remarque, *Les Buchanan* aussi, une fois qu'il sera en vente, il faudra que tu aies un intérêt dessus.

— Vraiment ? dit-elle avec un sourire de gratitude.

Elle apprécia au passage qu'il tienne pour acquis, sans avoir besoin de le préciser, que *Méridien* était son livre à elle. Comme c'était aussi son auteur à elle...

— Oui. Il mérite qu'on fasse un gros effort. Je prévois beaucoup de publicité, et un tirage de sept mille cinq pour le premier volume. Je suis très confiant sur ce livre.

— Je pense que nous en vendrons plus. Je prévoirais dix mille à ta place, le livre est si bon.

— Tu crois ? Eh bien… je vais y réfléchir. James Sharpe a fait un très bon travail pour les couvertures. Tu les aimes, n'est-ce pas ?

— Oui. Oui, sincèrement.

C'était vrai : elles étaient légèrement démodées, mais cela correspondait au style et au concept même du livre.

— Bien. Et… je dois admettre que j'avais tort, sur la couverture de *Méridien*. Il ressort magnifiquement bien dans les vitrines, et je ne compte plus le nombre de libraires qui m'ont dit combien les clients l'aimaient. Oh ! voyons, qu'y a-t-il ? Tu pleures, Celia, pourquoi ?

— Rien, dit-elle rapidement, rien du tout. Je veux dire, rien qui concerne le livre. Je suis juste un peu fatiguée, c'est tout, et tu sais combien cela m'émeut.

Dire que l'attitude d'Oliver à propos de la couverture de Gill, et de la place de celle-ci chez Lytton, avait été le catalyseur qui l'avait poussée dans le lit de Sebastian…

— Excuse-moi…

— J'ai peur que tu en fasses trop, soupira-t-il. Et je regrette que tu aies dû t'impliquer dans la révolte des Cipayes en plus.

— Oh, je pense que cela se passera bien. Je l'ai juste survolé, mais il n'a pas l'air si mauvais. Le style est un peu lourd, mais on doit pouvoir le rendre plus vivant en le retravaillant. Et je pense que le journal de mon arrière-grand-père fera la différence.

— En tout cas, merci. Je sais que ce n'était pas ton projet favori au départ, mais je crois toujours que cela peut bien marcher, et c'est agréable de voir Jack aussi enthousiaste. Et… travailleur, disons-le. Quand même, tu as l'air fatigué, ma chérie, partir ce week-end va te faire du bien. Bon, je te laisse.

Il ressortit de son bureau, referma doucement la porte derrière lui. Celia resta longtemps à fixer cette porte, en se demandant comment il pouvait être aussi aveugle – et comment elle pouvait être aussi retorse.

Ils allaient descendre à l'hôtel à Glasgow. Celia pensa qu'il valait mieux coller au plus près de la vérité, aussi laissa-t-elle traîner un horaire des Chemins de fer du Nord, dit à Janet Gould de lui réserver un billet de wagon-lit pour Glasgow – où elle devait en principe retrouver Caroline –, s'assura qu'Oliver était présent quand elle rappela à Daniels de venir la chercher au bureau pour la conduire à la gare de St Pancras, demanda à Caroline de téléphoner dans la journée pour arranger les derniers détails, afin qu'il y ait un message d'elle posé sur la table de l'entrée : toutes ces petites tromperies qui, si elles sont découvertes, rendent le crime tellement plus affreux, la trahison tellement plus grande.

Elle était déjà partie pour St Pancras quand l'imprimeur téléphona et dit qu'il pourrait lancer le nouveau tirage de *Méridien* dès le lundi. Henry Smyth, le directeur éditorial engagé pour remplacer Richard Douglas, rappela alors à Oliver que Sebastian avait demandé s'il pourrait ajouter une courte lettre en frontispice de la nouvelle édition. Quand Oliver téléphona chez Sebastian, sa femme de chambre lui répondit qu'il était parti pour le week-end ; mais quand il appela dans le Suffolk, Millicent Brooke lui apprit sèchement que Sebastian n'y passait plus ses week-ends. Oliver répondit qu'il était désolé de l'avoir dérangée, puis dit à Henry qu'ils n'auraient qu'à réclamer le texte de sa lettre à Sebastian dès la première heure le lundi matin. Il déposa aussi une note sur le bureau de Celia, pour lui demander si elle était au courant du changement intervenu dans les arrangements familiaux de Sebastian.

— Ce que je ressens pour toi ? L'impression d'être sous ton emprise, déclara Celia, mi-rieuse mi-émue, pendant le petit déjeuner du dimanche ; petit déjeuner qu'ils prenaient dans leur chambre, comme le dîner de la veille, par peur d'être reconnus.

Il avait réservé la suite nuptiale, « parce que vous venez ici en tant que mon épouse, Lady Celia ». Elle était magnifique, avec un lit spacieux et confortable, un salon plein de charme et une salle de bains qu'elle apprécia particulièrement : tout y était en acajou et en cuivre, avec une baignoire assez vaste pour qu'ils s'y baignent ensemble. C'était leur univers, le temps d'un week-end : chaleureux, sûr, luxueux, très luxueux. Ils s'y installèrent avec délice, et aussi quelque chose qui ressemblait à du soulagement, de se retrouver enfin seuls.

— Sous mon emprise ! dit Sebastian. Comme pour l'alcool ou la drogue... Je ne suis pas certain d'apprécier. On peut guérir d'une emprise, après tout, et je ne veux surtout pas que tu guérisses de moi.

— Je ne peux pas guérir de toi, murmura Celia, je ne pourrai jamais. Tu fais partie de moi maintenant, partie de tout ce que je fais, ressens et pense. Je t'aimerai pour le restant de mes jours. Mais je suppose que je pourrais me débrouiller sans toi, s'il le fallait.

— Oh, non, tu ne le pourrais pas, dit-il en souriant. Tu serais complètement perdue, et affreusement malheureuse.

— Quelle suffisance...

— Oui, c'est vrai. Je suis quelqu'un de très suffisant, comme tu sais. Mais tu sais aussi que j'ai raison.

La Celia que j'ai connue au début, si calme, si maîtresse d'elle-même et de sa vie, celle-là aurait très bien pu se débrouiller sans moi. Mais la nouvelle Celia, elle, a un besoin absolu de moi. Parce que la nouvelle Celia, la vulnérable, l'hésitante, est *ma* création. Elle m'appartient tout à fait.

— Certainement pas.

— Mais si. Comme moi, je suis la tienne. Nous nous sommes transformés l'un l'autre, par amour. Tu devrais aimer cette idée-là, au lieu d'ergoter… Mange ce fruit, c'est bon pour toi. Après quoi, je pensais peut-être à un autre court séjour dans cette merveilleuse baignoire, puis à un retour au lit.

Le sexe, songeait-elle, allongée sur le lit et souriant à Sebastian, pendant qu'il téléphonait pour qu'on leur monte du champagne, était une chose si extraordinairement complexe ; le plaisir physique s'y mêlait à l'esprit et aux émotions de manière inextricable. C'était éphémère et durable à la fois, joyeux et si grave en même temps, c'était d'un si grand poids dans les choses de l'amour.

Ce qu'elle ressentait pour Sebastian était plein d'écueils et de dangers ; sa vie était empreinte d'un immense bonheur, mais aussi de crainte et de menaces. Cependant, quand elle faisait l'amour avec lui, elle trouvait, au cœur même de l'émoi physique, au cœur du plaisir palpitant, violent, bouleversant, une paix surprenante.

— Je t'aime, lui dit-elle simplement, je t'aime très, très fort. Quoi qu'il nous arrive à l'un ou à l'autre, ne l'oublie jamais.

— Je ne l'oublierai pas, lui dit-il, et son visage s'était fait plus grave, plus sombre. Quoi qu'il arrive, je m'en souviendrai, je te le promets.

Ils s'aventurèrent une ou deux fois dehors, arpentant les rues, regardant les vitrines, s'asseyant dans un parc.

— Je me posais une question, lui dit-elle à un certain moment. Si je t'avais rencontré à une soirée ou ailleurs, si je n'avais pas su que tu étais écrivain, est-ce que tu m'aurais autant plu ?

— Tu veux dire que tu m'aimes seulement pour mon génie ? Quelle honte !

— Bien sûr que non.

— Moi, je crois que je t'aurais autant plu. J'aurais été la même personne, après tout.

— Pour toi, oui, mais pas pour moi. Ce qui m'a d'abord séduite chez toi, c'était... non pas ton histoire, bien sûr, mais la façon dont elle te passionnait, et dont tu la racontais. Assis là-bas sur mon canapé, comme...

— Comme Schéhérazade, quand elle racontait des histoires au roi ? Quelle idée merveilleuse. Je me demande si tu me libéreras au bout de mille et une nuits.

— Si seulement nous pouvions avoir mille et une nuits, dit-elle tristement, peut-être pourrais-je l'envisager. Mais au bout d'une seule, cela me paraît très improbable.

— Nous en avons encore une devant nous, ce qui nous ramène à neuf cent quatre-vingt-dix-neuf, un chiffre bien plus raisonnable. Viens, retournons dans notre palace de Hope Street, et j'essayerai de retenir ton attention encore un moment.

Ils dînèrent de nouveau dans leur chambre ; de toute façon, on était dimanche soir et il n'y avait guère de choix.

— Je vais te poser une question, lui dit Sebastian, et ensuite je tâcherai de déformer ta réponse pour qu'elle me convienne.

— D'accord.

Un long silence, puis :

— Penses-tu que nous ayons une quelconque sorte d'avenir ensemble ? Autre que de continuer ainsi ?

C'était une question à la fois si choquante par son imprévu, si terrifiante par ses implications, mais si émouvante et si poignante aussi, qu'elle ne put même pas marquer d'hésitation avant de répondre.

— Non, dit-elle rapidement, bien sûr que non. Nous n'avons absolument pas d'avenir, d'aucune sorte. Sinon continuer comme en ce moment.

— Je pensais bien que tu me répondrais cela.

— Il n'y a pas d'alternative, lui dit-elle, et elle se rendit compte qu'elle était physiquement oppressée.

— Comment en être si sûr ? répondit-il en souriant. Tu sais ce que disait Mark Twain...

— Non, Sebastian, je ne sais pas.

— « Prenez les choses comme elles sont, cela permet de les déformer plus facilement. » Excellent conseil, je l'ai toujours suivi. Mais n'en parlons plus, pour le moment en tout cas.

— Non. Ni maintenant ni plus tard.

— Ne fais pas cette tête-là, et écoute ce que j'ai encore à te dire.

— Quoi ?

— Je t'aime.

— Je suis navrée, Mr Lytton, dit Janet Gould, mais apparemment, Mr Brooke n'est toujours pas revenu à Londres. Qu'allons-nous faire ?

— Je ne sais pas. Nous pouvons lancer la réimpression sans sa lettre, bien sûr, mais il semblait y tenir beaucoup.

— Oui, bien sûr. Devrai-je le rappeler plus tard ?

— Oui, s'il vous plaît, Mrs Gould. Mais si nous ne l'avons pas eu à midi, il faudra s'en passer.

— Entendu, Mr Lytton.

477

Une heure plus tard, elle revint dans le bureau d'Oliver.

— Toujours pas de nouvelles de Mr Brooke, Mr Lytton.

— Bon. Il va falloir lancer cette réimpression sans son ajout, dommage. Sa femme de chambre n'a aucune idée de l'endroit où il peut être ?

— Je… je ne crois pas, non.

Oliver sentit un accès de mauvaise humeur : les secrétaires étaient si limitées, même les bonnes comme Janet Gould. Elles se contentaient toujours de tellement moins que ce qu'elles auraient pu obtenir.

— Je vais l'appeler moi-même. Merci.

Mrs Conley, la femme de chambre de Sebastian, lui répondit – non sans une certaine lassitude, perceptible dans sa voix – qu'elle n'avait aucune idée du jour de son retour.

— Mais pas aujourd'hui, ça, j'en suis sûre. Je faisais justement le ménage dans sa chambre, et j'ai trouvé une lettre sur sa commode. Juste posée dessus, s'empressa-t-elle d'ajouter, pour ne pas donner l'impression qu'elle fouillait dans les affaires de Sebastian. Ça venait des Chemins de fer du Nord, et ça disait qu'ils lui envoyaient son billet de wagon-lit aller-retour pour Glasgow.

— Pour Glasgow, répéta Oliver. Oui. Oui, je vois, dit-il, d'une voix plutôt forte tout à coup. Et… cette lettre, donne-t-elle les dates des billets ?

— Oui. Départ vendredi soir, retour lundi soir. Donc, peut-être que, depuis, il est allé ailleurs. Mais en tout cas, il ne sera pas revenu avant demain matin.

— Non, apparemment non. Merci, Mrs Conley.

Il reposa très doucement le téléphone et resta assis à le regarder, sans bouger, dans un état bizarre. Puis il se leva, gagna d'une démarche résolue le bureau de Henry Smyth et lui dit de lancer l'impression.

— Vous croyez vraiment, Mr Lytton ? Vous ne pensez pas qu'il sera déçu ?

— J'ai bien peur que nous ne puissions pas retarder une impression juste parce que Mr Brooke risque d'en être contrarié, dit Oliver d'une voix brusque. Il y a d'autres paramètres plus importants, non ?

— Bien sûr…

Oliver sortit en claquant la porte.

Jack, lui aussi, venait voir Henry Smyth ; il entendit la porte claquer, vit Oliver redescendre rapidement le couloir. Il aimait bien Henry, bien plus qu'Edgar Green.

— Que s'est-il passé ? lui demanda-t-il en entrant.

— Oh… le patron a l'air un peu nerveux. Il essaye de trouver Sebastian Brooke, mais il a disparu.

— Cela n'a pas l'air très grave…

— Non. Mais Brooke voulait écrire une sorte d'avant-propos pour la nouvelle édition, et ça fait plusieurs jours qu'ils retardent l'impression en l'attendant.

— Je vois.

— Et personne n'a l'air de savoir où il est. Sinon, avec la révolte des Cipayes, comment ça va ?

— Oh, parfait. Celia a fait quelques suggestions de corrections, que j'ai transmises à l'auteur.

— Bien. C'est une femme intelligente. Mais je l'ai maudite ce matin, moi aussi.

— Pourquoi ?

— Elle est partie avec les épreuves de *La Reine Anne*, mais elle ne sera pas de retour avant demain, je l'avais oublié. Elle a quitté Londres, elle aussi, n'est-ce pas ?

— Oui, fit Jack, c'est exact. Oui, elle est partie chez sa sœur.

Il se sentit mal à l'aise, tout à coup. Sans savoir pourquoi précisément.

Sebastian était parti ; Sebastian avait disparu. Et il réentendait la voix de Lily lui disant : « Je pense qu'elle était avec un homme et qu'elle venait de faire l'amour. » Tous les deux avaient disparu, tous les deux avaient quitté Londres. Mais, bien sûr, c'était inconcevable – aussi inconcevable que d'imaginer Celia en train de faire quelque chose de mal.

Janet Gould s'inquiétait pour Oliver : il avait l'air très fragile tout à coup, presque autant qu'à son retour de la guerre. Il travaillait beaucoup trop, elle en était sûre. Elle décida qu'elle allait lui faire une tasse de café et lui apporter quelques biscuits ; cela lui ferait du bien. Quand elle entra, une idée lui vint.

— Voulez-vous que je téléphone à la sœur de Lady Celia, pour voir si elle est là-bas ?

Elle fut étonnée de sa réaction : il leva les yeux vers elle et la regarda d'un air lourd de reproche.

— Pourquoi diable voulez-vous faire une chose pareille ? lui demanda-t-il d'une voix sévère.

— Eh bien, je… Je me disais qu'elle avait peut-être parlé de l'avant-propos à Mr Brooke, qu'elle en avait peut-être même un exemplaire… Je crois aussi qu'elle a emporté les épreuves du livre sur la reine Anne, et Mr Smyth les voulait…

— Mrs Gould, nous avons une affaire à diriger et des soucis plus importants que les sentiments de Mr Brooke ! De toute façon, l'impression est lancée. Quant aux épreuves de *La Reine Anne*, elles peuvent attendre. Je ne veux vraiment pas que vous perdiez votre temps, ni l'argent de la maison, à poursuivre ma femme à travers le pays. Merci, ce sera tout…

— Oui, monsieur.

Pauvre homme, il se sentait manifestement très mal.

Caroline regarda la pendule : presque deux heures, et elle voulait vraiment faire du cheval. Elle avait été terriblement loyale jusque-là, restant la majeure partie du week-end à la maison et répondant à deux coups de téléphone d'Oliver. La première fois, elle lui avait dit que Celia était sortie faire une promenade, la seconde fois qu'elle dormait, et elle avait aussitôt appelé Celia pour le lui dire. Elle avait aussi donné instruction à son personnel de venir la chercher si Mr Lytton appelait, sans essayer de lui donner aucune explication. Ils étaient d'une parfaite discrétion, comme tous les bons employés de maison, et comprenaient fort bien la situation. Elle n'était même pas sortie pour aller à la chasse le samedi, tant Celia lui avait paru inquiète et perturbée. C'était manifestement sa première expérience de l'adultère, chose stupéfiante après quinze ans de mariage.

Elle-même se serait fort bien accommodée d'un amant en ce moment, mais les hommes de sa génération manquaient. Tant pis ; un cheval remplaçait fort bien un homme, elle l'avait toujours pensé. Moins exigeant, et vous apportant bien plus de satisfactions. Oui, elle irait faire cette promenade. Oliver ne téléphonerait plus, maintenant qu'il était au bureau ; il avait sûrement plus important à faire que de s'inquiéter de sa femme et de l'endroit où elle pouvait être.

Le majordome de Caroline, McKinnon, sommeillait près du feu dans son salon quand le téléphone sonna.

— Kersley House, bonjour.

— Bonjour. Mrs Lytton est-elle là ?

— Un instant, monsieur. Qui dois-je annoncer ?

— Mr Lytton. Mr Jack Lytton.

— Bonjour, monsieur. Je suis navré, monsieur, elle n'est pas disponible pour le moment.

— Eh bien… quand le sera-t-elle ?

— Je ne peux vraiment pas vous le dire, monsieur, j'en ai bien peur.

— Mais est-elle partie pour Londres ?

— Je ne crois pas, monsieur, non. Je demanderai à Mrs Masterson de vous appeler quand elle reviendra. Elle est sortie monter à cheval.

— Oh non, cela n'a pas d'importance. C'était juste pour un renseignement au sujet d'un livre. Merci quand même.

— Je vous en prie, monsieur.

Cela ne voulait pas dire grand-chose, bien sûr : pour qui n'aurait pas eu d'idée derrière la tête, cela ne voulait même rien dire du tout. C'était normal que le majordome ne soit pas au courant de tous les mouvements de Celia, normal aussi qu'il veuille en référer à sa sœur. Mais quand même… oh ! c'était affreux…

— Jack ? Allô, c'est Celia. J'étais sortie faire un tour. Quelque chose ne va pas ?

Elle avait l'air inquiète et Jack se sentit très mal, très coupable. De l'ennuyer, de l'inquiéter.

— Non, bien sûr que non. Je suis désolé de t'avoir dérangée. Je voulais te demander quelque chose au sujet de la révolte des Cipayes.

— Mais est-ce vraiment si urgent ? Je reviens demain, tu sais…

— Oui, bien sûr. Je suis vraiment désolé. Cela doit être l'ardeur des néophytes, tu sais.

— Oui, je vois. Bon, cela peut attendre, ou y a-t-il une armée de lecteurs surexcités qui manifestent dans la rue ?

Elle avait l'air plus détendue et Jack se sentit mieux.

— Bien sûr que cela peut attendre. Je me demandais simplement ce que je devais couper dans toutes les histoires sanglantes des journaux de ton arrière-grand-père.

— Environ la moitié, ou même les trois quarts. Il faut que j'y aille, Jack, ou je vais manquer mon train. Au revoir, et embrasse Oliver pour moi.

— Bien sûr. Au revoir, Celia, à demain.

Quel imbécile, songea-t-il, de l'appeler, de penser à elle de cette façon. Si, ou plutôt quand Lily la connaîtrait mieux, elle comprendrait combien ce qu'elle avait dit était absurde.

22

— Moi, je voudrais que ça soit possible d'avoir deux maris en même temps.

Il y eut un silence. Ne regarde pas Oliver, Celia, ne le regarde pas.

— On ne peut pas avoir deux maris en même temps ? Personne ne le fait ?

Tout le monde se mit à rire, enfin.

— J'ai peur que non, Maud, dit Robert, ce n'est pas permis. Mais pourquoi poses-tu cette question ? À qui penses-tu ?

Le petit visage de Maud était grave et résolu, ses yeux grands ouverts.

— Avant, je croyais que je voulais épouser Jamie.

— Maud, Jamie est ton frère…

— Mon demi-frère. Mais maintenant, je veux aussi me marier avec Giles. Enfin, à cause de sa photo, que j'ai vue. Il est très beau.

Il y eut de nouveaux rires.

— S'il avait été là, dit Celia, il aurait été très embarrassé. Il est très timide. Il faudra faire attention quand il viendra samedi, Maud.

— J'ai peur que tu ne puisses pas épouser non plus ton cousin, dit Felicity, donc il faut tout reprendre à zéro. Ou aller dans une agence matrimoniale.

— En Angleterre, on peut, intervint Oliver. Je crois que ce n'est pas conseillé sur le plan médical, mais ce n'est pas illégal.

— Comme c'est étrange… Aux États-Unis, c'est totalement interdit.

— Les Américains doivent attacher plus d'importance à la loi divine que nous, sans doute.

Il lui sourit, puis fronça les sourcils et retourna à son journal.

Son attitude envers Felicity était plutôt bizarre, songea Celia. Il était à la fois nerveux et affectueux avec elle ; comme s'il l'aimait bien, mais contre sa volonté ou presque. D'ailleurs, ce devait être le cas, car il était de plus en plus sauvage ces temps-ci, fuyant tous les contacts qui ne se rattachaient pas à des obligations professionnelles.

Elle comprenait pourquoi il appréciait Felicity : c'était le genre de femme faite pour lui, douce et gentille, qui vivait tout entière pour et par sa famille, s'en remettant aux hommes pour toutes les décisions à prendre. Il aurait dû épouser quelqu'un comme elle, songea Celia non sans tristesse, plutôt qu'une femme autoritaire et ambitieuse. Mais c'est elle qu'il avait épousée et pas Felicity.

— Si vous voulez bien m'excuser, déclara Oliver en reposant son journal, il faut que j'aille au bureau. Quels sont vos projets pour la journée ?

— Oh, nous allons faire visiter un peu la ville à Maud, dit Robert. Le Parlement, Big Ben, essayer de la faire enfermer dans la Tour…

— Non, il ne faut pas faire ça, intervint Venetia en ouvrant de grands yeux, c'est horrible, là-bas…

— Venetia, bien sûr que nous ne le ferons pas… Ce n'était qu'une plaisanterie.

— J'aurais bien aimé que vous veniez avec nous, dit Maud aux jumelles, d'un ton de regret.

— On pourrait, s'exclama Adele, oui, on pourrait ! On pourrait manquer l'école, juste une journée, oh ! Maman, s'il te plaît, on peut ? S'il te plaît…

— Non, dit Celia d'une voix ferme, certainement pas. Si vos derniers bulletins n'avaient pas été aussi catastrophiques, j'aurais pu y réfléchir, mais vous ne pouvez pas vous permettre de perdre une minute de travail. Barty, va prendre ton manteau, et dis à Daniels que les jumelles seront là dans un instant.

— Oui, Tante Celia, dit Barty en se levant. Je vous dis à plus tard et j'espère que vous passerez une bonne journée. Mon endroit préféré, ajouta-t-elle pour Maud, c'est la cathédrale St Paul, du côté de la galerie des Murmures. Surtout va là-bas, si tu peux.

— Elle est vraiment gentille, dit Maud quand Barty eut quitté la pièce. Je l'aime beaucoup.

— Elle est charmante, renchérit Felicity. Celia, vous devez être très fière d'elle. Kyle, mon chéri, veux-tu faire du tourisme avec nous, ou préfères-tu aller visiter Lytton avec Oliver ?

— J'aimerais beaucoup, si c'est possible.

L'idée qu'il les accompagne à Londres était venue de Felicity. À New York, les choses ne se passaient pas très bien, aux dires de John ; Kyle avait l'air déprimé, et il avait parlé plusieurs fois de quitter la société. Aussi Felicity avait-elle suggéré qu'il regarde du côté du monde des lettres, et John avait été d'accord.

— Mais une espèce de fierté – j'imagine que c'est cela – l'empêche d'utiliser nos relations avec Lytton. Tu as dit qu'Oliver était prêt à l'aider, je le sais bien, mais…

— En fait, tout ce qui ressemble à du piston le met mal à l'aise, ce qui est d'ailleurs plutôt à son honneur, répondit Robert. Enfin, peut-être que visiter Lytton de

Londres, et parler avec Oliver et Celia, le ferait changer d'avis…

— Si vous voulez bien m'excuser, Felicity, disait à présent Celia, je dois y aller moi aussi. J'ai organisé une rencontre pour mardi avec Gill Thomas, une jeune femme qui réalise beaucoup de maquettes pour nous, afin que nous parlions ensemble de votre couverture et de vos illustrations. Quant à vos épreuves, je les emporterai à Ashingham et vous pourrez les regarder là-bas.

— Je suis très impatiente de les voir, même si j'ai l'impression que je n'aurai pas beaucoup de temps pour cela. Apparemment, votre mère a prévu pour nous un programme très chargé…

— Oui, elle adore recevoir des invités et elle le fait très bien. Vous passerez un bon moment. Je l'espère, en tout cas.

— Et moi, je ne passerai pas un bon moment ? demanda Robert.

— Bien sûr que si…

Elle aimait beaucoup Robert, la façon dont il la taquinait ; il prenait la vie moins au tragique qu'Oliver.

— Je dois vraiment y aller. Passez tous une merveilleuse journée. Kyle, je t'emmène, si tu es assez courageux pour monter en voiture avec moi.

— Je suis sûr que vous conduisez très bien. Qu'est-ce que vous avez comme voiture ?

— Oh, elle est merveilleuse. Je croyais que tu l'avais vue hier soir. C'est une petite Ford modèle T, je l'adore.

Celia était en train de rédiger un texte pour le catalogue d'automne quand Sebastian entra dans son bureau.

Elle le regarda, tenta de sourire ; il referma la porte derrière lui, puis s'y adossa.

— Tu ne devrais pas être ici, lui dit-elle, c'est si... dangereux.

— Bien sûr que non. Quand tu viens chez moi, là, oui, c'est dangereux. Quand nous avons dîné à la campagne, l'autre soir, et que nous sommes restés pour la nuit à Oxford, c'était dangereux. Ici, nous ne risquons rien.

— Peut-être...

Elle ne croyait pas véritablement à ce qu'elle disait. Elle pensait plus vraisemblable que chaque nouvelle journée, chaque nouveau risque qu'ils prenaient les rapprochait du dénouement. Ils avaient frôlé le pire cet après-midi-là en Écosse, quand Caroline lui avait téléphoné, très agitée, pour lui dire que Jack avait appelé, cela faisait déjà presque une heure. Elle avait eu peur, car Jack était tellement plus averti, tellement plus expérimenté qu'Oliver. Or tout s'était bien passé, leur conversation avait eu l'air naturelle, avec un Jack un peu trop empressé, comme d'habitude. Finalement, le fait de pouvoir lui demander d'embrasser Oliver pour elle avait été une bonne chose : Oliver saurait ainsi que Jack lui avait parlé de vive voix. Mon Dieu, elle n'aurait jamais cru qu'elle pourrait devenir aussi sournoise.

— J'ai toutes les raisons et tous les droits de venir chez Lytton, lui disait Sebastian. Je t'apporte ma nouvelle œuvre. Que j'ai réussi à terminer malgré tout, surtout malgré toi.

— Sebastian ! Je ne te prends pas tellement de ton temps...

— De mon temps, peut-être pas, mais de ma concentration beaucoup, et c'est bien pis. En tout cas, la voilà. Tu ne veux pas la regarder ?

— Si, bien sûr que je le veux.

Il s'approcha, lui donna un rapide baiser.

— Tu as l'air fatigué.

— Je *suis* fatiguée.

C'était vrai : elle se sentait lourdement, douloureusement fatiguée. Son énergie, qui avait été l'une de ses plus grandes richesses, l'avait abandonnée. C'était dû en grande partie à un traumatisme émotionnel, elle le savait : elle avait l'impression qu'un malheur insidieux s'était mis à ronger sa vie. Tout ce qu'elle ressentait, ces derniers temps, c'était au mieux une envie profonde, un désir ardent d'être en permanence avec Sebastian, au pire un mélange de tristesse et d'insatisfaction. De plus, la culpabilité croissait en elle. Oliver semblait changé, plus patient avec elle, moins critique qu'avant – de plus en plus amoureux.

— C'est bizarre, disait-elle à Sebastian. Je me suis rapprochée de toi parce que j'avais l'impression qu'il ne m'aimait plus, ce qui justifiait les choses, d'une certaine façon, au moins les excusait ; et maintenant, on dirait qu'il m'aime plus que jamais.

Oliver voulait aussi lui faire l'amour plus souvent, ces jours-ci. Elle essayait de lui répondre et même d'y prendre plaisir, mais c'était difficile, malgré tous les efforts qu'elle déployait.

— À mon avis, il sait, lui dit Sebastian.

Elle le regarda, le visage fermé, et il poursuivit :

— Disons qu'il ne se rend peut-être pas compte qu'il sait, mais il est conscient d'un changement en toi, d'une distance. Il ne veut pas vraiment y réfléchir, ni à leurs causes, mais en fait, il a compris. Alors il essaye de réagir. L'imbécile… susurra-t-il.

— Ne parle pas comme ça d'Oliver ! Je n'aime pas cela.

— Désolé, mais c'est si dur pour moi aussi. Tu n'as jamais pensé à ce que cela peut me faire, de savoir que tu es toujours avec lui ? Que tu te réveilles avec lui, que tu dors avec lui, que tu parles avec lui, que tu partages ta vie avec lui ?

— Si, murmura-t-elle. Si, j'y ai pensé, bien sûr. Mais… il en a le droit. C'est mon mari, le père de mes enfants. Tu ne peux pas lutter contre ça.

— Je pourrais, dit-il, si tu voulais me laisser faire.

— Non ! s'écria-t-elle, et la peur explosait dans sa voix, non, je ne veux pas, il ne faut pas !

Pour échapper à son profond malaise, elle s'était lancée dans un véritable tourbillon de mondanités : elle allait à toutes les fêtes, tous les dîners, elle fréquentait les nouveaux cabarets. Des lieux où l'on se plongeait dans la nouvelle vie d'après-guerre, frénétiquement, éperdument. Le plus à la mode était les *Grafton Galleries*, où jouait un orchestre de musiciens noirs, et qui était ouvert jusqu'à deux heures du matin ; le prince de Galles en était membre – « même si on ne l'y voit pas souvent, il faut bien l'admettre », disait Celia. En tout cas, c'était là qu'elle allait, chaque soir ou presque. Avec une foule d'amis, et Jack, et aussi Lily, qui les rejoignait très fréquemment après sa représentation. Celia aimait bien Lily ; elle était souvent un peu trop vive de caractère, susceptible, mais elle était très amusante et semblait sincèrement éprise de Jack. Il l'avait présentée à Oliver, qui – comme la plupart des gens d'ailleurs – était tombé sous son charme, indéniable.

Ils fréquentaient aussi les grands hôtels de Londres, en particulier le *Savoy*, pionnier de la dernière mode : le dîner dansant : on y valsait sans interruption tout au long du repas, au grand dam de la vieille génération. De plus, l'orchestre y était excellent et les cocktails inégalables.

En général, lorsque Celia sortait le soir, surtout en semaine, Oliver restait à la maison, prétextant qu'il était fatigué. C'était d'ailleurs sincère, mais ce n'était pas fait pour dissiper le malaise de Celia, ni pour améliorer la situation de leur couple. Parfois, ces nuits-là, Sebastian venait se mêler au groupe avec qui elle se trouvait. C'était à la fois un plaisir et une douleur d'être avec lui et de toujours devoir rester sur ses gardes, d'être dans ses bras, mais uniquement pour danser ; pis, de le regarder en tenir d'autres dans ses bras, plus tard de l'embrasser pour lui dire au revoir, puis de se retourner pour lui faire un signe de loin, un petit signe désinvolte. Il s'était bien intégré dans leur cercle et y était très populaire, si beau, si charmant, avec ce prestige supplémentaire que lui donnaient le succès de son livre et sa célébrité naissante, ainsi que le parfum de mystère qui entourait sa vie privée.

— Il doit avoir une maîtresse quelque part, dit un jour une amie de Celia, Elspeth Granchester, alors qu'elles regardaient Sebastian évoluer sur la piste de danse du *Savoy*, malgré sa jambe raide, au bras de Lily. Il est si séduisant, vous ne trouvez pas ?

— Oui, je suppose que oui, répondit Celia en avalant une grande gorgée de son cocktail. Il est très séduisant, mais je ne sais pas pour la maîtresse. Vous croyez qu'il a le temps pour cela ?

— Ma chère, on trouve toujours du temps pour le sexe.

— Tu ne penses plus que Celia trompe Oliver, n'est-ce pas ? demanda Jack à Lily. Plus maintenant que tu la connais… Que tu *les* connais.

Lily regrettait sa déclaration de ce jour-là. Jack adorait Oliver, et il aimait Celia ; la pensée qu'ils puissent ne pas être parfaitement heureux l'un avec l'autre le faisait beaucoup souffrir. Pourtant, comment auraient-ils pu l'être alors qu'ils vivaient chacun de leur côté ou presque ? Lily pouvait difficilement l'imaginer.

— Non, j'avais sans doute tort, dit-elle en lui donnant un rapide baiser. Désolée.

— Et elle, tu l'aimes bien ?

— Bien sûr. Je l'aime beaucoup.

C'était vrai, elle l'aimait. Même si elle avait un amant. D'autant qu'elle ne pouvait pas vraiment la blâmer : Oliver était gentil et paisible, mais si terne. D'un autre côté, elle ne pouvait s'empêcher d'en être légèrement choquée. Elle avait du couple une conception très morale. Ses parents avaient toujours été merveilleusement heureux ensemble, elle avait grandi avec une image très positive du mariage, pour lequel elle éprouvait un grand respect.

Celia en arrivait à ne plus supporter d'être seule dans une pièce avec Oliver ; la tristesse et la culpabilité montaient alors en elle jusqu'à ce qu'elle ne puisse littéralement plus rester avec lui et qu'elle doive quitter la pièce. Elle se rendait compte qu'elle se conduisait mal : elle buvait trop, ne mangeait pas assez, fumait beaucoup – elle s'y était mise récemment. Elle négligeait ses enfants – elle ne se souvenait même pas à quand remontait sa dernière lettre à Giles – et trouvait un étrange réconfort à acheter des vêtements, dépensant même beaucoup trop d'argent à cela.

— Je te trouve beaucoup trop maigre en ce moment, lui dit Sebastian d'un ton sévère, dans son bureau. Tu ne manges pas correctement.

— Je sais, mais je ne peux pas. Sebastian, pas de sermon, s'il te plaît, et il faut vraiment que tu t'en ailles, maintenant. Nous partons chez ma mère demain soir, passer quatre jours avec les Américains – tu adorerais Felicity, elle est charmante –, et j'ai mille choses à faire avant de partir.

— Je ne partirai pas, jusqu'à ce que tu aies lu au moins un chapitre de *Méridien – Époque II*. (C'était le nom qu'ils avaient donné à cette première suite, après mûre réflexion.) Alors n'essaye pas de te débarrasser de moi. Je vais m'asseoir et te regarder tranquillement travailler, jusqu'à ce que tu trouves un moment pour moi.

— Très bien. Assieds-toi là et ne dis pas un mot, pour l'amour du ciel.

Il s'assit sur l'un des canapés et elle commença à lire. Au bout de quelques pages, elle releva les yeux vers lui et sourit.

— J'adore. Il est aussi merveilleux que le premier. Comment fais-tu, Sebastian ?

— Oh, juste une question de don, c'est tout, dit-il en haussant les épaules, puis : Tu as l'air différente, tout à coup. Qu'y a-t-il ?

— C'est ceci, dit-elle avec un geste en direction du manuscrit. Il me rappelle exactement pourquoi je t'aime... comme si j'en avais besoin.

Ce jeudi matin-là, Jasper Lothian, professeur à l'université St Nicholas de Cambridge, lisait son *Spectator* quand il tomba sur un entrefilet, dans la rubrique littéraire, qui lui causa un désagréable pincement au cœur. Sa femme Vanessa le trouva plutôt distrait pendant le dîner et lui en demanda la raison. Il lui montra l'article du *Spectator*, qu'elle lut en silence, deux fois, et quand elle releva les yeux pour le regarder, ils étaient très durs.

— Je pense que tu devrais parler à notre avocat, lui dit-elle.

Ils arrivèrent à Ashingham le lendemain à l'heure du thé, dans deux voitures. La première était l'énorme Rolls conduite par Oliver, avec Felicity, Celia, Robert, Kyle et Giles, qu'ils avaient pris à Eton. La seconde était ce qu'Oliver appelait sa voiture de collection, une grande Morris Bullnose, conduite par Daniels et qui transportait Barty, les jumelles, Maud, Nanny et la femme de chambre de Celia.

— Quelle merveille ! s'exclama Felicity en sautant de la voiture et en promenant les yeux autour d'elle sur Ashingham – sa splendeur palladienne, mise en valeur par la lumière de cette soirée printanière, les champs qui s'étendaient en dessous de sa haute terrasse. Exactement comme j'en rêvais.

— Comme c'est gentil à vous, dit Lady Beckenham. J'imagine que, venant d'un pays comme le vôtre, vous n'êtes pas habituée à voir des maisons convenables.

Heureusement, Celia avait prévenu Felicity au sujet de sa mère.

En fait, Lady Beckenham se prit d'une solide amitié pour la visiteuse. Elle découvrit que Felicity chassait en Virginie et que son grand-père était général, deux choses auxquelles elle ne s'était pas attendue ; et elle dit – d'une voix forte – à Celia, durant l'apéritif, que Felicity lui semblait fort bien élevée pour une Américaine. L'ultime approbation, qui se traduisit par une invitation à consulter le registre des chevaux de race d'Ashingham, survint quand elle apprit que la mère de Felicity collectionnait la porcelaine du Staffordshire, et qu'elle avait fait importer d'Angleterre des boiseries georgiennes pour décorer la salle à manger familiale.

— Franchement, je ne m'attendais pas à apprécier votre visite, dit-elle en la conduisant à la bibliothèque quand ils sortirent de table, mais je pense que cela va être plutôt amusant, tout compte fait.

— Bien, dit Felicity. Je le pense moi aussi.

Au prix d'un grand effort, elle parvint à n'admirer aucun des tableaux ni aucun des meubles. « Comportement terriblement inconvenant dans une maison de campagne anglaise », l'avait prévenue Celia. Mais elle devina que demander à visiter les écuries serait fort bien accueilli.

— Bien sûr, dit Lady Beckenham. J'en serais ravie. Nous pourrions faire une promenade à cheval, si vous voulez, demain matin ?

Felicity répondit qu'elle apprécierait beaucoup, mais qu'elle n'avait pas emporté de tenue d'équitation. De plus, Lady Beckenham n'était-elle pas trop occupée ?

— Pas vraiment, non. Pourquoi le serais-je ?

— Eh bien, avec dix personnes supplémentaires dans la maison, j'imagine que...

— Oh, non. J'ai retrouvé un très bon personnel, toutes les chambres sont prêtes et la cuisinière est parfaite. Beckenham et le maître d'hôtel s'occupent du vin. Mon plus grand problème, c'est de changer le plan de table tous les soirs pour que les gens ne s'ennuient pas. Voyons, pour une tenue d'équitation... Je suis bien plus petite que vous, donc mes culottes ne vous iront pas, ni mes bottes, mais il reste encore des affaires de Celia ici. D'ailleurs, elle voudra peut-être venir avec nous.

Ils étaient les seuls invités ce soir-là ; après le dîner, ils se retrouvèrent dans le salon et se divertirent avec différents jeux.

Kyle trouvait bizarre d'être dans cette pièce immense, tout le monde en tenue de soirée, jouant comme des enfants ; mais il se sentait plus heureux qu'il ne l'avait été depuis des semaines. Il avait adoré la journée de la veille chez Lytton ; il avait pénétré avec Celia dans des bureaux mal rangés et poussiéreux – presque miteux pour certains – aux murs tapissés de livres, aux tables couvertes d'ouvrages. Après, il avait visité l'immense cave remplie de caisses de livres, le grenier où étaient rangées les archives et saturé de livres lui aussi, et il s'était senti chez lui.

Après cette visite, il avait demandé, timidement, s'il n'y avait pas un travail quelconque qu'il pourrait accomplir. Oliver lui avait répondu qu'il pourrait trier par ordre chronologique de vieux manuscrits et des épreuves, conservés dans des boîtes depuis la guerre.

— C'est un travail pénible et très ennuyeux, mais il faut qu'il soit fait, certains de ces documents sont très précieux. Cela nous rendrait un grand service, et vous permettrait également de voir le genre de livres que nous avons publiés ; peut-être même que cela vous intéresserait...

Quatre heures plus tard, on avait retrouvé Kyle totalement absorbé dans sa tâche, avec une pile de manuscrits soigneusement étiquetés à côté de lui.

— J'ai pensé qu'il pourrait être utile de les enregistrer d'une manière ou d'une autre, alors j'ai commencé à en faire une liste par ordre chronologique, avec aussi des références alphabétiques. J'espère que cela conviendra...

— C'est parfait, avait dit Oliver en souriant. Je pense que Dieu m'a enfin exaucé. Cela fait des années que je prie pour qu'il envoie ici quelqu'un comme vous.

À l'étage des enfants, on avait permis à Giles et Barty, étant donné leur âge, de veiller un moment dans la salle de jeux. Barty avait lancé à Giles un défi aux échecs, et le battit sans grand effort en à peine plus d'une heure.

— Tu es très bonne, dit-il d'un air dégagé. Je n'ai pas beaucoup l'occasion de jouer, en fait.

— Je comprends... C'est Wol qui m'a appris ; il joue vraiment très bien. Et le collège, comment ça va ? demanda-t-elle en rangeant les pièces dans leur boîte.

— Très bien. J'aime beaucoup.

— Fini le bizutage ?

— Oh ! oui… Je serai un tuteur l'année prochaine, je pourrai aller au *Tap*.

— Au *Tap* ?

— Un bar en ville. On peut y boire de la bière ou du cidre.

— Je vois… Tante Celia disait qu'elle espérait que tu entrerais dans le Pop. Y entreras-tu ?

— Non, je ne pense pas. C'est un… Son nom officiel, c'est l'Association d'Eton. Il y a seulement vingt-quatre garçons, en général les meilleurs en sport. Il faut être élu pour y entrer et je suis sûr de ne pas l'être.

— Pourquoi ?

— Eh bien…, dit-il avec un sourire, pour commencer, il faut être très populaire, et ce n'est pas mon cas.

— Tout comme moi, dit-elle, et elle lui sourit en retour.

— Encore maintenant ?

— Encore, oui. Mais quand je serai à St Paul, je pense que cela se passera mieux.

— À St Paul ? Je ne savais pas, Barty.

— Tante Celia ne te l'a pas dit ? lui demanda-t-elle, déçue et même un peu blessée.

— Non. Elle… elle ne m'écrit pas beaucoup en ce moment.

— Oh… En fait, j'ai eu une bourse pour aller là-bas.

— Barty, c'est formidable ! Bravo !

— Merci. Sinon, quel avantage y a-t-il à faire partie de ce… Pop ?

— Y être, avant tout. Par ailleurs, on peut porter des nœuds papillon, des gilets de couleur, et mettre de la cire à cacheter sur son haut-de-forme. Ce genre de choses.

Elle le regarda d'un air solennel.

— Comment peux-tu envisager une seule seconde de ne pas y entrer ? lui demanda-t-elle, puis ils furent pris d'un fou rire, jusqu'à ce que Nanny entre et leur dise qu'ils avaient réveillé les filles.

Plus tard, allongé dans son lit, Giles songea combien Barty était non seulement la plus belle, la plus gaie, mais aussi la plus intéressante des filles qu'il connaissait. Il espéra qu'elle se plairait à St Paul : elle le méritait amplement.

Sebastian Brooke s'était réjoui à l'idée de profiter d'un week-end de tranquillité à Londres. Il avait beaucoup de travail et, en outre, il appréciait un peu de solitude de temps en temps. Quoi d'étonnant donc à ce que, lorsque Elspeth Granchester lui téléphona pour l'inviter à la petite fête qu'elle donnait au *Savoy*, pour y dîner et danser, et ensuite aller tous en bande au *Forty-Three*, il lui réponde que rien au monde ne lui ferait plus plaisir ?

— Parfait. On vous attend donc à huit heures. Inutile de vous habiller, le smoking suffira.

Pour dîner à Ashingham, il était très recommandé de s'habiller. Les hommes étaient tous en habit. Robert parcourait des yeux la longue table en songeant que, s'il était bien sûr inévitable, surtout dans le climat d'après-guerre, que soient remises en cause les anciennes valeurs sociales, il était agréable de les voir encore en vigueur de temps à autre. Elles donnaient à la vie un ordre, un sens, une tradition ; et leur génération était sans doute la dernière qui verrait tant de faste et d'élégance s'exhiber dans une maison particulière.

Les femmes en particulier étaient merveilleuses, leur beauté rehaussée par l'éclat des bijoux et la lueur des bougies. La transformation de Lady Beckenham l'avait surpris. Dans ses habits de jour, ses tweeds élimés, on la distinguait à peine de son garde-chasse ; le soir, elle redevenait une femme encore fort belle. Ses

épais cheveux noirs, striés d'argent, avaient été miracu-
leusement transformés grâce à l'adresse et la patience
de sa femme de chambre. Sa belle poitrine et sa taille
étonnamment mince étaient mises en valeur par le
genre de robe qu'elle portait – assez rigide, en satin
brodé et ornée de bijoux.

Plus tard ce soir-là, lorsque presque tout le monde
fut couché, Lady Beckenham s'assit près du feu. Celia
lisait en face d'elle.

— Felicity est charmante, lui dit-elle. Je l'aime
beaucoup. Elle est très séduisante. D'ailleurs, Oliver a
l'air de l'apprécier. Je les ai vus se parler dans le jardin
cet après-midi, leurs visages très proches l'un de
l'autre.

— Oui, dit Celia, en relevant à peine les yeux et en
souriant d'un air absent, oui, il l'apprécie. Lui qui
n'aime jamais personne, c'est une bonne chose.

— Ce n'est guère étonnant qu'elle lui plaise, elle
est très attirante.

Interloquée, Celia la regarda.

— Felicity ? Maman, on ne peut trouver femme
plus soumise et plus « vieux jeu » qu'elle !

— Tu n'as jamais songé combien cela pouvait être
séduisant, justement ?

— Oh ! comme c'est merveilleux ! Sebastian, je suis
ravie que vous ayez pu venir, vraiment. C'est si gentil
à vous de trouver un moment, dans votre emploi du
temps terriblement chargé.

— Pas très chargé, dit-il en lui souriant ; ils dan-
saient ensemble, après le dîner et avant d'aller au
cabaret. Pas ce soir en tout cas.

— Non, je ne peux pas le croire. Un célibataire
aussi séduisant que vous... Vous êtes célibataire,
n'est-ce pas, Sebastian ?

— Oui et non.

— Voyons, que voulez-vous dire ?

— Cela signifie que j'ai été marié, et que je ne le suis plus. Et…

— Mais vous devez avoir une autre… une autre petite amie.

— J'en ai des douzaines, dit-il d'un ton léger.

— Mais pas une en particulier ? Vraiment pas ? Ce n'est pas ce que j'ai entendu dire…

— Et qu'avez-vous entendu dire ?

L'effet de plusieurs cocktails et de beaucoup de champagne, en même temps qu'un vague ressentiment envers Celia, tout minime et injustifié qu'il fût, le rendaient moins vigilant, moins prudent que d'habitude.

— Qu'il y a quelqu'un, répondit Elspeth. Et qu'elle n'est pas… – comment dirais-je ? –… pas libre. C'est pourquoi le secret est si bien gardé. Voyons, n'est-ce pas que j'ai raison, au sujet de votre amie ? Celle dont on dit que vous êtes amoureux ?

— J'ai peur qu'elle ne soit pas à moi, dit-il en soupirant.

— Ah ! Donc j'avais raison.

— Raison ?

— Oui. J'avais vu juste.

— Vraiment ?

Ses idées s'éclaircirent tout à coup, et la panique le saisit.

— Oui, je le pensais depuis longtemps, nous le pensions tous.

— Je vois… Mais comment ?

— On développe un certain instinct, vous savez. Voyons, n'ayez pas l'air si effrayé, Sebastian. Nous sommes dans les années 1920, plus personne ne s'occupe de ce que font les autres.

Le lendemain matin, Celia n'alla pas faire de promenade à cheval avec sa mère et Felicity ; elle rendit visite à PM, qui lui manquait affreusement et même de plus en plus à mesure que le temps passait.

— Tu n'envisages jamais de revenir travailler chez Lytton ? J'ai tellement besoin de toi.

— Mais non. Tu n'as besoin de personne. Tu es la femme la plus indépendante que je connaisse.

— Je ne le suis pas et tu le sais, dit Celia mélancoliquement. Sans compter que je pourrais en dire autant à ton sujet.

— Eh bien… peut-être sommes-nous toutes les deux de très bonnes actrices ? En tout cas, je vais rester ici pendant un moment encore. Je ne veux pas perturber Jay maintenant, alors qu'il est si heureux. La vie est si compliquée, vraiment ?

Elle fixait Celia, de ses yeux sombres et pensifs.

— Oui.

— Je suis désolée de ne pas pouvoir t'aider davantage. Tu peux toujours m'envoyer plus de travail ici, tu sais. Au fait, j'aimerais réserver un exemplaire supplémentaire de la première édition des *Buchanan*.

— Bien sûr. Pourquoi ?

— Oh, je… j'ai un ami qui collectionne les éditions originales.

Quelque chose dans sa voix fit dresser l'oreille à Celia.

— Tu as bien dit *un ami*, PM ?

— Eh bien… oui, parfaitement.

— PM, c'est merveilleux ! Qui, où ?

— Cela n'a rien de merveilleux, répondit-elle d'un air froissé, pas dans ce sens-là…

— Excuse-moi, cela ne me regarde pas. Et je ne pose pas ce genre de questions d'habitude, mais tu mérites un peu de distraction. Jay l'a-t-il déjà rencontré ?

— Et comment ! répondit PM, puis elle se mit à rire devant le regard étonné de Celia. D'accord, je vais te raconter.

— C'est tout à fait charmant, dit plus tard Celia à Oliver, dans la bibliothèque. Manifestement, elle aime beaucoup cet homme qui a renversé Jay. Il a l'air très convenable et aussi très charmant.

— Celia, tu es vraiment ridicule... Tu parles comme dans ces romans à quatre sous que tu étais si pressée de nous faire publier.

— Je n'étais pas..., commença-t-elle, puis elle s'interrompit – il était inutile de se disputer avec lui, ou d'essayer de se défendre. En tout cas, il collectionne les éditions originales, ajouta-t-elle, pour dire quelque chose.

— Vraiment ? Voilà qui est plus intéressant. Un homme comme je les aime.

— Oui, cela ne m'étonne pas. J'ai dit qu'il pouvait venir, avoir accès aux archives, s'il le voulait. PM en était très heureuse.

— Cela me paraît dangereux. Nous ne savons rien de lui, et il y a des documents de grande valeur là-bas.

— Oh ! Oliver, tu es impossible ! s'emporta-t-elle. Quel mal y a-t-il à cela ? C'est une personne hautement respectable, il est avocat, et c'est un ami de ta sœur ! Il ne va certainement pas partir avec des livres de valeur dans ses poches ! Pourquoi faut-il que tu sois toujours négatif ?

Elle sortit de la pièce en claquant la porte, incapable de retenir ses larmes. Elle était dans le couloir et contemplait le parc par la fenêtre, en tâchant de se maîtriser, quand sa mère fit son apparition.

— Que t'arrive-t-il ?

— C'est Oliver. Il est tellement... impossible. Tellement monté contre moi et contre tout le monde, tout le temps. C'est si déprimant...

Lady Beckenham la regarda puis elle dit, d'une voix étonnamment douce :

— Je crois que tu as certaines décisions à prendre, Celia. Viens. C'est le moment pour un gin bien raide, si tu veux mon avis.

23

— Elspeth sait, dit Sebastian. Pour nous. Elle sait, elle me l'a dit.

— Elle quoi ?

Celia sentit sa tête lui tourner. Le restaurant plein d'animation, le brouhaha des conversations et les serveuses qui s'affairaient, tout devint flou autour d'elle.

— Sebastian, c'est impossible !

— Si ! Elle a dit qu'elle avait deviné.

— Oh ! bon sang.

Elle restait immobile sur sa chaise, prenant de grandes inspirations. C'était affreux ; c'était ce qu'elle avait tant redouté, même si, au fond, cela lui paraissait inévitable.

— A-t-elle dit autre chose ?

— Non. Je l'ai fait taire. J'étais un peu ivre. Elle a simplement dit qu'elle savait et qu'elle n'était pas la seule.

— Oh, mon Dieu, dit Celia d'un ton las. Il va falloir que je lui parle.

— Elspeth ? Elspeth, c'est Celia à l'appareil. Pourrais-je… pourrions-nous parler ?

— Ma chérie, évidemment… Voulez-vous venir prendre le thé ? Demain, peut-être ? Ou bien avez-vous d'autres obligations ?

— Non, demain serait parfait, merci. Vers trois heures et demie ?

— Oh ! mon Dieu, dit Janet Gould, mon Dieu…

Elle parcourait le courrier du matin, le triant comme d'habitude en piles bien distinctes : une dont elle s'occuperait elle-même, une autre à l'intention personnelle d'Oliver, enfin une pour ce qui appelait une discussion entre eux deux. La lettre qu'elle tenait dans les mains appartenait indéniablement à la catégorie discussion de groupe – discussion urgente, même. Elle se leva et se dirigea vers le bureau d'Oliver, déjà malheureuse à l'idée d'ajouter encore aux fardeaux qui semblaient s'amasser sur ses pauvres épaules.

— Je suis désolée de vous déranger, Mr Lytton, mais il y a là une lettre qui me semble plutôt… inquiétante.

Elle la lui tendit, le regarda la lire, vit son visage d'abord pâlir, puis devenir écarlate.

— C'est absurde, dit-il, tout à fait absurde. Scandaleux, même. Mrs Gould, vous voulez bien appeler nos avocats au téléphone ? Dès que vous le pourrez…

— Celia, ma chérie ! Comme c'est charmant de vous voir. Entrez vous asseoir… Du thé ? J'ai eu la matinée la plus horrible qui soit : j'ai dû aller chez le dentiste pour un fraisage affreux. En avez-vous jamais subi ? Ensuite, je suis allée chez ma corsetière et j'ai pris plus d'un centimètre partout. Parfois, je regrette le temps où l'on pouvait se serrer la taille et laisser sa poitrine et ses hanches déborder joyeusement… Du sucre ? Non, bien sûr. Un peu de gâteau ?

— Non merci. Elspeth, pouvons-nous… Je voudrais juste parler de certaines choses avec vous. Au sujet de… bon, vous devez savoir à quel sujet.

— Chérie, je ne vois pas, non. À propos, j'ai passé un moment délicieux avec Sebastian samedi soir.

— Je l'ai entendu dire, oui.

— Vous n'êtes pas jalouse, n'est-ce pas ? J'espère que non, nous n'avons pas...

— Bien sûr que non, je ne suis pas jalouse, mais il faut que je vous demande, Elspeth, en tant qu'amie, en tant qu'amie sûre... Comment avez-vous, ou plutôt *quand* avez-vous découvert ?

— Découvert quoi ?

— Oh, Elspeth, je vous en prie... Vous savez parfaitement ce que je veux dire. Pour Sebastian et moi.

— Pour... Sebastian et... vous ?

Le visage d'Elspeth était devenu écarlate, ses yeux brillaient.

— Celia, de quoi parlez-vous ?

La pièce était soudain très tranquille, très silencieuse. Celia la contempla et se sentit glacée, puis elle dit :

— Vous ne saviez pas ? Vous ne saviez pas du tout ?

— Non, dit Elspeth, et un petit sourire nerveux frémit sur ses lèvres, mais maintenant je le sais, n'est-ce pas, ma chère ?

— Oliver, je t'en prie, ne prends pas cet air... Que se passe-t-il ?

La peur et la culpabilité s'étaient emparées d'elle ; elle ne s'était pas attendue à une confrontation aussi rapide. Elle se demandait pourquoi elle mentait encore, pourquoi elle faisait encore semblant.

— Regarde ceci, dit-il, regarde juste ceci.

Elle prit la lettre, vit l'en-tête : « Avocats... Cambridge... » et se sentit presque défaillir de soulagement. Lâchement, égoïstement, pour ce qui n'était après tout qu'un sursis. Combien de temps supporterait-elle cela, pour l'amour du ciel ?

Elle lut la lettre, en espérant qu'il ne verrait pas sa main trembler. Dans la confusion de son esprit, elle lui parut d'abord illisible, puis tout à fait déroutante.

— Mais, Oliver, pourquoi ce Lothian voudrait-il voir le livre ?

— Sans doute parce qu'il pense qu'il s'y trouve quelque chose de diffamatoire.

— Mais c'est absurde ! C'est de la fiction…

— La fiction peut quand même être jugée diffamatoire. Si l'on prouve que l'histoire reflète la réalité de trop près, et qu'elle peut nuire à la réputation de quelqu'un. On démarre sur une assez forte coïncidence, semble-t-il : ces livres parlent d'un professeur de collège d'Oxford, ce Lothian est professeur dans un collège de Cambridge. Dieu sait combien il pourrait y en avoir.

— Tu en as parlé à Guy Worsley ?

— J'ai essayé, mais il n'est pas chez lui. J'ai laissé un message pour lui, naturellement.

— Que dit Peter Briscoe ?

— Qu'à ce stade nous ne sommes pas obligés de leur envoyer le manuscrit, mais que ce serait probablement habile de le faire. Pour qu'ils voient par eux-mêmes qu'il n'y a rien dont ils doivent s'inquiéter.

— Et que se passerait-il si ce Jasper Lothian pensait au contraire qu'il y a quelque chose ?

Oliver tourna vers elle un visage si anxieux qu'elle se sentit malade.

— Ils pourraient obtenir une ordonnance de référé, apparemment. Pour faire stopper la publication. Au stade où nous en sommes, ce serait une catastrophe pour Lytton. J'ai déjà commandé assez de papier pour plus de deux mille exemplaires. Je mettais de tels espoirs dans ce livre… Des espoirs si élevés.

507

Il baissa les yeux vers ses mains ; elle pouvait, physiquement, sentir, voir sa détresse. Elle se plaça derrière lui, lui entoura les épaules de ses bras.

— Oliver, non… Ne sois pas si bouleversé, je t'en prie. Les choses n'iront peut-être pas jusque-là… Je suis presque sûre qu'elles n'iront pas jusque-là.

— Idiot, dit Celia, espèce d'imbécile !

— Quoi ? De quoi parles-tu ?

— Elspeth ne savait pas, c'est de cela que je parle !

— Celia, bien sûr que si ! Elle me l'a dit !

— Eh bien, manifestement non… Elle se renseignait seulement, elle ne se doutait pas que c'était moi !

— Oh, non !

— Je suis si désolé, dit Guy Worsley. Je suis terriblement désolé.

— Donc, vous avez fondé ce personnage sur un être réel ?

— Eh bien… oui, je l'ai fait. Je pensais que cela n'avait pas d'importance, si c'était présenté comme de la fiction ! Et c'était il y a tellement longtemps…

— Vous n'étiez pas vous-même dans le collège où cet homme enseignait ?

— Non, j'étais à Oxford.

— Alors, comment avez-vous entendu parler de lui ?

— Mon cousin était à Cambridge à la même époque, et il était plutôt impressionné par ce Lothian. C'était, semble-t-il, un homme assez extravagant, qui arpentait le collège avec des mines dramatiques, portant des capes noires et des robes de chambre de soie.

— Comme dans le livre, intervint Oliver. Continuez.

— Lui aussi avait une femme riche. Qui lui achetait ses robes de chambre, j'imagine.

— Avait-elle réellement une maison à Londres ?

Guy parut encore plus honteux.

— En fait, je ne sais pas. Mais, apparemment, elle passait beaucoup de temps là-bas. Elle était assez prétentieuse, n'aimait pas la vie universitaire. Oh, zut, monsieur, je suis navré. Après tout ce que vous avez fait pour moi…

— Avait-il vraiment une liaison ?

— Non. Non, je suis presque sûr que non. Il y avait seulement beaucoup de ragots à propos d'une fille, une de ses étudiantes. Qui étaient étouffés, bien sûr.

— Bien sûr, soupira Oliver.

— J'ai essayé de joindre mon cousin, mais il est à l'étranger.

— Ah…

— Mais il y a aussi d'énormes différences… Dans le livre, comme vous le savez, le fils est objecteur de conscience, alors que le jeune Lothian est parti pour la guerre. Mon cousin m'avait dit qu'il se rappelait bien son départ, combien Lothian était bouleversé et combien ils étaient tous désolés pour lui.

— Votre cousin était dans le collège de Lothian ? demanda Peter Briscoe, l'avocat de Lytton.

— Non, il était à Jesus.

— Bon, c'est déjà quelque chose. Il connaissait bien les Lothian ?

— Non, je pense qu'il ne rencontrait que lui, de temps en temps. Il connaissait aussi leur fille, pas très jolie mais très sympathique, d'après lui.

— Elle n'était pas mélomane, je suppose ?

— Je… je ne pense pas. Je ne sais pas, en fait.

Oliver soupira.

— Et l'épouse, l'a-t-il rencontrée ?

— Je l'ignore, monsieur. Mais je sais en tout cas qu'elle était toujours absente. D'après mon cousin, le bruit courait qu'elle avait un amant à Londres. Bien sûr, dans le livre, elle n'en a pas.

— Non, c'est vrai. Cela dit, vous en avez fait une femme très riche, comme l'est Mrs Lothian.

— Je sais, je sais. Quel terrible imbroglio...

— Ah ! là, là ! dit Oliver, qui paraissait très fatigué.

— Que se passe-t-il ?

— D'autres mauvaises nouvelles. Paul Davis demande un énorme à-valoir pour le nouveau livre de Sebastian. Mille livres.

— Quoi ?

— Oui. Il cite le gros succès de *Méridien* et le premier à-valoir. Qui, bien sûr, avait toujours été considéré comme exceptionnel. Mais c'était un dangereux précédent, je te l'ai dit à l'époque.

Celia garda le silence. Ce genre de dialogue était revenu si souvent sur le tapis qu'il la rendait littéralement malade. Si la situation avait été différente, elle se serait défendue, mais en l'occurrence, cela lui paraissait impossible.

— D'une façon générale, les choses sont très difficiles en ce moment. Comme tu le sais. Même sans cette absurde histoire concernant *Les Buchanan*. Non seulement les coûts de fabrication ont encore augmenté, mais les magasiniers réclament plus d'argent... Je ne sais pas comment nous pourrons les payer.

— Nous ne pouvons pas faire un emprunt ?

— Il vaut mieux l'éviter. Les taux d'intérêt sont très élevés.

— En plus, la bio d'Elizabeth n'a pas très bien marché, n'est-ce pas ?

Elle avait publié, au printemps, une importante biographie de la reine Elizabeth Ire. L'impression avait coûté cher, et cinq cents exemplaires à peine avaient été vendus sur les deux mille tirés. Cela avait été l'une de ses rares erreurs de jugement, et elle savait d'où elle venait : elle ne s'était pas impliquée à fond dans ce projet.

— Peut-être qu'Anne nous sauvera, dit Oliver avec un mince sourire. Mais nous faisons tous des erreurs, concéda-t-il, même si c'est très rare que cela t'arrive à toi.

Pour le coup, il se trompait : en ce moment, sa vie ne semblait même être qu'un tissu d'erreurs.

— Le livre sur la révolte de Cipayes est cher lui aussi, reprit-il. Je suis confiant, il couvrira ses frais, mais avec toutes ces illustrations en couleurs…

— Il y a un autre problème, dit-elle prudemment. Je crois que nous allons devoir en recomposer une bonne partie.

— Pourquoi ? Pourquoi, pour l'amour du ciel ?

— J'ai vu les épreuves hier, et disons que cela ne se lit pas très facilement. Le style est plutôt lourd. Les seuls bons passages sont le journal de mon arrière-grand-père. Je déteste devoir le dire, mais c'est vrai. Il faut le réécrire en partie.

— Mais pourquoi personne ne me l'a-t-il montré, ou à toi, avant d'en arriver à ce stade ?

— Je ne sais pas.

Elle savait, en réalité ; elle était sûre qu'Edgar Green, jaloux du livre et du rôle que Jack y avait joué, avait délibérément laissé passer le texte tel qu'il était. Quand elle lui avait demandé de voir le manuscrit final, il s'était montré évasif, lui avait dit qu'il était déjà parti chez le typographe. En tout cas, si c'était vrai, sa conduite était impardonnable.

— Oh, Dieu du ciel… Comme si nous avions besoin de cela en plus !

En rentrant ce soir-là, elle fit un crochet pour passer voir Sebastian chez lui, négligeant les risques, tant était grande sa colère.

— Ma chérie, quelle charmante surprise...

— Comment as-tu pu faire cela, dit-elle en entrant devant lui dans le salon, comment as-tu pu faire cela à Lytton ? Toi et ton infâme agent !

— Faire quoi ?

— Sebastian, pas de faux-semblant avec moi. Demander un à-valoir énorme pour *Méridien – Époque II*. Alors que tu connais parfaitement les problèmes que nous avons en ce moment ! Et aussi les soucis qu'a Oliver avec *Les Buchanan !*

— Qui t'a dit une chose pareille ?

— Oliver ! Paul Davis lui a écrit aujourd'hui !

— Celia, dit-il, et ses yeux étaient très froids, je pense que tu devrais vérifier les faits avant de lancer de pareilles accusations. Tu crois vraiment que j'aurais pu charger Paul Davis de vous tendre ce genre de piège ? Vraiment ? Parce que si tu le crois, alors nous n'avons plus grand-chose à nous dire.

Elle ne répondit rien, tandis que la panique montait en elle. Elle venait de commettre une nouvelle erreur de jugement, une de plus.

— Si cela peut t'intéresser, reprit-il, le visage blême, apprends que j'ai dit à Paul Davis que je ne voulais aucune avance pour *Méridien – Époque II*, aucune ! Justement parce que je sais quels problèmes vous traversez, et que Lytton a besoin de ce livre. Voilà ce qu'il devait dire à Oliver, et bien sûr, je vais lui demander pourquoi il a ignoré mes instructions. Je trouve que tu aurais pu m'accorder le bénéfice du doute, en attendant de savoir la vérité ! Maintenant, bonne soirée. Je suis sûr que tu seras capable de trouver la sortie toute seule.

Il se leva, sortit de la pièce et monta l'escalier. Celia resta assise un moment dans le salon ; puis, à pas lents et douloureux, comme si elle avait vieilli de vingt ans, elle le suivit.

— Je crois, lui dit-elle en arrivant là-haut, que j'ai décidé de quitter Oliver.

Il pleurait.

Il pleurait à l'idée qu'elle pût le penser capable d'une telle vilenie, il pleurait parce qu'il pensait l'avoir perdue. Elle se tint devant lui, sans bouger ni le quitter des yeux, se contentant de répéter :

— Je suis désolée, Sebastian, je suis désolée.

Il y eut un long silence : il avait été profondément blessé, presque au-delà du supportable, non par les mots qu'elle avait prononcés, mais parce qu'elle avait pu les prononcer, qu'elle avait pu penser ce que ces mots signifiaient. Puis, lentement, délibérément, elle commença à se déshabiller, et finalement se tint nue devant lui, complètement soumise, prête à ce qu'il la rejette peut-être. Au moment où il l'attira vers lui, encore à contrecœur malgré le désir qu'il avait d'elle, toujours en colère en dépit de ses excuses, il sut qu'il l'aimait plus que tout. Il sut qu'elle lui était même plus chère qu'il ne l'aurait cru possible, et qu'il ne pouvait plus envisager la vie sans elle.

Quand ce fut fini et qu'ils se furent retrouvés l'un l'autre, allongés sur le lit, presque défaillants après le long et difficile orgasme qu'ils avaient atteint ensemble, quand il put enfin lui sourire à travers ses propres larmes, essuyant de la main celles de Celia, il lui murmura :

— Je t'en prie, Celia. Viens à moi, unis ta vie à la mienne. Tu sais que c'est bien, tu sais que tu dois le faire.

Elle le regarda : elle avait l'air plus confus et choqué que joyeux, comme il aurait pu s'y attendre ; mais finalement, rompant le silence, elle lui dit :

— Oui, Sebastian. Je pense que je le ferai, sans doute.

À partir de ce moment, la panique ne cessa plus de la dévorer ; panique de ce qu'elle venait de dire, des raisons pour lesquelles elle l'avait dit, des doutes qu'elle avait sur son bien-fondé. Et pourtant, elle savait qu'elle avait eu raison. Elle n'en avait jamais été plus sûre que la nuit précédente ; elle était rentrée tard d'une réunion de travail – une vraie –, et elle avait trouvé Oliver effondré sur son bureau, comme s'il avait eu un malaise. En fait, il n'était qu'endormi. Tourmentée comme elle l'était, l'horrible idée l'avait traversée qu'il avait eu une crise cardiaque, qu'il était mort, qu'elle était libre, et elle en avait ressenti un affreux soulagement. Plus tard, allongée dans le lit près de lui et écoutant sa respiration régulière, elle s'était forcée à affronter ce soulagement-là, les profondeurs d'égoïsme et de vilenie qu'elle avait atteintes, et s'était demandé comment on pouvait juger honnête de vivre avec un homme dont on avait souhaité la mort.

24

Dès le milieu de l'été, les commérages à propos de Celia se déchaînèrent.

On interrogea Lady Beckenham, même si ce fut en termes voilés, aussi bien à Londres qu'à la campagne – elle envoya promener sans ménagement les inquisiteurs –, ainsi que Jack Lytton, qui professait une totale ignorance quand les gens le pressaient pour avoir des détails. Sebastian Brooke lui-même ne fut pas mis à la question, sauf par quelques vieux amis, mais on l'épia de près, en quête de tout indice révélateur. Seul Oliver Lytton, inquiet et déprimé pour bien d'autres raisons que son mariage, n'entendit parler de rien.

Non qu'il eût prétendu que tout allait bien dans son mariage, si on l'avait interrogé et qu'il eût accepté de répondre. En fait, il ressentait à ce propos un malaise croissant, sentant que Celia était chaque jour davantage perdue pour lui ; sachant, chaque fois qu'elle rentrait tard, ou qu'elle paraissait loin de lui, ne fût-ce qu'en esprit ; sachant, par son sourire évasif quand il lui demandait comment elle allait, par son léger mouvement de recul quand il se penchait pour l'embrasser, par la distance émotionnelle et aussi physique qu'elle gardait envers lui, même quand ils étaient en train de faire l'amour – ce qui arrivait de plus en plus rarement ;

sachant, à chaque heure, à chaque instant… qu'elle s'éloignait davantage de lui. Et pourtant, il continuait à ignorer ce que lui disait son instinct, à lutter pour lui garder sa confiance, à détourner résolument son esprit de la vérité. Pour la simple raison qu'il était incapable de supporter cette vérité. Il aimait Celia d'une façon absolue, et il avait besoin qu'elle l'aime de la même façon. Le fait qu'il soit parfois critique, voire hostile, envers elle, souvent irrité par elle, était à ses yeux sans rapport. Sans elle, sa propre vie, ou du moins ce moment présent de sa vie, était réduit à néant. Par conséquent, s'il voulait demeurer un être humain complet, il avait besoin d'elle. C'était aussi simple que cela.

— Celia, je m'en vais.

Le visage de Jack était assez pâle et fermé ; il ne la regardait pas.

— Oh, Jack, ne fais pas cela… Tout se passe si bien, avec toi dans la maison, tu me manquerais beaucoup…

— Je… Il le faut. Il est grand temps que j'organise un peu ma vie. J'ai trente-cinq ans et…

— Le même âge que moi, comme tu me le dis toujours.

— Oui. De toute façon, j'ai trouvé quelque chose.

— Où est-ce ?

— Dans Sloane Street. Un appartement.

— C'est joli ?

— Oui, très joli. Bon, il faut que tu m'excuses, mais je dois aller retrouver Lily.

Alors il sait, pensa Celia en le regardant quitter le salon, il en a entendu parler. Elspeth avait bien fait son travail. Elle sentit un grand poids s'abattre sur elle ; il allait tellement lui manquer. L'affection qu'il lui portait lui manquerait, ainsi que ses taquineries, ses bavardages, ses plaisanteries. Ce n'était probablement qu'un avant-goût du pire qui adviendrait bientôt.

Jack avait été bouleversé par la nouvelle. Lily la lui avait annoncée un soir, aux *Grafton Galleries*. Il dansait avec Crystal pendant qu'elle-même était assise, en grande discussion avec une autre femme. À la fin de la danse, il l'avait rejointe et lui avait demandé de quoi elles parlaient.

— De ta belle-sœur, Lady Celia. Elle *a* une liaison. Avec Sebastian.

— Sebastian ?

— Oui. Gwendolyn Oliphant vient de me le dire.

— Et qui le lui a dit ?

— La sœur d'Elspeth Granchester.

— Et la sœur d'Elspeth Granchester, comment le sait-elle ?

— Celia l'a dit elle-même à Elspeth.

— Oh…, dit seulement Jack.

Il s'était senti tout à coup très triste. Il détestait tout cela : l'idée qu'Oliver, qu'il aimait tant, puisse être trompé, qu'on puisse se moquer de lui, et que tout le monde à Londres le sache, l'idée que Celia puisse l'avoir révélé elle-même à Elspeth Granchester – particulièrement à une commère de son espèce. Et l'idée que Celia, qu'il avait toujours adorée, qui avait toujours été pour lui l'incarnation même de l'épouse idéale, se soit révélée si infidèle et si perfide : non seulement en trompant Oliver, mais en le trompant avec quelqu'un en qui il aurait dû avoir toute confiance. Un sentiment assez abject avait même traversé l'esprit de Jack, né d'un pénible souvenir, celui d'un soir pendant la guerre où il avait tenté de séduire Celia, et où elle l'avait éconduit. Elle l'avait repoussé, lui, mais pas Sebastian. Cet abject sentiment n'était rien d'autre que de la jalousie, et c'était vraiment très déplaisant de l'éprouver.

— Désolée, murmura Lily, je n'aurais peut-être pas dû te le dire. Je sais combien tu l'aimes...

— Combien je l'aimais.

— Je vais parler à Oliver, dit Celia à Sebastian par une chaude et radieuse soirée de juillet, où elle se sentait plus étouffée que d'habitude par sa situation, et ce qu'elle avait de presque irréel.

— Quand ? répondit Sebastian, en soupirant.

Combien de fois n'avait-il pas déjà entendu cette phrase, pour s'entendre répondre le lendemain que cela n'avait pas été possible, qu'Oliver avait été trop fatigué, ou trop occupé, qu'un des enfants avait été malade, que Jack avait passé toute la soirée avec eux...

— Ce soir. Il est enfin satisfait du livre de Jack, et il n'y a plus de nouvelles des Lothian, on dirait qu'ils ont renoncé à leur procès absurde.

Elle s'assit à la table du dîner, incapable de rien avaler, regardant Oliver manger en face d'elle et parlant sans s'arrêter, pour retarder le moment – du livre de Jack, et des *Buchanan*, dont ils avaient lancé la composition, car ils ne pouvaient plus attendre, et de Giles, si impatient de rentrer à la maison pour l'été. Enfin, tremblant à demi de peur, elle dit :

— Oliver, il faut que je te parle de quelque chose.

— Oui ? dit-il avec un sourire distrait, de quoi ?

— J'ai quelque chose à te dire, quelque chose d'important.

— À propos de quoi, Celia ? Les enfants ? Les vacances d'été ? Je pensais que nous pourrions descendre tous dans le sud de la France cette année. Je n'aime pas beaucoup la chaleur mais les enfants adoreraient, et toi aussi, et je...

— Oliver, cela n'a rien à voir avec les vacances d'été. Le problème est que je... que je n'irai pas en vacances avec toi cette année.

— Vraiment ? dit-il, et elle vit son visage se teinter d'une expression prudente et fermée. C'est très dommage, non ? Tu as besoin de vacances, tu n'as pas l'air bien...

— Oui, mais... Ce que j'ai à te dire est vraiment très difficile...

— Es-tu vraiment obligée de le dire, alors ?

Il sait, pensa-t-elle, et il fait exprès de compliquer les choses. Mais après tout, n'était-ce pas son droit d'agir ainsi ?

— Oui, j'ai peur d'y être obligée. C'est à propos... de notre mariage.

— Notre mariage ! J'aurais pensé qu'il n'y avait plus grand-chose à en dire. Cela fait des années qu'il dure, un peu cahin-caha parfois, mais il tient quand même le coup, non ?

— Eh bien... non, franchement, je ne dirais pas cela.

— Vraiment ?

Il semblait surpris, mais détaché, comme si elle avait exprimé des doutes sur la situation économique du pays, ou sur les progrès du Parti travailliste.

— Eh bien, moi si, du moins il me semble.

— Moi non, et je voudrais en parler.

— Ma chérie, il faut m'excuser, mais je suis très fatigué, beaucoup trop fatigué pour une conversation philosophique. Je vais me coucher, bonne nuit.

— Oliver, je...

— Celia, non, pas ce soir.

C'était incompréhensible, sa détermination à ne pas regarder la réalité en face, à ne pas la laisser éclater. Les choses se passaient toujours de la même façon ; la dernière fois, elle lui avait dit très fort, d'une voix presque désespérée :

— Oliver, je pense te quitter, tu ne le comprends donc pas ?

Il l'avait fixée, livide, et lui avait dit :

— Je le comprends parfaitement, mais ce n'est pas le moment d'en parler. Bonne nuit, Celia, dors bien.

Elle était dans une impasse.

— Je suis impuissante, se plaignait-elle à Sebastian. Il ne veut pas écouter, pas répondre, pas discuter, il ne veut pas affronter la réalité. Je ne sais plus quoi faire.

— Tu n'as qu'à partir. Alors, il sera bien obligé de faire face.

— Je ne peux pas faire une chose pareille.

— Tu devras bien, pourtant.

Elle se sentait de plus en plus mal, sous l'effet de la tension nerveuse et de l'angoisse. Elle en perdait le sommeil, n'arrivait plus à travailler. Tout le monde l'agaçait : les enfants, les domestiques, ses collègues au bureau. Sa mère avait pris ses distances avec elle, et PM aussi brillait par son absence. Celia priait pour que la rumeur ne soit pas remontée jusqu'à elle, tout en craignant fort que ces prières ne soient pas exaucées.

En fait, personne n'avait rien dit à PM. Cela ne serait jamais venu à l'esprit de Lady Beckenham, et Oliver était incapable de se laisser aller à faire ce genre d'aveu à sa sœur. Celia se sentait prise au piège, sans personne à qui parler, personne pour la conseiller. Personne sauf Sebastian.

— Que faire ?

— Pour moi, c'est très simple : quitte-le. Cela le forcera à comprendre la gravité de la situation.

— Je sais, mais...

— Ou envoie-lui une lettre à la maison. Dis que tu as essayé de lui parler, qu'il ne voulait pas écouter...

— Cela paraît si brutal…

— Ma chérie, aucune rupture ne se fait sans heurt.

— Je sais, mais… les enfants ?

— Tu seras bien obligée de leur parler.

— Oui, mais j'avais pensé qu'Oliver et moi pourrions le faire ensemble. Dois-je… Devrais-je leur parler avant de lui laisser cette lettre ? Avant de partir ? Ou bien revenir pour le leur dire ? Oh, mon Dieu, Sebastian, c'est un tel cauchemar…

— Y a-t-il un moyen de les éloigner quelques jours ? Chez ta mère, peut-être ?

— Elle ne me parle plus en ce moment.

— Je vois, soupira-t-il. Je t'ai fait beaucoup de tort, n'est-ce pas ? Je suis désolé.

Celia le regarda, puis elle se leva et s'approcha de lui.

— Tu m'as donné aussi plus de bonheur que je ne l'aurais cru possible, dit-elle en se penchant pour l'embrasser. Je t'aime, Sebastian, je t'aime tant. Et quand je suis avec toi, au moins, je sais que ce que je fais est bien. Je vais parler à ma mère, c'est une bonne idée.

Barty était impatiente que Giles rentre à la maison ; quelque chose n'allait pas, et elle n'arrivait pas à décrypter au juste ce que c'était. Rien n'avait changé en apparence, mais une sorte de tristesse semblait s'être abattue sur la maison. Auparavant, même quand Tante Celia était de mauvaise humeur, qu'elle se disputait avec Wol ou bien qu'elle s'emportait contre les jumelles, on continuait à sentir que les fondations de la famille étaient solides et joyeuses. Mais soudain le terrain semblait instable, l'ambiance pleine d'amertume.

— Vous allez tous partir quelques jours pour Ashingham, leur dit Nanny. Je préparerai vos affaires. S'il y a quelque chose que vous voulez particulièrement emporter, pensez à le mettre sur votre lit à temps pour qu'il soit lavé.

— Ashingham ! Quand partons-nous ? demanda Adele.

— Dès que vous serez en vacances. La semaine prochaine, je pense.

— Mais…

— Mais quoi, Barty ?

— La semaine prochaine, c'est le concert…

On l'avait choisie pour jouer un morceau de piano ; elle était aussi émue qu'anxieuse à cette perspective.

— Ah ! je… je ne savais pas. Tu devrais aller en parler à Lady Celia.

Barty descendit prendre son petit déjeuner, bouleversée. Celia et Wol étaient là, lisant les journaux.

— Tante Celia ?

— Oui, Barty ?

— Nanny dit que nous allons partir pour Ashingham la semaine prochaine, mais c'est la semaine du concert… Je joue un morceau.

— Barty, je ne peux pas demander à ma mère de changer tous ses plans, ni de changer tous les miens, à cause d'un concert.

— Maman, c'est si injuste !

Les yeux noirs d'Adele, qui ressemblaient tant à ceux de sa mère, brillaient de colère.

— Barty a répété et répété, tu aurais pu t'en souvenir ! De toute façon, on ne veut pas y aller nous non plus, on a une fête, et on veut entendre Barty jouer, et…

— Adele, tais-toi ! De toute façon, jusqu'à ce que Venetia et toi décidiez de faire davantage d'efforts à l'école, il n'y aura plus de fêtes.

— Celia, je pense vraiment que Barty ne doit pas rater ce concert.

La voix d'Oliver était d'une fermeté inhabituelle. Il ne se disputait jamais avec elle au sujet des enfants, jamais devant eux ; ils retinrent leur souffle. Celia le regarda, puis elle dit :

— Oliver, je suis désolée, mais j'aurais préféré que tu ne compliques pas les choses. Tout est déjà programmé.

— Alors, il faut changer les plans. Barty peut très bien rester ici.

— Non. Nanny sera à Ashingham.

— Et toi, où seras-tu ?

Il y eut un grand silence, puis Celia répondit :

— Je serai ici, bien sûr. Mais très occupée. C'est justement pourquoi je veux que les enfants aillent à la campagne. Oliver, ne pouvons-nous pas remettre cela à plus tard, s'il te plaît ?

— Non, je ne crois pas. Barty est bouleversée et je la comprends. Quoi que les jumelles puissent ou ne puissent pas faire, je pense qu'elle peut rester ici. Même si tu es très occupée. Je serai là, Barty et moi pourrons veiller l'un sur l'autre. Et je pourrai assister à son concert, si tu ne le peux pas. Quel jour est-ce, Barty ?

— Mercredi prochain.

— Parfait. Je vais le noter dans mon agenda.

— Oliver...

— Partez toutes, maintenant, ou Daniels va vous attendre.

Tandis que la porte se refermait, qu'elle mettait son manteau et son béret, Barty entendit Oliver dire :

— Je n'ai aucune idée de ce que tu prépares, Celia, et je n'ai pas envie de le savoir, mais il n'y a aucune raison pour que Barty manque son concert.

Il y eut un long silence, puis la porte se rouvrit et Celia sortit, avant de la claquer derrière elle et de commencer à monter l'escalier.

— Du calme, du calme…, dit Adele.

Elle l'avait dit tout bas, mais pas tout à fait assez ; Celia se retourna et redescendit précipitamment les marches, puis elle leva la main et gifla Adele.

— Il est temps que tu apprennes un peu le respect ! s'exclama-t-elle.

Après quoi elle entra dans le petit salon et referma la porte, très doucement cette fois, puis on n'entendit plus un seul bruit dans la maison.

Barty s'assit dans la voiture en tâchant de ne pas pleurer, et entoura du bras Adele qui, elle, sanglotait bruyamment.

Tout était affreux, absolument affreux, et il se passait quelque chose de très grave.

— Je ne peux pas continuer ainsi, dit Celia, en larmes.

Elle avait pris un taxi jusque chez Sebastian à l'heure du déjeuner, sans se soucier du risque. Quel risque, de toute façon ? Tout le monde savait, sauf Oliver, et il refusait de savoir.

Sebastian sortit son mouchoir pour essuyer ses larmes.

— Allez, raconte-moi.

— Je suis horrible avec tout le monde, je suis en train de me transformer en une méchante femme. En fait, je *suis* une méchante femme.

— Absurde, puisque je n'aime pas les gens méchants.

— Ne plaisante pas, ce n'est pas drôle.

— Excuse-moi. Que s'est-il passé ?

Elle lui raconta la scène.

— Ensuite, j'ai perdu mon sang-froid. Adele a été insolente et je l'ai frappée, devant les domestiques et Barty et… c'était horrible. Il va falloir que je m'excuse.

— Oh ! elle va adorer. À mon avis, la consolation sera même bien plus grande que la douleur qu'elle a pu ressentir.

— Sebastian, c'est sérieux…

Elle prit une cigarette dans la boîte en argent posée sur la table, l'alluma, en aspira une bouffée et se mit à tousser.

— Tu devrais arrêter, dit-il sévèrement.

— Je le ferai, quand je me sentirai mieux.

— Quand tu vivras avec moi, tu le feras, crois-moi. Maintenant, écoute, et d'abord laisse-moi te serrer dans mes bras. Tout va aller très bien. Quand ce concert a-t-il lieu, à propos ?

— Mercredi prochain. Oliver va y assister. Il était terriblement en colère contre moi quand il est arrivé au bureau, terriblement. J'ai dit que j'aimerais y aller aussi, et il a répondu qu'il préférerait que je m'en abstienne.

— Alors, dit Sebastian, c'est peut-être l'occasion idéale pour le quitter…

— Je pense qu'il y a de solides raisons pour obtenir une ordonnance de référé contre la publication de ce livre, dit Howard Shaw. Les coïncidences peuvent être considérées comme trop précises et trop nombreuses. Par conséquent, on peut très bien plaider la diffamation.

Jasper Lothian acquiesça de la tête.

— Évidemment, poursuivit-il, vous devez être prêt à affronter la publicité qui sera faite autour de l'affaire. S'ils sont décidés à le publier, et je pense qu'ils le sont, il faut que vous soyez vous-même très déterminé. Est-ce bien clair ?

Un soupçon d'hésitation passa dans les yeux de Jasper, puis il dit :

— Tout à fait clair. On considérera que je défends ma réputation, ce qui me paraît légitime.

Howard Shaw regarda Lothian ; il n'était pas très sûr de beaucoup l'aimer. L'homme était ridiculement vaniteux, c'était évident. Il s'habillait comme une sorte de poète académique, avec des vestes amples, des chemises lâches, des cravates aux nœuds flottants ; ses cheveux gris tombaient sur ses épaules ou presque, en ondulations savamment travaillées. Mais que Howard l'aime ou non n'importait pas le moins du monde car c'était une affaire passionnante à défendre.

— Vous aurez peut-être à produire des témoins attestant de votre intégrité morale, lui dit-il.

— Cela peut s'arranger, bien entendu.

— Bien. Je vais écrire aux éditeurs pour leur demander, en premier lieu, de supprimer les passages offensants. C'est une option que nous devons leur proposer, bien sûr.

— Bien sûr. Ce serait l'idéal. Vous pensez qu'ils accepteront ?

— J'en doute. Ces passages sont au cœur même du livre.

Celia entra dans son bureau pour écrire la lettre. C'était très difficile et très douloureux.

Elle y reconnaissait combien elle avait été heureuse pendant la plus grande partie de leur mariage, combien elle l'avait aimé, combien elle l'aimait toujours.

Mais je sens que nous avons changé, tous les deux, que nous sommes loin de ceux que nous étions au début. J'ai besoin de quelqu'un qui m'apprécie pour ce que je suis, pas pour ce que je devrais être. Et c'est ainsi que tu me vois ces temps-ci, Oliver : comme quelqu'un qui ne te convient pas, ni personnellement ni professionnellement. Je me sens critiquée à chaque instant. Tu me donnes l'impression d'être frivole, égoïste, plus du tout ton égale ni ton épouse. C'est très pénible à supporter, ma confiance en moi me fuit jour après jour, je suis de plus en plus malheureuse…

Elle pleurait quand la lettre fut terminée ; elle éteignit la lumière du bureau et resta assise dans l'obscurité, contemplant les arbres au-dehors. Elle se rappela l'époque où elle était jeune et amoureuse d'Oliver, quand ils ne rêvaient que d'être ensemble, quand parler, rire, débattre de projets éditoriaux, faire l'amour avait été le bonheur absolu. L'époque où ils se suffisaient à eux-mêmes. Comment un tel amour, une telle intimité, une telle tendresse pouvaient-ils ainsi péricliter, pour ne plus laisser place qu'à de l'indifférence, puis à du désespoir ?

25

Barty se réveilla, très nerveuse, regrettant presque de ne pas être partie pour Ashingham : là-bas, au moins, elle serait à des kilomètres de la salle de concert de Wigmore Street, où elle allait jouer cet après-midi son étude de Chopin. Son professeur de musique lui avait dit qu'il y aurait au moins deux cents personnes. Deux cents personnes assises en train de l'écouter, de la regarder ! Elle se sentait très mal.

Elle aurait tant voulu que Tante Celia vienne... Celia l'avait tellement aidée pour le piano, elle avait toujours été si encourageante, elle avait exprimé une telle joie quand Barty avait obtenu une mention pour son examen du troisième degré. Ce n'était vraiment pas juste qu'elle ne soit pas là pour partager ce moment.

Elle prit un bain, enfila un pull et une vieille jupe, car elle avait l'intention de passer sa matinée à répéter et à faire une petite promenade, puis elle regarda la pendule. Presque neuf heures : Wol et Tante Celia devaient déjà être partis. On n'entendait pas un bruit dans la maison. Elle se sentait incapable de rien avaler – une tasse de thé, peut-être... Elle descendit, vit que le courrier était arrivé. Il y avait une carte de Giles : « Bonne chance, lui disait-il. Tu vas être magistrale, j'aurais tellement voulu être là. »

C'était gentil de sa part, il était si plein d'attentions pour elle depuis quelque temps. Elle se sentit nettement mieux.

Elle aurait aimé que sa mère vienne ; elle l'en avait suppliée, ainsi que Tante Celia, mais Sylvia avait refusé. Elle avait dit qu'elle se sentirait mal à l'aise et angoissée, assise là-bas au milieu des autres parents. Elle ne faisait pas partie de leur monde. Barty en avait été terriblement déçue. Sylvia n'allait toujours pas bien, elle souffrait beaucoup de l'estomac. Elle promettait depuis longtemps qu'elle consulterait le médecin, mais Barty savait qu'elle n'y était pas allée. Si les choses s'étaient passées différemment à la maison, elle aurait demandé à Tante Celia de s'en occuper.

Elle s'assit au piano, fit quelques gammes et répéta deux fois son morceau. L'exercice la rassura même si ses mains tremblaient un peu. Peut-être que cela se déroulerait bien, après tout. Elle songea qu'elle avait un peu faim, finalement ; elle pourrait manger un toast. Elle entra dans la salle à manger alors que Mary, la bonne, était en train de débarrasser la table.

— Servez-vous, Miss Barty, lui dit-elle. Vous avez besoin de prendre des forces pour cet après-midi. Comment vous sentez-vous ?

— Oh, pas trop mal, merci.

Elle s'assit et se beurra un toast, mais elle se sentait très seule. Elle commençait à apprécier de lire les journaux ; elle les chercha des yeux, mais ils n'étaient pas sur le buffet. Sans doute rangés dans le bureau de Wol. Elle pourrait peut-être en emprunter un, qu'elle remettrait ensuite en place.

Elle monta à l'étage, suivit le couloir, entra dans la pièce. C'était si bien rangé… Les journaux étaient disposés sur le bureau, en piles parfaitement parallèles ; elle prit le *Daily Mail*, son préféré. Puis elle remarqua une lettre adressée à Wol, appuyée contre la grande pendule en argent. Elle reconnut l'écriture de Tante Celia ; il y avait écrit sur l'enveloppe « Oliver », et aussi « Personnel » et « Urgent ». Elle avait dû la poser là avant de partir, croyant qu'il était encore à la maison. C'était une chance qu'elle soit entrée dans le bureau, finalement ; elle pourrait l'emporter avec elle et la lui donner là-bas.

Celia avait quitté la maison comme d'habitude ce matin-là, pour une réunion avec Lady Annabel, et elle avait prévu d'y revenir plus tard pour rassembler quelques vêtements et des affaires personnelles, des photographies des enfants, ses bijoux. Pas tous ses bijoux : seulement ceux que sa mère lui avait donnés, ou que sa grand-mère lui avait légués. Elle ne se sentait aucun droit de garder ce qu'Oliver lui avait offert ; même sa bague de fiançailles resterait soigneusement rangée dans le petit coffre, dans la penderie d'Oliver. Elle se sentait dans un état très particulier ; toute la tristesse de la nuit précédente s'était dissipée, la laissant dans un mélange de terreur et d'intense excitation. Elle avait promis à Sebastian qu'elle le rejoindrait pour le déjeuner.

Elle laissa Lady Annabel à onze heures, mais elle avait un autre rendez-vous avant de retourner à Cheyne Walk : avec le Dr Perring.

— Ta toux m'inquiète vraiment, lui avait dit Sebastian, et tu n'as pas du tout l'air bien.

Dans les années qui suivirent, Celia conserverait le plan des lieux dans sa mémoire : le couloir au tapis épais, avec ses niches garnies de vases, ses murs gris pâle recouverts de fades aquarelles, le soleil qui passait par une fenêtre juste en face ; au bout de ce couloir, la silhouette de l'infirmière, en ombre chinoise, sombre et vaguement sinistre dans son uniforme alambiqué. Et

Celia qui la suivait, se sentant faible, avec la tête qui lui tournait un peu.

— Il me faut un peu de temps pour y réfléchir, Mr Lytton, dit Peter Briscoe, qui avait répondu à la convocation urgente d'Oliver. Ils prennent visiblement tout cela très au sérieux. Y a-t-il une possibilité que vous accédiez à leur requête, c'est-à-dire supprimer le passage qu'ils jugent offensant ?

— Non. Il est au centre du livre, c'est un des fils importants de l'intrigue. Il commande tout, le regard que la fille porte sur son père, les réactions de l'épouse, même l'attitude du fils – ce jeune homme, l'objecteur de conscience, qui a des principes très élevés, et qui en est horrifié. Non, tout doit rester en l'état, sinon toute la structure du livre s'écroulerait sans cette clé de voûte.

— Pardonnez-moi, ne m'avez-vous pas dit que le livre était imprimé, pas seulement composé, ou à l'état d'épreuves ?

— Oui. Je viens d'en faire tirer trois mille exemplaires. Ce sera une perte terrible si nous ne le publions pas maintenant. Sans parler de l'humiliation, bien sûr.

— Alors, il faut nous battre. Je vous appellerai d'ici demain, je pense, pour vous dire comment je vois les choses. Je suggère que nous testions un peu leur détermination.

— Et comment ferons-nous ?

— En leur répondant qu'on ne peut pas supprimer le chapitre en question, et que la publication va se poursuivre. Il y a sûrement une part de bluff de leur part. Et personne ne s'embarque dans une action en justice sans savoir qu'il y a un risque de perdre. De plus, ce sont des personnes privées, alors que vous avez le poids d'une grande maison d'édition derrière vous.

— Disons une maison d'édition tout court, soupira Oliver. Elle ne sera plus bien grande si nous devons mettre *Les Buchanan* au pilon.

— Bon... Je vais vous laisser vous rhabiller, et vous me rejoindrez ensuite dans le cabinet de consultation.

Le Dr Perring l'avait examinée très soigneusement, minutieusement interrogée sur sa santé en général, avait ausculté ses poumons – et aussi son cœur – pendant un long moment. Il lui avait fait une prise de sang pour une analyse, avait vérifié ses réflexes et sa tension artérielle, regardé ses oreilles et ses yeux, et aussi le fond de sa gorge. Celia avait commencé à se dire que quelque chose devait aller sérieusement mal chez elle.

— Lady Celia, commença-t-il quand elle revint, cette toux est très mauvaise. Je pense, dit-il en la regardant sévèrement, que vous devriez arrêter immédiatement de fumer. Je vais aussi vous prescrire quelque chose contre la toux, et je veux que vous fassiez des inhalations plusieurs fois par jour, avec du benjoin.

— Bien, dit Celia docilement, je vais le faire.

Cela ne la dérangeait pas de prendre des médicaments, ni de faire des inhalations, mais ne plus fumer l'ennuierait davantage. Elle avait besoin de la cigarette, qui soulageait ses nerfs à vif.

— Quant aux autres symptômes... Bien sûr, vous travaillez très dur. Et vous avez toujours eu des problèmes de sommeil, je crois ? Vous aimeriez sans doute que je vous prescrive un somnifère...

— J'aimerais bien, en effet. Certaines nuits, je ne dors pas du tout, c'est terrible.

— Bien sûr... Pour les problèmes de digestion... si je relie les symptômes que vous m'avez décrits...

— Oui ?

Pourvu qu'il ne lui annonce pas qu'elle avait un ulcère ou quelque chose dans le genre...

— Vous avez des nausées, vous dites ?

— Oui.

— Mmm... Et l'appétit ?

— Quoi, l'appétit ? demanda Celia, en s'efforçant de lui sourire.

— Lady Celia...

Il s'était calé dans son fauteuil, la regardait, et voilà qu'il lui souriait à présent ; un sourire gentil, attentif, mais indéniablement un sourire amusé, aussi.

— Quand avez-vous eu vos dernières règles ?

Barty descendit en courant ; Daniels l'attendait, en tenant la porte de la voiture ouverte. C'était la grosse voiture, la Rolls. Il la salua puis sourit.

— Bonjour, Miss Barty. Où Votre Grâce désire-t-elle aller ? Directement à sa salle de concert, ou s'arrêtera-t-elle quelque part en chemin ?

Barty pouffa puis dit :

— Chez Lytton, s'il vous plaît, Daniels.

— J'ai entendu dire que des foules se rassemblaient déjà le long de Wigmore Street pour vous entendre. Sage de leur part, car bientôt il n'y aura plus une place de libre.

Il lui sourit ; Barty lui rendit son sourire, puis monta dans la voiture.

— Votre cartable, Miss. Ce serait dommage de l'oublier.

— Ce serait dommage, Daniels, vous avez raison.

Elle avait sa partition à l'intérieur, et aussi la lettre urgente de Tante Celia pour Wol.

Celia avait l'impression de tomber, très vite et d'un seul coup, dans un gouffre obscur ; un gouffre plein d'une telle frayeur, d'une telle horreur qu'elle haleta bruyamment, tout en regardant fixement le Dr Perring.

Quand avait-elle donc eu ses règles pour la dernière fois ? C'était après Glasgow ? Oui, après Glasgow, assurément, après ce merveilleux week-end. Réfléchis, Celia, réfléchis. Qu'avait-elle fait depuis ? Elle s'était tuée au travail, était allée à des soirées, dans des cabarets, avait donné une fête d'anniversaire pour les jumelles... et oui, elle avait eu ses règles alors, elle avait même pensé combien cela tombait mal, juste quand toutes ces petites filles venaient à la maison. Mais depuis lors, rien. C'était le 6 mai, et on était en juillet. Oh, non ! Elle était – ou elle pouvait être – enceinte de plus de deux mois.

— Je n'y ai tout simplement pas pensé, dit-elle, et elle sentit ses yeux se remplir de larmes. Je ne sais pas pourquoi.

— Ne soyez pas si bouleversée. Votre mari va être ravi, j'en suis sûr. Cela va lui donner une nouvelle jeunesse, même s'il vous dit que c'est la dernière chose au monde qu'il aurait souhaitée.

Elle gardait le silence, entendant à peine ce qu'il disait ; des questions terrifiantes se bousculaient dans son esprit. Comment, quand, où – et le plus terrifiant : qui était le père de ce bébé ? Oliver ou Sebastian ?

Elle jeta un regard effrayé vers l'avenir, et sut que sa place y était faussée pour toujours. Elle ne pouvait plus quitter son mari, parce qu'elle portait peut-être son enfant, mais il lui était impossible de rester, parce qu'elle était peut-être enceinte de son amant. Il n'y avait pas d'issue pour elle, nulle part où se cacher ; elle et son bébé étaient des êtres condamnés, sans recours ni remède.

— Oh, mon Dieu, dit-elle, Dr Perring, et elle éclata en sanglots.

Il se montra plein de délicatesse et de bonté, sonna l'infirmière et lui dit d'apporter une tasse de thé, puis il demanda à Celia si elle désirait lui parler de ce qui la tourmentait.

— Je... je ne sais pas, dit-elle en s'enfonçant dans son fauteuil, se sentant soudain si faible et si nerveuse à la fois qu'elle se souvenait à peine d'où elle était.

Puis elle se rappela la lettre. Et elle sut, à l'instant, que quoi qu'elle décide ou qu'elle fasse, Oliver ne devait pas la lire. Cette lettre appartenait à une autre vie, elle avait été écrite par une autre femme qui n'avait plus rien à voir avec sa nouvelle vie ni avec la nouvelle femme qu'elle était devenue, si soudainement, si dangereusement.

Elle devait rentrer à la maison, récupérer la lettre et la détruire ; c'était la première chose, et la plus importante, que cette nouvelle femme devait faire.

— Barty, ma chérie, entrez... J'ai peur de devoir vous décevoir, mais Mr Lytton a dû sortir pour une heure environ. Une réunion chez des imprimeurs avec Mr Jack. Il ne pourra donc pas faire le trajet jusqu'à la salle de concert avec vous. Mais il m'a dit de vous faire savoir qu'il serait là-bas largement à temps, et que vous deviez partir devant. Il sera dans le public, au premier rang, croisant les doigts, ajouta-t-elle en souriant, exactement comme il l'a promis.

— C'est très bien, Mrs Gould, merci.

Il aurait été plus agréable de partir avec Wol, certes, et elle ne pouvait s'empêcher d'éprouver une pointe d'angoisse à l'idée qu'il puisse être en retard comme il l'était parfois ; pourtant elle se sentit heureuse, presque parfaitement heureuse. Puis elle se rappela la lettre.

— Mrs Gould, va-t-il repasser ici avant le concert ?

— Je pense que oui, ma chérie.

— Vous pourriez lui donner ceci ? dit-elle en fouillant dans son cartable. C'est très important.

Mrs Gould prit la lettre.

— Oui, bien sûr. Et bonne chance, Barty. Je croiserai les doigts aussi. Je suis sûre que vous serez parfaite.

— Merci.

Elle se retourna, descendit les escaliers et remonta dans la voiture.

— Finalement, nous retrouverons Mr Lytton à la salle de concert, Daniels.

— Parfait, Miss. Alors nous ferions bien d'y aller.

Daniels était très enclin à admirer les jolies filles et à apprécier leurs jupes courtes, à la nouvelle mode ; si tel n'avait pas été le cas, si l'une d'entre elles n'était pas justement apparue au bout de Paternoster Row, s'il ne l'avait pas repérée dans le rétroviseur alors qu'il démarrait, plus lentement qu'à l'ordinaire, il n'aurait pas vu Janet Gould sortir en courant de chez Lytton et lui faire de grands signes, en agitant une lettre. Il arrêta la voiture dans un grincement de freins.

— Oui, Mrs Gould ?

— Grâce à Dieu, je vous ai rattrapés... Tenez, Barty, mieux vaut que vous la donniez vous-même à Mr Lytton. Il vient de téléphoner, il ira directement au concert en sortant de chez les imprimeurs. Tout ira bien, ma chérie ?

— Bien sûr, dit Barty.

— Lady Celia ! Nous ne vous attendions pas...

Le ton de Brunson semblait presque réprobateur.

— Non, dit Celia, je sais.

— Un monsieur vous a appelée, Lady Celia. Mr Brooke.

Sebastian ! Elle l'avait oublié. Sebastian, qui l'attendait. Elle n'avait songé qu'à Oliver, qu'à empêcher la lettre d'atteindre Oliver. Comme c'était étonnant.

— Merci, Brunson. Je vais le rappeler. Il faut d'abord que je prenne quelque chose, dans le bureau de Mr Lytton. Et ensuite, je pense que… Pourriez-vous demander à la cuisinière de me faire une tasse de thé, s'il vous plaît ?

— Rien d'autre, Lady Celia ?

— Non. Non merci. Je mangerai peut-être un petit quelque chose plus tard.

— Très bien.

Celia monta jusqu'au bureau d'Oliver. Mais la lettre avait disparu.

— Susan ! Susan, vous êtes en bas ? Brunson ?

Elle se tenait en haut des escaliers, appelant en direction de l'office.

— Oui, Lady Celia ? dit Susan en commençant à monter les marches, suivie par Brunson.

— Susan, il y avait une lettre dans le bureau de Mr Lytton, sur sa table. L'auriez-vous changée de place, par hasard ?

— Non, Lady Celia. Je me souviens de l'avoir vue quand j'ai fait le ménage, mais je ne l'ai pas touchée.

— Et vous, Brunson, vous l'avez vue ?

— Non, Lady Celia.

— Brunson, il *faut* que je trouve cette lettre, c'est terriblement important… Quelqu'un d'autre est-il entré dans le bureau ?

— Non, Lady Celia, personne.

— Oh, mon Dieu, c'est absurde… Il faut la trouver, c'est vraiment très important ! Quelqu'un a dû la changer de place, forcément… Susan, voulez-vous la chercher tout de suite, s'il vous plaît ? Une grande enveloppe blanche – moi, je vais aller voir en haut. Vite, je veux qu'on la trouve !

Quinze minutes plus tard, on n'avait toujours pas trouvé la lettre. Sebastian qui rappelait, inquiet de ne pas la voir arriver, entendit Celia lui répondre d'une voix à demi hystérique qu'elle ne pouvait pas lui parler maintenant, qu'elle ne serait pas là pour l'heure du déjeuner comme convenu, puis le téléphone fut brutalement raccroché.

Elle se sentit défaillir tout à coup et s'assit dans la salle à manger, prenant sa tête dans ses mains. Quand elle se redressa, Brunson la regardait d'un air inquiet.

— Lady Celia, est-ce que vous allez bien ?

— Je vais parfaitement bien, Brunson, merci.

— Lady Celia, je pense soudain que Miss Barty a peut-être pris la lettre. Cela vient juste de me revenir. Elle est allée dans le bureau, pour chercher un journal à lire, et ensuite elle devait passer chez Lytton, si vous vous rappelez bien. Oui, elle a dû prendre la lettre pour la donner là-bas à Mr Lytton.

— Je vais appeler Mrs Gould, pour lui poser la question.

Ils arrivèrent à la salle de concert avec environ trois quarts d'heure d'avance. Une petite file s'était formée dehors ; Daniels bondit de son siège pour aller ouvrir la porte à Barty, puis il se tint à moitié courbé tandis qu'elle sortait, et lui tendit son cartable. Les gens n'en perdaient pas une miette.

— Bonne chance, Miss Barty. Je suis sûr que ça se passera très bien. Je vous attendrai ici après.

— Merci, Daniels.

Si elle ne s'était pas senti aussi malade de trac, elle aurait pouffé de rire.

— Vous ne voyez Wol… je veux dire Mr Lytton nulle part ?

— Pas encore. Je pense que vous devriez entrer, maintenant. D'ailleurs, il y a une dame là-bas qui vous fait signe.

— Oh ! oui, c'est Miss Harris.

Miss Harris était son professeur, qui s'approcha d'elle en souriant.

— Barty, ma chérie, bonjour… Quelle chance que vous soyez aussi en avance. Nous pouvons entrer et répéter, si vous voulez.

— Ce serait bien, oui. Daniels, vous voudrez bien dire à Mr Lytton que je suis entrée ?

— Bien sûr.

Celia se sentait soudain très calme et maîtresse d'elle-même ; l'œil du cyclone, sans doute. Elle *devait* récupérer cette lettre. Ensuite, elle pourrait recommencer à réfléchir à ce qu'elle voulait faire, à ce qu'elle pouvait faire. Mais pour le moment, ni le chagrin d'Oliver ni la rage de Sebastian n'avaient de place dans son esprit – pas plus qu'elle ne songeait seulement à ce qu'elle leur dirait à l'un et à l'autre.

Le concert commençait à deux heures et demie et il n'était que deux heures moins le quart. Oliver arriverait sans doute à la dernière minute. Elle pourrait attendre Barty dehors et récupérer la lettre ; quelle chance, qu'Oliver ait dû aller chez ces imprimeurs… Elle descendit l'escalier en courant, se précipita dans sa voiture et roula à toute allure vers Wigmore Street.

Barty monta sur la scène. Elle était la dernière à jouer avant l'entracte, et l'attente lui avait paru affreusement longue – tous ceux qui passaient avant elle jouaient si bien. Un garçon avait fait un extraordinaire solo de violon, une autre fille un mouvement du concerto pour violoncelle d'Elgar. Son propre morceau n'allait-il pas paraître mièvre, en comparaison ? Miss Harris ne cessait de lui sourire d'un air encourageant, mais cela ne l'aidait guère. À un certain moment, elle craignit même de s'évanouir, tant son cœur battait vite et ses mains étaient moites. Comment y parviendrait-elle ? Elle ne pourrait même pas arriver jusqu'au piano, ni jouer la moindre mesure.

Elle arriva au piano, s'inclina légèrement vers le public. Et là, au premier rang, il y avait Wol qui lui souriait, l'air si fier et si calme en même temps, comme s'il avait totalement confiance en elle. Et à côté de lui, oui, il y avait Oncle Jack, qui lui fit un large sourire et un grand clin d'œil ! Alors, d'un seul coup, elle se sentit très différente, calme et pleine de confiance. Elle s'assit devant le piano, posa sa partition sur le lutrin et commença à jouer.

— Daniels ! Bonjour...

— Bonjour, Lady Celia. Le concert a commencé, j'en ai peur. Ils ont fermé les portes.

— Vraiment ? dit-elle, luttant pour rester maîtresse d'elle-même, tant elle se sentait près de fondre en larmes. Il y a eu un accident sur le quai Victoria, la voiture qui était juste devant moi. Une femme était blessée, la police est arrivée et j'ai dû faire une déposition, j'ai cru que je n'arriverais jamais jusqu'ici. Est-ce que... mon mari est là ?

— Oui, Lady Celia. Et Mr Jack aussi.

— Oh ! dit-elle d'une voix blanche.

— Est-ce que vous allez bien, Lady Celia ? Vous êtes un peu pâle.

— Je... Non, je ne me sens pas très bien, Daniels, je suis désolée. Peut-être pourrais-je...

Elle s'évanouit à demi, mais Daniels la rattrapa juste à temps, au moment où elle allait tomber ; avec des mots d'apaisement, il la soutint jusqu'à la voiture, l'aida à s'installer sur le siège arrière.

— Asseyez-vous là, Lady Celia. C'est bien... Maintenant, mettez votre tête entre vos genoux, et respirez profondément. Voilà, encore une fois... C'est très bien.

Peu à peu, la nausée se dissipa ; elle se redressa doucement, prudemment. Daniels était debout à la portière et la regardait, très inquiet.

— Est-ce que vous allez mieux ?

— Oui. Merci, merci beaucoup.

— J'ai un peu de cognac ici.

Il ouvrit le bar de la voiture et en sortit une petite carafe, ainsi qu'une timbale de cristal taillé, qu'il remplit d'un doigt d'alcool.

— Prenez-en juste quelques gorgées, très lentement. Ça vous fera du bien.

— Je ne savais pas que vous aviez fait des études de médecine, Daniels, dit-elle en lui souriant.

— Pas exactement, non, mais ma mère était infirmière.

— Je vois.

Elle but une gorgée, une autre, et se sentit mieux : mais à mesure que ses forces revenaient, la panique l'envahissait de nouveau.

Elle était arrivée trop tard : Oliver était à l'intérieur de la salle et Barty aussi. Barty avait dû lui donner la lettre, il l'avait peut-être même déjà lue. Dans tous les cas, elle n'avait plus aucun moyen de la récupérer maintenant. Les choses n'auraient pas pu être pires, une vraie catastrophe. *Elle* était une catastrophe. Elle semait le chagrin sur son chemin, où qu'elle aille, quoi qu'elle fasse.

Elle se cala contre le dossier du siège, laissant aller sa tête contre la vitre. Ce fut alors qu'elle vit, sur le tableau de bord, juste en face de Daniels, une grande enveloppe. Une grande enveloppe blanche, qui portait sa propre écriture à l'encre noire : « Oliver », « Personnel » et « Urgent » : la plus belle vision de sa vie. Moitié riant, moitié pleurant, elle dit :

— Daniels, vous pouvez me donner cette lettre, s'il vous plaît ? C'est pour mon mari, je la lui donnerai moi-même.

Plus tard, rentrant à la maison au volant de sa propre voiture – après avoir assuré à Daniels qu'elle se sentait tout à fait bien –, elle songea avec une grande lassitude qu'en retrouvant cette lettre elle avait peut-être gagné une bataille, dans le vaste champ conflictuel qu'était devenue sa vie. Cependant, elle ne voyait pas comment elle pourrait gagner la guerre, ni même quel visage pourrait bien avoir la victoire.

26

— Je vous dirai tout ce que je sais, bien sûr, mais je ne suis pas certain que cela vous sera utile.

— Tout peut l'être, tout ce qui pourra clarifier l'affaire, même superficiellement.

— Oui, bien sûr. Je suis si désolé pour tout cela, dit Jeremy Bateson en reprenant sa tasse de café, je m'en sens vraiment responsable.

Peter Briscoe le regarda. Lui et Guy Worsley se ressemblaient étonnamment ; ils auraient pu être frères, presque jumeaux. Leurs mères étaient sœurs, et ils avaient grandi ensemble.

— Je ne pense pas que vous deviez vous sentir responsable, dit-il d'une voix sèche, puis il parvint à esquisser un sourire. Votre cousin, peut-être…

— Oh ! non, fit Guy, je vous en prie… Je me sens déjà assez mal comme cela. Cela vous ennuie si je fume ?

— Non, bien sûr que non. Servez-vous.

Briscoe poussa vers lui la boîte à cigarettes en argent posée sur le bureau, puis il en alluma une lui-même, aspira une bouffée et laissa échapper une ligne de ronds de fumée. Ils le regardèrent faire, impressionnés, et il sourit.

— Vieux truc mondain... Allons-y, Mr Bateson. Il faudrait que nous en sachions le plus possible sur ces gens, pour évaluer quelle possibilité réelle ils ont de plaider la diffamation, et d'obtenir une ordonnance de référé.

— D'accord. Allons-y.

— En premier lieu, cet homme, Lothian... À quoi ressemblait-il vraiment ?

— Oh... plutôt excessif, je dirais. Oui. Habillé pour un auditoire. Tout le temps en représentation, avec ses capes flottantes, ses énormes nœuds de cravate, ce genre de choses. De longs cheveux ondulés, et un long porte-cigarette. S'il n'avait pas eu une femme et des enfants, on aurait pu penser qu'il était homosexuel.

— Je vois. Et elle, à quoi ressemblait-elle ?

— Très belle, assez majestueuse. Des cheveux auburn, des yeux verts, et toujours magnifiquement habillée. Elle avait même une petite voiture personnelle et elle était sans arrêt sur les routes. Beaucoup d'argent personnel aussi.

— Dans le livre, intervint Guy, elle n'est vraiment pas très séduisante. Elle est riche, d'accord, et aussi très bien habillée, mais la ressemblance s'arrête là. La Mrs Buchanan du roman a une personnalité plutôt dure et sévère, même si les étudiants l'apprécient dans l'ensemble, une fois qu'ils ont appris à la connaître, surtout les filles. D'ailleurs, c'est pour cela au départ que la fille avec qui Buchanan a une liaison leur rend si souvent visite. Et bien sûr, dans le livre, sa femme quitte Buchanan quand la liaison est découverte, alors que Mrs Lothian est toujours là-bas, n'est-ce pas ?

— Oui. Et je ne crois pas que les gens appréciaient Mrs Lothian, dit Bateson, elle ne paraît pas avoir eu beaucoup d'amis. En réalité, si quelqu'un avait eu une liaison dans la famille, ç'aurait plutôt été elle.

Briscoe le regarda.

— Intéressant. Et les enfants, à quoi ressemblaient-ils ?

— La fille était très gentille. Elle devait avoir une vingtaine d'années en 1912, quand je suis entré à l'université. Quant au fils, ce n'était assurément pas un objecteur de conscience. Au contraire, il s'est engagé et il est parti pour la guerre aussitôt qu'il a pu.

— La fille était jolie ?

— Non, pas vraiment. Elle était très timide, aussi. Tout le monde a été très surpris quand elle s'est fiancée. Mais ils ne se sont jamais mariés, il... il a eu les deux bras arrachés. Elle voulait l'épouser quand même mais il a refusé, disant qu'elle ne devait pas se sacrifier ainsi. Il est parti vivre avec ses parents en Écosse, je crois.

— Comme c'est triste, dit Briscoe, que de tragédies la guerre a causées...

— Oui. Elle s'est plongée à corps perdu dans le travail, en donnant des cours à Girton, je crois.

— J'en ai fait une musicienne, commenta Guy, dont le fiancé a été tué et non pas mutilé. Cela me semblait mieux choisi, non ?

— Mr Worsley, je suis pleinement conscient des différences entre la réalité et votre livre, merci.

Peter Briscoe commençait à trouver Guy Worsley pénible, avec ses autojustifications.

— Mr Bateson, courait-il des bruits sur le fait que Lothian avait une liaison ?

— Beaucoup, oui. Sur une fille en particulier, qui était souvent chez eux. Et on le voyait aussi avec elle en train de se promener, en ville ou ailleurs.

— Y a-t-il eu un scandale public ?

— Non, rien de concret. Pas lorsque j'étais là-bas, en tout cas. Avec du recul, je dirais plutôt qu'il provoquait lui-même ces rumeurs. Pour le plaisir de faire des histoires, vous comprenez ?

— Donc ce qui reste, en définitive, dit plus tard Briscoe à Oliver, c'est un minimum de similitudes. Le professeur ressemble beaucoup à votre héros, et il y a eu des bruits sur une liaison : à part cela, et la fortune de la femme, ils ont peu d'éléments sur lesquels s'appuyer. Bon, une fille au cœur brisé, mais pour des motifs assez différents.

— Êtes-vous en train de me dire que nous n'avons pas vraiment de raisons de nous inquiéter ?

— J'ai peur, hélas, que nous n'ayons beaucoup de raisons de nous inquiéter. Ce serait malhonnête de ma part de vous dire le contraire.

— Mr Brooke désire vous voir, Lady Celia.

— Je crains de ne pas pouvoir pour le moment. Dites-lui… demandez-lui d'attendre à la réception, Miss Scott, s'il vous plaît. Je descendrai dans un quart d'heure environ.

— Bien sûr, Lady Celia.

Elle avait à peine reposé le téléphone que sa porte s'ouvrit brutalement et que Sebastian entra. Celia ne se rappelait pas avoir vu quelqu'un d'aussi furieux de toute sa vie ; sa voix était basse, mais pleine de violence contenue.

— Au nom de Dieu, qu'est-ce que tu crois être en train de faire, au juste ? lui dit-il. Tu me dis que tu m'aimes, que tu vas quitter ton mari pour moi, que tu lui en as déjà parlé…

— Sebastian, calme-toi. Ce n'est pas un endroit pour avoir ce genre de discussion…

— Je suis calme, et c'est au contraire l'endroit idéal. Tu me dis que tu le quittes, tel jour, à telle heure. Je t'attends toute la journée, pendant de longues, longues heures. Je t'appelle et tu me dis que tu vas me rappeler, le téléphone reste muet. Toute une journée et toute une nuit.

— Sebastian, arrête !

— Toute une putain de nuit ! Chaque voiture, chaque pas que j'entends, je crois que c'est toi. Pas un message, pas un coup de téléphone, rien. Rien du tout ! Et puis, aujourd'hui, tu me fais dire par l'intermédiaire de ta réceptionniste d'attendre quinze putains d'autres minutes. Ou quinze heures, pourquoi pas ? Ça serait sûrement pareil pour toi ! Comment oses-tu, Celia, comment oses-tu me traiter ainsi ?

— Je…

— Non, ne dis rien ! Je ne veux pas entendre d'explications, de justifications, d'arguments, ni n'importe quelle autre saleté d'absurdité ! Ta conduite est scandaleuse, *tu* es scandaleuse ! Tu manques complètement de courage, et d'honnêteté, et d'humanité, et tout simplement de courtoisie ! Tu m'écœures, tu m'écœures absolument !

Il alla jusqu'aux canapés et se laissa tomber dans l'un d'entre eux.

— Je ne te comprends pas, Celia… Qu'as-tu dans la tête ?

— Sebastian, s'il te plaît…

— De toute façon, je pars, c'est décidé.

— Tu pars ? Où ?

— Pour l'Amérique. On m'a organisé une longue tournée de conférences. J'ai reçu une offre d'un éditeur américain. J'en avais déjà assez de tout cela, et de toi, mais je ne t'en avais pas parlé, parce que je n'étais pas encore prêt psychologiquement. Dans ma grande folie, je te croyais sincère. Il y avait toujours un dernier problème à résoudre – de ton côté, cela va sans dire. Ton mari, tes enfants, ta carrière, ta vie…

Je me rappelle à peine une occasion ou deux où j'étais concerné. Cela aurait dû me mettre la puce à l'oreille, me faire comprendre ton égocentrisme et ton absence totale d'intérêt pour tout ce qui me concerne. De toute façon, je pars. Je suis impatient de quitter cette ville, ce pays, d'être loin de toi et de tout ce qui t'entoure. C'est vraiment une chance que je n'aie pas signé ce contrat pour *Méridien – Époque II*. Macmillan m'a fait une offre très généreuse, et Collins attend, paraît-il, de m'en faire une encore plus importante.

— Sebastian, tu ne peux pas accepter !

— Ah ! Nous y voilà. Peu importe de perdre ton amant, mais perdre ton auteur à succès, ta découverte, ton protégé, c'est sérieux ; cela te ferait vraiment mal... Eh bien j'espère que ce sera le cas, Celia, que cela te fera terriblement souffrir, autant que tu m'as fait souffrir.

Il la regarda puis lui dit, plus doucement :

— Je t'aimais tant... J'aurais fait n'importe quoi pour toi. Je serais mort pour toi, si tu me l'avais demandé...

Elle ne répondit rien.

— Je ne crois pas, reprit-il, que tu aies la moindre idée de ce qu'est l'amour. Sauf l'amour pour toi-même, bien sûr. Tu es très éprise de Lady Celia Lytton, et cela ne laisse pas beaucoup de place dans ton cœur pour un autre sentiment, visiblement. Au revoir, Celia, dit-il en se levant. Désolé d'avoir pris autant de ton temps et de t'avoir dérangée aussi longtemps.

— Celia, il y a quelque chose dont j'aimerais te parler.

— Je te demande pardon ?

Elle regarda Oliver à l'autre extrémité de la table du dîner ; toute la journée, elle était restée prisonnière d'une sorte d'épais et douloureux brouillard, et elle n'en était toujours pas sortie.

— Je te disais qu'il y a quelque chose dont j'aimerais discuter avec toi.

— Oliver, je suis très fatiguée, extrêmement fatiguée, parvint-elle à dire.

Il la regarda avec attention.

— Tu as l'air très pâle, c'est vrai. Oui, tu devrais te coucher de bonne heure, essayer de dormir. Mais avant cela, je veux juste te dire que nous devons discuter de la situation de Lytton avec PM, de toute urgence. Nous allons avoir d'énormes problèmes, j'en ai peur. En tant qu'associée, elle a le droit d'être au courant. De plus, ses avis sont toujours judicieux, j'aimerais bien savoir ce qu'elle en pense.

— D'énormes problèmes ? répéta-t-elle stupidement. Quel genre de problèmes, Oliver ?

— Eh bien, il y aura déjà cette action en justice des Lothian, selon toute vraisemblance. Qui risque de nous coûter très cher, à moins qu'ils ne laissent tomber, mais c'est très peu probable.

Finalement, c'était une bonne chose : quelque chose qui la distrairait, qui anesthésierait sa douleur. Car c'était une douleur concrète, matérielle, revenant par vagues, comme celle de l'accouchement.

— Par ailleurs... je crains que nous ne soyons sur le point de perdre Brooke.

— Vraiment ?

Rester calme, ne pas le regarder. Prendre un autre verre de vin.

— Oui, j'en ai peur. Paul Davis m'a téléphoné aujourd'hui, Macmillan lui a fait une offre avec laquelle je ne peux pas rivaliser. Sûrement pas en ce moment. Je me sens furieux et blessé, bien sûr, mais en toute honnêteté, je ne peux pas le blâmer.

— Je suis tellement navrée, Oliver.

Parce que c'était sa faute à elle, en vérité.

— Je suis navrée, répéta-t-elle.

— Voilà. Et puis…

Il baissa les yeux, joua avec son couteau à fruit.

— … il y a aussi l'histoire de la collection de Jack. Même si le livre sur la révolte des Cipayes ne devrait pas trop mal marcher, je crois, il a coûté très cher, trop cher.

Il releva les yeux, croisa son regard.

— Une erreur de jugement de ma part, j'en ai peur.

— J'en ai fait beaucoup, Oliver, dit-elle doucement. De plus, tu ne sais pas encore quel peut en être le résultat.

— Je pense que je peux le prévoir. Et je n'ai pas l'intention de le laisser commander de nouveaux livres, pour le moment en tout cas. Dans l'immédiat, nous devons faire fructifier le fonds, et lancer de nouveaux auteurs qui se vendront bien. Donc, il faut prendre une décision quant à…

Il la regarda encore, puis baissa les yeux vers son verre de vin.

— … quant à l'avenir de Jack dans la maison. Au mieux, je lui dirai qu'il n'y aura plus de livres militaires pendant une bonne année.

— Je vois.

— Et il faut vraiment demander l'avis de PM. Tu n'es pas d'accord ?

— Si, Oliver, bien sûr.

— Lytton a répondu, annonça Howard Shaw. Ils disent qu'il n'est pas question que le livre soit réécrit, pas même en partie, et qu'ils ont l'intention de poursuivre la publication comme prévu.

— Je vois. Donc…

— Donc, je pense que nous devrions leur répondre, et les prévenir que nous demanderons une ordonnance de référé.

— Et vous pensez que nous l'obtiendrons ?

— Je suis assez confiant. Et si nous ne l'obtenons pas, si le juge se prononce contre nous et qu'ils publient le livre, alors nous pourrons à coup sûr les poursuivre pour diffamation. Et je pense que nous obtiendrons des dommages-intérêts considérables.

Il y eut un moment d'hésitation, puis Jasper Lothian passa la main dans ses cheveux gris et dit :

— Très bien. Faites pour le mieux.

— Il faut que je vous demande encore une chose... Pardonnez-moi, mais le juge le fera : vous êtes certain qu'aucun détail gênant de votre vie privée ne risque de surgir devant le tribunal ?

— Absolument certain. Il n'y a jamais eu de liaison avec aucune fille, à aucun moment.

— Vous êtes prêt à le jurer sous serment ?

— Bien entendu.

— Je me sens tellement stupide, dit Guy Worsley d'un air sombre, tellement stupide...

— Tu ne pensais pas à mal, commenta Jeremy Bateson, plutôt vainement.

— Non, bien sûr que non... Il n'empêche, comment ai-je pu être aussi idiot ? Mais la fille, celle sur qui il y avait des rumeurs... tu penses qu'elle est toujours là-bas, à Cambridge ?

— Cela m'étonnerait beaucoup, dit Bateson en souriant. C'était il y a longtemps...

— Oui. Tu ne te rappelles pas son nom ?

— Je pense que son prénom était Sarah. Ou Sally. Ou même Susan. Quelque chose commençant par un S. Mais ça peut très bien être un B ou un W. Je regarderai dans mes dossiers. Si je vois le nom, je le reconnaîtrai sûrement. J'ai gardé de vieilles coupures de journaux, les listes des diplômés... Je vais les ressortir ce soir.

— Elles sont dans ton appartement ?

— Oui.

— Je vais venir t'aider.

Quelques heures plus tard, Jeremy Bateson releva les yeux de ses piles de journaux et sourit triomphalement à Guy.

— Je l'ai trouvée !

— Non ! Vraiment ?

— Ouais. Susannah ! C'était elle, Susannah Bartlett.

— Fantastique ! s'écria Guy, fantastique. Bon Dieu, quel soulagement ! Bien joué, Jeremy... Où habite-t-elle ? Oh, je suis si impatient de le dire à ce vieux Lytton...

— Attends..., dit Jeremy. Elle peut être n'importe où aujourd'hui.

— Comment peut-on la trouver, alors ?

— On peut écrire aux responsables de l'université, leur demander s'ils ont son adresse. C'est la seule chose qu'on puisse faire.

— Alors, allons-y, qu'est-ce qu'on attend ?

Lily regardait Jack ; il avait un sourire absurde sur le visage et il était debout sur sa chaise, dansant le one-step. Plutôt mieux que d'habitude, d'ailleurs, mais il y avait chez lui un certain air qu'elle n'aimait pas. Les yeux brillants, euphorique, presque égaré. Lily connaissait cet air : c'était la cocaïne qui le lui donnait.

Jack l'avait découverte récemment et en prenait beaucoup trop. Il riait aux avertissements de Lily, mais celle-ci était très inquiète, sans compter que cela coûtait très cher. Jack parlait beaucoup, de son poste important dans l'édition, de sa pension de l'armée, de l'héritage de son père. Lily savait que rien de tout cela n'allait bien loin.

Ses ardoises s'accumulaient partout ; chez ses tailleurs, chez ses bookmakers, chez Berry Bros, le marchand de vin, dans ses clubs. Quand il vivait chez Oliver et Celia, il y arrivait tout juste. Maintenant, il avait un loyer à payer, de la nourriture à acheter, une femme pour s'occuper de l'appartement et de son linge. Ses dettes croissaient à grande vitesse et Lily s'en alarmait. Elle avait dix ans de moins que lui, mais avait l'impression d'en avoir dix de plus. Elle l'aimait énormément. On l'avait même déjà entendue déclarer, quand elle avait bu assez de champagne pour que sa langue se délie – ce qui était rare, parce qu'elle savait qu'il était plus sage pour une langue de rester liée – que, si la moitié d'une chance se présentait, elle pourrait tomber amoureuse de Jack.

Elle avait débuté cette relation parce qu'elle l'aimait bien et qu'il l'attirait ; il lui achetait de charmants cadeaux et ils passaient de très bons moments ensemble. Mais elle ne s'était jamais attendue à davantage – se retrouver aussi éprise de lui avait été un choc pour elle.

Elle était réaliste et savait qu'une fois passée la première fièvre il devait y avoir plus que le sexe, bien plus, pour qu'un mariage marche. Ses parents formaient un couple merveilleusement heureux et elle voyait bien pourquoi : ils s'aimaient, bien sûr, mais surtout ils étaient semblables, venaient du même milieu, partageaient les mêmes vues, avaient les mêmes ambitions, les mêmes espoirs, les mêmes craintes. Elle et Jack ne pourraient jamais être ainsi. Un soir où elle cherchait à définir ce qui les différenciait, elle avait dit à son amie Crystal que Jack était comme un cheval de course, plein de brio, mais juste capable de filer d'un point A à un point B si on lui disait exactement quand et comment. Elle-même était plutôt l'un de ces poneys sauvages qu'elle avait vus un jour, au cours d'une excursion dans le New Forest – très attachée à sa liberté, très capable de se prendre en charge, aussi.

— Et je n'ai pas l'impression qu'un poney sauvage et un cheval de course aient beaucoup d'avenir ensemble. Aucun des deux n'aimerait vraiment ce que l'autre a à lui offrir.

Crystal avait répondu qu'elle comprenait ce que Lily voulait dire, mais elle avait ajouté qu'au moment critique le cheval de course pouvait être très reconnaissant envers le poney sauvage qu'il lui indique où aller et quand.

De toute façon, pour le moment, nul besoin de penser à l'avenir : le présent se passait parfaitement bien depuis qu'il y avait le petit appartement dans Sloane Street, où ils pouvaient se retrouver quand ils le voulaient. Ou plutôt quand *elle* le voulait ; elle avait dû se montrer très ferme là-dessus, et elle avait préservé son indépendance.

Ce soir en tout cas, il lui faudrait visiblement le ramener. Il était dans un état critique, et elle ne serait rassurée à son sujet que lorsqu'il serait dans son lit, avec elle à ses côtés. Car l'autre raison pour laquelle Jack aimait la cocaïne – et elle aussi, disons-le –, c'était l'effet qu'elle avait sur la vie sexuelle.

Jack n'avait pas très envie de rentrer tout de suite, mais une heure plus tard, il s'était beaucoup assagi. Ils prirent un taxi pour Sloane Street et le trajet se passa bien. Or une fois là-bas, il se laissa tomber dans un fauteuil devant la cheminée et lui avoua que les événements chez Lytton ne se déroulaient pas comme il l'espérait. Il y avait eu une grande réunion aujourd'hui même, avec Oliver, Celia et sa sœur, et tout compte fait, il allait peut-être devoir chercher une autre activité.

— Et je n'ai pas la moindre idée de ce que cela pourrait être. Je ne suis bon pour rien, soupira-t-il, et il ajouta tristement qu'il avait même pensé à retourner dans l'armée. Au moins cela, je sais le faire convenablement. Oh, Lil ! s'exclama-t-il, parvenant à sourire tandis qu'elle l'embrassait, allons au lit… C'est une idée bien meilleure que toutes ces histoires trop sérieuses.

En effet, c'était une bien meilleure idée. Jack n'était pas toujours l'homme le plus délicat du monde, mais au lit, il devenait sensible, original, attentif – l'amant presque parfait. Pour finir, il s'endormit dans les bras de Lily, heureux et apaisé ; mais elle resta longtemps éveillée, la tête pleine d'images de chevaux de course sans cavaliers…

— PM, dit Celia, tu viens dîner avec nous ce soir, n'est-ce pas ?

— Je… je ne peux pas, malheureusement, répondit-elle non sans embarras. J'ai beaucoup à faire.

Elle se demanda pourquoi elle faisait tant de mystères, surtout avec Celia. Celia avait toujours été si discrète et si peu inquisitrice avec elle, ne posant jamais de questions, ne laissant même jamais entendre qu'elle voulait en savoir plus que ce que PM lui racontait. Mais… tout simplement, elle ne voulait parler de Gordon Robinson à personne. Et certainement pas expliquer qu'ils allaient au cinéma ce soir.

— J'ai vraiment à faire, répéta-t-elle, en souriant le plus gentiment qu'elle put.

— Bien sûr, je comprends. Oh ! ma chérie, es-tu très fâchée contre nous ?

— Pas fâchée, non, répondit-elle vivement, juste désolée. Tout cela n'est guère ta faute. L'augmentation des coûts concerne tout le monde, quant à cette affaire de diffamation, qui aurait pu la prévoir ? Mais les frais de fabrication du livre de Jack, avec des commandes aussi modestes… c'était stupide de la part d'Oliver.

— Tu l'as encouragé à engager Jack, souviens-toi.

— Je sais, mais lui laisser la bride sur le cou comme cela, c'était absurde. Je l'aurais fait commencer par un petit emploi éditorial – d'ailleurs, tu aurais pu conseiller cela à Oliver, non ?

— Pas vraiment, non.

PM la regarda et soupira.

— Peut-être que non, tu as raison. Oliver est capable d'une telle obstination parfois. Mais, Celia… perdre Sebastian Brooke maintenant, c'est si dommage. Tu n'aurais pas pu le convaincre de rester chez nous ? Vous aviez l'air de bien vous entendre. Peut-être que nous pourrions lui parler ensemble, je peux regarder les comptes et voir si…

Rien n'aurait pu lui laisser prévoir ce qui suivit ; Celia se leva, prit une grande inspiration et marcha vers l'un des canapés, pour se pencher au-dessus, tête baissée ; puis elle parut s'effondrer, tomba à moitié sur les genoux. PM se précipita, la saisit pour l'aider.

— Celia ! Ma chérie, qu'est-ce que tu as ?

Son teint avait pris une couleur effroyable, d'un blanc verdâtre.

— Rien. Je manque juste un peu d'air, il fait si chaud en ce moment.

— Tu as une mine épouvantable. Je vais chercher Oliver.

— Non ! Non, il ne faut pas qu'il sache. Il a tant de soucis, poursuivit-elle plus doucement, et angoissé comme il l'est… Je t'en prie, non. Mais peut-être pourrais-tu m'aider à descendre jusqu'à ma voiture, d'ici une minute. Je rentrerais bien à la maison.

— Je vais conduire. Tu n'es pas en état de le faire.

— PM, non…

— Celia, je t'en prie. Et je dirai à Oliver que nous allons parler du problème Brooke au calme là-bas. D'accord ?

Celia acquiesça faiblement.

— Oui, très bien. Du moment que ça reste un prétexte. Il n'y a rien à dire à ce sujet, j'en ai peur.

PM conduisit jusqu'à la maison en silence ; elle était inquiète. Elle n'allait pas se mettre à poser des questions, pas plus que Celia ne le faisait elle-même, aussi n'ouvrit-elle la bouche que pour parler du temps. Et aussi pour lui apprendre que Jay, non seulement lisait couramment, mais qu'il montrait un grand intérêt pour l'histoire d'Angleterre.

— Extraordinaire, non, pour un enfant de sept ans ?

— Extraordinaire, répéta Celia.

Quand elles atteignirent Cheyne Walk, Celia lui dit :

— Cela va aller maintenant. Je sais que tu as des choses à faire, je te remercie beaucoup.

— Je veux te voir installée dans ta chambre, dit PM d'une voix ferme.

Tout était calme dans la maison ; les enfants étaient toujours à Ashingham. Elle monta avec Celia, la soutint jusqu'à son lit.

— Allonge-toi un moment. Tu as sans doute juste besoin d'un peu de repos, tu n'en prends jamais. Tu veux quelque chose ?

— Je... eh bien, une tasse de thé me ferait du bien, oui. Avec du sucre, s'il te plaît.

PM descendit dans l'entrée où Brunson attendait, l'air inquiet.

— Est-ce que tout va bien, Miss Lytton ?

— Parfaitement bien, Brunson, merci. Mais Lady Celia aimerait une tasse de thé, avec du sucre. Elle ne s'est pas sentie très bien au bureau, alors je l'ai ramenée à la maison. Je la lui apporterai moi-même.

— Bien, Miss Lytton.

Pendant que PM attendait l'arrivée de Mary avec le plateau, le téléphone sonna et Brunson répondit. C'était Oliver ; une longue conversation s'ensuivit. PM regarda sa montre : il était tard, elle voulait avoir le temps de porter son thé à Celia et de passer un petit moment avec elle, avant d'aller retrouver Gordon Robinson. Aussi décida-t-elle d'aller le chercher elle-même à la cuisine. Elle poussa la porte de service et commença à descendre l'escalier quand elle entendit Daniels qui disait :

— Encore pas bien, hein ? Je parie qu'on va entendre des petits bruits de pas d'ici quelques mois.

— Mr Daniels, taisez-vous, dit la voix de la cuisinière. Mary, montez ce plateau à Miss Lytton et...

PM retourna rapidement dans l'entrée et s'assit sur une chaise, feignant de lire le journal. Quand elle fut de retour dans la chambre de Celia, elle lui répéta la phrase qu'elle lui avait dite, quelques années plus tôt :

— Pourquoi ne m'en as-tu pas parlé ?

— Ne le dis pas à Oliver, s'il te plaît.

Elle s'assit, le visage écarlate maintenant, les yeux brillants, et commença à boire son thé à petites gorgées.

— Il ne sait pas encore. Il s'inquiète tellement à propos de tout, ça n'arrangerait vraiment pas la situation.

— Je me tairai, ne te fais pas de souci. La naissance du bébé est prévue pour quand ?

— Je ne sais pas au juste. Février, je pense.

— Cela ne te ressemble pas d'être aussi vague...

— Non, mais... avec tous ces autres soucis, d'une certaine façon, je...

Elle ne poursuivit pas.

— Je ne dirais pas que je t'envie, affirma PM en lui souriant, mais je suis sûre que tout le monde sera heureux.

— Oui. Maintenant, pars vite. Tout ira bien.

Mais alors que PM se retournait à la porte pour lui adresser un dernier sourire, elle vit Celia s'essuyer les yeux du dos de la main.

Le film était excellent, une comédie avec Charlie Chaplin, mais il ne divertit pas véritablement PM. Pendant que tout le monde – y compris Gordon Robinson – riait aux éclats, elle continuait à s'inquiéter au sujet de Celia. Après la séance, il suggéra qu'ils aillent dîner :

— Quelque chose de rapide, peut-être un peu de saumon fumé ?

PM le remercia, mais lui dit qu'elle devait vraiment rentrer.

— Alors, je vous raccompagne chez vous.

Il était charmant, gentil, généreux… Manifestement, il était déçu que la soirée tourne court, pourtant la seule chose dont il s'inquiétait, c'était la façon dont elle rentrerait chez elle.

— Je vous en prie, je vais prendre le train.

— Toute seule ? À cette heure de la nuit ?

— Mr Robinson…

— Gordon, s'il vous plaît.

— Gordon. Et il faut que vous m'appeliez PM.

— Quel nom étrange…

— Je sais. Ce sont des initiales, mais je ne sais pas si j'ai envie de vous expliquer ce qu'elles signifient.

— Alors, je ne poserai pas de question. Maintenant, venez, ma voiture est près d'ici. Je vais vous reconduire chez vous, je n'ai nullement l'intention de vous laisser prendre le train toute seule.

Ils roulèrent jusqu'à Hampstead en silence, mais c'était un silence naturel, amical. PM se sentit très heureuse, soudain.

Il refusa d'entrer prendre un dernier verre, parut même plutôt choqué qu'elle le lui ait proposé, et elle s'endormit moins heureuse, presque anxieuse. Leurs mondes étaient si différents : il était si respectable, si rigide dans ses opinions, et elle – eh bien, elle était mère célibataire. Cela ne marcherait jamais. Il fallait qu'elle y mette fin rapidement, avant que cela devienne plus difficile.

27

— Bien, Lady Celia.

Elle croisa le regard du Dr Perring et quelque chose passa entre eux, un lien, une sympathie.

— Il faut que vous preniez soin de vous, mais vous avez de la chance, vous bénéficiez du soutien de beaucoup de gens. Et je suis sûr que les autres enfants vont être ravis.

Le seraient-ils s'ils savaient que le bébé n'était – peut-être – que leur demi-frère ou leur demi-sœur ? Non ! ils seraient hostiles, furieux contre elle et contre le bébé, ils prendraient le parti de leur père contre lui.

— Et... votre mari ?

— Oui ?

— Vous le lui avez dit ?

— Non, pas encore.

— N'attendez pas trop. Il a le droit de savoir.

À quoi cela mènerait-il ? À ce qu'Oliver puisse se débarrasser d'elle, divorcer, la jeter dehors ? À ce qu'elle puisse enfin oser lui dire qu'elle le quittait, une fois pour toutes ? Et Sebastian ? Il méritait de savoir, lui aussi. De toute façon, quoi qu'elle dise, quoi qu'elle fasse, elle aurait tort. Tort de parler, et tort de se taire ; tort de rester avec Oliver, et tort de partir.

— Mr Lytton n'est pas un homme... très sûr de lui, vous savez, poursuivit le Dr Perring. Or une famille heureuse est le plus beau cadeau qu'un mari puisse recevoir. Vous avez donné cela à Oliver, Lady Celia, vous l'avez rendu très heureux. Et le bonheur est la meilleure des médecines. Ce bébé pourrait donc être très bénéfique pour lui.

— Oui, dit-elle.

À cet instant, à cause de ce mot, « pourrait », elle sut qu'il avait tout compris. Et qu'il lui donnait un conseil, un conseil précieux, plein de sagesse.

— Je n'aime pas du tout la façon dont le monde évolue, dit-il, en commençant à ranger ses affaires dans sa sacoche. Il me semble que nous avons perdu beaucoup des anciennes valeurs.

— Oui, vous avez sans doute raison.

— Bien sûr, ce sont les gens de ma génération qui parlent ainsi. Je suis bien plus vieux que vous, plus près de l'âge de votre père. Il faudra que je pense à me retirer d'ici cinq ou six ans, sourit-il. Mais... les vieilles traditions me semblent toujours les meilleures : le mariage et la famille comme fondations du bonheur. Fondations qui peuvent supporter beaucoup d'épreuves, vous savez. On peut même les malmener assez rudement, elles tiennent le coup. Mais rejetez-les, ou pis, déracinez-les, et la maison s'écroule. Sur tous ceux qui se trouvent à l'intérieur.

Il pensait manifestement qu'elle devait rester : garder le silence, continuer comme si de rien n'était. Faire semblant.

— Je dois y aller, dit-il en lui souriant. Je voulais vous dire que je vous ai toujours admirée, Lady Celia. La façon dont vous menez de front votre carrière et votre famille, le courage que vous avez montré durant la guerre, en continuant à faire marcher Lytton. Votre générosité envers Barty...

— Oh ! dit-elle en soupirant… Il y a beaucoup de gens qui me critiquent à ce sujet.

— J'imagine, oui. Les gens adorent vous expliquer comment vous auriez dû agir, alors qu'en général eux-mêmes ne font rien du tout, pour personne. Bien sûr, la situation n'est pas parfaite pour cette enfant, mais vous lui avez offert une vie et des perspectives qu'elle n'aurait jamais eues. Et quand elle deviendra une jeune femme charmante et intelligente et qu'elle prendra sa place dans le monde, alors vous aurez de grandes raisons d'être fière.

— Vous pensez vraiment ce que vous dites ?

Pourquoi pleurait-elle ? Que lui arrivait-il ?

— Bien sûr que je le pense… Si elle avait été abandonnée à son sort, elle serait sans doute mère elle-même aujourd'hui. Écrasée par la lutte contre la saleté, la fatigue et la pauvreté, comme sa propre mère. N'écoutez pas ce que disent les autres, soyez satisfaite de vous et de ce que vous avez fait. Quant à vos jumelles, elles…

— D'après mon mari, elles finiront soit en prison, soit comme les premières femmes Premiers ministres, dit Celia en lui souriant à travers ses larmes.

— Je choisirais plutôt la seconde possibilité. Ce sont des enfants remarquables, et ravissantes aussi, comme leur mère. Et Giles est un vrai jeune homme à présent. Vous avez créé une merveilleuse famille, ma chère, ce qui n'est pas facile. Et vous ne devez pas…

— Je ne dois pas quoi ? Dites-le-moi, Dr Perring. J'ai besoin de conseils.

— Oh ! là, là ! Donner des conseils est une périlleuse entreprise. Tout ce que je m'apprêtais à vous dire, c'était que vous devez reconnaître combien vous avez réussi et continuer à le faire, c'est tout. Je dois vraiment partir maintenant. Prenez beaucoup de repos et venez me voir dans un mois. À moins que vous n'ayez besoin d'une consultation avant, bien entendu.

Celia s'approcha de lui et l'embrassa.

— Merci. Je vous suis si reconnaissante.

Le visage du Dr Perring en rosit de plaisir.

— Mon Dieu, vous n'avez pas à l'être… Tout ce que je vous souhaite, c'est d'être heureuse, souvenez-vous-en. Vraiment heureuse.

Sa mère lui avait donné à peu près les mêmes conseils dans des termes qui lui ressemblaient. Sois heureuse, être malheureuse ne sert à rien. Sauf qu'elle n'était pas heureuse, bien au contraire. Et quoi qu'elle fasse, où qu'elle aille, davantage de chagrin l'attendait ; c'était une perspective menaçante, effrayante, même.

— Oh, mon Dieu, dit-elle à voix haute après le départ du médecin, en posant la tête dans ses bras sur son bureau, mon Dieu, qu'ai-je fait ? Qu'ai-je fait à tout le monde ?

Le Secrétariat
St Nicholas College
Cambridge
Cher Mr Bateson,
Merci pour votre lettre. Nous avons été heureux d'apprendre que vous avez bien survécu à la guerre, et que vous êtes satisfait de votre carrière d'enseignant.

Je peux seulement vous donner l'adresse de la famille de Miss Bartlett, car elle ne fait pas partie des étudiants qui sont restés en relation avec l'université. Mais ses parents pourront certainement lui faire suivre votre lettre. Leur adresse est le 42, Garden Road, Ealing, Londres, W5, et le nom de son père est Mr W. R. Bartlett. J'espère que cela vous sera utile, et je suis impatient de vous voir à notre prochaine réunion. Si vous réussissez à retrouver

Miss Bartlett, vous pourrez peut-être la persuader de vous y accompagner !

Bien à vous,

W. Stubbs

(Secrétaire de St Nicholas College)

— Excellent, dit Guy quand Jeremy lui montra la lettre, formidable. Bien joué, mon vieux.

— Ce n'est rien… Espérons juste que Mr Stubbs ne soit pas trop lié au vieux Lothian.

— Même s'il l'était, comment pourrait-il soupçonner quelque chose ? Ce n'est qu'une requête innocente, après tout.

— C'est vrai. Et maintenant, qui va lui écrire ? Moi, en tant qu'intermédiaire, ou toi ?

— Il vaut mieux que ce soit moi, non ? Puisque de toute façon je devrai la voir ensuite…

— Tu as raison.

— Je vais lui dire que je suis journaliste et que je fais une enquête.

Les enfants rentraient tous à Londres, et Jay en était indigné.

— C'est pas juste, pourquoi je peux pas y aller moi aussi ?

— Tu n'habites pas là-bas, dit Barty. Et tu as bien de la chance.

Giles la regarda.

— Pourquoi, n'aimes-tu pas Londres ?

— Quand je serai grande et que je serai un écrivain célèbre, je vivrai à la campagne.

— Tu pourrais vivre ici.

— Non, je ne pourrais pas, Giles, voyons. Tu le sais bien.

Elle semblait nerveuse et elle l'était en effet, comme souvent quand la question de ses origines était soulevée, même indirectement. Giles en était embarrassé, et désolé pour elle. Il voyait bien pourquoi cela la perturbait autant ; sa position devenait si complexe, à mesure qu'elle grandissait. Qu'arriverait-il quand elle serait vraiment une jeune fille, c'est-à-dire dans peu d'années ? Resterait-elle chez les Lytton, comme un de leurs enfants à part entière, ou retournerait-elle dans sa propre famille ? Sans doute pas, même si elle en parlait avec une sorte de nostalgie. Cela ne pourrait pas marcher, elle n'était plus comme eux. Billy était un beau garçon, sympathique, mais il était à des années-lumière de Barty en termes d'éducation... ne fût-ce que dans leurs manières, leur façon de s'exprimer. Et quel genre d'homme épouserait-elle ? Ce serait très difficile pour elle de choisir. Ce qui était prévisible, c'est que les prétendants seraient nombreux. Elle était si jolie maintenant, si charmante ; Giles ne pouvait songer à aucune autre fille dont il appréciât davantage la compagnie.

Ces vacances d'été avaient été merveilleuses, il lui avait appris à jouer au tennis et elle se débrouillait très bien.

— Maintenant, il faut que je rentre, lui avait-elle dit, ma mère n'est pas bien.

— Vraiment ?

— Ça fait longtemps qu'elle est malade. J'ai reçu une lettre de Frank l'autre jour, il dit que la santé de notre mère l'inquiète sérieusement, et je veux l'emmener voir un médecin.

— Elle est malade depuis plusieurs semaines et elle n'a même pas vu un médecin ? dit Giles, incrédule. Mais bon sang, pourquoi ?

— Parce qu'elle ne peut pas se le permettre, répondit Barty, non sans impatience, voilà pourquoi.

— C'est affreux, vraiment...

— Lily, mets ton manteau et viens…

— Pourquoi ? Je suis bien ici.

— Une très grande chasse au trésor. On est trente pour le moment, trente voitures, je veux dire, et le premier indice est à Buckingham Palace. Viens, chérie, ou on arrivera les derniers…

— Ce n'est pas une course, n'est-ce pas ?

— Bien sûr que si, c'est une course. Quel est l'intérêt d'une chasse au trésor, sinon ?

Lily le regarda ; il était rouge, il avait bu – et elle avait une journée très chargée le lendemain. Elle secoua la tête.

— Non, Jack. Je suis désolée, je n'ai vraiment pas envie d'y aller. Vas-y tout seul.

C'était la première fois qu'elle refusait d'aller quelque part ou de faire quelque chose avec lui ; il la regarda un moment, très surpris et déçu, puis dit, lentement :

— Non, je ne veux pas y aller sans toi. Si tu ne viens pas, tant pis, je n'irai pas.

Lily ne s'attendait pas à cela ; elle avait pensé qu'il partirait, en faisant la tête, comme un petit garçon. Elle en fut très touchée.

— Bon, alors… peut-être que je vais venir. Juste cette fois.

— Lily, tu es une fille formidable.

— Seigneur, dit Oliver, regarde-moi ça !

Celia prit le *Daily Mail* qu'il lui tendait. Sur la première page, on voyait la photo d'un grand nombre de voitures massées en face de Buckingham Palace, ainsi qu'une autre d'un groupe de jeunes gens penchés aux fenêtres de plusieurs de ces voitures, tous avec l'air d'avoir beaucoup trop bu. La légende de la photo disait : « La jeunesse dorée mise à l'ombre. »

— Là, est-ce que ce n'est pas cet ami de Jack, Harry Cholmondley ? lui demanda Oliver.

— Où ? Oh ! oui, je pense que c'est lui. Alors Jack était probablement là-bas lui aussi.

— S'il y était, il a eu beaucoup de chance qu'on ne le mette pas en prison. Écoute : « Beaucoup d'agitation à une heure du matin devant Buckingham Palace, quand quarante voitures sont arrivées dans des crissements de pneus. "Il fallait le voir pour le croire", a déclaré un passant. Une foule de jeunes gens a jailli des voitures et commencé à escalader les grilles, en criant et en s'introduisant dans les guérites des sentinelles, apparemment à la recherche d'indices pour une chasse au trésor. Le capitaine de la garde a envoyé sur place tous les hommes disponibles et appelé des renforts, croyant le palais assiégé. Les jeunes gens se sont finalement dispersés, après avoir trouvé l'indice qu'ils cherchaient au pied de la statue de la reine Victoria, indice qui les envoyait à Trafalgar Square ; mais plusieurs d'entre eux ont été arrêtés. Parmi ceux-ci, il y avait Viscount Avondean, l'honorable Henry Parker et... » Oh ! seigneur...

— Jack ? demanda Celia en le voyant pâlir.

— «... et Jack Lytton, de la célèbre famille d'éditeurs, accompagnée de son amie, l'actrice Lily Fortescue. Un responsable de la police a commenté l'affaire en disant qu'on aurait pu s'attendre à une conduite plus responsable de leur part, tout en reconnaissant qu'il s'agissait plus d'une manifestation de bonne humeur qu'autre chose, qui ne prêtait guère à conséquence. » Seigneur, que crois-tu que je devrais faire ? demanda Oliver.

— Rien, soupira Celia. Il a trente-cinq ans et tu n'es pas son père.

Elle se leva.

— Excuse-moi, mais je dois aller chercher quelque chose dans ma chambre avant que nous partions pour le bureau.

Elle arriva juste à temps dans sa salle de bains ; c'était affreux. Les nausées ne cessaient d'empirer. Mais, bon, il n'y en avait plus pour très longtemps. Elle s'assit un moment sur le lit, puis descendit lentement l'escalier. Oliver était debout dans l'entrée, le visage sombre, en train d'enfiler ses gants.

— Il a peut-être trente-cinq ans, comme tu dis, et je ne suis peut-être pas son père, mais il faut que j'aille payer une caution pour lui. Son avocat vient d'appeler.

— Une caution ? C'est absurde…

— Pas vraiment. Il y a une chose qui s'appelle la loi et Jack l'a violée, assez publiquement même. Donc certaines formalités doivent s'ensuivre. Je vais à Bow Street, et tu ferais mieux d'aller directement au bureau.

— Très bien.

C'était un soulagement : si jamais elle était de nouveau malade, au moins, il n'en saurait rien.

Jasper Lothian lisait, assis sur un banc dans une des charmantes cours intérieures de Cambridge, quand il fut interrompu par une voix, plutôt fâcheuse à ses oreilles.

— Pr Lothian ! Bonjour, monsieur. Quelle belle journée, n'est-ce pas.

— Très belle, oui.

— J'espère que vous allez bien, monsieur.

— Très bien, Mr Stubbs, merci.

— Je suis ravi de l'entendre, monsieur. Et Mrs Lothian ?

— En parfaite santé, elle aussi.

— Bien… Et votre fils, se plaît-il dans sa vie de…

— Mr Stubbs, je ne voudrais pas être grossier, mais j'ai beaucoup de choses à lire ce matin ; peut-être que vous pourriez…

— Bien sûr, monsieur. Excusez-moi, monsieur. Vous rappelez-vous Mr Bateson, par hasard ?

— Vaguement…

— Il était ici au début de la guerre. Charmant jeune homme. En tout cas, j'ai eu de ses nouvelles il y a quelques jours, il manifestait de l'intérêt pour la prochaine réunion de notre collège. Je viens de lui répondre. J'ai pensé que cela pourrait vous faire plaisir, parce que je sais que vous étiez son directeur d'études, et qu'il n'était pas revenu depuis la guerre. C'est étrange qu'il ait écrit maintenant, après si longtemps… Et il cherchait aussi à entrer en contact avec Miss Bartlett.

Lothian se figea, et ses yeux fixèrent Mr Stubbs avec beaucoup d'intensité.

— Miss Bartlett ?

— Oui, monsieur. Elle était dans votre groupe d'études, n'est-ce pas ?

— Non, dit Lothian, d'une voix très ferme.

— Oh, je vous demande pardon, monsieur, je le croyais. En tout cas, Mr Bateson voulait son adresse.

— Et… vous la lui avez donnée ?

— En fait, je n'avais que l'adresse de ses parents, monsieur. Je lui ai donné celle-là, oui. Ils pourront faire suivre la lettre si elle ne vit plus chez eux. À moins qu'elle n'y vive encore, ce qui est possible. Peut-être en savez-vous plus que moi ?

— Non, bien sûr que non. Excusez-moi, Mr Stubbs, je dois rentrer chez moi.

Il regagna d'un pas rapide le logement qu'il occupait dans le collège, passa directement dans son bureau où il écrivit une lettre, puis y colla un timbre et alla jusqu'à la boîte aux lettres la plus proche. Enfin il s'assit et, bien qu'il fût seulement onze heures du matin, prit une boisson très forte.

— Maman ? Maman, bonjour ! Comment vas-tu ?
Oh ! c'est si bon de te voir…

Sylvia regarda sa fille avec un mélange de tristesse
et de fierté ; elle changeait si vite, était devenue si
grande, si jolie… Sa silhouette changeait aussi, elle
n'était plus une enfant, presque une femme – une charmante, intelligente, jolie femme. Et elle-même n'avait
presque rien à voir avec ces transformations ; Barty
pouvait bien être sa fille, elle était la création de Celia.
C'était dur…

— Je vais bien, mon amour, vraiment.

— Frank m'a dit que tu n'avais pas été bien de nouveau.

— Oui, ça arrive, tu le sais.

Barty hocha gravement la tête.

— Oui, je le sais. Je me rappelle quand… En tout
cas, Maman, tu vas voir le Dr Perring, le médecin de
Tante Celia. Daniels vient te chercher lundi et nous
t'emmenons à son cabinet, dans Harley Street.

— Oh, Barty, pas lundi, ma chérie.

— Pourquoi pas ? Pourquoi toujours non ?

— Parce que… en fait… ce n'est pas le bon moment,
c'est tout. À cause de ce dont tu viens de parler.

— Oh, je vois. Mais… je croyais que c'était justement dans ces moments-là que tu allais le plus mal,
que tu souffrais le plus.

— C'est vrai, Barty. Mais je ne peux pas aller ces
jours-là chez le médecin, n'est-ce pas ?

— Eh bien, tu peux toujours lui parler, et il verrait
alors combien tu as mal. D'une certaine façon, cela
tomberait même plutôt bien, tu ne crois pas ?

— Barty…

— Non, Maman. Nous *devons* y aller. Il est médecin,
après tout, et Tante Celia dit qu'ils ne sont jamais embarrassés par rien. Maintenant, viens, je vais te préparer une
tasse de thé. La cuisinière a fait ce merveilleux gâteau

pour toi, et aussi un pâté en croûte pour notre déjeuner. Et il fait beau, nous pouvons nous asseoir dehors au soleil. Viens, laisse-moi t'aider à monter l'escalier. Mon Dieu, comme tu es maigre… Je vais t'obliger à manger le gâteau entier.

Les deux lettres arrivèrent chez les Bartlett le même jour.

— Celle-ci est du Pr Lothian, dit Mary Bartlett.

— Donne-la-moi.

Il l'ouvrit, la lut, puis il dit :

— Je ne sais pas très bien quoi penser. Cela me paraît un peu compliqué. Qu'en dis-tu ? demanda-t-il en la tendant à sa femme.

Elle la lut, très lentement, deux fois de suite.

— Je ne sais pas. Je ne voudrais pas la perturber, en tout cas.

— Non, bien sûr que non. Mais je n'aime jamais ouvrir son courrier.

— Moi non plus. Mais s'il s'agit de ce dont parle le Pr Lothian… nous devrions quand même le vérifier.

— Très bien, dit Mr Bartlett, allons-y. Si c'est bien de cet homme, oui, cela pourrait la perturber.

Il ouvrit la lettre, la lut soigneusement, puis il releva les yeux.

— C'est bien cela. Qu'allons-nous faire ?

— Oh, je ne sais pas, dit Mary Bartlett d'un air inquiet, puis elle se dirigea vers la cuisine pour y laver le carrelage.

— Y a-t-il un moyen d'accélérer cette action ? demanda Jasper Lothian.

Howard Shaw le regarda ; il semblait très agité. Sa chevelure, certes toujours rebelle, semblait ne pas avoir reçu un coup de peigne depuis une semaine, et il était très pâle.

— Nous leur avons laissé dix jours pour répondre à ma dernière lettre.

— Qui disait ?

— Que je ferai une demande de référé, à moins qu'ils ne me donnent l'assurance, par écrit, que le livre a été modifié en profondeur ou envoyé au pilon.

— Vous leur avez dit qu'ils avaient dix jours pour s'exécuter ?

— Non, mais c'est dans les usages de laisser un petit délai.

— Mais ils ne nous ont pas répondu ? Pas un mot ?

— Non.

— Ce n'est pas le genre d'affaire où il faut laisser un délai, Mr Shaw. Je veux que ce livre soit bloqué !

— S'il y a des représentants des deux parties, prévint Howard Shaw, cela peut prendre quelques jours. Un juge voudra lire les documents, demandera des bases convaincantes pour engager l'action…

— Et si les parties ne sont pas présentes ? Ce ne serait pas plus rapide ?

— Eh bien…, commença Shaw, d'une voix hésitante, nous pouvons faire une demande de référé *ex parte*.

— C'est-à-dire ?

— Une audience où nous seuls serions présents. Mais c'est très inhabituel pour une affaire de ce genre. En général, on l'utilise seulement dans les cas d'urgence, quand l'autre partie n'a pas le temps de préparer son argumentation, ou pas le temps de se rendre au tribunal.

— Cela me semble bien. Comment pourrait-on arranger cela ?

— En faisant une demande auprès du tribunal pour qu'une audience ait lieu tout de suite.

— Et pourquoi le tribunal accepterait-il ?

— Si personne n'y voit d'inconvénient… •

— Comment y parvenir légalement ?

— Il peut arriver qu'une lettre ait du retard. Nous pourrions arguer qu'il y a une grande urgence, et que l'autre partie ne nous a toujours pas répondu. Ce qui, d'ailleurs, est en grande partie vrai.

Lothian hésita, puis il dit :

— Je pense que c'est ce que nous devrions faire.

— Parfait, dit Howard Shaw. Je vais m'en occuper tout de suite.

Celia essayait de se concentrer sur un jeu d'épreuves quand la première douleur se manifesta. Elle tâcha de l'ignorer, fronça les sourcils, se déplaça sur sa chaise, mais la douleur revint. Légèrement plus forte cette fois-ci. Alors elle se cala contre le dossier, en essayant de l'analyser ; la troisième fois, elle sut. Elle avait déjà ressenti la même chose auparavant : c'était une fausse couche. Une fausse couche ! Tout ce qu'elle avait espéré, tout ce pour quoi elle avait prié, la solution idéale à ses problèmes, qui n'exigeait rien de blâmable de sa part, aucune action brutale… Elle n'avait qu'à ignorer ses douleurs, rien de plus. Rester ici, continuer à travailler, puis peut-être faire le tour du pâté de maisons, avant de rentrer chez elle en voiture, avec un assez long détour ; et ensuite, ne pas aller se reposer dans son lit mais continuer à s'activer là-bas, peut-être faire une autre promenade, avant d'être enfin forcée de se mettre au lit et d'appeler le médecin. Alors elle perdrait le bébé, et ni Oliver ni Sebastian n'auraient jamais à savoir ; elle pourrait prendre une décision pour son avenir et son mariage, indépendamment de cet événement si complexe et si déroutant, cet événement qui devait blesser une personne de façon presque insupportable, sans pour autant pouvoir rendre les autres véritablement heureuses.

Là se trouvait son salut ; le dieu des femmes et de leurs crises intimes avait entendu ses prières et les avait exaucées. Elle devait le remercier – lui ou elle – à genoux.

En garant sa voiture, Oliver vit celle du Dr Perring devant la maison. Il courut jusqu'à la porte.

— Pourquoi le Dr Perring est-il là, Brunson ? Qui est malade ?

— Lady Celia est au lit. Elle m'a demandé de téléphoner au docteur, cela fait un quart d'heure environ qu'il est arrivé.

— Bien… Brunson, dites-lui que je serai dans mon bureau, s'il veut me voir.

Quelques minutes plus tard, le médecin apparut sur le seuil de la pièce.

— Ah, Oliver, je suis content de vous trouver. Votre femme demande que vous montiez dès que vous le pourrez.

— Comment va-t-elle ?

— Elle va parfaitement bien, en tout cas je l'espère. Mais elle vous dira tout elle-même.

Il souriait, et Oliver puisa du courage dans ce sourire. Il monta les marches quatre à quatre : Celia était étendue sur les oreillers, pâle, mais avec une sorte de bonheur étrange sur le visage. Elle tapota le lit à côté d'elle pour qu'il s'asseye, et lui prit la main.

— Oliver, j'ai quelque chose à te dire.

Cela avait été pour elle une révélation totale. Qu'elle ne puisse pas, qu'elle ne veuille pas, qu'elle soit tout à fait incapable de favoriser une fausse couche. Elle était assise chez Lytton, la douleur allant et venant, pensant – ou plutôt essayant de penser – au soulagement qu'elle éprouvait, à la satisfaction que cette souffrance lui procurait. Puis, soudain, ce fut l'angoisse qui l'envahit. Malgré les problèmes que le bébé représenterait pour elle, malgré les décisions qu'elle aurait à prendre et le chagrin qu'elle devrait infliger à d'autres, elle le voulait, farouchement, passionnément. Elle le voulait et en bonne santé, elle voulait s'occuper de lui, l'aimer. Pendant un moment, elle n'aurait même pas su expliquer pourquoi, excepté qu'un bébé était une preuve d'amour – et c'était bien le cas en l'occurrence…

— D'après le Dr Perring, je dois rester ici pendant au moins deux semaines, dit-elle à Oliver en guise de conclusion. Repos complet au lit. La douleur a déjà disparu.

— Et… aucun autre signe inquiétant ?

— Non, rien. Mais il y a eu un réel danger, il existe d'ailleurs toujours, mais…

— Je suis si content, dit-il en se penchant pour l'embrasser, si content.

Et au moment même où elle lui offrait ce bonheur, elle se demandait, dans une poussée de panique, si elle avait vraiment pris la bonne décision. Mais peu après, elle s'endormit, et même si elle avait toujours des raisons d'être anxieuse, elle dormit mieux qu'elle ne l'avait fait depuis plusieurs semaines, d'un sommeil profond, sans rêves, d'où elle s'éveilla fraîche et de nouveau forte.

28

PM décrocha le téléphone et composa le numéro de Sebastian. Cela ne pourrait pas faire de mal, raisonnait-elle, peut-être même un peu de bien.

Elle était plutôt satisfaite : c'était lundi matin et elle avait toute la maison pour elle, l'étage de la direction en tout cas. Oliver était allé à une réunion avec d'autres éditeurs, qui tâchaient de s'unir pour faire échec aux exigences exorbitantes des imprimeurs, et Celia était toujours au lit chez elle. Elle y était restée tout le week-end, étonnamment docile.

PM avait passé une fort agréable fin de semaine : le samedi soir, elle était allée au théâtre avec Gordon Robinson, voir Lewis Casson et Sybil Thorndike dans *Richard III ;* ensuite, ils étaient allés souper. Le dimanche après-midi, ils avaient fait une promenade sur Hampstead Heath et pris le thé au *Jack Straw's Castle.* Elle appréciait de plus en plus sa compagnie. Il était très cultivé, c'était bon d'avoir quelqu'un avec qui parler, qui partageait vos centres d'intérêt. Elle avait même réussi à évoquer – en termes très généraux – la scolarité de Jay, avec tous les différents aspects de la question. Il était d'accord avec elle sur le fait qu'on ne devait pas le transplanter dans un autre environnement.

— Mais je pense, s'il est aussi intelligent que vous le dites, que vers treize ans il devrait avoir la possibilité d'aller dans un bon collège. J'étais moi-même dans un externat privé, mais cela n'a quand même pas le prestige et la classe d'un bon collège. Je suis convaincu que cela m'a handicapé dans mes études, et je suis sûr aussi que le père de Jay n'aurait pas voulu qu'il lui arrive la même chose.

PM avait répondu qu'il ne l'aurait peut-être pas voulu, en effet, et elle l'avait remercié pour sa sollicitude.

— C'est si difficile de décider de telles choses toute seule, lui avait-elle dit.

— La solitude ne m'est pas étrangère, vous savez. C'est quelque chose que je peux comprendre, et qui peut m'être sympathique.

C'était une remarque fort émouvante.

Le lendemain, pendant qu'ils se promenaient sur le Heath, elle avait trébuché ; il avait mis la main sous son coude pour la retenir, et l'y avait laissée un moment. C'était absurde, pensait PM, de se sentir aussi heureuse d'un tel geste, comme une toute jeune fille ; mais il y avait si longtemps que personne ne l'avait plus regardée, sans même parler de l'admirer. Un seul léger nuage avait plané sur ce week-end, quand Gordon lui avait dit qu'il avait particulièrement apprécié l'office du matin.

— J'essaye d'aller dans une église différente au moins une fois par mois. Aujourd'hui, je suis allé à la Chelsea Old Church. Il y a eu un sermon merveilleux, sur la façon d'évaluer sa propre foi. J'ai toujours trouvé que c'était un sujet tellement stimulant...

PM n'avait pas eu le courage de lui dire qu'elle n'avait personnellement plus la moindre foi à évaluer. La question l'avait inquiétée pendant quelques heures, puis elle l'avait éloignée de son esprit. Ce n'était pas comme si elle allait entamer une véritable relation avec Gordon ; ils n'étaient que des amis, s'appréciant mutuellement. Et des amis ne sont pas tenus de partager les mêmes vues sur tous les sujets.

— Ici Primrose Hill 729.

— Ah, Mr Brooke est-il là ?

— Non, je suis désolée. Vous l'avez manqué de justesse, il est parti chercher son billet.

— Son billet ?

— Oui, il part en voyage vendredi, pour l'Amérique. Une tournée de conférences. Je lui dirai que vous avez appelé. Quel nom dois-je donner ?

— Lytton…

— Oh, Lady Celia ? Pardon, je n'avais pas reconnu votre voix. Elle avait l'air différente, ça doit être ce téléphone. Je ferai part de votre appel à Mr Brooke dès qu'il sera là.

— Je ne suis pas…, commença PM, mais on avait déjà raccroché au bout du fil.

— J'ai trouvé un juge, dit Howard Shaw. Nous pourrons le voir mercredi matin, pour l'audience.

— Excellent. Et…

— Eh bien, j'ai naturellement écrit à Peter Briscoe, l'avocat de Lytton, pour l'informer. Espérons seulement que la secrétaire aura bien tapé et mis à temps la lettre à la poste. Et que l'adresse que je lui ai donnée est exacte. Mais je suppose qu'elle l'est.

— Excellent, répéta Jasper Lothian. Je suis très impressionné, Mr Shaw.

— Vous êtes certaine que c'était Lady Celia ? demanda Sebastian.

— Bien sûr, soupira Mrs Conley, elle l'a dit ellemême. Elle a aussi demandé que vous la rappeliez dès que vous rentreriez.

— C'est entendu. Je le ferai.

Sebastian composa le numéro de Lytton et demanda Celia.

— Je suis désolée, Mr Brooke, Lady Celia n'est pas là. Est-ce que ça ne pourrait pas être…

— Non ! Personne d'autre. J'ai un message disant de la rappeler, et ma femme de chambre ne s'est sûrement pas trompée… S'il vous plaît, passez-la-moi !

Margaret Jones comprit ce qui s'était passé : c'était sans doute Miss Lytton qui avait laissé le message. Elle n'avait qu'à lui passer Sebastian, elle saurait l'apaiser.

— Un instant, s'il vous plaît, Mr Brooke.

PM travaillait sur des prix de revient quand le téléphone sonna ; elle était si absorbée qu'elle le laissa sonner deux fois avant de décrocher.

— Mr Brooke pour vous, Miss Lytton.

— Oh, merci. Passez-le-moi.

— Celia ? C'est Sebastian. Qu'y a-t-il ? Que se passe-t-il ? Tu as enfin repris tes esprits, surmonté tes principes de bonne épouse ? Allez, dis-le-moi, et que ce soient de bonnes nouvelles, j'ai passé deux semaines terribles en attendant un mot de toi !

Il y eut un silence puis PM dit, prudemment :

— Mr Brooke, ce n'est pas Celia, c'est Miss Lytton. C'est moi qui vous ai appelé.

Celia était allongée dans son lit, regardant sa mère non sans méfiance. Lady Beckenham avait demandé du café et des toasts, poussé Jay vers Nanny et les jumelles – ravies –, expliqué à Mary qu'il ne fallait pas les déranger et s'était installée dans un grand fauteuil près de la fenêtre, le tout en moins de cinq minutes.

— J'ai pensé que tu aurais besoin de quelqu'un avec qui parler, expliqua-t-elle à sa fille.

— Je… oui, c'est vrai.

— Comment te sens-tu ?

— Malade, terriblement.

— Le bébé est toujours là ?

— Oui. Même très fermement, dirais-je.

— C'est bien, n'est-ce pas ?

— Pardon ?

— Je disais : est-ce que c'est bien, ou aurais-tu préféré qu'il s'en aille ?

— Au début, je pensais que oui, dit Celia avec simplicité, mais quand il a fait mine de partir, alors j'ai su que je voulais le garder.

— Parfait. Et maintenant, je suppose que tu te demandes de qui il est.

— Eh bien…

— Oh, Celia, lui dit sa mère d'un ton impatient, bien sûr que tu te le demandes. Tu te dis qu'il pourrait être d'Oliver et qu'il pourrait aussi être de cet autre homme. J'ai raison ?

— Eh bien… oui.

— Et tu ne sais ni quoi faire ni quoi dire ?

— Oui, exactement. Je ne sais pas quoi faire, à tous égards.

— Oh ! mon Dieu, dit Sebastian, puis il y eut un très long silence. Je suis sincèrement désolé, Miss Lytton, je ne voulais pas me montrer grossier.

— Vous n'étiez pas, à proprement parler, grossier, dit PM. Juste un peu… abrupt.

— Eh bien, j'en suis tout autant désolé.

— Je vous en prie, ce n'est pas grave.

— Quelqu'un m'a appelé, et je pensais que c'était Celia.

— Quelqu'un vous a appelé, mais c'était moi.

— Je vois.

Un autre silence ; PM l'entendait presque penser au bout du fil. Elle vit aussi une certaine idée, indistincte et vague, qui la troublait depuis quelque temps, se transformer lentement en quelque chose de plus clair et précis.

— Je souhaitais vous parler de… votre départ de chez Lytton.

— Oui ?

Il semblait sur ses gardes à présent.

— Cela me paraît tellement dommage.

— Oui, c'est dommage, mais Macmillan et Collins m'ont fait des offres extrêmement généreuses, et maintenant Dawson vient de les dépasser tous les deux. Je suis désolé, Miss Lytton, mais je les ai trouvées trop tentantes.

— Oui, eh bien ! je… je peux le comprendre. Mais je pensais que vous étiez satisfait de Lytton.

— Oui, merveilleusement satisfait. J'apprécie vraiment tout ce que Lytton a fait pour moi.

— Si c'était vrai, vous ne partiriez pas.

Il ne répondit pas, mais demanda :

— Celia est-elle là ?

— Non, répondit-elle instinctivement, elle est malade.

— C'est grave ?

— Non, ce n'est pas grave, juste… juste un rhume.

— Oh… Sa toux, c'est vrai, elle toussait.

— Oui, en effet. Et elle tousse toujours.

— Alors, transmettez-lui tous mes vœux de rétablissement.

— Je n'y manquerai pas, merci. Et soyez heureux avec vos nouveaux éditeurs.

— J'essayerai.

Sebastian raccrocha, très mal à l'aise. Et maintenant, qu'allait-il se passer ? Oh ! et puis, quelle importance… C'était fini, tout était fini.

Il était néanmoins désolé d'apprendre que Celia était malade ; c'est vrai qu'elle ne paraissait pas très bien depuis quelques semaines. Elle fumait trop. D'ailleurs, il lui avait dit qu'elle devrait s'arrêter quand elle viendrait vivre avec lui ; il détestait la fumée. Elle était allée chez le médecin, ce matin-là ; le matin où elle était censée s'installer chez lui. C'était à ce moment-là que tous les problèmes avaient commencé, avec cette visite chez le médecin. Elle devait venir directement chez lui, et elle n'était jamais venue. Elle...

D'un seul coup, un soupçon traversa l'esprit de Sebastian – plus qu'un soupçon, une révélation. C'était clair et tranchant comme une révélation, et comme une poussée de colère, aussi. Oui, bien sûr, c'était cela : à cette lumière-là, tout prenait un sens. La soudaineté avec laquelle elle avait tout annulé, son refus de lui parler, même de le voir. La panique, presque la terreur dans sa voix. Tout ce qui l'avait tant dérouté sur le moment. Mais... aurait-elle vraiment fait cela, pouvait-elle l'avoir fait ? Ne pas le lui avoir dit, le lui avoir caché, s'être elle-même cachée ? C'était impardonnable, si du moins c'était vrai. Il décrocha de nouveau le téléphone, recomposa le numéro de Lytton, demanda PM ; elle avait l'air sur ses gardes quand elle lui répondit.

— Miss Lytton, lui dit-il, et sa voix paraissait étrange, Miss Lytton, Celia est-elle enceinte ?

— Je vais te dire de qui est le bébé, dit Lady Beckenham.

— Oh, Maman, ne sois pas absurde. Comment pourrais-tu le savoir ?

— Il est d'Oliver. Et je le sais.

— Mais comment ?

— Parce que c'est ton mari. Parce qu'il a vécu toutes ces années avec toi. Il s'est occupé de toi, il a veillé sur toi, il est le père de tes enfants. Et oui, je le sais, il t'a aussi ennuyée à mourir, il t'a critiquée, et j'en passe. Mais c'est son bébé, Celia, il ne peut y avoir aucun doute là-dessus.

— Maman…

— Celia, dit sa mère, et ses yeux bleus étaient très durs, les Beckenham n'ont pas de bâtards. Disons, les femmes Beckenham n'ont pas de bâtards.

— C'est ridicule.

Elle tendit la main pour prendre un peu d'eau.

— Ce n'est pas ridicule, c'est le bon sens. C'est une histoire de normes sociales ; il faut garder ta famille intacte. Si tu te dis que cet enfant pourrait être celui de ton amant, que vas-tu faire ? Te précipiter chez lui, faire de ton enfant un bébé illégitime, briser ta famille, séparer tes enfants ?

— Eh bien…

— Pour l'amour du ciel, ressaisis-toi ! Tu t'es amusée, maintenant, reviens sur terre !

Celia s'assit et dévisagea sa mère, les yeux pleins de larmes ; puis elle se mordit la lèvre et prit une grande inspiration.

— Tu ne peux imaginer combien je me sens mal.

Lady Beckenham la regarda et son expression s'adoucit.

— Écoute, j'ai été autrefois dans ta situation. Bon, tu es au courant à propos de George Paget, mais je n'ai même pas imaginé que l'enfant pouvait être de lui, pas un instant. Je me suis simplement sorti cette idée de l'esprit. Et quand tu es née…

— Moi !

— Oui, toi. J'ai su que j'avais eu raison. Je t'ai regardée, Beckenham jusqu'au dernier cil noir – alors que Paget avait ces horribles choses pâles – et j'ai su que j'avais eu raison depuis le début. Tu étais la fille de Beckenham, comme ce bébé est le bébé d'Oliver. Quoi qu'il arrive. Maintenant, tu mets le reste de côté et tu te débrouilles avec cela. Ce n'est pas seulement un bon conseil, Celia, c'est le *seul* conseil.

Sylvia était assise sur sa chaise, littéralement pliée en deux de douleur. Elle n'avait jamais ressenti une telle souffrance auparavant, jamais. C'était comme du feu – non, plus encore, comme des lames d'acier brûlantes – à l'intérieur d'elle-même. Et elle avait si chaud. Barty venait la chercher avec la voiture pour la conduire chez le médecin, mais elle ne pouvait pas y aller, elle ne pouvait tout simplement pas. C'était terrible, vraiment terrible, et…

— Maman ! Nous sommes là… Tu vas bien ?

— Non, pas trop, murmura Sylvia ; même parler lui faisait mal.

Barty apparut à la porte.

— Maman, tu as une mine épouvantable !

— Oh, je vais bien, dit Sylvia. Mais, Barty, je ne crois pas que je peux y aller aujourd'hui. Je t'avais dit que c'était un mauvais moment.

— Oui, mais je ne peux pas te laisser ici dans cet état ! Écoute, Tante Celia est au lit à la maison, elle ne va pas très bien, alors le Dr Perring vient la voir cet après-midi, et il peut te voir là-bas. Ce sera beaucoup mieux, n'est-ce pas ? Et il saura quoi faire. Je suis sûre qu'il pourra t'aider. Oh, Maman, tu es si brûlante !

Daniels descendit l'escalier.

— Tout va bien, Miss ?

— Non, pas vraiment. Ma mère n'est pas bien du tout. Mais je pense quand même que nous devrions l'emmener à la maison, n'est-ce pas ?

— Oh, et comment…

— Mais je ne peux pas bouger, dit Sylvia, je ne peux vraiment pas…

— Je vais vous porter, répondit Daniels.

Et il le fit.

— Lady Celia, un monsieur veut vous voir.

— Un monsieur ?

Qui était-ce ? Jack, le Dr Perring ?

— Oui. Un monsieur…

Mais Mary fut interrompue par Sebastian, qui apparut à la porte. Il avait l'air hagard, les cheveux en bataille, les yeux brillants, la cravate desserrée, la veste ouverte ; le choc de cette vision fit défaillir Celia. Elle se renversa sur ses oreillers, ferma brièvement les yeux.

— Lady Celia, si vous ne vous sentez pas bien…, dit Mary, inquiète.

— Tout va bien, Mary. Mr Brooke peut entrer.

Mary se retira et Sebastian referma la porte derrière lui. Il resta un long moment à la regarder, le visage plein de tendresse et d'anxiété.

— Pourquoi ne m'as-tu rien dit ? demanda-t-il.

Puis il s'approcha du lit, prit sa main et l'embrassa sur le front.

— Je t'aime, dit-il, je t'aime tellement fort. Plus que jamais maintenant, tellement plus que jamais.

Pour la seconde fois de la matinée, Celia fondit en larmes.

29

— Kyste ovarien, annonça le Dr Perring, en palpant le ventre de Sylvia, aussi doucement qu'il le pouvait. Puis il ajouta d'une voix plus basse, à l'intention de Celia : Infecté. Elle devrait vraiment être à l'hôpital.

Sylvia avait entendu, et ses yeux se remplirent de terreur.

— Oh non, pas l'hôpital, je vous en prie, pas l'hôpital...

— Bon, nous verrons...

Il lui caressa doucement l'épaule, remonta les couvertures sur elle. On l'avait couchée dans l'ancienne chambre de Jack ; Barty attendait dehors que le médecin ait fini de l'examiner.

— Lady Celia, vous devriez être au lit, dit-il.

— Je sais, mais je me disais que j'allais rester un moment avec elle...

Il la reconduisit sur le palier ; Barty se leva d'un trait de la chaise sur laquelle elle était assise.

— Comment va Maman ?

— Pas très bien, j'en ai peur. Mais nous allons veiller à ce qu'elle aille mieux. Le mieux que tu puisses faire pour le moment, c'est de la rafraîchir avec une éponge et de lui faire boire beaucoup d'eau. Tu peux t'en charger ?

— Bien sûr.

— Ne t'inquiète pas, ta mère est très forte. Ce qui n'est pas votre cas, ajouta-t-il sévèrement à l'intention de Celia, tandis qu'il la reconduisait dans sa propre chambre et la réinstallait dans son lit. Je vous l'ai dit, aucun effort, sinon vous perdrez votre bébé.

— Excusez-moi…

Il la regarda : elle paraissait très perturbée, avait visiblement pleuré. Son visage était pâle, ses yeux gonflés et cernés.

— Vous devez garder votre calme, lui dit-il gentiment, c'est important. Maintenant, pour ce qui est de Mrs Miller… j'ai peur qu'elle ne soit gravement malade. Je crains qu'une péritonite ne se développe, et vraiment, il faudrait la conduire à l'hôpital. Même s'il n'y a pas grand-chose à faire, sauf peut-être drainer la cavité abdominale.

— Elle est terrifiée par les hôpitaux, elle l'a toujours été. Ne pourrait-elle pas rester ici, au moins un moment ?

— Cela pourrait être dangereux. Il lui faudrait au moins une infirmière, je peux m'en occuper si…

— Bien sûr, tout ce dont elle a besoin…

— Bon. J'avais peur que nous ne soyons obligés de faire venir un gynécologue pour vous, mais cela ne paraît plus nécessaire. Le ciel a eu pitié de vous.

Pitié ! C'était le mot que Sebastian avait employé, un moment plus tôt.

— Je t'en prie, lui avait-il dit, aie un peu pitié de moi… Je ne comprends pas, je n'arrive pas à comprendre pourquoi tu ne m'as rien dit.

— Je ne pouvais pas, Sebastian. Je ne savais pas quoi penser ni quoi te dire.

— Mais… il est peut-être de moi, n'est-ce pas ? Bien sûr…

Elle avait gardé le silence et il avait poursuivi :

— Celia, réponds-moi ! Ne t'éloigne pas comme cela, je ne peux pas le supporter ! Tu es enceinte et il est très possible que ce soit mon enfant... Comment peux-tu m'abandonner ?

— Je ne sais pas, lui avait-elle répondu, et le dire avait été un terrible effort.

Elle avait jusqu'à vendredi pour se décider ; ensuite, Sebastian partait pour les États-Unis.

— J'attendrai à la maison, lui avait-il déclaré. Si tu viens, je resterai et je prendrai soin de toi. Sinon je partirai et tu ne me reverras pas. Pendant un long moment en tout cas. C'est à toi de décider.

Elle était paralysée par l'indécision. Quelque chose devait se produire pour l'aider à en venir à bout.

— Je me demande si nous n'aurions pas intérêt à aller voir les Bartlett, dit Guy. Peut-être qu'ils n'ont pas reçu notre lettre ? Ou peut-être que la fille ne s'est pas rendu compte à quel point c'était important ?

— C'est possible. Même si tu lui as bien dit que c'était urgent.

— Elle est peut-être absente...

— Dans ce cas, on ne peut rien faire avant qu'elle revienne. Y a-t-il vraiment une telle urgence ?

— Énorme. Le livre doit paraître dans moins d'un mois. Il faut prendre une décision, pilonner ou non... Alors, qu'en penses-tu ?

— Je pense, dit lentement Jeremy, que nous ne pouvons rien faire d'autre qu'attendre. La situation est assez délicate, il ne faut surtout pas les braquer. Tiens, prends un autre verre.

— Merci...

— Tu dînes à la maison ? dit Oliver. Je voudrais te parler.

PM était revenue à Cheyne Walk, pour y trouver un Jay refusant jusqu'à l'idée de retourner à Hampstead.

— Pour quoi faire ? lui avait-il répondu. Il y a personne avec qui jouer là-bas...

— Où est Barty ? avait demandé PM, feignant d'ignorer la critique implicite contenue dans la remarque.

— Là-haut, avec sa mère, avait répondu Venetia.

— Et une infirmière, avait renchéri Adele.

— Elle est très malade, avait dit Venetia.

— Elle va peut-être mourir, avait ajouté Adele.

Elles appréciaient beaucoup le drame toutes les deux.

Alors que PM passait devant la chambre de Celia, elle l'avait entendue qui l'appelait ; elle avait soupiré, ayant espéré éviter une confrontation.

— Comment vas-tu ? lui avait-elle dit, non sans brusquerie.

— Bien, merci... Tout semble aller bien. Et toi, PM ? Quelque chose ne va pas ?

— Non, rien. Je suis juste un peu fatiguée, c'est tout. Comment va Sylvia ?

— Pas bien du tout. Elle est sous calmants maintenant et elle souffre moins. Pauvre Sylvia, elle n'a pas reçu beaucoup de bien de la vie.

— Non, c'est vrai. Bon, j'espère que tout ira bien pour toi. As-tu besoin de quelque chose ?

— Non, merci. PM, il y a un problème, je le sens...

— Non, je t'assure. Je suis juste un peu fatiguée, c'est tout. Bonne nuit.

Elle avait bien vu la tristesse et l'anxiété sur le visage de Celia, mais avait choisi de les ignorer. Celia rendait malheureuses beaucoup trop de personnes autour d'elle pour qu'on s'attendrisse sur son sort.

Celia l'avait regardée partir, envahie par une nouvelle vague de panique. Sebastian lui avait dit qu'il avait plutôt manqué de tact avec elle au téléphone : vive d'esprit comme elle l'était, elle avait sûrement deviné, et la pensée de perdre son amitié était presque pire que celle de perdre Sebastian.

— Écoute, disait maintenant Oliver à PM, il faut que nous parlions.

Il remplit un verre de vin blanc et le tendit à PM.

— Désolé, je ne peux pas boire de vin rouge. Tu en veux un peu ?

— Non, merci. Celui-ci me va très bien.

Il se tut un moment, visiblement embarrassé, puis :

— Tout cela est plutôt difficile.

— Oui. Je peux le comprendre.

— Tu peux, vraiment ? demanda-t-il d'un air surpris.

— Bien sûr… Je ne suis pas stupide, Oliver.

— Non, certes. Bon, il y a tant d'éléments à prendre en considération…

— Je sais.

— La situation est très compliquée, mais il y a encore une chance, je pense.

— Je pense que tu te conduis merveilleusement, dit-elle en le regardant.

— Vraiment ?

— Oui. Cela ne doit pas être facile, surtout maintenant, avec le bébé.

— Le bébé ? Qu'est-ce que le bébé a à voir là-dedans ?

— Oliver ! dit PM d'un ton impatient. Beaucoup, bien sûr… Que ta femme ait une liaison est une chose, qu'elle soit enceinte en est une autre.

Il y eut un très long silence ; la pièce tout entière semblait s'être figée. Même le tic-tac de l'horloge avait l'air d'une agression extérieure. Puis Oliver dit :

— Je ne comprends pas de quoi tu parles. Je voulais discuter de Lytton et de son avenir, voir si notre entreprise est encore viable.

Elle reprit son verre et en but une gorgée, évitant de le regarder en face.

— Les comptes sont dramatiques, commença-t-il. Le livre sur la révolte des Cipayes s'est à peine vendu à cinquante exemplaires, et il a coûté une fortune. L'action en justice de Lothian va nous coûter des milliers de livres, que nous n'avons pas. Et le départ de Brooke est la goutte d'eau qui fait déborder le vase. Nous ne pouvons tout simplement pas nous en sortir, financièrement parlant.

— Alors, que faire ?

— Brunning m'a fait une offre. Ils régleraient toutes nos dettes, nous empêcheraient de couler.

— Et nous absorberaient.

— Oui, dit-il, le visage fermé. Nous ne serions plus qu'un de leurs labels, une de leurs sous-marques. Nous continuerions à publier les ouvrages du fonds sous le nom de Lytton, mais ce serait tout. Tout le reste deviendrait du Brunning.

— Oh ! mon Dieu, Oliver, nous ne pouvons pas accepter…

— Je crois que nous n'avons guère le choix, excepté mettre la clé sous la porte. Nous avons jusqu'à vendredi pour leur donner une réponse. Je suis désolé de te le jeter comme ça à la figure, mais je sors d'une longue réunion avec les gens de Brunning.

— Et Celia… Qu'en pense Celia ?

— Je n'ai pas voulu l'ennuyer, dit-il en détournant les yeux, pas à un moment où elle est malade. J'ai pensé qu'il valait mieux l'épargner.

— Oliver, dit PM – et ce fut une révélation soudaine pour elle, ainsi que le début d'une disculpation de Celia et de ce qu'elle avait fait. Comment peux-tu imaginer la tenir à l'écart ? Tout ce qui touche Lytton la concerne autant que toi ou moi, ce serait scandaleux de ta part de le lui cacher !

— Je ne suis pas d'accord, rétorqua-t-il, et ses yeux bleu pâle s'étaient faits très durs. Et j'aimerais beaucoup que tu n'en discutes pas avec elle. Le Dr Perring a bien dit qu'il fallait lui épargner toute tension. Ce serait terrible si cela lui faisait perdre le bébé, PM.

PM le regarda : tout commençait à devenir clair à ses yeux. Si Oliver voulait une revanche, il ne pouvait guère en trouver une meilleure.

— Je suis désolée, Oliver, mais je connais Celia, et si quelque chose devait lui faire perdre ce bébé, ce serait bien de voir Lytton vendu dans son dos. En plus, indépendamment de tout, elle fait partie du conseil d'administration, et tu n'as pas le droit de le lui cacher. Si tu ne le lui dis pas, je le ferai certainement.

Jack était assis et contemplait l'intérieur de son verre. Son verre de champagne, rempli avec la bouteille qu'il avait achetée pour célébrer ses fiançailles avec Lily. Mais il n'y avait eu ni fiançailles ni rien à célébrer. Lily lui avait expliqué, très clairement et très gentiment, qu'elle se sentait incapable d'accepter son offre.

— Non que je ne sois pas très amoureuse de toi, Jack, je le suis. Mais… je ne veux pas me marier, c'est tout. Avec personne. Pas encore. Et cela risque de rester vrai pendant un bon moment, avait-elle ajouté. Je suis vraiment désolée.

— Mais, Lily…

— De toute façon, dit-elle d'une voix plus ferme, je serai à Broadway l'année prochaine.

— À Broadway ?

— Oui, le spectacle va être monté là-bas, avec au moins une partie de la troupe d'ici. Je ne crois pas que je résisterai à l'envie d'y aller.

C'est ce qui, sans doute, avait été le plus douloureux, pour Jack, l'idée que Lily puisse rejeter son offre de mariage, simplement pour jouer à Broadway.

— Jack, dit une voix derrière lui, tu as l'air de quelqu'un qui vient de perdre un shilling et qui n'a retrouvé que six pence…

C'était Gwendolyn Oliphant. Il aimait bien Gwendolyn – même si c'était elle qui avait rapporté à Lily la rumeur au sujet de Celia : elle était drôle, et elle était jolie.

Mais elle était fiancée à Bertie Plumrose. Fiancée. Tout le monde était fiancé. Comme il aurait dû l'être lui-même.

— Où est Bertie ?

— Parti chercher la voiture. On descend sur la côte. Pourquoi ne viens-tu pas avec nous ? On s'est dit que ce serait agréable d'aller là-bas, pour nager et le reste. Viens avec nous, Jack, on fera un pique-nique sur la plage… Champagne et cocaïne, Bertie en a beaucoup, assez pour toi. Ce sera si amusant…

— Eh ! bien, je…

— Jack, bravo ! Je savais que tu viendrais ! Bertie, mon chéri, viens voir, Jack nous accompagne !

Un coup fut frappé à la porte, doucement d'abord, puis plus fort. Celia s'assit dans son lit.

— Entrez…

C'était Barty, livide et tremblante.

— Tante Celia ! venez, je vous en prie… Maman est si mal. L'infirmière dit que nous devrions l'emmener à l'hôpital.

Elle mit sa robe de chambre, regarda la pendule : deux heures du matin. L'heure critique, la pire de toutes. L'infirmière était penchée au-dessus de Sylvia, lui baignant le front ; elle se retourna quand elles entrèrent.

— Elle est très malade, murmura-t-elle.

Sylvia se tordait les mains, tirait sur le drap.

— Ça fait très mal, très mal, dit-elle d'une voix lente et rauque. Vous pouvez me donner quelque chose contre ça, contre la douleur ?

— Je vous ai donné la dose maximale que je suis autorisée à vous donner, Mrs Miller.

Elle parut l'accepter, puis elle dit :

— Vous pouvez aller chercher Lady Celia ? Je voudrais la voir, lui parler.

— Je suis là, Sylvia, répondit Celia, en s'asseyant près du lit et en lui prenant la main, je suis là. Allez vite téléphoner au Dr Perring, dit-elle en se tournant vers l'infirmière, le téléphone est dans l'entrée.

— J'y vais.

— Il faut qu'elle vienne, poursuivait Sylvia, il faut qu'elle m'aide… Allez la chercher, s'il vous plaît…

— Aller chercher qui, Maman ? demanda Barty, qui semblait terrifiée.

Celia trempa un linge dans de l'eau fraîche, puis commença à baigner le front de Sylvia, mais celle-ci repoussa plaintivement son bras.

— Combien de temps ça va durer encore ? Combien de temps encore ?

— Elle n'arrête pas de dire ça, dit l'infirmière, qui revenait dans la chambre. Elle pense qu'elle est en plein travail. Elles disent toujours ça, quand elles le sont.

— Oui, c'est vrai, soupira Celia. Vous avez eu le Dr Perring ?

— Il arrive, et il fait également venir une ambulance.

— Bien. Barty, ma chérie, ne sois pas si effrayée. Elle sera mieux à l'hôpital.

— Mais…

— C'est presque fini, dit Sylvia. Ça me fait si mal que ça doit être presque fini. Lady Celia, vous êtes là ? Vous êtes là ?

— Oui, Sylvia, je suis ici.

— Je veux m'en occuper, de celle-là, même si elle a quelque chose qui ne va pas. Je ne veux pas recommencer comme pour l'autre.

Un silence, puis :

— Ne le dites pas à Ted, non, ne le lui dites pas…

L'infirmière regarda Celia.

— La pauvre, qu'est-ce qu'elle raconte ?

— Je ne sais pas, dit rapidement Celia.

La situation devenait un cauchemar, à tous les égards. Sylvia remua, se retourna sur ses oreillers, puis elle s'écria :

— Voilà, oh ! ça y est… Est-ce qu'elle respire ?

— Elle… elle va bien, Mrs Miller.

— Lady Celia, faites vite, faites vite, oh ! mon Dieu !

— Maman ! s'exclama Barty, en levant un regard épouvanté vers Celia.

Sylvia tapait maintenant des poings sur son lit, les yeux écarquillés.

— Faites-le vite, vite, avant que quelqu'un n'arrive… Pauvre bébé, oh ! pauvre bébé… Elle est morte maintenant, elle est morte…

Elle se tut et se mit à gémir, en étreignant son ventre.

— Que peut-on faire pour elle ? demanda Barty, et elle se mit à pleurer. Il doit bien y avoir quelque chose…

— Non, ma chérie, jusqu'à ce que l'ambulance arrive. Cela ne sera pas long.

— Oh ! mon Dieu…

La voix de Sylvia était devenue basse et rapide.

— Mon Dieu, aidez-moi, s'il vous plaît… Ses pauvres petites jambes, toute tordues… Aidez-moi, s'il vous plaît, prenez l'oreiller !

— Sylvia, chut ! reposez-vous, tout va bien… Laissez-moi vous passer encore un peu d'eau fraîche sur le front…

Et surtout, taisez-vous, Sylvia, je vous en prie, arrêtez...

— C'est fini, maintenant, dit tout à coup Sylvia.
C'est fini, c'est mieux comme ça. Elle est partie.

— Oui, dit gentiment l'infirmière, tout va mieux.
Là, Mrs Miller, restez calme, le docteur va bientôt arriver. Mais que fait cette ambulance ? Elle est passée par
l'Écosse ou quoi ?

— Elle arrive, ça y est, je l'entends. Là, agitez
votre torche... C'est bien. Par ici !

L'ambulance s'arrêta et le chauffeur en sortit.

Jim et Dot Everett avaient tout vu. Ils dormaient
dans leur petite maison à l'entrée de Lewes, quand le
bruit de toutes ces voitures les avait réveillés. L'une
après l'autre, klaxonnant sauvagement alors qu'elles
tournaient au carrefour, puis qu'elles descendaient la
côte. « Il y avait de quoi réveiller un mort », d'après
Jim. Mais l'une d'elles avait traversé la rue, Dieu sait
pourquoi, puis heurté un réverbère en face, et avait
ensuite fait un tonneau.

— C'était comme au ralenti, expliqua Jim aux policiers qui venaient d'arriver. Elle s'est retournée sur le
toit, retournée encore sur ses roues, puis elle est allée
s'écraser contre cet arbre.

— Oui, je vois.

Un des policiers se dirigea vers les ambulanciers
penchés au-dessus de leur civière, occupés à y sangler
le corps.

— Dans quel état ? leur demanda-t-il.

— Trop tôt pour le savoir exactement, mais pas
bon.

— Une identité ?

— On n'en a pas encore trouvé. Il y a peut-être un
portefeuille ou quelque chose de ce genre dans la boîte

à gants, mais tout est plié, comme en accordéon. Un de ces stupides jeunes gens, n'est-ce pas ? Regardez-moi ça. Smoking et tout. Comment est-ce qu'on les appelle déjà ? La jeunesse dorée. De l'or un peu terni, si vous voulez mon avis. Avec une bouteille de champagne débouchée, sur le siège à côté de lui. Et aussi ce petit écrin de bague, regardez. Oh, mon Dieu...

Le Dr Perring avait diagnostiqué une péritonite aiguë ; l'ambulance était venue, on y avait emmené Sylvia avec l'infirmière. Barty sanglotait, sur le perron de la maison, le bras de Celia passé autour de ses épaules, faisant des signes d'adieu en direction de sa mère. Oliver s'était réveillé, ainsi que PM, et tout le monde se retrouva dans la cuisine.

— Je vais faire du thé, dit Celia.

— Non, intervint PM, tu devrais être au lit. Je vais le faire.

— Je vais très bien, répliqua-t-elle en se frottant les yeux avec lassitude. Barty, ma chérie, essaye de ne pas trop t'inquiéter. Ta mère est très forte, et le Dr Perring a dit qu'ils pourraient faire beaucoup pour elle à l'hôpital.

— On aurait dû l'y envoyer plus tôt, dit Barty, en s'essuyant le nez du dos de la main, avant d'ajouter devant la mine de Celia : Désolée, je n'ai pas de mouchoir.

— Tiens, dit Oliver, prends le mien. Tante Celia a raison, ils peuvent faire des merveilles à l'hôpital.

— Oui, mais le médecin aurait voulu qu'elle y aille cet après-midi, et nous... Oh, Wol, c'était si affreux, elle souffrait tellement, elle disait des choses si bizarres...

— Très bizarres, oui, commenta rapidement Celia. Elle délirait, cela n'avait aucun sens.

— En même temps, on aurait dit que cela en avait un… Elle pensait qu'elle était en train d'avoir un enfant, au début il était vivant et ensuite il était mort.

— Pauvre Sylvia, dit PM. Est-ce qu'elle n'avait pas perdu un bébé, Celia ?

— Oui.

— J'avais quel âge quand c'est arrivé ? demanda Barty.

— Oh, tu étais petite. Environ deux ans, ou même moins.

— Que s'est-il passé ?

— Barty, c'était il y a si longtemps… Je ne me rappelle vraiment pas.

— Pauvre Maman, sanglota Barty, j'ai tellement peur qu'elle meure…

— Elle ne mourra pas, dit Oliver d'une voix ferme. Demain matin, à la première heure, nous téléphonerons pour savoir quand tu pourras aller lui rendre visite. Que penseriez-vous d'aller tous nous coucher maintenant ? Il est presque quatre heures du matin. Celia, ma chérie, viens. Tu devrais vraiment être au lit, tu as une mine affreuse. On dirait que tu viens de voir un fantôme.

— Vraiment ? dit Celia.

À vrai dire, elle aussi avait cette impression.

Ils appelèrent l'hôpital à huit heures : les nouvelles n'étaient pas bonnes. La température de Mrs Miller était très élevée et il n'était pas question qu'elle reçoive des visites…

— Toujours rien de chez Lytton ? demanda Howard Shaw à sa secrétaire.

— Toujours rien, Mr Shaw.

— Extraordinairement négligent de leur part. Bien, s'ils ne prennent pas contact avec nous aujourd'hui, nous serons obligés de demander une audience *ex parte*. Je ne pense pas que cela choquera le juge Berryman.

— Non, en effet, Mr Shaw. Vous avez posté la lettre vendredi, n'est-ce pas ?

— Oui. C'était très urgent, c'est pourquoi j'ai tenu à la poster moi-même, vous vous en souvenez.

— Oui, Mr Shaw. Voulez-vous que j'appelle chez Briscoe ?

— Certainement pas, Angela. S'ils sont inefficaces, ou même discourtois, au point d'ignorer quelque chose d'aussi important, ils ne méritent pas que nous leur courions après.

— Non, Mr Shaw.

C'était une très belle matinée : une fin d'été juste un peu chaude et un peu sèche, adoucie par l'approche de l'automne. Susannah Bartlett lisait le journal dans le jardin quand le facteur arriva.

— Bonjour, Miss.

— Bonjour, répondit-elle en lui souriant.

Jolie fille, pensa-t-il. Elle doit avoir plus de vingt ans, même bien plus, mais elle ne les fait pas. Bien sûr, vivant avec ses parents, et sans beaucoup travailler, faisant juste des traductions à ce qu'il en savait, elle ressemblait plus à une étudiante qu'à autre chose. Il l'aimait bien ; elle était un peu bizarre, bien sûr – le laitier disait qu'elle était légèrement timbrée, mais c'étaient des bêtises. D'après la femme du facteur, qui faisait le ménage chez le pasteur de St Stephen et connaissait la femme de ménage des Bartlett, c'était dû aux médicaments qu'elle prenait. Elle avait fait une dépression nerveuse quand elle était à l'université, aussi devait-elle rester au calme.

Elle avait de superbes cheveux longs, qui tombaient en lourdes nattes dans son dos. Il aimait voir des cheveux longs chez une femme, n'appréciait pas toutes ces coupes au carré. Il posa sa bicyclette, poussa le portillon et remonta la courte allée du jardin jusqu'à la porte d'entrée.

— Vous passez tard, ce matin, lui dit-elle.

— Oui, je sais. Tout a été retardé au dépôt.

— Vous avez quelque chose pour moi ?

— Non, désolé.

— Oh ! zut… J'attendais un courrier de l'agence de traduction.

— Et celui qui est arrivé l'autre jour ?

— Je n'ai pas eu de lettre l'autre jour… Vous devez confondre avec quelqu'un d'autre.

— Sûrement pas, non. Je me souviens toujours de qui en reçoit. C'était vendredi. Je n'en ai pas eu beaucoup pour toute cette rangée de maisons, donc je me souviens bien de la vôtre. Et il y en avait une aussi pour vos parents.

— Oh, je vois…

Elle parut plutôt nerveuse tout à coup, entra précipitamment dans la maison tandis que le facteur s'en allait.

— Maman ! Maman, où es-tu ?

— Dans la cuisine, ma chérie.

— Maman, y a-t-il eu une lettre pour moi vendredi ?

Elle vit sa mère se raidir.

— Voyons, Susannah !

La voix de Mrs Bartlett se voulait apaisante, mais son visage était inquiet.

— Cette lettre risquait de te perturber…

— Maintenant, je le serai si tu ne me donnes pas ma lettre.

— Nous souhaitions te protéger, ma chérie.

— Me protéger de quoi ?

— Elle venait d'un jeune homme qui voulait te parler de l'époque où tu étais à Cambridge. Un journaliste.

— Et alors, qu'y a-t-il de mal à cela ? J'aurais assez aimé lui en parler, je…

— Le Pr Lothian ne voulait pas que tu lui parles.

— Le Pr Lothian ! Et comment sais-tu que le Pr Lothian ne le voulait pas ?

— Il… il nous a écrit, à ce sujet.

— Il a fait quoi ? Mais c'est scandaleux !

Elle se sentait devenir très nerveuse et dut s'asseoir ; sa mère ne la quittait pas des yeux.

— Susannah, s'il te plaît…

— Je veux cette lettre. Où est-elle ?

— Je ne sais pas, ma chérie. C'est ton père qui l'a, lui répondit-elle d'une voix incertaine.

— Je n'aime pas ça du tout. Je pense que tu ferais mieux de trouver Papa, tout de suite.

Ma Celia chérie,

Je sais que j'ai dit que je ne te dérangerais pas, mais il y a eu tant de non-dits hier, j'ai pensé que je devais t'écrire.

Je t'aime. C'est la première chose. Je t'aime de façon inimaginable, au-delà de la pensée, au-delà de la raison.

Je te veux avec moi, pour toujours. Je veux t'aimer et prendre soin de toi, je veux vivre avec toi, m'endormir avec toi, me réveiller avec toi. Je veux parcourir le monde avec toi et rentrer à la maison avec toi. Avec toi, et aussi avec notre enfant, semble-t-il maintenant.

La pensée que nous avons fait un enfant ensemble est presque insupportable. C'est un bonheur que je n'aurais pas cru connaître, mais il est extraordinaire, et si précieux… Cet enfant est le nôtre, le tien, et le mien. Je le sais avec une totale certitude. Nous l'avons fait, notre amour l'a créé ; nous devons le partager, nous devons l'aimer.

Sans lui et sans toi, je n'ai rien. Je l'aime tendrement, et déjà profondément, de tout mon cœur. Comme je t'aime. Véritablement.

Sebastian

Elle se rallongea dans le lit, et les larmes ruisselaient sur son visage. C'était affreux, intolérable. Il fallait qu'elle parte, qu'elle parte avec Sebastian, tout le reste n'était que folie.

Elle allait le faire maintenant, aujourd'hui. Elle le pouvait, c'était facile. Elle pouvait se lever, s'habiller ; il n'y avait personne autour d'elle, et elle se sentait tout à fait bien à présent. Et ensuite, aller directement chez lui. Elle sortit du lit, gagna sa penderie, choisit une robe et des chaussures. Elle commença à s'habiller, vacillant légèrement sur ses jambes.

Elle se brossa les cheveux, prit son sac, descendit l'escalier. Sa voiture était là, heureusement : elle avait craint que PM ne l'ait empruntée. Elle ouvrit la porte d'entrée et sentit l'exaltation la saisir : elle l'avait fait, elle s'était échappée. Échappée d'Oliver, de sa vieille vie. Elle était libre.

Elle descendit les marches du perron presque en courant, tout en sortant ses clés de voiture de son sac. Avec un grand sourire, elle ouvrit la portière. L'espace d'un instant, son bonheur fut pur et total, rien d'autre n'exista que lui. Cela ne durerait pas, cela ne pouvait pas durer, mais l'espace d'un instant elle fut en sécurité, protégée par ce bonheur.

— Lady Celia !

C'était Brunson, qui l'avait vue ; non, non et non…

— Je ne peux pas attendre, j'en ai peur, je suis terriblement pressée…

— C'est le Dr Perring au téléphone, Lady Celia. L'hôpital vient de l'appeler, Mrs Miller est plus mal. Il veut vous parler.

Sylvia ! La personne entre toutes qu'elle n'avait pas le droit d'abandonner. À contrecœur, elle remonta les marches, repassa la porte, prit le téléphone. Il lui parut très lourd.

— Lady Celia, Mrs Miller est en train de mourir. Il n'y a plus aucun espoir. Je crois que vous devriez envoyer Barty là-bas, immédiatement. Et ses autres enfants aussi, si vous pouvez les contacter. Avant qu'il ne soit trop tard. Vous pensez que c'est possible ?

— Oui, dit-elle – entendant dans sa voix qu'elle avait renoncé à fuir –, bien sûr. Je vais emmener Barty, ce ne sera pas long.

— Mr Lytton ? C'est Lily Fortescue. Est-ce que Jack est là, par hasard ?

— Non. Je suis désolé.

— Oh... Savez-vous où il est, alors ?

— J'ai bien peur que non. J'aimerais bien le savoir, en fait.

— Si vous le voyez, pourriez-vous lui dire que j'ai appelé ? Il m'avait confié son portefeuille hier soir, j'ai oublié que je l'avais dans mon sac, et je suis partie avec. Il en aura sûrement besoin. Il n'y a pas grand-chose dedans, mais tout de même.

— Bien sûr, Miss Fortescue. Merci d'avoir appelé. De votre côté, si vous entendez parler de lui, pourrez-vous nous en avertir ? Merci.

On avait installé Sylvia dans une petite chambre seule. Ses douleurs apaisées par une grosse dose de morphine, elle était immobile et calme. Une infirmière était assise près de son lit, lui tenant la main ; quand Barty et Celia entrèrent, elle se leva et quitta la pièce.

Barty s'approcha et se pencha pour embrasser son visage lointain, inaccessible.

— C'est Barty, Maman, dit-elle d'une voix très claire. Je suis venue te dire au revoir et de ne pas t'inquiéter pour moi, ni pour aucun de nous. Nous irons très bien.

Les mots durent pénétrer dans la conscience de Sylvia, car ses paupières tremblèrent, même si ses yeux ne s'ouvrirent pas ; elle sourit, souleva sa main un peu au-dessus du lit. Barty la prit, l'embrassa et ne dit rien d'autre, puis le silence retomba, pendant un moment. Celia les contemplait toutes les deux, la mère et la fille, si proches malgré les années et les circonstances, leur longue séparation, et en avait le cœur brisé. À un moment, elle s'approcha elle-même pour dire au revoir à Sylvia, lui embrassa son autre main, caressa ses cheveux, puis elle recula de nouveau d'un pas, pour les laisser seules.

Tout à coup, on entendit une respiration brutale et grinçante, suivie d'un silence absolu ; Barty se tourna vers Celia et demanda, d'une voix basse mais très ferme :

— Elle… elle est morte ?

— Oui, dit Celia en s'approchant, les yeux fixés sur Sylvia, repensant aux longues années qu'avait duré leur étrange amitié. Oui, Barty, elle est morte. Elle nous a quittés.

Barty pleurait en silence, la figure pâle. Ses yeux étaient remplis de larmes et aussi d'autre chose, que Celia ne parvenait pas à définir.

— Maintenant je suis complètement seule, finit-elle par dire.

Alors Celia comprit, et cela lui fit plus mal qu'elle ne l'aurait cru.

30

— Un accident de voiture ! Oh, mon Dieu… Est-ce qu'il va bien ? Où est-il ? Oh, mon Dieu, quand l'avez-vous appris ? Quelqu'un l'a vu ?

— Il va parfaitement bien, grommela PM. Bon, il a une jambe cassée, plusieurs côtes fracturées et une légère commotion, mais il est vivant. Quel idiot… Il est vraiment temps qu'il mûrisse.

— Je sais, mais il doit se sentir affreusement mal, dit Lily. Je veux dire, ça ne doit pas être très drôle…

— Peut-être pas. En tout cas, je vais le voir demain. Il est dans le Sussex, à l'hôpital de Lewes. Voulez-vous venir avec moi ?

— Je ne sais pas…

Lily était très embarrassée. Devait-elle y aller ? Peut-être valait-il mieux qu'elle reste à l'écart : il pourrait se méprendre en la voyant à son chevet, croire qu'elle regrettait ce qu'elle lui avait dit…

— Tenez-moi au courant, lui dit PM. Je quitterai Londres demain vers dix heures. Vous pouvez me rappeler aujourd'hui, ou tôt demain matin chez mon frère. Je vais vous donner le numéro.

— Oui, merci. Je vous préviendrai dans la journée.

Étrange petite amie, songea PM, qui ne se précipite pas au chevet de Jack. Mais c'était une actrice, lui avait dit Celia : sans doute se servait-elle juste de lui pour obtenir de sa part ce qu'elle pouvait, puis s'en aller.

— Billy, sais-tu quelque chose sur un bébé que Maman aurait eu et qui serait mort ? demanda Barty.

Ils étaient assis dans le jardin de Cheyne Walk ; Billy était arrivé quelques heures trop tard pour voir sa mère, et avait été beaucoup trop bouleversé pour repartir aussitôt. Celia lui avait dit qu'il pouvait rester jusqu'à l'enterrement ; ainsi ils pourraient se soutenir mutuellement. Barty était dans un état étrange : refermée sur elle-même, presque froide. Celia ne parvenait pas à l'approcher. Elle en souffrait d'autant plus que la mort de Sylvia l'affectait elle-même beaucoup.

À sa question, Billy se retourna vers elle.

— Pas grand-chose, non. Il était mort-né, si je me rappelle bien.

— Je vois. Mais…, commença-t-elle, puis elle s'interrompit.

— J'avais six ou sept ans, je ne m'en souviens pas bien. Juste que Lady Celia était là-bas. C'était Noël, et il est arrivé en avance. Le bébé. On a tous été envoyés chez la voisine, Mrs Scott, et je me souviens de la grosse voiture qui est arrivée, et aussi que Papa a demandé à Lady Celia d'entrer et de rester avec Maman.

— Oui, cela pourrait correspondre, dit-elle lentement. Et ensuite, que s'est-il passé ?

— Barty, je ne sais pas. Elle est venue à la porte et nous a dit que le bébé était mort, puis la sage-femme l'a emmené…

— La sage-femme ?

— Oui.

— Mais Maman n'a jamais eu de sage-femme ! Je croyais que c'était Mrs Scott qui l'aidait toujours…

— Peut-être, mais là, il y en avait une. De toute façon, quelle importance ça peut avoir ?

— La nuit avant sa mort, Maman délirait, et elle n'arrêtait pas de parler du bébé. Elle croyait qu'elle était en train d'accoucher de lui. Billy, ce bébé qui est mort… avait-il quelque chose qui n'allait pas ?

— Je ne sais pas, Barty. Tu devrais aller voir Mrs Scott. Elle pourrait peut-être t'aider…

— Oh mon Dieu ! Seigneur…

— Quoi, Oliver ? Qu'y a-t-il ?

— Regarde…

D'une main tremblante, il tendit à PM une feuille de papier.

— Qu'est-ce que c'est ?

— Une ordonnance de référé.

— Quoi ?

— Oui. Elle vient d'arriver, par porteur spécial et dit que le juge a entendu une demande de déclaration sous serment, qui lui a été soumise par Collies, Collies et Shaw, et que le référé concernant la publication de l'œuvre connue sous le nom de *La Saga des Buchanan* est… par la présente accordé et notifié. Oh ! PM, comment est-ce arrivé ?

— Je ne sais pas. Je n'en sais rien. Comment est-ce possible ? Nous n'avons rien reçu au sujet d'une future audience, on ne nous en a pas parlé, nous n'avons pas pu nous défendre…

— Mon Dieu…

Il se frotta les yeux avec la paume des mains ; il paraissait totalement épuisé.

— En tout cas, quelle que soit la raison, c'est la fin de Lytton.

— Tu crois ? Ne pouvons-nous pas contester, ou au moins demander au juge d'entendre notre version ?

— Je vais contacter Briscoe immédiatement. Mais franchement, je n'ai pas beaucoup d'espoir.

— Allô ? Susannah Bartlett, à l'appareil. Bonjour, Mr Worsley. J'ai reçu votre lettre… Nous pourrions nous voir demain, si cela vous convient ? J'ai une traduction urgente à faire aujourd'hui. C'est de cela que je vis.

Elle avait une jolie voix, pensa Guy, et elle avait l'air sympathique.

— Je ne sais pas très bien, continua-t-elle, dans quelle mesure je peux vous être utile… Peut-être que si vous me dites exactement ce que vous voulez savoir, je pourrai y réfléchir à l'avance ? Sur la vie universitaire en général, ou ce qu'elle représente pour une femme en particulier ?

— Oui, dit Guy, en saisissant la dernière suggestion comme étant à la fois plausible et se rapprochant de la vérité, oui, c'est exactement cela…

— Parfait. Donc, nous pouvons nous voir demain, mettons… ici, à onze heures. Il y a un train qui arrive à la gare d'Ealing Broadway, ensuite vous traversez la place. N'importe qui vous indiquera l'adresse.

— Bien. Merci beaucoup, vraiment.

Je me demande ce que vous voulez réellement, jeune homme, songea Susannah en raccrochant, et pourquoi. Et quel est le rapport avec Jasper Lothian.

Mercredi déjà. Il ne lui restait que deux jours pour prendre une décision.

Elle avait entendu parler d'animaux pris au piège et qui, tenaillés par la faim, finissaient par mordre leur patte : elle se sentait un peu dans la même situation qu'eux. Toutes les voies qui s'offraient à elle étaient pleines d'écueils et de tourments. Pourtant, il fallait prendre une décision, et elle serait nécessairement radicale.

Elle rendait grâce à Dieu de l'obligation où elle était de garder le lit, ce qui lui assurait, au moins, un certain degré d'intimité. Tout ce qui lui occupait l'esprit, c'était la balance de la justice, ou plutôt de l'injustice, dont les plateaux penchaient d'un côté ou de l'autre : soit en faveur de son mari et sa famille, et d'un devoir dans lequel elle ne voyait aucun plaisir et fort peu d'intérêt, soit en faveur de son amant et de son amour, dans lesquels elle voyait, au contraire, beaucoup des deux, mais aussi une peine immense pour un grand nombre de gens qu'elle aimait. Le temps passait, comme il savait si bien le faire, sans la mener à rien de concret.

Barty, immobile, contemplait la pièce qui l'entourait : si petite, si sombre, si misérable, mais encore tout imprégnée de la présence de sa mère, avec les touches de charme et de beauté qu'elle avait su y mettre : le pot en pierre, rempli d'herbes et de fleurs séchées qu'elle avait gardées depuis une visite à Ashingham, la grande photo de ses enfants, les plus jeunes, que Celia avait fait prendre pour elle à l'occasion d'un Noël et fait encadrer, deux tableaux peints par Barty, dans des cadres en papier mâché également réalisés par elle, la photo du mariage de Sylvia, et les yeux confiants qu'elle levait vers Ted, la médaille de Ted, accrochée par un clou au cadre du miroir qui surmontait la commode.

Il y avait aussi des choses plus tristes, comme le manteau élimé de Sylvia, qui pendait à une patère derrière la porte, et son chapeau noir, ses bottines usées jusqu'à la corde, le vieux berceau que Celia lui avait donné, utilisé depuis pour ranger des vêtements – tous nettoyés et pliés avec soin. Les rideaux râpés, le paillasson qui s'effilochait. Barty songea un bref instant, mais avec colère, aux pièces de Cheyne Walk qu'on réaménageait chaque année, où tout, tapis, rideaux, couvertures, devait toujours être à la dernière mode. C'était si injuste ! Elle cligna plusieurs fois des yeux, essuya les larmes qu'elle n'avait pas réussi à retenir.

— Barty, ma chérie ! Qu'est-ce que tu fais ?

— Oh ! Mrs Scott, bonjour... Je suis juste venue chercher quelques petites choses, des choses que Maman aimait particulièrement.

— Bien sûr... Je suis si triste, ma chérie, tu sais. Comme elle va me manquer. C'était la meilleure amie et la meilleure voisine qu'on puisse avoir, c'est tellement dommage. Tu me tiendras au courant pour l'enterrement, n'est-ce pas ?

— Bien sûr. Il devrait avoir lieu lundi prochain, je pense.

— Billy est là, n'est-ce pas ?

— Oui, il était venu pour lui dire au revoir, mais... eh bien, oh ! mon Dieu...

— Viens, ma jolie, que je te fasse un câlin. Tout va bien. Tu vas venir à la maison, je vais te donner une bonne tasse de chocolat et un morceau de gâteau, qui sort juste du four.

Deux morceaux de gâteaux et une tasse de chocolat plus tard, Barty se lança soudain et dit :

— Mrs Scott, Maman avait eu un bébé... Un bébé mort-né.

— Oui ?

Le visage de Mrs Scott devint méfiant.

— Et alors ?

— Eh bien... vous pourriez m'en parler un peu ?

— Il n'y a pas grand-chose à dire. C'était une petite fille.

— Elle n'est pas morte après l'accouchement ?

— Non, dit Mrs Scott d'un ton ferme, elle était mort-née, Barty. Elle n'était pas bien formée, et mieux valait qu'elle ne vive pas.

— Donc, elle était vivante ?

— Barty, ne t'entête pas là-dessus, ça n'a pas d'importance.

— Pour moi, si, dit Barty – son visage s'était durci –, et même beaucoup. Je pense qu'il est arrivé quelque chose d'étrange avec ce bébé. Et pourquoi y avait-il une sage-femme ? Il n'y en avait jamais d'habitude, vous vous occupiez toujours d'elle.

— Parce qu'il y avait eu des complications. Barty, répéta Mrs Scott du même ton ferme, ça ne sert à rien de fouiller dans tout ça, je t'assure. Ce qui est arrivé était le plus souhaitable, vraiment. Ta mère en était très boule-versée à l'époque, mais ensuite elle a dit que c'était mieux que le bébé n'ait pas vécu, elle s'en rendait compte. Ta pauvre mère et ton père avaient suffisam-ment de problèmes, avec leurs six enfants. C'était avant que tu ailles chez la dame, ne l'oublie pas ; alors encore un autre, infirme comme elle l'était, et avec une bosse dans le dos en plus, comment auraient-ils pu s'en sortir ?

— Je ne sais pas.

Elle n'allait pas poursuivre sur le sujet, pas mainte-nant en tout cas. Elle reposa sa tasse.

— De toute façon, il faut que je parte, Mrs Scott. Il y a Daniels qui klaxonne. Merci beaucoup pour cette conversation, et pour tout ce que vous avez fait pour Maman. Bien sûr, je vous tiendrai au courant pour l'enterrement. Comme tous les habitants de la rue qui voudront venir.

— Ils viendront presque tous. Tout le monde par ici aimait ta maman, c'était quelqu'un d'extraordinaire. D'extraordinaire, vraiment.

— Oui, je le sais.

— Ils prétendent que nous n'avons pas répondu à leur courrier, dit Peter Briscoe, et qu'ils ont donc été forcés de demander une audience en urgence.

— Mais nous n'en savions rien !

— Je sais… Ils ont écrit une lettre, qui est arrivée ce matin demandant pourquoi nous ne leur avions pas répondu. Ils en ont montré une copie au juge, que cela n'a pas mis dans de très bonnes dispositions à notre égard, ce qui n'a rien d'étonnant. Et ainsi, ils ont pu présenter leurs arguments sans avoir aucun contradicteur en face d'eux.

— Je vois, fit Oliver.

— J'ai écrit au juge, pour protester, et j'ai demandé qu'une autre audience se tienne *inter partes*. Elle aura lieu dans un délai de dix jours, s'il l'accorde. Ce qu'il devrait faire, je pense.

— D'ici là, notre propre date limite sera dépassée depuis longtemps, dit Oliver, en se passant les mains dans les cheveux. C'est un cauchemar, un cauchemar total.

— Maintenant, nous ne pouvons plus nous en sortir, PM, vraiment plus. J'ai eu un appel de Matthew Brunning aujourd'hui. Il a établi des contrats provisoires, pour la réunion de vendredi.

— Tu en as parlé à Celia ?

— Non, pas encore.

— Oliver, tu dois le faire.

— Quoi qu'elle dise, ou qu'elle pense, nous *devons* signer avec Brunning, soupira-t-il. Je lui parlerai ce soir. Tu seras là ?

— Non, j'ai un rendez-vous, dit-elle en rougissant un peu.

— Je vois, répondit-il, retenant un sourire. Eh bien ! Je ne vais pas te retarder. Passe une bonne soirée, en tout cas.

Les Bartlett étaient tous assis pour le dîner quand le téléphone sonna. Roger Bartlett alla répondre et resta absent pendant assez longtemps ; quand il revint dans la salle à manger, il semblait perturbé.

— C'est le Pr Lothian, dit-il à Susannah. Il veut te parler.

— Roger, dit Mary, est-ce une bonne idée ?

— Cela a l'air très important, d'après lui.

— Ah... Ne sois pas longue, ma chérie, dit-elle à Susannah qui se levait. J'espère qu'il sera gentil avec elle, ajouta-t-elle tandis que la porte se refermait derrière elle.

Susannah ne fut pas absente longtemps ; quand elle revint, elle paraissait tout à fait calme.

— Je comprends mieux maintenant de quoi il s'agit, dit-elle. Je vois aussi pourquoi il tenait tant à ce que je ne parle pas à ce jeune homme. Qui a été plutôt... sournois, je dois le dire.

— Eh bien, ma chérie, tu n'es pas obligée de lui parler...

— Non, bien sûr que non.

— Bien, fit Mary Bartlett. Pourquoi ne me laisserais-tu pas l'appeler et lui dire de ne pas venir ?

— Oui, quelle bonne idée... Je vais chercher son numéro de téléphone tout de suite.

Elle quitta la pièce et Mary Bartlett sourit à son mari.

— Quel soulagement. J'étais vraiment inquiète.

— C'est stupide, dit Susannah quand elle revint, je ne peux retrouver ce numéro nulle part... J'ai très peur d'avoir jeté sa lettre, c'est trop bête. Cela t'ennuierait de l'intercepter quand il arrivera demain matin, Maman ? Je resterai en haut dans ma chambre. Ou même, mieux, je sortirai faire une petite promenade.

— Bien sûr, ma chérie. Je crois que tu as très bien réagi. Si tu t'asseyais un peu pour lire ? Je t'apporterai du café...

— Tu vas vendre à Brunning ? *Vendre ?*

— Je n'ai pas le choix, Celia, vraiment pas le choix. Tu dois me croire.

— *Tu* n'as pas le choix !

Sa voix était pleine d'hostilité, de mépris même.

— La décision ne t'appartient pas à toi seul, du moins c'est ma façon de voir les choses...

— Très bien, alors *nous* n'avons pas le choix. Tu ne comprends pas ? Nous sommes presque en faillite... Nous allons être en faillite, même si nous obtenons la levée de ce référé. Lothian peut encore nous poursuivre pour diffamation. Le coût de l'impression de ces livres, et celui de la perte de Brooke...

— Oui, tu l'as déjà dit, répliqua Celia avec impatience, mais tu as dû réfléchir à d'autres solutions, non ? Un emprunt bancaire ?

— Il faudrait qu'il soit énorme. Et nous ne sommes pas un bon placement en ce moment.

— Et pourquoi Brunning ? C'est une maison miteuse. Pas de style, pas de vision... Si nous devons fusionner avec quelqu'un, pourquoi pas une autre maison, avec qui la cohabitation serait plus agréable ?

— Brunning a de l'argent. Leur offre est la seule qui vaille d'être considérée.

— Et pourquoi, demanda-t-elle – sa voix s'était faite très dure tout à coup –, n'ai-je pas été impliquée dans tout cela ? Oliver, comment as-tu pu faire une chose pareille ? Alors que Lytton est tout pour moi, que j'ai passé ma vie entière jusqu'ici à travailler à sa réussite, alors que je suis une Lytton – tu m'as trahie, tu m'as laissée en dehors de la décision...

— Ce n'est pas ta décision, dit-il d'un ton glacial, c'est la mienne. Et tu n'es pas une Lytton, pas dans ce sens-là du terme. Bonne nuit.

S'il voulait une revanche, pensa Celia, trop furieuse et trop indignée pour pleurer, il l'avait trouvée. Et elle se demanda si tout cela n'était pas, finalement, le signe qu'elle avait attendu.

— PM, commença Gordon, je…

Il paraissait mal à l'aise, passant nerveusement ses mains dans ses cheveux blancs.

— Oui, Gordon ?

— Je me demandais si nous, c'est-à-dire si vous, pourriez… Oh ! bon sang, c'est si difficile…

PM lui sourit.

— Voulez-vous que je vous aide ? Ou serait-ce trop présomptueux de ma part ?

— Non, bien sûr que non… Je veux dire que…

— Vous vous demandiez si nous pourrions être plus que des amis ? C'est cela ?

Il devint écarlate.

— En fait, oui. Si nous pouvions y réfléchir, un jour…

— Un jour ! Sommes-nous obligés d'attendre aussi longtemps ?

— Je ne voulais surtout pas vous presser, mais si vous pouviez y réfléchir…

— Gordon, je n'ai aucun besoin d'y réfléchir. Je crois que ce serait merveilleux, vraiment.

— Oh !…. Oh ! eh bien… Oh ! je veux dire, ma chère…

Au sein même de son bonheur, PM était frappée par l'énorme différence qu'il y avait entre lui et Jago, combien sa cour même avait été différente. Elle avait fait l'amour avec Jago dès la première nuit ; Gordon Robinson le lui proposait au bout de plusieurs semaines, plusieurs mois. Elle se laissa aller à anticiper l'avenir de quelques heures, ressentit un tel élancement de plaisir et de joie qu'elle put à peine le supporter.

— Je… je ne sais pas très bien comment nous pourrions…, dit-il (mais il n'en tendit pas moins la main au-dessus de la table et en recouvrit la sienne). Accepteriez-vous que nous nous fiancions, tout de suite ?

Le cœur de PM chancela ; elle ne s'attendait pas à cela.

— Des fiançailles ! Je n'avais pas pensé à de véritables fiançailles, dit-elle prudemment, sans très bien savoir ce qu'elle-même en pensait au fond.

— Eh bien, cela peut attendre. Si je sais que vous êtes prête à y réfléchir, c'est assez de bonheur pour moi. Je...

— Gordon, avez-vous déjà été fiancé ?

— Non, jamais. Il y eut cependant une jeune femme, dont je me sentais très amoureux, mais... eh bien ! c'est une histoire malheureuse...

— Que s'est-il passé ?

Elle lui sourit, tendit la main pour toucher son visage. C'était un visage si doux, si gentil.

— Eh bien, il se révéla qu'elle... enfin, qu'elle avait eu une relation avant...

— Vous voulez dire qu'elle avait été amoureuse avant ?

— Non, cela ne m'aurait pas gêné... On ne peut pas s'attendre à être le premier et le seul amour dans la vie d'une femme. Je ne le serais pas avec vous, bien sûr, puisque vous avez eu un mari. Mais j'ai découvert qu'elle avait eu une... une relation physique. Avec un homme.

PM se sentit assez mal à l'aise, tout à coup.

— Oui ?

— Eh bien, comme vous le savez, je suis chrétien. Pour moi, le mariage est quelque chose de sacré, et le seul cadre dans lequel on peut consommer une relation physique.

— Donc, vous avez rompu.

— Oui.

— Je vois… Gordon, pardonnez-moi de vous poser la question, mais… Avez-vous jamais eu une relation intime avec quelqu'un ?

Il la regarda et il était maintenant très pâle, très agité.

— Je n'en ai pas eu, non, je ne pouvais pas, n'étant pas marié… Comment aurais-je pu ? Ç'aurait été très mal…

D'un seul coup, toute joie avait disparu chez PM, qui se sentait même très malheureuse et proche des larmes. Cela ne pourrait jamais marcher entre eux. Elle était une femme passionnée et aussi une femme d'expérience, même si elle était célibataire depuis de nombreuses années ; elle ne croyait plus en Dieu, ni vraiment au mariage. Et elle était là, songeant à entamer une relation sérieuse avec un homme qui, à cinquante ans, était vierge, respectueux des règles et des croyances chrétiennes les plus strictes.

— Je vous remercie, dit-elle, luttant pour garder une voix ferme, pour le grand honneur que vous m'avez fait. Mais je pense que ce n'est pas la meilleure idée, dans un avenir prévisible tout au moins. J'éprouve encore une grande loyauté envers le père de Jay, ça me paraîtrait une trahison à son égard.

— Oh…, dit-il, et il eut l'air si abattu, si démoralisé, qu'elle se laissa presque fléchir.

— Donc, je dois vous répondre non, poursuivit-elle, et ce fut une des phrases les plus pénibles à prononcer de sa vie. Je suis vraiment désolée.

— Oui, je comprends. Bien sûr. Mais… eh bien, pourrions-nous continuer à nous voir comme nous l'avons fait, en tant qu'amis ? Et peut-être qu'un jour…

— Non, Gordon, dit-elle – sans savoir où elle puisait le courage de le dire – non, je ne crois pas qu'un jour… Ce ne sera jamais possible, malheureusement.

— Mais vous disiez tout à l'heure…

— Je sais, mais j'y ai réfléchi pendant que nous parlions et...

— Très bien, dit-il en se levant, et elle songea qu'elle n'avait jamais vu personne avec un visage aussi triste. J'apprécie ce que vous avez dit et votre honnêteté, bien sûr. Vous allez me laisser vous raccompagner...

— Non, je vais prendre un taxi. Bien... au revoir, Gordon, dit-elle en lui tendant la main. Et merci encore, merci pour tout.

— Au revoir, PM.

En arrivant à la porte du restaurant, elle se retourna ; il était assis, tête baissée, le regard fixé sur la table. Il lui fallut un effort surhumain pour ne pas se précipiter vers lui et lui dire qu'elle s'était trompée, qu'elle réfléchirait volontiers à des fiançailles. Mais elle savait qu'elle ne le pouvait pas. Cela ne marcherait jamais.

31

Giles regardait par la fenêtre et vit Barty qui descendait le quai Victoria. Pauvre Barty, ce devait être horrible pour elle : elle n'avait désormais plus ni père ni mère. Et elle avait tellement aimé Sylvia. Heureusement, pensa Giles, que sa propre mère avait veillé à ce que Barty la voie souvent. Il décida de descendre à sa rencontre. Peut-être voudrait-elle faire une petite promenade ?

Quand il ouvrit la porte d'entrée, elle le regarda comme si elle le reconnaissait à peine. Elle avait une mine effroyable : livide, défaite, de grands yeux cerclés de noir qui lui mangeaient le visage.

— Barty, que se passe-t-il ?

— Je… je ne me sens pas très bien.

C'était le dernier jour, les dernières vingt-quatre heures. Sebastian partait vendredi matin à dix heures ; peut-être ne se reparleraient-ils plus jamais. Certainement plus en tant qu'amants.

Elle avait espéré que la conduite d'Oliver concernant la fusion l'aiderait à se décider. Cela avait été le cas, pendant un moment. Ensuite, après sa première flambée de colère, elle était retombée dans une étrange inertie, une incapacité à émerger des ~~~ ~~~ ~~~ des soucis profonds qui l'accablaient. Cette inertie était devenue un véritable cercle vicieux, inhabituel pour elle. Elle ne se reconnaissait pas.

— Je dois admettre que tu n'as pas l'air en pleine forme, dit PM.

Elle s'assit près du lit de Jack et commença à déballer ce qu'elle lui avait apporté, des bonbons, des biscuits, des fruits – le genre de choses qu'elle aurait préparées pour Jay…

— Tu n'as pas l'air très bien non plus, dit-il en l'examinant. Quelque chose ne va pas ?

— Non… Je suis un peu fatiguée, c'est tout. Que s'est-il passé, Jack ? Qu'as-tu fait ?

— Honnêtement, je ne sais pas. J'ai traversé le carrefour en essayant de rattraper les autres, puis j'ai heurté un arbre ou quelque chose, ensuite je ne me rappelle plus. J'avais bu beaucoup trop de champagne, j'en ai peur.

— Jack, espèce d'idiot ! Tu aurais pu tuer quelqu'un…

— J'aurais pu *me* tuer. Je suppose que cela ne t'aurait pas beaucoup dérangée, mais j'aurais pu.

— Si, cela m'aurait dérangée, comme tu dis.

— Alors, tu es bien la seule.

— Voyons, Jack, c'est absurde.

— Non, pas du tout. Aux yeux d'Oliver, j'ai contribué à faire couler Lytton. J'ai perdu contact avec tous mes vieux copains de régiment. Et ensuite, Lily…

— Quoi, Lily ? dit-elle prudemment.

— Pas de nouvelles de sa part ?

— Pas que je sache, non. Elle a ton portefeuille, au fait.

— Ah ! Je me demandais où il était. Alors, cela veut dire que c'est fini, j'en ai peur, soupira-t-il.

— Franchement, je ne suis pas sûre que ce soit une mauvaise chose. Elle ne me paraît pas quelqu'un de très affectueux.

— Là, tu te trompes. Elle est très affectueuse et très gentille, au contraire. Et j'aurais juré qu'elle m'aimait. Elle a été si loyale, je t'assure, une si chic fille, toujours intéressée par ce que je faisais. Nous avons été… très proches pendant longtemps. En plus, elle est très jolie, et elle est formidable sur scène.

— Vraiment ? dit PM d'un ton sec. Un véritable modèle, alors.

— Oui. C'est pourquoi je ne comprends rien à tout cela. Que tout se soit terminé si brutalement, je veux dire. Je lui avais demandé de m'épouser, et…

— De t'épouser ?

À ses yeux, Jack avait toujours été un éternel célibataire.

— Oui. Je… je l'aimais, et je l'aime toujours. Et je pensais qu'il était temps que je me fixe. On dirait que cela l'a plutôt fait fuir à tire-d'aile.

— Sans doute qu'elle ne se sentait pas elle-même prête à se fixer…

— Non. Je suppose que c'est ça. Elle a dit aussi qu'elle allait partir pour Broadway, ou une ânerie dans le genre.

— On dirait que nous n'avons pas beaucoup de chance en amour, hein ? Aucun de nous…

— Toi non plus ?

— Disons que… c'est comme ci comme ça.

— Je vois. Et c'est la même chose pour Oliver, je suppose.

— Moins on en dit sur le mariage d'Oliver et mieux cela vaut.

— Tu sais aussi ?

— Oui, je sais aussi. Quel gâchis !

— Je ne sais pas pourquoi il ne la jette pas dehors.

— Ce serait un peu rude. Mais d'un autre côté, il persiste à avoir une attitude de saint à propos de toute cette affaire. Cela m'agace, et je ne le comprends pas très bien non plus.

— Je vais te dire une chose, dit Jack en souriant. C'est très dur d'être le petit frère d'un saint.

Guy Worsley se sentait prêt à fondre en larmes alors qu'il reprenait, péniblement, le chemin de la gare. Oublié le sauvetage des *Buchanan*, le sauvetage de Lytton. Quelle fille grossière, n'avoir même pas eu la courtoisie de lui téléphoner… Elle l'avait laissé espérer, elle avait paru si amicale et coopérative au téléphone ; non, il ne pouvait toujours pas le croire. Mais voilà, c'était ainsi. Plus aucun espoir… Il ne lui restait plus qu'à retourner dans l'enseignement : plus personne ne voudrait jamais rien lire de ce qu'il avait écrit. Grâce à Dieu, il n'avait rien dit à Oliver Lytton qui fût en mesure de faire renaître ses espoirs. Au moins, il évitait l'humiliation de devoir lui avouer qu'il en était revenu à la case départ.

— Mr Worsley ?

Guy se retourna, pour voir une jeune femme arriver derrière lui, d'allure plutôt bohème, avec ses longs cheveux blonds et une longue jupe démodée. Elle était hors d'haleine, ayant manifestement couru pour le rattraper.

— Oui, je suis Guy Worsley.

Elle lui tendit la main.

— Susannah Bartlett. Je pensais bien que c'était vous. Je vous guettais depuis un buisson. Désolée pour tout cela, dit-elle en souriant de sa perplexité. Écoutez, prenons le train et descendons quelques arrêts plus loin, par exemple à Kew ou dans les parages, allons prendre un café… Je ne veux pas courir le moindre risque que mes parents ou leurs amis nous voient ensemble.

— Mais, je ne comprends pas… Je croyais que vous ne vouliez pas me voir ?

— Je ne voulais pas qu'on *sache* que je vous voyais. Et j'ai vraiment perdu votre numéro de téléphone, voilà pourquoi j'ai dû venir vous rattraper ici. Je suis assez douée pour perdre les choses. Voilà la gare… Sauf que je n'ai pas d'argent sur moi, vous pourrez m'offrir le billet jusqu'à Kew ?

Guy lui aurait acheté avec joie un billet pour l'Australie si elle le lui avait demandé.

Giles avait conduit Barty en haut, l'avait aidée à retirer ses chaussures et à s'allonger sur son lit ; ensuite, il était allé cherché du thé. Barty fixait le plafond ; elle avait les yeux secs maintenant, mais elle tremblait et claquait des dents malgré la chaleur.

— Barty, il faut que tu me dises ce qu'il y a, il le faut vraiment. C'est ta maman, ou est-ce qu'il y a autre chose ? Est-ce que je peux t'être utile d'une façon ou d'une autre ?

Elle secoua la tête, prit une gorgée de thé, à contrecœur, puis elle dit :

— Merci, Giles, mais j'ai vraiment besoin d'être seule, si cela ne t'ennuie pas.

— Pas de problème. Je serai dans le jardin si tu as besoin de moi. Je resterais bien dans ma chambre, mais il fait trop chaud. Tu veux que je demande à Maman de monter te voir ?

— Non ! dit-elle, d'une voix si brusque qu'il en fut surpris. Non, je ne veux pas la voir…

— Vous ne cherchez pas véritablement des informations sur la vie d'une étudiante pendant la guerre, n'est-ce pas ? dit Susannah. Mr Worsley, je vous parais peut-être un peu bizarre, un peu excentrique, même, mais je ne suis pas stupide.

— Je n'ai jamais pensé que vous l'étiez, répondit Guy. Vous me semblez fort intelligente, au contraire.

— Je suis fort intelligente, répondit-elle avec simplicité, mais disons que… j'ai eu certains problèmes. De nature émotionnelle. Mais je ne vais pas vous ennuyer avec cela.

— Cela ne m'ennuie pas du tout, affirma-t-il en lui souriant. Si vous avez envie de m'en parler.

Elle était si agréable, vraiment agréable. Ils s'étaient assis dans un café au bord du fleuve, près du pont de Kew ; le soleil se reflétait sur l'eau et sur ses longs cheveux blonds, l'air était doux et chaud, tout à fait à l'image de la jeune femme. Guy songea qu'il n'y avait nul autre endroit au monde où il eût préféré être, à ce moment précis.

— J'ai fait une grave dépression nerveuse. L'année même de ma licence. Ce qui veut dire que j'ai réussi beaucoup moins bien que ce que les gens espéraient, à commencer par moi. Cela m'a beaucoup démoralisée et je… j'ai fait quelque chose de plutôt stupide. J'ai passé alors pas mal de temps à l'hôpital, et aujourd'hui encore, je prends des médicaments. Je ne pourrais pas non plus exercer un métier normal, ni supporter des situations de stress. Donc je dois vivre à la maison avec mes parents, qui me traitent plutôt comme une enfant, dit-elle en souriant. C'est même la raison pour laquelle nous sommes ici, et pas en train de parler dans le jardin. Enfin, c'est une des raisons. L'autre, c'est Jasper Lothian. Il m'a dit que je ne devais pas vous voir. Pourriez-vous m'expliquer pourquoi ?

Celia, qui essayait de lire, allongée sur le canapé de sa chambre, avait entendu Barty rentrer, Giles monter puis redescendre les escaliers ; elle était allée jeter un coup d'œil à la porte, avait intercepté Giles quand il était redescendu la seconde fois.

— Qu'est-ce qui ne va pas ? lui avait-elle demandé.

— Je ne sais pas. Elle est complètement bouleversée.

— Dois-je monter la voir ?

— Non, elle veut être seule, pour le moment. Peut-être plus tard…

Au bout d'une heure, ne pouvant plus supporter d'attendre, elle monta et frappa à la porte de Barty.

— Barty ? Je peux entrer ?

Pas de réponse. Elle frappa encore, puis ouvrit doucement la porte : Barty était au lit, sous les couvertures. Elle devait avoir terriblement chaud.

— Barty, ma chérie, laisse-moi ouvrir la fenêtre… Qu'est-ce qui ne va pas ? Je peux faire quelque chose ?

Elle n'était nullement préparée à la réaction qui suivit. Barty se retourna brusquement, s'assit dans son lit pour la regarder : son visage se crispait dans ce qui ressemblait, oui, à de la haine – il n'y avait pas d'autre mot pour le décrire.

— Non, dit-elle, et sa voix était très forte et très dure, non, vous ne pouvez pas. Je ne veux pas vous parler, je ne veux même pas vous voir. Sortez de ma chambre, s'il vous plaît…

Celia reçut un choc, comme si quelque chose l'avait physiquement frappée.

— Barty…

— Je vous ai demandé de sortir de ma chambre, répéta-t-elle plus doucement, mais avec la même aversion dans la voix. Tout de suite.

Alors, Celia s'exécuta.

Quand Guy eut fini ses explications, Susannah demeura quelque temps à regarder la rivière, puis elle dit :

— Lothian est un homme charismatique. Il avait un grand pouvoir et il influençait beaucoup ses étudiants, y compris moi. Je me sentais complètement sous son charme. Son esprit était extraordinaire, c'était le directeur d'études le plus merveilleux qui soit. Il nous donnait l'impression que nous pouvions repousser nos limites, il nous faisait argumenter, contrer, émettre les théories les plus extravagantes et les soutenir. Il nous faisait réexaminer tout ce que nous pensions, tout ce que nous croyions savoir, et revenir au point de départ avant de recommencer. C'était un grand privilège de l'avoir comme professeur.

— Et Mrs Lothian ?

— Nous ne la voyions presque jamais. Elle était toujours partie quelque part. Elle était très belle, très amusante, toujours merveilleusement habillée, mais c'était la personne la moins appropriée qui soit pour être la femme d'un professeur d'université. Elle ne s'impliquait pas du tout dans le travail ni dans la vie de son mari.

— Donc, lui… vous l'aimiez bien ?

— Je l'adorais. Tout le monde l'adorait. Nous aurions fait n'importe quoi pour lui.

— Oui. Je vois.

Guy sentit une grande panique le gagner ; il devenait clair que cette histoire avait bel et bien imité la réalité. Que la jeune femme avait même, peut-être…

— Miss Bartlett…

Il fallait en finir.

— Je vous en prie, appelez-moi Susannah.

— Susannah, s'il vous plaît, pardonnez-moi de vous poser cette question, mais… Avez-vous eu une liaison avec Jasper Lothian ?

Il y eut un très long silence, puis elle répondit :

— Non. Non, je n'ai pas eu de liaison avec lui.

— Miss Lytton ?

— Oui…

PM releva les yeux ; une très jolie fille se tenait à la porte. Elle avait des cheveux roux foncé et des yeux bruns, de longs cils, une peau crémeuse et un charmant sourire. Sa voix était séduisante elle aussi, claire et légère. PM la trouva tout de suite sympathique.

— Je suis Lily, Lily Fortescue. J'ai rapporté le portefeuille de Jack.

Toute sa sympathie disparut aussitôt.

— Merci. Dommage seulement que vous ne soyez pas venue plus tôt, j'aurais pu le lui apporter là-bas.

— Désolée, je... je n'ai pas pu. Je vais le lui envoyer par la poste, si vous voulez.

— Non, je l'emporterai la prochaine fois. Il n'en a pas tant besoin que cela pour le moment.

— Comment va-t-il ?

— Quelques os brisés et un mauvais coup sur la tête. Il s'en remettra. Pour recommencer, sans doute.

— Il ferait mieux de s'abstenir...

— J'ai peur que personne ne puisse l'en empêcher, hélas. Ce n'est pas quelqu'un de très responsable, disons-le.

— Il pourrait l'être, pourtant.

— Vraiment ? Et qu'est-ce qui vous donne le droit d'émettre une telle opinion ?

— Eh bien, j'ai été sa petite amie. Même pendant assez longtemps.

— Je suis au courant. Mais plus maintenant, si j'ai bien compris ? En tout cas, merci d'avoir rapporté le portefeuille. Je suis très occupée, Miss Fortescue, si vous voulez bien m'excuser...

— Je me demandais si ce serait une bonne idée de... de lui envoyer des fleurs, ou quelque chose, juste pour lui remonter le moral. Accepteriez-vous de me donner l'adresse de l'hôpital ?

— Miss Fortescue, dit PM en prenant son stylo, je pense vraiment que moins Jack entendra parler de vous, mieux cela vaudra.

— Oui, fit Lily en soupirant, vous avez sans doute raison. En tout cas, la prochaine fois que vous le verrez, transmettez-lui mes amitiés.

La lassitude, et sa propre dépression, rendirent PM plus dure que d'habitude.

— Je doute qu'elles soient utiles, et je pense qu'à long terme mon frère ira beaucoup mieux sans vous. Maintenant, je suggère que vous retourniez à votre music-hall, ou n'importe où ailleurs. Il y a des gens qui travaillent – qui travaillent vraiment, je veux dire.

— Je ne vois pas la nécessité d'être grossière, rétorqua Lily.

PM releva les yeux vers elle.

— Franchement, je ne vois pas non plus la nécessité d'être spécialement polie envers vous.

— Oh, cessons là les hostilités, voulez-vous ? Vous ne comprenez pas ! Vous croyez que je ne suis qu'une petite actrice opportuniste et que je me suis servie de Jack, n'est-ce pas ? Eh bien, vous vous trompez complètement ! J'aime Jack, je l'aime énormément même...

— Vous avez une étrange façon de le montrer, Miss Fortescue.

— Arrêtez, répéta Lily, et d'un seul coup elle éclata en bruyants sanglots.

— S'il vous plaît, dit PM d'une voix brusque, épargnez-nous vos épanchements mélodramatiques. Vous feriez mieux de vous asseoir un moment.

— Je ne veux pas m'asseoir.

— Oh, ne soyez pas absurde... Venez, asseyez-vous ici.

— Il m'a demandé de l'épouser, dit tout à coup Lily.

— Je sais, il me l'a dit. Et vous avez refusé.

— Oui, mais ce n'était pas mon intention.

— Alors, pourquoi l'avez-vous fait ? Oh, je me souviens, Jack a parlé de quelque chose comme un départ pour l'Amérique.

— Je l'ai inventé, oui. Je devais avoir une bonne raison à lui donner. La vérité, c'est que cela n'aurait tout simplement pas marché.

— Et pourquoi pas ?

— Parce que… vous êtes tous si chics.

— Chics ?

— Oui. Tenez, rien que cette pièce, on croirait qu'elle sort d'un château. Et la maison de Cheyne Walk, c'est un château. Et Jack était colonel dans la cavalerie, et Lady Celia, et ses parents… Que feraient-ils de quelqu'un comme moi ?

— Je ne crois pas que cela ait la moindre importance, ce qu'ils feraient de vous.

— Si. Au bout d'un moment. Vous devriez voir où je vis…

— Où ?

— Dans un petit lotissement, à Bromley.

— J'ai grandi dans un endroit de ce genre à Peckham, dit tranquillement PM, mais Lily ignora sa remarque.

— Il n'y a pas que du mauvais, d'ailleurs… Je veux dire, c'est plutôt joli et confortable, mais cela n'est jamais qu'un petit lotissement. Et mon père a tenu un étal de fruits et légumes, moi j'ai quitté l'école à douze ans. Alors que Jack est allé dans une école chic… Où est-il allé, déjà ?

— À Wellington.

— C'est là que Mr Lytton est allé aussi ?

— Non, lui est allé à Winchester. Jack n'était pas assez bon, il n'y a pas été admis. Donc, vous dites que vous avez repoussé Jack, simplement parce que vous le trouviez trop chic pour vous ? C'est vrai ?

— Oui. Parce que je pensais que cela ne pourrait pas marcher.

PM la regarda, et son expression était très solennelle. Puis elle sourit, un sourire aussi grand qu'inattendu, qui transforma du tout au tout son visage.

— Miss Fortescue, mon père était relieur à façon. Il est monté à Londres de son Devon natal avec, en tout et pour tout, une très petite valise et son livret d'apprenti. Il est allé travailler pour un Mr Jackson, qui avait une librairie et une petite presse, sur laquelle il imprimait des brochures éducatives, et qui a appris à mon père la typographie en plus de la reliure. Mon père a épousé la fille de son patron, et c'est ainsi qu'il a lentement grimpé les échelons dans le monde. Tout cela vous paraît-il très *chic* ?

— Non, reconnut Lily, tout en esquissant un sourire. Non, en effet.

— De plus, poursuivit PM, le père de Jay était maçon. Il a été tué à la guerre. Quant à Celia, oui, ses parents sont plutôt chics, comme vous le dites. Mais je crois que nous leur sommes nettement supérieurs en nombre. Sans compter que son père serait extrêmement heureux de vous avoir dans la famille, j'en suis sûre. En tout cas, si Jack vous a donné l'impression qu'il possède la moindre supériorité sociale, alors il est grand temps qu'il redescende sur terre.

— Oh ! non, il ne l'a pas fait, franchement non.

Lily pleurait toujours, mais elle souriait en même temps.

— Je crois que je ferais bien d'aller tout de suite à Lewes, dit-elle. Je devrais pouvoir attraper un train, n'est-ce pas ?

— Bien sûr que vous le pourrez. Bonne chance, et mon affection à Jack. Dites-lui qu'il a de la chance de vous avoir.

— Merci, merci beaucoup, Miss Lytton.

— J'ai mis longtemps à comprendre, dit Susannah Bartlett. J'aimais beaucoup mon frère : il n'avait que dix-huit mois de moins que moi, et il était une année en dessous dans ses études. Quand il est arrivé à Cambridge, je l'ai présenté à tous mes amis, et aussi à Jasper Lothian, bien sûr. Nous allions souvent chez lui, et nous l'invitions dans nos chambres. Il était souvent seul, vous voyez, chaque fois que sa femme était loin. Il avait quelque chose de théâtral, d'excessif... Très généreux et très hospitalier, et amusant, aussi. Il attisait les commérages, forcément. Les gens me taquinaient, me demandaient si j'étais amoureuse de lui, ou lui de moi... J'ai peur d'avoir un peu encouragé cela, j'aimais être au centre de l'attention générale. Et je n'avais pas eu d'amis hommes jusque-là. En tout cas, j'ai fini par comprendre. Ou plutôt, c'est mon frère qui m'a tout raconté.

— Et qu'avez-vous ressenti ?

— Oh, j'ai été plutôt ravie, une fois que j'ai été habituée à l'idée. Certainement pas choquée, non. C'était à la fois magnifique et décadent, à des années-lumière d'Ealing et du travail de mon père à la banque. Mais Lothian a commencé à devenir plutôt désagréable. Malgré tous ses grands discours anticonformistes, il était terrifié à l'idée que cela s'ébruite. Il a dit qu'il voulait encourager la rumeur que nous avions une liaison, pour créer une sorte d'écran de fumée. J'ai été choquée et lui ai dit que je m'y refusais ; il a répondu que c'était dans mon intérêt, que si l'on savait que Freddie était homosexuel, ce serait très douloureux pour mes parents, etc. C'était une sorte de chantage.

— C'est affreux...

— Oui. En tout cas, j'ai fait semblant pendant un trimestre et demi environ. Ensuite, il a laissé tomber Freddie, d'un seul coup. Freddie en a eu le cœur brisé ;

il a arrêté ses études. Il avait presque dix-neuf ans alors, et il est parti pour la France.

— Et ?

— Il a été tué, murmura Susannah d'une voix blanche. Au bout de trois mois seulement. Mais avant cela, la situation est devenue très pénible. Un autre professeur avait entendu des rumeurs sur Jasper et Freddie ; Jasper est venu un soir dans ma chambre, exigeant que je dise à cet homme que c'était complètement faux, que mon frère était hétérosexuel, que rien de la sorte n'était jamais arrivé. Que je le saurais si telle avait été la vérité et que lui-même et moi avions eu, non pas exactement une liaison, mais une relation. J'ai répondu que je ne m'en sentais pas capable. Alors, il a affirmé que si je ne le faisais pas, il parlerait à mes parents au sujet de Freddie. Il a aussi insinué que je ne réussirais pas très bien aux examens. Donc... je l'ai fait. Je ne sais pas si l'autre homme m'a crue ou pas, mais en tout cas, je l'ai fait. J'ai détesté cela, j'ai eu l'impression de m'avilir. L'ironie, c'est que je n'ai personnellement jamais été dérangée par l'homosexualité. Je n'y ai jamais rien vu d'immoral.

— C'est terrible de penser que la loi la considère comme un crime.

— Oui, n'est-ce pas ?

Elle garda le silence un moment, puis elle dit :

— En tout cas, la nouvelle de la mort de Freddie est arrivée juste avant que je passe mes examens de dernière année. Mes notes ont été médiocres et Lothian a dit que je l'avais déçu, que j'avais déçu toute l'université. Je ne sais pas, c'était beaucoup trop pour moi, tout était si horrible, et c'est alors que j'ai eu ma dépression nerveuse. Je suis restée pendant des mois à l'hôpital.

« Il est venu me voir plusieurs fois pour s'assurer que je n'avais pas parlé de lui et de Freddie avec le psychiatre, ou sous l'effet des médicaments. Il n'arrêtait pas de me répéter que je ne devais en parler à personne ; j'ai pensé qu'il essayait d'entrer de force dans mon subconscient. Et pendant ce temps, il faisait croire à mes parents qu'il s'inquiétait de moi comme un père, qu'il s'intéressait de près à ma maladie et à la façon de la traiter. Mes parents sont très respectueux de l'autorité, terriblement impressionnés par les gens de son espèce. Il leur a dit combien Freddie était brillant, et qu'il aurait sûrement obtenu une mention très bien. Il insinuait que je n'en serais jamais capable moi-même, que le monde universitaire n'était vraiment pas fait pour moi. Il me rabaissait constamment à leurs yeux.

« Il est resté en relation avec eux, leur demandant comment j'allais, leur envoyant des cartes de Noël, ce genre de choses. Mais quand j'ai découvert que vous m'aviez écrit, et qu'il leur avait dit de ne pas me donner votre lettre, j'ai su que cela devait être quelque chose d'important.

— Oui, en effet, très important. C'était si gentil de votre part de me dire tout cela. Je ne sais pas très bien pourquoi vous l'avez fait.

— Pour deux raisons. Je n'aime pas être manipulée, surtout pas par Jasper Lothian. J'aimais bien votre cousin ; j'ai aussi aimé votre histoire. Je ne vous aurais rien dit sinon. J'aurais simplement avoué que tout était merveilleux à Cambridge, et j'en serais restée là. La seule chose que je vous demanderai, c'est de ne pas mêler le nom de Freddie à cela – publiquement, je veux dire. Mes parents en auraient le cœur brisé.

— Cela n'arrivera pas, je vous le promets. Je vais vous raccompagner.

— Non, vraiment. Cela ira très bien, dit-elle en lui souriant encore. Je ne suis pas mentalement déficiente, vous savez, je suis parfaitement capable de trouver mon chemin entre Kew et Ealing. À condition que vous m'offriez mon billet de retour.

— J'allais vous le proposer.

— Vous êtes très gentil. Mais alors, vous ne devez pas sortir du train avec moi. Je suis sérieuse. Si mon père ou ma mère nous voyaient, ils devineraient, et je ne le veux vraiment pas.

— Bien... alors, je vous accompagnerai jusqu'à Ealing.

— Que pensez-vous faire de mes révélations ?

— Je ne sais pas trop. D'abord, parler à mon cousin. Je jure que je ne raconterai rien aux éditeurs. Rien au sujet de votre frère, en tout cas.

— Merci. J'ai confiance en vous.

32

— Je n'y crois pas, dit Jeremy. Je n'y crois tout simplement pas.

— N'est-ce pas merveilleux ? N'est-ce pas magnifique ? Nous l'avons eu. Nous l'avons vraiment eu, le salaud !

— Oui, nous l'avons eu. Enfin, *tu* l'as eu. Quelle histoire, non ? C'est encore mieux que dans ton roman… Que vas-tu faire ? Le raconter à Oliver Lytton ?

— Non. Pas encore, en tout cas. J'ai promis à Susannah que je ne parlerais pas de son frère. Je vais aller voir Lothian.

— Quand ?

— Demain matin.

— Je suppose qu'un jour de plus ou de moins ne fera pas de différence.

Jack essayait de déterminer ce qui le tentait le plus entre un chocolat ou un thé – ou en tout cas ce qui serait le moins écœurant – quand l'infirmière Thompkins arriva à son chevet, accompagnée d'un médecin.

— Ah, Mr Lytton, dit celui-ci. Je venais voir un peu comment allait votre jambe.

— J'ai horriblement mal. Il me faut plus de calmants.

— Désolé, mon vieux, pas avant l'heure du coucher. Je voulais aussi m'assurer que vous étiez décent, pas en train d'utiliser le bassin ou autre chose dans le genre. Parce que votre… fiancée est ici, et à cause du long voyage qu'elle a fait, l'infirmière Thompkins a gentiment accepté qu'elle vous rende visite. Bien que ce soit en dehors des heures réglementaires.

— Ma fiancée ?

Il devait avoir des hallucinations, sans doute les médicaments.

— Oui. Je viens de la voir en passant, il y en a qui sont vraiment vernis, mon vieux. Entrez, Miss Fortescue, Mr Lytton est visible. Pas plus d'une demi-heure, infirmière, il ne faut pas que Mr Lytton soit trop fatigué. Ni trop excité, ajouta-t-il avec un clin d'œil à Jack par-dessus la tête de l'infirmière, puis il tira soigneusement les rideaux autour du lit.

— C'est quoi, cette histoire de fiancée ? demanda Jack.

— Tu as déjà oublié ? répondit Lily. Tu m'as demandé en mariage il n'y a pas plus de deux soirs.

— Je sais bien que je l'ai fait, et toi, tu m'as répondu…

— Oh, j'ai dit beaucoup de choses idiotes. Ce que je voulais dire en fait, c'était que j'adorerais t'épouser, le plus vite possible. Disons dès que tu te seras organisé pour ton travail, que tu auras payé tes dettes, au moins en partie, et que tu m'auras promis de renoncer à la cocaïne.

— Je promets, dit-il, en levant le bras et en lui prenant la main. Je te le promets, Lily, je te promets tout, absolument tout. Je n'arrive pas à y croire, lui dit-il avec un regard intense.

Elle lui sourit.

— Tu peux.

Giles hésita devant la porte de la chambre de Barty. Il regarda sa montre : six heures et demie ; elle était restée au lit presque toute la journée. Il frappa doucement, mais n'obtint pas de réponse, alors il ouvrit la porte et la regarda. Allongée sur le lit, telle qu'il l'avait laissée ou presque, avec les couvertures tirées jusqu'au-dessus de sa tête.

— Barty, dit-il gentiment, c'est moi, Giles.

— Salut.

Sa voix était bizarre, inconnue. Un peu lourde. Il s'approcha du lit, baissa les yeux vers elle. Quand elle repoussa les couvertures, il vit que ses yeux étaient très gonflés. Visiblement, elle avait beaucoup pleuré.

— Je peux ouvrir ? Cette pièce manque terriblement d'air.

Elle hocha la tête.

— Oui, si tu veux…

Il repoussa les rideaux, ouvrit la fenêtre. Quand la lumière tomba sur son visage, elle grimaça.

— Je dois avoir l'air affreuse…

— Tu n'as jamais l'air affreuse.

Cette fois, elle parvint à faire un vrai sourire.

— Bien sûr que si.

— Ma pauvre, dit-il en s'asseyant sur le lit, ma pauvre Barty… Tu veux qu'on en parle ?

Elle secoua violemment la tête.

— Non. Non, je ne veux pas.

— D'accord. Je peux aller te chercher quelque chose ?

De nouveau, elle secoua la tête.

— Non, merci. Juste… pourrais-je avoir un peu de cette limonade, dit-elle en tendant la main vers une carafe, sur sa table de nuit.

Il lui en versa un verre, le lui tendit, et elle en but quelques gorgées.

— C'est bon…

Il lui sourit. Peut-être était-ce seulement à cause de sa mère, peut-être irait-elle bien maintenant. Après ce que Nanny appelait une bonne crise de larmes.

— Je suis tellement désolé, dit-il gentiment, tellement désolé, quel que ce soit le problème…

Elle le regarda et se remit à pleurer brusquement, à sangloter comme un enfant, se tenant le ventre avec les bras comme si elle souffrait beaucoup et répétant :

— Oh, Giles, Giles…

Et puis, il ne sut pas très bien comment, il se retrouva allongé à côté d'elle, la serrant dans ses bras ; elle pleurait toujours, la tête tournée dans sa direction, se cramponnant à lui comme s'il était une bouée de sauvetage, et lui continuait à la serrer en lui disant des phrases décousues : qu'il ne supportait pas de la voir aussi bouleversée, qu'elle devait essayer de ne pas s'inquiéter autant, quelle qu'en soit la raison, et aussi qu'il l'aimait. Qu'il l'aimait beaucoup, vraiment beaucoup.

— Tu rentres bientôt ? demanda PM.

Elle avait glissé la tête par la porte du bureau d'Oliver ; il était assis à sa table, plongé dans des livres de comptes.

— Je continue à espérer que je vais trouver quelque chose, dit-il, une dernière carte qui nous fera gagner la partie. Mais je n'y arrive pas.

— J'ai cherché une solution moi aussi. Nous sommes deux idiots toi et moi.

— Aucune chance ?

— Non, aucune, je le crains.

— J'ai bien peur que nous ne manquions cruellement de chance.

— Oui, j'en ai peur aussi. À tous points de vue.

Cela lui avait échappé, et il la regarda.

— Quelque chose ne va pas ?

— Non. Enfin, un peu. Oui.

— Tu peux m'en parler, si tu veux.

— Je sais, mais…, hésita-t-elle.

C'était délicat. Si les circonstances avaient été diffé-rentes, elle aurait pu en parler à Celia, mais Oliver… Réservé comme il l'était, toujours sur la défensive – comme elle-même, et comme déjà leur père avant eux… Cela ne les avait aidés ni les uns ni les autres.

— Vas-y, lui dit-il. Cela m'enlèvera peut-être mes propres soucis de l'esprit. Fais-le comme un service que tu me rendrais… On peut prendre un verre de sherry, si tu penses que cela t'aidera.

Pourquoi pas, après tout ?

— Sans doute tout cela va-t-il te paraître tout à fait ridicule…, commença-t-elle.

Elle allait partir. Elle allait partir, sans aucun doute. Elle l'avait décidé une première fois, et elle le décide-rait de nouveau. Son départ avait seulement été reporté. Impossible de rester ici, dans cette prison, plus longtemps. Elle étouffait, elle était paralysée. Oliver lui avait infligé une dernière humiliation en affirmant qu'elle n'était pas une Lytton. Dans ce cas-là, que fai-sait-elle ici ? La rage qui l'avait saisie en entendant ces mots était maintenant passée, ne laissant derrière elle qu'une affreuse tristesse. Elle avait passé toute sa vie à être une Lytton, comment pouvait-il le lui dénier ? Quoi qu'elle ait fait. Elle devait vraiment partir, peu importait le malheur qui en résulterait.

Elle allait téléphoner à Sebastian et le lui dire. Ensuite, quand Oliver reviendrait à la maison, elle lui parlerait, essaierait d'expliquer aux enfants, puis elle s'en irait. Elle entra dans son bureau, décrocha le télé-phone et demanda le numéro de Sebastian.

— Donc tu veux... avoir une relation avec cet homme.

— Oui.

— Et lui avec toi.

— Oui. Mais il la veut uniquement dans le cadre du mariage.

Oliver sourit, d'un sourire assez glacial.

— Intéressant revirement de l'ordre habituel des choses.

— Oui, je sais...

— Et alors ? Le mariage est-il un projet si terrifiant ?

— Je ne crois pas en celui-ci.

— Pourtant tu aurais épousé le père de Jay, non ?

— Oui. Oui, je suppose que je l'aurais fait. Il me l'avait demandé, quand il a su pour Jay. Mais ensuite il a été tué, comme tu le sais. Et il y a un autre problème, Oliver. Lui croit, bien sûr, que j'ai été mariée au père de Jay ; il serait tellement horrifié s'il savait...

Oliver se servit un autre sherry puis il dit, avec une pointe d'impatience dans la voix :

— Oh ! pour l'amour du ciel, PM, pourquoi le lui dire ?

— Il n'est pas là, Lady Celia. Non, il est sorti dîner avec son agent. Il m'a chargé de dire à toutes les personnes qui appelleraient qu'il serait de retour vers neuf heures. Il ne rentrera pas tard, parce qu'il part demain, assez tôt. J'allais partir moi-même, mais je vais lui laisser un mot disant que vous avez téléphoné.

Elle se sentit désespérée, proche des larmes ; elle avait tellement besoin de lui parler, pour trouver du courage...

— Merci, Mrs Conley. Vous dites qu'il sera là tout à l'heure ?

— Oui, Lady Celia. Au plus tard vers neuf heures et demie.

— Tu penses que je devrais mentir ?

PM en était choquée ; Oliver, l'image même de l'honnêteté et de l'intégrité absolues, Oliver lui conseillant le pragmatisme…

— Il n'est pas question de cela, non, lui répondit-il, juste le silence. C'est toujours une bonne solution. Je la pratique personnellement beaucoup.

— Mais…

— Écoute… Tu as eu de longues années de solitude, pas beaucoup de bonheur ; si tu as une chance d'en avoir maintenant, saisis-la ! Et si, dans l'opération, tu dois laisser cet homme croire que tu étais mariée avec le père de Jay – alors qu'il était décidé à t'épouser – quel mal y aurait-il à cela ? Allons, rentrons à la maison. J'ai besoin d'un peu de tranquillité avant demain.

Celia décida de monter à l'étage des enfants. Si elle ne devait pas les voir pendant un moment, ce serait bon de passer un peu de temps avec eux. Sans compter les dispositions à prendre pour l'enterrement de Sylvia, dont elle devait parler avec Barty. Si bouleversée et hostile que soit cette dernière, il fallait le faire. Pendant qu'elle montait l'escalier, elle entendait les jumelles parler haut et fort, raconter à Nanny, entre deux exclamations, ce qu'elles allaient faire en Cornouailles pendant les prochaines vacances. Le programme semblait plutôt débridé, comportant escalade de falaises et pêche sous-marine. Elle entra et leur sourit.

— On veut que tu viennes en Cornouailles, déclara Adele. C'est justement ce qu'on était en train de dire, hein, Nanny ?

— C'est vrai, dit Nanny.

— J'ai peur que ce soit impossible, répondit Celia, tout en songeant que cela l'était encore bien davantage qu'elle ne pouvait le dire. J'ai trop de travail ici. Où est Giles ?

— On n'en sait rien.

Elles retournèrent à leur jeu ; Nanny se leva et la suivit hors de la chambre.

— Je m'inquiète pour Barty, lui dit-elle. Elle est restée enfermée toute la journée et elle pleurait beaucoup. J'ai voulu la consoler mais elle m'a renvoyée.

— Je vais aller voir ce que je peux faire. Même si, moi aussi, elle m'a déjà refusé l'accès à sa chambre.

Elle soupira ; comme si elle avait besoin de cela maintenant…

Elle frappa très doucement à la porte, ne reçut aucune réponse. Alors elle ouvrit avec précaution, glissa la tête à l'intérieur ; là elle les vit, allongés sur le lit, serrés dans les bras l'un de l'autre. La colère la gagna, aussi brutale que violente.

— Giles ! Giles, lève-toi, sors de cette chambre ! Va dans la tienne et restes-y, jusqu'à ce que ton père rentre ! Tu me fais honte, comment oses-tu te conduire ainsi ? Et toi, Barty, à quoi penses-tu ? Dans cette maison, comment as-tu pu ? Après…

Elle s'interrompit juste à temps, se retourna et descendit l'escalier en courant, à moitié en larmes. Elle venait juste d'atteindre le palier du dessous quand elle entendit la voix de Barty derrière elle ; elle se retourna et la vit debout à quelques mètres d'elle. Ses yeux étincelaient, son visage se crispait, ses poings étaient serrés ; elle avança d'un mètre et Celia eut l'impression qu'elle allait la frapper.

— Comment osez-vous me parler ainsi, dit-elle à Celia, d'une voix très basse, comment osez-vous ? Je sais ce que vous pensez, et vous n'avez pas le droit de le penser ! Comme si j'étais capable de faire une chose pareille, comme si Giles en était capable ! Dans cette maison, et à moi ! Il était gentil, il me réconfortait, c'est tout… Il est mon ami, mon meilleur ami…

— Barty, dit Celia d'une voix glaciale, Barty, des amis de sexes différents ne s'allongent pas ensemble sur un lit, en se serrant dans les bras. J'ai manifestement oublié de t'expliquer certaines choses et je me le reproche…

— Oh, taisez-vous !

— Barty !

— Taisez-vous, taisez-vous, taisez-vous ! C'est *vous* qui êtes écœurante, *vous* qui nous faites honte !

— Qu'est-ce que tu as dit ?

Savait-elle, avait-elle entendu dire quelque chose ?

— J'ai dit que vous étiez écœurante. Je sais ce que vous avez fait et c'est horrible, horrible !

C'était sorti de sa bouche comme un cri ; en levant la tête, Celia se rendit compte que les jumelles étaient penchées au-dessus de la rampe, les yeux écarquillés.

— Allez dans votre chambre immédiatement, s'exclama-t-elle. Et toi, Barty, entre là-dedans !

Elle essaya de la pousser dans sa propre chambre mais Barty se déroba, descendit l'escalier en courant et entra dans le salon. Celia l'y suivit et la trouva devant la cheminée, les poings serrés, la respiration haletante.

— Je dirai ce que je veux et je me fiche de qui m'entend, c'est compris ? Mais vous allez peut-être m'écouter, vous allez sûrement m'écouter, même ! Je sais ce que vous avez fait : vous avez tué notre bébé, vous avez tué le bébé de ma mère ! Vous l'avez fait, oui ou non ? C'est vrai ou pas ?

Celia eut l'impression que la porte d'entrée s'était ouverte, qu'Oliver et PM avaient dû rentrer et qu'ils devaient tout entendre ; elle pensa également – et fut stupéfaite d'être capable de penser à autant de détails – que le personnel pouvait entendre lui aussi, et elle ferma la porte du salon derrière elle. Mais celle-ci se rouvrit bientôt et Oliver pénétra dans la pièce.

— Tout va bien, lui dit-il doucement, et il s'adossa à la porte, pour que personne d'autre ne puisse entrer.

Barty l'ignora, ses yeux immenses et brillants toujours dardés sur Celia.

— Ne le niez pas, lui dit-elle, je sais que vous ne le pouvez pas ! Ma mère a dit à Mrs Scott que le bébé était vivant, puis que vous aviez mis un oreiller sur sa tête et qu'elle était morte !

— Barty, Barty, laisse-moi t'expliquer, je t'en prie. Le bébé était vivant, c'est vrai, mais elle allait mourir. Quand elle est née, elle ne respirait pas du tout ; elle était prématurée de plusieurs semaines et elle avait d'horribles malformations...

Elle regarda Oliver, comme pour quêter son soutien, et il hocha imperceptiblement la tête.

— Ses jambes étaient affreusement tordues, elle avait quelque chose qui s'appelle un spina-bifida, une terrible plaie ouverte dans le dos. Elle avait l'air morte, mais tout d'un coup elle a respiré, une fois, peut-être deux... et... ta maman m'a demandé de l'aider. Je pense, ou plutôt je sais ce qu'elle ressentait, que cela devait finir rapidement. Plutôt que de la laisser souffrir plus longtemps.

— Je ne vous crois pas ! Ma mère venait d'accoucher du bébé, elle ne pouvait même pas penser à faire une telle chose, je sais qu'elle ne le pouvait pas... C'était ma mère, elle était bonne, douce, gentille... C'était votre idée ! Tout advient toujours parce que vous le voulez ! Tout ce que vous décidez de faire, vous le faites ! Comme quand vous m'avez fait venir ici... Je n'ai pas demandé de venir, je ne *voulais* pas venir ! J'aurais dû rester à la maison, avec ma famille ! Giles est le seul qui a été mon ami ici, et maintenant vous touchez à cela aussi ! Pourquoi n'aurait-il pas de l'amitié, de l'affection pour moi ? Je ne suis pas assez bien pour lui, sans doute ! « Après tout ce que j'ai fait pour toi », c'est ce que vous alliez dire, n'est-ce pas ?

Celia garda le silence.

— N'est-ce pas ? répéta Barty. Je sais bien que c'est ce que vous pensez. Après tout ce que vous avez fait pour moi, quoi... m'avoir enlevée d'un taudis, simplement pour que vous puissiez vous sentir fière de vous ? Vous aviez votre petite mendigote – c'est comme cela qu'on m'appelait à l'école, figurez-vous. En tout cas, ce que vous avez fait, c'était un crime ! Et je vais le raconter à la police, et j'espère que vous serez jetée en prison, et pendue ! Je vous hais, *je vous hais !*

Celia se laissa tomber dans un fauteuil, cacha son visage dans ses paumes ouvertes ; Oliver s'approcha d'elle, lui mit la main sur l'épaule.

— Barty, dit-il très doucement, viens ici.

— Non.

— S'il te plaît.

— Je ne veux pas, dit-elle, mais elle sanglotait à présent.

— Viens, dit Oliver en s'asseyant sur le canapé, près de la cheminée. Je t'en prie, viens t'asseoir ici, avec moi.

Elle secoua la tête puis, très lentement, s'approcha de lui. Il tendit la main, elle tendit la sienne, qu'il prit fermement, comme s'il la sauvait d'un affreux danger qui l'aurait guettée, l'attira vers lui.

— Viens t'asseoir avec ton vieux Wol. Oui, c'est bien...

Il l'embrassa doucement sur le sommet de la tête ; toujours sanglotant, elle la posa sur son épaule et il l'entoura de son bras.

— Voilà... C'est mieux... Pleure autant que tu en as envie, oui...

Peu à peu, elle se calma, se redressa en hoquetant.

— Maintenant, lui dit-il, écoute-moi. C'est une chose terrible que tu as apprise aujourd'hui, une chose affreuse. J'en ai le cœur déchiré.

— Ne me dites pas que je me trompe. Je sais que c'est vrai.

— Bien sûr. Je sais moi aussi que c'est vrai.

Celia le regarda, stupéfaite.

— Je sais tout cela, et je sais pourquoi c'est arrivé. Barty, la vie est cruelle, très cruelle. Ta mère le savait, elle surtout. Elle a tellement lutté et elle a si parfaitement réussi. Elle avait une famille merveilleuse, et nous sommes très fiers qu'un membre de cette famille fasse partie de la nôtre.

— Je ne fais pas partie de votre famille, protesta-t-elle, mais elle paraissait moins furieuse qu'avant.

— Bien sûr que si. Tu en es même une partie très importante, une partie très spéciale. Nous sommes tous différents, transformés grâce à toi. Les jumelles t'aiment…

— Non, elles ne m'aiment pas.

— Oh, mais si. Elles pleuraient l'autre nuit, quand ta maman est morte, elles te respectent et elles t'aiment. Elles se comportent très mal la plupart du temps, j'en ai peur, mais tu représentes un exemple important pour elles. Si elles devenaient à moitié aussi travailleuses, aussi intelligentes et aussi droites que toi, j'en serais très heureux. Et le petit Jay, essaye de lui dire que tu ne fais pas partie de la famille, il te détrompera très vite. Quant à Giles, il est profondément attaché à toi, et j'en suis fier.

— Mais…

— Et moi, je t'aime beaucoup, beaucoup. Tu as été si extraordinaire pour moi, au début, quand je suis revenu de la guerre. Qui m'a aidé à recommencer à manger normalement ? Qui lisait pour moi quand tout le monde était occupé, qui jouait du piano pour moi quand je n'arrivais pas à dormir ?

Barty gardait le silence.

— Maintenant, le bébé. Oui, c'est vrai. Ta mère et Tante Celia ont fait ce que tu as entendu raconter aujourd'hui, mais ce n'était pas la chose affreuse et terrible que tu imagines. Cela a été fait très doucement, très tranquillement. Elles l'ont juste aidé sur le chemin qu'il aurait suivi de toute façon. Ta mère ne pouvait pas supporter de le voir souffrir, alors elle a demandé, en effet, à Tante Celia de l'aider. Quand Celia est rentrée à la maison, elle m'a raconté combien l'enfant avait l'air belle et paisible, comment elle l'avait enveloppée dans le châle qu'elle avait apporté pour elle et l'avait donnée à ta maman, pour qu'elle puisse la prendre dans ses bras et lui dire adieu en l'embrassant. Et aussi combien ta maman l'avait remerciée, pour tout. Pour *tout*, Barty, tu comprends ?

— C'était mal, dit-elle d'une voix ferme, c'était un crime...

— Tu peux y penser de cette façon-là, bien sûr. Mais tu peux aussi y penser pour ce que cela a réellement été : un acte de grand courage et de grande bonté, envers une petite créature dans un état de détresse absolue, qui ne pouvait vivre que quelques heures au plus.

Elle ne dit rien et il poursuivit :

— Barty, Celia aussi t'aime, énormément. Pour rien au monde elle ne ferait quelque chose qui pourrait te nuire. Au contraire, elle a toujours cherché ce qu'il y avait de mieux pour toi. Je sais que tu as vécu des moments difficiles, comme nous tous. Giles a eu une période très pénible à l'école, comme j'en avais eu une moi aussi. Mais à d'autres moments, les choses se sont bien passées, tu dois l'admettre. Vraiment, Barty, Celia est une des personnes les plus courageuses – non, *la* plus courageuse – et sûrement la plus affectueuse que j'aie jamais rencontrée. Sauf peut-être ta propre mère, et je ne la connaissais pas très bien.

« Et Celia est aussi quelqu'un de merveilleux à avoir auprès de soi. Tu lui demanderas un jour ce qu'elle a fait pour PM, après la naissance de Jay. Ou demande-le plutôt à PM, elle te le racontera elle-même. C'était remarquable. Elle s'occupe de toi et de nous tous avec passion. Même si elle est très… autoritaire, dit-il en souriant à moitié, je te l'accorde. Mais nous ne serions rien sans elle, aucun de nous, nous ne serions rien du tout. Je sais que tu es en colère contre elle, et je sais aussi que tu es choquée, c'est normal de l'être. Mais bientôt tu te sentiras mieux, je sais que cela viendra, et tu lui pardonneras. Je l'espère, en tout cas.

Il l'embrassa ; elle s'était laissée aller contre lui de tout son long, et suçait son pouce comme une petite fille. Quand elle releva les yeux vers lui, elle avait presque retrouvé son sourire.

— Je peux rester ici un moment ? Avec vous ?

— Bien sûr que tu le peux. Aussi longtemps que tu voudras.

Celia remua dans son fauteuil, s'éclaircit la gorge.

— Et… tu voudrais que je m'en aille ? demanda-t-elle.

Barty la regarda pensivement, de ses grands yeux noisette, sans sourire, puis elle lui dit, mais d'une voix tout à fait différente :

— Non, ne partez pas…

Au bout de ce qui leur parut être un temps infini, on frappa à la porte et Celia alla ouvrir.

— Téléphone, Lady Celia…

— Merci, Brunson.

Elle monta dans son petit salon, décrocha. C'était Sebastian, comme elle l'avait deviné.

— Celia ?

— Oui, c'est moi.

— Pourquoi m'as-tu appelé ?

— Juste pour te dire que je ne venais pas. Au revoir, Sebastian, au revoir.

33

— Donc, c'est le dernier jour de la vie de Lytton. Du moins si tu arrives à tes fins.

Oliver la regarda et lui sourit.

— C'est bon de te retrouver, lui dit-il.

— Oliver, ne change pas de sujet ! C'est trop important pour plaisanter.

— Je ne plaisante pas. Je sens vraiment que tu es de retour, prête au combat comme avant.

— En tout cas, je suis contente que tu le penses, dit-elle, et elle lui adressa un sourire rapide.

Elle avait l'air épuisé, le visage livide, les yeux lourdement cernés ; pourtant PM, en la regardant à l'autre extrémité de la table du petit déjeuner, comprenait ce qu'Oliver voulait dire. La léthargie et la froideur avaient disparu, la vraie Celia était de nouveau là.

Barty était allée, très calmement, se coucher vers dix heures, après avoir fini par s'endormir sur les genoux d'Oliver. Il était monté avec elle et l'avait bordée dans son lit, puis était redescendu dans le salon.

— Elle veut que tu ailles lui dire bonne nuit, avait-il dit à Celia.

— Tu en es sûr ?

— Elle en est sûre.

— Bonne nuit, Tante Celia, avait dit Barty, d'une voix formelle et polie.

— Bonne nuit, ma chérie. Je suis… désolée que tu aies eu une journée aussi affreuse.

— Je vais un peu mieux maintenant.

— Tu en es certaine ?

— Oui. Oui, merci.

Un silence, puis elle avait poursuivi :

— Tout n'a pas été horrible dans ma vie, ici.

— J'en suis heureuse.

Elle avait attendu une minute ou deux, mais Barty n'était visiblement pas disposée à aller plus loin. Elle avait déjà parcouru un long chemin. Celia ne l'avait pas embrassée, cela lui avait paru prématuré.

— Bonne nuit, lui avait-elle dit. Et… je m'excuse de vous avoir mal jugés, toi et Giles.

— Ce n'est rien. Bonne nuit.

Celia s'était aussi excusée auprès de Giles :

— C'était stupide de ma part. J'ai eu tort, rien que d'avoir pensé à…

— Non, ce n'était pas si stupide, lui avait-il répondu.

Au début, elle avait pensé qu'il le disait par gentillesse, puis elle s'était rendu compte qu'il y avait une autre interprétation possible. Il aimait vraiment beaucoup Barty, et ils étaient à l'âge vulnérable.

Elle s'était soudain rappelé sa mère disant : « Elle devient très jolie. Cela va être un problème. » Elle n'avait pas véritablement compris sur le moment. Toutefois, que pouvait-elle faire, que devait-elle faire ? Rien – pour l'instant.

— Elle va bien ? lui avait demandé Giles.

— Oui, je crois qu'elle va bien à présent.

Elle ne lui avait pas donné de détails. Ce n'était pas à elle de le faire : si Barty voulait s'expliquer avec Giles sur tout cela, elle s'en chargerait elle-même.

Après quoi, Celia était allée se coucher. Oliver avait passé la tête à la porte de sa chambre.

— Tu vas bien ?

— Oui, merci. Et merci aussi pour… pour tout. Je ne sais pas ce qui serait arrivé si tu n'avais pas été là.

— Oh, elle se serait calmée, dit-il d'un air détaché. Tu dois essayer de ne pas prendre trop à cœur ce qu'elle a dit. C'était destiné à faire mal, parce qu'elle-même avait mal.

— Et cela m'a fait mal. J'en méritais une grande partie, j'en ai peur. Alors que je ne suis sûrement pas digne de tous ces éloges que tu m'as faits.

— Laisse-moi en être juge, d'accord ?

Elle avait gardé le silence quelques instants, puis :

— Oliver, je… je ne savais pas que tu avais deviné, pour le bébé de Sylvia.

— Je n'avais pas deviné, non. Mais cela m'a paru tout à fait clair, d'un seul coup. Je me suis souvenu combien tu avais été bouleversée et perturbée. Je regrette juste que tu ne m'en aies pas parlé à l'époque. Cela a dû être terrible à vivre.

— En effet. Mais je ne peux toujours pas le ressentir comme une mauvaise action, étant donné les circonstances. Ou disons que c'était une mauvaise action, mais dictée par de bonnes intentions. Comme beaucoup de ce que je fais, d'ailleurs.

— Bonne nuit, ma chérie, lui avait-il dit, avec un sourire qu'il tâchait de rendre chaleureux. Je suppose que tu as envie d'être un peu tranquille.

Tranquille ? Quand l'avait-elle été pour la dernière fois ?

Elle avait hésité, l'avait regardé un moment, puis avait dit :

— Oliver, écoute… Je sais que tu n'aimes pas parler de ces choses-là, qu'elles t'embarrassent, mais…

notre bébé, je sais quand il a été conçu. Avec une certitude absolue.

— Vraiment ?

— Oui. C'était cette nuit, après l'opéra où nous sommes allés, à Glyndebourne. Je n'ai absolument aucun doute là-dessus, je ne ferais pas une erreur sur quelque chose d'aussi important.

— Bien, avait-il dit en lui souriant. L'opéra, on peut dire que c'était plutôt de bon augure, non ?

— C'est vrai. Et…, avait-elle ajouté en le regardant droit dans les yeux, tu comprends tout ce que cela signifie, n'est-ce pas ?

— Oui. Oui, je le comprends. Et je suis très heureux que tu me l'aies dit.

À l'instant même, elle s'était rendu compte à quel point elle en avait elle-même conscience.

Le lendemain matin, elle avait en effet l'impression d'être redevenue elle-même, de s'être retrouvée. Étonnamment stimulée, et déterminée, se sentant terriblement concernée par le sort de Lytton.

— Il doit y avoir quelque chose à faire pour le sauver, pour nous sauver.

— Celia, c'est fini. Je t'en prie, crois-moi.

— Toi, PM, qu'en penses-tu ?

— S'il existe une solution miraculeuse, dit-elle d'une voix morne, je n'arrive pas à l'imaginer.

— Nous devons continuer à essayer.

Non seulement elle irait au bureau, ignorant les protestations d'Oliver, mais aussi à la réunion avec Brunning.

— Je vais parfaitement bien, je t'assure. Le Dr Perring m'a dit que je pouvais sortir si je le voulais. Je le veux, et je pense que nous pouvons nous battre.

PM ne put s'empêcher de sourire ; Celia n'était jamais meilleure que le dos au mur, de préférence avec plusieurs couteaux sous la gorge. Oui, c'était bon de la sentir de retour. Quel que soit l'exil triste et lointain où elle s'était isolée au cours des semaines écoulées, elle en était revenue. Malgré toute la réprobation de PM envers ce que Celia avait fait, il était impossible de ne pas l'admirer aujourd'hui.

— Il faut que je parle à Guy Worsley avant que nous voyions Brunning. C'est absolument nécessaire.

— Cela ne changera rien.

— Tu n'en sais rien.

Elle regarda sa montre : neuf heures. Dans une heure, Sebastian serait parti ; alors, elle se sentirait plus calme. Elle aurait toujours de la peine, cette peine si dure et si pesante, mais au moins, elle se sentirait moins torturée.

— À quelle heure, la réunion avec Brunning ? demanda-t-elle à PM.

— Midi.

Tant mieux. Il serait parti alors, probablement déjà sur le bateau.

— Peter Briscoe sera-t-il présent ?

— Je crois, oui.

— Eh bien, nous avons une grande bataille à livrer. Des bataillons à disposer, une campagne à mettre sur pied… Allez !

Tant qu'elle bougeait, qu'elle remuait physiquement, elle se sentait bien.

Guy avait pris le premier train pour Cambridge. Il avait quitté Liverpool Street à cinq heures et demie et pris un train assez rapide, qui devait arriver là-bas à huit heures. Il avait l'adresse de Lothian et pouvait s'y trouver à la demie. Un moment, il avait pensé l'appeler pour l'avertir de sa venue, mais il était préférable de le surprendre. Le pire serait qu'il ne soit pas là. Mais Guy attendrait toute la journée s'il le fallait. On n'en était plus à quelques heures près.

Il se sentait tout à fait confiant, nullement nerveux. Il savait exactement ce qu'il allait dire et comment il allait le dire : très courtoisement, respectueusement. Après quoi, il repartirait. Puis il irait directement chez Lytton, et les assurerait que le livre pouvait être édité. Tout semblait tout à coup fort simple.

C'est alors que le train s'immobilisa.

Jeremy était plongé dans son travail quand le téléphone sonna. Cette année, il avait décidé de proposer à ses meilleurs élèves un programme de lecture assez ambitieux, incluant Dickens et Trollope, mais il s'y était attelé trop tard pendant les vacances, aussi fut-il fort irrité par cette interruption.

Il décrocha le téléphone et répondit d'une voix quelque peu brutale. Apprendre qu'il s'agissait de Lady Celia ne l'adoucit guère : la combinaison de Lytton, des *Buchanan* et de son cousin avait été largement responsable de son retard. L'entendre dire qu'elle recherchait Guy aggrava les choses. Soit il lui expliquait la situation, ce qui était extrêmement difficile, soit il ne lui expliquait rien, ce qui n'était pas très honnête. Il choisit la solution de facilité.

— Je suis désolé, mais je n'ai aucune idée de l'endroit où il se trouve en ce moment.

Ce qui, à proprement parler, était exact, raisonna-t-il, avant de retourner au *Barchester* de Trollope avec un soulagement certain.

Quand Barty se leva, la maison était silencieuse. On aurait dit que tout le monde était sorti, et elle en fut soulagée. Elle se sentait tout à fait incapable de parler à qui que ce soit. Elle analysa ses sentiments avec soin, un peu comme on évalue la douleur d'une dent malade. Le choc et l'indignation de ce qu'elle avait découvert sur le bébé étaient calmés maintenant. C'était toujours une chose affreuse, presque impossible à concevoir, mais elle avait réussi à croire ce qu'Oliver lui avait dit, pour l'essentiel. Ce qui avait été fait l'avait été pour le mieux ; la vie du bébé aurait été affreuse et remplie de souffrances. De plus, elle n'aurait certainement pas vécu longtemps. Et sa mère n'aurait jamais été capable de s'occuper d'elle, ni des terribles problèmes qu'elle aurait engendrés. Il n'empêche, cela faisait mal, horriblement mal. Que sa mère, sa mère si gentille et qu'elle avait tant aimée, ait pu faire une telle chose. Ou plutôt, qu'elle ait demandé à Celia de l'aider. Et que Celia ait, concrètement, commis l'acte. C'était un crime. Elle pouvait encore aller à la police – mais elle savait qu'elle n'en ferait rien. À quoi cela servirait-il ? Elle commença à s'habiller, en pensant aux paroles d'Oliver, sur elle notamment, l'assurant qu'elle faisait partie de la famille. Elle aurait bien aimé le croire, mais ce n'était pas vrai. Ils pouvaient l'apprécier, l'admirer, l'aimer, même, mais elle n'était pas une des leurs, elle n'était pas une Lytton. Elle n'en serait jamais une. Et elle n'était plus une Miller, non plus. Elle n'était… elle n'était personne.

Puis un coup fut frappé à la porte : c'était Giles.

— PM, dit Oliver en glissant la tête dans son bureau, il nous faut les titres de propriété de cet immeuble, avant que nous allions à la réunion. Les aurais-tu par hasard ? Je ne les trouve nulle part. Pourrais-tu vérifier dans tes dossiers ?

— Bien sûr…

Elle éplucha tous les dossiers où ces documents pouvaient être classés, passa ensuite à ceux où ils ne pouvaient pas l'être, termina par ceux où ils ne l'étaient sûrement pas. Elle alla jusqu'au bureau d'Oliver.

— Je ne les ai pas trouvés. Tu me les as demandés avant la guerre, tu as dit qu'il fallait les mettre dans ton coffre. En fait, je me souviens même de les y avoir mis.

— Je sais, or ils n'y sont pas. Nous pouvons sûrement obtenir des duplicata, mais cela ne donnera pas une image très positive de la gestion de nos affaires… Remarque, ça ne surprendra personne, commenta-t-il, en souriant. Excuse-moi, il faut que je voie James Sharpe une minute.

PM regarda le lourd et vieux coffre qu'Edgar avait acheté tout au début, quand la maison s'était installée à Paternoster Row. Soudain, elle comprit pourquoi Oliver n'avait pas pu trouver les titres de propriété. Elle ne les avait pas mis avec les documents concernant Lytton mais avec les papiers personnels, qu'on avait rangés eux aussi dans ce coffre pendant la guerre : vieilles archives familiales, remontant jusqu'à l'enfance d'Edgar, certificats de naissance et de mariage, etc. Elle n'avait qu'à regarder elle-même ; Oliver rangeait la clé dans le tiroir du haut de son bureau.

Elle ouvrit le coffre, regarda à l'intérieur en fronçant les sourcils. Il était plein à ras bord et dans un désordre qui ne ressemblait guère à Oliver. Mais elle reconnaîtrait la grande chemise en parchemin aussitôt qu'elle la verrait. Elle se souvenait même qu'y était apposé un sceau de cire rouge.

Elle était là, tout au fond. PM la sortit, mais vit alors qu'en dessous il y avait autre chose : un emballage bien plus récent, une grande enveloppe. Peut-être devrait-elle commencer par regarder à l'intérieur, cela lui éviterait de perdre du temps, au cas où les documents auraient été déplacés.

Elle l'ouvrit, retira son contenu ; c'était un petit paquet d'une demi-douzaine de lettres. Toutes avec un timbre américain. De Robert, sans doute. Un peu intriguée, elle ouvrit l'une d'entre elles, puis s'assit par terre pour lire, figée de stupeur et d'incrédulité : c'étaient des lettres d'amour écrites par Felicity.

Dix heures dix : il était parti. La voiture qui l'emmenait à Waterloo Station, et de là à Southampton, devait être probablement du côté de Regent's Park, faisant le tour du Outer Circle...

Elle était en sécurité, maintenant, tout à fait en sécurité. Il lui était impossible de contacter Sebastian. Elle ne pourrait plus le voir, ni lui téléphoner, ni lui écrire, pour de nombreuses semaines. Il était hors d'atteinte ; au moins était-elle délivrée de son dilemme.

— Non, monsieur, je suis désolée. Le professeur et Mrs Lothian sont partis, vous venez de les manquer, en fait. Ils sont partis pour quelques jours. Voulez-vous me laisser un nom et une adresse, pour qu'ils vous contactent quand ils reviendront ?

— Tu as envie d'aller faire une promenade ? demanda Giles.

— Je... je ne sais pas.

Barty se sentait maladroite en face de lui, embarrassée : elle avait peur qu'il ne lui demande quel était le sujet de la dispute de la veille. Elle ne voulait pas le lui dire, mais savait aussi qu'il serait difficile de lui mentir. Et il adorait sa mère, même si elle l'impressionnait, lui faisait presque peur. Pour lui, ce serait comme de s'aventurer dans une contrée nouvelle et dangereuse, sans avoir de carte. Peut-être que c'était cela, grandir.

— Viens... Tu as une mine, on dirait que tu n'es pas sortie depuis plusieurs jours.

— D'accord. On va où, au bord de l'eau ?

Ils traversèrent le quai Victoria, gagnèrent la promenade longeant le fleuve. Giles, par discrétion, restait à quelque distance d'elle, et elle en était soulagée, sans savoir exactement pourquoi.

— J'attends les Cornouailles avec impatience, finit-il par lui dire. Pas toi ?

— Oui, moi aussi. J'aurais voulu que Jay vienne, il aurait adoré.

— Je sais. Papa dit que c'est parce que PM s'inquiète beaucoup pour lui.

— Je vais voir si je ne peux pas la faire changer d'avis, dit Barty. Je m'occuperai de lui là-bas.

— Nous n'avons qu'à essayer tous les deux. En tout cas, je pense que ce sera vraiment agréable. L'hôtel est rempli de familles, il y aura des chasses au trésor, des pique-niques, des fêtes…

— Oh !…. Je n'aime pas tellement les fêtes.

— Celles-là seront amusantes, je crois. Un ou deux de mes amis d'Eton seront là-bas. Je serai ton chevalier servant, ne t'inquiète pas.

— Tu auras intérêt, dit Barty, et elle réussit pour la première fois à sourire, un vrai sourire.

Cela dut encourager Giles, car il dit bientôt :

— Désolé de t'avoir attiré des ennuis hier soir.

— Ce sont des ennuis que nous avons partagés.

— Oui. C'est comme ça quand on devient adulte. Maman s'est excusée, elle m'a dit qu'elle avait mal interprété les choses. Elle l'a fait avec toi aussi ?

— Oui.

— Bon… C'est vrai qu'elle a une très haute opinion de toi, tu sais.

— Je ne crois pas que ce soit vrai, non.

— Si, ça l'est, je te le jure. Quand tu n'es pas là, on n'en peut plus de l'entendre dire combien tu es merveilleuse, combien tu travailles dur, quelles manières remarquables tu as. C'est vraiment énervant, commenta-t-il avec un sourire, surtout pour les jumelles.

— Les pauvres… Il serait préférable qu'elle s'en abstienne dorénavant.

— Tu crois vraiment que tout le monde te voit comme une étrangère ? Comme quelqu'un qui ne ferait pas partie de la famille ? Si c'est le cas, tu te trompes.

— Non, Giles. Et je ne comprends même pas comment tu peux croire cela.

— Parce que c'est vrai, c'est tout. L'autre jour, Grand-Mère a demandé à Maman si elle avait envisagé de t'envoyer en pension. Tu sais ce qu'elle a répondu ?

— Non.

— Elle a dit : « Je ne penserai jamais à envoyer aucune de mes filles à l'école loin d'ici. Je veux qu'elles grandissent à la maison, avec moi. » Alors… Qu'en penses-tu ?

— Mon Dieu…

Elle se sentait bizarre tout à coup, comme si quelqu'un s'était approché d'elle et l'avait serrée dans ses bras, très fort. Comme si elle était de nouveau au chaud et en sécurité après avoir traversé un désert de glace.

Ils marchèrent quelque temps en silence, puis Giles lui dit :

— Tu n'es pas obligée de me répondre, bien sûr, mais… il y avait autre chose, hier soir. Une autre dispute. À quel sujet ?

Elle prit une grande inspiration avant de répondre :

— Oh… toujours la même chose, je lui répétais une nouvelle fois que j'aurais préféré qu'elle me laisse vivre avec ma famille. J'étais bouleversée, tu sais…

— Oui, bien sûr.

— Je me suis sentie très mal après. Je lui ai dit combien j'étais désolée et je pense, je crois vraiment qu'elle a compris. Wol, en tout cas, j'en suis sûr. Et voilà, maintenant j'ai honte, ajouta-t-elle en souriant, après ce que tu viens de me dire.

Il lui sourit en retour.

— Peu de gens lui tiennent tête. Cela lui a sans doute fait du bien.

Il paraissait grandement soulagé et il se mit à siffloter, lança une pierre dans l'eau. Barty le regarda, se sentant bien plus heureuse – plus heureuse et aussi plus mûre.

PM était assise à son bureau, perdue dans ses pensées, quand Celia entra, tenant à la main un des exemplaires des *Buchanan*.

— J'ai eu une idée qui devrait te plaire, lui dit-elle. Nous pourrions en garder deux et n'en mettre au pilon que quatre mille neuf cent quatre-vingt-dix-huit. Je suis sûre qu'ils ne vont pas les recompter exactement.

— Oh… oui. Merci, Celia.

— Tu vas bien ? Tu as l'air plutôt bizarre…

— Oui, je vais très bien. Merci.

Elle sourit à Celia. Sa découverte avait changé beaucoup de choses : elle se sentait encore trop désorientée pour savoir exactement lesquelles, ni même pourquoi elles avaient changé, mais elle était au moins certaine de pouvoir de nouveau aimer Celia. De ne plus se sentir blessée par elle et sa conduite. C'était illogique, elle le savait, mais peu importe.

— Merci, répéta-t-elle. C'est très gentil de ta part.

— Je t'en prie. On se revoit dans la salle de réunion, pour cette sinistre conversation…

— Oui. Je n'en ai pas pour très longtemps.

Une fois Celia partie, PM se demanda si elle savait, pour Felicity. Cela expliquait certainement beaucoup de choses. Les voyages de plus en plus fréquents d'Oliver à New York, son projet d'ouvrir un bureau là-bas, n'étaient-ce pas des prétextes pour entretenir cette liaison ?

Son frère lui paraissait désormais moins admirable, mais plus humain. Et avec davantage d'expérience du monde réel. Les conseils qu'il pouvait donner étaient riches de cette expérience, et du coup ils semblaient plus solides à PM, mieux fondés. Que lui avait-il dit exactement ? « Si une chance de bonheur s'offre à toi, pourquoi ne pas la saisir ? » Il avait raison ; elle *avait* une chance. Qui pourrait ne pas se représenter dans l'avenir. Qui ne se représenterait probablement pas.

Elle resta assise à regarder le livre. Une première édition, que Gordon adorerait avoir. Elle avait une valeur rare, car ce livre ne serait jamais publié. Bien sûr, on ne pouvait pas la montrer publiquement, mais on pouvait la lui confier. Particulièrement s'il avait des relations – d'une nature ou d'une autre – avec l'éditeur.

PM prit une feuille de papier à en-tête de Lytton et écrivit une courte lettre, de son écriture nette et soignée ; puis elle la mit dans une grande enveloppe avec le livre, et appela l'un des coursiers.

Après quoi, elle partit rejoindre Oliver et Celia dans la salle de réunion, pour parler une nouvelle fois de l'avenir de Lytton. Ou plutôt, de sa fin prochaine. Même si Celia refusait, contre toute logique, de l'accepter.

— Nous y sommes, dit Jasper Lothian, et nous avons tout notre temps. Le train n'est même pas arrivé… Va chercher un porteur, pendant que j'achète les billets. Je savais bien qu'on n'avait pas besoin de paniquer autant.

Vanessa dirigea le portier vers le quai du train de Londres, espérant que celui-ci allait arriver et que Jasper le manquerait. Elle se demandait, comme souvent, pourquoi elle continuait à vivre avec lui depuis presque trente ans.

— Bien…, fit Oliver. Je pense que, maintenant, nous devrions rassembler nos affaires et passer prendre Peter Briscoe sur le chemin.

— Brunning est dans Regent Street, n'est-ce pas ?

— Oui, un assez bel immeuble. Ce sera toujours plus agréable.

— Tu veux dire, demanda Celia, saisie par la panique, que nous ne pourrons pas rester ici ?

— Non, bien sûr que non. Nos frais généraux sont astronomiques, avec l'énorme hausse des impôts locaux depuis la guerre. Puisque, de toute façon, nous ne serons plus qu'une demi-douzaine chez Brunning, nous n'aurons besoin que de quelques bureaux. Et comme ils vont distribuer nos livres, ils géreront aussi nos stocks. Économiquement, c'est bien plus rationnel de déménager là-bas.

— Oui, je comprends. Je n'y avais pas pensé, c'est absurde. Vous voulez bien m'excuser quelques minutes ? Il faut que j'aille chercher des papiers dans mon bureau.

Elle retourna dans son bureau, qu'elle aimait tant, où elle avait passé une si grande partie de sa vie. Ce véritable royaume dans le royaume, qu'elle s'était créé : la grande table au dessus de cuir était comme à l'accoutumée recouverte de lettres, de livres, d'agendas et de dossiers, en un chaos qui n'était qu'apparent, où elle pouvait tout retrouver en un instant ; les deux vases, l'un sur la cheminée et l'autre sur la table basse, remplis de fleurs fraîches tout au long de l'année – elle avait toujours maintenu la tradition, même pendant la guerre. De chaque côté de la cheminée, ses deux chers canapés, où elle était assise quand elle avait appris qu'Oliver était sain et sauf, et quand Sebastian lui avait lu *Méridien* pour la première fois, en ce même extraordinaire matin – où, en d'autres occasions, il l'avait si souvent enlacée et embrassée. Cette pièce contenait toute son histoire personnelle, c'était son foyer au sens le plus vrai du terme : le seul endroit où elle s'était jamais sentie en sécurité, capable de contrôler sa vie difficile et tumultueuse. Et maintenant elle allait la perdre, exactement comme elle avait perdu Sebastian : pour toujours.

— Londres ! Londres ! Tous les passagers pour Londres, départ immédiat, quai numéro quatre ! Londres, quai numéro quatre !

Guy grimpa dans le train, plein de lassitude et d'amertume.

Le remords faisait lentement son chemin dans la conscience de Jeremy Bateson. Il n'aurait pas dû répondre qu'il n'avait aucune idée de l'endroit où se trouvait Guy. Les Lytton ne le méritaient pas ; Guy ne le méritait pas. Ce n'était pas leur faute, après tout, si cette histoire l'avait autant accaparé. En tout cas, ce n'était qu'indirectement leur faute. Il décida qu'il allait rappeler Lady Celia, lui dire où se trouvait Guy, lui révéler qu'il était allé voir Lothian. Il n'avait pas besoin d'entrer dans les détails.

Il décrocha le téléphone et demanda le numéro de Lytton.

— Oh, non, Mrs Gould, plus d'appels maintenant, nous sommes déjà en retard. Tu viens, Celia ?

Mrs Gould reprit son téléphone.

— Je suis vraiment désolée, Mr Bateson. Ils viennent de partir, j'en ai peur.

Le nom franchit la barrière de tristesse qui assaillait Celia et lui fit dresser l'oreille.

— Qui est-ce, Mrs Gould ?

— Un certain Mr Bateson.

— Oh... Oliver, il faut absolument que je lui parle.

— Bon, dépêche-toi. Je vais y aller et dire à Daniels que tu arrives.

Oliver et PM descendirent l'escalier ; il lui ouvrait la porte quand il entendit Celia l'appeler de là-haut. Sa voix paraissait bizarre, à la fois nerveuse et excitée.

— Oliver, nous devons attendre ! Guy Worsley est allé voir Lothian à Cambridge !

— Celia, nous ne pouvons pas. Rien ne pourra plus modifier la décision de Lothian maintenant, et sûrement pas un prétexte de dernière minute de Worsley. Si tu ne veux pas venir, nous serons obligés d'y aller sans toi.

— Tu ne peux pas retarder la réunion ? D'après Jeremy, cela pourrait être vraiment important...

— Non, je ne peux pas la retarder, je suis désolé. Alors, que fais-tu ?

— Je reste, pendant un moment en tout cas. Et ne signe rien sans moi.

Oliver quitta l'immeuble et claqua très bruyamment la porte derrière lui.

Gordon Robinson avait du mal à se concentrer. Il ne s'était pas vraiment rendu compte, jusqu'à ce qu'elle la refuse, combien il avait espéré que PM accepterait sa proposition. Et combien la perspective de continuer à vivre en vieux garçon solitaire, dont il s'accommodait voilà encore quelques mois, lui paraissait désormais sinistre.

Il décida de déjeuner tôt ; il en informa sa secrétaire, prit son parapluie – un compagnon permanent pour lui, même en un jour de soleil radieux comme celui-ci – et traversa le hall d'accueil de chez Oliphant et Harwood. Au moment où il allait sortir, un coursier arriva avec un paquet. En homme courtois, Gordon s'effaça pour le laisser entrer, puis lui dit :

— Si vous cherchez l'accueil, c'est par là.

— Je ne peux pas le laisser à l'accueil, dit le coursier, je dois le remettre en mains propres.

— Je vois. Et pour qui est-ce ?

— Pour un Mr Robinson, Mr Gordon Robinson. Ça vient de chez Lytton.

— Seigneur, fit Gordon. C'est moi. Comme c'est extraordinaire.

Le train était bondé. Guy avait sur lui à peine de quoi s'offrir un café. Il se sentait si abattu, si stupide… Jeremy lui avait bien dit qu'il était idiot de penser que Lothian serait là, à l'attendre. Maintenant, cela pouvait durer plusieurs jours, même plusieurs semaines.

La voiture-restaurant était tout à l'avant du train. Il put circuler plus aisément en traversant les wagons de première. Là, l'ambiance était plutôt différente. Beaucoup de place, des accoudoirs entre chaque siège, des appuie-tête de fine toile, des filets à bagages, du cuivre sur les portes et les fenêtres. Vraiment agréable, presque comme dans un élégant cabinet de travail. Il s'appuya contre la porte vitrée d'un des compartiments pour laisser passer un employé qui arrivait dans la direction opposée en poussant un chariot.

— Merci, monsieur, dit l'homme.

Pendant qu'il passait, Guy se retourna pour regarder à l'intérieur du compartiment. Il était vide ; ses occupants devaient être dans la voiture-restaurant, en train de prendre quelque chose comme un petit déjeuner au champagne, avant de revenir s'installer sur leurs sièges confortables. Il se sentit plein de ressentiment. Ils avaient de beaux bagages, aussi : deux jolis fourre-tout de cuir assortis, portant de luxueuses étiquettes de cuir. Quand il serait devenu un auteur à succès, il pourrait s'offrir les mêmes choses. Quand il l'aurait enfin emporté sur Jasper – quel nom absurde, comme le méchant dans une pièce pour enfants, Jasper…

— Oh ! mon Dieu, dit Guy à voix haute, mon Dieu !

Il se frotta les yeux pour s'assurer qu'il ne rêvait pas, puis il relut les mots magiques, incroyables, invraisemblables : *Lothian. Basil Street Hotel, Londres…*

— Bien, dit Matthew Brunning. J'ai examiné les comptes, Oliver. Ils sont tels que vous les avez décrits… pas bons. Mais rien que nous ne puissions résoudre pour vous.

Oliver réussit à sourire ; PM n'essaya même pas. Résoudre pour eux, c'était abominable. Comme s'ils étaient des employés subalternes, qui avaient commis des erreurs de débutants. Elle en était malade. Matthew Brunning était un homme horrible. Et eux, que faisaient-ils ici ?

— Et pour le service artistique ? demanda-t-elle. Et pour nos responsables éditoriaux ?

— Eh bien, nous avons notre propre service artistique. Je verrais même cela comme une des voies privilégiées pour rationaliser nos activités. Quant aux responsables éditoriaux, je considérerai chacun selon ses mérites. Là encore, nous avons chez nous beaucoup de gens très compétents.

— Oui, admit Oliver, je comprends.

Compétents, c'est exactement ce qu'ils étaient, songea PM : compétents et rien de plus.

— Nous ne pourrons probablement conserver personne de votre service administratif, bien sûr. Même si tout cela pourra se discuter avec le temps. L'important, pour cette présente réunion, c'est de dégager les grandes lignes de notre accord. De jeter les bases sur lesquelles la nouvelle maison d'édition pourra s'appuyer.

— Oui, approuva Peter Briscoe.

— Voudriez-vous jeter un coup d'œil sur ce projet de contrat, Mr Briscoe ? Il y a des copies pour vous, Mr Lytton et vous, Miss Lytton. Lady Celia va-t-elle nous rejoindre ?

— Je l'espère, dit Oliver. Elle a été retenue, mais elle ne devrait pas tarder.

— Je vais directement à l'hôtel, dit Vanessa Lothian. Tu vas à ton club ?

— Oui, je pense. Tu n'aurais pas envie d'un déjeuner rapide avec moi d'abord ?

Elle le regarda, sans chercher à masquer sa répugnance ; Dick Marlone lui avait déjà expliqué, en détail, ce qu'il avait prévu pour eux deux à l'heure du déjeuner.

— Non, je ne crois pas. Je n'ai pas faim.

— On y est presque, regarde… c'est déjà Romford. On devrait arriver là-bas sans problème pour midi et demi.

Ensuite, l'hôtel vers une heure, et dans sa chambre avec Dick Marlone à une heure et quart. Excellent.

Celia faisait les cent pas à l'accueil de chez Lytton, attendant un coup de téléphone de Guy Worsley avec un espoir qui diminuait de minute en minute, quand un homme très grand aux cheveux blancs entra. Il souleva son chapeau devant elle.

— Bonjour… Pourrais-je laisser cette lettre pour Miss Lytton ? Miss PM Lytton ?

— Bien sûr… Je la lui donnerai moi-même, je vais la voir très bientôt. Merci.

— Non, c'est moi qui vous remercie. C'est très gentil de votre part.

Celia lui fit un sourire aimable.

— Voudriez-vous que je lui transmette un message, puisque je vais la voir ?

— Oh non, le message tout entier est dans cette lettre. Est-ce que… Ai-je le plaisir de parler à Lady Celia Lytton ?

— En effet.

— Mon Dieu… C'est vraiment un grand honneur.

De fait, il paraissait assez ému ; il tendit la main à Celia, et se courba à moitié pour la saluer.

— Je ne pensais pas vous rencontrer aujourd'hui.

— Eh bien, c'est rare que je traîne à l'accueil, je dois le dire, mais je suis ravie de vous rencontrer, moi aussi. Et vous êtes…

— Robinson. Gordon Robinson.

— Ah, fit Celia prudemment.

C'était un terrain délicat.

— Comment allez-vous, Mr Robinson ? J'ai entendu… (Non, ne pas lui dire qu'elle avait beaucoup entendu parler de lui, ce n'était sans doute pas une bonne idée.) J'ai entendu dire que vous aimiez les livres.

— Oui, répondit-il, et son visage plutôt pâle par nature s'empourpra, en effet. Et je vous suis très reconnaissant pour toutes ces éditions originales que vous m'avez envoyées.

— C'était un plaisir, vraiment. Il faut que vous veniez un jour jeter un coup d'œil dans nos archives, si cela vous tente.

— Oh ! ce serait merveilleux.

— Vous serez le bienvenu. Même s'il est possible qu'on ne puisse les garder très longtemps ici.

— Ah, vraiment ? dit-il, soudain alarmé. Je… je n'étais pas au courant.

— Moi non plus, en fait. Disons, pas tout à fait. Mais tant qu'il y a de la vie, il y a de l'espoir, n'est-ce pas ?

— En effet. Je viens justement d'en avoir une preuve très convaincante.

— Vraiment ? C'est encourageant. Je donnerai votre lettre à PM, et elle reprendra sans doute contact avec vous.

— Je l'espère beaucoup, dit Gordon Robinson, puis il lui adressa un sourire amusé, presque complice.

Il a le sens de l'humour, songea Celia, et il est délicieux. Très séduisant aussi, malgré sa timidité. Elle le suivit des yeux tandis qu'il repartait, en faisant virevolter son parapluie. On aurait dit qu'il allait se mettre à danser.

Guy avait regardé, captivé, depuis l'extrémité de la voiture, les Lothian revenir dans leur compartiment. Lui était exactement tel qu'il l'imaginait – grand, excentrique, distingué. Sa femme était très séduisante avec ses cheveux roux sombre, son costume de tweed magnifiquement coupé. Ils formaient un couple assez fascinant, bien plus encore que ce qu'il en avait fait dans son livre. Il s'écarta dès qu'ils eurent refermé leur porte, et se plaça devant le compartiment suivant, afin de pouvoir les contempler encore. Elle alluma une cigarette, qu'elle tenait enserrée dans un long fume-cigarette ; Lothian la regardait avec hostilité, il n'y avait pas d'autre mot pour décrire son expression. Guy n'entendait pas ce qu'ils se disaient, mais l'atmosphère entre eux semblait plutôt tendue. Enfin, elle écrasa sa cigarette, prit un exemplaire de

Vogue dans sa valise et s'assit pour le lire, ignorant totalement Lothian.

En arrivant à Liverpool Street, il s'éloigna un peu dans le couloir. De toute façon, il connaissait leur destination, et ne voulait pas qu'ils le remarquent, au risque de soupçonner qu'il les suivait. Ils hélèrent un porteur et se dirigèrent vers la station de taxis. Parfait ; il pouvait les suivre. Il regarda sa montre : seulement midi quarante. Seul problème, il n'avait pas d'argent, et il était à des kilomètres de sa banque. Il fallait qu'il aille à l'appartement de Jeremy, qu'il fasse attendre le taxi en bas, et qu'il monte lui demander de lui en prêter. Le stratagème était un peu alambiqué mais il était sûr que le jeu en valait la chandelle.

Jeremy l'accueillit avec un soulagement manifeste.

— Grâce à Dieu, tu es revenu... Les Lytton n'ont plus le temps.

— Plus le temps ? Comment ?

— Trop compliqué à expliquer. Il faut que tu ailles les voir tout de suite, leur dire ce qui s'est passé. Ça a marché ?

— Non. Pas encore. Je l'ai vu, mais...

— Que veux-tu dire ?

— Je ne peux pas t'expliquer maintenant, mais j'ai rendez-vous avec lui au Basil Street Hotel. Sauf qu'il ne le sait pas encore. Prête-moi cinq shilling, vieux. J'ai un taxi dehors, avec le compteur qui tourne. Je te rembourserai plus tard dans la journée, c'est juré.

— Seulement si tu me jures aussi d'aller directement à un téléphone dès que tu l'auras vu et de dire à Celia Lytton ce qui s'est passé. Elle est dans un état épouvantable. Les Lytton sont sur le point de passer sous la coupe d'un autre éditeur.

— Au revoir, Jasper. Téléphone-moi, peut-être lundi. Nous pourrions aller au théâtre ou… ailleurs.

— Entendu. Amuse-toi bien.

— J'en ai bien l'intention, dit Vanessa.

— Oliver, je suis désolé, mais je ne crois pas pouvoir attendre beaucoup plus longtemps. J'ai un rendez-vous, je vous l'ai dit, et je suis déjà en retard. Peut-être pourrions-nous avancer et signer sans elle – puisque ce sont seulement les grandes lignes du contrat.

— Laissons-lui encore un peu de temps, intervint PM. Sa présence est absolument nécessaire.

Le taxi de Guy s'arrêta devant le Basil Street Hotel ; il paya, puis entra en courant, ou presque.

— Monsieur ?

— Je voudrais voir le Pr Lothian, s'il vous plaît.

— Le Pr Lothian, monsieur ?

— Oui, s'il vous plaît.

— Le Pr Lothian n'est pas ici. Nous ne l'attendons pas, en fait. Mrs Lothian est arrivée et a donné ordre qu'on ne la dérange pas. Alors, je crains que nous ne puissions pas vous être utile. J'en suis vraiment navré.

— Oh ! mon Dieu, dit Guy Worsley ; et pour la seconde fois en l'espace de deux jours, il eut l'impression qu'il allait fondre en larmes.

Jasper Lothian venait d'arriver au Reform Club, quand il s'aperçut qu'il n'avait pas son portefeuille avec lui. Il se souvint qu'il l'avait laissé dans les mains de Vanessa. Zut et zut ! Il fallait qu'il retourne le chercher ; si occupée qu'elle risquât d'être, il ne pouvait pas passer trois jours sans lui. Il alla au secrétariat du club, y emprunta un billet de cinq livres, puis il sortit dans Pall Mall et héla un taxi.

— Au Basil Street Hotel, s'il vous plaît.

Guy se trouvait à l'extérieur de l'hôtel, contemplant sa façade, essayant de s'expliquer la raison qui avait poussé son propriétaire à faire construire ce bâtiment au-dessus d'une station de métro, et se demandant ce qu'il allait bien pouvoir faire à présent. De nouveau, il était à court d'argent. Il semblait n'avoir fait aucun progrès depuis une semaine, ni pour se rapprocher de Jasper Lothian ni pour sauver son livre. Et maintenant, Lytton était apparemment sur le point de sombrer, et par sa faute. Quel cauchemar. Quel affreux gâchis…

Il commençait à s'éloigner quand un taxi se gara derrière lui, le long du trottoir. Il se retourna, curieux de voir le visage de l'heureux privilégié qui allait descendre dans l'hôtel, puis son regard se figea : c'était Jasper Lothian, l'air à la fois résolu et de mauvaise humeur. Il demanda au taxi de l'attendre, pénétra dans l'hôtel, et Guy n'hésita pas un instant ; il y pénétra à sa suite.

— Je ne pense pas que ce soit légalement correct, dit PM.

Elle ignorait si ce qu'elle disait était sensé ou non, mais cela lui semblait un point intéressant à débattre. Tout à coup, elle s'amusait même. C'était comme dans ce jeu où il faut parler pendant deux minutes sur un certain sujet sans se répéter. Sauf qu'elle allait essayer de parler pendant beaucoup plus longtemps. Et de faire aussi parler Oliver.

Jasper Lothian regarda Guy Worsley.

— Qui êtes-vous et que voulez-vous ? lui demanda-t-il.

— Je suis Guy Worsley. Nous avons des choses à nous dire.

Les yeux de Lothian étaient très durs, très hostiles. Mais il y avait aussi autre chose derrière : la peur.

— Bien. Je vous accorde deux minutes.

— Une seule me suffira largement. Je ne veux pas abuser de votre précieux temps. Voilà. Je suis au courant de vos relations avec les Bartlett. Si vous persistez à tenter d'obtenir un référé sur mon livre, j'en parlerai à mon avocat. C'est tout. Bon après-midi.

Il se tut, adressant à Lothian ce sourire suave qu'il réservait d'habitude aux jolies jeunes femmes – plus, de temps à autre, à des femmes plus âgées, mais plus riches.

— Non, attendez, juste un instant…

— Franchement, je ne vois pas l'intérêt d'en dire plus ni de perdre notre temps. Les choses sont parfaitement simples. Nous attendrons avec impatience lundi matin votre lettre, donnant le feu vert à la publication. Naturellement, quand nous l'aurons reçue, je considérerai l'affaire comme terminée, et n'en parlerai à personne. Vous avez ma parole.

— Votre parole ! Pour l'amour du ciel… Je suis censé vous croire ?

— Je pense que vous devriez, oui. À qui aurais-je intérêt à parler, si le livre paraît ? Et si jamais quelqu'un vous associait à lui, vous devriez en être satisfait. La liaison du professeur y est tout à fait hétérosexuelle.

Il y eut un silence, puis Lothian demanda :

— Vous avez vu Susannah ?

— Susannah ?

Guy prit ce que sa mère appelait son air perplexe, celui qu'il prenait quand il protestait de son innocence. Elle disait même que c'était ainsi qu'elle – et elle seule – savait qu'il était coupable.

— J'ai essayé de la voir, mais sa mère m'a dit qu'elle était partie pour la journée. Demandez-le-lui, si vous ne me croyez pas.

— Et pourquoi quelqu'un croirait-il les histoires, certainement absurdes, que vous iriez raconter ?

— Des gens ont sûrement eu des soupçons à l'époque, et ils parleraient. Pour peu qu'un bon journaliste s'intéresse à l'histoire, fouille un peu... Après tout, vous êtes bien connu dans le monde universitaire, et cela excite toujours la curiosité. Cela ne ferait pas très bon effet, n'est-ce pas ? Je pense vraiment que vous devriez laisser le livre paraître. Honnêtement, je crois que vous vous créez une montagne de pas grand-chose. Il n'y a pas le plus petit danger que quelqu'un fasse spontanément le rapprochement avec vous. Vous êtes trop inquiet. La mauvaise conscience, peut-être... En tout cas, je vous laisse le week-end pour y réfléchir, pas de précipitation. Mais nous voulons une lettre lundi matin. Après quoi, j'ai un bon ami au *Daily Mirror*... Bref, je ne veux pas vous retenir, et je suis moi-même pressé.

Il se dirigea vers la réception et demanda à l'employé :

— Pourrais-je passer un coup de téléphone ?

— Excusez-moi, Mr Brunning, Lady Celia Lytton est au téléphone. Elle aimerait parler à son mari, juste un instant. Elle a dit qu'elle était vraiment désolée d'interrompre la réunion, mais que c'était très important.

— Mais suppose, dit Oliver, en se laissant tomber dans son fauteuil et en se passant les mains dans les cheveux, suppose que Lothian ne nous l'envoie pas, qu'il n'écrive pas cette lettre ?

— Guy est certain qu'il le fera.

— Guy était déjà certain que cela n'aurait pas de conséquences s'il arrachait une tranche de la vie de Lothian et la transformait en fiction.

— Je sais, mais là, c'est différent.

— Comment, et pourquoi ?

— Il ne me l'a pas dit. Il ne peut pas, paraît-il. Mais il affirme qu'il est convaincu que Lothian écrira cette lettre, pour lundi matin. Je crois vraiment que nous devons lui faire confiance.

— Eh bien, je l'espère, rétorqua Oliver en soupirant. Nous avons perdu Brunning de toute façon, il ne faut plus rien attendre d'eux.

— Tant mieux, dit PM. Ils sont insupportables.

— Insupportables, mais riches. Je croirai tout cela quand j'aurai la lettre de Lothian entre les mains.

— Tu l'auras. Lundi matin, à dix heures au plus tard, a dit Guy. À propos, en parlant de lettres, PM, il y en a une pour toi. Je l'ai réceptionnée personnellement. D'un homme très agréable, très grand, très séduisant. La voici.

— Merci.

Elle rougit légèrement, prit la lettre et sortit de la pièce. Oliver leva les sourcils en direction de Celia, qui lui sourit.

— Tout à fait convenable. Presque trop bien.

— Excellent, dit-il, et il sourit aussi. (D'un air un peu trop content de lui, estima Celia.) Elle a dû suivre mon conseil.

Elle retourna dans son propre bureau, s'assit à sa table ; elle se sentait terriblement fatiguée. Elle regarda sa montre : presque trois heures. Le bateau avait dû prendre la mer, Sebastian était parti.

La réaction la frappa violemment ; elle sentit les larmes monter une fois de plus, une grande vague de douleur lui traverser la poitrine. Elle se leva, arpenta son bureau à grandes enjambées, se rassit, mais rien n'y fit. Rien n'y ferait, ni aujourd'hui ni jamais. Elle enfouit son visage dans ses mains, commença à pleurer, et fut incapable de s'arrêter. Le chagrin l'accablait, la dévorait : comment pourrait-elle le supporter ? Comment se retrouverait-elle un jour, comment serait-elle de nouveau elle-même ?

— Celia, ma chérie… Allons…

C'était la voix de PM, plus gentille que d'habitude, plus tendre, même. Elle prit une grande inspiration, rejeta la tête en arrière, la regarda : les yeux de PM n'étaient plus accusateurs ni hostiles, juste remplis de sympathie et d'affection.

— Je suis vraiment désolée pour toi, lui dit-elle.

— Merci, PM. Je ne le mérite pas, je sais, mais cela fait du bien.

— Nous n'avons pas toujours ce que nous méritons, en bien comme en mal, dit PM en lui caressant les cheveux.

— Non, c'est vrai. La pauvre Sylvia ne méritait sûrement pas ce qu'elle a vécu, commenta-t-elle.

— Pauvre Sylvia… Tu étais une si bonne amie pour elle. Comme tu l'as toujours été pour moi.

— Oh ! je ne sais pas… Je lui ai volé sa fille…

— Celia ! Tu ne crois pas qu'elle t'aurait envoyée promener et qu'elle l'aurait gardée, si elle l'avait voulu ? J'ai l'impression qu'elle avait bien assez de caractère pour cela. En tout cas, tu as…

— Ne me dis pas que j'ai fait des choses merveilleuses pour Barty, parce que je n'en suis plus aussi sûre.

— Très bien. Je ne te le dirai pas, je le garderai pour moi.

Celia parvint à sourire, puis elle dit :

— C'est fini, tu sais, la… liaison. Je voulais juste que tu le saches. C'est pour cela que je pleurais, que je n'arrêterais pas de pleurer si je m'écoutais.

— Je comprends. Merci de me l'avoir dit, j'apprécie ta confiance. J'en suis contente, évidemment. Pour… la famille, pour nous tous.

— Tu allais dire pour Oliver, n'est-ce pas ? C'est vraiment pour lui que je l'ai fait, tu sais, pour lui seul, et pas pour la famille. Il est si bon, si loyal, il m'aime tant… Je ne le mérite pas.

PM gardait le silence.

— Je me sens si coupable envers lui, reprit Celia, affreusement coupable. Encore maintenant, je ne peux même pas commencer à me pardonner. Sa loyauté est si indéfectible… Je… j'ai tellement honte, je suis si dégoûtée de moi. Imaginer que j'aie pu faire une chose pareille, en ne pensant qu'à moi et à mon propre bonheur…

— Il faut dire, commença prudemment PM, qu'Oliver est très… difficile. Surtout depuis la guerre.

— Non, non… Je sais qu'il l'est, oui, mais ce n'est pas une excuse, pas vraiment. Je m'en suis servie, mais je me mentais à moi-même, en me persuadant que cela justifiait tout. Ce qui était totalement faux. Je suis quelqu'un de corrompu, de corrompu jusqu'à la moelle, c'est la vérité.

— Celia, tu n'es pas corrompue ! dit PM, d'un air grave. Je ne peux pas te laisser dire une énormité pareille.

— Si, je le suis. Je fais mal aux gens autour de moi, regarde le mal que j'ai fait à Sebastian, aussi bien qu'à Oliver. Combien de temps lui faudra-t-il pour se remettre de mon égoïsme ?

PM hésita avant de déclarer :

— Celia, il y a quelque chose que tu devrais peut-être savoir. Cela pourrait t'aider. Ce n'est pas à moi de te le dire, en principe, et je suis même pas sûre que je doive vraiment le faire, mais… Eh bien, les circonstances sont particulières et cela ne peut pas faire beaucoup de mal, à mon avis.

Les larmes de Celia cessèrent de couler. Elle se cala plus confortablement sur sa chaise et regarda PM.

— Vas-y, dit-elle. Raconte-moi.

Ce fut extraordinaire : ce que lui révéla PM calma sa culpabilité, la haine d'elle-même qui l'avait gagnée. Elle resta un long moment assise à y réfléchir, à réfléchir au fait que son mari – qu'elle avait toujours cru fidèle, amoureux d'elle, qui s'était occupé d'elle – avait eu une liaison avec une autre femme ; et ce qu'elle ressentait avant tout, c'était un grand soulagement. Non, elle n'était pas la mauvaise femme, adultère et mesquine, qu'elle avait cru être : ou plutôt elle l'était, si, mais au moins elle avait maintenant quelques excuses. Elle pouvait revenir vers Oliver et lui demander son pardon – tacitement –, en sachant qu'il avait lui aussi quelque chose à se faire pardonner. Plus important peut-être, elle pouvait se pardonner elle-même. Un peu au moins. C'était si doux de penser cela, si absurdement doux. Et cette découverte expliquait tant de choses, comme le refus d'Oliver de discuter, de regarder la situation en face quand elle essayait de lui en parler : il craignait manifestement que cela ne mène à une confession, à des révélations, à de grands risques qu'elle le quitte – et il avait raison de le craindre. En réalité, il avait des raisons de s'accommoder de cette situation.

Elle pensa ensuite à Felicity : Felicity, avec son charmant visage et ses manières douces, son dévouement à sa famille... Celia l'avait beaucoup aimée, c'était bien la dernière personne qu'elle aurait pu soupçonner d'une chose pareille. Sa mère lui avait pourtant dit combien Felicity était désirable. Dieu, que sa mère était fine et clairvoyante.

Mais quelle audace, tout de même, alors que Celia l'avait reçue chez elle, avait publié ses poèmes... Impossible de se montrer plus déloyale et plus ingrate. Elle fut prise d'une violente colère contre Felicity, ce qui l'aida aussi. Puis elle se demanda si leur liaison continuait toujours. Sûrement pas, non, c'était impossible : elle l'aurait su. Mais alors, elle songea qu'elle n'en avait jamais rien su, qu'elle n'avait jamais rien soupçonné. En tout cas, cela n'allait plus durer, elle se le promit.

Elle sourit d'elle-même, de son absurde indignation, puis tenta de se souvenir d'Oliver et Felicity ensemble, lors de ce séjour à Ashingham. Certes, Oliver avait eu l'air de beaucoup s'intéresser à elle, mais sans plus ; les choses avaient sûrement dû évoluer ensuite. Quand cela avait-il vraiment commencé ?

— Mon Dieu, dit Celia tout haut, mon Dieu...

C'était après ce premier voyage aux États-Unis qu'Oliver était rentré à la maison, de nouveau capable de lui faire l'amour. Manifestement, Felicity avait fait cela pour lui. Fait cela pour *elle*.

— Eh bien, Oliver, dit-elle, toujours à haute voix, tu nous en caches des choses, de drôles de choses...

Elle était un peu troublée par le fait qu'elle trouvait cette situation touchante, presque excitante.

Puis la porte s'ouvrit, et Oliver passa la tête à l'intérieur.

— Tu vas bien, ma chérie ?

— Oui, merci, lui sourit-elle.

— Tu devrais rentrer maintenant, te reposer un peu. Tu as eu des moments épuisants, et de toute façon nous ne pouvons rien faire avant lundi. J'espère que cette histoire avec Lothian va bien se passer.

— Oui, Oliver, j'en suis certaine.

— Je l'espère. Oh ! à propos, ceci vient d'arriver pour toi.

Il posa un paquet sur son bureau.

— Merci. Je le regarderai tout à l'heure.

— Très bien. Je vais dire à Daniels de te ramener à la maison, d'accord ?

— Juste un petit moment encore.

Quand il fut sorti, elle prit le paquet et l'emporta sur un des canapés. Il était gros, très gros ; cela ressemblait à un manuscrit. C'était un manuscrit. Une lettre en tomba, écrite sur un épais vélin, d'une écriture noire et rapide.

Ma bien-aimée,

Le temps que tu reçoives ceci, je serai en haute mer.

Je joins le manuscrit de *Méridien – Époque II*. Je vous le cède à toi et à Lytton. Finalement, je ne peux même pas imaginer le donner à un autre éditeur. Personne ne connaît ni ne comprend *Méridien* comme toi, personne ne saurait s'en occuper comme toi. Personne d'autre ne le mérite.

Cette lettre ne doit pas être longue, parce que si je commence à te dire vraiment combien je t'aime, quel bonheur extraordinaire tu m'as donné, je ne m'arrêterai jamais.

Je veux juste te dire au revoir : affectueusement, tendrement, avec tout mon cœur. Et laisser *Méridien*, qui nous a réunis au départ, s'assurer que nous ne serons jamais complètement séparés à l'avenir.

Merci pour tout ce que tu es. Sebastian.

Elle resta assise un bon moment sur le canapé, en serrant le manuscrit contre elle – ce manuscrit qui était tout ce qui lui restait de Sebastian. Puis elle se leva, alla dans le bureau d'Oliver et le posa sur son bureau.

— Tiens, lui dit-elle, voilà. Quoi qu'il arrive maintenant, Lytton est sauvé...

Épilogue

Clinique de Londres, registre des naissances :
LYTTON – le 17 mars, pour Celia, femme d'Oliver,
un fils.

— Tu es content, non ? dit Venetia.
La voiture roulait vers Harley Street, et ce qui allait
être leur première rencontre avec leur petit frère.
— Imagine que ç'ait été une autre fille…
— J'aurais quitté la maison, dit Giles, et il lui sourit.
— Tu l'as fait il y a déjà plusieurs années, intervint
Adele. Tu as eu beaucoup de chance de l'avoir fait.
J'aurais tellement voulu qu'on aille en pension, c'est si
triste chez Miss Wolff…
— Il faudrait que tu travailles un peu plus, pour
entrer à St Paul comme Barty. Tu es heureuse là-bas,
n'est-ce pas, Barty ?
— Oui, répondit Barty. Vraiment.
— Oui, mais nous ne sommes pas aussi intelligen-
tes que toi, dit Venetia.
— C'est idiot. Vous êtes toutes les deux très intelli-
gentes.
— Non.
— D'accord, fit Barty posément, vous ne l'êtes pas.
Mais vous êtes bien meilleures que moi pour danser,

réciter des poésies, parler aux gens et faire de l'équitation.

— C'est vrai. On va être entraîneuses de chevaux de courses, n'est-ce pas, Venetia ?

— Oui, et nous vivrons à Ashingham. Alors, ça ne sert à rien de travailler à l'école, de toute façon. Oh, regardez, on est arrivés ! Merci, Daniels.

Oliver sortit de la chambre de Celia en souriant.

— Il va falloir que vous attendiez un moment, il y a trop de visiteurs, a dit l'infirmière-chef. Jack et Lily vont bientôt partir.

— Tu veux dire qu'ils ont vu le bébé avant nous ? Ce n'est pas juste…

— Je sais, je suis désolé. Mais ils partent aujourd'hui pour New York, et ils ont encore tellement de choses à faire…

— New York, quelle chance ils ont… Je ne comprends pas pourquoi ils ne pouvaient pas nous emmener avec eux, dit Adele.

— Moi si, dit Giles.

— Alors pourquoi ? Avant, ils disaient toujours qu'ils allaient nous emmener, et puis dès que cela a été décidé, ils ont changé d'avis…

— Je crois que c'est l'agent de Lily, il pensait que traîner un mari avec soi était déjà bien suffisant. De plus, c'est quand même un voyage de noces, même s'il arrive un peu tard, et c'est aussi pour que Lily puisse rencontrer des directeurs de casting, et…

— Je me demande si elle aura des rôles sur canapé, commenta Venetia.

— Venetia, qu'est-ce que tu racontes ? demanda Oliver.

— Oh ! quelqu'un m'en a parlé à l'école, répondit-elle d'un ton dégagé, alors j'ai demandé à Lily. Elle m'a dit qu'il y avait des canapés dans les bureaux ; les actrices s'y allongent. Ainsi les gens qui font les films peuvent les regarder et voir si elles sont assez jolies pour qu'on leur donne des rôles.

— Eh bien, dit Oliver, je vois.

La porte de la chambre s'ouvrit, Jack et Lily en sortirent.

— Salut vous tous, dit Lily. Comment ça va ?

— Mal, grommela Adele. On est jalouses.

— On est furieuses, renchérit Venetia. On veut aller à Hollywood avec vous.

— Je sais, mes chéries, j'aurais bien aimé vous emmener. Mais c'est très cher d'aller là-bas, vous le savez, et…

— Papa pourrait payer, hein, Papa ? Il est si riche maintenant que *Les Buchanan* ont battu tous les records de vente, tout comme le nouveau *Méridien*. Cela lui serait égal, il…

— Adele, tu n'iras pas à New York, dit Oliver, alors peut-on ne plus en entendre parler, s'il te plaît ? Maintenant, tu veux faire connaissance avec ton nouveau petit frère, oui ou non ?

— Oui, s'il te plaît !

— Alors, viens…

Ils avaient l'air très heureux, et de fait ils l'étaient. Étonnamment heureux, même, songea Jack. Tout s'était parfaitement bien déroulé. Ils avaient eu un merveilleux mariage à Chelsea Old Church, suivi d'une réception dans la maison de Cheyne Walk ; Celia avait beaucoup insisté pour cela, et Lily avait persuadé Jack d'accepter. Il avait eu une conversation un peu tendue avec Celia, mais une fois celle-ci terminée, leurs anciennes bonnes relations avaient peu à peu repris le dessus. Il restait légèrement déçu par elle, mais tout était finalement rentré dans l'ordre. Sebastian parti pour l'Amérique, Celia avec ce nouveau petit bonhomme, Lytton sauvé de la banqueroute, tout cela avait manifestement rendu Oliver très heureux. Celia avait sans doute eu un moment de folie. Disons un moment ou deux – pour être honnête, Jack lui-même avait été complice de l'un d'eux. Et le vieil Oliver, après tout, était un peu terne. Il ne pouvait donc pas la blâmer tout à fait. Et à un moment où il était si heureux lui-même, c'était facile de pardonner et d'oublier.

En plus du consentement de Lily, la chance lui avait souri. Lord Beckenham, avec qui il s'était toujours parfaitement entendu – et à qui Lily avait visiblement beaucoup plu –, lui avait dit que le Club royal de tir et de pêche cherchait un nouveau secrétaire, et lui avait proposé de leur toucher un mot à son sujet. Le premier contact s'était fort bien passé et on lui avait offert le poste, très agréable et intéressant. Bien plus dans ses cordes que l'édition, en fait.

Et maintenant, ils partaient pour New York. Sur le *Mauretania*, où le voyage promettait d'être très gai. Avec, à l'arrivée, tous les Lytton américains, qu'il aimait beaucoup. Y compris Kyle, qui réussissait très bien dans l'édition là-bas. Oliver prévoyait, apparemment, de le faire entrer au conseil d'administration de Lytton New York, qui marchait très bien, lui aussi. Le seul problème était le terrible Laurence, qui détenait quarante-neuf pour cent du capital et qui était, d'après Oliver, tout disposé à causer des problèmes. Mais, jusqu'ici, il s'était tenu tranquille. Jack se demandait si Lily et lui auraient l'occasion de rencontrer Laurence. Il était intrigant, presque comme un personnage de roman.

Celia était renversée dans ses oreillers, tenant dans ses bras le bébé tout enveloppé de dentelles et de volants. Elle sourit aux arrivants.

— Bonjour à tous… Venez dire bonjour au bébé. On pensait l'appeler Christopher, Kit pour la famille et les amis. Cela vous plaît ?

— Oui, c'est assez joli, dit Giles.

Il lui sourit, avec une légère retenue. L'histoire avait été un peu embarrassante : ses parents âgés, trop vieux en tout cas pour ce genre d'aventure, et qui se mettaient tout à coup à faire un bébé… Mais c'est vrai qu'ils avaient l'air si heureux. Et au moins, c'était un garçon.

— Oh, il est si mignon, dit Adele, si petit… Regardez-moi tous ces doigts qui remuent…

— Seulement dix, j'espère, dit Barty.

Elle avança l'un des siens et le bébé l'agrippa aussitôt, tout en louchant vers elle de ses yeux bleus, sans la voir.

— Nous avons pensé, Wol et moi, que cela pourrait te faire plaisir d'être sa marraine, lui dit Celia. Puisque tu n'es pas apparentée à lui, à proprement parler. Qu'en penses-tu ?

— Ce serait merveilleux, murmura Barty.

Elle en rougit de plaisir, adressa un sourire radieux à Celia.

— Vraiment, rien ne pourrait me faire plus plaisir.

— Alors, c'est une affaire réglée. Tu pourras veiller de très près sur lui.

— Oui, et sur son bien-être spirituel, commenta Giles. C'est ce que font le parrain et la marraine, n'est-ce pas ?

— Oui.

— On peut le prendre dans les bras, Maman ? demanda Venetia. Si on fait vraiment très attention ?

— Oui, mais une à la fois. Et tu vas t'asseoir avec lui dans ce fauteuil, là-bas.

L'infirmière glissa la tête à la porte, avec une expression de reproche.

— Encore une visite. C'est Miss Lytton. Je ne devrais vraiment pas la laisser entrer…

— Essayez donc de l'en empêcher, dit Celia en riant. PM, entre, viens voir Kit… Où sont Gordon et Jay ?

— À la maison, répondit-elle. Ils jouent au train.

Elle semblait légèrement désapprobatrice. Découvrir que Gordon Robinson avait chez lui une pièce entière, une vaste pièce, réservée à un train Hornby installé à hauteur de la taille, avec des gares, des tunnels, des signaux et des aiguillages, avait été pour elle un choc. Mais cela avait aussi grandement facilité l'adoption de Gordon par Jay, surtout si l'on y ajoutait le fait que l'autre passion de Gordon – en dehors des livres – était l'ornithologie. Tous deux passaient désormais leurs week-ends à arpenter la campagne autour d'Ashingham, à s'asseoir dans des affûts, à regarder dans des jumelles, à ramasser et identifier les œufs tombés des nids. Gordon avait promis que, quand Jay aurait huit ans, il l'emmènerait dans les Highlands, en Écosse, pour voir les aigles ; Jay avait dressé un tableau des quelque trois cents jours qui le séparaient de cette date, et il en cochait un tous les soirs.

— Voilà le jeune Kit, dit Celia à PM, comme nous avons décidé de l'appeler. Avec l'approbation de tes demoiselles d'honneur.

— On a eu un essayage ce matin, dit Venetia en souriant à PM. Les robes sont magnifiques.

— Je suis contente que vous les aimiez.

Que Gordon insiste pour un vrai mariage avait été un autre choc. Pas un grand mariage, mais une union solennelle, dans la petite église d'Ashingham.

— Il va découvrir que je n'étais pas mariée à Jago, avait-elle dit à Celia, c'est inévitable. Que vais-je faire ?

— Reste vague. Tellement d'églises ont été bombardées, leurs registres détruits... Je crois que le mariage avait eu lieu dans l'une d'elles, n'est-ce pas ? De toute façon, la seule chose dont le pasteur aura vraiment besoin, c'est du certificat de décès de Jago, et tu l'as.

— Non, avait dit PM d'un ton résolu, je ne peux pas faire une chose pareille. Je n'ai jamais vraiment menti à Gordon, et je ne vais pas commencer maintenant. Il va falloir que je le lui dise. Je le ferai ce soir.

Quand elle était revenue le lendemain, elle paraissait tout à fait joyeuse.

— Tu ne vas pas le croire, mais il avait deviné. Il s'est juste mis à rire quand je le lui ai raconté, c'est tout. Il m'a dit qu'il n'avait pas voulu m'embarrasser en m'en parlant avant, puisque je tenais visiblement à le lui cacher. Cela semblait ne lui poser aucun problème.

— Les hommes sont bizarres, avait commenté Celia.

Les Beckenham arrivèrent cet après-midi-là. Lady Beckenham regarda le bébé et fit un signe de tête approbateur.

— Très bien, dit-elle. Bravo, Celia. Il ressemble exactement à son père, plus encore que les autres.

— Ma chère, comment peut-on dire une chose pareille, si tôt ? intervint Lord Beckenham. Laisse-moi le prendre un moment... Ma foi, c'est vrai qu'il vous ressemble, Oliver. Un bien bel enfant, en tout cas.

Une jeune et fort jolie infirmière entra dans la chambre.

— Je suis désolée, Lady Celia, mais le médecin est ici et il voudrait vous examiner. Vos visiteurs pourraient-ils attendre dehors un moment ?

— Certainement, certainement, dit Lord Beckenham, et il s'empressa de rendre le bébé à sa fille. Très mignon, Celia, charmant petit bonhomme. Voyons, où voulez-vous que nous attendions ? dit-il à l'infirmière. Montrez-moi le chemin et je vous suivrai…

— Beckenham ! le gronda son épouse, mais il avait déjà disparu.

Celia se rallongea, heureuse de goûter un peu de calme et de paix. Elle sourit à Kit, et ses petits yeux parurent s'attarder sur elle en retour. Oui, il ressemblait beaucoup à son père : cela, au moins, était parfaitement vrai.

Remerciements

J'aimerais remercier mon agent Desmond Elliott, pour la connaissance encyclopédique qu'il a de l'édition. J'ai recueilli grâce à lui une foule d'histoires, d'anecdotes et de détails et ce livre aurait été pauvre sans son concours.

Je dois beaucoup également à Rosemary Stark, qui m'a donné de l'univers des jumeaux une vision très approfondie, de même que Jo Puccioni.

Je tiens à remercier Martin Harvey, qui m'a fait visiter le *Garrick Club* et m'a renseignée sur son histoire, ainsi que sur ses rapports avec le monde de l'édition ; Ursula Lloyd, qui, une fois de plus, m'a instruite des subtilités de la médecine au début du XXe siècle ; et Hugh Dickens, pour sa connaissance sans égale de tout ce qui touche à l'armée.

Sur des sujets juridiques, je dois une immense reconnaissance à Sue Stapely, qui, soit connaît elle-même ce que j'ai besoin de savoir, soit sait vers qui m'orienter pour l'apprendre ; et aussi Mark Stephens, qui joint l'enthousiasme et l'originalité à une extraordinaire connaissance de la loi en matière d'édition et de diffamation.

J'ai trouvé des informations dans plusieurs livres : *Dépêches venues du cœur*, d'Anette Tapert, *Dans la haute société : les années Brideshead*, de Nicholas Courtney, *La Maison de campagne, Souvenirs de grandes demeures*, sous la direction de Merlin Watterson, *Mrs Keppel et sa fille*, par Diana Souhami, et le merveilleux *Environ une livre par semaine*, de Maud Pember Reeves.

La publication de ce livre a été assurée avec autant d'efficacité que d'élégance par Orion. Je veux remercier Susan Lamb, Dallas Manderson et sa formidable équipe de vente, Anthony Keates et sa non moins formidable équipe commerciale, et Richard Hussey qui tient le rôle peut-être le plus important de tous : veiller concrètement à ce que le livre soit fabriqué et imprimé. Et encore Lucie Stericker, pour l'ultime mise au point de la couverture, et Camilla Stodart, habituée à prévenir les problèmes avant même qu'ils ne pointent à l'horizon. Ainsi qu'Emma Draude et l'équipe de chez Midas, qui veillent à ce qu'on parle du livre sur les ondes et dans la presse.

Et, bien sûr, pour son rôle si important, Rosie de Courcy, qui relit et révise les textes avec charme et compétence.

Énormes remerciements à mes quatre filles Poly, Sophie, Emily et Claudia, qui continuent à supporter mon égocentrisme et mes crises de panique sans jamais laisser entendre qu'elles trouvent la répétition annuelle de ce psychodrame plutôt fastidieuse. Je leur suis et leur en serai toujours reconnaissante. Comme à mon mari, Paul, qui doit en supporter bien davantage encore, et ne laisse (presque) jamais rien entendre lui non plus…

Une ville trop calme

ROMAN

Jayne Ann Krentz

*Comme une eau
dormante*

POCKET

(Pocket n° 11303)

Renonçant brutalement
à l'empire familial
qu'elle dirige et au
brillant mariage auquel
elle est promise, Charity
se réfugie dans une
petite ville côtière pour y
ouvrir une librairie.
Parfaitement intégrée dans
la sympathique
communauté formée par
les commerçants du bord
de mer, Charity apprend
peu à peu à connaître le
mystérieux Elias,
un brasseur d'affaires à
la réputation sulfureuse.
La découverte de
cadavres au sein de la
paisible bourgade les
rapprochera plus encore...

Il y a toujours un Pocket à découvrir

Don du ciel ou cadeau empoisonné ?

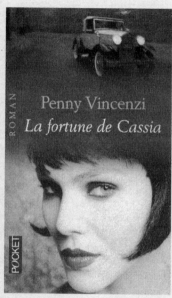

Penny Vincenzi
La fortune de Cassia

ROMAN

POCKET

(Pocket n° 11382)

Londres, 1930. Cassia, mariée à un médecin de campagne qu'elle n'a jamais vraiment aimé, hérite de 500 000 livres… Elle va enfin pouvoir s'offrir les plaisirs dont elle a toujours rêvé. Elle engage une nurse pour ses enfants, reprend ses études de médecine, renoue avec d'anciens amis… Elle commence tout juste à s'émanciper, quand elle est amenée à s'interroger sur l'origine de son argent : Cassia est bien décidée à percer le mystère.

Il y a toujours un Pocket à découvrir

Les larmes du bonheur

Penny Vincenzi
Un bonheur trop fragile

ROMAN

POCKET

(Pocket n° 11567)

À la tête d'une entreprise qui vient en aide aux associations caritatives, Octavia coule un bonheur parfait avec son mari, le séduisant et riche homme d'affaires Tom Fleming. Enviés de tous pour leur réussite familiale et professionnelle, rien ne semblerait pouvoir assombrir ce bonheur parfait. Rien, jusqu'au jour où Octavia retrouve dans son salon un mystérieux mouchoir en dentelle… Elle doit se rendre à l'évidence : Tom a une maîtresse. Humiliée, elle sombre dans un profond désespoir, prête à commettre l'irréparable…

Il y a toujours un Pocket à découvrir

Composé par Nord Compo
à Villeneuve-d'Ascq

Impression réalisée sur Presse Offset par

BRODARD & TAUPIN

GROUPE CPI

35678 – La Flèche (Sarthe), le 31-05-2006
Dépôt légal : juin 2006

POCKET – 12, avenue d'Italie - 75627 Paris cedex 13

Imprimé en France